T0267987

MALDITA ROMA

MALDITA ROMA

MALDITA ROMA

La conquista del poder de Julio César

Santiago Posteguillo

Papel certificado por el Forest Stewardship Council®

Primera edición: noviembre de 2023

© 2023, Santiago Posteguillo
Autor representado por Agencia Literaria Carmen Balcells, S. A.
© 2023, Penguin Random House Grupo Editorial, S. A. U.
Travessera de Gràcia, 47-49. 08021 Barcelona
© 2023, Ricardo Sánchez, por los materiales gráficos de interior

Printed in Spain – Impreso en España

ISBN: 978-84-666-7656-4
Depósito legal: B-15.698-2023

Compuesto en Llibresimes

Impreso en Rodesa
Villatuerta (Navarra)

BS 7 6 5 6 4

A mi madre,
requiescat in pace in aeternum.

Men at sometime are masters of their fates.

Los hombres son dueños de su destino.

SHAKESPEARE, *Julio César*, acto I, escena II

Dramatis personae

Julio César (Cayo Julio César): abogado, tribuno militar y senador

Familia de Julio César
Acia: hija de Julia la Menor y Acio Balbo
Aurelia: madre de Julio César
Calpurnia: tercera esposa de César, hija de Lucio Calpurnio Pisón
Cornelia: primera esposa de Julio César
Cota (Aurelio Cota): tío de Julio César por línea materna
Julia: hija de Julio César y Cornelia
Julia la Mayor: hermana de Julio César
Julia la Menor: hermana de Julio César
Pompeya: segunda esposa de César, nieta de Sila

Líderes y senadores *optimates*
Bíbulo (Marco Calpurnio Bíbulo): senador, yerno de Catón
Catón (Marco Porcio Catón): senador, descendiente de Catón el Viejo, próximo a Cicerón, hermanastro de Servilia
Catulo (Quinto Lutacio Catulo): excónsul, prestigioso senador
Céler (Quinto Cecilio Metelo Céler): pretor
Cicerón (Marco Tulio Cicerón): abogado y senador, líder de los *optimates*
Gabinio (Aulo Gabinio): tribuno de la plebe, propulsor de la *lex Gabinia*
Lucio Calpurnio Pisón: hombre de confianza de Pompeyo, padre de Calpurnia

Manilio (Cayo Manilio): tribuno de la plebe, propulsor de la *lex Manilia*

Metelo Pío (Quinto Cecilio Metelo Pío): antiguo líder de los *optimates*

Pompeyo (Cneo Pompeyo): senador y líder emergente de los *optimates*

Rabirio: senador encausado por la muerte de Saturnino

Silano (Décimo Junio Silano): segundo marido de Servilia, padrastro de Bruto

Líderes y senadores populares

Craso (Marco Licinio Craso): senador veterano, el hombre más rico de Roma

Labieno (Tito Labieno): amigo personal de César, tribuno militar

Sertorio (Quinto Sertorio): líder de los populares, hombre de confianza de Cayo Mario

Otros líderes y senadores romanos

Autronio Peto (Publio Autronio Peto): senador y cónsul del círculo de Catilina

Catilina (Lucio Sergio Catilina): senador, antiguo aliado de Sila

Cornelio Sila (Publio Cornelio Sila): sobrino del dictador Sila, senador y cónsul del círculo de Catilina

Híbrida (Cayo Antonio Híbrida): conflictivo exgobernador de Grecia

Isáurico (Publio Servilio Isáurico): excónsul, veterano conservador pero independiente

Léntulo Sura (Publio Cornelio Léntulo Sura): senador y cónsul, partidario de Catilina

Manlio (Cayo Manlio): antiguo centurión de Sila, jefe de las tropas de Catilina

Líderes militares en Hispania

Afranio (Lucio Afranio): oficial de Pompeyo en Valentia

Balbo (Lucio Cornelio Balbo): hispano, intermediario ante Roma

Cayo Antistio Veto: propretor en Hispania Ulterior

Herennio: oficial de Sertorio

Hirtuleyo: oficial de Sertorio

Marco Perpenna: oficial de Sertorio

Líderes militares en las Galias
Aurunculeyo Cota (Lucio Aurunculeyo Cota): *legatus*
Divicón: líder de los helvecios
Nameyo: uno de los hombres de confianza de Divicón
Publio Licinio Craso: hijo de Craso y Tértula, al frente de los *turmae*
Sabino: *legatus*
Veruclecio: uno de los hombres de confianza de Divicón

De la guerra servil
Cánico: gladiador celta
Casto: gladiador celta
Cayo Claudio Glabro: pretor
Crixo: gladiador galo
Enomao: gladiador galo
Espartaco: líder de los gladiadores
Idalia: esclava de Batiato
Léntulo Batiato: *lanista*, preparador de gladiadores del colegio de lucha
   de Capua

De Egipto
Aristarco: anciano bibliotecario de la biblioteca de Alejandría
Arsínoe: hija de Tolomeo XII, hermanastra de Cleopatra
Berenice: hija de Tolomeo XII, hermanastra de Cleopatra
Cleopatra: hija de Tolomeo XII y Nefertari, su favorita
Filóstrato: tutor de Cleopatra
Nefertari: madre de Cleopatra
Potino: eunuco y principal consejero de la corte de Tolomeo XII
Tolomeo XII: faraón, rey del Alto y Bajo Egipto, padre de Cleopatra

Otros personajes
Apolonio: maestro griego de oratoria, de la isla de Rodas
Artag: rey de la Iberia Caucásica
Bruto (Marco Junio Bruto): sobrino de Catón, hijo de Servilia y su
   primer marido, Marco Junio Bruto
Burebista: líder dacio
Catulo (Cayo Valerio Catulo): poeta
Cayo Volcacio Tulo: centurión

Clodio (Publio Clodio Pulcro): exsoldado
Demetrio: líder pirata
Fidias: médico de la familia Julia
Fraates III: rey del Imperio parto
Geminio: amigo y sicario de Pompeyo
Habra: esclava de la casa Julia
Hircano: rey de Judea
Mitrídates VI: rey del Ponto, enemigo acérrimo de Roma en Oriente
Mucia Tercia: tercera esposa de Pompeyo
Oroeses: rey de la Albania Caucásica
Servilia: hermanastra de Catón, madre de Bruto, amante de César

Y otros senadores, tribunos, cónsules, esclavas, esclavos, *atrienses*, legionarios, oficiales romanos, oficiales pónticos, médicos, ciudadanos romanos anónimos, etcétera.

Principium

La batalla de Bibracte

Centro de la Galia
Una colina en las proximidades de la fortaleza
de Bibracte*
58 a. C.

Retaguardia del ejército romano

—¡Hay que retirarse, procónsul! —vociferó el joven Publio Licinio Craso—. ¡Por todos los dioses, el enemigo va a rodearnos!

César escuchaba al hijo de Craso gritándole exactamente lo que él mismo ya sabía que debía hacerse y, sin embargo, se resistía a dar la orden de retirada. Había dos batallas: la que todos veían y la que él sentía en su interior. Las convulsiones se acercaban, podía percibirlo y sabía que sólo manteniendo la calma más absoluta, tal y como le habían dicho los médicos, podría dominar su cuerpo.

La batalla de fuera, la que todos veían, había empezado bien, con las dos primeras líneas de veteranos empujando a los helvecios y sus aliados hacia su campamento, pero, de pronto, un contingente con guerreros de otras tribus, de boyos y tulingos, procedentes de la retaguardia enemiga, había rodeado todo el frente de combate y había desbordado a las legio-

---

* Hoy día generalmente localizada en lo alto del monte Beuvray en Borgoña, Francia, aunque hay debate sobre su ubicación precisa.

nes por el flanco derecho por donde se lanzaban contra ellos para embolsarlos, tal y como decía el joven Craso.

César vio a Tito Labieno, su segundo en el mando, ascendiendo por la colina en busca de instrucciones. Esto es, para confirmar de qué forma replegarse y alejarse de un campo de combate que se había transformado en una ratonera.

Publio Licinio Craso se hizo a un lado de inmediato al advertir que se aproximaba Labieno. El joven Craso tenía la esperanza de que el veterano *legatus*, que era además el mejor amigo del procónsul, lo hiciera entrar en razón.

Sin duda, para Tito Labieno la opción más lógica era también un repliegue ordenado, pero llevaba ya demasiados años con César y había compartido muchos momentos críticos, muchas situaciones imposibles con él como para dar por sentado lo que su amigo pudiera estar pergeñando. César mandaba, y Labieno no consideraba otra opción que la de estar con él, siempre, hasta el final. Sólo que, en aquella ocasión, si no se replegaban, el final parecía inminente.

—Esos malditos nos están desbordando —comentó Labieno—. Hay que retirarse. No podemos combatir en dos frentes a la vez.

César sentía que había conseguido serenarse pese a aquella situación límite, estaba evitando que su cuerpo convulsionara. Miraba alternativamente hacia delante, hacia el corazón de la batalla, y hacia el flanco derecho. Se pasaba la mano por el mentón y seguía sin decir nada. Tenía seis legiones. Las cuatro de veteranos —VII, VIII, IX y X— eran las que habían contenido el avance de los helvecios en el centro de la llanura, y tenía otras dos más, recién reclutadas, la XI y la XII, sin experiencia alguna en combate, en reserva. Una posibilidad sería recurrir a estas tropas para intentar detener el ataque de los boyos y los tulingos que se abalanzaban contra ellos por el flanco derecho. Pero César no confiaba en esas tropas. Aún no. No contra unos galos feroces a los que llevaba días persiguiendo, acosándolos sin descanso, y que ahora se habían revuelto contra él con furia desbocada y, al hallar un punto débil en su estrategia, veían la victoria en su mano. Contra unos celtas tan motivados y expertos en la guerra, dos legiones recién reclutadas serían como ovejas ante una manada de lobos. No, de momento, XI y XII sólo servían para simular más fuerza de la que realmente tenía o para custodiar bagajes y proteger a los aguadores, pero no para la batalla campal. Quizá más adelante, pero… ¿habría un «más adelante» si no se retiraban ahora?

Labieno intuyó lo que César rumiaba y respaldó sus pensamientos:

—No, yo no creo que las legiones de reserva nos valgan para frenar a los boyos y los tulingos. —Aquí calló y no se aventuró a repetir la propuesta de retirada que ya había hecho el joven Craso y que él mismo había sugerido.

—La tercera línea de veteranos aún no ha entrado en combate —rompió César su largo silencio.

Labieno y Craso se miraron: las legiones combatían en tres líneas; la tercera la formaban los hombres más experimentados y, normalmente, se reservaban para el final. Las dos primeras líneas habían trabado lucha directa con los helvecios en el frontal de la batalla. La tercera no había luchado por ahora, cierto.

—No, aún no han entrado en combate —confirmó Labieno, sin entender qué podía estar pensando su amigo.

—¿Y si, en lugar de retirarnos, mantenemos la primera y la segunda línea de las legiones de veteranos en lucha con los helvecios, para contenerlos, y hacemos que la tercera línea maniobre para cubrir el flanco derecho y enfrentarse ellos a los boyos y los tulingos? —preguntó César.

Al joven Craso aquello le pareció una locura.

Labieno comprendió que César buscaba su opinión, su valoración a aquella posibilidad:

—Eso nos obligaría a luchar en dos frentes sin triple línea de combate —analizó la propuesta con detenimiento—. Dos líneas contra los helvecios y sólo una contra los boyos y los tulingos… sin posibilidad de establecer turnos en el combate.

—Pero es una línea de veteranos —apostilló César mientras dejaba la punta de la lengua visible junto a su labio superior—. Lucharon conmigo en Hispania contra los lusitanos y los llevé a la victoria. Tienen fe en mí —añadió, aludiendo a la campaña que, sobre todo los legionarios de la X, habían compartido en el pasado reciente con César.

Labieno hizo amago de responder, una vez, dos… pero parpadeaba y callaba.

—Las legiones nunca han combatido en dos frentes a un tiempo —dijo al fin, cejas levantadas, boca entreabierta, espada en mano, gotas de sangre enemiga deslizándose por el filo plateado del metal—. Quiero decir: ningún ejército romano ha combatido nunca en dos frentes a un tiempo. Ni siquiera tú lo hiciste en Lusitania. Ante una situación como ésta, el cónsul o el procónsul al mando siempre ordenó el repliegue. —Se pasó la mano por la frente mientras miraba el campo de batalla—. Tu tío Cayo Mario nunca lo hizo. En Aquae Sextiae, cuando luchó contra los teutones y los ambrones, se preocupó mucho de presentar un único frente... —Inspiró aire, miró a su alrededor, volvió a hablar—: Las legiones romanas nunca han combatido en dos frentes de batalla a un tiempo —repitió a modo de conclusión.

—Que algo no se haya hecho nunca no quiere decir que no pueda hacerse —replicó César.

Publio Licinio Craso fue a hablar, pero Labieno levantó la mano izquierda y el joven oficial se contuvo.

César aprovechó para explicarse con vehemencia, con pasión:

—Los helvecios, los boyos, los tulingos y todos sus aliados combaten ahora enardecidos, con nuevo vigor, porque al habernos desbordado por el flanco derecho piensan que vamos a hacer lo que las legiones romanas han hecho siempre en esta situación: retirarse. Pero si les demostramos que *no* vamos a retirarnos, veremos cuánto mantienen ese ánimo renovado en la lucha. Si resistimos, combatiendo en dos frentes a la vez, sus energías flaquearán y... venceremos.

Labieno envainó su espada y se llevó la mano a la nuca. El joven Craso negaba con la cabeza mientras miraba al suelo.

—¿Estás conmigo, Tito? —preguntó César a su segundo en el mando, a su mejor amigo.

Labieno lo miró fijamente a los ojos:

—Estás loco —le dijo.

César sonrió: su amigo no decía que no; se quejaba, pero no decía que no.

—¿Que estoy loco...? —le respondió—. Eso ya lo sabías desde hace tiempo.

Labieno bajó los brazos.

—Si la tercera línea de veteranos no resiste, los galos nos masacrarán —objetó.

—Yo creo que resistirán —proclamó César con fe ciega en sus legionarios, y miró hacia el campo de batalla mientras repetía—: Resistirán… Sobre todo, si los comandas tú, Tito. Llévate contigo a todos los de la X. Son los mejores.

Labieno se quedó inmóvil con la mirada fija en César. Éste se volvió hacia él y retomó la palabra:

—¿Resistirás en el flanco derecho con la tercera línea de veteranos, Tito?

Labieno inspiró hondo, miró al suelo, dejó escapar un largo suspiro y respondió categórico:

—Si ésas son tus órdenes… resistiré.

—Aunque crees que estoy en un error.

—Aunque crea que lo sensato es retirarnos, obedeceré tus órdenes y resistiré en el flanco derecho —se reafirmó Labieno—. Pero si nos matan, te esperaré en el Hades para sacudirte bien fuerte.

—¡Si os matan, pronto te seguiré yo hasta el inframundo y allí continuaremos esta conversación! —proclamó César con una sonora carcajada en la que liberaba nervios, al tiempo que transmitía una inusitada fuerza.

Pero… ¿era la fuerza de la inteligencia o de la locura?

—Mientras tú detienes a los tulingos y los boyos —retornó César a las instrucciones de combate—, yo contendré a los helvecios en el centro de la batalla con las primeras dos líneas de veteranos. Tú no vas a vacilar en la lucha y yo tampoco. Es un buen plan. ¿Qué puede fallar?

Labieno asintió y, seguido de cerca por el joven Craso, sin decir ya nada más, partió para dar las instrucciones al resto de los *legati* y a las decenas de tribunos militares que esperaban órdenes sobre cómo organizar lo que ellos creían que iba a ser una veloz retirada.

—Es una locura —dijo Craso en voz baja a Labieno.

—Es una locura —aceptó él—, pero son las órdenes del procónsul de Roma.

—Vamos todos hacia el infierno.

—En eso tienes razón —admitió Labieno, siempre a buen paso y sin detenerse—: Hacia allí vamos: hacia el infierno, o como dijo César un día, hace años, en Éfeso: «Todos caminamos hacia la muerte». —Se echó a reír y, aun en medio de aquella intensa carcajada, Craso acertó a entender que el segundo en el mando del ejército proconsular romano desplazado al corazón de la Galia iba a dar cumplimiento a aquellas palabras—: ¡Todos caminamos hacia la muerte!

Alejado de ellos, rodeado de tribunos, César se afanaba en dar órdenes para seguir conteniendo a los helvecios, al grueso de las tropas enemigas, con sólo dos líneas de veteranos. «¿Qué puede fallar?», le había dicho a Labieno. Fue en ese instante cuando volvió a sentir que las convulsiones regresaban. Con más fuerza, brutales, descarnadas, incontrolables...

Prooemium

Roma[*]
76 a. C., dieciocho años antes de la batalla de Bibracte

Roma estaba dividida en dos bandos irreconciliables: los populares, defensores del pueblo, en donde estaba alineado Julio César, y los senadores *optimates*, quienes, instalados en la comodidad de su riqueza y sus privilegios, se negaban a cualquier reparto de derechos, dinero o tierras de forma más equitativa.

Pese a su juventud, con apenas veintitrés años, César se había hecho conocido para el pueblo como un incansable luchador por una Roma más justa: se había atrevido a llevar a juicio nada más y nada menos que a Dolabela, uno de los senadores *optimates* más corruptos, pero el juicio había terminado en disturbios por toda la ciudad.

Tras los desórdenes y las reyertas, César se comprometió con el senador Cneo Pompeyo —emergente líder de la facción conservadora en Roma— y con el Senado a exiliarse de Roma, aunque antes de eso aún tomaría las riendas de un juicio decisivo.

Pompeyo, por su parte, la abandonaba para unirse a Metelo, nuevo cabeza de los *optimates*, y combatir con él en Hispania Citerior contra Quinto Sertorio, quien fuera segundo en el mando de los ejércitos del legendario líder popular Cayo Mario.

Mientras la Roma senatorial se disponía a hacer frente a un desafío hispánico que los *optimates* no podían dejar sin respuesta, el año si-

[*] Véase el mapa «Regiones de la Italia romana» de la página 866.

guiente al juicio a Dolabela, César embarcaba al fin en una nave que lo conduciría hacia el remoto Oriente, hacia la isla de Rodas, en un destierro forzado para el que no veía solución alguna. Se alejaba de Roma con enorme pesar, dejando a sus seres queridos en la ciudad que lo vio nacer, y adentrándose en las peligrosas aguas de un mar que los romanos, por aquel tiempo, estaban aún lejos de controlar.

Liber primus

UN MAR SIN LEY

I

El exilio de César

Costa de Cilicia, Mare Internum*
75 a. C.

El barco mercante había cargado más género en Atenas y surcaba ya las costas de Cilicia con intención de detenerse en algún otro puerto, en Éfeso o Mileto, antes de dejar a César y a Labieno en Rodas y proseguir rumbo a Alejandría.

Todo marchaba bien.

Demasiado bien.

César sentía la brisa del mar en su rostro mientras repasaba en su cabeza los últimos acontecimientos vividos en Roma antes de su partida: Pompeyo había marchado hacia Hispania poco después de finalizar el juicio a Dolabela, y aquella ausencia lo había animado a atreverse a actuar como abogado en una nueva causa. En este caso fue contra Cayo Antonio, conocido por todos como *Hybrida* —mitad hombre y mitad bestia salvaje— por su brutalidad. Antonio Híbrida había sido otro de los más fieles oficiales del dictador Sila, como Dolabela, y contra él cargó César, esta vez en representación de los habitantes de Grecia que lo habían sufrido como gobernador.

---

* Costa sur de la actual Turquía, mar Mediterráneo.

Basílica Sempronia, Roma
Unos meses antes, 76 a. C.

—Mutilaciones —dijo César. Sin levantar la voz, sin aspavientos, sin marcarlo con ningún gesto terrible en el rostro. No era necesario enfatizar más las aberraciones que relataba—. Cayo Antonio ordenó cortar brazos y piernas, trocear a unos y otros, simplemente por oponerse a su brutalidad. Y no contento con eso, añadió a estos crímenes el saqueo constante de templos y lugares sagrados sin ni siquiera ampararse en recaudar dinero en nombre del Estado romano para la campaña contra Mitrídates, enemigo acérrimo de Roma en Oriente. Se trataba de un puro afán del *reus* Cayo Antonio... Híbrida —se recreó al pronunciar el sobrenombre del encausado— de atesorar una inmensa fortuna sin importarle que esa hacienda tuviese por cimientos la ilegalidad, el dolor ajeno o los crímenes.

Híbrida miraba a César como lo había mirado Dolabela apenas un año antes en aquella misma sala. Con el mismo odio.

Marco Terencio Varrón Lúculo era el presidente de un tribunal, una vez más, controlado por unos *optimates* que no pensaban permitir que ningún afín a la causa popular, viniera de donde viniera, encarcelase a uno de los suyos. Y menos aún un joven abogado que ya debería estar camino del exilio pactado con Pompeyo, en lugar de involucrado como acusador en un nuevo juicio. Los crímenes no importaban, las atrocidades daban igual. Si eran de ellos, de los *optimates*, a sus ojos todo lo que hubiera sucedido tenía justificación. De hecho, los abogados de Híbrida habían argumentado que la violencia ejercida por éste era ineludible para controlar una Grecia inestable en una retaguardia, la de Sila frente a Mitrídates, que precisaba de ley y orden para no debilitar la campaña de Roma contra el rey del Ponto.

—Pero ¿hasta dónde hay que ejercer la violencia para controlar un territorio? —contraargumentó César en su alegato final—. ¿Acaso no hay límite alguno a la crueldad?

Iba a seguir aportando ideas en defensa de los ciudadanos griegos mutilados, asesinados y robados por Cayo Antonio Híbrida cuando vio que los tribunos de la plebe entraban en la basílica y cruzaban, a paso rápido, la gigantesca sala hasta llegar junto al presidente del tribunal.

César miró hacia Labieno, que se encogió de hombros en un gesto claro de sorpresa. Segundos después, Marco Terencio Varrón Lúculo se levantó de su *cathedra* y se dirigió a la sala:

—El encausado —el presidente evitaba a sabiendas usar el término *reus* a la hora de referirse al acusado— ha apelado a los tribunos de la plebe y éstos, aquí presentes, aceptan su apelación e impugnan este juicio.

César miró de nuevo hacia Labieno, trasladándole la pregunta que el propio Labieno entendió sin necesidad de palabras: «Pero Sila, el dictador y líder de los *optimates*, ¿no había eliminado el derecho de veto de los tribunos de la plebe en cualquier caso?».

Y así era. Sila eliminó el derecho de veto de unos tribunos de la plebe de una asamblea del pueblo controlada por los populares, pero tras años de auténtica limpieza «étnica» política, la Asamblea estaba ahora asimismo bajo el control férreo del bando *optimas*, con tribunos ya proclives a la causa de los senadores más conservadores, olvidando que la Asamblea, en su origen, debía representar los intereses del pueblo de Roma. Eran estos tribunos de la plebe, dirigidos por los propios *optimates*, los que impugnaban el juicio.

—Esta misma mañana, mientras estábamos en la basílica —explicó el presidente del tribunal al advertir la confusión del abogado acusador y de todos los ciudadanos asistentes al juicio—, el Senado ha levantado el bloqueo al derecho de veto de los tribunos de la plebe; no plenamente, pues no pueden vetar una ley senatorial, pero se admite que impugnen un juicio… como éste. Y como lo impugnan y el Senado reconoce esa capacidad a fecha de hoy, este juicio queda, en consecuencia, suspendido.

Cayo Antonio Híbrida se puso en pie como impulsado por un resorte invisible y se echó a reír mientras los miembros del tribunal, todos senadores *optimates*, lo rodeaban para felicitarlo efusivamente.

César se sentó en su *solium*, despacio, junto a Labieno.

—No te permiten ni terminar tu alegato final —le dijo su amigo—. Es un mensaje claro: no te van a dejar intervenir en los tribunales contra ninguno de ellos. En esta república no hay justicia. Al menos, no ahora.

César asintió.

—He de salir de Roma —admitió—. Ya no tengo otra alternativa. Mañana, al amanecer, fletaré un barco y me iré.

Costas del sur de Cilicia, Mare Internum
75 a. C.

De pronto, algo en el horizonte devolvió a César a su presente y al mar que los rodeaba y se olvidó de aquel último juicio en la basílica Sempronia.

Aparecieron justo a la altura de la pequeña isla de Farmacusa,* rayando el alba.

Labieno estaba aún en la bodega del barco, descansando.

César vio que el capitán del mercante escrutaba el mar con gesto inquieto y, al seguir la dirección de su mirada, vislumbró en el horizonte de la isla que estaban rodeando el perfil de varios barcos de poco calado, *liburnas* quizá, o algún otro tipo de buque ligero, y enseguida comprendió a qué se debía el nerviosismo del capitán y de la tripulación, que andaba agitada de un lado a otro.

—¿Qué ocurre?

Era Labieno: aquella algarabía de los marineros lo había despertado y había subido a cubierta.

César fue directo en su respuesta. Una sola palabra lo resumía todo:

—Piratas.

---

* Actual isla griega de Farmakonisi, en la prefectura del Dodecaneso.

II

El avance de Pompeyo

**Emporiae,* costa nororiental de Hispania Citerior
76 a. C.**

Por fin, Pompeyo había llegado a Emporiae,** en el noreste de Hispania.

Había marchado con su ejército en busca de Sertorio poco después del juicio de Dolabela, pero había necesitado más tiempo del previsto por el Senado. Una vez más, la Galia estaba en armas contra Roma y cruzar aquel territorio hostil había sido muy costoso: para empezar, había tenido que construir una calzada nueva para cruzar los Alpes y, de ese modo, sorprender a los salvios por la retaguardia y así masacrarlos. Los salvios, un pueblo celta próximo a la región de Massalia, era la más reciente tribu gala en rebelión y lucha contra Roma.

—Este territorio —comentó Pompeyo mientras caminaba sobre los cadáveres de los guerreros galos tras la batalla— nunca será conquistado.

—¿El procónsul se refiere a la Galia? —había preguntado entonces Geminio, un íntimo amigo de Pompeyo, de oscuro origen y más oscuras aptitudes para el espionaje y, cuando se precisaba, el asesinato. De hecho, las calles de Roma murmuraban que fue él quien dio muerte al tribuno de la plebe Junio Bruto en los momentos más duros de la lucha entre *optimates* y populares, siguiendo órdenes del propio Pompeyo.

---

* Ampurias.
** Véase el mapa «La guerra de Sertorio» de la página 867.

—Sí, a la Galia me refiero —confirmó el procónsul—. Es demasiado grande, demasiado hostil y demasiado rebelde. Cayo Mario, a quien, más allá de sus veleidades populares y de su odio al Senado, reconozco su capacidad militar, apenas pudo contener las invasiones que venían del norte. Entonces fueron los teutones y los cimbrios y los ambrones. Ahora son los salvios. Mañana puede ser cualquier otra tribu guerrera: los helvecios o los boyos, o cualquier otra. Controlar este territorio es una locura. Quien lo intente está abocado al fracaso.

Geminio asintió.

—Los tulingos también parecen muy hostiles —apuntó.

—También —certificó Pompeyo—. Ha sido una suerte salir de esa ratonera de la Galia lo más rápido posible. Si uno se queda allí mucho tiempo, termina rodeado por todas esas tribus enemigas de Roma y masacrado. A algún idiota le pasará, ya lo verás —zanjó premonitorio.

El ejército de Pompeyo había seguido camino hasta alcanzar Hispania y llegar a Emporiae, lejos de las tribus hostiles de la Galia. Allí, en aquella vieja colonia griega ya muy romanizada, el procónsul con *imperium* —con mando militar— para terminar con la rebeldía de Sertorio esperaba noticias de Roma y datos sobre su colega en el mando militar en la región, Metelo Pío, y, por supuesto, noticias también sobre las tropas rebeldes.

Y Geminio, su espía personal, había llegado con información sobre todos ellos.

Pompeyo lo había recibido sentado en una terraza de la mansión que había tomado prestada de un noble local de Emporiae. El lugar era agradable; el día, soleado; el vino, bueno.

—¿Por dónde empiezo, procónsul? —preguntó el recién llegado mientras tomaba la copa de vino que le ofrecía un esclavo, quien, raudo, se retiró para respetar la privacidad absoluta de aquella conversación.

—Por Metelo.

Pompeyo tenía ganas de saber sobre aquel líder de los *optimates* que, tras varios años de guerra contra Sertorio, había sido incapaz de doblegar a quien sólo había sido un segundo en el mando del legendario Cayo Mario. Ni Pompeyo ni el Senado ni nadie en Roma entendía cómo el rebelde popular Sertorio podía resistir tanto tiempo arrinconado en la remota Hispania, sin recursos económicos o humanos que llegaran desde Roma para ayudarlo a mantener la causa popular aún viva en aquella esquina del mundo.

—Metelo está en el sur, en la Hispania Ulterior, aunque, en realidad, lo único que tiene bajo control es una parte de la Bética —se explicó Geminio—. El resto de la Hispania Ulterior, sobre todo la Lusitania, está bajo control directo de Hirtuleyo, uno de los subordinados de Sertorio.

Pompeyo cabeceó afirmativamente. Por eso estaba él allí, para recuperar el control sobre toda Hispania.

—¿Y qué sabemos de Sertorio? —preguntó el procónsul.

—Está en el corazón de la Celtiberia, no conocemos el punto exacto. Parece que evita enfrentamientos directos a gran escala y plantea una guerra de guerrillas que mantiene a las tropas de Metelo desconcertadas e incapaces de hacerse con el control efectivo del resto del territorio.

—Ya, entiendo —aceptó Pompeyo, pero sólo en parte—. Aun así, no comprendo cómo puede resistir con tanta eficacia a los diferentes ejércitos que ha enviado Roma. Además, aunque no parezca un genio militar, Metelo no es un incompetente, en absoluto. Hay algo aquí que se nos escapa, por Júpiter. Y quiero más información, Geminio, no saber sólo lo que ya sabía cuando salimos de Italia.

El interpelado inclinó la cabeza en señal de sumisión.

A Geminio y a Pompeyo los unía una larga amistad, forjada en la connivencia a la hora de usar la violencia contra los populares, y en la cesión, por parte del propio Pompeyo, de Flora a Geminio. Flora era una de las cortesanas más hermosas que se recordaban en Roma. Ella sostenía una relación intensa con Pompeyo, pero era obvio que nunca llegó a su corazón, pues cuando éste supo que Geminio anhelaba poseerla, no dudó en cedérsela, como quien regala un caballo de carreras de cuadrigas, en la certeza de que la pasión que su oscuro amigo sentía por la mujer generaría en él una lealtad difícil de conseguir sólo con dinero. Y así había sido. Desde entonces, se había mostrado siempre muy útil para Pompeyo, aun cuando en ocasiones había que azuzarlo un poco, como a los animales.

—Indagaré y averiguaré más sobre cómo se las ingenia Sertorio para resistir tanto tiempo los ataques de Metelo y sus legiones —respondió Geminio.

—¿Y de Roma qué sabemos? —preguntó Pompeyo.

El Senado había solicitado su intervención como último recurso. Ya lo habían premiado con un triunfo tras derrotar a los populares en Sicilia y en África durante la reciente guerra civil entre Mario y Sila. En Sicilia dio muerte al huido Cneo Papirio, y en África acabó con la vida de Domicio Enobarbo. Allí se le escapó Marco Perpenna, otro de los rebeldes populares que aún quedaban en armas, y que recaló primero en Cerdeña y, finalmente, como Hirtuleyo, terminó en Hispania bajo el mando de Sertorio. Sólo cuando la incapacidad de Metelo para rendirlos a todos quedó patente, el Senado, a regañadientes, torció las leyes una vez más para darle *imperium* y un ejército con el que sofocar la rebelión de Sertorio. Pero Pompeyo había tomado nota de cómo su brillantez en la represión, su eficacia a la hora de terminar con ejércitos populares, comenzaba a despertar sospechas a los ojos del propio Senado: sospechas de que se quisiera hacer con todo el poder para él, soslayando la autoridad senatorial, o sometiéndolo por completo, como hiciera Sila. Por el momento, Pompeyo aceptó el mando militar y se encaminó a Hispania, mitigando así sus crecientes diferencias con el Senado. Cada cuestión a su debido tiempo. Pero tener noticias actualizadas sobre Roma era crucial.

—Allí todo continúa como lo dejamos, procónsul —respondió Geminio—. Están muy pendientes del desarrollo de los acontecimientos aquí en Hispania. Por lo demás, Mitrídates del Ponto parece estar quieto, por ahora, en Oriente. Ah, y Escribonio Curión, el cónsul de este año, por lo visto quiere gobernar la provincia de Macedonia para el año siguiente. Mis espías me dicen que planea lanzar una campaña contra los mesios y los dardanios al norte. Quiere cruzar Tracia y expandir el domino romano hacia el Danubio.

—¿Hacia el Danubio? —Aquello había llamado la atención de Pompeyo—. Parece una idea inteligente, una región por donde ampliar el dominio de Roma más fácilmente que contra Mitrídates o contra los galos. Puede que le vaya bien a Escribonio.

Hubo un breve silencio.

—Y de César ¿qué sabemos? —preguntó Pompeyo—. Me hizo la promesa de irse de Roma.

—Bueno…

—Bueno ¿qué?

—En realidad, lo que ha hecho es volver a los tribunales. Lleva un caso contra Cayo Antonio Híbrida.

Las noticias tardaban unas semanas en llegar desde Roma, de modo que Geminio aún no conocía que el juicio había sido suspendido y que César, por fin, preparaba su salida. En realidad, su exilio.

Pompeyo ladeó la cabeza antes de comentar nada.

—Híbrida es tan violento como lo era Dolabela. César sigue tentando a la suerte. En todo caso me prometió marcharse y tendrá que cumplir lo que me dijo aquella noche en las calles de la Subura. Si para cuando retornemos no ha abandonado Roma, tendré que recordarle su promesa y… no sólo con palabras.

Lo dijo serio, sin un ápice aparente de odio o rabia, pero con una frialdad y una serenidad que a Geminio le sonaron tan terribles como inapelables.

—Todos en el Senado piensan que Sertorio es el problema —continuó el procónsul, en voz baja, mirando al suelo—, pero a veces me pregunto si Sila no tendría razón y el auténtico problema no sea Sertorio sino César.

—Es muy joven, sin apenas experiencia militar, sin ejército… ¿De qué dispone? Algo de popularidad en los barrios más pobres de Roma. Eso es todo. Y eso y nada es lo mismo.

—Cierto, cierto… —musitó Pompeyo, aún con la mirada gacha, pensativo, aceptando con esas palabras lo que su intuición no aceptaba con tanto sosiego.

En ese momento, un legionario se asomó a la terraza.

—Será uno de mis informadores —explicó Geminio y, ante el asentimiento de Pompeyo, se volvió hacia el legionario—: Que pase.

El mensajero entró y entregó un papiro doblado a Geminio, que lo despidió con un gesto antes de leer. Al instante esbozó una sonrisa.

—El juicio contra Híbrida ha sido vetado y César ha abandonado Roma haciendo efectivo su exilio —anunció Geminio—. Navega hacia Oriente.

Pompeyo se reclinó hacia atrás en su asiento:

—Con un poco de suerte, a lo mejor se lo traga el mar.

III

Despedidas y un código secreto

Costa sur de Cilicia, Mare Internum
75 a. C.

—¿Piratas? —Labieno, concentrado en digerir el anuncio de su amigo, no parecía seguro.

—Piratas —insistió César, muy serio, una mano en la frente para cubrirse del sol que los cegaba.

—Pero si se hizo una campaña contra los piratas apenas hace unos meses...

Labieno se refería a los ataques de Publio Servilio Isáurico contra las flotillas piratas de la zona.

—Eso fue hace tres años y, a lo que se ve, los piratas han vuelto —remarcó César.

Labieno iba a seguir discutiendo sobre el asunto, cuando el capitán del barco se dirigió a ellos:

—Son ladrones de los mares —secundó la opinión de César—. Y vienen muy rápido contra nosotros. Llevan esas embarcaciones ligeras. No hay viento y no tengo suficientes remeros para alejarnos de ellos. Es cuestión de tiempo que nos alcancen.

César comprendió que el capitán buscaba consejo. Sabía que él y su amigo habían combatido ya en aquella región, y con éxito. Labieno no tardó ni un día de navegación antes de narrar las hazañas de Lesbos. «Así te respetarán más», le había dicho a César cuando lo encontró relatando la toma de Mitilene al capitán del barco nada más zarpar de Ostia, el gran puerto comercial de Roma.

Pero ahora no se trataba de Lesbos. Estaban en el mar y no tenían ejército alguno, ni siquiera una cohorte o una centuria.

César paseó la mirada por cubierta: una decena de esclavos que había traído consigo, quince o veinte marineros, un par de comerciantes griegos, el capitán, Labieno y él mismo. Eso era de lo que disponía.

Miró, de nuevo, hacia el mar. Los piratas se acercaban a toda velocidad. Al principio eran sólo tres embarcaciones ligeras, pero ahora se les habían unido media docena más que habían salido de detrás de la costa de la isla de Farmacusa, y cada una de ellas traía decenas de marineros. Serían fácilmente más de doscientos piratas.

—El combate no es una opción —dijo César al capitán del barco.

El veterano marino negó con la cabeza en medio de su desesperación:

—No, no es una opción, pero entonces… nos robarán todo lo que tenemos y nos matarán o nos venderán como esclavos.

César miró una vez más hacia los barcos enemigos.

El capitán tenía motivos para su pesimismo.

César era muy consciente de que, con toda probabilidad, nunca más volvería a ver a sus seres queridos, a su esposa Cornelia, a su madre Aurelia o a su pequeña hija Julia.

Los piratas se aproximaban de forma inexorable.

La muerte los envolvía.

Mientras intentaba pensar en alguna solución a lo irresoluble de su situación, César cerró los ojos y recordó las despedidas en Roma.

Domus de la familia Julia, barrio de la Subura
Roma, 76 a. C.

—¿Hacia dónde piensas ir? —había preguntado Cornelia sin asomo de reproche o de duda. Para ella no existía mayor tormento que una nueva separación de César, pero había algo por encima de todo: la seguridad de su marido.

—Rodas —respondió él mirando al lecho sobre el que había extendido ropa, sandalias, papiros con diversos mapas, una daga, un gladio…

Se preguntaba qué estaba olvidando. Llevaría esclavos y muchas más cosas en el barco que había fletado, pero ahora estaba decidiendo sobre lo más esencial, aquello que debía portar él mismo.

Cornelia se sentó en un *solium* en una de las esquinas de la habitación.

—Eso está muy lejos —comentó—. Se me antoja el fin del mundo.

—Lo sé, pero es necesario. Esta vez, contra Híbrida, ni siquiera me han dejado terminar el juicio. Me quieren fuera. Los *optimates*, quiero decir. O muerto.

Ella calló y contuvo las lágrimas. No deseaba añadir más preocupaciones a su esposo.

—Estaremos bien —dijo Cornelia al fin, con la boca pequeña, en voz baja, pero con la mayor serenidad posible—. Y me ocuparé muy bien de Julia. Estarás orgulloso de las dos. Tú sólo cuídate. El mundo es tan grande y tan peligroso. En particular, el mar…

Él la miró y asintió antes de girarse de nuevo hacia el lecho y repasar las cosas que había dispuesto sobre la cama.

—¿Irás solo? —preguntó ella.

—No, Labieno me acompaña. Se ha ofrecido a hacerlo.

—Eso me gusta. —De algún modo ella pensaba que en compañía del leal Labieno su esposo estaría algo más seguro, pero, aun así, podían pasar tantas cosas terribles en un largo viaje…

En ese momento, Aurelia asomó por la puerta de la habitación:

—¿Puedo pasar? —preguntó mirando alternativamente a su hijo y a Cornelia.

—Por supuesto, madre —respondió él mientras Cornelia asentía con un marcado gesto de bienvenida en su rostro.

Una vez su marido partiera hacia Oriente, su suegra volvería a ser su gran apoyo en Roma.

—No cuestiono tu marcha —empezó Aurelia dirigiéndose a su hijo—. Es lo más prudente después de lo de Dolabela y con lo que ha ocurrido en el juicio contra ese salvaje de Híbrida, además de que se lo prometiste a Pompeyo y es alguien que no olvida, pero ¿dónde piensas ir?

César, mirando otra vez hacia la cama, tardaba en responder.

—Va a Rodas —aclaró Cornelia.

—Sí, a Rodas —confirmó él, volviendo ahora sí la vista hacia ella.

—¿Por qué Rodas? —inquirió su madre.

—Quiero completar mis estudios en oratoria —comentó César—. Soy bueno, ya lo he demostrado en la basílica en estos juicios, pero he de ser mejor. Y puestos a tener que irme, no quiero darles la impresión de que salgo huyendo. Todos saben que en Rodas está Apolonio, el mejor profesor de retórica.

—Cierto —aceptó su madre—. ¿Vas a fletar un barco?

—Uno de los mercantes que van de Ostia a Alejandría —explicó César—. De los que traen cereal desde Egipto y retornan a Oriente con aceite y vino. Me llevaré a algunos esclavos, víveres, algo de dinero y Labieno me acompañará.

Aurelia asentía cada precisión. Lo de Labieno, al igual que a Cornelia, le parecía una muy buena idea.

—Madre, preferiría estar solo un rato —continuó César—. Temo olvidarme de alguna cosa. Necesito concentración.

—Por supuesto —aceptó ella.

—Voy contigo. —Cornelia se levantó para salir con su suegra de la habitación y dejar que su esposo pudiera hacer sus preparativos para el viaje sin constantes interrupciones de una u otra.

Una vez en el atrio, manifestó su preocupación a su suegra:

—Rodas está muy lejos. Temo por su seguridad.

—Ya viajó a Lesbos hace unos años y volvió. No te preocupes. Los dioses lo protegen —replicó Aurelia con confianza.

—Sí, pero en aquella ocasión, cuando fue a Oriente, a Bitinia y luego a Lesbos, lo hizo bajo el mando de Lúculo, dentro del engranaje del ejército romano en la región. Y luego, cuando fue a Macedonia, lo hizo en el curso de una investigación para un juicio en Roma. Sin embargo, ahora va solo, acompañado por Labieno, sí, y lo agradezco, los dioses saben en cuánta estima tengo a Tito Labieno por su lealtad constante a mi marido. Pero ambos se desplazarán sin ningún apoyo militar u oficial. Lo harán como *privati*, como ciudadanos particulares, y el mar y Oriente entero está lleno de peligros y guerras y tormentas y temo que Cayo no regrese esta vez, yendo sin apoyo militar o sin cobertura legal de Roma.

—Ya fue un fugitivo —contrapuso Aurelia— y sobrevivió.

—Lo sé, lo sé —admitió Cornelia, pero aún con tono de desesperación en sus palabras—. Cuando se negó a divorciarse de mí al exigírselo el despreciable de Sila. Pero entonces fue fugitivo solo por Italia y casi muere por las fiebres de los pantanos. En Oriente, con sólo la ayuda de un amigo, está sujeto a mil amenazas.

Aurelia suspiró. Al advertir lo terriblemente angustiada que estaba su nuera, la cogió de la mano y la condujo hacia el *impluvium*, acomodó a la joven en una *sella* y ella misma se sentó en la otra.

—César regresará, no lo dudes y no te preocupes —trató de consolar a su nuera, sin soltarle la mano—. No sé ni cómo lo hará ni qué le ocurrirá en este viaje, pero los dioses velan por él. Y, para tu tranquilidad, te diré algo que tengo muy claro en mi corazón: fuera de Roma está a salvo. Fuera de la ciudad son otros los que han de temerle. Es esta ciudad, esta maldita ciudad la que me preocupa. César está mil veces más seguro en medio de la tierra más hostil, rodeado de miles de bárbaros en pie de guerra, que en las calles de esta maldita Roma repleta de traidores.

En el tablinum

César fue de su habitación a su despacho privado. Repasaba un papiro en el que había anotado todo aquello que pensaba que debía llevar consigo en su viaje a Oriente, cuando de pronto, por pura intuición, porque ningún sonido anunció a la intrusa, se giró y la vio: la pequeña Julia, de apenas seis años, estaba tras él mirándolo fijamente.

—¿De verdad te vas a ir, padre? —preguntó con su voz infantil, con los ojos encendidos en lágrimas a punto de estallar.

César suspiró.

Tuvo claro que la niña escuchaba a escondidas las conversaciones de sus mayores, aunque ¿quién era él para reñirla, si él había pasado toda su infancia y su juventud haciendo lo mismo? Así, en lugar de recriminárselo, se inclinó en la silla y le habló con voz suave y con la mejor sonrisa que pudo.

—Sí, he de irme, Julia, pero volveré.

Pero la niña no parecía satisfecha con aquella respuesta y, aunque intentaba no llorar, varias lágrimas brotaron de sus ojos y discurrieron cristalinas, limpias, zigzagueantes, por sus diminutas mejillas sonrosadas.

César siguió mirándola y tuvo una idea: cogió a su hija por la cintura y la sentó sobre su regazo encarando la mesa.

—Mira —le dijo—. Te voy a contar un secreto, pero has de prometer que nunca se lo revelarás a nadie.

Aquello captó su atención y logró el objetivo deseado: la niña dejó de llorar.

—Te voy a enseñar un lenguaje secreto, un idioma que yo me he inventado. Tú ya sabes escribir muy bien, ¿verdad?

—Sí, padre. Muy bien, el tutor griego me ha enseñado y mamá ha insistido mucho en que lo hiciera bien. Mira.

Y la pequeña tomó un cálamo, lo mojó en el frasco lleno de *attramentum* negro para impregnarlo bien de tinta y escribió, con gran soltura para su corta edad, su nombre, el de su padre y el de su madre de modo perfectamente legible.

—Esto está muy bien, Julia —continuó su padre—. Ahora, escúchame. Has de estar muy atenta. Puede parecer complicado, aunque, en verdad, es muy simple.

—Estoy atenta, padre.

—Observa. —Con cuidado, César tomó el cálamo de la mano de la niña, volvió a humedecerlo en la tinta y empezó a escribir letras en la misma hoja de papiro que había usado la niña para demostrar su escritura—. ¿Lo ves? ¿Qué pone aquí?

Ella estiró el cuello para leer bien las letras, mientras su padre iba, poco a poco pero sin parar, escribiendo en el papiro.

—Es el alfabeto latino, padre, con todas las letras en orden.

—Muy bien —la felicitó César—. Ahora… —prosiguió tras completar la tarea—, ¿cómo nos saludamos, Julia?

—Decimos *ave*, padre.

—Eso es —confirmó él y, al tiempo, escribió la palabra junto al alfabeto—, pero en mi idioma secreto *ave* no es *ave*, sino que se escribiría así —y anotó tres letras.

—¿*Eai*? —se asombró la niña—. Pero eso no tiene sentido, padre.

—Sí, sí lo tiene para quien conoce mi secreto —opuso él, con tono cariñoso—. Observa. La a de *ave* está aquí —y la rodeó con un círculo—, pero si contamos cuatro hacia abajo… —y contó desde la a saltando hasta la cuarta letra hacia abajo, pues había escrito el alfabeto de forma vertical, hasta llegar a la e—. ¿Ves? —Y repitió la operación con la uve: tres posiciones hacia abajo, hasta llegar a la zeta y una más volviendo al principio del alfabeto y seleccionado la a—. Y por fin, para la e, contamos cuatro posiciones hacia abajo, siempre hacia abajo a no ser que se nos acabe el alfabeto y tengamos que volver al principio como he hecho antes. Desde la e, tenemos la efe, la ge, la hache y la cuarta es la i, de modo que empleo la i para la e. Por eso *ave* lo he escrito *eai*.

—Aaaah. —Julia abrió mucho los ojos.

—Veamos si lo has entendido bien, ¿de acuerdo?

—Sí, padre —respondió ella totalmente fascinada.

—Yo he de marcharme un tiempo, pequeña: ¿de qué forma nos despedimos?

—Decimos *vale*... bueno, *vale* cuando nos despedimos de una persona —precisó la niña—, y *valete* si nos despedimos de varias.

—Muy bien. Como te estás despidiendo de mí usaremos *vale*, pero ¿cómo sería *vale* en nuestro lenguaje secreto?

La niña arrugó la frente. Dirigió entonces su pequeña mano a la de su padre para tomar el cálamo que él aún sostenía y, una vez en su poder, empezó a contar cuatro posiciones, siempre hacia abajo, en aquel alfabeto latino escrito en vertical para cada letra de *vale*.

—La uve sería otra vez una a...

—Eso es —confirmó él muy pendiente.

—La a sería otra vez una e... la ele sería... una cu. —Se detuvo y miró a su padre a los ojos; César asintió y ella continuó—: Y la e otra vez una i. *Vale* es... ¡*aeqi*! —exclamó victoriosa.

—*Aeqi*, mi pequeña —repitió César y la besó—. Ahora, cuando quieras escribirme un mensaje secreto, tienes una forma en la que sólo yo te entenderé.

—Sí, padre.

—Y recuerda, Julia: volveré.

IV

El asedio de Lauro*

En las proximidades de Saguntum**
Costa este de Hispania
76 a. C.

El avance por la costa hispana del Mare Internum de las tropas de Pompeyo fue cualquier cosa menos un paseo militar. A la hostilidad que había encontrado en las belicosas tierras de la Galia, se unía ahora no sólo una extraña oposición de las ciudades hispanas a alojar a sus legiones o proporcionarles suministros, sino ataques constantes de pequeños grupos de legionarios sertorianos que acechaban a cada milla que los conducía hacia el sur.

El propósito de Pompeyo era alcanzar Tarraco*** y luego otras ciudades relevantes de la costa como Saguntum o Cartago Nova, para hacerse con el control efectivo de sus puertos y asegurar así una conexión fluida con Roma por mar, pero las reticencias en todas partes a colaborar con su ejército eran inmensas y difíciles de resolver sin usar la violencia.

—No lo entiendo —comentaba Pompeyo un día en su *praetorium* de campaña frente a Saguntum en su ruta a la ciudad de Lauro, un reducto leal a los *optimates* en medio de aquella región hostil al Senado

---

* Liria, en la provincia de Valencia.
** Sagunto.
*** Tarragona.

de Roma—. Todos estos territorios llevan decenios romanizados. ¿Por qué tanto odio contra nosotros?

Geminio carraspeó.

El procónsul conocía aquel tic y sabía que era un preludio de malas noticias.

—Deja de aclararte la garganta y dime lo que sea que hayas averiguado —le espetó con cierta impaciencia.

—Creo que sé por qué los celtíberos y otros pueblos de Hispania son tan fieles a Sertorio.

Pompeyo tomó asiento e inspiró hondo.

—Te escucho.

—Tengo confirmación de que Sertorio ha creado un Senado alternativo al de Roma. Lejos de aquí, en un lugar bien al interior, en la ciudad de Osca,* cerca de las montañas que separan Hispania de la Galia, al norte. En ese cónclave ha admitido a todo tipo de representantes de las aristocracias locales hispanas y respeta las decisiones que allí se toman.

—Así evita que lo vean como un caudillo o como un aspirante a proclamarse rey. —Pompeyo empezaba a entender mejor el porqué del apoyo a Sertorio y de la hostilidad a sus tropas: Roma nunca había atendido las demandas de los provinciales; Sertorio, en cambio, les estaba ofreciendo un mundo donde ellos sí participaban en las decisiones sobre su presente y su futuro.

—Exacto, procónsul —prosiguió Geminio—. Pero hay más: una de las primeras normas que aprobó ese Senado fue una reducción muy sustancial de los impuestos, y Sertorio la ha acatado. Eso le ha hecho muy popular en toda Hispania, en particular entre lusitanos y celtíberos, aunque la medida ha mermado sus recursos económicos. Además, ha creado una Academia, para formar a los hijos de las élites locales, también en Osca. De un modo u otro, el rebelde popular está creando... —No se atrevió a dar nombre exacto a lo que Sertorio estaba haciendo; era demasiado inquietante para Roma.

—Sertorio está creando una nueva república —sentenció Pompeyo. Se levantó y continuó hablando con las manos en la espalda, mientras andaba de un lado a otro de la tienda—. Senado nuevo, una capital nueva, leyes nuevas, formando nuevas generaciones de rebeldes... —Se

* Huesca.

detuvo y miró a Geminio—. Hay que acabar con él lo antes posible: Metelo está acorralando a Hirtuleyo en el sur. Nosotros no podemos quedarnos atrás. Necesitamos suministros y la ciudad de Lauro nos es leal, hemos de llegar allí y hacernos con todos los pertrechos y los víveres posibles para adentrarnos en la Hispania Citerior, hacia Osca misma, y acabar con ese miserable.

—Deberíamos, sí, procónsul, porque además Sertorio... se nos ha adelantado y está asediando la ciudad de Lauro en estos momentos.

—¿Él mismo o uno de sus *legati*?

—Él mismo —confirmó Geminio.

La conversación terminó en ese preciso instante. Geminio tenía también noticias sobre César, pero comprendió que lo urgente ahora era Sertorio y asistir a la ciudad de Lauro antes de que ésta cayera en manos del enemigo.

Pompeyo ordenó partir aquella misma tarde en dirección a Lauro. Desde Saguntum no estaba lejos. Al contrario, se hallaban muy cerca. Tenía la oportunidad no sólo de derrotar al líder rebelde, sino de atraparlo, de hacerse con él vivo y de llevarlo cubierto de cadenas a Roma.

Lauro, 76 a. C.

Campamento de Quinto Sertorio

Los legionarios populares abrían paso a su líder sin necesidad de que Sertorio utilizase *lictores* a tal efecto. Se hacía acompañar por ellos como modo de legitimar su posición en un nuevo estado romano, pero no era preciso que éstos fueran por delante. La sola presencia del líder militar supremo popular en Hispania, la confianza que despertaba en todos sus hombres, bastaba para que éstos se apresuraran a hacerse a un lado y dejarle el camino libre.

Marco Perpenna, uno de sus *legati* de máxima confianza, lo acompañaba en aquella inspección de los alrededores de la ciudad fortificada de Lauro, una de las pocas en la región que se había mantenido fiel al bando de los *optimates* que gobernaban Roma y ciudad hacia la que sabían que se aproximaba, *magnis itineribus*, a marchas forzadas, el mismísimo Pompeyo con su nuevo ejército.

Sertorio y Perpenna se detuvieron en un pequeño promontorio desde donde se divisaba a un lado la ciudad amurallada de Lauro y, al otro, una colina próxima que, desde el punto de vista militar, ofrecía una posición de privilegio para asediar la ciudad. Sertorio tenía decidido rendir Lauro como fuera, para hacer patente que ni la llegada del supuestamente invencible Pompeyo iba a revertir el hecho de que él y sus legiones populares mantenían un férreo control sobre Hispania. Le habían llegado noticias de que Metelo había derrotado a Hirtuleyo: su hombre en el sur andaba en franca retirada, lo que hacía que el enfrentamiento con Pompeyo fuera aún más decisivo; los ojos de todos los celtíberos estaban puestos en aquella pequeña ciudad. Sin quererlo, Lauro se había convertido en un símbolo del pulso que populares y *optimates* llevaban librando en Hispania desde hacía varios años ya. Y aquél era un pulso que Sertorio pensaba ganar.

—Nos situaremos en lo alto de esa colina con el grueso de las tropas —decidió.

Perpenna asintió, aunque tenía dudas.

—Pero… procónsul…

Se dirigía con este rango a su superior, consciente de que a Sertorio le agradaba, como una estrategia más para dar apariencia de legalidad a su liderazgo, de dotar a su control de Hispania de una sensación de estado romano alternativo al dirigido desde el Senado de Roma.

—Habla, Perpenna.

—Procónsul, si nos situamos en esa colina, Pompeyo nos atrapará entre los lauronitas, que están a su favor, pertrechados con arcos y lanzas en lo alto de las murallas de su ciudad, y el ejército que éste trae consigo.

—Tienes razón —aceptó de inicio Sertorio—, y sé que Pompeyo te derrotó… —Se corrigió y reformuló lo que iba a decir—: Y sé que viste a Pompeyo derrotar a muchas de nuestras cohortes populares en África, pero en Lauro va a ser distinto. Puedes estar seguro de ello.

Perpenna no se opuso más a los planes de su superior, pero, pese a que Sertorio había evitado decir explícitamente que Pompeyo lo había derrotado en África, tuvo claro que eso era lo que pensaba de él. Y le dolió. Le dolió mucho. Y Perpenna se guardó aquel rencor, en silencio.

Ejército de Pompeyo, a cinco millas de Lauro

El ejército de Pompeyo llegó a las proximidades de la ciudad y se encontró las tropas de su enemigo en lo alto de una colina. Era una aparente posición de fuerza, pero algo fallaba en ella.

—No podrán retroceder, si somos capaces de atacarlos y obligarlos a replegarse —comentó Geminio—. Tienen las murallas de los lauronitas a su espalda, armados hasta los dientes y con ganas de arrojarles todo lo que tienen.

Pompeyo escuchaba y valoraba la situación.

—Así es —admitió, pero arrugaba la frente mientras escudriñaba todo el horizonte, como si buscara algo—. No se divisan más tropas enemigas que vengan en ayuda de Sertorio. Sí, yo también creo que podemos lanzarnos sobre la colina: perderemos hombres, pero a poco que podamos embestirlos con la suficiente fuerza como para obligarlos a retroceder, como dices, los lauronitas harán que ese repliegue se convierta en una matanza total de populares. —Pompeyo no usaba la palabra *legionario* para referirse a aquellos soldados, a los que sólo consideraba rebeldes miserables.

El procónsul del Senado de Roma seguía inspeccionando el horizonte: atrás habían dejado el campamento abandonado de Sertorio, que habían rodeado sin ni siquiera saquearlo porque Pompeyo tenía claro que la rapidez era clave en aquel ataque. Luego, rendidas las tropas sertorianas, apresado su líder, liberada Lauro, ya retornaría sobre aquel campamento enemigo y se haría con todo el armamento o los suministros que pudiera haber dejado allí el líder rebelde al desplazarse a aquella colina.

—Entonces… ¿atacamos, procónsul?

—Manda primero mensajeros a Lauro y que informen de nuestra intención con el fin de que estén preparados para masacrar a Sertorio y los suyos cuando nosotros nos lancemos sobre la colina. En cuanto lo sepan los lauronitas, atacaremos.

Ejército de Sertorio, colina junto a Lauro

—Están enviando mensajeros a Lauro —anunció Perpenna señalando la dirección en la que cabalgaban varios jinetes pompeyanos que rodeaban la colina donde se encontraban—. Podríamos intentar interceptarlos.

—No —opuso Sertorio—. Los dos sabemos lo que dicen esos mensajes. Simplemente, mantenemos nuestra posición. Despliega las tropas en *triplex acies*.

Perpenna calló y asintió, pero observó que otros oficiales que estaban próximos compartían su inquietud.

Sin embargo, por detrás de ellos, los legionarios populares se mostraban más serenos: Sertorio les había dado algo grande por lo que combatir. Los había hecho partícipes de su proyecto, que no era el simple enfrentamiento contra la élite de los *optimates*, de los senadores más extremistas que sólo buscaban defender sus privilegios y su riqueza obtenida a partir del muy desigual reparto de las grandes victorias de Roma. Sertorio había creado un nuevo Senado en Hispania, nuevas leyes, y los celtíberos apoyaban esas normas más justas, sin expolios de los recursos locales en beneficio de unos potentados que se refugiaban tras normas dictadas por ellos mismos en su Senado corrupto de Roma. Sí, los legionarios populares de Hispania confiaban ciegamente en Sertorio. Porque lo veían luchar con ellos, comer con ellos, beber con ellos. Y porque con él siempre conseguían la victoria, una tras otra. Y porque, aunque no hubiera pillaje, cobraban su salario con regularidad. Por eso, cuando vieron aproximarse el ejército de Pompeyo, pese a sentir en la nuca el aliento de los lauronitas, conocedores de que no podían ceder terreno o serían masacrados desde las murallas, no dudaron de su líder. No darían un paso atrás. Además, estaban convencidos de que algo tendría pensado Quinto Sertorio. Siempre tenía un plan. No sin motivo llevaba años destrozando a cuantos ejércitos consulares había enviado Roma.

Los legionarios maniobraron y las cohortes se posicionaron a lo largo de la ladera de la colina junto a Lauro en triple línea de combate. Si Pompeyo quería venir contra ellos, que viniera.

Ejército de Pompeyo, en el llano

Pompeyo dispuso sus propias legiones también en *triplex acies*. Sabía que combatir en aquella ladera, en ascenso, iba a ser duro para sus hombres, pero ya tenía pensado enardecerlos contándoles cómo los lauronitas ya habían respondido a sus mensajeros para confirmar que estaban con todo preparado y que, en cuanto hicieran retroceder lo más mínimo a los sertorianos, arrojarían sobre ellos una lluvia de hierro. Pompeyo estaba muy confiado en que ese argumento daría alas a sus hombres, y a punto estaba de situarse frente a sus tropas para arengarlas cuando Geminio carraspeó a su espalda.

—Procónsul... —dijo.

Pompeyo se volvió hacia él con aire de fastidio. Estaba muy centrado en lo que debía decir a sus hombres y no necesitaba interrupciones, pero vio que su subordinado señalaba hacia la retaguardia de sus tropas. Y lo que vio no le gustó. Nada.

En la retaguardia del ejército de Pompeyo
Unos minutos antes

El viento pasaba por entre las tiendas abandonadas del campamento sertoriano. Por el suelo se veían utensilios de cocina, hogueras apagadas a toda velocidad, aún humeantes, incluso algunos *pila* olvidados en lo que parecía una rápida salida para hacerse con la colina a la que los legionarios de Sertorio se habían desplazado.

Había un silencio denso, especial, que hacía que hasta el viento se deslizara casi mudo.

De pronto, de una de las tiendas, emergió un hombre armado.

Éste se separó unos pasos del entramado de telas de la puerta de la tienda y miró a su alrededor. A lo lejos, adelantado a la posición de aquel campamento, vio al ejército pompeyano a punto de lanzarse contra los legionarios que ocupaban la colina junto a Lauro. Todo estaba tal cual había presagiado Sertorio.

Octavio Graecino, el hombre que observaba la disposición de unas tropas y otras, dio una voz.

—¡Ahora, por Hércules!

Y, de súbito, de todas las tiendas supuestamente vacías emergieron soldados armados y listos para el combate.

Bajo el mando de Graecino, se aprestaron a formar las cohortes que Sertorio había dejado ocultas en el campamento aparentemente abandonado y se dirigieron, veloces, hacia la retaguardia del ejército pompeyano.

Eran más de seis mil hombres.

Una legión entera.

Una fuerza de ataque potente, decidida y con órdenes precisas.

Ejército de Pompeyo, en el llano

Pompeyo miró hacia su retaguardia.

Y los vio.

Comprendió que tendría que haber revisado el campamento de los sertorianos antes de seguir avanzando hacia la colina, pero no tenía sentido pensar ya sobre lo que debería haber hecho y, sencillamente, no había hecho.

En esa nueva situación no podía atacar. Creía haber atrapado a su enemigo entre dos frentes, entre sus legiones y las murallas de Lauro repletas de arqueros, y ahora era él quien estaba entre dos fuegos. Pero con una diferencia sustantiva: los arqueros de Lauro no podían moverse de la ciudad, mientras que la legión que avanzaba hacia la retaguardia de su ejército era un enemigo móvil.

—¿Qué hacemos? —preguntó Geminio.

Pompeyo pensaba a toda velocidad, pero no tenía ningún plan para aquella aparición inesperada de sertorianos en su retaguardia. Sabía lo que deseaba hacer: atacar; pero también sabía lo que debía hacer: replegarse. Retirarse y esperar la llegada de Metelo, quien, tras haber derrotado a Hirtuleyo en el sur, se dirigía ya hacia el este de Hispania para unir ambos sus fuerzas y, así, superando en número a las tropas sertorianas, no tardarían en aniquilarlas. Con todo, esa unión aún iba a llevar tiempo, lo que dejaba a Lauro desasistida en el ínterin, condenada a su suerte. Y, por otro lado, y lo primordial en la mente de Pompeyo, esa unión con Metelo no le permitiría adjudicarse el éxito de derrotar él solo a Sertorio como había deseado y planeado aquella mañana.

La rabia lo reconcomía por dentro, pero la inteligencia supo gobernar sus actos, aunque fuera una inteligencia que condenaba a una ciudad entera.

—Nos replegamos —dijo Pompeyo. Lo dijo en voz baja, a regañadientes, mordiéndose la lengua casi, pero lo dijo—. No puedo conducir a varias legiones a combatir en una ladera cuesta arriba mientras otra legión enemiga nos embiste por detrás. No se puede combatir en dos frentes a la vez. No se ha hecho nunca.

Y se volvió hacia la colina buscando a Sertorio. Lo encontró, adelantado a sus tropas, con los brazos en jarras, desafiante, rodeado por sus oficiales.

Pompeyo pudo imaginar hasta la sonrisa que aquel maldito tendría dibujada en su rostro.

En lo alto de la colina

Sertorio veía cómo las legiones enemigas se retiraban para evitar combatir en dos frentes a un tiempo. Podía observar a Pompeyo en pie, aún junto a la ladera de la colina que había estado a punto de atacar, mirándolo desde la distancia.

Habló alto y claro para que lo oyeran sus oficiales:

—Hoy le enseñaré al aprendiz de Sila que un *legatus* debe mirar mucho más a su alrededor y no sólo delante de él.

Sus oficiales, que hasta hacía unos momentos, hasta la aparición de la legión oculta en el campamento, habían estado dudando, rieron y se relajaron. Sólo Perpenna se mantenía muy serio y en silencio.

Sertorio dio varias instrucciones, pues la lección que deseaba darle a Pompeyo no había hecho más que empezar:

—Enviad mensajeros a Graecino y que guarde la distancia con nosotros, siempre en la retaguardia de Pompeyo. Eso mantendrá al enemigo reacio a combatir. Y enviad también emisarios a la ciudad. Decidles que, si se rinden, respetaré sus vidas, pero si deciden alzarse en armas contra nosotros, arrasaremos Lauro y los mataremos a todos, sin excepción.

Ejército de Pompeyo

Pompeyo sufrió humillación tras humillación.

Los lauronitas vieron que el procónsul de los *optimates* enviado desde Roma para terminar con Sertorio se mantenía inmóvil y no le atacaba por miedo a ser él mismo embestido por dos frentes a la vez. Así las cosas, los de Lauro decidieron aceptar las condiciones de rendición propuestas por Sertorio. Aquél era su enemigo, pero por toda Hispania, en particular desde la creación de su Senado en Osca, había corrido la voz de que ese hombre era fiel a su palabra. Así, Lauro abrió sus puertas y por ellas Sertorio dejó salir a todos los habitantes y ordenó a sus hombres que no tocaran a ninguno: ni a hombre armado o civil, ni a mujeres ni a niños. Pero igual que esto lo cumplía, ordenó que sus legionarios se ensañaran con la ciudad en sí y la abrasaran.

Y Pompeyo tuvo que verlo todo, inmóvil, como un testigo mudo, avergonzado ante su incapacidad para detener la caída de una ciudad aliada a su causa.

Fue testigo de cómo las llamas devoraban las casas, las calles y hasta las murallas.

Únicamente se respetaron los templos.

Sertorio no luchaba contra los dioses, sino contra los senadores *optimates* de Roma que, sin serlo, se creían dioses.

Pompeyo empezó a comprender que Roma tenía no sólo el problema de César, tal y como insistió Sila una y otra vez, sino también la urgencia de Sertorio, que además de un hábil comandante era un peligroso estratega militar y político: aplicaba la fuerza cuando debía, pero respetaba vidas humanas y templos sagrados, se congraciaba con los celtíberos bajándoles los tributos y evitaba que lo viesen como un rey al implantar un Senado en Osca que daba apariencia de un gobierno consensuado con los hispanos y no impuesto sólo por la fuerza.

—Haz el favor de darme alguna buena noticia —pidió Pompeyo—. Algo que me guste. O simplemente guarda silencio.

—Hay nuevas de Roma.

—¿Sobre?

—Sobre César —precisó Geminio, que se había guardado aquella información antes—. Como nos informaron, ha salido huyendo por temor a que los hombres de Híbrida lo asesinen en las calles de Roma. Ha embarcado en un mercante con destino a Oriente.

—Eso ya lo sabíamos —le espetó Pompeyo con cierto aire de fastidio.

—Ahora sé que navega hacia Rodas —especificó Geminio.

—¿Y eso por qué es relevante? —El procónsul estaba a punto de perder la paciencia. El día no había ido bien y su hombre de confianza no estaba ayudando a terminarlo mejor.

—Se han avistado numerosos barcos piratas en la región. La campaña de Isáurico no terminó con esos forajidos del mar. César navega hacia una trampa mortal.

—Sea. Tal y como va el día, eso lo doy por buenas noticias —aceptó Pompeyo—. A ver si los dioses nos son más propicios en las aguas que en esta tierra maldita de Hispania.

Pompeyo escupió en el suelo.

Pidió copas y vino.

—¡Por los piratas! —brindó y ambos bebieron.

Apuraron las copas en tragos largos.

Al cabo de un rato, Geminio retomó la conversación:

—Entonces… ¿no vamos a atacar a Sertorio mientras mantenga esa legión en nuestra retaguardia? —inquirió, retornando al presente inmediato que los rodeaba, pues se preguntaba cuánto tiempo pensaba estar así Pompeyo, bloqueado, sin actuar.

—No, no atacaremos. Esperaremos.

—Si el procónsul me permite preguntar: ¿esperaremos qué?

—Puedes preguntar y yo te respondo, Geminio: esperaremos la llegada de Metelo. A Sertorio le gusta la guerra lenta. Bien, le mostraremos que yo también puedo ser paciente: esperaremos a Metelo y su ejército, que avanzan desde el sur. Entonces será Sertorio quien estará entre dos frentes, y ambos de varias legiones. Veremos qué es lo que hace el rebelde.

Colina del ejército de Sertorio, junto a Lauro

—Una gran victoria —admitió Marco Perpenna cuando se quedó a solas con el líder de los populares observando la destrucción de la ciudad que se les había resistido hasta hacía muy poco—. Conseguida con una gran estrategia, pero… hay dos cosas que me preocupan.

—¿Qué cosas? —le preguntó Sertorio volviéndose para mirarlo y prestarle toda su atención.

Sabía que Perpenna era un hombre susceptible, poco acostumbrado a recibir órdenes y quizá no tan hábil militarmente como él, pero también era un valiente de la causa popular y él necesitaba a tantos como pudiera tener a su lado. Sin embargo, no quería que estuvieran con él en la desconfianza o la duda, sino en la seguridad de que se hallaban bien liderados. Si los oficiales dudan, esos temores se transmiten al resto de los legionarios y todo tiembla frente al enemigo; pero si los oficiales están en sintonía con el líder, la cadena de mando se mantiene tensa, férrea y sólo transmite fuerza a cada soldado en el frente de batalla. Eso es lo que necesitaban. El conflicto, Sertorio estaba seguro de ello, aún iba para largo. Y más con su estrategia de guerra de guerrillas evitando, siempre que pudiera, grandes batallas, como acababa de hacer con la toma de Lauro: había tomado la ciudad pero sin la gran batalla campal que Pompeyo buscaba. Era un lenta guerra de desgaste con la que esperaba llevar a Roma a la agonía y, por fin, a la negociación y a las concesiones, forzando al Senado de *optimates* a aceptar muchas de las peticiones de los populares.

—Bueno, si todos hubiéramos sabido lo de la legión de Graecino, oculta en el campamento y con instrucciones de amenazar la retaguardia del enemigo, habríamos vivido toda la situación con más seguridad. No entiendo por qué no·has compartido esta información con el resto de los oficiales.

Sertorio asintió varias veces al tiempo que respondía:

—Muy cierto. Yo también he percibido nerviosismo entre los tribunos en lo alto de la colina, nervios que se han disipado cuando ha aparecido la legión de Graecino. Pero, Marco, estamos en una guerra civil, y en las guerras civiles las traiciones y el flujo de información de un ejército a otro es muy frecuente, infinitamente más que al combatir contra bárbaros. No podía arriesgarme.

Marco Perpenna se pasó la mano por la barba y asintió una vez.

—De acuerdo, es un motivo —admitió.

Se hizo el silencio entre ambos. Sertorio se giró hacia la ciudad en llamas y, al cabo de unos instantes, mientras Perpenna ponderaba aún la respuesta recibida, lanzó una pregunta:

—Pero has dicho que te preocupaban dos cosas: ¿cuál es la otra?

—Ah, sí —dijo Perpenna como si volviera de un trance—. Me preocupa y mucho el asunto del dinero: hemos bajado los impuestos para conseguir el apoyo de los celtíberos y se ha logrado ese objetivo, pero estás planteando una guerra larga y un conflicto así, que se dilata en el tiempo, es muy… costoso.

—Sí, de nuevo aciertas en tu diagnóstico. Un asunto serio. Sin dinero no podemos ganar. Hay que pagar a las legiones. Los hombres no viven sólo de ideales, necesitan un salario regularmente. A mí también me preocupa el tema y por eso he tomado medidas para resolverlo.

A Perpenna le parecía que sólo había un camino; impopular, pero el único posible:

—Vas a volver a subir los impuestos, ¿verdad? Ahora que estamos más asentados en el control de Hispania es buen momento. Y se puede justificar por la guerra, por una situación de emergencia…

—No, no, eso sería faltar a mi palabra de acatar las decisiones del Senado de Osca —lo interrumpió Sertorio—. Además, reavivaría el rencor de los celtíberos y los necesitamos con nosotros. —Zanjó así ese camino de recaudación de fondos para la guerra—. He puesto en marcha otro plan. El dinero, de hecho, ya está en camino. Y lo que he vendido también va ya en camino. Nadie da dinero por nada.

—¿Qué has vendido? —Perpenna estaba completamente perdido.

—Legionarios. Bueno, no es una venta, más bien un alquiler. Van a combatir en favor de alguien en la otra punta del Mare Internum. He enviado varias cohortes de legionarios en una flota desde Cartago Nova hacia Oriente para que luchen como mercenarios para el rey Mitrídates del Ponto. A cambio, el rey nos ha enviado tres mil talentos. Llegarán pronto. Por eso hemos de mantener el control de la costa. Por eso estamos aquí.

Marco Perpenna hacía cálculos:

—Eso son unos… —arrugó al frente mientras hacía un cálculo rápido—, dieciocho millones de dracmas.

—Sí —confirmó Sertorio.

—Podremos financiar la guerra durante mucho tiempo.

—Y no sólo eso —continuó Sertorio girándose ahora para encarar al ejército enemigo—. Ya has visto cómo Pompeyo se ha detenido por temor a librar la batalla en dos frentes. Está esperando a que llegue Metelo desde el sur, para atraparnos a nosotros entre sus dos ejércitos.

Perpenna asintió para mostrar que seguía el razonamiento de su superior.

—Pues yo voy a abrir otro frente a los *optimates* con Mitrídates en Oriente, a la vez que consigo dinero para nuestras legiones. Sila fue un dictador cruel y despiadado para con todos, en especial con nosotros, con los populares, pero nos dejó un regalo: en su afán por hacerse con el control de Roma, no dio término al desafío permanente que supone Mitrídates en Oriente, quedó sin resolver. De hecho, usó aquel conflicto para hacerse con un ejército, para fortalecerse él. Aprendamos de él aquello que puede ser útil a nuestros propósitos: ahora usaremos nosotros la existencia de Mitrídates para debilitar a los *optimates* y conseguir dinero. Mucho dinero y un segundo frente, no ya de batalla, sino de guerra.

Marco Perpenna parpadeó varias veces mientras miraba a Sertorio. No dijo nada, pero su admiración era patente.

Sertorio sintió que había logrado el objetivo que se había propuesto con aquella conversación: se había ganado el respeto de Perpenna.

V

El precio de una vida

**Costa sur de Cilicia, Mare Internum
75 a. C.**

—¡Nos matarán! —repetía una y otra vez el capitán del barco—.
¡Nos matarán a todos!

—No necesariamente —dijo de pronto César, despertando de sus
recuerdos—. Hay otra opción.

—¿Otra opción? —preguntó Labieno, incrédulo. Ya había aceptado
que se trataba de piratas, pero no veía en qué podía estar pensando su
amigo—. ¿Qué otra opción nos queda sino luchar o morir?

—Negociar —dijo César.

—Ésos sólo negocian con gente importante —apuntó el capitán del
barco alejándose de ellos. Recorría la cubierta con la mirada gacha,
desolado por el desastre que se cernía sobre él, las manos en la cabeza.

—Lleva razón en eso —señaló Labieno.

—Cierto, pero olvidas que yo soy importante —añadió César—.
He sido *flamen Dialis* en Roma, y condecorado militarmente. Tenemos
conexiones con Roma.

—Con una Roma que te desea más muerto que vivo —dijo su amigo.

—Cierto también —aceptó César—, pero eso ellos no lo saben. Yo
negociaré por todos.

Lo dijo con seguridad, con un aplomo extraño, como si ya tuviera
un plan.

Los barcos piratas rodearon el mercante.

El capitán había cogido una espada y repartido algunas más entre sus hombres en lo que, sin duda, era un acto valiente pero inútil. César se le acercó.

—Prefiero morir que ser vendido como esclavo —dijo el capitán.

Sereno, César se adelantó a él, como si fuera a recibir a los primeros piratas que ya escalaban el lateral del mercante.

—Lleva a tus hombres al fondo de la cubierta y déjame hablar por todos. A tiempo de hacerte matar, siempre estás.

El capitán retrocedió con sus marineros al otro extremo del barco.

Labieno se puso junto a César, pero un poco por detrás. No por miedo, sólo por respeto a su amigo, que parecía querer llevar la voz cantante en toda aquella situación.

Al poco, una cincuentena de piratas estaban ya en cubierta, armados con espadas, cuchillos y alguna lanza, mirando con aire amenazante a César, Labieno y a la tripulación. Algunos reían: el miedo de los marineros del mercante era tan evidente que les hacía gracia. Vieron que alguno se orinaba encima y se podía apreciar cómo estaban manchando la poca ropa que llevaban puesta.

A los piratas, no obstante, los incomodaba un tanto la mirada osada de aquel hombre en medio de la cubierta, acompañado por otro, que parecía ser el único que los desafiaba.

De pronto, otro hombre abordó el mercante y, por un segundo, todos los piratas lo miraron.

César tuvo claro que aquél era el líder.

Ese hombre no esgrimía arma alguna. Llevaba un puñal y una espada ceñidos por un cinto a la cadera, pero, escoltado por el resto, no se molestaba en blandir sus propias armas.

—¿Qué tenemos aquí… un valiente o un tonto? —dijo en un griego tosco pero comprensible, encarándose a César.

Sus hombres se echaron a reír ahora con más intensidad que al principio.

—Soy ciudadano romano —respondió César.

—Aaah —replicó el líder pirata de forma exagerada fingiendo estar impresionado—. ¿Pretor, *quaestor*… quizá? ¿Edil? ¿O hemos apresado el barco de un cónsul romano que, curiosamente, viaja sin su ejército? —Y lanzó una gran carcajada.

—No. No he ejercido aún ninguna magistratura.

—Oooh, el romano no ha ejercido aún ninguna magistratura —se burló el líder de los piratas—. Serás, al menos, ¿senador de Roma?

César suspiró y negó nuevamente con la cabeza:

—No se puede ser senador de Roma sin antes ejercer una magistratura.

El pirata se encogió de hombros: las complejidades del entramado político romano lo aburrían. Lo único que él entendía era que aquel hombre no parecía importante. Miró a su alrededor: los marineros del mercante estaban aterrados. Eso le encantaba.

—Soy aún demasiado joven para esos cargos —añadió César con un tono notablemente sereno para lo difícil de la situación—, pero he sido *flamen Dialis*, sacerdote de Júpiter. Si pides un rescate por mí, podrás sacar una buena suma de dinero.

En cuanto el pirata oyó la palabra *dinero*, dejó de mirar en derredor y concentró su atención, de nuevo, en César.

—Sacerdote de Júpiter… —repitió. Aquél era el dios supremo de los romanos; parecía un cargo de cierta relevancia—. Has dicho que *has sido* sacerdote de ese dios, ¿ya no lo eres?

—No se permanece en ese puesto siempre, sólo un tiempo —mintió César para evitar el espinoso asunto de su destitución del cargo de *flamen Dialis* por Sila años atrás—. Sólo lo he mencionado como muestra de que estás ante alguien importante, por cuyo rescate podrías obtener buenos réditos, siempre y cuando no se pierda ni una sola vida.

—No sé… —El pirata miraba al suelo mientras hablaba—. Por un magistrado, sé que los romanos pueden dar bastante dinero, pero alguien que sólo es ciudadano… no lo creo. Y un secuestro es dinero lento. Más rápido sería venderes, a ti y a todos, como esclavos en un puerto de la costa, en una de las islas cercanas. Hay muchos sitios donde la gente no pregunta de dónde vienen los esclavos. Y hay mucha necesidad de ellos. El dinero lento no me gusta. —Levantó la mirada para clavar sus ojos en César—. Tendrías que valer, al menos, veinte talentos de plata.

Labieno se quedó boquiabierto. Aquélla era una cantidad absurda por una sola persona. Equivalía a unos ciento veinte mil dracmas.* ¿De

---

* O unos 520 kilos de plata de la época al peso.

dónde iban a sacar aquella fortuna estando tan lejos de Roma? Tendrían que enviar mensajeros a Italia, reunir el dinero y luego que éste llegara intacto a manos de los piratas. La operación podía llevar varios meses.

—Yo no valgo veinte talentos de plata —apuntó César.

—Ya sabía que no eras importante —respondió a su vez el pirata—. Pues si no vales veinte talentos, no merece la pena esperar tu rescate...

—Yo valgo mucho más —lo interrumpió él.

—¿Más? —El pirata se le acercó despacio, la avaricia brillando en sus ojos—. ¿Cuánto más?

—Por mí puedes conseguir cincuenta talentos de plata* y antes de... —Tenía que dar un plazo corto, pero no imposible.

—¿Antes de...? —inquirió el otro.

—Antes de la segunda luna llena.

César fue categórico.

Labieno asistía a aquella conversación en silencio. César estaba comprando tiempo, su plan debía de ser engañar al líder pirata con falsas promesas de una enorme fortuna y luego buscar una oportunidad para escapar, pero nadie escapaba con vida de los piratas. Los que lo intentaban morían ensartados por los criminales durante la fuga.

—¿Cómo has dicho que te llamas, romano? —preguntó el líder de los piratas.

—No lo he dicho. Mi nombre es Julio César.

El pirata arqueó las cejas y lo miró de lado.

—Ese nombre no me dice nada. Muy famoso no eres... —Y se echó a reír una vez más, antes de añadir—: Pero ese precio es sólo por ti. Al resto los venderé como esclavos.

—No —replicó César con decisión—. Te he subido el rescate de veinte a cincuenta talentos, pero eso nos incluye a todos.

Labieno contenía la respiración.

El capitán del barco y sus marineros miraban a César entre la admiración y el miedo. Sus vidas estaban en sus manos.

---

* Unos 1.300 kilos de plata. Al precio actual de la plata, unos 870.000 euros. Pero estas equivalencias no tienen en cuenta el valor de la plata en aquel tiempo, muy superior al de ahora. Según Engen (2004), un talento equivalía a nueve años de trabajo de un profesional cualificado, lo que nos daría una cifra actual de 20-25 millones de euros.

El líder pirata rodeó despacio a César. No le gustaba que le discutieran nada.

Se acercó y le escupió en la cara.

—Eso por atreverte a llevarme la contraria delante de mis hombres, romano —le espetó indignado y se apartó un par de pasos—, pero los negocios son los negocios: de acuerdo, romano: cincuenta talentos de plata. Si los recibo antes de la segunda luna desde hoy, saldrás con vida de ésta, tú y tus hombres, y también los marineros que te acompañan en este barco, pero si pasada la segunda luna no ha llegado el dinero, os venderé a todos como esclavos. A todos menos a ti: a ti te crucificaré, por haberme hecho perder el tiempo... Julio César.

—De acuerdo —aceptó el aludido.

El pirata miró fijamente a su interlocutor durante unos segundos, luego se encogió de hombros en clara señal de incredulidad y, por fin, se dirigió a sus hombres:

—Haceos con el gobierno del barco, llevad a todos abajo. Regresamos a puerto.

—Tendré que enviar un mensajero —apuntó César cuando los piratas ya lo rodeaban.

—Ya hablaremos de eso más tarde, romano —le dijo el líder—. Aquí las órdenes las doy yo.

César se limpió el rostro de la saliva del pirata y, guiado del brazo por Labieno, siguió al resto hacia su prisión en las entrañas del barco.

VI

La campaña de Tracia

Tracia,* 75 a. C.

Cayo Escribonio Curión estaba incómodo. Quería marchar hacia el norte, pero necesitaba víveres y suministros de todo tipo, y la provincia que tenía asignada, Macedonia, estaba empobrecida tras el reciente periodo de Dolabela como gobernador. Podía seguir el camino de aumentar los impuestos y, de hecho, había exigido pagos suplementarios, y hasta podía inventar impuestos nuevos, pero el juicio contra Dolabela dos años atrás había agitado demasiado la provincia, y también a Roma, de modo que optó por otra estrategia. No quería verse involucrado en un juicio similar al que se había enfrentado Dolabela.

Su plan era conseguir un triunfo, a costa de lo que fuera, pero sin soliviantar las tumultuosas aguas de la política romana que, además, hasta el momento, le permitían navegar con el viento en las velas: senador *optimas*, había llegado a ser cónsul y, ahora, gobernador. Sólo le faltaba ese triunfo. Había puesto los ojos en los territorios de los mesios y los dardanios, en dirección norte, cerca de ese gran río Danubio que parecía un lugar inalcanzable para las legiones de Roma. Él estaba dispuesto a llevar la frontera del Estado romano hasta sus orillas.

Descartada la opción de subir impuestos, Escribonio Curión decidió saquear las tierras de los tracios, ya derrotados por Sila en su cam-

---

* Actual noreste de Grecia, sur de Bulgaria y Turquía europea.

paña de Grecia, y hacerse con todo lo que necesitara para su ambiciosa campaña arrebatándoselo a un pueblo rendido y sin derechos claros aún con relación a las leyes romanas. O, lo que es lo mismo: nadie en Roma atendería sus quejas. Curión tampoco hizo distingos entre las tribus que habían colaborado en el pasado con Roma y las que no.

Sin embargo, inesperadamente para los romanos, algunos tracios presentaron una sorprendente resistencia a la hora de entregar ganado y trigo y otros víveres a las tropas de Curión a cambio de apenas nada. En particular, un líder de su denostada vieja nobleza se alzó en armas contra las cohortes de Curión e incomodó al gobernador. Al parecer aquel rebelde, como lo denominaba Curión, había luchado en el pasado a favor de los romanos y daba la sensación de que conocía sus tácticas de combate, lo que hizo que detenerlo fuera algo más costoso de lo previsto. Pero el tracio estaba en clara inferioridad numérica y de recursos militares. Al final fue detenido, su hacienda incendiada, su mujer y sus hijas asesinadas después de ser violadas y torturadas ante el líder rebelde y centenares de otros tracios. Curión quiso dar así ejemplo de fuerza ante el resto de posibles líderes tracios con aquel noble arrestado, vejado y humillado en grado extremo, de modo que la resistencia a entregar suministros a sus tropas desapareciera por completo. Ciertamente, el ensañamiento con aquel rebelde surtió el efecto deseado: las legiones de Curión pronto tuvieron todo lo necesario para marchar hacia el norte. Sólo quedaba una cuestión por decidir.

—¿Y qué hacemos con el tracio? —preguntó uno de los tribunos militares a Curión señalando a aquel aristócrata local que había osado enfrentarse a las tropas del nuevo gobernador de Macedonia.

El tracio estaba encadenado a un poste de madera frente al *praetorium* de campaña. No tenía hijos varones, y eso le había transmitido la sensación al gobernador de que aquel hombre era un ser débil: quien no es capaz de engendrar un heredero, a sus ojos, no era nadie. Si lo mataba, con él moría su estirpe.

—Lo suyo sería crucificarlo… —empezó a decir Curión, pero se detuvo y arrugó la frente.

Al tribuno que lo había interpelado, todo aquello no le gustaba. Cayo Volcacio Tulo —en constante combate en Oriente, primero contra ejércitos de Mitrídates y ahora al servicio del nuevo gobernador de Macedonia— prefería la lucha contra enemigos reales, contra ejércitos, no aquella campaña de rapiña para aprovisionar las tropas matando y arrasándolo todo a sangre y fuego. Volcacio, además, había observado cómo Curión se cuidaba mucho de mantenerse alejado del combate. ¡Qué diferente a aquel joven tribuno a quien conoció en el asedio de Mitilene! Julio César se llamaba. Roma lo había expulsado. Como todos, Tulo estaba al tanto del enfrentamiento entre los *optimates*, que lo controlaban todo, y los populares, que querían cambiar las leyes. Sabía también que ese Julio César era del segundo grupo. Pero él, Tulo, no entraba en política y, sin embargo, qué gusto combatir con alguien que pese a tener el mando compartía la primera línea de combate con los legionarios. ¿Qué sería de aquel joven patricio?

—No, no lo crucificaremos —la voz del gobernador interrumpió los pensamientos del tribuno—. Hay que mandar un mensaje aún más duro contra el resto de los tracios.

Tulo enarcó las cejas.

—¿Qué puede haber más duro contra un hombre que lo que le hemos hecho, gobernador? —preguntó el oficial—. Con él por testigo, hemos torturado, violado y matado a su mujer y a sus hijas, hemos incendiado su casa y nos hemos apropiado de cuanto tenía. No sé qué podría ser peor que todo eso.

Curión respondió de forma lapidaria:

—No matarlo. Eso será peor. Para que sufra aún más tiempo.

El tribuno no creía que aquello fuera buena idea: el rencor de aquel tracio debía de ser terrible. A Tulo también le había llegado la información de que ese hombre había combatido a favor de los romanos en el pasado. ¿Era ésa la forma de pagar antiguas lealtades? ¿Era inteligente crear tantísimo rencor en alguien incluso si con ello se intentaba aleccionar al resto?

—Pero si no lo crucificamos… ¿qué hacemos con él, *clarissime vir*? ¿Lo llevamos prisionero con nosotros hacia el norte?

—Venderlo como esclavo —respondió el gobernador.

Las legiones romanas siempre iban seguidas por tratantes que hacían negocio rápido y muy oneroso con los esclavos que las tropas romanas iban creando en su avance hacia donde fuera, en este caso hacia el Danubio.

El centurión asintió, aunque no le gustaban esas órdenes.

El gobernador regresó al interior del *praetorium*.

Tulo ordenó desatar al tracio y éste, libre de amarre, cayó de rodillas.

—Dadle agua —ordenó el tribuno.

Un legionario acercó un odre al prisionero, que lo cogió en sus manos, lo elevó y bebió con ansia.

A Tulo le llamó la atención aquella ansia por la vida en alguien que debería estar hundido por completo.

—Traedlo conmigo —dijo el tribuno.

Dos legionarios levantaron al tracio y lo empujaron para que caminara detrás de su superior. Cruzaron así el campamento romano y salieron del mismo hasta, pasando por encima del foso, llegar a las tiendas, en el exterior de la fortificación, donde acampaban los tratantes de esclavos.

Un hombre sucio, alto y encorvado, que apestaba a vino barato, recibió al tribuno.

—¿Qué nos traen las legiones de Roma hoy? —dijo a modo de bienvenida.

—Aquí tienes —le respondió Tulo—. El precio acostumbrado.

—Pero si está destrozado a golpes —se quejó el tratante, más que nada para bajar el precio que tenía que pagar—. Apenas se tiene en pie. No vale para trabajar.

Tulo miró al preso y luego al otro.

—Este hombre es duro, créeme —le dijo, no por no regatear, sino por esa intuición de guerrero que tenía—. Resuelve los detalles con mis hombres. —Se dio la vuelta y echó a andar de regreso al campamento.

El tratante escupió en el suelo de puro fastidio al ver que el militar no iba a admitir rebajas en el precio. Se aclaró la garganta y se dirigió entonces al prisionero:

—¿Cómo te llamas, esclavo?

La voz del tratante llegó a oídos del tribuno mientras se alejaba.

Se oyó un bofetón.

—¡Te he preguntado cómo te llamas, imbécil!

Tulo se detuvo y se giró para contemplar la escena, aunque no fuera a intervenir. Aquel esclavo ya no era asunto suyo ni de las legiones de Roma.

El tracio permanecía callado.

—Igual no entiende latín —apuntó uno de los asistentes del tratante.

Tulo sabía que el prisionero sí entendía latín. Y griego. Lo había oído hablar con otros prisioneros en el campamento en ambos idiomas.

—Verás si responde o no —dijo el tratante encorvado, y asestó varias bofetadas más en el rostro del nuevo esclavo hasta que la sangre le brotó por la nariz.

El tracio, por fin, tragó saliva, se pasó el dorso de una mano para interrumpir el curso de la sangre que brotaba de su nariz y afirmó con voz clara:

—Mi nombre es Espartaco.

VII

Un rescate imposible

Isla de Farmacusa
Mare Internum, en las proximidades de la costa de Cilicia
75 a. C.

—Se hace llamar Demetrio —comentaba Labieno a César en la tienda donde los habían ubicado en una isla desconocida para ellos.

Probablemente se trataba de la misma Farmacusa cerca de donde los capturaron, pero como los habían desembarcado con los ojos vendados de modo que no pudieran ver ni la bahía ni el puerto de la base pirata, no tenían la certeza. Si intuían que se encontraban en la misma Farmacusa era porque la navegación había sido muy breve desde su abordaje, y tanto César como él habían concluido que los piratas se habían limitado a circunnavegar la isla.

—¿Quién? —preguntó César.

—El líder de los piratas. Se hace llamar Demetrio —precisó Labieno—. ¿No has oído que ése es el nombre que todos usan para dirigirse a él?

—No me había fijado en eso.

—Ya veo —replicó Labieno algo irritado.

César estaba actuando de forma errática: primero elevaba su rescate hasta una cantidad absurda, imposible de conseguir y menos en un plazo de tiempo tan corto, y ahora comprobaba que ni siquiera atendía a las cosas relevantes que ocurrían a su alrededor. ¿Se daba cuenta del peligro inminente de ser él ejecutado y los demás vendidos como esclavos?

Estaban solos, en una tienda pequeña pero razonablemente confortable, con dos lechos de paja limpia, un par de mantas y un cántaro con agua fresca. Se hallaban sentados el uno frente al otro, cada uno en su cama.

—Demetrio… —repitió César, pensativo—, como Demetrio de Faros, el monarca ilirio que utilizaba la piratería contra todos. Nuestro pirata es un hombre algo cultivado en historia, o la coincidencia del nombre con ese antiguo rey es puro azar. —Ladeó la cabeza—. Lo tenemos mal —admitió—, pero, por Júpiter, no peor que cuando nos atacaban los soldados de Anaxágoras frente a Mitilene, en Lesbos.

—Pues ahí casi morimos —apostilló Labieno, como si las palabras de su amigo no hicieran sino certificar el hecho de que estaban en una de las peores situaciones posibles.

—No, no vamos a morir ahora. Tengo un plan. La cuestión es…

Pero cuando César iba a explicarse con más detalle, varios piratas irrumpieron en la tienda, los cogieron a ambos de los brazos y los arrastraron fuera.

—Demetrio quiere veros, romanos —les espetaron no de muy buenas maneras.

César se sacudió la mano que lo tenía asido y lo mismo hizo Labieno. Los piratas respondieron desenfundando espadas y esgrimiendo dagas, pero dieron un paso atrás y se limitaron a indicarles el camino que debían tomar.

En su ruta hacia el encuentro con el líder de sus secuestradores, César y Labieno pasaron por entre tabernas repletas de más piratas, que bebían y comían opíparamente, almacenes de cereales y otros víveres vigilados por hombres armados, otros edificios que parecían ser tiendas y herrerías, carpinterías, alfarerías y, cómo no, casas de prostitución con varias meretrices ofreciéndose en la entrada.

Era evidente que los piratas vivían en la opulencia y eran capaces de autogestionarse con cierta organización. Aquello, más que un puerto sin ley ni orden, recordaba a una pequeña ciudad no muy diferente a muchas otras ciudades portuarias que César había visto en sus viajes previos.

Llegaron a una amplia casa con columnas dóricas en el exterior y un gran atrio con plantas en el interior. Un lugar agradable donde estar cobijado del sol y del calor en una región del mundo, Cilicia, donde los veranos eran particularmente insoportables por el bochorno de un calor húmedo que hacía sudar día y noche.

Demetrio los recibió con un par de esclavas encadenadas y arrodilladas a sus pies, y vino servido en una copa de oro. Reía con algunos de sus hombres, que lo acompañaban en lo que sin duda era uno de sus muy frecuentes festines después de haber apresado algún barco mercante como el que acababan de capturar.

—Ah, aquí tenemos a nuestro rico romano. —Hizo una señal para que dejaran a César y Labieno frente a él, de pie—. Bien, romano, Julio César... ¿cómo lo vamos a hacer? Cincuenta talentos de plata antes de la segunda luna. Su equivalente en dracmas, esto es, trescientos mil, o todo en plata, o una parte en dracmas y otra en plata. Cómo me lo entregues no me importa mientras sea en una de esas tres formas. El plazo que te has dado es breve y mi paciencia, muy escasa. La segunda luna llena será en treinta y ocho días, pues la primera está ya cerca. No creo que lo logres si has de recurrir a Roma.

—Tengo amigos más cerca —dijo César.

—¿Ah, sí? —Demetrio dejó la copa de vino en manos de una de las esclavas—. Eso me intriga... —Se quedó mirando fijamente a César, pero éste permaneció callado sin satisfacer la curiosidad de su captor. El pirata no se lo tomó a mal—. Bueno, es tu secreto. Podría sacártelo a base de golpes, pero si vales cincuenta talentos de plata eres mercancía valiosa. A mí me da igual de quién o de dónde saques el dinero, siempre que lo consigas.

—Sólo necesito enviar a un mensajero en un barco y el dinero llegará aquí antes de que se cumpla el plazo acordado —repitió César lo que ya indicó antes de pisar tierra, al negociar su suerte.

—Te escucho, romano —replicó Demetrio con genuino interés.

En su fuero interno pensaba, como Labieno, que su prisionero sólo estaba comprando tiempo para retrasar su ejecución o su venta como esclavo, pero la posibilidad de obtener cincuenta talentos de plata bien merecía una espera de algo más de un mes.

—Deja que mi amigo, aquí presente, zarpe en un barco ligero, con los tripulantes necesarios de nuestro mercante y algunos esclavos de los que me acompañaban —detalló César con una tranquilidad sorprendente para todos, en particular para el propio Labieno—. Él marchará a algunas ciudades portuarias próximas, donde tengo amigos, y le darán el dinero y regresará con él para entregártelo.

—¿Así de sencillo? —inquirió Demetrio con marcado tono de incredulidad.

—Así de sencillo y, lo admito, de complicado —dijo César—. Cincuenta talentos es mucho dinero. Espero que mis amigos sean buenos amigos de verdad.

—Y que tu compañero, aquí presente, vuelva con el dinero —apuntó Demetrio, que no podía dejar de pensar como un pirata—. Escaparse con semejante fortuna es una tentación muy grande para cualquiera.

Labieno se acercó a César y le habló en voz baja:

—No pienso dejarte aquí solo —apuntó, pero César levantó el brazo derecho sin ni siquiera volverse. Labieno calló. Por el momento.

—Mi amigo regresará.

—Más te vale, romano… o no vivirás para contarlo. He de admitir una cosa: tienes arrojo. Me sabría mal tener que matarte. —Y se echó a reír tanto que se le saltaban las lágrimas, pero cuando terminó de mofarse de su rehén, se puso serio—. Treinta y ocho días.

César asintió.

—Treinta y ocho días, ni uno más —repitió Demetrio.

Aquello era una sentencia. Inapelable. Indiscutible. La segunda condena de César a muerte. Primero fue Sila. Ahora los piratas.

César y Labieno regresaron a su tienda conducidos por los hombres que los custodiaban. De camino, aún podían escuchar las carcajadas de Demetrio y los suyos.

—No pienso dejarte solo en esta isla —repitió Labieno en cuanto se encontraron de nuevo a solas.

—No seas absurdo —le replicó César con seriedad—. No es hora de sentimentalismos, sino de ser prácticos. Aquí los dos juntos, desarmados y sin hombres a nuestro mando, no somos nada. Nos matarían. Sólo el dinero, la promesa de obtenerlo, los retiene. Así no me ayudas. Y, además, en una cosa el pirata tenía mucha razón: trescientos mil dracmas es mucho dinero. Suponiendo que se los entregaran a otro que enviáramos en nuestro nombre, por ejemplo, al capitán del barco mercante con el que veníamos desde Roma, aunque parece un hombre honrado, ¿tú crees, sinceramente, que volvería aquí con el dinero del rescate?

Labieno lo meditó unos instantes.

—No, no creo que volviera, y menos con ese dinero en sus manos. E incluso si en su ánimo estuviera retornar, superando la avaricia, podría ser que al final no regresara por puro miedo a que los piratas no cumplan lo pactado y se quedaran el dinero, te mataran a ti y nos vendieran al resto como esclavos.

—Por eso has de ir tú, por todos los dioses, sólo me fío de ti —insistió César.

—Pero ir… ¿dónde?

—A Tesalónica, en Macedonia, y… —lo pensó un momento antes de decirlo, pero lo tenía bien meditado, era la única solución—: a Lesbos. Has de volver a Mitilene.

—Donde casi muero —recordó Labieno.

—Donde casi mueres —corroboró César, y siguió hablando, en parte para alejar la mente de Labieno de los malos augurios y, en parte, porque tenía mucho que explicarle y poco tiempo para hacerlo—. Escúchame bien: he de decirte cómo negociarán en cada una de estas ciudades. Yo no puedo ir, pero tú serás mi voz y hablarás por mí. Sobre todo en Mitilene. En Tesalónica encontrarás amigos, pero en Mitilene no. Aun así, necesitamos el dinero de las dos ciudades.

Labieno asintió y escuchó con atención.

Al final, sólo le quedó una duda:

—¿Y si en Tesalónica o en Mitilene… regatean? —preguntó.

—Tú acepta cualquier condición, la que sea —respondió César inapelable—. Trae el dinero y ya afrontaremos promesas y compromisos después.

VIII

Carnifex

Costa este de Hispania Citerior
Ejército proconsular de Pompeyo
75 a. C.

Pompeyo estaba rabioso tras su humillación frente a la ciudad de Lauro: ver el incendio de una población aliada a la causa de los *optimates* y no poder hacer nada para salvarla hirió su orgullo. Y Pompeyo era hombre de devolver cualquier afrenta recibida con creces, de forma brutal y despiadada. No por nada se había ganado el sobrenombre de *Adulescentulus carnifex*,* por lo particularmente bestial que se había mostrado en su ensañamiento con tropas populares derrotadas en sus campañas de África, Sicilia e Italia durante la guerra civil contra Mario, cuando llegó a ejecutar incluso a veteranos líderes populares que habían ejercido el consulado, pese a que él ni siquiera era senador y apenas contaba con veinticinco años.

Ahora, frente a Sertorio, el segundo de Mario, estaba dispuesto a recordarles a los rebeldes populares de Hispania que el *carnifex*, el Carnicero, estaba de vuelta, con algunos años más pero igual de salvaje, incontenible e inmisericorde. Además, había recibido noticias que lo habían animado: Mucia Tercia, su nueva esposa tras la muerte de Emilia, la que

---

* *Adulescentulus* era un término aplicable en Roma desde los doce hasta los veinticinco años de edad aproximadamente, véase Levi y Schmidt (eds.) (1997).

fuera hijastra de Sila, le informaba sobre el nacimiento de otro descendiente. En este caso, un niño, y no una niña como había pasado hacía un par de años. Un niño era fuerza y energía y futuro. Una niña no valía nada. César, por ejemplo, tenía una niña. Pero él, Pompeyo, ahora ya tenía un hijo. Sí, aquello le dio aún más vigor para el contraataque.

Examinó los mapas de la región.

Buscaba un objetivo fácil, de cierta importancia, aunque no demasiado fortificado o bien defendido. Tenía que ser una destrucción llamativa, pero sin que le supusiera un gran desgaste a su ejército.

—Valentia* podría servirnos. —Geminio señalaba en uno de los planos desplegados sobre la mesa del *praetorium* de campaña—. Es un enclave de interés comercial creciente que a punto está de desbancar a Saguntum en pujanza económica, pero está situada en medio de un llano, sin grandes murallas. Es accesible a un ataque.

Pompeyo se inclinó sobre el mapa y, para cuando se irguió de nuevo, la ciudad ya estaba sentenciada.

Ejército sertoriano de los populares en Hispania
Valle del Turia

Perpenna había quedado al mando de las tropas, junto con Herennio y otros oficiales, mientras Sertorio viajaba veloz al sur, a Cartago Nova, con el objetivo de estar en aquel puerto cuando llegaran los barcos de Mitrídates con el dinero acordado en su pacto de intercambio de mercenarios por oro y plata.

—Va a destrozar Valentia —dijo Herennio mientras observaban al ejército pompeyano acechando ya las no muy poderosas murallas de aquella ciudad en la planicie de la desembocadura del río Turia—. Ni están equipados militarmente para resistir, ni tienen la protección natural de una posición elevada como en Saguntum. Si no hacemos nada, Pompeyo pasará por encima de la ciudad como las cuadrigas pasan por encima de los caídos en una carrera del Circo Máximo.

La imagen era dura, pero nada exagerada a los ojos del propio Perpenna, quien, no obstante, permanecía en silencio.

* Valencia.

—¿No vamos a hacer nada? —preguntó Herennio con un tinte de desesperación en la voz—. ¿Vamos a hacer lo mismo que hizo Pompeyo con Lauro? ¿Somos acaso como ellos, que abandonamos a nuestros aliados a su suerte sin asistirlos?

—Pompeyo busca un enfrentamiento directo a gran escala, y Sertorio insistió en que lo evitáramos pasara lo que pasara. Y... —le costó decirlo— aunque mantenernos alejados de la batalla que va a librar Valentia contra Pompeyo resulte en la destrucción de una ciudad amiga, comparto con Sertorio que debemos evitar el enfrentamiento directo, al menos hasta que el propio Sertorio vuelva con el resto de las tropas que tenemos en la región. Enfrentarnos a él con las fuerzas de las que disponemos aquí ahora sería desastroso.

Y no se habló más.

Aunque les hirviera la sangre por la inacción, Herennio y los demás oficiales sentían que Perpenna estaba en lo cierto. Debían esperar al regreso de Sertorio.

Ciudad de Valentia, 75 a. C.

Pompeyo avanzó sobre Valentia desde el norte por la Vía Hercúlea.* Las defensas eran escasas. Valentia se había fundado cuando Roma ya dominaba aquel territorio y no esperaba grandes ataques. Era un centro diseñado para el comercio, más abierto que cerrado, más proclive a recibir gente que a tener que oponer resistencia. Una ciudad edificada para comprar y vender mercancías, no una fortaleza preparada para la guerra.

Los gobernantes de la ciudad intentaron negociar con el procónsul todopoderoso, intentaron hacer ver que sus acuerdos con Sertorio no los vinculaban a su causa, que estaban dispuestos a reconsiderarlos... prácticamente plantearon abrir de par en par Valentia al temido enviado de los *optimates*. Le ofrecieron grano para sus tropas, vino, aceite, lo que quisiera.

Pero Pompeyo hizo oídos sordos a todas las propuestas y arremetió contra la puerta norte con todo lo que tenía. Hizo construir incluso

---

* Posteriormente conocida como Vía Augusta por las reparaciones y mejoras que hizo el emperador Augusto en esta calzada.

algunas armas de asedio que, probablemente, no eran ni necesarias, pero sin duda las rocas lanzadas por las catapultas pompeyanas incrementaron el pánico en los sitiados.

Vista la saña con la que atacaba el procónsul, las autoridades de la ciudad decidieron oponer toda la resistencia posible, pues intuían que de entrar en la población, la ira del líder romano de los *optimates* sería implacable. Dispusieron arqueros en la muralla norte e intentaron reforzar la puerta que iba a ser embestida, pero de poco sirvió. Los pompeyanos, en formación de *testudo*, alcanzaron murallas y lanzaron escalas por las que empezaron a trepar a toda velocidad, mientras otros legionarios incendiaban la puerta de la ciudad. Un fuego que anticipaba otro que habría de acontecer pronto, aún más grande y más destructivo.

—La puerta ha caído —dijo Geminio a su superior en la posición cómoda de retaguardia desde la que observaban el ataque.

Pompeyo no respondió, sino que se giró para vislumbrar en la distancia las tropas de Perpenna que, como antes hizo él en Lauro, no se atrevían a atacarlo por falta de recursos y de fuerza, pues Sertorio se había llevado consigo al grueso del ejército rebelde.

—¡Entrad ya, por Júpiter! —ordenó el procónsul sin dejar de mirar hacia los sertorianos inmóviles en el horizonte oeste—. ¡Entrad y arrasadlo todo!

—¿Todo? ¿Sin excepciones? —preguntó Geminio, pues tenía presente que Sertorio preservó los templos de la destrucción a la que sometió Lauro, además de perdonar la vida de sus habitantes.

—Todo —confirmó Pompeyo.

—Y con la gente… ¿qué hacemos? —Quería información precisa que transmitir a *legati* y tribunos militares.

—A los que luchen matadlos. Al resto cubridlos de cadenas y servirán como esclavos. A los líderes, a quienes pactaron con Sertorio… a ésos… —dejó la frase en el aire.

—¿A ésos qué, procónsul?

—A ésos… los quiero vivos —sentenció Pompeyo, y Geminio tuvo claro que mucho mejor les habría resultado a aquellos gobernantes que el procónsul hubiera dicho que los quería muertos. Pero quedaba un asunto por concretar—: ¿A quién ponemos al mando?

Pompeyo meditó unos instantes.

—Lucio Afranio —dijo—. Es leal, me consta, pero quiero ver si sabe actuar con la dureza que busco. En esta campaña contra Sertorio necesito hombres a quienes no les tiemble el pulso en el castigo al enemigo y que no desfallezcan en el combate en primera línea.

Ejército sertoriano, a cinco millas de Valentia

Marco Perpenna podía ver cómo las llamas consumían la ciudad que había crecido en los últimos años junto al Turia. Pronto no quedaría nada de aquella colonia. Era evidente que Pompeyo la había elegido para lanzar un mensaje al resto de las poblaciones vecinas que aún seguían fieles a ellos, a los populares, a Sertorio.

Valentia

Lucio Afranio cruzó la puerta norte de la ciudad que había sido ya devorada por el fuego y los proyectiles de las catapultas. Se adentró entonces desde la Vía Hercúlea por el *cardo* que cruzaba de norte a sur la ciudad y, desde esa avenida central, fue distribuyendo a sus hombres con orden de que lo arrasaran todo. Las instrucciones eran exterminar a todos los hombres armados y apresar al resto y a las mujeres y los niños. Al poco, las termas de la ciudad, el santuario de Esculapio y el gran hórreo central donde se acumulaba el grano de Valentia ardían en llamas.

Los habitantes corrían despavoridos de un lado a otro, intentando, en vano, salvarse de aquella orgía de aniquilación, fuego y sangre. Los legionarios de Afranio mataban a todo hombre que veían, a no ser que se arrodillaran y mostraran los brazos en alto y las manos sin armas; ante cualquier duda, ejecutaban sin contemplaciones. Una vez sometida la población, comenzaron los saqueos y las violaciones. Afranio tuvo que poner orden. Hasta la masacre necesita organización. Permitió el saqueo, pero prometió a los hombres sexo tras el incendio absoluto de la ciudad. No quería que sus legionarios perdieran el control de la situación entreteniéndose en asuntos que los distraían demasiado del fin último: que no quedara piedra sobre piedra de aquella ciudad rebelde. Y les recordó que quería a las autoridades locales apresadas y vivas ante él y Pompeyo pronto. Luego les cedería a las mujeres de la ciudad para que se desahogaran con ellas tanto como quisieran.

Aquello incentivó la captura de los gobernantes de Valentia, civiles y militares que fueron atrapados en el foro, cerca del propio templo de Esculapio que seguía ardiendo sin parar, pues, aunque fuese de piedra y mármol, habían prendido las telas y el mobiliario. El humo emergía por cada rincón del santuario y de todas las viviendas de alrededor y tornaba el aire irrespirable en aquella parte de la ciudad. Por eso arrastraron a los catorce hombres que representaban al gobierno de Valentia y los llevaron unas calles más allá ante Afranio y Pompeyo, en una zona donde aún se podía inspirar sin toser.

Geminio lo observaba todo detrás de los oficiales.

—Éstos son —dijeron los legionarios que los habían apresado—. Estaban escondidos en un edificio del foro junto al templo de Esculapio. —Los golpearon por la espalda forzando que todos los arrestados se arrodillaran ante el *legatus* Afranio y el procónsul Pompeyo.

El primero se hizo a un lado para que su superior se paseara por delante de aquellos desgraciados, que a duras penas, tras los golpes recibidos, mantenían la dignidad sin implorar por su vida, en silencio, conteniendo las lágrimas, pese a ver su ciudad destruida, sus mujeres capturadas, muchos amigos muertos y los niños aterrados.

—Vosotros sois los que llegasteis a un acuerdo con el rebelde Sertorio, ¿no es así? —les preguntó Pompeyo en medio del fragor de las llamas que los rodeaban.

—Así es —aceptó uno de ellos, en un extremo de la fila de arrodillados.

Hacia él fue Pompeyo, satisfecho de tener un interlocutor.

—Bien, queríais negociar antes de que entrara en la ciudad —le habló en pie, sus brazos en jarras, desafiante ante el detenido—. ¿Algo que decir ahora?

—Nos equivocamos al tratar con Sertorio… —comentó el interpelado en un último intento de despertar algo de misericordia en Pompeyo—, no pagues nuestro error con toda la población. Acaba con nosotros si lo deseas, pero no arrastres a la muerte o la esclavitud al resto de los ciudadanos.

Pompeyo se acuclilló para mirar de frente, a la cara, a los ojos, a quien así le hablaba. El reo seguía de rodillas, sus manos atadas a la espalda, rodeado de legionarios fieles al procónsul.

—Tu nombre —dijo Pompeyo.

—Cayo Trebonio... procónsul —respondió el arrestado.

—Trebonio... verás... —le habló Pompeyo poniendo una mano en su hombro, como si hablara a un amigo o a un familiar querido—, llegas tarde a todo. He tenido que construir una calzada nueva por los Alpes para rodear a tribus galas salvajes, luchar y derrotar a los salvios en Massalia, cruzar los Pirineos, sortear ciudades que, como la tuya, se mantienen fieles a los rebeldes y llegar aquí para presenciar cómo Sertorio incendia Lauro, una colonia aliada de Roma, de la única Roma que existe, no de esa dependiente de un falso Senado creado por ese traidor que a todos os tiene embelesados. Pero todo esto ha terminado. Con la aniquilación absoluta de Valentia no estoy derrotando a una ciudad particularmente importante de la costa de la Hispania Citerior, sino que estoy mandando un mensaje a todas aquellas ciudades que aún permanecen fieles a esa rata de Sertorio. Por eso, Trebonio, Valentia va a arder hasta las cenizas, va a ser saqueada y quedará arrasada y borrada de los anales de historia para siempre: quemaré todos los edificios, mataré a todos vuestros hombres armados y a muchos de los civiles que han colaborado con vosotros, y al resto de hombres, mujeres y niños los venderé como esclavos. Y en cuanto a vosotros... —Apartó la mano del hombro de Trebonio y se alzó de nuevo—. A vosotros... —repitió— os ejecutaré... lentamente. —Miró a Afranio, a Geminio y al resto de los oficiales—: Descuartizadlos, sin prisa, y hacedles todos los horrores que podáis imaginar. Y luego, sin moneda en la boca, abandonad sus cuerpos destrozados para que las ratas los devoren.

—Noooo... —aulló Trebonio, pero sellaron sus quejas y lamentos con patadas.

Pompeyo echó a andar por el *cardo*, rodeado de las llamas de los incendios que asolaban la ciudad, y salió de una Valentia que agonizaba para ejemplo del resto de las colonias aún fieles a Sertorio. No se detuvo hasta cruzar las murallas semiderruidas y alcanzar la ribera del Turia. Había oído que en lengua celtíbera «Turia» quería decir «de aguas blancas»; después de aquel día, quizá habría que cambiarle el nombre... Hasta allí iban sacando a centenares de hombres maniatados y los degollaban junto a las aguas cristalinas del río. A tantos mataron que el agua se tiñó de rojo.

A su espalda la ciudad de Valentia ardió toda la noche. Hasta consumirse casi por completo.

Al amanecer, aún vagaban legionarios en busca de algo que saquear, pero ya nada quedaba. Extrañamente, se había salvado parte del *macellum* de las verduras, en un extremo de la ciudad próximo a las huertas que había junto al río y que, hasta ese fatídico día, habían abastecido a los habitantes, ahora muertos o esclavizados.

Los legionarios pasaban, sin detenerse, por un lado de ese foro *holitorio* donde las verduras, aún frescas, brillaban en el rocío del alba.*

* Valencia sería reconstruida en época de Augusto, sobrino nieto de César.

IX

Macedonia, una vez más

Tesalónica, provincia romana de Macedonia
75 a. C., veinticinco días antes de la fecha límite
para pagar el rescate

Para desesperación de Labieno, el mar parecía eterno, pero los días de navegación se le antojaban a la par infinitos y veloces. Infinitos, porque el barco parecía no querer llegar nunca a su destino, a Tesalónica. Y veloces por su sucesión irrefrenable, pues aún no había conseguido nada del dinero del rescate y ya se habían consumido doce días del plazo pactado con los piratas. Pero ¿por qué no negoció César más tiempo? Labieno se pasaba la mano por la frente con frecuencia durante aquellas jornadas marinas, en la proa del buque, agobiado por cada hora que volaba, por cada instante que se esfumaba sin haber recaudado aún ni un talento de los cincuenta que debía reunir, o, lo que es lo mismo, ni un dracma de los trescientos mil que necesitaba. Aquello era el equivalente a un millón doscientos mil sestercios. Una locura.

Suspiraba mirando al horizonte.

Para intentar sentirse mínimamente útil, Labieno se acogió a seguir al pie de la letra las instrucciones de César: lo primero que hizo nada más desembarcar en la capital de Macedonia fue acudir a las autoridades romanas para entregar una carta personal de César para su familia, de modo que ésta llegara lo antes posible por el correo oficial. Sobornó a algunos de los encargados del correo, con el fin de que la misiva saliera de inmediato, prometiendo una recompensa adicional en la recepción de la misma que, estaba seguro, la madre de César satisfaría.

«Por si todo sale mal», le había dicho César al entregarle aquella carta: una explicación y una despedida para Cornelia, para Aurelia, para la pequeña Julia, para todos.

Entregada la carta, Labieno rehuyó acudir al nuevo gobernador o a quien hubiera dejado a cargo de la ciudad, pues Curión se había lanzado a una campaña de conquista hacia el norte, más allá de Tracia. En su lugar, se dirigió directamente a la aristocracia local. En cualquier caso, incluso si Curión hubiera estado en la ciudad, César había sido muy preciso sobre aquel punto: «No acudas al gobernador», le había insistido, y eso él lo comprendió. Curión nunca ayudaría a un patricio de la facción popular.

Pérdicas, el líder macedonio que había acudido a Roma hacía un par de años para encausar al corrupto gobernador de la provincia, Cneo Cornelio Dolabela, a través del propio Julio César, había prosperado socialmente y se había convertido en el referente de la nobleza macedonia de la ciudad.

Pérdicas recibió a Labieno con amabilidad, y también se acercó Myrtale, la joven ultrajada por Dolabela, desposada ahora con Pérdicas. La muchacha pronto abandonó la sala y dejó a los hombres debatiendo sobre sus asuntos, pero el mero hecho de haberse asomado era una deferencia especial para con un romano a quien Pérdicas quería mostrar aprecio.

Labieno estaba inquieto. Miraba a un lado y a otro y percibía amabilidad hacia él, incluso buenos sentimientos, pero intuía esa escasez de recursos económicos que era lo que más necesitaba. La casa era amplia, cómoda, con grandes patios, uno de ellos porticado, con columnas, pero la decoración era escasa y observó que algunos mosaicos estaban deteriorados y la humedad afectaba a algunas pinturas. Era, como toda Macedonia, muestra de la decadencia de una nobleza que, siglos atrás, con Alejandro Magno, había controlado el mundo entero desde Grecia hasta la India.

Fue al grano y expuso la situación del secuestro de César con rapidez.

Pérdicas lo escuchó con atención. Arquelao, su gran amigo, que lo acompañó a aquel viaje a Roma para denunciar los abusos de Dolabela, estaba a su lado y atendía también con genuino interés a las palabras del emisario de aquel abogado que colaboró con ellos antaño. Y que los había ayudado a escapar de Roma cuando todo se puso en su contra.

—Entiendo perfectamente la situación —respondió Pérdicas en cuanto Labieno dio por terminado su relato de los acontecimientos de las últimas semanas—, y aun cuando aquí muchos profesamos gran simpatía por César —y miró un instante a Arquelao, que asintió—, va a ser difícil que pueda satisfacer lo que me pides. Al menos, no en su totalidad, pero antes de interrumpirme —pues Labieno hizo ademán de hablar de nuevo—, permíteme que me explique: no es necesario que me recuerdes que estamos en deuda con César. ¿Crees que olvido que él lo intentó todo desde el punto de vista legal para favorecer nuestras reclamaciones contra Dolabela en los tribunales de Roma? ¿O que olvido cómo luchamos, unidos, hombro con hombro, contra los sicarios de ese infame por las calles de Roma en medio de aquella tormenta? ¿O que no recuerdo que cuando las autoridades romanas nos buscaban tras la muerte de Dolabela, fue César quien puso a nuestra disposición un barco para que pudiéramos abandonar la ciudad en secreto y con garantías? No, amigo mío, y me permito dirigirme a ti de este modo, como lo haría con el propio César. No, no olvido nada de todo esto, pero tú has visto en qué situación vivo. Puede que sea alguien importante en Tesalónica, pero aun así eres hombre observador, te conozco, y sé que habrás detectado las señales de la falta de dinero en mi hacienda y en mi familia, como en las de todos los macedonios. Dolabela nos esquilmó, nos robó hasta llevarnos al límite. Los que lo han sustituido no han sido tan corruptos ni tan ávidos por lucrarse a nuestra costa, pero tampoco han rebajado los impuestos y, además, para colmo de males, el actual gobernador Cayo Escribonio Curión ha puesto en marcha una campaña contra los dardanios y los mesios, más allá de Tracia, y ha exigido pagos suplementarios para financiar esta nueva aventura militar romana. Aunque haya hecho recaer en los tracios el abastecimiento de sus tropas, Macedonia también ha tenido que contribuir. En estas circunstancias, apenas nos hemos recuperado. Me pides que aporte ciento cincuenta mil dracmas de los trescientos mil que exigen los piratas, pero no puedo reunir tal suma ni acudiendo a todos los nobles de la ciudad que, como yo, sienten aprecio por César.

Labieno volvió a hacer ademán de ir a hablar, pero Pérdicas levantó de nuevo la mano, para mantenerlo en silencio y seguir él con su parlamento.

—Lo sé, sé que has dicho que César promete retornarnos no sólo el dinero que aportemos, sino el doble de su cantidad, que este pago que te daríamos sería como una inversión. No tengo claro cómo iba a ser capaz de hacer algo semejante, pero no dudo de que, si lo ofrece, algo tendrá en la cabeza para cumplirlo, pero esa promesa no cambia la cuestión de inicio. Simplemente, nos es imposible reunir esa cantidad y menos aún en apenas unos días, pues no puedes dilatarte en una larga espera ya que has de regresar pronto con los piratas para entregarles el rescate. Ésta, amigo mío, es la situación.

Labieno comprendió que no tenía sentido insistir ni argumentar que César había tenido que abandonar Roma, entre otros motivos, precisamente por haberse enfrentado con los *optimates* al acusar a Dolabela. Su interlocutor había sido muy claro en lo que podía y lo que no podía hacer: no se trataba de una falta de voluntad en ayudar a César, sino de una imposibilidad.

—¿Cuánto podéis reunir, digamos, en dos o tres días, antes de que zarpe de nuevo? —inquirió Labieno siendo lo más pragmático y directo posible.

Pérdicas y Arquelao se miraron.

—Quizá sesenta mil dracmas —dijo el primero.

—Con suerte —apostilló el segundo.

Labieno asintió, pero su inquietud sólo se había incrementado: ahora debía pedir no ciento cincuenta mil dracmas en el siguiente destino en su ruta para recaudar el dinero, sino doscientos cuarenta mil para completar el rescate.

Y, sinceramente, tenía más esperanza en Tesalónica que en Mitilene.

Y Tesalónica había fallado.

Todo marchaba mal.

Cabizbajo, acompañado como escolta por varios de los marineros del barco y algunos sirvientes, avanzaba por las calles de Tesalónica en dirección al puerto para retornar al barco mercante y esperar allí el dinero prometido por Pérdicas y Arquelao.

Cruzaron por medio de una plaza atestada de comerciantes, muy concurrida. Por inercia, por curiosidad innata, Labieno miró inquisitivamente a su alrededor: era el mercado de esclavos, un negocio siempre boyante, no sujeto a las inclemencias del tiempo, como cultivar vid u olivos. Allí sí había dinero, pero ningún mercader de esclavos prestaba nunca dinero.

—Tú, imbécil, levanta —ordenaba uno de los tratantes de esclavos a un hombre esposado por las muñecas y los tobillos y que debía de estar a la venta, pero que parecía negarse a obedecer y mostrarse bien a los posibles compradores.

A Labieno le llamó la atención la mirada profunda de aquel esclavo que seguía sentado, desafiando la autoridad del mercader.

El látigo resonó con fuerza al estallar sobre la piel del esclavo rebelde. Una vez, dos, tres, cuatro... El esclavo, al fin, se levantó. Al mostrarse se podían ver más marcas de latigazos por el tórax, brazos y piernas. Aquel esclavo parecía obedecer sólo a los golpes.

—Es rebelde, pero fuerte como un roble —anunciaba el mercader de esclavos—. En él hay un luchador nato, un perfecto gladiador, si se le sabe domesticar.

Esclavos, gladiadores... todo aquello a Labieno no le importaba nada. Tenía asuntos más importantes que pensar, como el modo de convencer a las autoridades de Mitilene de que le dieran doscientos cuarenta mil dracmas... Se giró para seguir su camino hacia el puerto y no vio al hombre que tenía detrás y chocó con él.

—Perdón —se disculpó.

El otro no dijo nada, sino que lo miró con desdén y, sin aceptar las excusas recibidas, avanzó hacia donde estaba el mercader para hablarle.

Labieno se lo quedó mirando. No sabía que había tropezado con Léntulo Batiato, *lanista*, preparador de gladiadores del colegio de lucha de Capua, de viaje por las provincias orientales en busca de luchadores exóticos para su negocio.

—Ese esclavo rebelde quizá pueda interesarme... —dijo Léntulo.

—Espartaco se llama —respondió el mercader—. ¿Cuánto ofreces? Dinero, siempre dinero.

A Labieno aquel regateo le era indiferente. Tenía otro mucho más importante entre manos que la insignificante compraventa de un esclavo que no era nadie, un ser que para el mundo romano no existía más que como mercancía.

De pronto pensó que si retornaba a Farmacusa sin el dinero del rescate en su totalidad, él mismo pasaría a ser esclavo, a no ser nadie.

Vivían en un mundo de locos, de todo o nada, a vida o muerte.

X

La carta

Domus de la familia Julia, barrio de la Subura
Roma, 75 a. C., once días antes de la fecha límite
para pagar el rescate

—Al final, ha ocurrido lo que más temía: César no volverá vivo de este viaje.

Cornelia hablaba entre sollozos, en medio del desaliento más absoluto.

Aurelia sostenía en sus manos la carta que acababan de recibir desde Macedonia, traída con extrema urgencia por la Vía Egnatia primero, luego por barco hasta Bríndisi y, finalmente, casi al galope, por las calzadas romanas de Italia hasta su puerta. La madre de César miraba al suelo, meditando cada palabra que acababa de leer en voz alta para su nuera, pues Cornelia estaba demasiado nerviosa para hacerlo por sí misma, pese a que la misiva iba dirigida a ella.

—¿Crees que estoy loca, que exagero? —preguntó la joven esposa, al tiempo que tomaba asiento en un *solium* del atrio y miraba fijamente a su suegra.

—¿Loca...? No —respondió la interpelada con rapidez saliendo de su ensimismamiento—. Y tampoco creo que exageres. La situación es muy grave, sin duda.

—Según lo que dice, para esa segunda luna... quedan sólo... ¿diez, quince días? Días para que expire el plazo del pago. ¿Cómo vamos a reunir ese dinero y cómo se lo vamos a hacer llegar a tiempo? ¡Es imposible! ¡Por Júpiter, lo van a matar!

Aurelia negó con la cabeza y habló con rotundidad:

—Ni nos pide ese dinero ni lo podríamos reunir. César sabe que está fuera de nuestro alcance y menos con un plazo tan corto de días. Once quedan, para ser exactos. He hecho mis cálculos. Y sería difícil, por no decir imposible, encontrar a alguien de absoluta confianza con quien enviar el dinero desde aquí.

—¿Lucio Pinario o Acio Balbo? —sugirió Cornelia mencionando a los esposos de las hermanas de César.

—Serían una opción —aceptó Aurelia—, pero seguimos sin tener ese dinero, y tampoco la capacidad de reunirlo. Y, en cualquier caso, ya no llegaríamos a tiempo.

—Pero entonces… ¿por qué fijó un plazo tan corto? —Cornelia no entendía que su esposo no hubiese negociado más margen. En la carta lo decía con claridad: él mismo había marcado el plazo y la cantidad exigida—. Y ya puestos a no entender nada… ¿por qué esa estupidez de incrementar el dinero del rescate hasta dos veces y media respecto a lo que ese ladrón de mar reclamaba en un principio? ¿Por qué ha hecho todo esto así, de este modo? ¿Es que quiere que lo maten? ¿Es que se ha vuelto loco?

Aurelia había tenido unos minutos para pensar.

—Tú no estás loca por preocuparte, del mismo modo que él no lo está por lo que ha hecho —explicó la madre de César.

—Pues ilumíname, por favor, por Hércules, porque estoy totalmente perdida —le imploró Cornelia.

—César aumentó el dinero del rescate porque al tratarse ahora de una suma tan alta, los piratas se esmerarán más en preservarlo con vida. Por casi nadie podrían exigir cincuenta talentos de plata. Eso es más de un millón de sestercios. Al incrementar el rescate, César se ha asegurado su supervivencia entre los piratas, al menos durante el tiempo de espera.

—Pero… ¿por qué un plazo tan corto? —insistió Cornelia.

—Porque un plazo corto resulta aceptable para los piratas. Más tiempo les haría desconfiar, les haría pensar que planea recibir ayuda o escapar y, además, los piratas son seres impacientes. Pueden esperar que pasen dos lunas. Y eso porque la suma que pretenden conseguir es enorme. Más tiempo… no. Ellos mismos habrían recortado el plazo que César hubiera pedido. Eso, por un lado, pero, adicionalmente, por otro, César no ha pensado en pedir el dinero a Roma, sino a ciudades de Oriente, más cercanas, a las que se puede llegar en pocos días de navegación desde donde esté recluido.

—¿Qué ciudades?

—Tesalónica, por ejemplo. Ayudó a los macedonios no sólo en el juicio contra Dolabela, sino, luego, a escapar de Roma. O no sé, César mencionó que intervino en las negociaciones con los ciudadanos de Mitilene tras la caída de la ciudad. Suavizó los términos de la rendición cuando Lúculo quería arrasarla sin más… quizá sea allí donde vaya ahora Labieno.

—Y… ¿por qué no reunir un ejército al mando de Labieno y rescatar a César por la fuerza? —indagó Cornelia, que seguía desesperada.

—Reunir un ejército es aún más costoso y más complicado. —Aurelia negaba con la cabeza—. Además, si los piratas vieran a Labieno llegar con soldados y barcos para atacarlos, lo primero que harían sería ejecutar a César.

Cornelia respiraba aún acelerada, pero se esforzaba por calmarse.

—No sé, cuando tú hablas y lo razonas, parece que todo tenga sentido y que existan posibilidades de que el plan de César salga bien, pero temo que haya algo, algún detalle, por pequeño que sea, en lo que no haya pensado. Algún detalle que se le haya escapado, pese a lo inteligente que es, o que el mal tiempo detenga a Labieno en su viaje o que otros piratas se interpongan en su ruta de regreso a donde sea que esté Cayo retenido. Te pido perdón, por no saber estar a tu altura y mantenerme más serena.

En ese momento, Aurelia se levantó, fue junto a su nuera y la abrazó mientras le hablaba con cariño:

—No pidas perdón por querer a mi hijo y por preocuparte por él, por serle leal y por cuidar de su hija mientras él se ha visto obligado a escapar de Roma, de esta maldita Roma.

Cornelia tuvo una duda más y la comentó así, abrazada a su suegra.

—¿Y por qué no ha recurrido a los magistrados romanos, al nuevo gobernador de Macedonia o al de Asia? ¿Cómo se llamaba…?

Aurelia le dio un beso en la frente, se separó de ella lentamente y se sentó de nuevo en su propio *solium*.

—Curión, Cayo Escribonio Curión es su nombre, uno de los cónsules del año pasado. Pero no, hija mía, tenemos demasiados enemigos en esta Roma dominada por los *optimates* —explicó—, por eso ni siquiera menciona sus planes ni a quién va a pedir el dinero, para evitar que, en caso de que los *optimates* interceptaran la carta, alguno de ellos tuviera la tentación de desbaratar su estrategia. Y Curión, conservador donde los haya, uno más de los *optimates*, no habría movido un dedo por César. Más bien al contrario: de haberse dirigido César a él, ni tendríamos esta carta ni habría recibido ayuda por su parte. No, ese Curión es ambicioso, como tantos en Roma, y anda involucrado en una campaña al norte de Tracia. Y Marco Junio Junco, el gobernador de Asia, más de lo mismo. No, César habrá pensado también en esto, habrá pensado en todo.

Dicho esto, calló de golpe. Había prendido en su cabeza la duda que había sembrado Cornelia: ¿y si al final, de verdad, a César se le hubiera escapado algo, algún detalle, algo que hiciera fracasar toda la operación y que, en consecuencia, terminara con la ejecución de su hijo a manos de los piratas?

En ese preciso instante, la pequeña Julia irrumpió en el atrio, con los ojos enrojecidos por las lágrimas.

—¿Van a matar a papá? —preguntó. Había estado escuchando a escondidas y había oído todo lo referente al secuestro de su padre por los piratas.

Cornelia no se enfadó al saberse espiada. Abrazó a su hija y le habló con ternura:

—Tu padre conseguirá resolverlo todo… como ha hecho siempre —dijo en lo que intentó que fuera un tono convincente.

Aurelia se volvió a sentar y se quedó releyendo la carta:

—Lo que no entiendo… es esta palabra al final de la carta…

Nada más oír aquella frase, la niña se separó de su madre y fue junto a Aurelia.

—¿Puedo verla, abuela?

La madre de César parpadeó varias veces con perplejidad ante la petición, pero su nieta había hablado con tanto aplomo que le tendió la carta. La niña la tomó con cuidado en sus manos y leyó la última palabra en voz alta, aunque era casi tan impronunciable como incomprensible:

—*Xihnfv.*

La pequeña Julia sonrió. Se había pasado semanas jugando con el código secreto de su padre y podía entenderlo sin necesidad de tener el alfabeto al lado y hacer anotaciones para descifrarlo.

—¿Tú conoces esa palabra? —le preguntó su abuela.

—Es de padre para mí: aquí dice *redibo.*

«Volveré». Eso decía César.

La niña dio media vuelta y, tras despedirse de su madre y su abuela, se fue, de pronto tranquila, hacia el pasillo que la conducía a su habitación.

Aurelia y Cornelia se quedaron en silencio, entre sorprendidas y confusas, mirando la carta y aquella palabra enigmática que, sin embargo, para la pequeña Julia parecía fácil de comprender.

XI

El precio de una ciudad

Mitilene, isla de Lesbos
75 a. C., diez días antes de la fecha límite para pagar el rescate

Teófanes recibió a Labieno en una de las más lujosas casas de la ciudad. En aquel instante, bajo la tutela romana, era el líder indiscutible de la isla de Lesbos. Años atrás, forzado por la presencia de tropas mitridáticas, había estado del lado del rey del Ponto en su pulso con Roma por el control de la región, pero desde que César, el propretor Minucio Termo y el *proquaestor* Lúculo tomaron Mitilene, se había mantenido fiel a la república del Tíber. Recibir a un romano con cordialidad, incluso si éste había contribuido a la caída de la ciudad en aquel largo asedio de hacía unos años, era algo casi obligado. Por otra parte, Teófanes se sentía más a gusto del lado romano que del bando de Mitrídates. El rey del Ponto no dejaba autonomía alguna de gobierno, sino que enviaba a algún sátrapa, como ocurrió en el pasado con Anaxágoras, que se hacía con el poder absoluto en la isla. Con los romanos, Teófanes hacía y deshacía a sus anchas, gobernaba con razonable equidad, y el comercio era pujante, eso sí, amenazado por la piratería. Después de años de tensión y guerra, Lesbos vivía momentos de esplendor.

—Es mucho el dinero que pides, romano —comentó Teófanes—. Doscientos cuarenta mil dracmas o el equivalente en plata, cuarenta talentos, es una inmensa fortuna.

Labieno escuchaba en silencio las explicaciones de Teófanes, pero permanecía atento a todo lo que observaba a su alrededor, y en Lesbos no había visto las señales de decadencia de la residencia de Pérdicas en Macedonia. Por otro lado, el propio Teófanes sólo decía que era una gran cantidad, no que no pudiese reunirla. Pero nadie da tanto dinero con facilidad. Teófanes le había concedido audiencia acompañado de numerosos consejeros, y en sus rostros Labieno no leía ni la amistad ni la compasión que había encontrado en Pérdicas o Arquelao. En Macedonia se topó con buenos sentimientos sin dinero; en Lesbos, opulencia sin buenos deseos para César. Amigos en un lado y cuasienemigos en el otro. Tal y como había predicho César.

—Quizá culpáis a mi amigo, apresado por los piratas, de la caída de Mitilene en manos de Roma —argumentó Labieno—, pero todos sabéis que, más tarde o más temprano, Mitilene habría caído en manos de las tropas de Lúculo y Termo. La pericia de César sólo aceleró lo inevitable, ahorrándoos la peor parte de un asedio: el periodo final, ese en el que se pasa hambre, en el que falta el agua y las enfermedades asolan a todos los asediados, pobres y ricos por igual. ¿Acaso habríais preferido eso? César, además, contribuyó a la eliminación de las tropas de Anaxágoras que campaban por Lesbos como si fueran los auténticos propietarios de la isla y no vosotros.

—Aun cuando pudiéramos aceptar, romano, que parte de lo que dices tiene cierto sentido, doscientos cuarenta mil dracmas es una cantidad excesiva. Quizá podríamos contribuir al rescate con algunos miles, pongamos diez mil, pero no más.

Labieno tragaba saliva. Estaba regateando por la vida de su amigo. Se pasó el dorso de la mano izquierda por el rostro humedecido por el sudor.

—¿Me ofrecéis diez mil? Si no queréis ayudar, no lo hagáis, pero haced el favor de no humillarnos ni a mí ni a César.

A esto Teófanes respondió con el silencio.

Labieno aportó razones complementarias para que le dieran la suma que pedía:

—César se compromete a devolveros el doble de esos doscientos cuarenta mil dracmas en menos de un año.

—¿Y cómo piensa hacerlo cuando, por el momento, es sólo un rehén en manos de los piratas? —opuso Teófanes—. Lo que dices es imposible.

—Imposible era tomar Mitilene al asalto y César se las ingenió para hacerlo —contraargumentó Labieno.

Hubo otro silencio.

Más largo.

Los rostros que miraban a Labieno pasaron de desconfiados a pensativos.

—Eso que dices… es cierto —admitió Teófanes.

—César es capaz de imposibles. Ayudadlo y seréis recompensados con creces.

—Aun así… —insistió el líder—. Se trata de mucho dinero. Nadie vale tanto.

Labieno dio un par de pasos hacia delante y, mirando a los ojos de su interlocutor, narró lo que César le había explicado antes de salir de Farmacusa: César, en efecto, no estaba allí, así que él debía ser su voz en aquel lugar, en aquella negociación a cara de perro, en aquel regateo de dracmas a vida o muerte:

—Cuando Mitilene cayó en manos de Roma, el *proquaestor* Lúculo estaba decidido a incendiar y arrasar la ciudad como ejemplo para el resto de las poblaciones que se hubieran pasado a Mitrídates y que aún se resistieran a retornar a nuestro lado. Pero tú sabes, Teófanes (y lo sabes muy bien, por todos los dioses, porque tú estabas allí, en esa tienda, en esa negociación), que fue César quien persuadió al todopoderoso Lúculo de que la clemencia con Mitilene sería mejor mensaje hacia las demás ciudades de Asia para que Roma hiciera amigos en esta parte del mundo. Puede que la vida de César no valga doscientos cuarenta mil dracmas, puede que ninguna vida valga eso, no voy a entrar a debatir ese asunto, pero dime, Teófanes de Mitilene: ¿cuánto dinero vale salvar a toda una ciudad de la destrucción total? ¿Diez mil dracmas, doscientos cuarenta mil, un millón? ¿Qué precio tiene la ciudad entera de Mitilene? Y no me digas de nuevo que diez mil. No insultes mi inteligencia.

Teófanes se quedó mudo e inmóvil unos instantes. Luego alzó la mano e hizo un gesto indicando a Labieno que se retirara.

El amigo de César dudó, pero decidió obedecer. Más no podía decir. Había pronunciado el discurso que César le había indicado y lo había hecho con toda la vehemencia que le fue posible. Salió de la gran sala y unos soldados lo acompañaron a otra más pequeña donde le ordenaron que esperara. Había agua y vino en una mesa y algo de pan y queso. Labieno no tenía hambre, pero sentía la garganta seca y se sirvió un vaso de agua y lo bebió a grandes tragos.

La espera no fue larga, pero a él se le hizo eterna.

Fue el propio Teófanes el que entró en la pequeña sala para darle respuesta. Labieno tomó aquello como un buen síntoma: si fueran a negarle el dinero, habrían enviado a alguien de menor rango.

—El cónclave de la ciudad acepta reunir y darte la cantidad que has solicitado —empezó Teófanes—. Tu discurso ha impresionado a mis consejeros y yo, aunque creas que soy frío y calculador, tengo también sentimientos. Pero no se puede gobernar sólo con sentimientos: he corroborado tu historia. El relato se ajusta a la realidad, César intervino en esa negociación a nuestro favor y, en verdad, salvó Mitilene de la destrucción total. Ciertamente, eso vale bastante más que diez mil dracmas. Pero hay un problema técnico. Y una cuestión de... negocios. Mitilene es una ciudad comercial y he de atender a sus intereses en todo esto también.

—¿Cuál es el problema y cuál la cuestión comercial? —inquirió Labieno, que aún no veía claro en qué iba a terminar todo aquello.

—El problema es que has de partir en pocos días o no llegarás a Farmacusa a tiempo de pagar el rescate en el plazo acordado, y los piratas no son gente de esperar ni de conceder prórrogas, pero no puedo juntar tantos dracmas en efectivo. Podemos reunir unos ciento ochenta mil. Los sesenta mil restantes te los daremos en plata. En peso, el equivalente a diez talentos áticos. Con eso lo tendrás todo.

—No veo problema —respondió Labieno—. Los piratas dejaron claro que se les podía pagar en dracmas o en plata. Con lo que me dais y lo que tengo de Tesalónica, sumo doscientos cuarenta mil dracmas en moneda, que equivale a cuarenta talentos. Los otros diez, como dices, en plata. ¿Cuál es la cuestión comercial?

—En tu relato, has afirmado que César retornará el doble de lo que le demos en menos de un año. Eso es una parte comercial que nos interesa confirmar. ¿Es ése un compromiso de César con nosotros?

—Lo es, por todos los dioses, lo es —confirmó Labieno.

Teófanes asintió.

—El consejo de la ciudad quiere el triple del dinero prestado de vuelta por parte de César —añadió en una frase rápida.

—¿El triple? —repitió Labieno, sorprendido; eso no se lo esperaba.

—El triple —se reafirmó Teófanes.

Un silencio.

Labieno recordó las palabras de César antes de partir de Farmacusa: «Tú acepta cualquier condición, la que sea. Trae el dinero y ya afrontaremos promesas y compromisos después».

—De acuerdo… el triple —accedió Labieno.

—Bien —dijo entonces el líder de la aristocracia de Mitilene—. En tres días lo tendrás todo en tu barco. Que Afrodita os proteja a ti y a César: en los tratos con piratas siempre hay cabos sueltos, siempre hay algo inesperado. Son una patulea retorcida y poco honrada.

Y con estas palabras poco tranquilizadoras, Teófanes dejó a Labieno a solas.

Este último se sirvió vino mientras esperaba que los soldados vinieran para guiarlo de regreso al barco donde esperaría los dracmas y la plata comprometida por Teófanes y su consejo.

Labieno suspiró.

Había conseguido el dinero.

No sabía si creérselo aún o no.

Sólo faltaba la navegación final de retorno a Farmacusa.

¿Cabos sueltos? ¿Gente poco honrada?

Labieno pensó y pensó mucho aquella noche en la bodega del barco, amarrado en el puerto de Mitilene. Repasó para sí todas las instrucciones que le había dado César, revisó cada detalle, cada punto, por pequeño que fuera, y no encontraba nada con lo que los piratas pudieran engañarlos.

Labieno no durmió aquella noche, sino que, agitado, entre las sábanas de su lecho, mecido por el vaivén del mar, se movía de un lado a otro de la cama. Él ya no era consciente, pero su cabeza seguía pensando y pensando.

XII

La guerra de Hispania

Ejército de Pompeyo, costa de la Hispania Citerior
a la altura de la desembocadura del río Sucro*
75 a. C.

Desde el Turia, siempre en dirección sur, Pompeyo fue destruyendo cualquier puerto que pudiera encontrar o haciéndose con el control del mismo si sus habitantes se rendían de inmediato. El ejemplo de la destrucción de Valentia estaba causando el efecto deseado y eran más las ciudades rebeldes que se le entregaban sin lucha alguna que las que oponían resistencia. No se mostraba particularmente clemente con los rendidos y los sometía a pillaje y saqueo sin control, pero, sin duda, su brutalidad con quien se resistía era tal que cualquier otro sufrimiento parecía un alivio.

Pompeyo había interceptado mensajeros que Sertorio había enviado a los piratas cilicios de la costa y, tras el ineludible proceso de tortura, había averiguado el plan de Sertorio de recibir dinero de Mitrídates a través del mar a cambio de enviar legionarios de sus cohortes a luchar en Asia en favor del rey del Ponto.

La estrategia de Sertorio le parecía, por lo menos, extravagante, pero, por si acaso, decidió hacer todo lo que estaba en su mano para importunar aquel plan, si es que en efecto existía: de ahí que iniciara todos los

* Río Júcar.

ataques posibles a los puertos de la costa. Su idea era confluir con Metelo en algún punto entre el Sucro y Cartago Nova, pero la resistencia de algunas poblaciones había ralentizado su avance.

Fue entonces cuando Lucio Afranio entró en el *praetorium* de Pompeyo con noticias nuevas que sorprendieron al procónsul. Nuevas e inesperadas, pero, para él, en absoluto alarmantes. Era casi un sueño hecho realidad.

—Sertorio ha regresado del sur con el resto de sus tropas y se ha unido a las fuerzas de Perpenna y Herennio —anunció Afranio.

—Habrá regresado por toda la ruina que estamos trayendo a sus ciudades aliadas —apuntó Geminio.

—Muy posiblemente —admitió Pompeyo mientras, con la frente arrugada, ponderaba las posibilidades de aquel giro de los acontecimientos.

—Yo creo que si lo retamos a una gran batalla campal, junto al Sucro —continuó Afranio—, es muy posible que esta vez sí acepte entrar en combate. En el caso de Valentia no eran suficientes legiones, pero ahora las fuerzas estarán niveladas y ninguna de sus ciudades aliadas entendería que no se nos enfrente para detener nuestra ofensiva. Si no lo hace, todas esas ciudades se nos rendirían en cuanto abandone la región y perdería el control de toda la costa sur de la Citerior.

Pompeyo asintió.

—¿A qué distancia está? —preguntó el procónsul.

—Veinte millas, no mucho más —precisó Afranio.

Pompeyo miró a Geminio.

—Yo lo veo bien —dijo éste, que supo interpretar la mirada como pregunta.

—Sea —pronunció Pompeyo, al fin—. Le presentaremos batalla junto al río Sucro, mañana, al alba. Todas las legiones en *triplex acies*. Por Júpiter, veamos de una vez por todas de qué madera está hecho ese miserable de Sertorio.

Llanura del Sucro, cerca de su desembocadura
Ejército sertoriano

La lluvia arreciaba sobre las telas del *praetorium* donde Sertorio cenaba un poco de queso y nada de vino. Quería estar despejado. Estaba seguro de que Pompeyo desplegaría sus tropas para desafiarlo en cuanto saliera el sol y sabía también que no podía irse sin aceptar aquel combate: Pompeyo había arrasado ya demasiadas ciudades aliadas como para dejar aquella ira del enemigo sin respuesta. Se acercó a la puerta y apartó un poco la cortina de la entrada para ver los relámpagos que caían sobre el valle.

—Quizá los soldados asocien esta tormenta con un mal augurio —dijo Perpenna a su espalda a la vez que se asomaba también a la lluvia y observaba cómo el viento seguía campando a sus anchas por toda la ribera del Sucro.

—No lo creo —contrapuso Sertorio—. Nuestros hombres son veteranos, curtidos en mil batallas. Ya han visto tormentas, inundaciones y sequías y decenas de formas en las que los dioses nos hablan, y han combatido después de cada una de ellas y aquí siguen. No, los nuestros lucharán bien mañana. Lo que no entiendo es ese ensañamiento de Pompeyo con las ciudades de la costa. Es como si supiera que espero el oro de Mitrídates y quisiera destruir o controlar todos los puertos de la Hispania Citerior.

—Quizá haya interceptado a alguno de nuestros mensajeros a los piratas cilicios —sugirió Perpenna.

—Es posible —admitió Sertorio—. Algunos no han regresado.

Perpenna no dijo nada a esto, sino que fue directo al asunto del dinero.

—¿Llegó el oro a Cartago Nova? ¿Lo tienes contigo?

Sertorio seguía mirando hacia la tormenta. Un nuevo relámpago iluminó el cielo y pudo ver el mar de tiendas del campamento extendiéndose a ambos lados del *praetorium*.

—No —respondió Sertorio, pero no añadió más.

Podría contarle que había recibido mensaje del rey del Ponto diciendo que los piratas cilicios llevarían el oro a Tarraco, muy al norte de allí, en la capital de la Hispania Citerior que seguía fiel a la causa popular, pero decidió no compartir más información con su subordinado.

Perpenna se dio cuenta de aquel silencio, que dejaba patente la desconfianza que había ahora entre los dos líderes populares.

—Voy a dormir —añadió Sertorio—, y tú deberías hacer lo mismo. Combatir sobre el barro es más fatigoso de lo habitual.

—Cierto —aceptó Perpenna, pero antes de marcharse planteó una duda—: ¿Y no será Pompeyo quien interprete esta tormenta como una señal enviada por los dioses para que no combata mañana?

Sertorio negó con la cabeza y se mostró rotundo:

—Un hombre que destruye ciudades enteras arrasando hasta sus templos más sagrados no es alguien temeroso de los dioses. Pompeyo sólo cree en un dios.

—¿En cuál? —preguntó Perpenna.

—En sí mismo —respondió Sertorio.

XIII

De cíclopes y dracmas

Isla de Farmacusa
75 a. C., dos días antes de la fecha límite para pagar el rescate

La noche era plácida y había luna casi llena.

Los piratas se reunían alrededor de una gran hoguera, junto a la playa, y en torno a la enorme llama comían, bebían y se solazaban a su gusto con mujeres que habían capturado en sus ataques y a las que mantenían con ellos a la espera de vender como esclavas.

Demetrio admitió a César, su rehén estrella, en aquellos cónclaves donde el vino y la comida abundaban. Y César se les unía con aparente comodidad y hasta les amenizaba a ratos declamando poesías de Safo o narrando algunas historias de la *Odisea*. Los relatos de Ulises en sus aventuras por el mar parecían particularmente gratos a los oídos de los piratas.

—Te veo muy relajado, romano —le dijo Demetrio a César aquella noche—. Teniendo en cuenta que en apenas dos días expira el plazo para que el pago de tu rescate sea satisfecho, te veo bebiendo y comiendo con gran tranquilidad.

César había terminado de narrar a viva voz la huida de Ulises del cíclope Polifemo, para gran regocijo de los piratas allí reunidos, que apreciaban el ingenio del héroe griego y su astucia para zafarse de las garras del monstruo.

—¿O acaso crees que algún ardid te va a permitir escapar de esta isla como Ulises en tu relato? —continuó Demetrio.

César negó con la cabeza. Apuró la copa de vino que sostenía en una mano y respondió al líder de los piratas:

—Os veo más atentos que el cíclope. No, no creo que pueda escapar de aquí sin satisfacer el pago del rescate. Pero estoy seguro de que mi amigo Labieno llegará a tiempo y con todo el dinero pactado, ya sea en dracmas o en talentos de plata.

—Eso espero, por tu bien, romano —comentó Demetrio—, porque lo único que poseemos de valor los piratas, de valor de verdad, es nuestra palabra: para bien y para mal. Si se satisface el rescate, te liberaremos; sólo así nos aseguramos de que otros vean que tiene sentido pagarnos cuando secuestramos a amigos o familiares suyos. Pero, por la misma causa, si no se satisface el rescate en su totalidad en el plazo acordado, me veré obligado a ejecutarte, no importa lo bien que hayas conseguido caerme con tus poemas y tus relatos. Si no lo hiciera, si no te ejecutara al incumplir lo pactado, tampoco nos pagaría nadie.

—Nadie —repitió César pensando en Polifemo y en Ulises.

—Así es —insistió Demetrio.

—Labieno llegará —dijo entonces César, y miró a los ojos a su interlocutor y a los ojos del resto de los piratas que lo escuchaban atentos—. Sí, Labieno regresará: pagaré lo acordado, me liberarás, yo reclutaré hombres armados, volveré y os mataré a todos.

Se hizo un silencio absoluto.

Sólo se oía el crepitar de la gran hoguera.

Las muchachas se quedaron inmóviles en los brazos de sus captores, las copas de vino quietas en las manos de los piratas.

Ninguno se atrevía a masticar ni a decir nada.

Demetrio mantenía la mirada de César.

—¡Ja, ja, ja, ja! —Soltó una risotada por fin, el líder de los piratas.

Y los demás ladrones del mar se le unieron en aquella estruendosa carcajada.

Hasta el propio César se echó a reír.

—Estás loco, romano —dijo Demetrio aún entre lágrimas de la risa—. A punto he estado de ordenar que te ejecuten ahora mismo por tu impertinencia, pero cincuenta talentos es mucho dinero. Trescientos mil dracmas te mantienen aún con vida. Aun así, estás loco, romano. Completamente loco.

César no respondió a aquel comentario. Se levantó y, sin decir nada, se alejó de la gran hoguera y el banquete hasta quedarse a solas, junto a la playa, mirando el mar en silencio, bajo una luna creciente que, en aquel momento, marcaba el límite de su vida.

XIV

La batalla del Sucro

Llanura junto al Sucro
75 a. C., al amanecer

Ejército pompeyano

Las seis legiones del ejército de los *optimates* formaron en la triple línea de combate propia de las cohortes romanas. Pompeyo, ciertamente, no dio significado alguno a la tormenta de la noche y, en cuanto salió el sol, con un cielo despejado y sin nubes ya, desplegó toda su fuerza militar: sesenta mil hombres armados dispuestos para la lucha cuerpo a cuerpo.

Campamento sertoriano

Sertorio supervisaba desde la puerta norte de su fortín la salida de sus propias legiones. Disponía de una fuerza muy igualada a la del enemigo, rondando los cincuenta y cinco mil hombres. La diferencia esencial era que entre sus filas tenía muchos celtíberos que había incorporado a su ejército, mientras que el enemigo traía legiones donde la presencia de soldados hispanos era mínima. En su mayoría se trataba de legionarios itálicos, de quienes se esperaba más lealtad al Senado de los *optimates*.

Sertorio bajó de la torre de vigilancia de la puerta norte y, en un caballo blanco con arreos sencillos, similares a los del resto de los jinetes de sus *turmae*, fue directo al flanco derecho de sus tropas. El ala izquierda del ejército la había dejado al mando de Marco Perpenna; confiaba en que resistiera bien el empuje del ataque enemigo en aquel lado de la llanura.

Todo estaba preparado para la lucha.

Sólo faltaba ver quién iniciaba la batalla.

Ejército pompeyano, ala derecha,
confrontada con el ala izquierda sertoriana al mando de Perpenna

Pompeyo cabalgaba en un caballo negro, sobre cuya piel relucían resplandecientes los arreos dorados. En particular, brillaba el casco de oro que protegía a su montura. Al procónsul le gustaba aquella ostentación de poder.

Desde lo alto del animal, dio la orden de ataque y las seis legiones senatoriales se lanzaron a la batalla. El ala derecha estaba bajo su mando; el ala izquierda, gobernada por su segundo, Lucio Afranio. Geminio, más ducho en el espionaje que en la lucha, se mantuvo en retaguardia con la misión de ir enviando mensajeros hacia el sur, que vadearan el río y obtuvieran información sobre si llegaba o no Metelo Pío, algo que sin duda podía inclinar con claridad la balanza a favor de los soldados pompeyanos.

—¿Y no sería mejor esperar a las fuerzas de Metelo para aplastar a Sertorio por completo? —se había atrevido a preguntar Geminio al alba mientras Pompeyo se subía a su caballo negro.

—No —le había respondido el procónsul, e insistió en lo que lo motivaba para no esperar—: La gloria de aniquilar a Sertorio, al último líder que los populares tendrán jamás, la quiero para mí solo.

Centro de la llanura

Los legionarios de ambos bandos chocaron en medio de la planicie. Los escudos resonaron al golpear los unos contra los otros, los gladios se introducían entre las armas defensivas con furia…

—¡Pinchad, pinchad, pinchad! —aullaban los centuriones de los dos ejércitos.

La sangre empezó a salpicar a todos los hombres de la primera línea de combate.

Ala izquierda del ejército sertoriano

Marco Perpenna temía que su flanco cediera. El choque en la primera línea de combate estaba siendo muy sangriento. Las bajas se contaban ya por centenares en un bando y en otro.

—¡Que la segunda fila de cohortes reemplace a la primera! —ordenó sin dudarlo un segundo.

Algunos tribunos recibieron aquella instrucción algo confusos: pese al elevado número de bajas, era demasiado pronto para relevar a la primera línea de combate, pero una orden era una orden y la maniobra de reemplazo se puso en marcha.

Ala derecha del ejército pompeyano

Pompeyo observaba el inicio del primer reemplazo de cohortes en su lado de la batalla y percibió el miedo de su enemigo.

Sonrió.

—¿Hacemos lo mismo? —preguntaron algunos tribunos al procónsul, pero él, sin hablar, negó con la cabeza.

Podía ver cómo las tropas de refresco enemigas se ensañaban con los legionarios senatoriales ya más cansados, pero estaba seguro de que, si realizaba los reemplazos más tarde, al final serían los suyos los que tendrían la iniciativa. Eso sí, a un alto precio de vidas entre sus propias filas; aun así, siempre que se consiguiera la victoria final, y en consecuencia la gloria militar, esa pérdida de hombres era un precio que a Pompeyo le parecía bien pagar. Además, había detectado un detalle que creyó capital: fango. El barro era más abundante en la zona donde combatían los rebeldes, pues estaban más próximos al río y eso ralentizaba sus maniobras en los reemplazos.

Ejército sertoriano, ala derecha comandada por Sertorio

Fuera porque la presencia de Sertorio daba ánimos por el mero hecho de sentir cerca a quien mantenía en jaque a todos los ejércitos senatoriales enviados a Hispania hasta la fecha, o fuera porque el líder popular supo manejar mejor los momentos de los reemplazos en primera línea, el caso es que las cohortes de su ala consiguieron un progreso notable frente a las legiones del ala izquierda senatorial que comandaba Lucio Afranio, y, al poco de iniciarse la batalla, Sertorio pudo ver cómo aquél ordenaba un repliegue táctico de sus legiones; organizado, no una retirada caótica, pero repliegue en cualquier caso.

—¡Pinchad, pinchad, pinchad! —ordenó Sertorio cabalgando por entre las unidades de la primera línea, y los legionarios regulares de las fuerzas populares y los soldados celtíberos, envalentonados todos, al sentir que el enemigo retrocedía y daba señales de debilidad, atacaban aún con más saña, con más ira y, sobre todo, con más eficacia mortal.

Ejército sertoriano, ala izquierda comandada por Perpenna

Marco Perpenna había dado la orden de iniciar el segundo reemplazo, pero entre los muchos muertos, el barro que estaba por todas partes y algo de desánimo que los soldados sentían por la presión brutal del enemigo, la maniobra se hacía muy lenta.

Demasiado lenta.

Ejército pompeyano, ala derecha

Pompeyo ordenó entonces hacer el primer reemplazo y lanzar también a sus jinetes por un extremo comandados por él mismo. La combinación de movimientos, y la mayor velocidad en la maniobra, al no verse ésta entorpecida por fango, hizo que sus tropas acumularan muchos más hombres de refresco en primera línea en poco tiempo y, al encontrar soldados enemigos muy exhaustos o heridos, el avance se aceleró. Pompeyo, además, con sus jinetes empezó a sembrar la confusión en el extremo del flanco enemigo y los rebeldes retrocedían y retrocedían.

—¡Por Júpiter, por Roma, la victoria es nuestra! —aulló Pompeyo para insuflar aún más ánimos a sus hombres.

Y éstos, que habían visto caer a muchos de sus compañeros en el combate cuerpo a cuerpo de aquella mañana, respondieron con rabia y furia pinchando corazas rebeldes, cortando cuellos, hiriendo en brazos y piernas y, sobre todo, avanzando sobre cadáveres enemigos.

Ejército pompeyano, ala izquierda

Lucio Afranio se vio sobrepasado por el empuje de los que para él eran sólo miserables rebeldes; aquellos malditos luchaban con una combinación de rabia y eficiencia que hacían imposible resistir. Aun así, decidió seguir con su táctica defensiva, con un repliegue ordenado, perdiendo espacio, cada vez más, frente al avance enemigo, pero manteniendo el orden de las cohortes y evitando una huida que podía resultar letal.

Afranio tragaba saliva y sudaba. Se sabía derrotado, pero intentaba ganar tiempo. Necesitaba un golpe del destino, una ayuda de la diosa Fortuna, un milagro, o Sertorio lo barrería en menos de una hora.

Ejército sertoriano, ala derecha

Sertorio se sentía muy seguro, cabalgando sobre su caballo blanco de un lado a otro de la primera línea de combate, cuando hasta él llegó un mensajero desde el otro flanco de la batalla.

—Me envía el *legatus* Perpenna, procónsul: el ala izquierda de nuestro ejército está replegándose.

Sertorio miró hacia el otro extremo de la batalla. No era fácil discernir bien lo que ocurría. La distancia era grande y algunas pequeñas colinas impedían visualizar con claridad qué pasaba en el otro flanco, pero podía ver a muchos soldados celtíberos más próximos al río que al principio de la batalla. Aquello le confirmaba que el repliegue de Perpenna era generalizado.

Dudó.

Estaba a punto de destrozar a Afranio, pero si perdía el otro flanco por completo, Pompeyo lo rodearía y lo embestiría por detrás y eso sería el fin. No podía permitir la caída de su flanco izquierdo.

Ejército pompeyano, ala derecha

El caballo de Pompeyo intentaba no pisar los cuerpos de los soldados celtíberos caídos en el combate, ya estuvieran muertos o malheridos, pero el procónsul del Senado romano tiraba de las riendas doradas y le forzaba a hacerlo. Era su particular forma de disfrutar de la victoria. De pronto, los soldados hispanos que huían empezaron a dar media vuelta para enfrentarse de nuevo a los legionarios de sus cohortes itálicas. Aquello lo confundió.

Se detuvo.

Permaneció quieto sobre su montura, demasiado tiempo, intentando colegir qué estaba ocurriendo.

Demasiado tiempo inmóvil, porque varias decenas de celtíberos lo rodearon y uno lo hirió en la pierna mientras él se defendía desde lo alto del caballo.

—¡Agggh! —rugió Pompeyo y reclamó ayuda—: ¡A mí la guardia!

Había cabalgado muy rápido adentrándose en lo que antes eran líneas enemigas, y los jinetes de su escolta habían quedado rezagados, de modo que, en un primer instante, nadie acudió a su llamada.

Los celtíberos tiraron entonces del procónsul del Senado romano asiéndolo con fuerza de su *paludamentum* y, aunque la capa se rasgó, reduciendo la fuerza con la que tiraban de él para derribarlo, consiguieron desestabilizarlo y, al fin, Pompeyo dio con su cuerpo en tierra.

De repente se vio solo, rodeado por soldados enemigos.

El sol relucía en la que había pensado que sería una jornada más de gloria para él, la que lo conduciría a celebrar un segundo triunfo en Roma; pero ahora parecía que ese mismo sol iluminaba el que iba a ser su último día. Sin embargo, los rayos de Apolo hicieron relucir las riendas doradas y, sobre todo, la coraza y el casco de oro puro de su caballo que, como él, estaba rodeado por los enemigos.

Oro.

Eso cegó a los celtíberos, pero no en los ojos, sino en sus ansias.

Por un momento, dejaron al procónsul mismo como un objetivo secundario y se centraron en coger al caballo por las riendas para quitarle la coraza, los arreos y el casco. En ellos había dinero para pasar toda una vida sin tener que luchar más ni por unos ni por otros.

Muchos eran mercenarios.

Mientras los soldados hispanos pugnaban por hacerse con el control del caballo negro del procónsul, la escolta del líder senatorial llegó hasta él abriéndose camino entre los celtíberos, que peleaban ya más entre sí por el oro del caballo que contra los soldados de Pompeyo.

El procónsul romano, ayudado por su guardia, consiguió zafarse de aquella inesperada captura y, cojeando visiblemente por la herida que tenía en la pierna, se alejó de aquel lugar escoltado por sus hombres, lo bastante rápido como para evitar verse rodeado por las mucho más ordenadas tropas de legionarios comandadas por Sertorio mismo, que se estaban haciendo con el control ahora de aquel flanco de la batalla. Pompeyo pudo ver el *paludamentum* de su enemigo a unos cien pasos de su posición. Eso lo explicaba todo: Sertorio había acudido en ayuda del ala más débil de su ejército.

Pasados los momentos de mayor tensión, más seguro en una posición de retaguardia, en un altozano, el procónsul observó cómo los rebeldes se habían rehecho con la reincorporación de su líder en aquella ala. Sus hombres habían avanzado mucho, pero a costa de duros sacrificios. Habían matado a un gran número de rebeldes, pero con Sertorio ahora al mando de aquel flanco enemigo los celtíberos y el resto de los legionarios populares parecían luchar con otra furia. Lo prudente era replegarse y esperar acontecimientos.

A Pompeyo le costó mucho decirlo:

—¡Nos retiramos! ¡En orden, por Júpiter, pero replegaos!

Se llevó la mano al muslo, que sangraba mucho.

Aquella herida le dolía, pero más le dolía el orgullo.

Derrotado de nuevo por un vil rebelde, por un segundo de Mario.

Escupió al suelo… de rabia, de asco, de impotencia.

XV

Ὀθόναι!*

Isla de Farmacusa
75 a. C., a unas horas de que expire el plazo para pagar el rescate

César miraba la línea del horizonte en el mar mientras despuntaba el sol.

—¿Tu último amanecer? —preguntó a su espalda el líder de los piratas.

El romano se volvió hacia él.

—El plazo no expira hasta el ocaso —dijo.

—Cierto, cierto —aceptó Demetrio—, pero tu amigo apura mucho, ¿no crees? ¿Seguro que es tan buen amigo como pensabas? Cincuenta talentos de plata es mucha plata.

El pirata se alejó.

César se quedó solo en la playa, mirando de cuando en cuando hacia el mar.

El día se le hizo largo y corto a la vez. Largo y lento y pesado porque cada hora que pasaba se sentía más próximo a la muerte y porque no podía creer, así de sencillo, que Labieno no hubiera conseguido el dinero. Era una empresa difícil, aunque estaba convencido de que en Macedonia y sobre todo en Lesbos le darían todo el dinero necesario. Sin embargo, ahora, viendo cómo el sol iniciaba su descenso desde lo alto del cielo, sin vela alguna en el horizonte de la playa, empezaba a

* «¡Velas!».

dudar de Labieno, de sí mismo, de todo. Aun así, la opción de que Labieno hubiera reunido el dinero y huido con él le parecía del todo imposible. Claro que en el borde del abismo, uno duda de todo y de todos. Lo único que parecía real y palpable era el filo de la espada que Demetrio portaba al cinto y con la que, muy probablemente, le cortaría el cuello. Y eso si había suerte. El pirata, codicioso como el que más de entre aquellos ladrones del mar, había puesto muchas esperanzas en cobrar el rescate acordado y, en ausencia del dinero, quizá encontrara algo de placer en torturar a quien lo había ilusionado tanto para luego no ser capaz de aportar lo prometido.

César no fue a comer con los piratas, como había hecho habitualmente. No estaba de humor para entretenerlos en la *comissatio* con relatos o poemas.

Se quedó en la playa, paseándose de un lado a otro, como si patrullara la zona, como si de un centinela de la isla se tratara.

—Ὀθόναι! —aulló un pirata desde lo alto de un acantilado que hacía las veces de puesto de guardia.

César miró hacia el horizonte, pero él no alcanzaba aún a vislumbrar vela alguna. No le extrañó. La Tierra era redonda. Eso decían todos los filósofos y los matemáticos griegos que había leído, desde Aristóteles hasta Arquímedes o Pitágoras. Decían que un tal Eratóstenes había calculado la circunferencia de la Tierra, pero eso era algo que él aún no había leído. Sin embargo, los marineros lo explicaban con sencillez: las velas era lo primero que se veía de un barco en el horizonte cuando se aproximaba y lo último que dejaba de verse cuando se alejaba. Y, por las mismas, desde un punto elevado de tierra se divisaban antes los barcos que se acercaban. Y eso sólo se explicaba porque la Tierra tenía que ser curva. Por eso el centinela de lo alto del acantilado podría haber detectado las velas del barco de Labieno antes que él desde la playa. Porque tenía que ser Labieno. César no consideraba otra opción.

Al fin las vio: un par de velas de una embarcación no muy grande, el mercante con el que se fue y con el que retornaba, que navegaba con rapidez, directo hacia allí. Era Labieno.

—¡Lo sabía, lo sabía, por todos los dioses! —exclamaba César mientras reía y, al tiempo, negaba con la cabeza.

—Es tu amigo, sin duda —aceptó Demetrio, que se había acercado a él y reconocía el barco con el que Labieno había partido hacía treinta y ocho días, acostumbrado como estaba el pirata a identificar cualquier nave por su silueta dibujada en la distancia—, pero falta que traiga todo el dinero. Cincuenta talentos.

César asintió:

—Los traerá, no dudes de ello.

—Yo ni dudo ni creo —replicó el pirata—. Yo sólo tengo fe en el fulgor de los dracmas relucientes o de la plata y el oro brillando en esta luz del atardecer.

El barco alcanzó la costa y Labieno desembarcó en una barca repleta de cofres que los esclavos fueron depositando en la playa justo frente a Demetrio y el grueso de sus hombres de confianza. Alrededor, centenares de piratas se arracimaban venidos de toda la isla para comprobar si, en efecto, el fabuloso rescate reclamado por aquel romano se satisfacía en su totalidad, lo cual, todo sea dicho, era algo que ninguno de ellos creía posible. Incluso si el amigo del romano se hubiera esmerado y traído todo lo pactado, allí en Farmacusa todos conocían de las frecuentes argucias de Demetrio y sólo esperaban ver cuánto dinero llegaba a la isla para repartirse entre unos y otros antes de presenciar el fatal desenlace de aquellos dos romanos que, como dos idiotas, habían confiado en la palabra de Demetrio. Que los piratas cumplían lo acordado era bastante cierto, pero que Demetrio fuera de ésos no estaba nada claro.

Ajenos a los pensamientos de los piratas, Labieno y César se abrazaban en la playa.

—¡Nunca pensé que me alegrara tanto de verte! —le dijo al fin César, después de un largo abrazo no ya de amigos, sino de hermanos.

—Ha sido difícil reunir el dinero, y en este último tramo el viento no nos ha sido favorable y... —se justificaba Labieno, consciente de que había apurado al máximo el plazo para regresar, pero César lo hizo callar con otro abrazo poderoso.

—Bueno... ¿qué nos has traído exactamente? —inquirió Demetrio mirando a Labieno.

—Sesenta mil dracmas procedentes de Macedonia, en ese primer cofre —empezó a especificar Labieno—, y otros ciento ochenta mil más en esos tres cofres de ahí, procedentes de Lesbos —añadió mirando a César cuando indicaba la procedencia del dinero.

—Eso harían un total de doscientos cuarenta mil dracmas —comentó Demetrio conforme paseaba por entre los cofres que sus hombres iban abriendo y admirando al verlos repletos de monedas—. Faltan aún sesenta mil.

El líder de los piratas no era un hombre cultivado, pero en lo de sumar cantidades de dinero había desarrollado una gran destreza.

—Ésos no los he conseguido en dracmas —replicó Labieno mientras se pasaba el dorso de la mano por los labios resecos por los nervios—, pero he traído su equivalente, diez talentos, en plata. Los cofres vienen en esa segunda barca que se acerca a la playa.

Y todos se giraron para comprobar que, ciertamente, un segundo bote llegaba hasta la misma arena con más cofres.

Demetrio ni parecía contento ni triste. Se mostraba muy serio. Siempre lo era cuando hacía negocios.

—Que cuenten las monedas, una a una, y que pesen la plata —dijo—. ¿Acaso hay algo mejor que un anochecer mientras contamos dracmas o pesamos la plata que acabamos de conseguir? —Se echó a reír y con él todos los piratas de la playa.

César y Labieno se miraron un instante. Intuían algo, un giro inesperado de los acontecimientos, pero ninguno lo tenía definido en su cabeza y los dos callaban.

—Venid —los invitó Demetrio—. Cenaréis conmigo. Vuestra última cena en Farmacusa, mientras mis hombres cuentan el dinero y pesan la plata.

Aquello de «vuestra *última* cena en Farmacusa», que debería haber sonado bien, lo pronunció el líder de los piratas de un modo extraño que, más que llenar de felicidad los corazones de los dos amigos, sembró en ellos oscuras dudas sobre el desenlace de aquella aventura.

XVI

La batalla del Sucro (II)

Llanura del Sucro
75 a. C.

Ejército sertoriano, ala izquierda

Sertorio detuvo el avance de sus tropas.

Pese a la retirada de Pompeyo y haber recuperado el control de todo el flanco izquierdo de su ejército, se sentía inquieto.

—¡Es el momento de acabar con Pompeyo! ¡Sigamos hacia delante! —propuso Perpenna envalentonado con la llegada de Sertorio y con la retirada de los senatoriales.

Pero el líder de los populares en Hispania miraba hacia su derecha: el combate entre Herennio, a quien había dejado al mando en ese sector, y los legionarios de Afranio se había enmarañado. Las cosas no parecían estar tan definidas por allí. Podía perseguir a Pompeyo, cierto, pero eso alejaría la mitad de su ejército de las tropas de Herennio y no tenía claro que pudiera permitirse el lujo de arriesgarse a perder muchos legionarios si la lucha se torcía allí. Los pompeyanos podían recibir constantes refuerzos de Roma, pero él debía administrar muy bien sus recursos. Le había costado una enormidad reclutar celtíberos que se unieran a sus filas de forma razonablemente leal: un Senado en Osca, bajar impuestos, pagar buenos salarios... Tenía que ser cauto para alargar la guerra y conducir así a los *optimates* a un hastío que los llevara, por fin, a la negociación.

—No —dijo—, retrocedamos y veamos cómo le va a Herennio en el flanco derecho. Lo he dejado al mando y la distancia no me deja ver qué ocurre allí.

Ejército pompeyano, ala izquierda

Fue como si Afranio lo presintiera: la falta de energía, de ánimo, de fuerza en las tropas enemigas. En su retirada, bien organizada, mantenía la primera línea de combate con hombres frescos mientras el resto iba retrocediendo lenta pero ordenadamente. De pronto se dio cuenta de que el empuje del enemigo era más débil, flaqueaba. Iba a dar instrucciones para un nuevo repliegue cuando, simplemente, vio que la línea de lucha resistía perfecta en su frente sin hacer un nuevo reemplazo. Entonces, decidió probar una cosa:

—¡Avanzad! —aulló a la primera línea de combate, con él situado justo por detrás, muy cerca de la acción de guerra.

Y pasó: el enemigo no respondió a aquel cambio de táctica con resistencia, sino que su línea se quebró y sus hombres causaron múltiples bajas en un oponente que se vio sorprendido.

Lucio Afranio no necesitó más. Era bueno en la batalla. Tenía ese instinto guerrero que pocos tienen y lanzó a los suyos con saña contra los rebeldes:

—¡Avanzad, por Júpiter! —insistió.

Las legiones bajo su mando se rehacían enardecidas. Al ver que los que ahora se replegaban eran los celtíberos y los legionarios de los rebeldes, combatían con más furia que nunca.

En medio de la refriega mortal, Afranio observó que Herennio, el *legatus* del enemigo, quedaba rodeado y, por fin, caía bajo los gladios de sus hombres. Eso dejó sin mando efectivo a los rebeldes, pues no había rastro del *paludamentum* púrpura de Sertorio. De hecho, los legionarios populares empezaron una retirada a la desesperada, sin orden, hacia su campamento e incluso más allá de él. De forma imprevista, la victoria en su flanco era suya. Y no lo entendía bien del todo. Era como si los enemigos combatieran con más o menos energía dependiendo de si Sertorio estaba o no presente. En todo caso, al margen de disquisiciones sobre por qué ocurría lo que ocurría, Afranio siguió ordenando progresar en el frente de batalla.

Avanzaron hasta hacerse con el mismísimo campamento enemigo. Los rebeldes habían pasado por allí, recogido lo que habían podido y, sin mando efectivo, continuado su huida hacia el sur.

Lucio Afranio vio cómo sus propios legionarios rompían las filas de las cohortes y se lanzaban al pillaje en busca de oro, plata, sestercios, armas, corazas, lanzas, utensilios de cocina, dagas, cualquier cosa que o bien tuviera valor o bien fuera útil en aquella larga guerra que libraban contra Sertorio.

El *legatus* permitió que sus hombres se dedicaran al saqueo un rato, pero al poco sintió que el desorden era excesivo e intentó reorganizar el caos reinante entre los suyos. La batalla no había terminado. En absoluto.

Pero no le hacían caso.

Sus legionarios estaban cegados por la victoria.

—¡Formad de nuevo en centurias! —gritaba Afranio por donde pasaba, mas ni los tribunos ni los centuriones estaban atentos a repetir sus instrucciones con la rapidez y el brío necesarios.

Afranio se desesperaba, miraba desazonado hacia las colinas que los separaban del otro flanco de la batalla. Sólo se veía monte y cadáveres de unos y otros, pero no tenía noticias ni de Pompeyo ni de Sertorio. Y aquella falta de información lo inquietaba. Afranio aullaba órdenes para el reordenamiento de sus cohortes, maldiciendo la falta de disciplina y temiendo algún nuevo giro inesperado de aquella extraña batalla que sus hombres daban por zanjada, cuando para él eso era algo que sólo los dioses sabían con certeza.

Ejército sertoriano

Retirado Pompeyo y sus tropas de la contienda, Sertorio llegó con las cohortes de su ala izquierda hasta las proximidades de su antiguo campamento: pudo ver cómo las legiones de Afranio se habían hecho con el control del mismo y cómo se dedicaban al pillaje mientras las unidades de sus tropas del ala derecha andaban a la desbandada en dirección sur, hacia el río Sucro. Como temía, si bien había conseguido derrotar a Pompeyo en el otro flanco, Herennio no había resistido y Afranio se había rehecho, pero ahora, distraídos en el saqueo, quizá podría sorprender, una vez más, al enemigo.

—Marco, tú ve por el sur, y entrarás primero en el campamento —explicaba sin levantar la voz, en lo alto de su caballo, junto a su segundo en el mando—. Yo iré por el norte y esperaré que generes el caos al atacarlos por sorpresa. Cuando intenten replegarse hacia el norte, en dirección a su propio campamento donde están las tropas de Pompeyo, se encontrarán conmigo. Los masacraremos. Les devolveremos el daño que nos han hecho.

Marco Perpenna estaba confuso. Hasta hacía poco tenía el convencimiento de que deberían haber ido a por el propio Pompeyo, pero visto el desastre que había acontecido en el otro flanco entendía que el repliegue táctico de Sertorio era acertado y que, además, ahora tenían una oportunidad magnífica de causar numerosas bajas al enemigo al terminar de derrotarlo en ambos flancos tras una batalla compleja, repleta de vaivenes. Si uno se imponía, dejaba bien claro quién tenía la supremacía estratégica en aquella guerra. Además, se daba cuenta de que Pompeyo, bien atrincherado en su campamento, no habría sido un enemigo fácil de doblegar, mientras que las tropas de Afranio, embebidas de lo que creían que era una victoria absoluta, eran susceptibles a un ataque por sorpresa como el que planteaba Sertorio.

—De acuerdo —aceptó Perpenna, y tiró de las riendas de su caballo para ponerse al mando de las tropas que le asignaba Sertorio, rumbo a su ataque relámpago contra Afranio.

Ejército pompeyano al mando de Afranio
Campamento de las tropas populares sometido al pillaje

Afranio empezó oyendo alaridos en la parte sur del campamento.

Al poco se vio rodeado de soldados suyos cubiertos de sangre, que intentaban huir malheridos y entre gritos.

No necesitó más; ante la impericia de los tribunos y los centuriones en hacerse valer sobre unos legionarios cegados por un pillaje a deshora, reclamó un caballo y se encaminó hacia la puerta norte del campamento con algunas cohortes que, ante el nuevo ataque enemigo, buscaban quien organizara el combate de respuesta.

Afranio pensaba que aún podría sacar a sus hombres de aquella ratonera sin excesivo perjuicio para sus legiones cuando, de pronto, la figura de Sertorio apareció ante ellos al frente de numerosas unidades de soldados celtíberos y legionarios rebeldes. Era un nuevo combate, como una nueva batalla, como si estuvieran al principio de aquella jornada de sangre interminable, sólo que todos estaban agotados, exhaustos, hartos de matar y matar.

Pero cuando vio a los legionarios de Sertorio desenfundar los gladios, comprendió que ellos aún tenían energía y arrestos para más guerra.

El desánimo se apoderó de él.

Campamento general del ejército pompeyano

El *medicus* acababa de salir de la tienda del procónsul. Pompeyo permanecía tumbado en su lecho de campaña con la pierna vendada, bebiendo algo de vino para intentar mitigar el dolor. El *medicus* había sugerido también echar un poco de opio en el licor como analgésico, pero el procónsul quería tener la mente despejada. Geminio entró en el *praetorium*:

—Tengo noticias… diversas —dijo.

—Habla —lo apremió Pompeyo, que no estaba para esperas ni rodeos.

—Afranio había derrotado a los rebeldes en su flanco al retirarse Sertorio de allí cuando acudió a enfrentarse con el procónsul en el otro extremo de la batalla, y había llegado a hacerse con el campamento enemigo. Pero Sertorio, en su propio repliegue, rodeó a los hombres de Afranio y los ha atacado por el sur y por el norte. Ha habido muchos muertos. En ambos bandos. Han caído muchos de nuestros oficiales también, pero al menos Afranio, a duras penas, consiguió abrir una brecha entre los celtíberos y ha logrado regresar hacia el norte hasta nuestro campamento. Herennio, uno de los hombres de confianza de Sertorio, ha muerto.

—En resumen: Sertorio nos ha derrotado en ambos flancos, primero en uno y después en otro —sintetizó Pompeyo mirando al suelo, mientras se pasaba una mano sobre el vendaje de la pierna y echaba otro trago de vino. Ninguna mención a la muerte de Herennio, un premio muy menor en aquella batalla donde había perdido mucho más que lo que había ganado.

Geminio no quiso añadir nada. No había por qué remarcar el obvio fracaso bélico del día.

—Metelo está al sur del Sucro —anunció—. Llegará al alba. Sertorio controla el único paso sobre el río, pero le doblaremos en número de legionarios si sumamos las fuerzas de Metelo a las nuestras. Ha sido un día... —Geminio buscó un término delicado— aciago, pero mañana cambiará todo.

—En efecto, con la llegada de Metelo todo cambiará —aceptó Pompeyo—. No como me hubiera gustado, pero todo será diferente.

Geminio guardó silencio.

—Pero en una cosa te equivocas —añadió Pompeyo para sorpresa de su interlocutor—: el día no es aciago. Hemos aprendido algo importante: hemos aprendido que las tropas rebeldes dependen mucho de la presencia o no de Sertorio en sus filas. No combaten igual, no luchan con la misma energía si él no está al mando. Si elimináramos a Sertorio, la rebelión popular de Hispania terminaría en poco tiempo.

Se hizo un silencio que duró bastante rato.

Pompeyo se acariciaba la herida otra vez y seguía con la mirada fija en el suelo.

—Necesitamos, entonces... encontrar un traidor en las filas del enemigo... —se atrevió a sugerir Geminio.

Pompeyo no cambió su postura ni elevó la voz ni levantó la mirada. Respondió con frialdad bien calculada, como cuando era juez y dictaba sentencia:

—Ya tienes trabajo, Geminio. Desde esta misma noche, ése es tu único cometido. Deja la guerra en mis manos. Tú consígueme un traidor en las filas de Sertorio.

Campamento de Sertorio
Amanecer

Marco Perpenna se acercó a donde Sertorio desayunaba con varios tribunos.

—Metelo ha llegado. Ha venido desde Saetabis.* Está al sur del río —dijo delante de todos.

Sertorio lo miró de reojo mientras terminaba de beber su leche de cabra. Aquélla era una información que debería haberle comunicado a

* Játiva.

solas, pero no le llamó la atención ni en ese instante ni luego. Simplemente archivó el modo de actuar de Perpenna.

Entregó el cuenco vacío a uno de los *calones* de la legión.

—Nos retiraremos —ordenó—. Hacia el interior y hacia el norte, hacia los territorios que controlamos, más allá de las montañas.

A los tribunos allí reunidos aquella idea les pareció razonable.

A Perpenna, no.

—Pero controlamos el único paso sobre el Sucro —argumentó el *legatus*.

Sertorio lo miró en silencio y se pasó el dorso de la mano sobre los labios aún húmedos de leche.

—Sí, controlamos ese único paso —aceptó—, pero tendríamos que dividir nuestras tropas: la mitad combatiendo contra el ejército de Metelo y el resto luchando contra Pompeyo. No seré yo quien entre en combate con dos ejércitos consulares a la vez. Si hay algo que aprendí de Mario es a no entrar en combate si no tienes opciones de victoria. Nos retiramos hacia el norte.

—Eso es cierto, pero… ¿y el dinero?

Nada más decirlo, Perpenna se dio cuenta de que hablaba de algo que Sertorio le había revelado en la más estricta confidencialidad. Nadie más de los allí presentes sabía de su plan de recibir dinero de Mitrídates a cambio de embarcar tropas hacia Asia, y se interrogaban sin hablar unos a otros sobre a qué dinero se refería el *legatus*, pero ninguno de ellos osó preguntar nada.

La mirada que Sertorio le dedicó a Perpenna fue asesina.

Perpenna calló.

Los tribunos allí reunidos arrugaban la frente. De momento, lo urgente era cómo afrontar la nueva situación y la propuesta de repliegue hacia el interior de Sertorio les parecía a todos la más sensata.

El cónclave de oficiales se deshizo con instrucciones para organizar la retirada general.

Rodeado por una pequeña escolta de legionarios, Sertorio se alejó del lugar. Él sabía que su plan seguía funcionando. Había recibido un mensaje desde Tarraco: hasta allí había llegado el oro de Mitrídates y allí estaban embarcando tropas legionarias populares con destino a Asia, pero había decidido no compartir ya ninguna de aquellas informaciones con nadie, en particular con Perpenna.

Marco Perpenna se quedó solo en la tienda.

Un *calon* le ofreció un cuenco con leche de cabra y gachas, pero el *legatus* negó con la cabeza.

Campamento general del ejército pompeyano

Al poco de salir del *praetorium*, Geminio se dio cuenta de que con la conversación sobre Sertorio y la orden de Pompeyo de buscar un traidor en sus filas, se había olvidado de comentar algo que, seguramente, animaría a su superior.

Se giró y volvió a entrar.

—¿Y ahora qué ocurre, por Júpiter? —preguntó Pompeyo iracundo. El dolor de la herida lo tenía amargado.

—Hay nuevas de las que no he informado al procónsul.

—¿Y no pueden esperar?

—Es sobre César.

—¿César? ¿Qué ocurre con él? Dime que se lo ha tragado el mar.

—Algo parecido —inició Geminio—: lo han secuestrado los piratas.

—¿Piratas?

—Y han pedido un enorme rescate: cincuenta talentos de plata. Se comenta por toda Roma que no conseguirá reunir el dinero.

—Bueno, a ver si los piratas hacen algún servicio a Roma de mérito. —Y se echó a reír—. Al final has conseguido animarme en medio de la derrota.

Geminio volvió a inclinarse y salió de la tienda de su superior. Desde fuera, mientras se alejaba del *praetorium*, continuó oyendo las carcajadas de Pompeyo.

XVII

El fiel de la balanza

Isla de Farmacusa
75 a. C.

La cena era abundante, copiosa, rica en viandas exóticas. Era como si Demetrio quisiera agasajarlos en su despedida, pero ni César ni Labieno tenían claro si era un festín de celebración o si, más bien, se trataba de una cena *libera* como la que los gladiadores disfrutaban la víspera de combatir a muerte en la arena. ¿Iban a ser aquellos piratas su público mientras los obligaban a matarse entre ellos, o Demetrio sería fiel a su palabra y los liberaría tanto a ellos como al resto de la tripulación del mercante?

César comía poco y bebía menos. No tenía sentido que el líder de los piratas no cumpliera su palabra. Él mismo le había reconocido que, si no lo hacía, nadie más pagaría ningún rescate, y sin embargo... mucha gente hace cosas sin sentido, absurdas, ilógicas.

—Las monedas están bien —dijo uno de los hombres de Demetrio—. Doscientos cuarenta mil dracmas. De hecho, hay unos trescientos dracmas de más.

—No quería arriesgarme a que luego faltaran unas pocas monedas —le dijo Labieno en voz baja a César.

Varias decenas de piratas habían pasado horas contando una a una las monedas y haciendo la suma de todo lo que habían contabilizado, y la cifra cuadraba. Faltaba comprobar el peso de los diez talentos de plata.

—Traed la balanza —ordenó Demetrio.

Al poco, mientras se rellenaban las copas de vino de los piratas y se servían nuevas bandejas de carne y sabrosos platos de pescado sazonados con *garum* obtenido de alguno de los mercantes saqueados en los últimos días, trajeron una *statera*.

—Una balanza romana —aclaró Demetrio—. Romana tenía que ser para pesar la plata de nuestro invitado romano... y su amigo. —Y se echó a reír.

Los piratas rieron también. Los que habían oído el comentario y los que no, porque el vino corría en abundancia y no podían sentirse más felices, rodeados de decenas de miles de dracmas y plata mientras cenaban. Simplemente, la vida iba bien.

Engancharon la balanza a la rama de uno de los escasos árboles próximos y de ahí colgaron la cadena que sostenía la regla de metal. A continuación, poco a poco, fueron depositando los objetos de plata que había en el cofre de Labieno y comprobando su peso. Iban deslizando el pilón sobre la regla para ver, en cada momento, a cuántas libras de peso equivalía cada objeto. E iban sumando.

Los dos prisioneros escuchaban muy atentos a medida que la suma total de libras de plata iba ascendiendo. Diez talentos áticos equivalían a setecientas ochenta libras de peso.

—Cien libras —escucharon—, doscientas...

El proceso era lento y se alargó durante una hora, mientras seguían comiendo y bebiendo. Trescientas, cuatrocientas... seiscientas... setecientas... setecientas diez, veinte... cincuenta...

—Setecientas... ochenta libras de plata. Ochenta y ocho, para ser exactos —anunció a modo de cuenta final el pirata responsable de la suma.

César sonrió.

Labieno permaneció serio.

El líder de los piratas se levantó. Parecía satisfecho, pero de pronto su rostro, que había permanecido amable durante toda la velada, se tornó muy serio, grave, entre enfadado y decepcionado:

—Falta plata —dijo Demetrio.

—No falta nada —replicó César—: doscientos cuarenta mil dracmas y diez talentos áticos de plata al peso.

Demetrio bajó la cabeza y, mirando al suelo, la movió de lado a lado en un claro gesto de negación.

—No. —Y se explicó—: En lo que pague al peso, a un rehén romano le corresponde pagar en talentos *romanos*, no en talentos áticos, ¿no crees? Veamos. —Se acercó andando despacio a César, retándolo con la mirada—. ¿Acaso no queréis que todo Oriente sea romano? ¿No hemos usado una balanza romana, y hasta la salsa de la cena es romana? Rehén romano, talentos romanos. Ah, ¿que un talento romano pesa más que uno ático? Lo lamento, pero yo esperaba ser satisfecho o en efectivo, en dracmas, o en talentos de plata romanos. Faltan… unas doscientas libras de plata, romano. Tu rescate no ha sido satisfecho y el plazo… terminó con la caída del sol.

César mantenía una sonrisa desafiante en su rostro, entre el desdén y el rencor.

—Talentos romanos —repitió para sí.

—Exacto.

César escupió en el suelo, a los pies de Demetrio.

El resto de los piratas dejaron de beber y de comer y de reír y se pusieron muy serios. Algunos desenvainaron sus espadas. Otros buscaban entre los dobleces de sus ropas los afilados cuchillos que siempre portaban con ellos.

Pero César retrocedió un paso y levantó las manos a modo de disculpa.

—Algo de la cena se me había quedado en la garganta —esgrimió como excusa para que su gesto no se interpretara como desprecio, y se volvió hacia Labieno—: ¿Hiciste lo que te ordené?

El aludido se levantó y respondió alto y claro:

—Hay un cofre más —dijo para sorpresa de Demetrio y de todos los piratas, y miró hacia los esclavos que, veloces, fueron a por un pequeño cofre que no habían descargado aún de los botes.

—¿Un arcón más? —inquirió Demetrio, escéptico—. No me gustan las mentiras. Ninguna te salvará de una muerte segura si el pago no es satisfecho en su totalidad.

—En ese arcón encontrarás las doscientas libras de plata que sumarían diez talentos no ya áticos, sino romanos —dijo César mirando a Labieno y viendo cómo éste asentía.

Demetrio puso los brazos en jarras y guardó silencio.

Los esclavos romanos depositaron el cofre junto a la balanza.

El pirata encargado de pesar interpretó un leve asentimiento de su líder como debía y, sin perder un instante, se puso a contabilizar los objetos de plata que contenía el nuevo e inesperado cofre.

—Veinte libras, treinta libras...

Ya nadie comía ni bebía.

Todos estaban atentos al fiel de la balanza.

Con los ojos cerrados y la cabeza gacha, César escuchaba aquel recuento que significaba su vida o... su muerte.

—Noventa libras, cien...

Demetrio se sentó de nuevo entre las mantas y los almohadones esparcidos por la arena de la playa. Era evidente que, para su sorpresa, su rehén había tenido en cuenta todas las opciones y sabía que ahora a él sólo le quedaba una: cumplir su palabra. Desde la distancia oía cómo se iba cantando el resultado del pesaje de la plata del último cofre:

—Ciento sesenta, ciento setenta, ciento ochenta, ciento noventa, doscientas... ¡Y diez libras de plata adicionales! ¡Más de lo requerido!

César abrió los ojos y exhaló un largo suspiro de alivio. Acto seguido, se dirigió junto al líder de los piratas, pero antes de que dijera nada fue Demetrio quien habló:

—Estás libre..., romano —dijo mientras un esclavo le servía más vino.

Los demás piratas retomaron el comer y el beber tras envainar todos las espadas y guardar dagas y cuchillos.

En el horizonte, los primeros albores de un nuevo amanecer despuntaban iluminando la superficie del mar. La noche entera se había pasado contabilizando las monedas y pesando la plata traídas por Labieno.

César no dijo nada a Demetrio, y éste tampoco lo esperaba.

En su lugar, el recién liberado habló a Labieno con decisión:

—Embarcamos ya mismo. Aprovechemos la llegada del alba. —Miró al horizonte y añadió unas palabras muy sentidas en lo más profundo de su corazón—: Aprovecharemos este nuevo amanecer.

Ningún pirata se interpuso en su camino. En realidad, todos estaban satisfechos con el negocio de aquella noche: mucho dinero y plata ganados sin esfuerzo alguno. De hecho, no entendían a qué venía el rostro serio de Demetrio, pues su líder estaba cabizbajo.

Y es que a Demetrio le incomodaban unas palabras del todo absurdas, carentes de posibilidad real de ser llevadas a término. Esas que

César había pronunciado durante su cautiverio, y que seguían allí, en su mente. Por eso había pensado en la argucia de los talentos romanos, necesitaba una justificación para ejecutarlo, pero ahora esa última opción había volado.

Sacudió la cabeza como para borrar preocupaciones sin sentido, sonrió mirando a sus hombres y bebió y comió más. Pero ni así pudo borrar las palabras que César había dicho dos días atrás en aquella misma playa: «Volveré y os mataré a todos».

XVIII

La amnistía de Metelo

Campamento militar de Pompeyo
Llanura del Sucro
75 a. C.

—Están a punto de llegar —anunció Geminio a Pompeyo en su tienda de mando.

Se refería a Metelo y a sus oficiales, que venían a entrevistarse con Pompeyo para acordar la estrategia que seguirían contra Sertorio: la pierna herida del procónsul le dificultaba moverse y se había acordado que la reunión fuera allí esa mañana.

El procónsul cabeceó afirmativamente, lleno de frustración. La herida seguía manteniéndolo tumbado y dolorido.

—Hay algo que el procónsul debería saber antes de esta reunión —comentó Geminio mirando de reojo a la entrada de la tienda.

—Dime.

—El dinero de Mitrídates ha llegado a Hispania.

Aquello hizo que Pompeyo, por un instante, olvidara su pierna herida; se incorporó hasta quedar sentado.

—¿Cómo lo has averiguado?

—Me ha llegado por varias fuentes. Yo creo que Sertorio quiere que lo sepamos.

—Quiere que sepamos que es más fuerte —precisó Pompeyo.

—Eso creo, procónsul.

En ese momento entró Afranio:

—Ya vienen —anunció.

—Ayudadme a ponerme en el *triclinium* —ordenó Pompeyo.

Aquello era una tarea más propia de los esclavos, pero no había tiempo y Afranio y Geminio obedecieron.

Metelo entró en el *praetorium* de Pompeyo, su colega proconsular en Hispania.

—Espero q-q-que te mejores —inició Metelo con su particular tartamudeo, que procuraba ocultar en público—. Q-q-que Esculapio te sane pronto.

Pompeyo recibió aquel saludo amable con cordialidad. En el fondo de su ser estaba rabioso por lo humillante que era tener que recibir así a su colega y por haber sido derrotado y no haber podido masacrar a Sertorio solo, pero ante Metelo, uno de los líderes *optimates* más respetados, sabía que debía mantener las formas.

—Es apenas un rasguño —se explicó el herido—, pero el *medicus* insiste en que no mueva la pierna en unos días. Y no soy de meterme en el trabajo de otros.

—Prudente d-d-decisión —asintió Metelo, y se sentó en una *sella curulis* que le ofrecieron.

No estaban solos en la tienda: además de Lucio Afranio y Geminio, que estaban junto al procónsul herido, Metelo se había hecho acompañar a su vez por un par de sus *legati* de confianza.

Pompeyo invitó a vino y varios *calones* entraron y sirvieron copas a todos los presentes para, rápidamente, salir de la tienda y dejar a sus amos a solas debatiendo sobre el destino de aquella guerra.

—Tengo un plan —añadió Metelo, esta vez sin tartamudear: para frenar ese temblor del habla, nada como una frase breve y un tema en el que se sentía seguro.

—Te escucho. —A Pompeyo no le gustaba que otro tomara la iniciativa, pero se dispuso a oír lo que fuera que hubiera maquinado su colega militar antes de criticarlo.

—Necesitamos suministros —empezó Metelo—, y Sertorio o destruye las ciudades o hace que nos sean host-t-tiles. Así es difícil reaprovisionarse. Propongo q-q-que nos repleguemos al norte, a la Galia Narbonense, y hacer acopio de víveres y suministros allí, para retornar a Hisp-p-pania bien p-p-pertrechados.

Pompeyo se acariciaba la pierna herida con una mano mientras que en la otra sostenía su copa de vino. Observó que Metelo callaba. Le parecía poco plan y, conociéndolo como lo conocía, intuía que había más. Guardó silencio a ver si añadía algo. Y así fue:

—He pensado también ofrecer una recompensa p-p-por Sertorio, vivo o muerto: cien talentos de plata y veinte *iuga* de t-t-tierra.* Y voy a solicitar al Senado q-q-que apruebe una ley de amnistía p-p-para todos los legionarios y los oficiales que abandonen las filas de Sertorio y se nos unan c-c-contra él.

Pompeyo asintió a la parte final del plan de su colega.

—Veo bien todo lo que propones. En particular, lo de la recompensa y la amnistía. Ambas, sin duda, pueden debilitar la lealtad entre los que siguen a ese maldito rebelde, pero no estoy de acuerdo con retirarnos los dos a la Galia Narbonense. Creo que eso sería un error: mandaría un mensaje equívoco de debilidad a nuestro enemigo. Aunque siga siendo fuerte, hay que continuar hostigándolo, como cuando se caza a un león o a un lobo. Hay que perseguirlo sin descanso, acorralarlo y aniquilarlo. Pero llevas razón en que en Hispania nos es difícil abastecernos. Sugiero que tú vayas a Narbona y te hagas con todos los suministros que necesitamos, y veo bien que escribas al Senado para esa amnistía a los que deserten de Sertorio, pero añadiría dos modificaciones a tu plan: primero, junto con la amnistía, solicita más refuerzos y, segundo, yo me mantendré tras él, aquí en Hispania, y lo hostigaré para que mientras nosotros nos hacemos más fuertes, ni él ni los suyos tengan un día de paz o descanso.

—¿Solicitar refuerzos? —Metelo no veía este punto nada claro—. T-t-tenemos dos ejércitos consulares completos y algunas *vexillationes* adicionales.

Pompeyo inspiró aire y le explicó todo lo que sabía sobre el acuerdo de Sertorio con Mitrídates del Ponto y cómo acababa de averiguar que el oro del rey asiático se había descargado no en Cartago Nova, sino al norte, en Tarraco.

—Entiendo —dijo Metelo, pensativo. Desde luego, aquello cambia-

---

* Veinte yugadas de tierra son unas cinco hectáreas, pues una yugada equivalía en Roma, aproximadamente, a un cuarto de hectárea, aunque diferentes autores clásicos pueden variar en el valor de la medida. Un legionario podía recibir dos yugadas de tierra al retirarse del ejército. Metelo estaría ofreciendo diez veces más de tierra por la captura de Sertorio, además del dinero.

ba las cosas: ese dinero fortalecía la posición de Sertorio, que podía acumular más mercenarios bajo su mando durante muchos años.

—Me duele decirlo, pero, sinceramente, creo que Sertorio… —a Pompeyo le costaba verbalizar sus pensamientos—, creo que ha jugado con nosotros. Lleva toda la guerra evitando confrontaciones campales directas. Lo del Sucro lo hizo sólo para que tuviéramos todas nuestras tropas pendientes de él y no en los puertos como Tarraco. Toda esa batalla ha sido una maldita distracción. Yo luchaba contra él y tú venías hacia aquí. Las costas sin vigilar.

Metelo volvió a asentir en silencio, meditabundo.

—De acuerdo —dijo al fin—. P-p-pediré al Senado esa amnistía y refuerzos explicando lo que me has comentado. Nos enviarán más tropas. Yo iré a Narbona p-p-para fortalecer nuestra red de suministros y tú te q-q-quedarás aquí y hostigarás a Sertorio. Yo regresaré y, entre los dos, acabaremos con esta rebelión.

Pompeyo advirtió que Metelo no tartamudeaba a la hora de decir que sería «entre los dos», pero lo esencial era que pediría refuerzos. El Senado igual se los negaba a él, a Pompeyo —sabía que cada vez tenía más enemigos allí—, pero los *optimates* harían lo que pidiera Metelo. Por otro lado, su colega le permitía quedarse en Hispania y atacar a Sertorio. Pompeyo aún confiaba en acorralar al rebelde y acabar con él a solas.

Los dos procónsules se miraron en silencio. Se estudiaban. Se valoraban. A Metelo no le gustaba en absoluto la forma en la que el Senado había recurrido a Pompeyo, por su eficaz agresividad militar en diferentes momentos para resolver diversas crisis, otorgándole un poder proconsular fuera de las normas y las leyes establecidas. Por edad, no le correspondían semejantes responsabilidades, pero Sila empezó haciendo una excepción con él y el Senado había seguido haciéndolo, quizá con menos alegría, aunque manteniendo la situación de *imperium* militar excepcional para un Pompeyo demasiado joven, de tan sólo treinta y un años.

A Pompeyo, por su parte, le desagradaba un Metelo que hacía apenas nada había emitido monedas con la inscripción de *imper pius*. Es decir, se autodenominaba *Imperator Pius*, esto es, con mando militar legal, religioso, virtuoso… como si quisiera decir que él, Pompeyo, en verdad no cumplía todos los requisitos.

Se odiaban y era patente para ambos, pero eran inteligentes y sabían que el objetivo común de aniquilar a Sertorio era primordial.

—Entonces, si aceptas que yo me quede aquí —dijo Pompeyo—, estamos de acuerdo en cómo actuar.

Metelo se levantó.

—Lo estamos —admitió. Luego, señalando la pierna de su interlocutor, añadió—: ¿Podrás combatir pronto?

Ante aquel desafío, Pompeyo se quitó la mano de la herida y, despacio, ocultando el dolor, se incorporó en el *triclinium* hasta sentarse primero y, a continuación, ponerse en pie apoyándose sólo con una mano en el respaldo del lecho.

—Podré —dijo.

Metelo asintió y, sin más despedida, dio media vuelta y salió del *praetorium* seguido por sus oficiales.

En cuanto se quedaron a solas, Pompeyo se dejó caer en el *triclinium* con un bufido de amargo dolor.

—¡Dioses! —exclamó, y se dirigió a Afranio—: Que llamen al *medicus* y dispón todo para partir al alba. La cacería de ese perro de Sertorio empieza al amanecer.

—¿Al alba? —se extrañó viendo al procónsul herido y, ahora sí, con la agonía marcada en el rostro.

—Al alba he dicho —repitió Pompeyo.

Afranio se inclinó, se llevó el puño al pecho y salió de la tienda.

Pompeyo y Geminio se quedaron a solas.

—¿Qué? —preguntó el procónsul con claro tono de fastidio al ver que el otro lo miraba en silencio—. ¿No tienes nada que hacer? Te encargué buscar un traidor. ¿Lo has encontrado ya?

—No —admitió Geminio agachando la cabeza.

—¿Y sabemos dónde está ahora Sertorio?

—Parece haberse retirado hacia el interior, procónsul.

—¿Parece? —De puro enfado, Pompeyo volvió a levantarse, pero el dolor lo obligó a sentarse de nuevo—. Eso no me vale para ganar una guerra. ¡Quiero saber dónde está exactamente ese maldito rebelde!

—Sí, procónsul.

En ese momento entró el *medicus*:

—Me han llamado...

—¡Sí! —lo interrumpió Pompeyo—. ¡Dame opio! He de poder levantarme mañana y perseguir a Sertorio, y una herida en la pierna no me va a detener.

XIX

Amistad

**Mare Internum, navegación por las costas de Asia
75 a. C.**

Ya en el barco, en alta mar, César preguntó a Labieno:

—¿De dónde sacaste la plata adicional?

—De Mileto —respondió su amigo.

—En Mileto no nos debían ningún favor, ¿qué les has prometido a cambio?

—Que limpiaríamos su costa de piratas. Les habría prometido cualquier cosa. Y tampoco era mucha plata ya la que faltaba —añadió como si se quitara mérito—. Lo esencial es que hubieras pensado incluso en eso, en lo de los talentos romanos y no áticos.

César sonrió, pero de pronto se puso muy serio.

—Mi mejor amigo puede ser cualquier cosa menos un mentiroso —respondió con gravedad—. No me dejas otra alternativa que cumplir tu palabra.

Labieno lo miró sorprendido y confuso, pero al poco, al ver que navegaban rumbo a Mileto, comprendió que hablaba en serio.

—No tenemos barcos ni hombres —apuntó Labieno lo evidente.

—Aún no —aceptó César—. Aún no.

Labieno se rascó el cogote. Intentaba asimilar qué tendría su amigo en mente, cuando César volvió a hablar:

—Y muchas gracias. Si alguna vez has llegado a pensar que me debías la vida por lo que pasó junto a las murallas de Mitilene, tu cuenta para conmigo, que nunca existió en mi corazón pero sí en el tuyo, está más que saldada.

—Hoy por ti y mañana por mí —replicó Labieno—. Además, tú sabes que yo no te he seguido todo este tiempo porque me sintiera en deuda contigo.

—Lo sé —aceptó César—. Pero está bien que sepas que nada te ata a mí que no sea la amistad. Si un día crees que no has de seguirme, no lo hagas.

Hubo un extraño silencio en el que ambos contemplaban un mar en calma.

—No se me ocurre qué podrías hacer para que yo decidiera no seguirte, Cayo —dijo entonces Labieno.

César se limitó a replicar:

—Nunca se sabe por dónde puede llevarnos la vida.

A esto, Labieno respondió negando con la cabeza como si su amigo hablara de algo sencillamente imposible: que él en algún momento dejara de seguirlo, de estar con él, de apoyarlo en todo.

Los dos amigos, en la proa del barco rumbo a Mileto, volvieron a compartir el horizonte azul y la brisa del mar en un silencio cómplice henchido de amistad.

XX

La cacería de Pompeyo

Campamento de Sertorio, a tres millas de Saguntum
75 a. C.

Sin embargo, Pompeyo no pudo levantarse al día siguiente, ni al otro, ni en una semana ni en dos. La herida y el opio para calmar el dolor lo tuvieron convaleciente durante casi dos meses.

Sertorio había iniciado su repliegue hacia el interior, pero los iberos le informaron de que Metelo había pasado de largo, por la costa, en dirección al norte, a por provisiones al sur de la Galia. Había traidores en uno y otro bando, legionarios que por unas monedas pasaban información, algo habitual en los enfrentamientos civiles de Roma. De ese modo, Sertorio se enteró no sólo de cómo se alejaba Metelo, sino también de que el ejército de Pompeyo permanecía detenido junto al Sucro por una herida de su enemigo.

El líder popular no lo dudó. Tenía las cosas claras: igual que buscaba rehuir el combate campal directo —salvo en el Sucro para dar oportunidad a los piratas cilicios de que descargaran el oro de Mitrídates sin que el enemigo los molestase—, también buscaba aprovechar los puntos débiles de sus oponentes.

Así, cambió de dirección y de planes y, en vez de seguir su marcha hacia el interior de Hispania, retornó a la costa para asediar Saguntum. Acampó en un lugar, sin él saberlo, muy próximo a donde Aníbal lo hizo siglo y medio antes. Bloqueó todas las calzadas que llevaban a la ciudad hasta obligar a los saguntinos a hacer salidas con sus tropas para aprovisionarse de víveres y a punto estuvo de acorralar y atrapar al *legatus* Cayo Memio, que defendía la plaza, pero cuando todo invitaba a pensar que Saguntum podía terminar cayendo en sus manos, llegaron noticias de Pompeyo.

—Se ha puesto en marcha —avisó uno de los informadores habituales de las tropas sertorianas.

—Perfecto —dijo Perpenna, que estaba presente junto a Sertorio y el resto de los oficiales cuando llegó aquel dato—. Podemos atacarle con todo lo que tenemos y derrotarlo, como hicimos en el Sucro.

Sertorio no respondió de inmediato. Miró al informador y éste comprendió y, sin decir más, salió de la tienda.

Sertorio fijó, entonces, sus ojos en Perpenna:

—No atacaremos a Pompeyo —respondió categórico.

—Pero ahora está solo —insistió Perpenna—. Metelo está lejos, en el norte. Podemos acabar con Pompeyo. Sería un golpe definitivo a la moral de los *optimates*.

Sertorio negó con la cabeza. No disponían de todas las tropas que tuvieron en el Sucro.

Había enviado a varios miles de celtíberos hacia el interior, de regreso a sus hogares para no forzarlos a luchar en una larga campaña lejos de sus casas. Sabía que parte del secreto para mantener su lealtad era no alejarlos de sus familias demasiado tiempo, además, por supuesto, de pagarles bien. Esos descansos garantizaban su lealtad.

—Si Pompeyo se ha recuperado de sus heridas y viene hacia aquí —comentó Sertorio—, iremos hacia el interior como habíamos decidido al principio.

—Quieres decir, como habías decidido tú —se atrevió a replicar Perpenna en un claro desafío a la autoridad de su líder.

Sertorio lo miró con seriedad. Podía sentir el resto de las miradas clavadas en ellos.

—Exactamente —dijo al cabo—, como había decidido yo. Y como vuelvo a decidir yo.

Perpenna le mantuvo la mirada unos instantes, pero al final bajó los ojos y cedió.

Todos los oficiales salieron de la tienda, pero el informador, que había estado esperando fuera, entró de nuevo. Sertorio lo miró extrañado.

—Hay más, procónsul —le anunció el informador en voz baja.

—¿Qué más?

Y el otro le refirió lo de los cien talentos y las veinte *iuga* de tierra prometidas por Metelo a quien entregara la cabeza de Sertorio.

El líder de los populares de Hispania asintió. Comprendió que el informador había sabido ser discreto, pero estaba seguro de que, igual que él se había enterado de tantas otras cosas del enemigo, ya se asegurarían los pompeyanos de que todos los legionarios fieles a la causa popular supieran de esa recompensa por su cabeza.

Sertorio pagó generosamente a aquel informador y, acto seguido, convocó a un líder celtíbero a su tienda.

—Selecciona un grupo de entre tus mejores hombres —le dijo—. A partir de ahora ellos, y no mis legionarios, serán mi escolta.

El celtíbero aceptó las instrucciones, aunque se quedó algo inquieto: cuando un líder romano no se fía de los suyos es que algo empieza a ir mal. Sin embargo, Sertorio seguía pagando bien y acataba las leyes que se pactaban en el Senado de Osca, donde los celtíberos estaban muy representados. Si quería una escolta de celtíberos, la tendría.

Ejército pompeyano, llanura frente a Saguntum
75 a. C.

Pompeyo llegó a Saguntum para encontrar un campamento sertoriano completamente desierto.

—Ha vuelto a huir, como el cobarde que es —dijo el procónsul.

Se movía rápido, de un lado a otro en aquel fortín vacío, con una leve cojera; los médicos le habían asegurado que acabaría desapareciendo. «Eso espero —les había dicho—. Me habéis hecho perder un tiempo precioso con vuestros ungüentos y vuestro opio».

Pero todo eso era ya el pasado.

—¿Qué hacemos? —preguntó Afranio.

—Perseguirlo —ordenó Pompeyo.

—¿Hasta dónde?

—Hasta el fin del mundo o hasta el reino de los muertos.

Afranio fue a reorganizar al ejército para seguir hacia el interior de la Celtiberia, hasta los territorios más afectos a Sertorio.

—Tengo una información para el procónsul —dijo Geminio en cuanto se quedó solo junto a su jefe.

—¿Tenemos ya un traidor a Sertorio? —preguntó Pompeyo, en pie, brazos en jarras, mirando hacia el oeste, hacia el camino que debían tomar para perseguir a su presa.

—No, eso aún no, procónsul —respondió Geminio—. Tengo noticias de César.

—¿César? —Pompeyo pronunció aquel nombre como si fuera el de alguien lejano y olvidado hacía tiempo. Con todo lo que había ocurrido en los últimos meses, con la resistencia a ultranza de los rebeldes, con la derrota del Sucro, con su herida y con Sertorio en su cabeza día y noche, César parecía algo remoto, insignificante.

—Julio César. Se ha librado de los piratas —apuntó Geminio—. Consiguió dinero para su rescate y ahora está en Asia. No tengo claro qué hará, pero en cuanto lo sepa, informaré al procónsul.

—Se ha librado de los piratas —repitió Pompeyo sin dejar de mirar hacia el oeste—. Bueno, ahora mismo César no me preocupa.

Hacía no tanto se preguntaba si no tendría razón Sila y el auténtico problema no era Sertorio, sino César. Pero eso había cambiado. De pronto, su temor a César se había diluido. Ante él tenía al segundo de Mario con varias legiones armadas en rebeldía y decenas de miles de celtíberos luchando a su favor. Aquello sí parecía de importancia. De algún modo, Pompeyo había borrado de su mente que César seguía siendo el sobrino de Mario. Había olvidado hasta las advertencias de Sila sobre aquel joven que acababa de escapar de las garras de los piratas. Algunas veces, en Roma, escuchó que algún senador había comparado a César con un águila, y parecía que el águila volvía a remontar el vuelo. Pompeyo no veía claro que César fuera realmente una temible águila, pero de lo que sí estaba seguro era de que si César era un águila, se trataba de una que no podía posarse en Roma, y un águila fuera de Roma no le causaba temor.

Sertorio sí le preocupaba.

Pompeyo echó a andar sin mirar atrás, en dirección oeste, a por el líder rebelde de los populares en Hispania.

Y anduvo días.

Semanas.

Meses.

Sertorio fue retrocediendo hasta hacerse fuerte en Palantia,* bien al interior del territorio celtíbero, un lugar en el que Pompeyo, que aún se gobernaba con prudencia militar, aunque fuera muy agresivo en la guerra, no se atrevió a adentrarse. Era una ratonera y el invierno estaba cerca, y Metelo demasiado lejos para asistirlo.

Pompeyo se encaminó hacia el norte, al territorio de los vacceos que, en constante conflicto con los celtíberos, veían con ojos interesados el avance de unas tropas senatoriales que atacaban a sus enemigos con saña. Así, los vacceos le permitieron acampar junto a Bengoda** para invernar. Allí Pompeyo levantó un gigantesco campamento a la espera de que llegara el buen tiempo y reanudar la caza de Sertorio.

* Palencia.
** Luego, cuando la zona cayó bajo dominación romana, Bengoda fue refundada como Pompaelo, recuerdo de aquel campamento inicial de Pompeyo. Actual Pamplona.

XXI

Una flota privada

Éfeso, costas de la provincia romana de Asia
Dos meses después
75 a. C.

Labieno había dado por hecho que César pondría rumbo a Mileto o, alternativamente, a Lesbos o a Tesalónica, los lugares de donde había partido el dinero para su rescate. Pero no: su amigo había ordenado cambiar el rumbo y navegar directos a Éfeso, la capital de la provincia romana de Asia.

—Allí encontraremos los recursos que necesitamos —le dijo César por toda explicación inicial—. Y al gobernador romano.

—¿Al gobernador? —inquirió Labieno sin entender a qué venía aquello.

—Si vamos a iniciar una pequeña guerra, está bien que informemos, ¿no crees?

—¿Guerra? ¿Qué guerra? —A Labieno le costaba seguir la línea de pensamiento y acción de su amigo, quien, recuperada la libertad, parecía tan activo que resultaba casi imposible calibrar sus planes—. ¿Realmente vas a atacar a los piratas?

César se limitó a sonreír, pero fueron sus actos los que hablaron por sí solos. Se zambulló en una vorágine de actividad sin freno: además de escribir cartas a su familia, para que supieran que estaba libre y bien, contactó con los líderes locales de Éfeso y también envió misivas a Tesalónica, Mitilene y Mileto. Estas últimas cartas eran de agradecimiento, pero añadían propuestas y, siempre, con la firme promesa de retornar todo el dinero recibido de cada una de estas ciudades para pagar su rescate. Pago que incluiría la devolución y las cantidades extra pactadas con cada lugar.

Al poco, en torno a la residencia en la que se habían establecido en Éfeso, cerca del gran templo de Artemisa, se arracimaba una multitud de hombres venidos de todas partes de la provincia de Asia y territorios vecinos. Labieno tardó en comprenderlo, pero al fin lo vio claro: César estaba reclutando un auténtico ejército. Para ser más precisos: su amigo estaba reuniendo una flota de barcos y buscaba tripulación militarizada, armada con espadas, arcos, lanzas o *pila*, hachas, dagas y cualquier otra arma que se pudiera utilizar en combate. César iba a iniciar una guerra a pequeña escala, pero sería una pugna brutal y dura en aquella esquina del mundo.

Labieno lo vio arengando a los que llegaban hasta las puertas de su residencia, negociando con los aristócratas y los comerciantes para reunir una flota con un número de navíos pocas veces visto en la zona. El objetivo era evidente, pero Labieno quería oírlo de los labios de su amigo:

—¿Qué te propones exactamente? —le preguntó una mañana después de haberlo visto llegando a acuerdos con unos y con otros.

—Ya lo sabes. Me has oído explicando a todos que vamos a borrar a los piratas de estas costas.

—Bien —aceptó Labieno, pero decidió poner en palabras precisas sus pensamientos—. Vas a atacar la isla de Farmacusa para hacerte con Demetrio, sus piratas y todas las riquezas que han acumulado y luego vas a usar ese dinero para pagar a Tesalónica, Mileto y Mitilene y a todos los hombres que has reclutado y a los comerciantes que te están alquilando sus barcos. ¿Es ése el plan, por Hércules?

—¿A que es bueno? —confirmó César sonriente. Estaba enardecido.

Labieno asintió, pero una duda lo corroía: y es que había algo o, mejor dicho, alguien, a quien César no había encontrado en Éfeso: Marco Junio Junco, el gobernador romano de Asia no estaba en la capital, sino en el interior. El rey Nicomedes IV de Bitinia había fallecido y al parecer había legado su reino a Roma, pero Mitrídates del Ponto no lo veía así y el conflicto bélico había estallado, por lo que Marco Junio había tenido que acudir con sus tropas a defender los derechos romanos sobre aquel territorio en una prolongación más de la eterna guerra entre Mitrídates y Roma.

—¿Y qué pensará de todo esto el gobernador de la provincia? Estás armando un ejército sin consultar a la autoridad romana en la región.

—Marco Junio Junco está muy ocupado en el interior, lejos de la costa, como sabes, combatiendo contra las tropas que Mitrídates envía para atacar las fronteras de la provincia y saquear ciudades aliadas de Roma y, si puede, hacerse con el control de Bitinia entera. Marco Junio no tiene tiempo para lo que pasa en el mar, de modo que, digamos, finalmente he decidido no molestarlo con todo esto. Pero ¿de verdad crees que alguien se va a quejar al gobernador de Roma porque ataquemos la principal base pirata de estas costas y les… —se pensó bien la palabra— confisquemos a esos ladrones del mar todo cuanto ellos llevan robando desde hace años?

Tras una breve pausa, Labieno fue categórico en su respuesta:

—No, no creo que nadie se queje por eso.

—Pero… —César percibía aún la duda en su amigo—. Entonces, Tito, ¿qué es lo que te preocupa?

—No me preocupa que alguien se queje de que ataques a los piratas y te hagas con cuanto han estado robando estos años a toda esta gente. Me preocupa que no consigas el objetivo, porque en ese caso estaremos aún más endeudados que al principio de toda esta operación militar de castigo contra Demetrio y los suyos.

—Yo no me preocuparía por eso —respondió César mientras servía vino para sí mismo y para Labieno.

—Ah, por Júpiter, ¿y por qué no he de preocuparme por eso? —inquirió éste con perplejidad mientras aceptaba la copa que le entregaba su amigo.

—Porque si fracasamos, seguramente estaremos muertos y una deuda será el menor de nuestros problemas, ¿no crees? —sentenció César antes de añadir con una sonrisa de complicidad—: Pero vamos a ser positivos. Bebamos por la victoria.

Labieno suspiró y negó con la cabeza, aunque brindó con César y ambos bebieron juntos.

XXII

Gladiador

Colegio de gladiadores
Capua, sur de Italia
74 a. C.

Sacaron a Espartaco de su celda entre dos guardias y lo arrojaron a la arena del anfiteatro de entrenamiento.

El esclavo, recién llegado de Tracia, dio con sus huesos en tierra de bruces. Al levantarse tenía arena pegada por toda la piel, incluso en el rostro, pero no se la sacudió, ni siquiera la de los labios. Se limitó a alzarse en silencio, cara a cara frente al preparador del colegio de lucha.

Era la misma operación que él había observado desde su celda y que ya había presenciado con decenas de esclavos traídos de mil lugares diferentes. Así, había visto a los celtas Cánico y Casto repetir el terrible juramento de lealtad al colegio de gladiadores que el preparador obligaba a todos y cada uno de ellos a declamar varias veces, a voz en grito si era preciso, a base de tantos golpes como la obstinación de cada uno requiriese.

Los celtas lo dijeron con rapidez. Espartaco vio que los galos Crixo y Enomao lo repitieron sólo tras sendas palizas. No es que nadie quisiera que lo golpeasen por algo que sabía que tendría que acabar diciendo en voz alta delante del resto más pronto que tarde, pero era una forma de mostrar a los demás lo duro que cada uno podía ser, un modo de establecer una jerarquía entre todos ellos, un aviso para que otros se lo pensaran bien antes de meterse con quien, finalmente, juraba tras más o menos puñetazos, patadas o golpes de bastones o espadas de madera.

El preparador del colegio de gladiadores también sabía de qué iba todo aquello y que, aunque tuviera que mantener la disciplina y dejar claro que allí mandaban él y sus guardias, tampoco debía dañar en exceso a aquellos esclavos que podían llegar a ser buenos gladiadores y, en consecuencia, mercancía de alto precio para el dueño de la escuela de lucha de Capua, el *lanista* Léntulo Batiato.

Batiato, cómodamente sentado en la pequeña tribuna de aquel anfiteatro de madera de entrenamiento, asistía a la toma de juramento de los recién llegados.

Sólo quedaba el tracio por jurar. Recordaba muy bien que lo compró en el mercado de esclavos de Tesalónica, más por una intuición que porque hubiera reunido información sobre aquel hombre. Ahora se vería de qué pasta estaba hecho.

Espartaco seguía mirando al preparador, con el rostro, el pecho y las piernas cubiertos de arena y sudor.

El otro dijo en alto la frase que él debía repetir:

—*Uri, vinciri, ferroque necari accipio.**

Espartaco se mantuvo en silencio.

El preparador le abofeteó la cara con fuerza, tanta que el rostro de Espartaco se giró casi noventa grados.

Espartaco volvió a girar el cuello, tragó saliva y se mantuvo en silencio.

—Ya sé que vas de duro, imbécil —le espetó el preparador de la escuela de lucha—. Y sé que dicen que luchaste entre legiones en el pasado y que luego te han jodido bien a ti y a tu familia, pero aquí de nada han de valerte ni tu experiencia militar, si la tienes de veras, ni la pena de tus pérdidas personales. Aquí todo eso ni nos importa ni tiene ningún valor.

Le asestó un puñetazo en el bajo vientre que lo hizo doblarse, llevarse las manos a la boca del estómago y, al perder la respiración, caer de rodillas.

El preparador se acuclilló y le repitió el juramento que debía decir:

—*Uri, vinciri, ferroque necari accipio.*

---

* «Acepto ser quemado, encadenado y muerto con la espada».

Pero Espartaco, de rodillas, jadeante, se mantuvo en silencio.

Con aire aburrido, Batiato presenciaba una escena que ya había visto varias veces aquella mañana sin que nada le llamara la atención ni despertara su interés. Los celtas y los galos habían mostrado cierta resistencia a los golpes y cierto orgullo con el que se podría trabajar para transformarlos en buenos gladiadores. Del resto, nada especial. Y aquel tracio era más de lo mismo. Quizá llegara al nivel de los galos, poco más. Sentía que había perdido el tiempo, y dinero, en su último viaje por Iliria, Grecia y Macedonia en busca de nuevos luchadores.

Alargó la mano y cogió la copa de vino que le ofrecía uno de sus esclavos en su pequeño palco personal.

Hacía mucho calor.

Los gladiadores y el preparador sudaban al sol.

Batiato bebía en la sombra.

Una segunda bofetada del entrenador hizo que el rostro del tracio girara otros noventa grados, esta vez en la dirección opuesta.

Espartaco volvió a girar el cuello.

Estaba tomando su decisión. Seguramente lo matarían. Tampoco le importaba demasiado.

El preparador miró a dos guardias y éstos se acercaron, cogieron al tracio por debajo de los hombros y, con un impulso férreo y coordinado, lo pusieron en pie. Acto seguido se alejaron y dejaron de nuevo al preparador frente al esclavo rebelde que se obstinaba en no repetir el juramento.

Espartaco sabía que ahora empezarían los bastonazos y los golpes con la espada de madera. El entrenador ya esgrimía bastón y espada de adiestramiento en sendas manos y se aproximaba a él, mientras recitaba, por enésima vez aquella mañana, la frase en cuestión, el juramento. Quizá la acción era para él tan rutinaria que se relajó y se distrajo un instante mirando al suelo.

Sólo un instante.

Pero ese momento fue suficiente para Espartaco, que dio dos pasos rápidos y, antes de que el entrenador del colegio de lucha o los guardias que estaban en el vallado del anfiteatro pudieran reaccionar, cogió al preparador por la cabeza y, veloz, la giró a un lado, con una fuerza brutal, como se mataban a los pollos en el mercado.

De golpe.

Se oyó un crac al romperse el cuello del preparador.

Espartaco soltó la cabeza, retrocedió un paso y escupió en el suelo mientras el cuerpo del entrenador caía a plomo sobre la arena, aún sujetando el bastón y la espada de madera con cada mano, muerto.

Se hizo un silencio absoluto.

Los guardias permanecían inmóviles, con las bocas entreabiertas.

Crixo, Enomao y el resto de los esclavos, que estaban sentados en uno de los rincones de la arena, se levantaron con los ojos muy abiertos.

Léntulo Batiato dejó de beber vino, pero sin sobresaltos. Se limitó a depositar la copa, lentamente, en la bandeja que sostenía el esclavo que le servía en el palco. Sólo él se movía. Batiato miró al centinela que tenía a su derecha y le dio una orden, sencilla, directa, simple:

—Arqueros —dijo sin levantar el tono de voz.

No era la primera vez que veía a un gladiador matar a un preparador, aunque, era cierto, nunca lo había visto hacer de modo tan fulminante.

Una docena de centinelas distribuidos por las gradas de madera del anfiteatro de entrenamiento se llevaron las manos a la espalda, cogieron una flecha, tensaron sus arcos y apuntaron, listos para disparar, al pecho de Espartaco y de cualquier otro gladiador que hiciera el más mínimo movimiento.

Batiato se levantó, por fin. El tracio no le daba miedo, pero, lo reconocía, había conseguido captar su atención y suscitar su interés. La mañana había dejado de ser aburrida. Eso le gustaba. Intuía grandes sumas de dinero en el horizonte si acertaba a resolver la situación.

—¡Tracio, regresa a tu celda o mis arqueros te matarán antes de que des un paso al frente! —exclamó el *lanista* elevando la voz para hacerse oír por todo el anfiteatro.

Espartaco lo meditó bien.

Lo tenía fácil para suicidarse. Bastaba con dar un paso al frente. Lo había perdido todo: casa, tierra natal, libertad, mujer e hijas. Sólo un paso y pondría fin a tanto sufrimiento. Pero, por un algún motivo que ni él mismo acertaba a entender, no lo dio. Quizá fuera ese instinto de supervivencia que todos tenemos, o que pensaba que de ese modo no, no sin infligir a Roma el daño que ésta le había causado a él, pero anhelar semejante venganza era tan absurdo... ¿Qué podía hacer él, un mísero esclavo, contra la ciudad que gobernaba el mundo?

Pero no dio el paso adelante.

Se giró y, tranquilamente, retornó a su celda.

Dos guardias cerraron la puerta de hierro y Espartaco quedó recluido.

Otros dos hombres cogieron el cadáver del preparador y lo arrastraron por los pies para sacarlo de la arena. Aquélla no les era una operación extraña. Si bien sacar cadáveres a rastras no era algo habitual, tampoco lo consideraban demasiado peculiar.

Batiato dio indicaciones a los centinelas:

—Encerrad al resto. Por hoy es suficiente.

Y rápidamente los guardias obligaron a todos los esclavos, que ya habían hecho el juramento de lealtad al colegio de gladiadores, a entrar en sus celdas.

Los demás esclavos observaban desde sus respectivos cubículos enrejados, pero ninguno podía ver al tracio, que se había metido al fondo de su propia celda y quedaba oculto entre las sombras.

Léntulo Batiato pasó por delante de todos ellos seguido por varios esclavos y centinelas. Cuando llegaron a la celda de Espartaco, un esclavo dispuso una *sella* frente a la reja de entrada de aquel *cubiculum*, pero a una distancia prudente, dejando al *lanista* fuera del alcance del preso.

Batiato empezó a hablar en voz baja, de modo que sus palabras sólo llegaban a oídos de Espartaco y no del resto de los prisioneros:

—Eres rápido, fuerte y orgulloso. Todas buenas cualidades para ser un gran gladiador. Aquí tienes dos opciones, muchacho, y me da igual por cuál optes, pero piénsalo bien esta noche: puedes rebelarte contra mí y acabar muerto, o puedes aceptar ser uno de mis gladiadores, ganar mucho dinero, primero para mí, luego para ti, y tras unos cuantos años de combates aquí y, con suerte, en Roma, conseguir cierta fama, una pequeña fortuna y la libertad. No es una mala vida la de un buen gladiador. Con riesgos, pero tú ya sabes que esta vida, o cualquier vida, entraña riesgos. Tú decides. Has matado a uno de mis mejores preparadores, pero en cualquier caso se estaba haciendo viejo y, tal y como tú has probado, se distraía en su trabajo. Un entrenador no puede cometer distracciones como la suya. No te tendré en cuenta su muerte, aunque deberás pagarme el dinero que me costó adiestrarlo en el pasado, eso no te lo perdono. Pero si mañana, tranquilamente, sin más violencia, sales a la arena y repites el juramento de lealtad al colegio de lucha frente a mi segundo preparador, empezará tu adiestramiento y tu nueva vida. Si no lo haces y guardas silencio, nos saltaremos los golpes y mis arqueros te acribillarán. Y ya está. Son tus dos opciones. Ahora duerme y descansa. Mañana veremos qué es lo que has decidido. Que los dioses, los romanos o los tuyos, o todos, te aconsejen bien. Buenas noches, esclavo.

Y con esas palabras Léntulo Batiato se levantó de su *sella* y se encaminó hacia su residencia para relajarse con sus esclavas, comer y beber sin pensar ni un instante más en aquel tracio hasta, al menos, el amanecer del día siguiente.

En la celda de Espartaco sólo se veían sombras y en ellas escudriñaban en vano los otros esclavos, pues el tracio seguía al fondo, en silencio, sin decir nada, respirando lentamente.

XXIII

Escipión y Aníbal

Éfeso
74 a. C., el día antes de zarpar hacia Farmacusa

Los preparativos continuaron durante meses.

César apenas salía de la residencia en la que se habían alojado, que era amplia y tenía unos baños termales próximos. No eran las grandes termas de la ciudad, pero servían para relajarse y lavarse con cierta regularidad.

Un día, cuando todo estaba casi listo, con decenas de barcos amarrados en el puerto de Éfeso y centenares de hombres armados a la espera de embarcar y partir en busca de la base de los piratas, César cogió a Labieno por el brazo y lo invitó a acompañarlo:

—No puede ser que nos vayamos de esta ciudad sin visitarla como merece, ¿no crees?

—No sé —respondió Labieno—. Tú eres el que sabe de ciudades e historia. Pero es cierto que he oído hablar mucho de Éfeso y poco hemos visto de ella que no sean capitanes de barcos mercantes o marineros que quieren alistarse en tu ejército.

—Algo que hemos de solucionar hoy o sería imperdonable por nuestra parte.

César ascendió por una de las calles principales y lo condujo desde el puerto hasta llegar al teatro, grande, hermoso, que se erigía en la ladera de una colina y desde cuyo interior se podía ver el mar.

Sentados en sus gradas, en la *cavea superior*, César se volvió hacia la montaña y habló meditabundo:

—Podría hacerse aún más grande...*

A esto Labieno no comentó nada. Le parecía que ya era enorme, con capacidad para varios miles de personas, pero su amigo siempre tenía que pensar a lo grande.

—Ven, sígueme —le dijo entonces César, levantándose con decisión.

Salieron del teatro y se adentraron por el centro de la ciudad, en lo que parecía la búsqueda de un edificio concreto. Durante el trayecto, César fue explicando cuántos efesios ilustres había dado aquella ciudad al mundo:

—Zenodoto, el primer gran bibliotecario de Alejandría, era de Éfeso. Y el geógrafo Artemidoro. El primero organizó la gran biblioteca, y el segundo nos dejó mapas que aún nos son útiles. Pero Éfeso es también una ciudad de poetas, como Calino o Hiponacte, o de filósofos como Heráclito. Sólo por mencionarte algunos de los nombres que me viene a la mente. Todos grandes escritores o pensadores. «Quien nace mortal camina hacia la muerte», escribió Calino, o... ¿cómo decía Heráclito...?

«Quien nace mortal camina hacia la muerte». Aquella frase se quedó en la cabeza de Labieno, pero César seguía hablando:

—Ah, sí. Heráclito decía: «ποταμοῖς τοῖς αὐτοῖς ἐμβαίνομεν τε καὶ οὐκ ἐμβαίνομεν, εἶμεν τε καὶ οὐκ εἶμεν τε».** ¿Lo entiendes?

—No podemos entrar dos veces en el mismo río porque el río cambia. Es eso, ¿verdad? —sugirió Labieno.

—En parte sí, pero esto es muy importante y a muchos se les escapa —le corregía César mientras caminaban por la ciudad—: no podemos entrar dos veces en el mismo río porque nosotros mismos cambiamos. Todo cambia, el río y quien se sumerge en él. Todos cambiamos. Y cambiaremos. Tú y yo también.

Labieno asentía a la vez que escuchaba.

---

* En el siglo I d. C., Roma amplió el teatro de Éfeso hasta alcanzar un aforo de veinticinco mil espectadores.

** «En los mismos ríos entramos y no entramos, [pues] somos y no somos [los mismos]». Traducción según la versión de: Cleantes, *Stoicorum Veterum Fragmenta*, I, 519, Diels-Kranz, *Die Fragmente der Vorsokratiker*, 22 B12.

—Una ciudad no es sólo grande por sus edificios, que también, sino por las personas, por sus ciudadanos, por sus gobernantes sabios, si los tiene, por sus escritores, poetas, artistas, matemáticos, filósofos o hasta bibliotecarios. Una ciudad es sangre humana, no sólo templos o teatros, aunque...

Estaban ante el gran templo de Artemisa.

—Aunque algunos edificios son excepcionales —apostilló Labieno.

—Muy cierto —admitió César, tan fascinado como su amigo al verse ante una de las maravillas del mundo.

—Las columnas son... increíbles —comentó Labieno sin ocultar un ápice su asombro ante la enormidad de aquel templo.

—Ciento veinte columnas de unos cuarenta y siete codos de altura cada una* —concretó César—. Construido y destruido, fue refundado en tiempos de Alejandro, que contribuyó a que se levantara de nuevo cuando liberó la ciudad de los persas. Otra maravilla del pasado relacionada con él, como el gran faro de Alejandría, en la ciudad que él mismo fundó.

Estaban rodeando el santuario para asimilar su magnitud.

—Admiras mucho a Alejandro, ¿verdad? —preguntó Labieno.

—Liberaba reinos enteros del yugo persa, fundaba ciudades, lo cambió todo. Sí, lo admiro. Imposible ser como él, ni siquiera acercarse a la sombra de lo que fue. Nadie puede hacerlo. Pero es un modelo.

—¿En qué sentido? —indagó Labieno con interés genuino.

—No conquistaba por conquistar: extendía el poder de Macedonia, desde Pella, ¿recuerdas? —Labieno asintió al evocar cómo recorrieron las calles de aquella ciudad en ruinas. César continuó hablando—: Conquistaba pero no sometía, sino que integraba a los conquistados, concedía autonomía de gobierno, cambiaba sátrapas por consejos ciudadanos, asimilaba creencias y cultos y los mezclaba con el inmenso legado griego. En eso es un modelo.

Hubo un silencio.

A Labieno se le ocurrió que podían entrar en el templo, pero había guardias por todas partes y estaban trayendo animales para un gran sacrificio. Quizá no era el momento de visitarlo. César había insistido mucho en no hacer nada que pudiera molestar a los efesios, nada que

---

* Unos veinte metros.

pudiera amenazar sus planes de reclutamiento de marineros armados y una flota con la que atacar a los piratas que lo habían secuestrado. Y los efesios eran muy susceptibles con todo lo relacionado con su templo más sagrado.

—Hay otro lugar que me gustaría ver antes de que nos marchemos de la ciudad —dijo entonces César.

—¿Y cuál es?

César no respondió, sino que se limitó a andar de regreso al puerto, descendiendo por las calles de Éfeso hasta detenerse frente a otro gran edificio. A diferencia de la sensación de paz que rodeaba el templo de Artemisa, aquel lugar estaba lleno de gente, bullía de vida, con decenas de personas entrando y saliendo, hablando unos con otros de modo relajado. Estaban ante las grandes termas de Éfeso.

—Ven, sígueme —dijo a Labieno.

Cruzaron la entrada sin que nadie los importunase, aunque percibieron algunos cuchicheos a su alrededor.

—Esperad aquí —ordenó César a la media docena de esclavos que, a modo de escolta, los habían acompañado por aquel paseo urbano.

Labieno siguió a su amigo hacia el interior.

Cruzaron el *apoditerium*, el vestuario, donde dejaron sus togas, y se envolvieron en unas toallas que les proporcionaron a cambio de unas monedas. Se adentraron por largos pasillos que daban acceso a diferentes salas; en cada espacio encontraban una piscina, primero de aguas calientes en el *caldarium*, luego de aguas templadas en el *tepidarium* y, por fin, una de agua más fría en el *frigidarium*, pero en ninguna de éstas se detuvo César, sino que continuó avanzando hasta llegar a una gran sala central con una piscina de mayores dimensiones que las anteriores, la *natatio*, donde los hombres podían nadar y hacer ejercicio. Los techos eran altos y unos ventanales alargados permitían el paso de la luz, de modo que casi parecía que uno estaba al aire libre.

—Aquí fue —apuntó César ensimismado, girando sobre sí mismo mientras contemplaba la ciclópea estancia—. Quizá haya cambiado la decoración y, como el templo de Artemisa, es posible que el edificio sufriera daños en alguno de los terremotos del pasado y lo hayan reconstruido, pero fue aquí. —Bajó la mirada hasta la gran balsa de agua en la que los hombres nadaban—. Y seguramente en esta misma piscina. Se vieron en este lugar.

—¿Quiénes? —preguntó Labieno.

—Escipión y Aníbal —proclamó César—. Antes de la batalla de Magnesia, hace ya más de un siglo. Roma iba a enfrentarse al rey Antíoco de Siria y Aníbal era uno de sus asesores. Coincidieron aquí Escipión y Aníbal, como representantes de las delegaciones romana y siria, respectivamente, en un último intento por evitar la guerra. El enfrentamiento no se detuvo, pero ellos dos hablaron aquí, cara a cara, en estos baños —se puso en cuclillas y metió la mano en el agua—, en esta piscina.

—¿Y de qué hablaron?

—Supongo que de muchas cosas. —César sacó la mano, dejó caer la toalla allí mismo y se metió en el agua desnudo—. Entre otras, según cuentan, debatieron sobre quién fue el mejor líder militar de todos los tiempos.

Labieno lo imitó y se metió en el agua fresca junto a su amigo. En medio del calor de Éfeso, aquel baño era reconfortante. Y la conversación con César, apasionante.

Nadaron un poco hasta que se detuvieron en una de las esquinas de la piscina y continuaron su conversación, sabiéndose el centro de las miradas de los efesios, pues la intensa actividad de César reclutando hombres había llamado la atención de todos.

—¿Y quién era para ellos el mejor de los líderes militares del mundo? —preguntó entonces Labieno.

—Aníbal era el que respondía y Escipión quien había preguntado —se explicó César—. O eso cuentan. El caso es que el cartaginés proclamó que Alejandro Magno era el mejor de todos.

—Otra vez Alejandro.

—Siempre Alejandro.

—Y después de Alejandro, ¿Aníbal dio más nombres? —Labieno había oído hablar de aquel encuentro, pero nunca con tanto detalle. Le parecía increíble estar en el mismo lugar donde se entrevistaron aquellos dos gigantes del pasado.

—Sí —continuó César—. Tras Alejandro, Aníbal dijo que Pirro, el rey del Épiro, y tras el epirota se propuso a sí mismo como el tercer mejor líder militar de todos los tiempos, lo que sin duda exasperó a Escipión, que esperaba verse mencionado en aquella lista. Por eso dicen que, algo airado, le espetó al cartaginés: «Y si yo no te hubiera derrotado en Zama, ¿dónde te habrías puesto en esa lista?». A lo que Aníbal replicó que...*

—Amo... —lo interrumpió uno de sus esclavos, que había entrado a las termas en su busca.

—¿Qué ocurre?

—La carta que esperaba del gobernador de Asia ha llegado —dijo exhibiendo en la mano una misiva plegada y sellada.

César dejó de lado su relato, salió de la piscina para evitar que la carta se mojara y, aún desnudo, mientras el esclavo que le había traído la carta le ponía la toalla alrededor de la cintura, empezó a leer.

Labieno sabía que César había informado al gobernador Marco Junio Junco de sus intenciones de atacar a los piratas, pero le sorprendió que llegara una respuesta tan rápida.

—¿Algún problema? —preguntó mientras se secaba.

César ya la había leído, la carta era breve.

—No, ninguno. Le parece bien que ataquemos a los piratas con nuestros recursos, pero me ordena que, si tengo éxito, vuelva a informarle antes de tomar decisiones. —Parecía algo indignado.

—Bueno, está bien la respuesta. Te da libertad de acción —replicó Labieno, que no entendía a qué podía venir el aire de fastidio.

—«Si tengo éxito», ha dicho. —Miró fijamente a su amigo—. Nunca creen en mí.

—Bueno, es un *optimas*, es uno de ellos. Quizá no es que no crean en ti, sino, más bien, que no quieren creer.

César parpadeó varias veces ante aquella afirmación y, acto seguido, asintió serio.

—Puede que de historia sepa yo más que tú, Tito, pero de cuando en cuando tienes destellos de clarividencia.

---

* El encuentro completo viene referido en el capítulo 43 de *La traición de Roma*, la tercera novela sobre Escipión el Africano.

XXIV

El juramento

Colegio de gladiadores
Capua, sur de Italia
74 a. C.

Espartaco permanecía sentado al fondo de su celda cuando fueron a buscarlo al día siguiente para que realizara su juramento al colegio de gladiadores... o para matarlo.

Lo sacaron y lo arrojaron a la arena de bruces del mismo modo que el día anterior y, del mismo modo, él se levantó sin siquiera quitarse la arena pegada en el rostro.

Pero, a diferencia del día anterior, Batiato no estaba en su palco sino abajo, en la arena, junto al segundo entrenador de la escuela de lucha, que los acontecimientos recientes habían aupado a la fuerza al puesto de preparador principal de la escuela de gladiadores.

Al alzarse, Espartaco se vio rodeado por centinelas armados, enfrentado al nuevo primer entrenador, con Batiato observándolo por detrás de los guardias y, en las gradas, varios arqueros apuntando hacia su pecho. Era evidente que el *lanista* no iba a dejar margen a ninguna sorpresa aquella mañana.

Batiato fue directo al asunto:

—¿Qué va a ser, esclavo? Hoy no estoy para perder el tiempo. Es día de empezar a entrenaros a todos.

Crixo, Enomao y el resto de los esclavos comprendieron la situación con rapidez. Tampoco había mucho secreto que desentrañar: o el tracio juraba rápido o lo acribillarían allí mismo *ipso facto*. En cualquier caso, después de haber matado con sus propias manos al preparador principal, Espartaco nada tenía que demostrar ante ellos o el propio *lanista*.

Centro de todas las miradas, se sacudió por fin algo de la arena del rostro, escupió en el suelo y, despacio pero alto y claro, pronunció, palabra por palabra, el juramento de la escuela de lucha, sin que nadie tuviera que recordárselo:

—*Uri... vinciri... ferroque... necari... accipio.*

Batiato se le acercó entonces entre los centinelas, pero siempre a una distancia prudencial:

—¿Ves? No era tan difícil —dijo antes de volverse hacia donde estaban los demás esclavos, a quienes dedicó una sonrisa en la que venía a decir que allí era él, Batiato, quien mandaba incluso sobre los más violentos.

Acto seguido, el *lanista*, sin esperar respuesta del tracio, se dirigió al nuevo primer entrenador:

—¡Empezad con el entrenamiento! Quiero a estos hombres preparados para su primer combate en seis semanas. Aquí todo son gastos y hay mucho dinero que recaudar. ¡A trabajar todos, por Hércules!

El adiestramiento comenzó aquel mismo día: ejercicios físicos, movimientos rápidos y lentos con espadas de madera, golpes a muñecos, luchas contra el nuevo entrenador o por parejas de gladiadores, breves pausas para beber o comer, sudor siempre, tensión física y mental y, por fin, exhaustos, retirada a sus respectivas celdas.

Y así, en medio de las sombras cómplices de la noche, Espartaco, al fondo de su *cubiculum* enrejado, allí donde nadie podía ni siquiera ver el bulto oscuro de su silueta, sentado en el suelo, apoyada la espalda desnuda en la pared en busca de fresco, repitió en un susurro aquel juramento:

—*Uri... vinciri... ferroque... necari... accipio...*

Y añadió tres palabras, casi imperceptibles, inaudibles para sus compañeros o los guardias nocturnos, pero que en su cabeza resonaron atronadoras:

—*Et vos quoque.**

---

* «Y vosotros también».

XXV

La isla de los piratas

Isla de Farmacusa
74 a. C., meses después de la liberación de César

Demetrio se levantó con la resaca habitual tras otra larga noche de vino y sexo. Sus apetitos y sus ansias, de todo tipo, lo llevaban al exceso con frecuencia. El dinero obtenido en sus abordajes y el conseguido mediante el rescate de aquel romano petulante pero cumplidor de su palabra le hacía nadar en la abundancia y, en consecuencia, relajarse en un océano privado de lujuria, grandes banquetes y mucha bebida espirituosa de Dionisos.

El líder de los piratas de Farmacusa emergió de entre dos esclavas egipcias y se sentó en el borde de la cama. Ellas ni se inmutaron: en un intento por olvidar su condición de siervas, bebían tanto o más que su amo.

Demetrio, pues, disfrutaba de un nuevo amanecer en la cumbre de su poder.

Navío insignia de la flota privada de César

Labieno oteaba desde la proa el perfil de la isla: no se veía a nadie. Al amanecer, la playa parecía desierta y el puerto con sus casas se asemejaba más una ciudad abandonada que a una base repleta de temibles piratas. Tal y como había anticipado César, pese a encontrarse ya a punto de desembarcar, nadie había dado aún la voz de alarma en Farmacusa. Los piratas eran los que atacaban siempre, los que abordaban a los demás, los que saqueaban otros puertos. Desde hacía tiempo nadie se les enfrentaba y habían relajado las guardias y el número de centinelas en lo alto de los acantilados. Eran los otros los que debían tener miedo, no ellos.

«Es posible que no haya ni vigilantes o que estén dormidos», había predicho César. «Pero tú mismo aseguras que avisaron de mi llegada cuando vine con el rescate», apuntó Labieno a aquella afirmación de su amigo. «Entonces estaban a la espera de ganar trescientos mil dracmas. Vigilaban por codicia, no por defensa».

Y Labieno, desde el buque insignia de aquella flotilla improvisada por César, comprobaba que su amigo, una vez más, tenía razón.

—No han dado la alarma, como te dije —comentó César uniéndose a él en la proa del barco.

—Como dijiste, por Hércules.

La flota de veinte barcos liderada por aquella nave se aproximaba al puerto de Farmacusa. Por el otro extremo de la isla, otros veinte barcos más desembarcarían en la playa del lado norte. En total, César había armado a más de mil hombres. En la isla había unos trescientos piratas, pero todos dormidos, borrachos, aturdidos por los excesos de la noche.

Tienda del líder de los piratas
Playa sur de Farmacusa

Pese a tener una cómoda residencia en la isla, Demetrio, como recuerdo quizá de sus tiempos más nómadas, prefería dormir en el campamento de tiendas levantadas junto a la playa. Le gustaba oír el rumor de las olas del mar. Ese mar que le proporcionaba absolutamente todo lo que necesitaba. Desde pescado para comer, hasta riquezas de todo tipo en forma de barcos pilotados por cobardes e ingenuos que caían, una vez tras otra, en su poder.

Seguía sentado en el borde de la cama, con las dos esclavas egipcias durmiendo a su espalda, cuando oyó los primeros gritos y lo que quizá pretendía ser una señal de alarma mezclada con imprecaciones a los dioses. Lento aún por la resaca, se limitó a desperezarse y, por fin, a alzarse despacio.

Por inercia, buscó con la mirada su espada y su daga, pero no las encontró a la vista. No recordaba dónde habían quedado, aunque no podían andar muy lejos. Aún estaba ofuscado intentando rememorar sus movimientos de la noche pasada para así poder localizarlas cuando varios hombres armados irrumpieron en la tienda y, antes de que dijera nada, lo golpearon en la cara dos veces con una maza vuelta al revés. Demetrio perdió el conocimiento y cayó al suelo, a los pies de unas esclavas que, como por instinto, se despertaron y se abrazaron temiendo lo peor. Sin embargo, a ellas nadie las tocó: aquel amanecer, esos hombres sólo cazaban hombres.

XXVI

Deserciones

Palantia, 74 a. C.

El cambio de escolta de Sertorio preocupó a sus oficiales romanos. Ver a su procónsul rodeado de guerreros celtíberos en lugar de legionarios no les gustaba, pero ningún *legatus* ni ningún tribuno dijo nada.

Sertorio, siempre atento a miradas o pequeños detalles en las reuniones de su alto mando, se dio cuenta de aquel resentimiento, pero decidió priorizar su seguridad a dar satisfacción a sus oficiales en aquel punto. El precio que Roma había puesto a su cabeza era lo bastante alto como para promover una conjura contra su persona y, sin considerarse insustituible, sí se sabía el único capaz de aunar a los celtíberos y a las legiones populares en la causa común de luchar contra las legiones de los *optimates* dirigidas por Metelo y Pompeyo. Si él, Sertorio, caía, toda la causa popular en Hispania caería, y a sus ojos eso era lo mismo que decir que toda la causa popular llegaría a su fin. No veía ningún otro líder romano capaz de enfrentarse a los senadores *optimates* con éxito: Mario estaba muerto, Cinna también, y hasta el hijo de Mario cayó en la lucha. No quedaba nadie. La causa popular tenía que sobrevivir y vencer en Hispania para, desde ahí, extenderse hasta el corazón mismo de Roma. Y si para eso tenía que olvidarse de sutilezas para con sus oficiales romanos, lo haría.

Otra cuestión aún más delicada era la amnistía que Metelo había conseguido aprobar en el Senado, en la que se ofrecía el perdón y la libertad a todos aquellos legionarios populares que abandonaran la causa popular y se pasaran a las filas de Pompeyo y el propio Metelo. Cómo lidiar con aquel asunto era complicado, pero, por el momento y acuciado por las urgencias de la guerra misma, Sertorio decidió continuar evitando una gran batalla campal y proteger las ciudades que le eran más leales, siempre a la espera de un error del enemigo. La paciencia, estaba seguro de ello, era su mejor aliada.

Por eso acudió en ayuda de Palantia cuando ésta se vio acosada por las tropas de un Pompeyo que nunca antes se había atrevido a adentrarse tanto en territorio celtíbero, una región de Hispania que los populares y sus aliados controlaban. Sertorio sabía que no podía permitir que su enemigo obtuviera allí una victoria.

El procónsul de Roma se había retirado al ver que Sertorio llegaba con todas sus fuerzas y miles de hispanos, pero sólo fue un repliegue táctico, pues rápidamente se encaminó al sur, hacia Cauca.*

Cauca tenía buenas murallas y podía resistir un tiempo, de modo que, antes de acudir en su ayuda, Sertorio aún dedicó unas semanas a asegurar las fortificaciones de Palantia por si volvía a ser atacada. Lo que no pensó era que Pompeyo ideara un plan basado más en el ingenio que en la fuerza bruta para hacerse con la ciudad de Cauca: envió legionarios supuestamente heridos que dijeron que deseaban pasarse al bando popular, y en Cauca los dejaron pasar para procurarles cuidados médicos a la espera de que Sertorio llegara y decidiera sobre ellos; pero los heridos no eran tales, sino pompeyanos en plena forma que aprovecharon el primer descuido para abrir las puertas y permitir que su líder entrara y se hiciera con la población.

La caída de Cauca supuso un golpe a la moral de los populares.

El cónclave de oficiales romanos estaba reunido en el *praetorium* de campaña junto a Palantia. Además del propio Sertorio, allí estaban Marco Perpenna, Octavio Graecino, Fabio, Antonio y otros oficiales. Con la muerte de Hirtuleyo en la guerra, era Perpenna a quien todos veían como número dos en el mando. Graecino, por su parte, se había distinguido en la batalla de Lauro, y Fabio y Antonio gozaban de gran popularidad entre las tropas; Fabio algo más entre los celtíberos y Antonio entre los romanos.

---

* Generalmente identificada como Coca, en Segovia.

—Deberíamos recuperar Cauca —propuso Graecino.

Sertorio estaba considerando eso mismo cuando un legionario interrumpió la reunión al entrar en la tienda. Era evidente que poseía información relevante o no se habría atrevido.

—¿Qué ocurre? —inquirió Sertorio.

—Pompeyo está asediando Calagurris.*

—Habrá dejado algunas pocas tropas en Cauca y se habrá llevado allí el grueso de su ejército —comentó Graecino al vuelo—. Eso nos facilita la toma de la ciudad.

—Sin duda —aceptó Sertorio, y cayó en un silencio meditativo que no escapó a sus hombres.

—¿Pero? —indagó Perpenna.

—Es un cebo. Cauca, quiero decir. —Sertorio señaló la población en un mapa de la región central de Hispania con una mano e hizo un gesto al legionario para que se retirara y pudiera continuar la reunión de oficiales—. Calagurris es mucho más grande e importante que Cauca —se explicó al tiempo que iba apuntando ciudades en el mapa—. Y está en la ruta a Osca, donde tenemos nuestro Senado y la Academia, las dos instituciones que nos unen a los celtíberos. La primera, además, nos da legitimidad, una forma de gobierno que temen los *optimates*, pues nos hace ser una nueva república romana, con otras leyes, con las normas que queremos para Roma misma. Y en la Academia están los hijos de los líderes celtíberos que nos apoyan. Si los atrapan, pueden usarlos como rehenes para que los celtíberos nos abandonen.

»Cauca es un cebo, una presa fácil de recuperar para alejarnos de su auténtico objetivo que es Calagurris y, sobre todo, Osca. Si nos entretenemos en Cauca, ¿quién nos asegura que Calagurris no caerá víctima de una argucia similar a la usada en Cauca o por una traición interna? Y si Calagurris cae, sin ninguna ciudad importante en su contra en su retaguardia, Pompeyo se lanzará con todo lo que tenga contra Osca. No, no hemos de ir a Cauca. Cauca no es importante ahora. Ya la recuperaremos. La clave ahora es Calagurris, donde Pompeyo no nos espera y, sin embargo, donde nos veremos las caras en muy poco tiempo. Marchamos hacia Calagurris. Al amanecer.

Sertorio no admitió debate. Sus explicaciones, por otro lado, ha-

* Calahorra.

bían resultado bastante convincentes y, además, en muchos de los oficiales ardía el deseo de enfrentarse de nuevo a Pompeyo en una gran batalla, como hicieron en el Sucro, un enfrentamiento a gran escala con el que poner fin a aquella larga guerra. El agotamiento hacía mella en sus voluntades. Acudir a Calagurris en busca de Pompeyo les pareció bien a todos.

Calagurris, 74 a. C.

Ejército pompeyano

Pompeyo y Afranio contemplaban la vanguardia de Sertorio en unas colinas próximas, pero a cierta distancia de la ciudad, hacia el este.

—Ha intuido que lo de Cauca era una trampa —comentó Afranio—. Sólo así se explica que haya llegado aquí tan rápido.

—Eso parece —aceptó Pompeyo, con desgana, con rabia—. Además, ha situado sus tropas en el camino del este, bloqueando nuestro avance hacia Osca. Está demasiado lejos para entrar en combate abierto contra nosotros, pero lo bastante cerca como para importunarnos si planeamos un largo asedio.

—Si no entra en combate —sugirió Geminio—, quizá podamos rendir la ciudad como él hizo con... —Iba a decir Lauro, cuando las tropas pompeyanas estaban cerca de las de Sertorio y al final éste ingenió un plan para hacerse con la victoria; pero evitó mencionar aquella humillante derrota de su superior—. Como nosotros hicimos con Valentia y sus oficiales no acudieron en su ayuda.

—Lo he pensado —comentó Pompeyo—, pero Calagurris no es Valentia. Calagurris es una de sus ciudades más importantes, casi su capital militar, y está muy próxima a Osca, su capital administrativa. No dejará que la asediemos sin importunarnos. Pero tampoco nos va a atacar. Simplemente... —lanzó un suspiro de pura exasperación—, simplemente juega a alargar esta maldita guerra.

Afranio se limitó a asentir.

Pompeyo se volvió entonces hacia su hombre de confianza:

—Necesito un traidor a Sertorio, Geminio —le espetó con cierta impaciencia—. Hace ya meses que te encargué esta tarea. Si no eres capaz de conseguirlo, pese al precio que Metelo ha puesto a su cabeza y a la amnistía del Senado a los que se pasen a nuestras filas, quizá deba buscarme a otro que sí pueda.

Geminio tragó saliva:

—Pronto resolveré esto.

—Eso espero —replicó Pompeyo—. Eso espero... por tu bien.

Campamento sertoriano en las proximidades de Calagurris

—Entremos en una gran batalla campal —propuso Perpenna.

Su comentario no incomodó a Sertorio, que estaba al tanto de sus ansias por una gran batalla para dar término a la guerra, pero sí le molestó en grado sumo que hiciera aquella propuesta delante del resto de los oficiales. Y más cuando Perpenna sabía que él no era proclive a semejante combate. No por el momento.

Ante el silencio de Sertorio, el *legatus* insistió:

—Lo cogeremos entre dos frentes: nuestras legiones y las murallas de Calagurris, donde están los nuestros para acribillarlos a flechas.

—Si atacamos de ese modo, empujándolos hacia las murallas de la ciudad —replicó Sertorio—, Pompeyo hará lo mismo que en Lauro cuando lo cogimos entre dos frentes, cuando Graecino estaba en su retaguardia y nosotros en su vanguardia: se retirará, y más siendo Calagurris nuestra y no una plaza suya que deba defender como pasaba con Lauro.

Aquí Graecino asintió.

Los otros oficiales escuchaban atentos, pero Perpenna no se rendía:

—Pues plantemos batalla a Pompeyo en campo abierto, alejados de las murallas, donde él sí esté dispuesto a entrar en combate.

Sertorio negó con la cabeza.

—Él sabe que podrían salir tropas de Calagurris y atacarlo por su retaguardia.

—Pues alejémonos aún más —insistió Perpenna—. Es hora de acabar con Pompeyo. Es su mejor hombre, al que recurren siempre los *optimates* desde Sila. Si acabamos con él, será un golpe definitivo. Roma se avendrá a negociar.

—Un golpe definitivo es lo que necesitamos, en efecto —admitió Sertorio—, pero no será aquí y ahora. Tenemos suficiente dinero y recursos para alargar la guerra un tiempo, el suficiente para que Mitrídates del Ponto abra un frente tan amplio en Asia que Roma no pueda mantener dos grandes guerras a la vez. Las batallas se pierden si se lucha en dos frentes a la vez. Las guerras también. Pero abrir un nuevo frente de guerra lleva más tiempo que en una batalla. Por todos los dioses, Mario esperó años antes de asestar el golpe definitivo a los teutones. Esperó, incluso cuando sus oficiales se impacientaban, como vosotros ahora; aguardó con inteligencia y cuando sostuvo un combate campal fue el único y decisivo.

—Mario no tenía un Senado teutón que ofreciera a los legionarios el perdón y la libertad si se pasaban de bando —opuso Perpenna en un claro desafío a la autoridad de Sertorio. Como tantos otros, estaba nervioso por las deserciones de algunos legionarios que, animados por la amnistía y ante lo interminable de la guerra, con familia en Italia o incluso en la misma Roma, se estaban pasando a las filas enemigas.

—No, pero tenía un Senado romano lleno de adversarios que, como el de ahora, ansiaba su derrota. Y, aun así, esperó con paciencia, y ganó. Y nosotros… —inspiró aire, lo exhaló y terminó— haremos lo mismo. Todos a vuestras cohortes.

El cónclave de oficiales se disolvió.

Sertorio no tenía ganas de soportar más desafíos a su autoridad. Perpenna estaba exaltado, pero confiaba en que el resto reflexionara sobre la estrategia de Mario ante los teutones y que eso les hiciera ver que tenía razón él y no Perpenna. Y, por otro lado, con los celtíberos estaba más tranquilo porque había protegido con aquel movimiento Calagurris y también Osca. Sólo necesitaban tiempo. Quizá un año más. Mitrídates terminaría siendo un problema para Roma de enorme magnitud y allí se avendrían a negociar en un pacto donde los populares militarizados en Hispania tendrían mucha fuerza, una negociación en la que se podrían cambiar muchas leyes de Roma.

Tienda del legatus *Perpenna*
Esa noche

Graecino entró en la tienda de Perpenna cuando éste terminaba de cenar, solo. Después del desafío a Sertorio en el último cónclave de oficiales, no tenía ganas de dejarse ver.

—¿Qué quieres? —preguntó al recién llegado.

—Hay un hombre... —empezó Graecino con cierta duda—, un emisario del ejército de Pompeyo que quiere... dar fin a esta guerra.

—¿Dar fin a esta guerra?

—Ésas fueron sus palabras exactas.

—¿Y por qué no lo has conducido a Sertorio? —quiso saber Perpenna.

Graecino se lo pensó bastante antes de responder. Sus palabras rozaban la traición.

—Porque todos sabemos lo que Sertorio piensa de esta guerra y si, por lo que fuera, este negociador ofreciese una posibilidad de acortarla, no creo que nuestro procónsul esté dispuesto a considerarlo. Él ha dejado claro que la única negociación que le interesa es la de una Roma agotada, sin pensar en nuestro propio agotamiento. Por eso... he considerado que, quizá, podíamos escuchar nosotros lo que este hombre tiene que decir. A tiempo de comunicar a Sertorio lo que diga o de conducirlo ante él siempre estamos. Pero igual me he equivocado.

Perpenna lo miró fijamente.

—Tú también estás preocupado porque Sertorio se empeña en alargar el conflicto, ¿verdad?

—Entiendo sus razones y su estrategia, pero como tú mismo dijiste, cada vez hay más deserciones entre nuestras tropas regulares. Y no podemos ganar sólo con los celtíberos. Yo pienso como tú: una gran batalla campal, una ofensiva y que sea lo que los dioses quieran, antes de que seamos más débiles. Sertorio cree que el tiempo debilitará a Roma, pero yo creo que nos debilita a nosotros. Y hay una cosa más.

—¿Qué más?

—El enviado de Pompeyo ha pedido hablar con algún oficial que no sea Sertorio —precisó Graecino—. Creo que sabe que negociar con él es imposible. Busca otro interlocutor.

Perpenna asintió varias veces.

—Trae a ese mensajero de Pompeyo.

Graecino salió y retornó al poco acompañado por un hombre no muy alto, delgado, casi esquelético, y con el rostro cubierto por una capucha, como si fuera un sacerdote preparando un sacrificio.

—Descúbrete —ordenó Perpenna al emisario de Pompeyo.

Geminio retiró la tela que cubría su rostro.

—¿Ante quién estoy? —preguntó.

—Ante Marco Perpenna —respondió él mismo—. Y yo, ¿ante quién estoy?

—Mi nombre no es importante, pero responderé por deferencia al *legatus* que me recibe en su tienda: soy Geminio. Pero lo relevante es que hablo en nombre de Pompeyo y vengo con una propuesta para alguien... valiente.

—¿Qué propuesta? —Perpenna le hizo un gesto invitándolo a tomar asiento.

—Todos sabemos que Sertorio... ¿cómo decirlo? —inició Geminio—, es hombre de alargar la guerra. Pompeyo quiere acabar con esta sangría de muerte entre legionarios romanos que no conduce a nada. La victoria de Roma será completa. Es una cuestión de tiempo. Vuestras tropas van desertando: ahora es un goteo de huidas, pero en cualquier momento cohortes enteras pueden pasarse de bando y más con la inacción de Sertorio, con su forma de conducir esta guerra evitando siempre una gran batalla campal. Los legionarios, vuestros legionarios, pueden acogerse a la amnistía del Senado, pero Pompeyo lleva tiempo preguntándose: ¿y los oficiales de más alto rango? Ahora sois sólo hombres señalados por el Senado como enemigos públicos del Estado, pero... ¿no sería justo que los propios oficiales de Sertorio pudieran acogerse al perdón de la amnistía? No obstante, muchos tribunos y *legati* dudarán porque saben que, a ojos de Roma, son mucho más responsables de esta guerra que los legionarios. Por eso Pompeyo quiere ofrecer el perdón, la libertad y el respeto a los familiares y las propiedades y, por qué no, dinero adicional, a cada uno de los oficiales que estén dispuestos a reconsiderar en qué bando están.

Silencio.

Geminio calló y dejó que sus interlocutores meditaran unos instantes.

Graecino, en silencio también, podía escuchar el viento del exterior golpeando contra las telas de la tienda.

Perpenna quería confirmación.

—Perdón, libertad, respeto a familiares y propiedades y dinero... ¿sólo por pasarnos de bando? —inquirió. Lo veía demasiado sencillo, demasiado simple, demasiado generoso.

—El *legatus* es muy perspicaz —dijo entonces Geminio—. Digamos que a un oficial se le premiaría más que a un legionario por pasarse de bando, pero también se le exigiría que demostrara su nueva lealtad... con más claridad.

—¿De qué estamos hablando exactamente? —Perpenna no quería más rodeos.

Geminio sabía que había llegado el momento de la verdad, de jugárselo todo.

—De matar a Sertorio —dijo—. Sin Sertorio este conflicto terminará rápido: o en una batalla campal que por fin tendría lugar, o en una negociación entre Pompeyo, en representación del Senado, y un nuevo líder popular que realmente estuviera dispuesto a parlamentar. Si luego es batalla o negociación, lo dejo a tu elección.

—¿Y por qué no te llevo ante Sertorio y le comentas todo esto a él en persona, a ver qué te dice? —amenazó—. Lo que propones es traición y yo no soy un traidor.

Geminio respiraba con rapidez, pero mantuvo la voz serena.

—Los dos... —se corrigió para incluir a Graecino—, los tres sabemos que la guerra va mal en manos de Sertorio; si no, ni siquiera me habrías dejado hablar sin estar presente el líder de la causa popular. Por eso no me llevarás a él, sino que me dejarás marchar con una respuesta para Pompeyo.

Perpenna se giró y dio la espalda a Geminio. Fuera de la tienda se oían voces, gritos, risas, ruido. Pensó en todos esos hombres aún leales a los populares. ¿Y él? ¿A quién debía lealtad: a ellos, o a un líder que los llevaba al desastre? En el fondo, mucho antes de darse de nuevo la vuelta y encarar a Geminio, ya había decidido su respuesta.

Praetorium de Pompeyo
Campamento del ejército consular de Roma frente a Calagurris
Dos horas después

—Tenemos un traidor —anunció Geminio.

Pompeyo sonrió.

—Parece que funcionas como los perros de lucha —le dijo—. Hay que azuzarte un poco y entonces sacas lo mejor de ti mismo.

XXVII

Talentos romanos, justicia romana

Buque de César, Mare Internum
74 a. C.

En la bodega del barco

Demetrio iba esposado y cubierto de cadenas en el vientre de aquel barco, rodeado por los que hasta hacía muy poco habían sido sus compañeros de piratería, también encadenados, molidos a golpes y, como él, con caras de derrota y miedo.

El líder pirata había solicitado en varias ocasiones hablar con César, pero por el momento no había obtenido respuesta alguna, sólo algo de agua y pan, silencio y mucha indiferencia de quien lideraba aquella flota y se lo había arrebatado todo. No era agradable verse robado, humillado y preso. No lo era. Era una perspectiva del mundo desconocida para él.

En cubierta

—¿Regresamos a Éfeso? —preguntó Labieno.

—A Éfeso, por Júpiter. —César se giró hacia su amigo y sonrió al añadir—: O por Artemisa.

Labieno le devolvió una sonrisa cómplice.

La navegación fue rápida y, por una vez, sin temor a pirata alguno, pues la mayor parte de cuantos había en las islas próximas estaban capturados y a buen recaudo en las docenas de bodegas de aquella flota que César había reclutado para atrapar a Demetrio y al resto de los piratas de Farmacusa. La noticia de aquella acción había pasado de isla a isla con sorprendente velocidad y otras bases piratas cercanas, en lugar de acudir a asistir a Demetrio y los suyos, optaron por permanecer muy quietos, con centinelas bien sobrios, a la expectativa de si se trataba de una acción concreta o de una ofensiva generalizada contra todas las flotas de piratas cilicios de aquellas costas.

César y Labieno desembarcaron en Éfeso y, una vez más, el primero se sumió en una actividad frenética para organizar la entrega de todo el dinero y la plata que Tesalónica, Mitilene y Mileto le habían proporcionado a Labieno para pagar su rescate. Gracias a todo lo confiscado a los hombres de Demetrio —sus barcos y las riquezas atesoradas tras décadas de saqueos, incluida la mayor parte de los cofres de Labieno—, a cada uno se le devolvió lo acordado; a Mitilene se le triplicó la cantidad prestada, tal y como habían exigido. Después, César devolvió los barcos fletados y satisfizo con generosidad los pagos a sus propietarios por haber podido disponer de los mismos. Licenció a la mayor parte de sus marineros armados, quedándose tan sólo con los necesarios para asegurarse la vigilancia de los piratas apresados. De hecho, con todas estas gestiones, Labieno fue testigo de algo que, poco a poco comprobaría, no sería una excepción sino una norma en la forma de conducirse César con el dinero: su amigo era muy espléndido con todo aquel que, de un modo u otro, le había mostrado colaboración o lealtad. Hasta decidió añadir sumas extras de dracmas a Tesalónica y Mileto, más allá de lo que le habían prestado, e incluso para Mitilene, más allá de triplicar la cantidad. César parecía mirar más por todo el mundo que por ellos mismos.

—Apenas nos queda dinero para nuestros gastos y algo de vino no muy caro —comentó Labieno, al fin, divertido y relajado mientras los esclavos escanciaban algo de ese licor no muy bueno en sendas copas, una para él y otra para César.

—Pero estamos libres y hemos cumplido la palabra que dimos a unos y a otros —respondió César con una mezcla de satisfacción y alivio, como si aún le costara creer que todo se había resuelto bien.

Y es que los piratas, cazados entre el desembarco de la flotilla liderada por César en la playa sur y los marineros que habían desembarcado en la costa norte de la isla, apenas habían opuesto resistencia alguna, entre aturdidos y borrachos.

—¿Qué vas a hacer con ellos? —preguntó Labieno.

—Le dije a Demetrio que volvería a la isla, los capturaría a todos y los mataría.

—¿Eso le dijiste? ¿Cuando aún estabas preso? —Labieno se mostraba incrédulo, pero ante la seriedad de César comprendió que su amigo era capaz de decir eso y, lo que era más sorprendente: cumplirlo.

—Estaba esperando respuesta del gobernador. Le he escrito explicándole cuáles eran mis intenciones.

—¿Crucifixión?

César asintió.

Labieno no dijo nada. Demetrio y sus hombres habían secuestrado a su amigo y a punto estuvieron de matarlo. Habían jugado a sentirse los amos de las vidas de todos y, simplemente, habían perdido. Cuando se juega a lo grande, se puede perder a lo grande. Se puede perder todo. Hasta la propia vida.

—¿Y Marco Junio ha respondido? —preguntó Labieno.

César se levantó despacio, fue a un armario que tenía en una esquina de aquel atrio, abrió un cajón, extrajo una carta y la depositó en la mesa que ambos compartían antes de reclinarse de nuevo en su *triclinium*.

—Ha llegado esta mañana —afirmó—. Cuando aún dormíamos.

Labieno observó que el sello estaba quebrado.

—¿La has leído?

—Sí.

—¿Y?

César bebió un sorbo de vino antes de responder:

—Marco Junio dice que quiere vender a los piratas como esclavos, que así reunirá más dinero para enfrentarse a Mitrídates en Bitinia.

—¿Y qué vas a hacer? —Labieno sabía que aquello chocaba directamente con el planteamiento de César de ajusticiar a Demetrio y los suyos, pero, por otro lado, contradecir las instrucciones de un gobernador de Roma era un delito y, además, lo que Marco Junio decía tenía sentido para el conjunto de los intereses de Roma. Y así lo argumentó ante un César que estaba muy pensativo—: Aunque pueda no gustarte, no gustarnos, su propuesta es buena para Roma.

—No exactamente —opuso César para sorpresa de Labieno—. Vender a los piratas es bueno para la Roma de los *optimates*, que no es la Roma que ni tú ni yo queremos.

Labieno se mantuvo serio. Veía que su amigo empezaba a ser capaz no ya de reclutar un pequeño ejército privado para atacar a los piratas, sino de considerar saltarse las leyes de Roma. Y cierto que era la Roma de los *optimates*, pero ésa era la que dominaba el mundo, su mundo.

—Es que hay más —añadió César, que veía las dudas en el rostro de Labieno—. Han llegado a la ciudad heridos del frente de guerra contra Mitrídates y los legionarios cuentan alguna historia… sorprendente.

—¿Como qué? ¿Hay cíclopes o gigantes entre los soldados de Mitrídates, como creían los legionarios de tu tío Mario cuando luchaban contra los teutones?

—No —negó César, pero sin sonrisa alguna—. Algunos heridos dicen que hay legionarios romanos entre las filas de los guerreros del Ponto.

Labieno meditó unos instantes.

—¿Desertores?

—No, bueno, según se mire —apuntó César con una ambigüedad inadmisible para Labieno.

—Un desertor siempre es un traidor a Roma.

César negó con la cabeza y aportó un dato más:

—Esos que luchan con Mitrídates son legionarios enviados desde Hispania… por Sertorio.

Hubo un silencio.

—No termino de entenderlo.

—Según cuentan los legionarios de Marco Junio, Sertorio ha enviado tropas romanas a cambio de recibir grandes cantidades de dinero de Mitrídates para proseguir con la guerra en Hispania contra Pompeyo y Metelo y todos los ejércitos que envíen los *optimates* para acabar con él, manteniendo así viva y fuerte la causa popular. Y, a la vez, los hombres que envía aquí fortalecen a Mitrídates abriendo otro frente militar para el Senado de Metelo, Pompeyo y el resto.

—¿La guerra entre los *optimates* y los populares?

—También aquí —certificó César—. Y nosotros estamos en medio.

—¿Y qué hacemos? —Labieno sabía que entre los planes de César había estado el de unirse al gobernador Marco Junio en su lucha contra Mitrídates con la intención de destacar militarmente ante el Senado y el pueblo de Roma a la vez, pues se trataba de un enemigo mortal de la República desde hacía años.

—No pienso luchar contra hombres enviados por Sertorio —respondió César como si leyera la línea de pensamiento de su amigo—. Ni pienso cederle los piratas al gobernador para que consiga dinero con el que poder hacerse más fuerte frente a esos mismos hombres enviados por Sertorio.

—Pero si Sertorio está apoyando a Mitrídates, es enemigo de Roma —opuso Labieno, algo escandalizado ante la forma en que razonaba su amigo.

—Mitrídates lleva siendo enemigo de Roma desde hace mucho tiempo, y Sila ya pactó con él una tregua, no por los intereses de Roma, sino por los suyos propios y los de los *optimates*, para poder retornar a Roma y derrotar a los populares que defendían los intereses del pueblo. Sertorio ha entendido que contra los *optimates* hay que utilizar sus mismas armas o nunca podremos derrotarlos: ellos usaron a Mitrídates en el pasado y ahora Sertorio hace lo mismo para mantener viva la causa popular en Hispania y dividir las fuerzas militares de los senadores romanos entre la propia Hispania y Asia. Está reabriendo la guerra aquí para que los *optimates* no tengan suficientes legiones para los dos frentes y que así se vean forzados a pactar con Sertorio una nueva Roma donde estemos todos, populares y *optimates*, representados de forma equilibrada y donde se vean obligados a aceptar reformas legales de peso.

—No lo veo claro —insistió Labieno—. ¿Utilizar los métodos del enemigo no nos hace como ellos? ¿Recurrir a las artimañas de los *optimates* no nos hace como ellos?

—Llevo pensándolo toda la mañana —respondió César—, y he concluido que, en ocasiones, o hacemos como ellos o ellos harán con nosotros lo mismo que ya hicieron con los Graco, con Saturnino, con Cinna, con mi tío Mario y con tantos otros: nos masacrarán. Tú y yo tenemos los días contados. Estamos aquí, en un exilio forzoso por intentar llevar a juicio por corrupción a algunos de ellos. Yo estoy con Sertorio: contra los *optimates* hay que usar sus mismas estrategias.

Labieno asintió despacio. Recordaba el juicio contra Dolabela o contra Híbrida y razón no le faltaba a su amigo. Pero ¿hasta dónde estaba dispuesto a llegar César en lo de usar las mismas armas que los *optimates*?

—¿Qué propones?

—Para empezar, continuar con mi plan sobre los piratas.

—¿Ajusticiarlos? Pero eso sería contravenir una orden directa del gobernador. Y esa orden existe y por escrito —dijo Labieno incorporándose del *triclinium* y señalando la carta de la mesa.

—Eso es cierto… de momento. —César se dirigió a un esclavo—: Traed al mensajero.

Labieno inclinó la cabeza y miró a su amigo de reojo.

—¿Qué vas a hacer?

—Eliminar la orden del gobernador —respondió categórico—. Sin esa orden, no hay desobediencia por mi parte, ¿no crees?

Labieno tragó saliva.

César estaba cambiando, transformándose. Sabía que las derrotas en los juicios en Roma habían hecho mella en él, pero hasta aquella tarde no se había dado cuenta de hasta qué punto: primero, veía con buenos ojos que Sertorio enviara legionarios romanos a luchar contra otros legionarios romanos si eso facilitaba la causa popular; veía bien fortalecer a un enemigo destacado de Roma como Mitrídates, como había hecho Sila en el pasado, si eso ayudaba a la causa del pueblo contra los senadores *optimates*. Y ahora estaba dispuesto a no entregar a los piratas a Marco Junio para que éste no se hiciera con dinero que usaría contra los legionarios enviados por Sertorio y que apoyaban a Mitrídates. ¿Eliminar la orden del gobernador? ¿Qué pensaba hacer con el mensajero de aquella carta, un pobre legionario que nada tenía de culpa en todo aquello? ¿Iba César a matar a inocentes por aquel eterno pulso entre populares y *optimates*?

Un soldado veterano, vestido con el uniforme romano, entró en el atrio y saludó militarmente a César. Labieno vio que no era un simple legionario, sino un *optio* algo entrado en años y que ya debería ser centurión, pero no todos consiguen los ascensos que merecen.

—Me has entregado esta carta esta mañana, *optio* —le dijo César—, y el gobernador espera respuesta.

—Así es —confirmó el veterano.

César estudiaba a aquel hombre con el mismo detenimiento que Labieno: se lo veía cansado; había cabalgado sin descanso durante varias jornadas para entregar aquel mensaje. Sin duda, para Marco Junio, aquel dinero extra inesperado de la venta como esclavos de los piratas apresados era importante, por eso no había enviado a ningún jovencito con aquella carta. La cuestión era… ¿cómo de leal era aquel hombre a Marco Junio?

—¿Muchos años de servicio en la legión? —le preguntó César en un cambio de tema que sorprendió al interpelado.

—Bastantes. Más de quince.

—¿Cómo no has llegado a ser centurión?

El *optio* miró al suelo.

—No tienes por qué responderme, *optio* —continuó César—, no soy militar, ni magistrado, ni senador, ni nada oficial… La cuestión es si te gustaría retirarte, abandonar la legión, olvidarte de todo y empezar de nuevo en cualquier otro sitio.

El aludido soltó un resoplido que mezclaba asombro, abatimiento y nervios por aquella conversación tan incómoda.

—Eso es deserción —dijo a modo de respuesta.

—¿Y es eso lo que te detiene o la falta de dinero? —le preguntó César al tiempo que se levantaba y caminaba lentamente, una vez más, en dirección al pequeño armario en la esquina del atrio. Abrió otro cajón, tomó un saquito repleto de monedas de oro, de lo poco que les quedaba después de pagar a todo el mundo, se acercó al mensajero y extendió el brazo con el saco de monedas en la mano abierta—. Aquí tienes suficiente oro para desaparecer de Asia, incluso de Oriente, e ir donde tú quieras y empezar de nuevo, lejos de todo esto.

Labieno se relajó un poco. Su amigo no recurriría al acero: estaba intentando comprar voluntades, como ya hiciera cuando lo apresaron siendo un fugitivo buscado por Sila. Por un momento, había temido que hubiera decidido eliminar no ya la carta del gobernador, sino «eliminar» también al mensajero de forma violenta. Suspiró. Después de todo, César no había cambiado tanto.

El *optio* cogió el saco de oro y notó el peso de las monedas. Era mucho dinero el que aquel hombre le ofrecía por… ¿por qué exactamente?

—Solo tienes que desaparecer de Asia —le dijo César antes de que el militar le preguntara—. Tú no me has visto, tú no me has entregado esta carta del gobernador. Tú, sencillamente, ni siquiera has llegado a Éfeso. Has desaparecido. Han podido asaltarte en una calzada por la noche. Esas cosas pasan.

El *optio*, siempre con el saco de oro en la mano derecha, meditaba.

—De acuerdo —dijo al final.

—No me traiciones —le espetó César—. Ya has visto lo que he hecho con los piratas que me secuestraron. Si vuelves con el gobernador, más tarde o más temprano, tú y yo nos encontraremos.

El *optio* negó con la cabeza.

—Marco Junio es un imbécil —dijo—. No pienso volver con él. No nos veremos más. Me parece un buen trato.

—Sea, entonces. —César le señaló la puerta, pero sin brusquedad, a modo de una invitación amable a que iniciara su nueva vida.

El *optio* fue a saludar militarmente, pero de pronto aquello le pareció ya innecesario y se limitó a inclinarse apenas, dar media vuelta y salir de aquella casa, de aquella ciudad y de aquella provincia romana.

César se giró, se acercó a la mesa y tomó la carta del gobernador en sus manos.

Los esclavos estaban encendiendo las antorchas para iluminar el atrio. La noche caía sobre Éfeso. Aproximó la misiva a la llama de una de las antorchas y la carta prendió. La sostuvo en la mano un tiempo, mientras se consumía, con cuidado de no quemarse, hasta que, cuando apenas quedaba el pedazo por el que la sujetaba, la soltó y el último trozo de la carta ardió y se hizo cenizas que cayeron sobre el suelo del atrio.

—Ya no hay orden del gobernador de Roma en Asia.

Afueras de Pérgamo
Un mes después

César fue aún más cauto y sintió que había demasiado control en Éfeso, la capital de la provincia romana de Asia, para acometer actos como ejecuciones masivas sin la presencia del gobernador. Por eso, escoltado por el pequeño ejército que mantenía bajo su mando, condujo a todos los prisioneros por mar hasta Pérgamo, donde los recluyó en una de sus prisiones. Mientras se preparaban las cruces para ajusticiar a todos los piratas, hizo una breve incursión hacia el norte para fingir que defendía la zona de algunos ataques de tropas mitridáticas, aunque en verdad César se mantuvo alejado de todo combate importante. Sólo quería evitar que desde Roma se lo pudiera acusar de inacción frente a la amenaza del rey del Ponto. A fin de cuentas, Roma, la Roma de los *optimates*, le negaba acceso a mando militar regular de ningún tipo, de modo que tampoco tenía obligación de luchar en una guerra a la que, oficialmente, ni estaba invitado ni parecía bienvenido por el Senado de Roma y en la que, de hecho, viendo la estrategia de Sertorio, en realidad no quería participar. De ahí que, en cuanto recibió un mensaje desde Pérgamo informándole de que todo estaba listo para la ejecución de los piratas, retornó a la ciudad *ipso facto*.

Amanecía y muchos ciudadanos de Pérgamo salieron a la calzada romana que daba acceso a la ciudad desde el norte. Las cruces estaban levantadas.

A Demetrio, aún encadenado, lo arrastraron desde la prisión hasta quedar frente a César. Era la primera vez que el pirata podía hablar con César desde que sus mercenarios lo detuvieron en Farmacusa.

—Escucha, romano —empezó Demetrio, que veía en aquel encuentro su última oportunidad de salvar la vida—, podemos resolver esto aún de muchas formas. ¿Quieres dinero? Déjame libre y cazaré barcos para ti durante meses, años si quieres, y todo será tuyo. No has de matarme. Entiendo que sientas rencor, pero, al fin y al cabo, cumplí mi palabra y te liberé, ¿no es así?

César se le acercó y, mientras le quitaban las cadenas para crucificarlo, le habló con una mezcla de frialdad y rabia contenida.

—Mira, pirata, me secuestraste, pusiste precio a mi vida y me retuviste contra mi voluntad durante treinta y ocho días, sin que yo pudiera estar seguro de si me matarías al final o no. —Su tono era grave, serio. Labieno y los marineros armados, y otros piratas a punto de ser ajusticiados, escuchaban atentos—. Y puedo perdonar muchas cosas, puedo entender que es tu forma de vida, pero hay algo que no podré perdonarte nunca.

—Pero cumplí mi palabra, cumplí mi palabra... —Demetrio se arrodilló e intentó abrazar a César por las rodillas, pero éste dio un paso atrás para evitarlo.

—No, Demetrio, no cumpliste tu palabra, no jugaste limpio, por Hércules —replicó César—. Nunca especificaste si los talentos habían de ser áticos o romanos, cuando la diferencia entre unos y otros podía suponer mi muerte. Jugaste sucio y perdiste. Pediste talentos romanos y, gracias a mi amigo Labieno aquí presente y a varias ciudades de Oriente, te entregué la plata y los dracmas equivalentes a cincuenta talentos romanos, pero... ¿sabes qué les corresponde a los talentos romanos que cobraste por mi secuestro?

Demetrio, arrodillado, con lágrimas en los ojos, negó con la cabeza mirando al suelo.

César habló con el aplomo gélido del juez que dictamina sentencia:

—A los talentos romanos les corresponde justicia romana.

Un instante de silencio.

César se dirigió a los suyos.

—Crucificadlos... a todos.

—¡No, nooo! —gritaba Demetrio mientras lo levantaban dos de los hombres de César y lo arrastraban hacia la cruz que ya se encontraba tumbada a un lado de la calzada que daba acceso a Pérgamo—. ¡Te traté bien durante el cautiverio! ¡Eso no puedes negarlo, romano! ¡De algo debería valer el trato que te di esos treinta y ocho días!

César, que ya se había dado la vuelta y se alejaba del lugar acompañado por Labieno, se detuvo en seco al escuchar aquellas palabras, se giró y volvió sobre sus pasos hasta la cruz asignada a Demetrio.

Se agachó junto al líder pirata cuando ya le ataban los brazos al palo transversal de la *crux commissa*, y los pies al vertical que debía quedar clavado en tierra.

—Es cierto —admitió—. Me trataste bien durante el cautiverio. Tú, y tus hombres también. Así que mostraré algo de piedad, pero sólo aquella que las circunstancias me permiten. Y me explicaré: Demetrio, aquí, en estas ciudades, todos te odian, a ti y a todos los de tu calaña. Llevas años robándoles, quitándoles oro y plata y todo tipo de productos, entorpeciendo su comercio, saqueando puertos y ciudades, secuestrando hombres, violando mujeres, vendiendo como esclavos a unos y a otras. Por eso, aquí todos desean tu muerte. Si quisiera perdonarte la vida, tendría muchos problemas con los efesios y con los comerciantes de Mileto o Tesalónica o Mitilene o Pérgamo mismo, que se han involucrado en esta campaña de castigo contra ti y los tuyos. Y jugaste sucio, al final, conmigo. Pero por tratarme bien durante el cautiverio puedo evitarte el largo y patético sufrimiento de la muerte en la cruz durante días mientras te mueres de hambre y sed, sobre todo sed, bajo este sol inmisericorde de Oriente.

Se alzó de nuevo.

—Cortadle el cuello, a él y a todos sus hombres, antes de clavar las cruces en el suelo —ordenó César.

—¡Nooo, nooo! —aullaba, una vez más, Demetrio—. ¡Romano, déjame hablar contigo! ¡Por todos los dioses! ¡Podemos resolver es...! ¡Agggh! —Pero Demetrio nunca acabó su último ruego.

Un cuchillo seccionó su garganta y cuando levantaron la cruz con cuerdas para dejarla bien clavada al borde de aquella calzada, la sangre de Demetrio bañó su cuerpo desde el cuello hasta los pies, pasando por su torso y sus piernas y deslizándose por el travesaño vertical hasta regar la tierra de Asia.

Residencia de César en Pérgamo
Esa misma tarde

Labieno vio a su amigo recogiendo papeles y ropa y lo acompañó mientras recibía a diferentes representantes de la aristocracia local que acudían a agradecerle que hubiera limpiado de piratas aquellas costas, al menos por un tiempo, pues los que seguían libres estaban lo suficientemente atemorizados como para no atacar barcos mercantes en meses. Lo vio licenciando al resto de los hombres armados hasta quedarse sólo con una docena de ellos y los esclavos que tenía. Sabía que se marchaban hacia algún lado, pero César aún no había compartido sus planes.

—¿Dónde vamos a ir? —le preguntó Labieno durante la cena—. No quieres ir al norte a luchar con Marco Junio porque no quieres luchar contra los legionarios que ha enviado Sertorio desde Hispania para fortalecer a Mitrídates. Y, en cualquier caso, no creo que quieras encontrarte con el gobernador después de haber dado muerte a los piratas que él quería vender como esclavos. Y a Roma no podemos regresar.

—No, a Roma no podemos volver ni ahora ni en mucho tiempo —ratificó César—. Iremos allí donde habíamos planeado ir desde un principio.

Labieno inclinó la cabeza. Salieron de Roma con un objetivo, pero con todo lo que había pasado con los piratas era como si aquello perteneciese a un pasado tan remoto que lo tenía casi olvidado.

—Iremos a Rodas, ¿recuerdas? —añadió César como si comprendiera el olvido en el que se había sumido su amigo—. A aprender retórica con Apolonio. Eso es lo único que me permite Roma que haga: aprender oratoria. Así que eso haremos.

—Bueno… Lo que tú digas, pero no sé si tanta oratoria te valdrá de algo frente a las argucias de los *optimates*. Tú mismo empiezas a ver con mejores ojos el enfrentamiento violento que promueve Sertorio contra los senadores que el uso de las palabras. De hecho, pensando como piensas, no termino de entender por qué no decidiste que nos fuéramos a Hispania y que nos uniéramos directamente a Sertorio.

—Por varios motivos, amigo mío. —Y César se explicó con detalle mientras Labieno escuchaba atentamente—: primero, porque creo que Sertorio no es lo bastante fuerte militarmente como para doblegar a los ejércitos consulares que Roma le irá enviando uno tras otro, ni siquiera con su hábil estrategia de alargar la guerra, de recibir oro de Mitrídates y de reabrir la guerra de Asia contra el rey del Ponto. Si mi tío Mario no pudo, Sertorio tampoco podrá. Y, segundo, si bien es cierto que en los tribunales de justicia romanos la oratoria no me sirvió de mucho, falta por ver si me sirve mejor en otros lugares de Roma.

—¿Como por ejemplo? —preguntó Labieno.

—Como, por ejemplo, en el Senado.

—Pero para eso tendrías que ser elegido para alguna magistratura que diera acceso a ser senador —apuntó Labieno, una dificultad notable en su actual circunstancia de ciudadano exiliado—. Y para presentarte a unas elecciones, las que sean, antes tendrías que poder regresar a Roma y no veo cómo. No, con los *optimates* en el poder.

—No, lo de mi regreso a Roma está muy difícil, amigo mío, eso es así. Tendría que ocurrir algo totalmente inesperado, algo sorprendente que nadie imagina, para que tú y yo podamos regresar a casa.

—¿Algo como qué, Cayo?

César negó con la cabeza.

—No lo sé…

—La última vez que los *optimates* recurrieron a la ayuda de la otra facción política, la última vez que buscaron la ayuda de tu tío Mario, fue cuando los *socii*, cuando todos los aliados itálicos se rebelaron contra Roma —argumentó Labieno recordando la cruenta guerra social—. Y no los veo ahora ni con fuerza ni con decisión para volver a rebelarse después de aquella guerra. Y tanto Mitrídates como Sertorio están demasiado lejos para asustar a los *optimates*. No veo qué o quién podría rebelarse contra Roma que los llevara a una situación tan crítica como para volver a recurrir a la unidad de todos, *optimates* y populares, para solucionarlo.

—No, yo tampoco —volvió a admitir César—. Tendría que ocurrir lo impensable para que tú y yo pudiéramos regresar a Roma. Pero, entre tanto, aprenderé más retórica. Es lo único que puedo hacer. Cualquier cosa menos no hacer nada. —Bajó la mirada mientras mascullaba entre dientes y con desesperación—: Sí, para que pudiera volver tendría que ocurrir… un imposible.

Liber secundus

LA REBELIÓN DE ESPARTACO

XXVIII

Fuga

Capua, 73 a. C.

Comedor del colegio de gladiadores
Hora sexta

Crixo y Enomao, los dos esclavos galos, murmuraban una conversación secreta en la esquina del comedor donde almorzaban los luchadores, todos ellos varones. En otros colegios de combate había también gladiadoras, pero Léntulo Batiato, el dueño de la escuela de Capua, no creía que se pudiera conseguir el mismo beneficio con ellas que con los hombres, por eso allí sólo entrenaba gladiadores. A las esclavas las usaba en las cocinas, en el campo o para otros menesteres íntimos si eran hermosas.

—Hemos de hacernos con los carros donde tienen todas las armas que usamos en las exhibiciones que organizan cuando Batiato tiene invitados, las de verdad —decía en un susurro Crixo—. Las armas de madera que nos dan para entrenar no nos valen para escapar: los soldados nos matarían sin que pudiéramos oponer hierro a su hierro.

—Estoy contigo —aceptó Enomao—. Hemos de concentrar nuestro ataque sorpresa en esos carros.

—Pero ¿cuándo y cómo? —se preguntaba Crixo—. Los guardias custodian esos carros día y noche.

Los dos callaron.

A su lado estaba el tracio al que llamaban Espartaco, en silencio, engullendo sus gachas de cereales con leche de cabra sin decir nada. Aquel hombre nunca hablaba con los demás, y Crixo y Enomao, como el resto, lo ignoraban del mismo modo que él parecía ignorarlos a todos ellos. Por supuesto, tras haberlo visto matar con sus manos a uno de los entrenadores, nadie osaba enfrentarse o dirigirse a él con desprecio o impertinencia. Pero tampoco intentaban trabar una amistad que el propio tracio no parecía desear. Por eso a ambos los sorprendió que, de pronto, Espartaco interviniese en su conversación:

—La cocina —dijo sólo.

Crixo pasó por alto el hecho de que fuera la primera vez en meses que oían su voz y se centró en lo que había dicho:

—¿La cocina?

El tracio dejó de comer y los miró fijamente a los ojos:

—De nada sirve atacar a los guardias de los carros de armamento sólo con espadas de madera o puñetazos, en eso tenéis razón. Necesitamos cuchillos, hierros punzantes, cualquier cosa que tenga filo nos valdrá. Con eso sí podremos matar con rapidez y hacernos con los carros —se explicó Espartaco.

—¿Podremos? —preguntó Enomao—. ¿Desde cuándo crees que estás incluido en nuestro plan de huida?

—Desde ahora —dijo Espartaco.

Y no lo dijo ni como propuesta ni como sugerencia ni estaba pidiendo permiso. Sonó contundente, como si simplemente informara de algo incuestionable.

Al galo no le gustó la arrogancia del tracio, y ya estaba dispuesto a asestarle un puñetazo cuando Crixo lo cogió del brazo y lo refrenó:

—Desde ahora, Enomao, desde ahora. Todos lo hemos visto luchar. Es bueno. Nos viene bien un aliado así. Más allá de nosotros dos y los celtas Casto y Cánico, el resto apenas vale para combatir. —Con Enomao más contenido, Crixo se volvió hacia el tracio—: ¿Qué es lo que has pensado?

Espartaco asintió sin aparente rencor a Enomao y, despacio, sin prisa, mientras a su alrededor los demás terminaban de comer sus gachas, les contó su plan, un plan en el que llevaba pensando días, semanas, meses, desde el mismo momento en que hizo el juramento al colegio de gladiadores.

—¿Y cuándo lo hacemos? —preguntó Enomao al terminar la exposición del tracio.

Espartaco miró a un lado y a otro un instante y, de nuevo, clavó la mirada en los ojos de los dos guerreros galos:

—Hoy es un día tan bueno como cualquier otro para recuperar la libertad —dijo.

Crixo y Enomao tragaron saliva.

Residencia de Léntulo Batiato junto al campo de adiestramiento
Hora sexta

Hacía calor, pero Batiato no prescindía ni de las espesas salsas en sus bandejas de comida, ni del jabalí recién asado en la gran cocina de su colegio de gladiadores, ni del sexo con bellas esclavas tras haber saciado su gula más allá de lo que cualquier médico griego habría juzgado prudente en medio de aquella ola de calor. Pero es que se sentía feliz: tenía doscientos gladiadores en adiestramiento y eso significaba dinero. Muchos no llegarían a nada y tendría que revenderlos pronto para tareas del campo en las villas vecinas de los ricos terratenientes residentes en Roma, pero había un par de galos y un par de celtas que prometían como gladiadores, y con los que esperaba obtener cuantiosos ingresos en los próximos meses. Luego estaba aquel tracio silencioso y enigmático. ¿Por qué callaba? ¿Por qué le habían matado a toda su familia? Y quién no ha sufrido desgracias entre los esclavos. Aquel tracio… ¿Cómo lo llamaban? En aquel momento era incapaz de recordar su nombre. Aquel tracio se creía especial y a él no le gustaban los que se creían especiales. No eran de fiar.

Espartaco, ése era el nombre.

Sí, luchaba bien y parecía valiente, pero no lo veía de fiar. Batiato estaba convencido de que, llegado el momento de la lucha cuerpo a cuerpo, ese Espartaco sería un cobarde.

—Que traigan a las esclavas —dijo al *atriense*.

Ya había comido bastante.

Ahora deseaba otros placeres.

Cocina del colegio de gladiadores
Hora séptima

Apenas había un par de guardias en las cocinas, a diferencia de donde estaban los carros con las armas de los gladiadores, donde se concentraban más de una veintena de vigilantes fuertemente equipados con espadas y dagas.

Crixo y Enomao seguían a Espartaco, que había aceptado encabezar el ataque. Junto a ellos iban Cánico y Casto y media docena más de gladiadores con los que los galos contaban para su plan de huida hacía tiempo. El resto de los hombres con quienes habían compartido la idea de hacerse con la cocina y lo que pudiera servir de arma se habían mantenido al margen y, por el momento, no se unían a la revuelta. Lo veían una locura y, sobre todo, precipitado. Necesitaban tiempo para pensar.

Espartaco se acercó a buen paso a uno de los guardias que, en cuanto lo vio aproximarse, esgrimió la espada en alto, pero el tracio levantó la pierna con rapidez y lo desarmó de un puntapié en la mano. Luego dos puñetazos en el rostro lo tumbaron. El ataque fue tan veloz, directo y violento que pilló por sorpresa al vigilante: antes de que pudiera plantearse qué estaba ocurriendo, dio con sus huesos en el suelo, inconsciente.

Entre tanto, Crixo y Enomao se las ingeniaron para desarmar al otro guardia con las espadas de madera que portaban aún del entrenamiento y, con la ayuda de dos celtas más, neutralizarlo a patadas hasta reventarle la cabeza, con un muy audible crac tras el que el vigilante quedó permanentemente inmóvil. El otro guardia, el que había derribado Espartaco, seguía vivo, y Crixo y Enomao miraron al tracio. Espartaco comprendió lo que querían.

—No es necesario —dijo.

—Si no lo matas tú, lo haré yo —replicó Crixo y, ante la inacción de Espartaco, clavó la punta de su espada de madera en el cuello del vigilante y la hundió en él, empujando con saña, pues el arma no tenía filo, hasta partírselo. La sangre los salpicó a todos.

Espartaco no dijo nada: él no hacía lo que no consideraba preciso, pero, por el momento, no entraba en lo que hacían otros. Lo esencial era conseguir cuchillos. Así, todos con gotas de sangre por el rostro, reventaron la puerta de la cocina a patadas y entraron en la gran sala donde se preparaban no sólo las frugales comidas de los gladiadores, sino también los suculentos banquetes del dueño de la escuela de lucha.

—¡Coged todo lo que corte o sea punzante! —ordenó Espartaco como si, aquí sí, fuera el líder nato de todos ellos.

Nadie discutió porque todos tenían prisa y miedo y ansia y porque, a fin de cuentas, a eso habían ido a la maldita cocina. Se hicieron con todas las hachuelas, todos los cuchillos de hoja ancha que usaban los cocineros para cortar carnes y pescados, y también con todos los espetones, los largos hierros puntiagudos en donde se ensartaban jabalíes y otros animales para asarlos en el gran fuego central de la cocina. Los cocineros y los esclavos que los asistían se hicieron a un lado y no opusieron resistencia alguna. Los gladiadores pasaban sin mirarlos, como si no existieran. Su lucha no iba contra ellos. Estaban concentrados en terminar con los vigilantes de la escuela y no tenían nada claro que fueran a lograrlo. Todos ellos podían acabar crucificados y lo sabían. Eso ocupaba sus mentes. Eso y conseguir todas las armas afiladas o punzantes que pudieran encontrar.

Espartaco, Crixo y el resto, hachuelas, espetones y cuchillos en mano, salieron de la cocina dispuestos a cargar contra los vigilantes de los carros de armas, pero apenas eran quince gladiadores, por eso, cuando llegaron al comedor donde permanecían sin involucrarse decenas de gladiadores, Espartaco se dirigió a ellos para enardecerlos:

—Somos sólo quince y seguramente los vigilantes acabarán con nosotros, pero si fuéramos treinta o más seríamos nosotros los que acabaríamos con ellos. En la cocina hay muchos más cuchillos. Podéis arriesgaros, armaros y seguirnos, o quedaros aquí y morir entreteniendo a los romanos mientras ellos se ríen de vuestro sufrimiento y se mofan de vuestras heridas.

No dijo más. No era hombre de grandes discursos. Él era de usar algo que persuadía más que las palabras: el ejemplo.

Se limitó a avanzar entre todos ellos seguido por Crixo y el resto de los rebeldes.

Salieron del comedor y Espartaco se detuvo.

—Esperaremos un poco —dijo.

—¿Esperaremos a qué? —le espetó Enomao de forma airada—. Los esclavos de la cocina darán la señal de alarma de inmediato.

—O no. A fin de cuentas, son esclavos como nosotros. Tendrán curiosidad por saber cómo termina todo esto. Esperaremos un momento a ver si se nos unen unos cuantos más.

Enomao negaba con la cabeza, pero, en ese preciso instante, una docena de gladiadores aparecieron junto a ellos equipados con cuchillos de cocina bien afilados. Y también dos cocineros, más nerviosos que el resto, pero blandiendo sendas hachuelas con decisión y fuerza. Y, al poco, otros quince más, y otros, y otro grupo… En poco tiempo eran setenta gladiadores armados con cuchillos, espetones y hachuelas, más algunos esclavos de las cocinas.

Residencia de Léntulo Batiato

—¡Tú! —exclamó Batiato señalando a una de las esclavas que recogían las bandejas de comida tras su banquete unipersonal.

La muchacha se tornó pálida, pero sabía que no podía hacer nada salvo obedecer.

—¡De rodillas! —le ordenó Batiato mientras se despojaba de su ropa hasta quedarse sólo con una túnica que se enrolló a la altura de la cintura, de modo que quedó expuesto su miembro, flácido por el alcohol y el sopor del banquete.

Ella quería negar con la cabeza, pero ni siquiera se permitió eso. Había visto al amo abofetear a otra esclava que se mostró remisa a satisfacerlo, con tal furia que se le saltaron varios dientes. Ante la falta de alternativas o de escapatoria, la joven inició lo que su amo le demandaba, como ya había hecho en varias ocasiones antes de aquella tarde, cuando de pronto las puertas del atrio se abrieron y media docena de hombres ensangrentados de pies a cabeza irrumpieron a gritos.

—¡Se han apoderado de los carros de armas!

Batiato apartó de un empujón a la esclava, se bajó la túnica y se puso en pie de inmediato. Pese a la sangre que los cubría, había reconocido que aquellos eran guardias encargados de la vigilancia del colegio de gladiadores.

—¿Quién se ha hecho con las armas? —les espetó confuso y enrabietado por aquella interrupción en medio de su momento de solaz y placer—. ¡Por Júpiter, habla claro, soldado!

—Los gladiadores… Se hicieron con cuchillos y hierros de las cocinas y nos atacaron. Eran muchos, más de cincuenta. Los otros vigilantes están muertos. Se han hecho con los carros de armas y huyen con ellos hacia las montañas.

Batiato empujó también a aquel guardia y pasó por entre el resto, veloz, hasta cruzar el vestíbulo de su residencia, abrir las puertas y emerger al exterior para ver qué ocurría en el colegio de lucha. Cuando salió pudo ver cómo, en efecto, los carros de armas se alejaban tirados por varios caballos de las cuadras, rodeados por decenas de hombres armados que, a buen paso, caminaban rumbo al gran monte Vesubio. Era una rebelión en toda regla.

Los vigilantes que le habían traído las amargas noticias se situaron junto al propietario de la escuela de lucha.

—Id a Capua y reclamad ayuda a las tropas que se encuentran allí apostadas —les ordenó Léntulo Batiato—. Hay que atrapar a esos malditos antes de que lleguen al Vesubio y se nos escapen por entre sus bosques.

Pero era como si los vigilantes siguiesen en estado de shock, de modo que Batiato les gritó para sacarlos de esa especie de trance en el que aquella inesperada rebelión parecía haberlos sumido.

—¡Corred, estúpidos, corred a por las tropas de Capua!

El *lanista* se quedó mirando hacia la columna de esclavos que se alejaban del colegio de gladiadores. De súbito, tuvo miedo: ¿y si se giraban y se revolvían contra él? Retrocedió varios pasos.

—¡Cerrad las puertas, cerrad las puertas! —exclamó.

Se atrincheraría en su villa rodeada por altos muros hasta que llegaran las tropas de Capua, pero… no… Lo pensó mejor y dio la contraorden:

—¡Abrid las puertas! —Los esclavos dudaban, y Batiato insistió—: ¡Abrid os digo, cretinos! ¡Abridlas ya, por Júpiter!

Obedecieron.

Batiato se asomó de nuevo y vio a algunos de sus guardias subiendo a sus monturas para acudir al galope hacia Capua a pedir ayuda.

—¡Dadme un caballo! —ordenó.

Partió de allí cabalgando con los pocos vigilantes que quedaban, no fuera a ser que los gladiadores, en vez de huir, decidieran antes despedirse de él.

Atrio de la residencia de Léntulo Batiato

No andaba el *lanista* muy desencaminado. Crixo, en concreto, había insistido en regresar, aunque sólo fuera unos minutos, al complejo del colegio de lucha para darle su particular adiós a Batiato, pero cuando los gladiadores llegaron sólo encontraron una residencia abandonada por su dueño donde un montón de esclavos temerosos vagaban sin saber bien qué hacer.

Los gladiadores amotinados empezaron a revolverlo todo en busca de oro y plata.

Para Espartaco todo aquello era una pérdida de tiempo innecesaria. Capua enviaría tropas con rapidez y lo mejor era llegar a los bosques del monte Vesubio, donde podrían esconderse, pero, por otro lado, le parecía importante mantener la unión de todos los rebelados: juntos habían conseguido lo que unos pocos solos nunca podrían haber logrado. Aunque, ya puestos a perder el tiempo, que fuera de un modo menos inútil.

—¡Más que oro y plata, buscad armas, más cuchillos, azadas, cualquier cosa que sirva para luchar! —ordenó intentando que aquel retraso sirviera de algo.

Preveía combates, una larga lucha, y sólo él parecía ser consciente de que necesitarían muchas armas.

Cubicula de los esclavos

La muchacha a quien Batiato había obligado a arrodillarse aprovechó el tumulto para esconderse en su pequeño cuarto, oscuro y sin ventanas. Se situó en la esquina más en sombra, donde no llegaba la poca luz que entraba por la puerta del pasillo, y allí confió en pasar desapercibida. Se sabía bella, o eso le decían desde niña, desde que la vendieron como esclava tras atraparla junto a sus padres en medio de las guerras que los romanos libraban en Oriente contra Mitrídates. A ellos los apresaron en Grecia, cuando tuvo lugar la terrible represión de Sila contra las ciudades helenas que apoyaron de un modo u otro al rey del Ponto. Así eran las cosas: dos poderosos se enfrentaban, el rey del Ponto y el Senado de Roma, y un montón de inocentes sufrían, morían o eran esclavizados.

Entonces ella sólo tenía diez años, pero recordaba que ya en aquel momento todos le decían que era muy guapa. Primero sus padres, y ahí terminaba el recuerdo grato de ser hermosa. Luego los que se jactaban de su belleza eran los tratantes de esclavos que la llevaron desde Grecia hasta Italia. A sus padres nunca más volvió a verlos. Los vendieron por separado: un día a su padre, otro a su madre, y por fin a ella misma, a la hermosa niña. Tras los mercaderes de esclavos, fueron los propietarios de los lupanares los que ensalzaban su belleza para atraer a más clientes y cobrarles también más sestercios. Y finalmente, el maldito Batiato la llamaba hermosa mientras la obligaba a hacer todo tipo de actos sexuales con él, después de comprarla en una de las casas de prostitución para tenerla como esclava, servirle la comida y la bebida y, con frecuencia, tener sexo con ella, tanto como él deseara, cuando él deseara y del modo en que él deseara. Y aunque uno pudiera pensar, como el propio Batiato le decía una y otra vez, que mejor era estar sólo con un hombre como él que con una decena al día, era tal el desprecio y la humillación con los que el *lanista* la trataba, que se sentía peor que cuando estaba prostituida en el más horrible de los lupanares de Capua. Ser guapa, para ella, no era bueno. Por eso se escondía. Incluso en una rebelión de esclavos, ella se sabía en peligro.

Crixo buscaba oro y plata, aunque si encontraba armas, como había dicho Espartaco, no le parecía mala idea hacerse también con ellas. Ahora andaba revolviendo por las estancias de los esclavos. Fue allí donde la vio. Más bien donde la percibió, pues, ciertamente, la muchacha estaba entre las sombras, pero Crixo había desarrollado la capacidad de detectar a alguien aun sin verlo. Cuestiones de supervivencia en un mundo hostil. Más de una vez lo habían hecho enfrentarse a otro luchador como si fueran *andabatae*, gladiadores forzados a combatir a ciegas con cascos sin apertura alguna, para deleite del público. Era una forma que los entrenadores tenían de mostrarles que todo podía ser mucho peor para ellos, para que agradeciesen el regalo de luchar con los ojos bien abiertos.

Crixo fue directo a por ella y la levantó por el cabello.

—¿Por qué te escondes? —le preguntó con violencia. Sospechaba de todo y de todos. Sin darle tiempo a responder, la sacó a la luz del pasillo y la vio.

Era tan hermosa.

—Sólo tengo miedo —respondió ella, aterrada.

Crixo sólo tenía ojos para aquel rostro perfecto y aquella piel tersa. Ni siquiera la escuchaba. Agarró uno de sus senos con una mano gruesa y apretó. Era tan firme.

Ella gimió.

Crixo no era hombre de retrasar placeres y la obligó a arrodillarse. No podía recordar cuánto hacía que no forzaba a una mujer. En su pasado violento en la Galia, su relación con las mujeres era la de forzarlas o la de tenerlas como sirvientas. Luego, como esclavo, había visto que los amos, como Batiato, las trataban igual. Y aquella hembra, a fin de cuentas, no era más que una mujer.

La muchacha intentó zafarse, pero Crixo la abofeteó.

El labio de la joven empezó a sangrar.

Crixo se quitó la túnica. Ella ya no osaba moverse.

—¿Qué haces?

Era la voz de Espartaco.

—¿Qué crees que hago? —le replicó el galo con desprecio.

La muchacha seguía sangrando, pero en silencio. Veía a Espartaco y valoraba la situación: ahora serían no uno sino dos hombres los que la forzarían. La última vez que ocurrió eso fue en el burdel y no fue bueno.

—Déjala —dijo Espartaco.

La chica parpadeó.

Crixo se encaró con el recién llegado.

El pasillo comenzó a llenarse de gente: Enomao, Casto, Cánico y otros gladiadores se detuvieron al ver a sus dos líderes enfrentados.

—Yo no me meto en tus asuntos —le respondió el galo, desafiante—. No te metas tú en los míos. Además, qué importa lo que haga con ella: es sólo una esclava.

Crixo tiró de la larga cabellera negra de la muchacha y la puso en pie y, delante de Espartaco, volvió abofetearla para demostrarles a todos que él hacía lo que quería, dijera lo que dijera aquel maldito tracio.

La muchacha aulló de dolor. Su labio partido sangraba profusamente, pero no lloró. De hecho, no lloraba desde hacía mucho tiempo. Ocurriera lo que le ocurriera, sufriera lo que sufriera. Era como si las lágrimas hubiesen desaparecido de su cuerpo.

Espartaco volvió a hablar, pero, a diferencia de Crixo, lo hizo sin alzar la voz, con serenidad gélida y sin levantar el arma que esgrimía, sólo limitándose a asirla con fuerza, haciendo más visibles los músculos y las venas de su brazo y su mano.

—Aquí nadie es esclavo de nadie —dijo.

«Aquí nadie es esclavo de nadie».

Lo oyeron todos.

Desde los gladiadores hasta los esclavos y las esclavas allí reunidos.

Se hizo un silencio profundo.

La muchacha seguía sangrando en silencio.

Crixo respiraba muy deprisa. Al contrario que Espartaco, estaba desarmado. En su afán por violar a la muchacha había dejado el arma en el suelo y ante él tenía a Espartaco blandiendo su espada, y si algo sabía era que el tracio era muy rápido. No tenía ni una sola oportunidad: si intentaba ir a por su espada, el otro lo ensartaría antes incluso de agacharse a recogerla.

—De acuerdo… —dijo al fin, y soltó a la muchacha, que cayó desplomada sobre el suelo.

—Vámonos de aquí —añadió Espartaco mirando al resto y dando por terminado aquel tenso episodio—. Ya hemos perdido demasiado tiempo.

Los gladiadores obedecieron y empezaron a salir por la puerta de la casa. Crixo se quedó mirando fijamente a Espartaco, pero Enomao, al pasar a su lado, lo cogió del brazo y lo condujo al exterior. Ahora era él quien lo tranquilizaba, como antes había hecho Crixo con él en el comedor de gladiadores, cuando el tracio se había autoinvitado al plan de fuga.

Espartaco, ignorando a los galos, echó una mirada a su alrededor: la muchacha había desaparecido. Era sigilosa. Habría vuelto a esconderse, y a él le pareció una sabia decisión. Vio entonces una sala en la que no había nadie: el *tablinum*, el despacho de Batiato. Al ir hacia allí, se cruzó con Casto.

—Ahí ya he mirado yo —le dijo el celta—. Sólo hay papiros. Nada útil.

Aun así e ignorando el comentario de Casto, mientras el resto salía de la residencia de Batiato, Espartaco decidió adentrarse en aquella estancia. Descorrió las cortinas que daban acceso al *tablinum* y, en efecto, allí sólo había papiros. Llevaba una pequeña bolsa colgando en un costado donde portaba una daga y algo de comida. Paseó la mirada por los estantes y examinó las etiquetas que colgaban de los diferentes papiros.

Cogió algunos en los que leyó «Plautus» y el nombre de algunas obras de teatro. Hacía mucho que no leía nada divertido y recordaba que aquel autor le había hecho reír en el pasado, en aquel lejano tiempo en que sirvió a las legiones romanas. Un pasado tan remoto ya en su mente... Cuando tenía familia, esposa, hijas, hacienda y hasta su propio *tablinum* con papiros, con estantes como aquéllos. Espartaco vio entonces otras etiquetas en caracteres griegos con el nombre de otro autor que no había leído nunca: Πολύβιος.* El latín lo aprendió en sus tratos con los romanos; el griego, de niño. Leer y aprender fue algo que le inculcaron sus padres porque no sólo era bueno, sino útil. Frunció el ceño. Casi por pura intuición, tomó los diferentes papiros con aquel nombre y los metió en su pequeña bolsa hasta que estuvo henchida.

—Nos dices que cojamos armas y tú pierdes el tiempo con papiros —escuchó de pronto a su espalda. Por pura curiosidad, Casto había ido tras Espartaco y lo espiaba.

Espartaco no se sorprendió al oírlo. Sabía que el celta lo había seguido.

—A veces un papiro puede ser un arma más poderosa que mil espadas —le dijo sin inmutarse y guardando bien en el interior de su bolsa los que había cogido.

—¿Un papiro más poderoso que mil espadas? —Casto se echó a reír, dio media vuelta y lanzó un comentario mientras se alejaba—: Estás loco, tracio. Loco de atar.

Espartaco se sonrió y no dijo nada. No se planteó hablarle de Aristóteles o Tucídides o los filósofos griegos. No vio al celta muy receptivo. De hecho, en sus momentos más duros, recordar frases y pensamientos de algunos de aquellos autores y filósofos del pasado lo habían ayudado a no quitarse la vida.

De repente se giró y, ahora sí, blandió la espada en alto, en guardia y tenso: Casto se había marchado, pero había alguien más en la estancia a quien no había percibido hasta ese instante y eso lo puso nervioso. Sin

* «Polibio», el historiador griego.

embargo, al volverse vio que sólo era la muchacha a quien Crixo pretendía forzar.

—Llévame contigo… —dijo ella.

Espartaco bajó el acero.

—Aquí estarás mejor —respondió.

—No —replicó ella con seguridad—. En cuanto salgas por esa puerta, el primer hombre que entre y que me vea volverá a forzarme. Si es esclavo, porque aprovechará esta confusión. Si es amo, porque no me quedará otra opción. Los hombres me violan desde niña. He tenido tres embarazos: uno nació muerto, por los golpes que recibía en el prostíbulo, los otros dos los vendieron. No puedo más. Llévame contigo…

—Yo soy otro hombre. ¿Por qué crees que no haré lo mismo?

—No eres como los demás… —dijo ella—. Aquí todos lo saben, desde que mataste al entrenador de Batiato con tus manos desnudas. Lo saben los gladiadores, los guardias y hasta Batiato. Y todos los esclavos. Tú no eres como los demás. Llévame contigo… por favor…

Se arrodilló.

—No puedo más… —repitió la joven—. Yo también quiero matar y matar.

—No se trata de matar —negó Espartaco, serio—. Se trata de ser libre.

—No se puede ser libre sin matar.

—Pero no a todo el mundo.

Ella lo miró impresionada.

—No eres como los demás… —volvió a decir.

Espartaco inspiró hondo.

—¿Cómo te llamas? —preguntó.

La muchacha se quedó perpleja y empezó a llorar lágrimas que ya ni recordaba tener, y es que, desde su infancia, en un pasado oculto a la memoria, en una Grecia libre anterior a Sila, era la primera vez que alguien le preguntaba por su nombre.

XXIX

Un viejo abogado

Domus de Aurelio Cota
Roma, 73 a. C.

Aurelia llegó a casa de su hermano al atardecer.

—Es mejor… que te quedes hasta mañana —le dijo él desde el lecho, con una voz trémula por la larga enfermedad que lo consumía—. Las calles de Roma… como sabes… no son seguras en la noche.

—Ni de día tampoco en muchas ocasiones —apuntó ella con evidente sarcasmo.

Él sonrió.

—El sentido del humor me viene bien… en estos instantes… Ahora que me encamino hacia el Hades…

Ella no intentó consolarlo con palabras huecas bañadas en esperanzas irreales. Aurelia no era de paños calientes en los momentos duros. Los médicos habían dejado ya todo lo relacionado con su hermano en manos de los dioses y éstos parecían más inclinados a facilitar el tránsito de Aurelio por la laguna Estigia que a posponerlo. Por eso ella estaba allí, como había estado en los últimos meses durante toda su enfermedad; en particular, esa noche, ella estaba allí por expresa petición de él.

—Querías verme por algo en concreto —comentó ella—. Eso decías en el mensaje que me hiciste llegar ayer.

—Sí, así es —admitió Aurelio, y se incorporó un poco para sentarse mientras ella lo ayudaba situando algunos cojines en su espalda—. Es por César. El muchacho sigue en Oriente, supongo.

—Sí, después de sobrevivir a aquel penoso asunto de los piratas estuvo involucrado en algunas acciones militares contra tropas de Mitrídates en Asia, pero lo último que sé es que retornaba a su propósito inicial de ir a Rodas y estudiar oratoria.

—César no necesita aprender más oratoria —dijo Aurelio—. Si realmente la mejora, los viejos abogados como yo ya no tendremos ni una sola oportunidad en las basílicas de justicia. —Se echó a reír. Una risa que derivó en tos.

Aurelia aguardó con paciencia serena a que su hermano se recompusiera.

—Se defendió muy bien el muchacho —prosiguió Aurelio—, en el juicio contra Dolabela, quiero decir. César no necesita saber oratoria... ni tampoco aprender más estrategia militar... según vimos cómo se comportó en Lesbos... Lo único que necesita tu hijo es aprender a moverse en la política de Roma... sin convertirse en el centro de las miradas de los *optimates*... —Seguía hablando entrecortadamente, con un pesado esfuerzo, pero Aurelia no lo invitó a callarse y descansar; estaba demasiado interesada en conocer la opinión de su hermano sobre César—. Si tu hijo aprendiera a maniobrar políticamente... si pudiera conseguir que los *optimates* no lo vieran como un potencial peligro... si consiguiera hacer olvidar las palabras que Sila pronunció sobre él... —Aquí calló. Necesitaba aire.

—*Nam Caesari multos Marios inesse** —recordó Aurelia las palabras del fallecido dictador y terrible enemigo de la familia Julia.

—Sí... exacto —certificó Aurelio—. Sólo si tu hijo consigue hacer olvidar esas palabras, podrá ascender en su *cursus honorum*. Díselo de mi parte... cuando regrese... César no necesita oratoria, sino estrategia política... aunque iba a Rodas a estudiar con ¿Apolonio?

—Sí, con Apolonio.

Aurelio Cota asintió.

—Bueno, ese hombre sabe de política también... Lo recuerdo en sus embajadas aquí en Roma. Un hombre hábil... Quizá César pueda

---

* «Porque en César existen muchos Marios», frase de Sila recogida por Suetonio en *De vita Caesarum*, VII, «*Vita divi Iuli*», 1.

aprender de él algo útil. Es posible. Pero, insisto, díselo a tu hijo de mi parte… cuando vuelva: ha de elaborar una estrategia. Sin ella, las palabras no le servirán de nada.

—No tengo claro que lo dejen volver a Roma nunca —replicó Aurelia con desánimo y un largo suspiro henchido de una resignación inusual en ella.

—No reconozco a mi hermana con ese tono… con esa voz de rendición… No es propia de ti.

—Es que no veo ni la forma ni el momento de que lo dejen regresar a Roma.

—Yo tengo una forma —dijo Aurelio.

Ella fijó los ojos en él.

—Te escucho.

—Creo que siempre me supo mal… haberme enfrentado a él en aquel juicio contra Dolabela. Sin duda, él estaba en el lado de la justicia… un bando al que creo que yo dejé de servir hace ya tiempo… César ha de aprender a moverse en política, pero no tanto como para olvidarse de sus principios… como hice yo.

—Todo es muy complicado en Roma —intentó ella exculpar a su hermano por acciones pasadas que, en cualquier caso, sólo con la perspectiva que da el tiempo podían valorarse en su justa medida con relación a su moralidad o inmoralidad—. En los tribunales no siempre es fácil saber de qué lado está lo justo y lo injusto.

—Es complicado… sí… Pero no es excusa… y menos para alguien con mi experiencia… nunca debí defender a Dolabela, y aún menos contra tu hijo… pero ése es un mal que no puedo remediar… Sin embargo, sí que puedo ayudar a que lo dejen regresar a Roma. Mi muerte… puede serle útil a César… —Sonrió con un aire de sarcasmo y resignación y, antes de que su hermana pudiera oponer palabra alguna, añadió—: Éste es mi plan…

Aurelia lo escuchó muy atenta, asintiendo a intervalos regulares y, poco a poco, con una mirada encendida en un renovado ánimo de lucha: su hermano recurría a argucias propias del veterano abogado curtido en los complejos vericuetos legales de Roma que era y, conociéndolos como los conocía, aquel plan… podía funcionar.

—Es una buena idea para apelar al Senado en favor del regreso de César —admitió—, pero…

—… pero falta un detonante, una crisis para poder activarlo —se adelantó Aurelio Cota interrumpiendo a su hermana.

—Eso es.

—Aun así, ya tienes el plan —dijo a modo de conclusión—. Si hay una crisis, actívalo.

XXX

Una corza blanca

Tarraco, 73 a. C.

Pompeyo, muy a su pesar, tuvo que aceptar las instrucciones recibidas por Metelo Pío y abandonar el interior de Hispania para dirigirse a la costa. Y es que Sertorio seguía rehuyendo entrar en combate en una gran batalla, limitándose a defender sus ciudades aliadas, de modo que las legiones consulares enviadas desde Roma se debilitaban sin conseguir grandes victorias que compensaran tanto esfuerzo. Hasta el flujo de deserciones se había reducido pese a la promesa de amnistía ofrecida por el Senado romano a quien abandonara a Sertorio.

La idea de Metelo, y por la que Pompeyo se hallaba ahora asediando Tarraco, era cortar toda conexión de Sertorio con el mar:

—Así no p-p-podrá ni recibir más dinero de Mitrídates ni enviar más t-t-tropas mercenarias s-s-suyas a Oriente —se explicó Metelo en una conversación con Pompeyo a su llegada al *praetorium* desde el que se dirigía el asedio—. ¿No q-q-quiere una guerra larga? Pues larga será —añadió el veterano líder de los *optimates*.

Para Pompeyo aquella estrategia no dejaba de ser una forma de aceptar uno de los deseos principales del propio Sertorio: precisamente, el de alargar el conflicto. Pero por otro lado, su falta de victorias en el interior le hacían imposible oponerse a los planteamientos de su colega en el mando de aquella guerra. Además, Perpenna, a quien había contactado a través de Geminio para que traicionara a Sertorio, por un motivo u otro, no encontraba el momento de llevar a término una conjura que finalizara con la vida de Sertorio. Así las cosas, asediar Tarraco y rendir todos los puertos del Mare Internum de Hispania parecía un objetivo sensato.

Osca, 73 a. C.

Marco Perpenna estaba más que decidido a terminar con Sertorio, mucho más decidido de lo que Pompeyo pudiera imaginar, pero al traidor le había surgido un enemigo inesperado. Y no era humano. Se trataba de una joven corza blanca que Sertorio había recibido como regalo de unos pastores tiempo atrás, a su paso por tierras de Lusitania y la Bética, en el sur de Hispania. Durante meses, Sertorio no concedió importancia alguna al animal, que estaba siempre en alguna esquina del campamento donde estuviera él de campaña, a su anchas, sin ser molestada, como si fuera un animal más de los muchos que acompañaban al ejército.

Pero, con el paso de las semanas, pareció encariñarse con ella hasta el punto de haberla domesticado lo suficiente como para que le lamiera el rostro. Esto le parecía divertido a Sertorio. Sólo eso. Sin embargo, cuando las cosas se tornaron difíciles, cuando el ejército de Pompeyo presionaba en el interior de Celtiberia y con decenas de deserciones por causa de la amnistía impulsada por Metelo para los que se pasaran al bando de los *optimates*, al líder de los populares se le ocurrió la ingeniosa idea de aparecer ante sus soldados acompañado por aquella cierva y promover la idea de que el animal era, en realidad, una encarnación de Diana, la diosa de la caza, y que ésta le hablaba al oído iluminándole para dar caza militar a sus enemigos. Por eso sus victorias constantes y su resistencia enconada al adversario. De este modo, Sertorio presentó la retirada de Pompeyo hacia la costa como miedo y debilidad de las legiones consulares ante él, Sertorio, favorecido por los dioses, aunque para Perpenna y otros oficiales aquel repliegue era sólo un evidente movimiento estratégico de sus oponentes.

Día tras día, el líder de la causa popular se presentaba ante las cohortes de su ejército con la corza blanca a su lado y cuando ésta, en señal de afecto, le lamía el rostro, él ponía la mano por delante, ocultando los lametones del animal y haciendo como que escuchaba fabulosas revelaciones de la diosa Diana.

Perpenna, enfurecido y rabioso, detuvo su conjura. Era difícil que se le unieran más oficiales en un ataque contra un líder que parecía protegido por los dioses. Perpenna necesitaba más victorias del enemigo antes de atreverse a alzarse contra Sertorio. Por el momento, aquella mañana, allí estaban los dos, Sertorio y él mismo, sentados en una sesión del Senado de Osca, escuchando las peticiones de los celtíberos y negociando nuevas leyes con ellos.

De pronto, mientras hablaban unos y otros, a Perpenna se le ocurrió algo sencillo.

—Hay que hacerla desaparecer —murmuró en voz baja a Graecino, que estaba a su otro lado en aquella sesión.

—¿A quién? —preguntó el interpelado, confuso.

—A esa maldita corza blanca —se explicó Perpenna, siempre entre dientes y aprovechando que Sertorio se levantaba para dar respuesta a las peticiones de los celtíberos.

Graecino asintió. Lo veía claro, como el propio Perpenna: si desaparecía el animal, todos pensarían que Sertorio había perdido el favor de los dioses. Los legionarios eran tremendamente supersticiosos, e igual que se los podía manipular en un sentido, se les podía influir en el contrario.

La sesión del Senado de Osca continuaba.

Sertorio, tranquilo, ajeno a lo que sus oficiales tramaban, replicaba a los líderes celtíberos y pactaba cómo atender sus peticiones.

Lejos de allí, en el campamento del ejército popular en las afueras de Osca, junto al *praetorium*, una corza blanca pastaba con sosiego ajena a las guerras, las traiciones y el ansia de poder de los hombres. Y es que Perpenna no quería asesinar a Sertorio para acordar una paz con Pompeyo, sino para terminar con él en una batalla campal y, a partir de ahí, imponerse por la fuerza sobre una Roma a la que consideraba débil y que estaba falta de un auténtico líder, esto es, de alguien como… él mismo.

XXXI

Una montaña extraña

Al pie del monte Vesubio, 73 a. C.

Aquélla era una montaña extraña. Daba la sensación de que los dioses rugieran en su interior.

El Vesubio, imponente y majestuoso, se levantaba ante el grupo de gladiadores rebeldes y ante Capua y todas las poblaciones cercanas que se esparcían por sus laderas. Los viñedos, ya fueran con vides o parras, los árboles y los cultivos de todo tipo se extendían hasta donde la vista alcanzaba. La tierra era fértil y el clima suave hasta el punto de hacer de la región, junto con la proximidad de la costa, un lugar muy apetecible para las élites romanas, un gran espacio donde refugiarse de los veranos húmedos y repletos de mosquitos y fiebres propios de la pantanosa Roma. Por eso la zona estaba llena de grandes villas de recreo de senadores romanos. Y por entre esas grandes fincas se adentraba el grupo de gladiadores fugitivos, setenta en total, junto con tres carros de armas en los que habían cargado también víveres sustraídos de la cocina del colegio de lucha. Luego, cada uno portaba el oro, la plata y las armas que hubiera encontrado en la residencia de Batiato.

Llegaron a la linde de un bosque. Estaban en una de las grandes laderas. Quedaba terreno por ascender. La cima, lejana, era extrañamente llana, como si los dioses la hubieran aplanado a base de estallar allí los rayos del mismísimo Apolo. Pero la cima no era el objetivo de los fugitivos: pretendían rodear la montaña y alejarse lo más posible de Capua. O eso creían Crixo, Enomao, Cánico, Casto y el resto.

—Éste es buen sitio —dijo Espartaco deteniendo el carro que encabezaba la comitiva y en el que había montado a Idalia, la muchacha que le rogó que le permitiera seguirlo.

—¿Buen sitio para qué? —A Crixo empezaba a incomodarle que el tracio tomase decisiones por su cuenta sin consultar a los demás.

—Para una emboscada —se explicó Espartaco—: Batiato habrá dado la alarma y las tropas que hay en Capua ya estarán tras nosotros. No creo que se tarde más de cuatro o cinco horas en llegar a este punto. No serán muchos, pero demasiados para abatirlos sin atacarlos por sorpresa. Si nos emboscamos y los sorprendemos nosotros, podremos matar a la mayoría y hacer huir al resto, pues no esperarán tanta resistencia por nuestra parte, y hacernos con más armas.

—No necesitamos más armas —dijo Enomao.

—Sí las necesitamos —replicó Espartaco, y señaló hacia el camino por el que acababan de ascender—. Para ellos.

Justo por detrás del grupo de gladiadores, casi un centenar de hombres, mujeres y niños ascendían a buen paso.

—¿Quiénes son todos ésos? —preguntó el celta Casto.

—Imagino que esclavos que trabajaban en la escuela de lucha y, quizá, algunos de las villas cercanas —les aclaró Espartaco—. Supongo que ellos, como nosotros, están cansados de la esclavitud y también huyen. Si nos limitamos a correr hacia la montaña, primero les darán caza a ellos y los matarán, y luego vendrán a por nosotros y nos acorralarán hasta darnos muerte, en grupo o uno a uno si nos separamos. Pero si nos unimos todos, proporcionamos armas a estos esclavos que nos siguen y nos emboscamos, estoy convencido de que masacraremos al destacamento militar de Capua en este mismo bosque. Y nos haremos, además, con más armas. Y necesitamos muchas, porque tengo la sensación de que se nos van a unir más esclavos. Muchos.

—¿Cuántos son muchos? —preguntó Crixo.

En vez de responder a su pregunta, el tracio hizo otra diferente:

—¿Alguien sabe disparar con arco? He visto varios en los carros.

Crixo no iba a cambiar de tema así como así.

—Esta huida es cosa nuestra —dijo—. Yo no voy a luchar por unos miserables que no saben ni cómo empuñar un arma. —Y señaló hacia el camino por donde seguían ascendiendo hombres, mujeres y niños.

Espartaco suspiró y miró al suelo. Tenía la intuición de que su frase «nadie es esclavo de nadie» había corrido ya por las villas cercanas y era algo difícil de detener. Pero… ¿cómo explicarle eso a Crixo?

Se acercó al galo y le habló con claridad, en voz alta, para que los demás gladiadores le oyeran bien:

—Yo también quería una fuga de unos pocos y rápida —arrancó el tracio—, pero vosotros empezasteis con lo de regresar a la residencia de Batiato para darle muerte y saquear su *domus*. A partir de ahí, esta huida ha dejado de ser cosa de unos pocos. Y, sinceramente, una fuga de esclavos sólo puede tener éxito de dos formas: la primera opción es ser un pequeño grupo de hombres bien armados que puedan moverse rápido y pasar desapercibidos por los pasos de las montañas.

—Ésa es la forma que a mí me gusta. —Crixo miró al resto—. Ésa es la forma que a *todos* nos gusta, a nosotros, a los gladiadores.

Espartaco señaló al camino: habían llegado al menos doscientos esclavos provenientes de la residencia de Batiato y otras villas.

—Pues ya es tarde para eso, ¿no crees? —le espetó el tracio.

Enomao miró hacia atrás y vio que seguían subiendo más esclavos huidos. Aquello era una locura.

—¿Y cuál es la otra opción? —preguntó entonces Casto.

—La otra opción es ser muchos, tantos que los soldados de Capua no puedan detenernos.

Todos callaron.

Espartaco empezó a repartir armas entre los recién llegados y arcos a aquellos que decían saber manejarlos.

—Pues a mí no me gusta esta montaña —dijo Enomao.

—Y a mí tampoco —contestó el propio Espartaco al oírlo—, pero tenemos otras urgencias.

Centuria de Capua

El oficial al mando de las tropas de Capua ascendía con fastidio por aquel largo y tortuoso camino. Tenía que atrapar a un puñado de estúpidos aprendices de gladiador que habían cometido la insensatez de escapar de su escuela de lucha. Los que no acabaran muertos terminarían en la cruz. Imbéciles. Como gladiadores comían a diario, tres veces, dormían protegidos de la intemperie y tenían la oportunidad de llegar a ser libres, incluso famosos y ricos, si combatían bien. Era cierto que muchos gladiadores morían o caían heridos en los primeros meses o aun semanas de combate, o en los entrenamientos, pero esa posibilidad de fama y riqueza para él mismo la querría. No podía entender lo que habían hecho.

—Cabezas huecas —dio voz a sus pensamientos.

Llegaron a un bosque.

El centurión miró a un lado y a otro del camino. Disponía de ochenta hombres armados e iban tras unas decenas de fugitivos que seguramente se habrían desperdigado por la ladera de la montaña. Su intuición de viejo militar lo hizo detenerse antes de adentrarse en el bosque, pero, al fin, lo racional se impuso a sus sensaciones: perseguían a unos esclavos, no a un ejército enemigo. Los fugitivos estarían aún corriendo hacia la montaña.

Dio orden de seguir por el centro del camino.

Los árboles pronto los rodearon.

No vio la flecha que le atravesó el cuello y ni siquiera pudo maldecir mientras caía de rodillas con las manos asiendo el dardo que lo asfixiaba.

Cayó de bruces.

XXXII

El Coloso de Rodas

Rodas, 73 a. C.

César y Labieno llegaron a la bahía de la isla de Rodas, el objetivo inicial de su viaje cuando partieron de Roma hacía ya más de dos años. La crisis de los piratas los había retrasado enormemente, así como las acciones relacionadas con la eterna guerra contra Mitrídates del Ponto en aquella región del mundo. Ahora, por fin, estaba al alcance de su mano.

—Creía que el gran Coloso se vislumbraría desde el puerto —dijo Labieno mientras el barco se aproximaba al puerto en la bahía este, la más utilizada por todos los navíos por ser la más tranquila, una parte de la isla donde apenas había viento.

—Un terremoto lo derribó hace muchos años —le dijo César.

—¿De veras? —Labieno se mostró sorprendido—. Además, yo pensaba que estaba aquí mismo, en el puerto, y que los barcos pasaban entre las piernas del Coloso.

—¿Una estatua de bronce de setenta codos de altura, con armazón de hierro, levantada en una bahía? —César se mostró divertido ante la ingenuidad de Labieno—. Esa enorme mole de bronce, aunque fuera hueca por dentro, se habría hundido entre los muelles a causa de su peso. No, amigo mío, si quieres ver lo que queda del Coloso hemos de ascender a la acrópolis. Allí —señaló hacia la parte alta de la ciudad— es donde los rodios levantaron su famoso Coloso. Venga, vayamos.

Ciertamente siento curiosidad, como tú. He oído a marineros en Roma contar que la estatua está entera, pero caída, desparramada por la acrópolis, junto a su gigantesco pedestal.

Ascendieron por calles empinadas, seguidos por media docena de esclavos y otra media docena de hombres armados pagados por César, hacia la acrópolis. En cualquier caso, la residencia de Apolonio estaba también allí, junto con la mansión de un noble local al que César había contactado por carta para alojarse con él durante su estancia, a cambio de una razonable, e importante, suma de dinero.

—Mira —indicó César cuando se encontraban próximos a la acrópolis rodia.

Se veían como dos torres de bronce emergiendo por entre los edificios de lo alto de la ciudad. Pero no eran torres... eran piernas... piernas gigantescas.

Caminaron guiados por aquella visión hasta llegar junto a la gran estatua derribada: los enormes pies y las piernas seguían levantados sobre un ciclópeo pedestal octogonal, pero de rodilla para arriba, el resto de la obra había colapsado hacia atrás debido a aquel temblor de tierra que asoló la isla hacía siglo y medio.

—Apenas estuvo en pie sesenta y seis años —explicó César mientras daban la vuelta a aquellos inmensos restos.

—¿Y nunca han querido reconstruirla? —preguntó Labieno—. Es una lástima ver esta enormidad aquí tumbada. En su momento, toda en pie, debió de resultar impresionante.

—Sin duda. Otra de las siete maravillas del mundo, como el templo de Artemisa en Éfeso, ¿recuerdas? Sólo que aquél volvieron a levantarlo y esta estatua no. Tengo entendido que los rodios recibieron dinero de muchos ciudadanos y de islas vecinas para la reconstrucción, pero no está claro qué pasó: por un lado está la versión de que el oráculo, seguramente de Delfos, dijo que era voluntad de los dioses que el Coloso cayera; otra versión, menos épica, es que las autoridades de Rodas de aquel entonces emplearon el dinero recibido para otros fines o para su enriquecimiento personal.

—¿Corrupción?

—Algo aún más antiguo que esta estatua, amigo mío —confirmó César, que, en apariencia, daba más crédito a la segunda opción—. Quizá el oráculo fuera sobornado para decir lo que dijo, y así oráculo y autoridades rodias ganaban un gran dinero. Eso sí, el Coloso aquí quedó: derribado.

—Una lástima —apuntó Labieno admirado por las gigantescas dimensiones de aquella obra de arte—. ¿Es Apolo?

César miraba la obra derruida por el terremoto.

—Sí. Igual que los efesios adoran a Artemisa por encima de otras deidades, aquí el culto más favorecido es al dios Apolo. Hay un templo, según tengo entendido, dedicado a él en la misma acrópolis. Para los rodios, Apolo y el Sol son el centro de todo.

—Cuando todos sabemos que, realmente, el centro de todo es la Tierra —apuntó Labieno aludiendo a la teoría geocéntrica en la que se defendía que los planetas y el Sol giraban en torno a la Tierra y que, además, era la concepción del mundo más favorecida en aquel tiempo.

—Eso dice Aristóteles, sí —aceptó César—, pero...

—¿Pero...?

Empezaron a alejarse de la inmensa obra de bronce derribada y se adentraron por entre los templos de la acrópolis mientras seguían hablando.

—Pero... —continuó César— Aristarco de Samos lo ve de otro modo, de la forma en la que a los rodios les gustaría que fuera el mundo, supongo.

—No entiendo qué quieres decir.

—Para Aristarco, la Tierra no está en el centro del universo, sino que los planetas y la Tierra misma giran en torno al Sol y no al revés —explicó César.

—Eso es absurdo. La Tierra es el centro —insistió Labieno como si refiriera una verdad incuestionable—. No entiendo en base a qué puede pensarse otra cosa.

—Bueno, parece ser que las trayectorias de Marte y Venus no se explican bien si giraran en torno a la Tierra. —César se encogió de hombros—. O eso he leído. Tampoco termino de entenderlo bien, pero me gustan las personas, como Aristarco, que defienden que todo puede pensarse o ser o hacerse de otro modo al que se ha considerado o hecho siempre. Esa audacia de pensamiento y de acción me inspira.

Pasaron por delante del teatro.

—En cualquier caso, nuestro centro del universo es Roma —apuntó Labieno.

—En eso tienes toda la razón. —César se echó a reír para, de súbito, detener su carcajada con un comentario lacónico—: Un centro al que no podemos volver.

Dejaron el teatro atrás.

—He visto que leías cartas durante la navegación, pero no has comentado nada: ¿qué sabes de Roma, de nuestro mundo?

César no respondió de inmediato. Habían pasado más de dos años desde su salida de Roma. ¿Cómo estarían de verdad Cornelia y la pequeña Julia, y su madre y sus hermanas? Las cartas estaban llenas de palabras tranquilizadoras, pero el dolor de la separación se agudizaba si pensaba mucho en ellas. Su mente se esforzaba en ocupar sus pensamientos con el presente y con las noticias de la política de Roma que le comentaban en aquellas misivas enviadas desde el otro extremo del mar.

—Nada especial: Sertorio sigue resistiendo en Hispania, y en Roma misma, el Senado, en ausencia de Metelo, Pompeyo o Lúculo, parece controlado por el veterano Craso y los más jóvenes, Cicerón y Catilina, uno de los antiguos aliados de Sila.

En aquel entonces, el nombre de Catilina no era ni para César ni para Labieno nada más que lo que el propio César había dicho: uno más de los muchos senadores que se aliaron con Sila en la guerra civil.

—El Senado —dijo Labieno con un suspiro—. ¿Crees que en algún momento te dejarán entrar en él?

—Antes tendría que presentarme a unas elecciones a *quaestor* y para eso tendrían que dejarme regresar a Roma. Difícil parece.

—¿Y crees que cambiaría las cosas… entrar en el Senado?

—No lo sé, pero de lo que estoy seguro es de que si alguna vez se diera la extraña circunstancia por la cual pudiera ser admitido en el Senado de Roma, el único modo de moverse allí sería con la mejor oratoria posible.

—¿Y por eso Apolonio de Rodas?

—Y por eso Apolonio de Rodas* —certificó César—. ¿Sabes a quién dio clases de oratoria?

—No, ¿a quién?

---

* No confundir con el Apolonio de Rodas del siglo III a. C. que fue bibliotecario de la biblioteca de Alejandría y terminó sus días también en Rodas. César acude a Rodas a conocer a otro Apolonio, también referido en la historiografía como Apolonio Molón.

—A Cicerón.

Aquella revelación sorprendió a Labieno.

—¿Pero Cicerón no aprendió retórica con Arquias?

—En gran parte sí, pero también con Apolonio.

—Entonces… ¿Cicerón estuvo aquí? —preguntó Labieno mirando a su alrededor; estaban aproximándose a otro gran edificio con numerosas gradas.

—No estoy seguro —apuntó César—. Quizá Cicerón visitó Rodas o quizá conoció al orador cuando éste fue a Roma como embajador.

—¿Embajador?

—Apolonio estuvo en Roma —añadió una segunda revelación—, pero yo era muy niño y no se me permitió ir a escucharlo. Ahora es el momento.

Entraron en el edificio de grandes gradas. Se trataba del estadio para juegos atléticos. Se sentaron entre las bancadas vacías y contemplaron la gran pista de arena del centro.

—Bueno, por fin un lugar en el que estarás a gusto —dijo César con tono irónico, y al ver que Labieno arqueaba las cejas, extrañado, especificó—: Aquí no dejan pasar a las mujeres. Lo digo porque parece que las huyes. Me pregunto cuándo vamos a casarte con alguna buena matrona romana. —Y se echó a reír.

—No hay prisa —dijo Labieno—. Ocurrirá, pero no hay prisa.

Labieno sabía que el matrimonio acontecería en cuanto consiguieran regresar a Roma, pero no era algo que estuviera en su cabeza como algo urgente.

—Una mujer sí entró una vez en un estadio —dijo César—. ¿Lo sabías? Bueno, dos, que yo recuerde haber leído.

Labieno lo miró intrigado. César hablaba mirando a la gran pista de arena. Los esclavos y los guardias armados que los acompañaban estaban a una veintena de pasos, respetando la intimidad de los dos ciudadanos romanos que los poseían o los pagaban, pero entre aquellas gradas vacías desiertas, el eco de la voz de César era suficiente como para que todos pudieran oír su relato:

—Cuentan que Calipatera, hija del atleta de Rodas llamado Diágoras, un gran luchador, quiso asistir a los juegos olímpicos* para ver en

* Probablemente en la olimpiada 96 del 404 a. C.

directo la participación de uno de sus hijos: con tal fin se hizo pasar por su entrenador y ocultó su cabello y su figura de mujer bajo una túnica de hombre, pero al ver vencer a su hijo, quiso abrazarlo por pura emoción y sus ropas se descompusieron revelando a todos los que la rodeaban que allí, en el estadio, había una mujer. Le perdonaron la vida porque era hija y madre de campeones olímpicos, pero cambiaron las leyes para que los atletas y sus entrenadores, a partir de ese momento, sólo pudieran competir desnudos, de modo que ninguna mujer volviera a hacer lo que ella había hecho no ya en la grada, sino en la arena.

—Curioso —admitió Labieno.

—Pero más sorprendente es la historia de Cinisca, una princesa de Esparta, acontecida apenas unos años después* de la osadía de Calipatera: en su caso no es que asistiera, sino que Cinisca participó en las competiciones de carreras de cuadrigas: primero como entrenadora de los caballos y consiguió la victoria, pero, a los pocos años, parece ser que ella misma actuó como auriga y obtuvo de nuevo la victoria. Una gran gesta para las mujeres.

—Algo excepcional —señaló Labieno quitando mérito a la hazaña de aquella princesa espartana—: Las mujeres no pueden realizar las tareas propias de los hombres, como luchar, competir en juegos atléticos o en carreras de carros, ni tampoco gobernar. Por dar sólo unos ejemplos.

César asintió levemente, pero apretaba los labios como si dudara.

—No lo sé —apuntó al fin—. A veces pienso que si mi madre gobernara Roma, la república funcionaría mucho mejor.

Labieno calló. No quería decir nada crítico con relación a Aurelia, a la que respetaba enormemente.

—Bueno, tu madre también es excepcional.

—Muy excepcional —confirmó César, y ambos se echaron a reír.

El debate sobre las mujeres terminó.

—Vayamos en busca de Apolonio —propuso César al tiempo que se levantaba de las gradas del estadio de Rodas.

Estaban saliendo ya del edificio cuando César recordó una noticia, de las muchas que había leído en las cartas que le había remitido Cor-

---

* En las olimpiadas del 396 y del 392 a. C.; véase el relato completo en Posteguillo, S., *La princesa de Esparta* (Barcelona, Alfaguara, 2021).

nelia desde Roma las últimas semanas, y que no había compartido aún con su amigo, tan trivial era el asunto:

—Ah, hay una pequeña rebelión de esclavos en el sur de Italia, en Capua —dijo.

—¿Son muchos? —inquirió Labieno.

—Parece cosa de unos pocos gladiadores huidos de un colegio de lucha —precisó César, y añadió una valoración final—: Nada importante.

XXXIII

La batalla del monte Vesubio

Reunión del Senado de Roma
Edificio de la Curia Hostilia*
73 a. C.

Las noticias de la rebelión de Espartaco no tardaron en llegar a Roma: los saqueos que los esclavos estaban llevando a cabo en grandes fincas y villas de potentados romanos, algunos incluso senadores allí presentes, empezaba a ir mucho más allá de la anécdota. Pero aquella sesión había tenido numerosos temas sobre los que deliberar y tomar decisiones: había que enviar más refuerzos a Hispania, para ayudar a Pompeyo y Metelo Pío a terminar, de una vez por todas, con la rebelión de Sertorio; al mismo tiempo, el desafiante rey del Ponto, Mitrídates, seguía acosando las fronteras orientales de la provincia romana de Asia. A todo esto se sumaba un ambiente convulso en el propio Senado: uno de sus miembros, Lucio Sergio de *praenomen* y *nomen*, pero más conocido entre los *patres conscripti* por su *cognomen* Catilina, había sido recientemente acusado y juzgado por haber yacido con una virgen vestal. El tribunal había exonerado a Catilina, pero el acusado fue uno de los protegidos de Sila en su dictadura, como agradecimiento a su apoyo en la guerra civil, y era evidente que tenía innumerables apoyos en los

---

* También denominada en esta época Curia Cornelia, por las ampliaciones hechas en el edificio durante la dictadura de Lucio Cornelio Sila.

tribunales romanos compuestos, cuando se juzgaba a un senador, precisamente por otros senadores, conforme a las reformas legales promovidas por el propio Sila.

Así las cosas, aquella mañana en el edificio de la Curia Hostilia se había hablado mucho en voz alta de Mitrídates y Sertorio, y de los procónsules Metelo Pío, Pompeyo o Lúculo, pero en voz baja, entre susurros, sólo se hablaba de si Catilina había yacido realmente, o no, con aquella vestal.

Acostumbrado a no gustar, a navegar a contracorriente, pero a conseguir siempre lo que se proponía, Catilina sonreía a un lado y a otro como si nada hubiera pasado, y, finalmente, miraba hacia donde estaba sentado Cicerón, justo en el lugar opuesto al suyo. Estaba convencido de que los comentarios y los cuchicheos en el Senado —esos que se preguntaban si la sentencia que lo había exonerado de *crimen incesti* era justa o injusta— provenían de aquel senador.

Sabía que Cicerón buscaba construirse una imagen de defensor de las virtudes romanas y de activo luchador contra la corrupción política, como si así pudiera borrar que gran parte de su fortuna provenía de realquilar *insulae* infectas e insalubres al torrente de inmigrantes que recibía Roma a diario. Quizá un día, pensaba Catilina, debería buscar el apoyo de todas esas clases populares tan desasistidas en Roma, y más desde la derrota de Mario y el arrinconamiento de Sertorio en Hispania, o el exilio de ese otro sobrino de Mario… ¿Cómo se llamaba? Él ya había matado por orden de Sila a un sobrino de Mario, a Marco Mario Gratidiano. Catilina se sonreía recordando cuando le llevó la cabeza de ese sobrino de Mario a un muy feliz Sila.

Arrugó la frente. Ah, sí. El otro sobrino era ese joven Julio César exiliado ahora en algún lugar de Oriente. Allí estaba bien. Si Sila le hubiera ordenado a él darle caza y no a otros inútiles, ese César también estaría muerto. Pero eso eran recuerdos del pasado… El caso es que Catilina miraba a Cicerón algo hastiado de que éste siguiera murmurando sobre él y el juicio sobre la vestal, así que, sin pensarlo más, se levantó y tomó la palabra:

—Hemos resuelto y tomado sabias decisiones sobre las guerras contra Sertorio y Mitrídates, y, me consta —y aquí miró de nuevo a Cicerón—, que parece un momento propicio para entretenerse hablando de las intimidades de otros senadores, pero quizá debiéramos tomar algún tipo de decisión sobre ese grupo de esclavos que no hacen más que matar y robar en la región de Capua, ¿no os parece, queridos *patres conscripti*? Se supone que el Senado vela por mantener el orden en el Estado.

Se sentó y los murmullos cesaron, que era lo que Catilina buscaba. La rebelión de aquellos malditos esclavos no le importaba lo más mínimo ni le confería la más mínima importancia, pero mencionarla había servido para su objetivo: desviar la atención.

Fue Craso el que tomó el testigo en aquel nuevo debate abierto por Catilina y se levantó en su asiento:

—No suelo coincidir con nuestro colega —dedicó a Catilina una mirada serena y éste le correspondió con un ligero asentimiento, como muestra de que no le guardaba rencor por ello—, aunque acepto que el asunto de la rebelión de los esclavos es algo que no debemos obviar.

Todos escuchaban muy atentos. Metelo Pío era el senador veterano y por eso se le respetaba, pero aún se hallaba lejos, en Hispania, y, por otro lado, todos sabían que las dos águilas en ascenso eran Craso y Pompeyo. Craso se había enriquecido en tiempos de Sila, como otros muchos de los allí reunidos, pero había sido más hábil que el resto en sus inversiones inmobiliarias y ahora era, de largo, el hombre más rico de Roma. Si había algo que los senadores respetaban era el dinero y a quien sabía reunirlo. Pompeyo ascendía por su capacidad militar, pero en ese momento, de los dos, el que estaba en el Senado y con el uso de la palabra era Craso:

—Otras rebeliones de esclavos terminaron derivando en conflictos de gran envergadura, de modo que propongo atajar esta rebelión de raíz enviando a un contingente de tropas numeroso que aniquile a esos esclavos o, mejor aún, que los aprese y los crucifique bajo el inclemente sol del verano.

La moción se aprobó por unanimidad. Se enviaría un pequeño ejército contra los esclavos de Capua en rebelión. Al mando de la operación iría el pretor Cayo Claudio Glabro.

Monte Vesubio, 73 a. C.

*Campamento de los esclavos en rebelión
en la ladera de la montaña*

—¿Cuántos has dicho que son? —preguntó Crixo con la esperanza de haber oído mal.

Pero uno de los esclavos liberados que vigilaban la ruta de Roma a Capua, enviados por Espartaco para estar al tanto de los movimientos de los romanos, repitió la cifra con claridad y, esta vez, al detalle:

—Tres mil legionarios: seis cohortes completas, cada una con sus seis centurias. He contado los centuriones a su paso por donde estaba apostado al borde del camino. Y jinetes, unas *turmae* de caballería. Yo diría que unos cien jinetes. Están acampados al pie del Vesubio, descansando de la marcha larga desde Roma. No han montado empalizada y pude verlos bien.

—Tres mil legionarios y caballería de apoyo —repitió Crixo, abrumado.

—¿Cómo sabes tanto de centurias y cohortes, muchacho? —preguntó Espartaco.

—Antes de ser esclavo aquí fui *calon*, esclavo en una legión romana —se explicó el vigilante.

—Bien —aceptó Espartaco—. Ve y que te den de beber y comer. Te lo has ganado.

En cuanto el mensajero salió de la tienda, Crixo, sorprendido por la tranquilidad con la que Espartaco recibía la noticia, se encaró con él.

—¿Cómo que le den de beber y comer? —preguntó incrédulo—. Lo que hay que hacer es organizar una huida a toda velocidad, ya mismo.

Enomao, Casto y Cánico, los otros líderes de la rebelión, asintieron. Les parecía la única alternativa sensata. Desde una esquina y protegida por el líder tracio, Idalia asistía a la reunión en silencio, callaba y sólo tenía ojos para Espartaco.

—¿Una huida? —repitió el tracio—. ¿Y hacia dónde? Según lo que nos acaban de contar, están acampados en el camino de Capua al Vesubio. No hay ruta alternativa. Hemos de enfrentarnos a ellos.

—Eso es absurdo —opuso Crixo—. Podemos huir por la montaña. Campo a través. No necesitamos un camino.

—Tenemos viejos y enfermos y niños entre nosotros —apuntó Espartaco—. Las mujeres jóvenes podrán seguirnos, pero no todos los demás.

—Nadie los ha invitado a esta rebelión. —Crixo negaba con la cabeza—. Que se hubieran quedado en sus villas, con sus amos. Si no tienen fuerzas para luchar o para huir, no nos valen.

Espartaco suspiró profundamente y se sentó en un taburete.

—¿Y qué esperabais? —les preguntó—. Nos escapamos del colegio de gladiadores, matamos a varios centinelas de la escuela de lucha, nos hicimos con armas, nos enfrentamos y derrotamos a la centuria de Capua y llevamos semanas saqueando las villas que los ricos senadores romanos tienen aquí. Era cuestión de tiempo que tomaran una medida drástica contra nosotros. Huir es vuestra propuesta. Y yo os digo que estoy de acuerdo, pero no una huida pequeña que nos salve hoy, para mañana o pasado mañana estar igual que hoy. Sí, quizá pudiéramos escapar un centenar de nosotros campo a través, pero ¿creéis acaso que no nos cazarán a todos, uno a uno, hasta crucificarnos en los caminos que van de aquí a Roma como ejemplo para que el resto de los esclavos vean lo que les ocurre a quienes se atreven a desear la libertad? No, huir de esos legionarios es una solución a corto plazo, pero a la larga no nos resuelve el problema. Hay que huir, sí, en eso estoy de acuerdo, pero a lo grande. Tengo un plan. Bueno, dos. Un plan a gran escala para ejecutar en varios meses. Y otro para hoy, para terminar con esos tres mil soldados.

Crixo iba a preguntar por lo inmediato, pero Enomao se anticipó: lo de la huida a lo grande, ese plan a gran escala, había despertado su curiosidad y preguntó por él.

Espartaco lo miró y asintió:

—Hemos de huir, pero no de aquí sino del mundo romano —se explicó.

Le brillaban los ojos mientras hablaba. Idalia podía ver cómo ese brillo se encendía también en la mirada de los que lo escuchaban, y si ella se hubiera podido ver en ese instante en un espejo habría observado ese mismo fulgor en sus propias pupilas.

—Roma es grande —continuaba Espartaco—, pero su poder tiene límites. Propongo ir hacia el norte, sin detenernos hasta cruzar el río Po al noroeste o el Rubicón al noreste, y salir de Italia y adentrarnos o hacia la Galia o hacia las tierras del Danubio, donde los romanos no gobiernan. Allí seremos libres.

«Libres».

Esa palabra otra vez.

Esa palabra quedó en el aire como si todo el contenido en aquella tienda se hinchara de esperanza.

«Libres».

—Pero… —empezó Enomao, aunque sin formular aún su idea.

—Dime, te escucho —lo invitó Espartaco.

—Los romanos harán todo lo posible por evitar que eso ocurra. Ahora nos envían seis cohortes y caballería. Suponiendo que consiguiéramos derrotarlos, que no lo creo, enviarían más y más tropas contra nosotros. Cada vez más numerosas.

—Pero si vamos venciendo, se nos unirán cada vez más y más esclavos —comentó Espartaco—. Esto ya pasó en Sicilia. Fijaos en cuántos se nos han unido aquí ya: ¿dos, tres mil? Yo he perdido la cuenta.

—Unos mil quinientos en total, más o menos —concretó Casto—. Estuve calculándolo el otro día. Hombres, me refiero. Luego están las mujeres y los niños. Ésos no los he contado.

—Creo que se nos unirán más si avanzamos hacia el norte —insistió Espartaco.

—Todo eso suena muy bonito —intervino Crixo—, pero es como un cuento donde falta el principio: ¿cómo vamos a derrotar a los primeros tres mil legionarios con sólo mil quinientos hombres de los que la mayoría apenas sabe empuñar un arma?

Aquí se hizo un profundo silencio, como si el sueño del que hablaban se hubiera desvanecido, evaporado en un instante.

Idalia observó que el brillo desaparecía de los ojos de todos, menos de los de Espartaco.

—Para eso tengo mi plan de hoy. —Miró a Casto—. Cánico y tú habéis estado entrenando a gran parte de esos mil quinientos hombres que se nos han unido para luchar, ¿no es así?

—Hemos hecho lo que hemos podido, aunque hace falta tiempo para que alguien aprenda a combatir con eficiencia —respondió el aludido—, pero… ganas tienen.

—En efecto. —Espartaco se levantó mientras seguía hablando—: Tienen lo más importante: ganas. Porque quieren ser libres y están dispuestos a todo por serlo. Dales una espada a hombres así, enséñales cómo se esgrime en combate y verás que no flaquean en la lucha. No pelearán por un salario ni por orden del Senado de Roma. Lucharán por su libertad. Por la de ellos mismos y los suyos. Pero es cierto que viene un contingente importante de legionarios. —Volvió a mirar a Casto—. ¿Crees que parte de esos hombres se atreverían a lanzarse contra esos legionarios por el camino del Vesubio, ladera abajo?

—Se atreverán, desde luego —admitió Casto—, aunque si el combate se alarga pasada la sorpresa inicial, las centurias romanas, mejor armadas y más disciplinadas, los repelerán.

—Sin duda, pero ¿queréis oír mi plan para hoy?

Todos asintieron, incluso Crixo.

—No han levantado ninguna empalizada —empezó Espartaco—. Están confiados, seguros de sí mismos. Nos desprecian. Piensan que huiremos como gallinas en cuanto aparezcan por el camino que asciende a lo alto del Vesubio. Su menosprecio nos da una oportunidad. —Se agachó y, con los dedos, sobre la tierra de la ladera del Vesubio, comenzó a dibujar su estrategia—. Estamos aquí, ellos aquí, éste es el camino...

Cuando terminó de dar todos los detalles, los miró uno a uno.

—Podría funcionar —dijo Crixo con los ojos clavados aún el esquema de Espartaco—. Es una locura, pero podría funcionar...

Campamento romano al pie del Vesubio

Cayo Claudio Glabro se sentía, en gran medida, humillado. Le humillaba que el Senado hubiese recurrido a él para dar término a aquella pequeña revuelta de esclavos de Capua. Aquello ni siquiera tenía la entidad de una guerra servil como las que tuvieron lugar años atrás en Sicilia, cuando miles de esclavos se rebelaron por toda la isla hasta hacer necesaria la intervención de legiones enteras enviadas desde Roma.

Sí, Glabro se sentía humillado por el Senado. Nadie se postuló como voluntario para la desagradable tarea de limpiar Capua de esclavos rebeldes, y los *patres conscripti* se fijaron en él a sabiendas de que no tenía ni ascendientes familiares de nivel ni un gran pasado militar o político aún que presentar en su defensa para evitar aquel encargo, claramente por debajo de sus capacidades.

—Entonces... ¿no levantamos ninguna empalizada? —preguntó uno de los centuriones, a quien aquello de no protegerse bien a la caída de la noche no le terminaba de parecer sensato.

—No —confirmó Glabro mientras miraba hacia el camino que ascendía al Vesubio—. Es un gasto de energía inútil. Que los hombres descansen esta noche. Mañana subiremos por esa calzada y acabaremos con esto de forma expeditiva.

Resolver todo aquello cuanto antes era lo único que a Glabro se le antojaba como algo mínimamente digno en medio de aquella humillante misión.

Laderas del monte Vesubio

Descendieron por el lado más escarpado y abrupto.

Espartaco ordenó atar cuerdas a parras viejas silvestres enraizadas en la piedra de la montaña desde hacía años, plantas que resistieron sin problema el peso de los gladiadores mientras se descolgaban cargados con todas sus armas por aquellas paredes del Vesubio.

Entre tanto, por el camino que descendía de modo serpenteante hacia Capua, bajaron centenares de esclavos entrenados en las últimas semanas por los gladiadores y dirigidos por Crixo. Avanzaban a buen paso, en mitad de la noche, muy serios. Para la mayoría era la primera vez que iban a combatir y lo iban a hacer contra legionarios romanos. Muchos intuían que no llegarían con vida al alba, pero el sueño de ser libres era demasiado fuerte como para no intentar lo que fuera. Al menos eran muchos, aunque muchos eran también los enemigos. Sentían que formaban parte de algo grande. De una esperanza conjunta. Eso les daba fuerzas.

Y había un plan.

Espartaco les había explicado cómo los gladiadores más aguerridos y el grupo de esclavos que más habían destacado en el adiestramiento militar iban a descender por la cara más escarpada y abrupta del Vesubio, rodear la montaña y atacar a los romanos por la retaguardia mientras ellos embestían a los legionarios por el camino. Los romanos no habían levantado empalizada alguna. La idea era que, entre la sorpresa y el ataque por vanguardia y retaguardia, se creara la suficiente confusión entre los romanos como para que éstos terminaran huyendo en lugar de plantear un largo y duro combate organizado en el que sí tendrían las de ganar.

—Les aterra combatir en dos frentes a la vez —les dijo Espartaco—. Nunca lo hacen. Os lo aseguro. He combatido con ellos, en el pasado. Sé cómo luchan.

Eso les había dicho el tracio.

Y le creían.

Campamento romano al pie del Vesubio

—¡Nos atacan!

Cayo Claudio Glabro se despertó en medio de lo que creía que era una pesadilla. Salió de su tienda sin vestir, apenas con la espada en la mano y mirando a su alrededor con incredulidad.

—¿Nos atacan? —preguntó de forma estúpida.

—Descienden desde el camino del Vesubio, pretor —le informó uno de los centuriones más veteranos, convenientemente uniformado, y, ante el silencio y la inacción de su superior, partió veloz hacia el lugar de la embestida para intentar organizar, al menos, las centurias bajo su mando.

Un par de *calones* asistieron a Glabro y éste se vistió a la carrera mientras asimilaba que los esclavos a quienes había despreciado estaban, en efecto, atacando.

Una vez superada la sorpresa inicial, se rehízo y empezó a dar instrucciones que, básicamente, confirmaban los movimientos que sus centuriones habían puesto en marcha *motu proprio* para organizar una defensa.

—¡Nos atacan! —Se escuchó ahora a su espalda.

Cayo Claudio Glabro miró hacia su retaguardia. No podía dar crédito a lo que estaba pasando: aquellos malditos esclavos, que no sabían ni estrategia ni nada de guerra ni eran nadie, lo estaban atacando por dos frentes al mismo tiempo… por dos frentes… No había asimilado del todo que los rebeldes hubieran tomado la iniciativa cuando lo sorprendían con una maniobra envolvente.

Miró a su alrededor: había situado el campamento en un claro en el camino de ascenso al Vesubio, no era una amplia llanura desde donde tener una visión clara de cuántos eran los enemigos y por dónde lo atacaban exactamente, ni era un lugar donde poder hacer efectiva la superioridad numérica de sus tropas. De hecho, ante la furia de los dos frentes de ataque y los incontables rebeldes que veía por ambos lados, empezaba a dudar hasta del hecho mismo de que contase con esa superioridad numérica.

—¡La caballería… conmigo! —aulló mientras subía a su caballo.

Pretendía emplear a sus jinetes para importunar a los enemigos que los atacaban por la retaguardia, mientras sus centuriones seguían organizando la vanguardia. Pero no dejaba de pensar: lo atacaban por dos frentes y lo suyo sería replegarse, pero ¿hacia dónde? Y en segundo lugar: una retirada ante los esclavos rebeldes era demasiado vergonzante. No podía regresar a Roma con una cobarde retirada.

Esclavos comandados por Crixo

—¡Avanzad! ¡Matadlos a todos! ¡Son ellos o la cruz! —gritaba Crixo a pleno pulmón para recordarles a sus hombres que lo que los esperaba en caso de derrota no era volver a ser esclavos, sino la crucifixión.

Y aquello funcionaba. Enardecidos por el ansia de libertad y por el temor a la cruz, los esclavos que descendían por el Vesubio, más allá de su inexperiencia, combatían con la rabia de la lucha por la propia supervivencia. Eran como fieras heridas y acorraladas en una montaña inhóspita, y como fieras heridas se defendían.

Vanguardia romana

El recién creado ejército de esclavos combatía con tal furia que ni los legionarios bien organizados por sus centuriones podían contenerlos y, aun sin quererlo, poco a poco cedían terreno. Además, el frente de batalla no era muy ancho y los centuriones no veían forma de rodear a un enemigo que ocupaba todo el claro del bosque en el que se encontraban. El apelotonamiento de las tropas impedía abrir los pasillos necesarios para unos reemplazos bien ordenados en la primera línea de combate.

Los oficiales podían percibir la sorpresa en sus legionarios, sabían que de la sorpresa al miedo había un camino muy corto y que del miedo a la huida no había espacio alguno.

—¡Mantened la formación, por Júpiter! ¡Mantened las filas prietas! ¡Y pinchad, por Marte, pinchad! —ordenaban a gritos los centuriones.

Retaguardia romana

La lucha en la retaguardia romana estaba aún más enmarañada y confusa.

Espartaco vio a Glabro en su caballo dando órdenes al resto de los jinetes y los legionarios en aquel punto de la batalla y lo identificó rápidamente como el oficial al mando.

No se lo pensó.

Miró a Casto y Cánico:

—Que sigan luchando los nuestros aquí, vosotros dos y vosotros —añadió señalando a un grupo de gladiadores—, seguidme.

Caballería romana

Glabro seguía dando órdenes a un lado y a otro.

Estaba contraviniendo todas las normas de combate de las legiones romanas: nunca se combatía en dos frentes al mismo tiempo, pero no había camino expedito para la huida pues los esclavos atacaban por el norte y por el sur, los dos accesos a aquel claro del bosque. La única forma de escapar era una huida desordenada a través de los árboles y la maleza, como alimañas aterrorizadas. Glabro quería evitar eso.

De pronto los vio: un grupo de esclavos armados avanzaba directo hacia él.

Se quedó petrificado. Hasta tal punto, que era el caballo el que tomaba las decisiones, y el animal, en un acto reflejo, al ver a aquellos hombres aproximarse, se dio la vuelta para intentar alejarse.

Glabro parpadeaba sin hacer nada.

Las riendas, sueltas, sin tensión alguna.

El animal buscaba la huida.

Grupo de Espartaco

A golpes, empellones y espadazos, Espartaco y los suyos se abrieron camino entre las desordenadas filas de la retaguardia romana y rodearon a Glabro. Con el caballo girado, el tracio se las ingenió para coger un pie de Glabro y empujarlo hacia arriba con todas sus fuerzas, de modo que lo desequilibró y lo derribó. Fue fácil, teniendo en cuenta que la caballería romana aún no conocía ni usaba estribos.

Iba a dar muerte al romano cuando un grupo de legionarios, al mando de un centurión, se interpuso entre él y el pretor caído.

La lucha en torno a Glabro fue encarnizada.

El pretor aprovechó la pugna entre unos y otros para huir de la zona gateando, como un perro, abandonando armas y caballo, del modo más deshonroso que uno pudiera imaginar.

Batalla del Vesubio

Fue caer Glabro y desaparecer el mando efectivo de las seis cohortes: los centuriones no tenían ya referencia alguna sobre qué hacer y los legionarios de vanguardia y de retaguardia empezaron a desatender las órdenes de lucha que aún recibían.

Era imposible huir por el camino que ascendía por la montaña, dominado por los hombres de Crixo que, además de luchar por su libertad, combatían desde arriba hacia abajo, ayudados por la ladera de la montaña. Y era imposible escapar por el camino de regreso a Capua, donde los hombres al mando de Espartaco se batían con enorme saña contra todos los que osaban acercarse.

La confusión impedía a los romanos discernir que aún disfrutaban de superioridad numérica.

Los legionarios no estaban preparados mentalmente para una guerra, y aquello era una guerra brutal, como la peor campaña militar a la que pudieran haberles enviado. Si su misión hubiera sido ir a luchar contra Sertorio o Mitrídates, a sabiendas de que iban a enfrentarse contra ejércitos veteranos, habrían tenido tiempo durante el viaje para mentalizarse, pero Glabro les había transmitido la falsa idea de que iban a la caza de hombres huidizos y cobardes.

Y ahora eran ellos los cazados.

Y caían por decenas.

También caían esclavos muertos, pero los demás seguían luchando como si nada hubiera pasado, con la misma saña, rabia y furia que al principio de la contienda.

Pronto empezaron a escapar legionarios corriendo hacia la maleza del bosque.

Primero unos pocos, luego más y, al fin, todos los supervivientes de aquellas centurias se adentraban campo a través en un intento de salvar la vida, que no el honor. Los legionarios no tenían carrera política de la que preocuparse.

Crixo y Espartaco se encontraron en el centro del claro, ya sin romanos vivos de por medio, sólo cadáveres.

—¡Vayamos a por todos ellos! —propuso el celta, enardecido por la victoria.

—No —replicó Espartaco muy serio, cubierto de sangre enemiga en brazos y piernas—. No transformemos una buena victoria en una derrota. Con ellos han huido centuriones, oficiales veteranos que los reorganizarán en algún momento, y una lucha entre los árboles es engañosa para todos. No. Recoged todas las armas que podáis y haceos con los caballos que hayan dejado. La mayoría de los jinetes han huido a pie. Los animales no querrían adentrarse entre la maleza y no parece que el Senado nos haya enviado a jinetes muy experimentados. Eso nos ha ayudado.

Crixo iba a contradecir a Espartaco, pero vio que Enomao, Casto, Cánico y el resto de los gladiadores y con ellos todos los esclavos, obedecían a pies juntillas todo lo que Espartaco decía. Era difícil no hacer caso a quien les había proporcionado una victoria tan clara y, además, más allá de la victoria, estaban agotados por el combate. Recoger armas, caballos y retirarse a su campamento les parecía una buena idea.

Bosques del Vesubio

Cayo Claudio Glabro avanzaba entre la maleza con sangre en brazos y piernas, pero ésta era suya y no del enemigo, y ni siquiera fruto del combate, sino de los arañazos causados por los matorrales espinosos del Vesubio.

No es que hubiera caído derrotado, es que había sido aniquilado todo su futuro político. Le habían entregado seis cohortes, tres mil hombres y cien jinetes, y volvía vencido, a pie y sin una herida de combate que mostrar al Senado de Roma.

Rendido por un puñado de esclavos.

Cayo Claudio Glabro desapareció de los anales de Roma.

De él, nunca más se supo.

Campamento del ejército de esclavos en lo alto del Vesubio
Tienda de Espartaco, esa misma noche

—¿Qué haces? —le preguntó Idalia al entrar. Ella llevaba toda la tarde atendiendo a los heridos de la lucha, tal y como él le había pedido.

Espartaco estaba sentado a la mesa con uno de los papiros que había cogido de casa de Batiato desplegado ante él.

—Leo —dijo.

La joven sonrió mientras tomaba un pañuelo limpio y lo humedecía en el cuenco de agua que había en la misma mesa en la que estaba Espartaco.

—Eso ya lo veo. —Empezó a limpiarle la sangre de los brazos, que él no se había molestado en quitarse—. ¿Qué lees?

Él se dejó lavar: se trataba de sangre romana y no suya la que tenía por todo el cuerpo. Era agradable la forma en que ella lo hacía. Muy agradable. Pero siguió mirando el papiro.

—Leo sobre una guerra.

—¿Entre quién? —preguntó ella sin detenerse.

Espartaco sentía el recorrido del paño húmedo sobre su piel, pero a veces algún dedo de Idalia se dejaba sentir en contacto directo y era placentero. Muy placentero, después de tanta lucha y violencia y sangre… Pero siguió leyendo y mirando el papiro…

—Una guerra entre romanos y un cartaginés llamado Aníbal.

—¿Y quién ganó esa guerra? —preguntó ella mientras se arrodillaba para limpiarle la sangre enemiga de los muslos fuertes y musculados, con aquel mismo paño húmedo, y dejaba que, ocasionalmente, él sintiera no ya la tela del pañuelo sino los dedos.

Lo que a Espartaco le resultaba cada vez más agradable.

—Los romanos, pero… aún no he llegado al final. Y…

—¿Y? —Idalia había dejado el pañuelo en el suelo y ahora le acariciaba los muslos con las manos.

—Y me interesa cómo luchaba ese Aníbal… Consiguió llevar a los romanos al límite... Sé que les dio muchos problemas... Lo comentaban los legionarios con los que serví tiempo atrás, en Tracia... Por eso estoy leyendo esto ahora...

—Y eso ¿quién lo cuenta... lo que estás leyendo? —La joven cambió las manos por los labios, con los que iba ahora besando los muslos de Espartaco.

—Lo cuenta... un tal... Polibio... historiador griego...

—¿Y sólo te interesan la guerra y los romanos y ese... Aníbal? —Idalia empezó a pasar las manos suavemente sobre el miembro viril de Espartaco, que estaba ya duro y buscando algún lugar por donde emerger de debajo de la túnica—. ¿O te interesan más cosas de este mundo?

Espartaco enrolló despacio el papiro de Polibio, se echó hacia atrás en la silla y se subió la túnica, de modo que su pene erecto quedara ante ella, firme, completamente excitado.

—Tú has conseguido despertar mi interés.

Ella sonrió, orgullosa de estar con el líder de aquel ejército de esclavos que luchaba por la libertad de todos.

Lentamente, Idalia fue entreabriendo los labios a medida que los acercaba al miembro de Espartaco.

Tienda de Espartaco
Secunda vigilia

Idalia se despertó y vio a Espartaco de rodillas en el suelo, con la oreja pegada a la tierra.

—Esta montaña ruge —dijo cuando la vio mirándolo.

—No me gusta este lugar —coincidió ella—. Soy feliz en él por ti, pero esta montaña me da miedo.

El tracio volvió a pegar la oreja al suelo y sintió de nuevo un lejano rugido en el interior de la tierra.*

—Sí, a mí tampoco me gusta esta montaña. Nos marcharemos al

---

* El Vesubio entraría en erupción en el 79 d. C., 152 años después de la rebelión de Espartaco, aunque se registraban temblores con frecuencia. Para la erupción del Vesubio, véase Posteguillo, S., *Los asesinos del emperador* (Madrid, Planeta, 2011).

alba e iniciaremos nuestro camino hacia el norte. —Se puso de pie—: Hacia la libertad, pero…

—¿Pero? —preguntó ella sentándose en el borde de la cama.

—Lo más probable es que muramos todos.

Ella no dijo nada.

Se levantó despacio y lo abrazó en medio de la madrugada en aquella tienda en un campamento en la ladera de una montaña extraña que rugía como un gigante dormido.

XXXIV

Apolonio Molón

Isla de Rodas
72 a. C.

César y Labieno no encontraron a Apolonio en su casa nada más llegar a Rodas. El anciano había hecho un último viaje a Pérgamo, y esto retrasó semanas el encuentro.

—Quería consultar varios papiros en la biblioteca de Alejandría —se explicó Apolonio—. Y hacer algunas copias de algunos autores que me interesan en particular… ¿has estado en Alejandría?

—No —admitió César—. Nunca he estado en Egipto.

—Un país enigmático, en decadencia, pero fascinante. Deberías ir alguna vez.

César asintió.

—¿Y has venido desde Roma para que te enseñe oratoria? —Apolonio parecía impresionado—. No era consciente de tener tanta fama, y menos allí.

—Tus embajadas fueron muy importantes en su momento —comentó César—. Viniste en tiempos muy complicados: el hecho de que Rodas apoyara a Mitrídates en el pasado hizo que en Roma senadores como Sila no fueran muy proclives a perdonar esos apoyos a nuestro enemigo mortal en Oriente y, sin embargo, con tu retórica, con tus palabras y tus razonamientos, conseguiste que Rodas se librara de grandes castigos. Eso es algo que se recuerda. Convencer a alguien como Sila de algo a lo que no estaba predispuesto, como el perdón, es muy impresionante.

—Sila…

Apolonio bajó la mirada sin añadir nada. Era evidente que no quería verbalizar lo que pensaba sobre el antiguo dictador de Roma y su violencia para con el mundo griego en sus campañas contra Mitrídates. El famoso retórico no conocía aún bien las opiniones políticas de César y no sabía hasta qué punto compartía o no la visión de los líderes *optimates* conservadores, aunque había algo…

—¿Es cierto que negociaste el perdón de Lúculo a Mitilene cuando esta ciudad apoyó a Mitrídates?

—Es cierto —confirmó César.

Apolonio asintió. Empezaba a forjarse una idea más clara de con quién estaba hablando.

—¿Y es cierto que eres sobrino de Cayo Mario? —preguntó a continuación el viejo maestro de retórica.

Esto sorprendió a César.

—Desde que recibí tus cartas solicitando verme, de eso hace ya años —se explicó Apolonio—, he hecho averiguaciones sobre ti. No acepto a cualquiera como alumno. A lo que se ve, tengo un prestigio que mantener —apostilló con una sonrisa cómplice.

—Sí, soy sobrino de Mario, y el retraso en llegar a Rodas —añadió— se debe a un secuestro a manos de unos piratas que me tuvo retenido un tiempo.

—¿Los mismos piratas que fueron crucificados en Pérgamo?

—Por orden mía. —César no quiso ocultar su intervención directa en aquel castigo.

Apolonio volvió a asentir.

—Perdonas ciudades, pero no perdonas afrentas personales —apuntó el retórico—. Interesante. —Se quedó pensativo. Sobrino de Cayo Mario, esto es, con toda probabilidad, un claro enemigo de Sila; pero no estaría de más confirmar ese punto para saber con cuánta libertad podía expresarse ante su posible nuevo alumno—. ¿Un sobrino de Cayo Mario que está aquí porque realmente quiere mis servicios o porque, en verdad, no puede estar en Roma?

—Ambas cosas —admitió César.

Los dos sentían que aquélla era una conversación sincera.

La casa de Apolonio miraba hacia la costa oeste de Rodas y el viento que venía desde esa otra bahía soplaba con fuerza. Apolonio se dio cuenta de que a César parecía molestarle tanto aire en la terraza con vistas a un mar embravecido en aquella parte de la isla, muy diferente de la calma reinante en la zona portuaria del este.

—A muchos los incomoda, pero a mí este viento fuerte me agrada —se explicó Apolonio—. Me gusta pensar que barre la estupidez de mi alrededor. Hay mucha que eliminar, por eso tanto viento es necesario.

—Por norma, no basta con el viento para eliminarla —indicó César mirando hacia el mar enfurecido.

Labieno asistía a aquella conversación en silencio, un debate donde dos mentes agudas contrastaban opiniones con franqueza.

—No, por lo general no basta con el viento; y en ocasiones no basta ni con las palabras —admitió Apolonio—, pero a menudo, para activar otras, digamos, «herramientas» con las que barrer la estupidez, la iniquidad o la injusticia, hemos de recurrir a las palabras para enardecer a hombres, senados o ejércitos. La retórica siempre está ahí. Sila la utilizó con habilidad para hacerse con el ejército que debía haber sido para tu tío Mario, ¿no fue así? Eso me han contado.

Apolonio hacía referencia al modo en el que Sila se anticipó a hablar al ejército que Roma tenía concentrado en Nola dispuesto para enviar a Oriente y cuyo mando iba a ser para Mario; apoyado por el Senado, Sila manipuló a los legionarios haciéndoles creer, con un gran discurso, que Mario no les daría botín de guerra, pues éste lo compartiría sólo con sus veteranos, no con ellos. Sí, Sila se hizo con el poder de ese ejército, que fue como iniciar el ascenso a su dominio total de Roma, y lo logró por medio de las palabras.

—Te veo muy al corriente de la política romana de los últimos años —dijo César.

—La política romana es la política que nos afecta a todos —precisó Apolonio—. Sólo los ignorantes o los tontos se permiten la insensatez de no estar al corriente de la política que los afecta.

Se hizo un silencio.

—De acuerdo —retomó Apolonio—, te aceptaré como alumno, con los honorarios que hablamos por carta en su momento. ¿Cuándo deseas que empecemos?

—Cuando quieras —contestó César con entusiasmo sincero.

—Bien, comenzaremos mañana, pero te planteo una pregunta para que regreses al alba con la respuesta correcta.

—Te escucho —dijo muy intrigado—. ¿Cuál es la pregunta?

—Una muy sencilla: ¿qué es lo más importante en cualquier discurso?

El viento del oeste sacudió las hojas esparcidas por la terraza.

César fue a hablar, pero Apolonio alzó una mano para detenerlo.

—Mañana, muchacho, mañana. No me digas lo primero que pase por tu mente. Reflexiona y mañana me das tu respuesta.

XXXV

El miedo

Domus de la familia Julia, barrio de la Subura
Roma, 72 a. C.

Cornelia caminaba inquieta de un lado a otro del atrio.

Aurelia la observaba en silencio, sin decir nada. Era evidente que algo le preocupaba a su nuera, pero no sabía qué podía incomodarla tanto como para ser incapaz de sentarse y esperar tranquila la llegada de sus dos cuñadas. No podía ser esa visita lo que la hacía sentirse de ese modo, pues Aurelia las había visto juntas a las tres decenas de veces y tenían una relación muy cordial, amable, de auténticas amigas unidas por el mismo vínculo: César, hermano para unas, esposo para la otra.

—¿Qué es lo que te preocupa? —preguntó Aurelia.

—¿A mí? —Cornelia fingió sorprenderse.

—A ti. —La mujer esbozó una leve sonrisa.

—Bueno, es por algo que he oído en el Foro Boario, cuando salí con los esclavos a por provisiones —admitió al fin Cornelia.

Se acercó a su suegra y se sentó frente a ella en un cómodo *solium*. Hablaban junto al *impluvium* del centro del atrio.

—Hay una rebelión de esclavos —se explicó la joven. Las noticias de la derrota absoluta de Cayo Claudio Glabro frente a Espartaco no habían tardado en llegar a Roma y sumir a la toda población en el temor.

—Lo sé, no es la primera vez que eso pasa —comentó Aurelia con sosiego.

—Sí, pero es la primera vez que ocurre en Italia. Las otras dos veces que se rebelaron los esclavos todo terminó en una guerra brutal, pero siempre era fuera, en Sicilia, creo. Sin embargo ahora está ocurriendo aquí, en Italia, por Hércules. Capua no está lejos. —Cornelia hablaba agitada.

—Te refieres a esos gladiadores que se han escapado del colegio de lucha de esa ciudad, ¿verdad?

—Sí, y justo eso es lo más grave.

—¿El qué, exactamente? —inquirió Aurelia, que no terminaba de comprender por dónde iban las preocupaciones de su joven nuera.

—¿No lo ves? —A Cornelia le parecía sorprendente que Aurelia, a la que tenía por una mujer inteligentísima, no percibiera lo peligroso de la situación—. Gladiadores. ¡Son gladiadores, por Hércules! Gente que sabe luchar. En las dos guerras serviles anteriores, los esclavos que las lideraban no eran expertos en el combate. Éstos sí, y Capua está cerca —repitió—. Acabaron primero con los guardias que los custodiaban y luego masacraron a las tropas de Capua que fueron enviadas a prenderlos. Y ahora han derrotado por completo a los tres mil legionarios del pretor Glabro. Son ya miles de esclavos los que los siguen. Tenían montado un campo gigantesco en la ladera del Vesubio, pero lo han abandonado y dicen que avanzan hacia el norte, hacia aquí, hacia Roma. El Senado no habla de otra cosa. Roma no habla de otra cosa.

—Sí, lo sé —asintió Aurelia sin perder el sosiego.

—¿Y… no tienes miedo? ¿Y si marchan contra Roma? —Cornelia no podía entender la calma con la que Aurelia afrontaba aquella situación—. La mayor parte de nuestras legiones se encuentran en Hispania enfrentándose a Sertorio, o en Oriente combatiendo contra Mitrídates. Siempre he tenido simpatía por Sertorio y su causa, pero en esta ocasión casi preferiría que su resistencia terminara para que Metelo y Pompeyo estuvieran aquí, de regreso, y protegieran a Roma. O Lúculo, desde Oriente.

—¿Y no preferirías que el que regresara fuera tu esposo César y no Pompeyo y el resto de los líderes *optimates* que combaten contra Sertorio?

Cornelia parpadeó varias veces.

—Ojalá eso fuera posible, pero tú sabes que no lo es. César está proscrito tras el juicio de Dolabela. No creo que lo dejen retornar nunca. —Hundió el rostro entre las manos y empezó a sollozar. Ya estaba bastante inquieta por la rebelión de los esclavos de Capua como para digerir también el dolor de la ausencia de César.

—Tengo un plan para el retorno de mi hijo, de tu esposo, de nuestro querido César —le dijo Aurelia poniendo una mano en la nuca de su nuera.

—¿Un plan? —preguntó la joven, conteniendo, en lo que podía, las lágrimas.

—Sí, un plan en el que la rebelión de estos esclavos, por cierto, no sólo encaja perfectamente, sino que es parte esencial. Creo que todo puede ser bueno para César. Roma sufrirá, pero quizá acabe siendo en nuestro beneficio. Y este sufrimiento no lo hemos provocado nosotros.

Cornelia la miraba estupefacta y admirada. El sosiego con el que su suegra encaraba cualquier crisis, su modo de buscar una forma de extraer algo positivo de la situación más terrible, la sorprendía siempre.

—Explícamelo, por favor —imploró la muchacha—. Si acaso no crees que soy demasiado torpe para entenderlo o demasiado débil para guardarlo en secreto —dijo, planteando sus dudas con sinceridad.

Si Aurelia no deseaba compartir aquel plan, la joven aceptaba su criterio. Aquellos años que César llevaba en Asia, las semanas en las que estuvo cautivo de los piratas o el tiempo en que combatió contra las tropas mitridáticas en aquella remota parte del mundo, Aurelia había sido un apoyo firme, constante, llena de esperanza siempre, repleta de confianza en que César, de un modo u otro, saldría airoso de cualquier dificultad. Por eso, si ahora Aurelia decidía no contarle nada más, lo aceptaría sin queja alguna. Pero si su suegra quisiera compartir con ella lo que había pensado, sin duda, le interesaba muchísimo.

—Por supuesto que no pienso que seas torpe ni débil, hija mía. —Aurelia le cogió la mano un instante como para insuflarle paz y, en cuanto vio a su nuera algo más calmada, le refirió el plan en voz baja—: Mi hermano Cota está muy enfermo. Es doloroso para mí, siempre lo he estimado mucho, incluso cuando se enfrentó a César en el juicio contra Dolabela, pero en estos días finales, durante mi última visita, me ha dado la sensación de que él tiene mala conciencia por aquel enfrentamiento. Defendió a quien más pagaba, a Dolabela, a sabiendas de que era un corrupto. Pero bueno, en los tribunales de justicia, cuando acudes como abogado, no siempre defiendes las causas más justas; en cualquier caso, ahora quiere hacer algo para compensar.

—¿Y qué puede hacer si, como lamento oírte, está ya tan enfermo?

—Cota es sacerdote, y es tradición en el colegio sacerdotal pasar el sacerdocio, si uno va a morir, a alguien de la familia. Me ha propuesto designar a César como sucesor suyo. No es para nada un sacerdocio de primer nivel como el de *flamen Dialis* que ya ostentó Cayo en el pasado, el que le arrebató Sila, pero se trata de un sacerdocio respetable en cualquier caso y, por encima de todo, eso sería una razón para que el Senado tuviera que permitir el regreso de nuestro querido César. No volvería para retornar a los juicios ni para mandar tropa alguna, sino por un asunto religioso y dentro de la más estricta tradición romana. El Senado, con Sertorio acorralado en Hispania, se siente mucho más seguro con respecto a la oposición de los populares, que ya apenas tienen fuerza en Roma y cuya última resistencia en Hispania muy probablemente será aniquilada en las montañas del norte de aquella región. Ni siquiera Sertorio, por muy segundo de Mario que fuera, es capaz de resistir a tantas legiones como se envían contra él. En ese contexto, y con la excusa del sacerdocio, los senadores *optimates* podrían levantar el exilio de César. Ése era mi plan hasta ahora.

—¿Y cómo encajan en ese plan los esclavos de Capua en rebelión?

—Encajan —confirmó Aurelia—. Por varias razones: los ojos del Senado estarán más puestos en esa rebelión que en otras preocupaciones. Ahora me consta que, tras el desastre de Glabro con las milicias de la ciudad, hay quien propone enviar un ejército consular, como ya se tuvo que hacer alguna vez en las rebeliones de esclavos de Sicilia que has mencionado, pero otros lo consideran exagerado. He oído que se baraja el nombre del pretor Varinio, pero ya veremos en qué queda todo esto, aunque es evidente que han de enviar más tropas. La rebelión de los gladiadores de Capua se puede convertir en algo muy grave, con miles de esclavos. En ese caso, ciertamente, tu inquietud se justifica, pero ese mismo miedo que tú sientes es el que sentirá el Senado y, al fin, se avendrá a reclutar más tropas, quizá a enviar ejércitos consulares, y tal vez un día esté dispuesto a que retorne quien sea que esté fuera de Roma para combatir contra esta rebelión. Y en ese regreso pueden incluso aceptar a alguien proscrito como César, quien, a su vez, ya habrá solicitado el retorno a Roma para sustituir a su tío Cota en el sacerdocio. En el contexto de una guerra servil, el Senado aprobará esa solicitud. Estoy convencida de ello. Así que ese esclavo que lidera la rebelión… ¿cómo lo llaman?

—Espartaco —apuntó Cornelia, que lo había oído mencionar en el Foro Boario.

—Ese Espartaco, pues, quizá nos esté haciendo un gran favor. Este mundo, querida Cornelia, está tan loco que, en ocasiones, te proporciona aliados inesperados. Cuando recemos hoy a los dioses romanos, no lo hagas por la victoria de nuestras milicias al mando del pretor Glabro, sino que de momento ruega a Júpiter, y sobre todo a Venus y a Marte, por las victorias de Espartaco. Cada acierto suyo acerca más a tu esposo a Roma, a ti, a nosotras.

En ese instante, la pequeña Julia, de diez años, irrumpió en el atrio y fue corriendo junto a su madre y su abuela:

—Entonces… ¿padre va a volver de Asia? —preguntó desvelando que una vez más escuchaba la conversación a escondidas.

Cornelia iba a recriminárselo, pero aquello le recordó cómo ella misma, junto con César, espiaban a los mayores en esa misma casa, hasta que así, escuchando en secreto, descubrieron que se pactaba el matrimonio entre ellos dos. Cornelia se limitó a abrazar en silencio a la pequeña y fue Aurelia quien respondió a su nieta:

—Es posible, Julia, puede que tu padre regrese antes de lo que pensábamos. Todo depende de un gladiador.

XXXVI

La retirada de Pompeyo

Norte de Osca, 72 a. C.

Ejército pompeyano
Praetorium *instalado en lo alto de una colina*

Pompeyo podía ver cómo sus tropas se replegaban a toda velocidad dejando la llanura en manos de los rebeldes sertorianos.

El procónsul escupió en el suelo.

—Espero que esto merezca la pena —dijo.

—Lo hará, procónsul —afirmó Geminio con voz algo trémula. Sabía que había forzado a su superior a fingir una humillante retirada ante el enemigo en el inicio de una batalla campal y aquello era algo que Pompeyo sólo olvidaría si todo salía bien.

—Hemos realizado la maniobra de repliegue según lo ordenado —dijo Afranio al llegar a lo alto de la colina.

Pompeyo asintió.

De pronto, ascendiendo por la ladera, hasta el mismísimo *praetorium* llegaron los gritos de victoria del enemigo: vítores que rasgaron las entrañas del orgulloso procónsul. Él no dijo ya nada, pues nada había que decir tras aquella ignominiosa y deprimente retirada militar, que, por todos los dioses, se juraba a sí mismo que sería la última. No, no dijo nada, pero volvió a mirar fijamente a Geminio.

—Funcionará, procónsul... Esto funcionará —insistió éste ante la punzante mirada de su superior y tragó saliva, con gotas de sudor cayendo por su frente.

Ejército de la facción popular, centro del valle

Sertorio miraba hacia la lejana colina donde adivinaba las figuras del alto mando enemigo moviéndose y debatiendo sobre aquella extraña batalla.

Extraña porque los pompeyanos apenas habían opuesto resistencia.

Cierto era que el empuje de sus hombres junto con el de los celtíberos había sido enorme, quizá porque luchaban muy próximos a las ciudades más fieles a su causa como Osca y Calagurris y sentían que no podían retroceder, de modo que la única opción era combatir a cara de perro. Aun así, la victoria se le antojaba inesperadamente sencilla.

Y estaban ocurriendo más cosas extrañas.

Sertorio repasaba los acontecimientos de las últimas semanas mientras caminaba por el valle de la reciente batalla y sus hombres se hacían con los despojos de los legionarios enemigos huidos: para empezar, la corza blanca había desaparecido. Nadie podía dar con ella, y aquello era peculiar porque el animal estaba ya muy apegado a él y, como supuesta mensajera de la diosa Diana, los soldados la respetaban. Pero nada se sabía de ella y eso había generado cierta inquietud entre sus tropas. La victoria de aquella mañana, no obstante, vendría bien para insuflar ánimos en unos legionarios populares que podrían haber interpretado la desaparición de la corza blanca como un mal presagio.

Además de eso, también habían muerto varios jóvenes, hijos de la aristocracia celtíbera, que estudiaban en la Academia de Osca: los encontraron apuñalados un amanecer y no estaba claro si había sido en una pelea entre ellos o si alguien los atacó, pero, fuera como fuera, esto había generado dudas entre los líderes celtíberos sobre la situación de aquella guerra, así como desconfianza en las tropas romanas que él comandaba y en las instituciones comunes que habían creado como el Senado y la Academia. La desaparición de la corza blanca y aquellas muertes habían sembrado una enorme incertidumbre entre sus filas, y eso lo tenía intranquilo.

—Hemos de celebrar esta victoria, procónsul. —Perpenna se le acercó por la espalda.

Sertorio asintió, aunque seguía meditabundo: la corza, los jóvenes celtíberos apuñalados… y estaba también la rebelión de aquel gladiador en el corazón de Italia, un tal Espartaco, según las noticias que llegaban desde Roma. Al principio parecía un asunto local, pero el gladiador y sus esclavos armados habían aniquilado ya a varios contingentes de tropas, enviados primero por Capua y luego por el Senado de Roma. ¿Estaban ante una tercera guerra servil y esta vez no en Sicilia sino en los alrededores mismos de Roma? Eso podría suponer un tercer frente de guerra que el Senado romano tendría que añadir a Mitrídates en Oriente y a él mismo en Hispania. Tres frentes eran muchos a los que atender al mismo tiempo. Si ese gladiador se hacía fuerte, Roma tendría que empezar a negociar con Mitrídates y hasta con él mismo. Y si la guerra servil se extendía, quizá tuvieran que reclamar las tropas de Pompeyo y aun pedirle ayuda a él, al propio Sertorio, como en el pasado, cuando Sila y Mario lucharon juntos contra la rebelión de los *socii*, las ciudades aliadas de Roma en Italia que se rebelaron reclamando más derechos. Sí, pasaban cosas extrañas. Unas malas, pero otras podían llegar a ser buenas para conseguir sus objetivos de una Roma más popular, más del pueblo, con mayor reparto de tierras, dinero y derechos entre todos los ciudadanos de Roma, incluso entre los aliados y los provinciales, como él estaba haciendo con los celtíberos. Y todo en conjunto reafirmaba su idea de que alargar la guerra era el mejor camino para forzar a negociar a una Roma más débil y, en consecuencia, más propensa a aceptar cambios y reformas políticas. Todo podía conseguirse. Incluso si Pompeyo los había arrinconado en el valle del Ebro, entre Osca y Calagurris y algunas otras ciudades más que los apoyaban; incluso si había perdido el control sobre Tarraco o Dianium* y toda la costa, aún podía lograrse. Se trataba de resistir.

—Un banquete estaría bien para celebrar esta victoria, si al procónsul le parece buena idea —añadió Perpenna.

—Un banquete puede estar bien —aceptó Sertorio.

Después de todo, quizá tuvieran algo o mucho que celebrar. Ese gladiador era clave. Claro que… su rebelión podría ser aniquilada en cualquier momento. Roma, la conocía bien, herida en su orgullo, se revolvería contra esos esclavos con enorme furia.

* Denia.

XXXVII

Una clase de oratoria

Rodas, 72 a. C.

—¿Y bien? —preguntó Apolonio con la luz del sol del amanecer en la misma terraza en la que habían hablado el día anterior—. ¿Qué es lo más importante en un discurso?

Estaban solos, pues Labieno había preferido dormir a alzarse tan temprano, y no había esclavos de Apolonio cerca, volcados todos ellos en las tareas de la finca.

El viento del oeste iba levantándose, aún sin furia, pero ya se intuía su fuerza.

—Lo más importante en un discurso es su organización —respondió César con seguridad.

—Eso es importante, sin duda —admitió el anciano maestro—, pero no es lo más importante. Es incuestionable que con un discurso desorganizado no conseguirás nada, pero no es la clave para fascinar a tu audiencia. Piensa de nuevo.

César parpadeó varias veces. No estaba acostumbrado a que alguien le dijera de forma tan directa que se equivocaba. Pero aquello le gustaba. El anciano lo desafiaba.

Había frutos secos y queso curado en sendos platos sobre una mesa que estaba junto a ambos. Apolonio, con un gesto de la mano, lo invitó a comer mientras pensaba.

César tomó algo de queso y se sirvió, él mismo, agua fresca.

—¿Ensayarlo antes? —propuso ahora, pero ya sin tanta convicción.

—También es importante, desde luego —aceptó Apolonio—. Quien lo fía todo a una escenificación improvisada de su discurso está sujeto a cometer muchos errores y torpezas a la hora de exponerlo ante un público. Pero tampoco eso es lo más importante.

César frunció el ceño. Había estado muy seguro de que su primera respuesta era la acertada, pero ahora se veía un poco perdido.

Apolonio suspiró ante el silencio de su nuevo alumno.

—Esperaba más del sobrino de Cayo Mario.

Aquello hirió el orgullo de César. Se sentía vencido incluso antes de haber empezado. Era como si Apolonio fuera hostil con él y no sabía cómo reaccionar ante aquella situación.

—No sabes qué decirme, ¿verdad?

—Verdad —admitió César, como quien admite una derrota en el campo de batalla.

—Porque no piensas —le recriminó Apolonio—. Actúas más que piensas. Y la acción, la audacia, la rapidez en la toma de decisiones es una destreza importante, pero pensar lo es más. La combinación de ambas habilidades te hace prácticamente indestructible. Pero muy pocos combinan bien audacia y reflexión.

César escuchaba atento, aunque seguía perdido.

Apolonio guio sus pensamientos:

—Repasemos tu vida: ¿cuál es, hasta la fecha, tu mayor logro político o militar?

Ahora sí, César tuvo clara la respuesta:

—Al rendir Mitilene obtuve una condecoración militar.

—Perfecto, ¿y cómo conseguiste esa gran victoria? ¿Qué hiciste? ¿Lo que se esperaba de ti o algo diferente?

César intuía que Apolonio tenía bien documentadas sus acciones en la isla de Lesbos, pues no preguntaba por la acción militar en sí, pero él, en cualquier caso, las refirió ya que parecía que esto era lo que el anciano deseaba:

—Se me ordenó enfrentarme a Anaxágoras y retenerlo junto a las murallas de Mitilene, pero eso terminó siendo suicida porque las naves de mis superiores en el mando se retrasaron en su maniobra de regreso, y para cuando llegaran sus refuerzos, Anaxágoras, que tenía una clara superioridad numérica frente a mis legionarios, nos habría aniquilado.

De modo que hice… lo que no se esperaba de mí. —Conforme hablaba, iba dándose cuenta de lo que Apolonio estaba buscando—. Hice, sin duda, algo inesperado: ordené a mis hombres atacar directamente la puerta de Mitilene.

—Y eso, lo inesperado… ¿funcionó?

—Funcionó —dijo César.

Apolonio sonrió.

—Hablemos ahora sobre el juicio contra Dolabela: lo perdiste, imposible ganar contra los *optimates* en Roma, pero obtuviste una victoria moral ante el pueblo, ¿no es así?

—Sí, porque en lugar de hacer lo que se esperaba de mí… ser el acusador y sólo el acusador, el fiscal contra Dolabela, me presenté como el defensor de una causa, la de los macedonios. Sí, me presenté como el defensor de la justicia en Roma, de los oprimidos, del pueblo, frente a los oligarcas *optimates* corruptos… Hice… —a César se le empezaba a iluminar el rostro— otra vez lo inesperado. Por cierto, ahora que recuerdo, por consejo sutil, pero consejo a fin de cuentas, de Cicerón.

—Mi alumno.

—Tu alumno —repitió César mirando a Apolonio con admiración.

—Cicerón parece haber aprendido bien y rápido. ¿Crees que podrás estar a su altura, muchacho? Él lleva varios juicios ganados y ya es senador de Roma.

—Puedo intentarlo.

Hubo un nuevo silencio.

—Entonces, la clave en un discurso, lo más importante —retomó César la palabra— es decir o hacer lo inesperado.

—En retórica, lo que el oponente no espera es aquello que lo desarma —explicó Apolonio—. Y eso, sin duda, es extensible a la política y al terreno militar. ¿Acaso el rey Darío de Persia esperaba en la batalla de Gaugamela que Alejandro se lanzara contra él de forma directa?

—No.

—Lo inesperado, bien calculado, triunfa.

—Bien calculado —subrayó César.

—Sí, un error de cálculo puede llevarte de la victoria a la aniquilación política, o a la aniquilación física si es en una batalla. Lo inesperado es una gran arma, pero has de medir siempre tus fuerzas, retóricas o militares.

—¿Y cómo puede uno calcular bien si algo inesperado no es una auténtica locura? —indagó César.

—La experiencia te da ese conocimiento y, en algunos casos de personas sobresalientes, también la intuición. Diría que tú tuviste esa intuición en la batalla de Mitilene. Pero ¿la tienes para la retórica? Quieres entrar en el Senado, estoy seguro de ello, como todo romano que se precie en Roma. ¿Crees que allí será como en los tribunales? ¿Crees acaso que allí te será más fácil vencer? No, no lo crees. Por eso has venido. En el Senado de Roma la retórica lo es todo. Sin ella, estás perdido.

César asintió, aunque tenía una duda trascendental:

—¿Y qué es lo más inesperado en un discurso?

—Ah, gran pregunta. Depende de cada situación —explicó Apolonio—. Aquí no hay una respuesta que valga para cualquier circunstancia, pero, desde luego, hay algo que siempre sorprende, sobre todo en momentos de gran tensión política.

—¿El qué? —indagó César, totalmente cautivado por aquella conversación.

—El humor. Y ya que te veo tan interesado, seré más preciso: dentro del humor está el esperado: reírse del oponente con bromas o burlas más o menos agresivas; pero está también el humor inesperado, el que descoloca de veras al oponente, pues tu enemigo político contará con recibir ataques, pero no con el humor inesperado.

—¿Y en qué consiste ese humor inesperado?

—En reírse de uno mismo. Muy pocos se atreven a hacerlo y menos en público. Y, sin embargo, es una de las mayores muestras de inteligencia. ¿Eres tú, Cayo Julio César, capaz de reírte de ti mismo, o en ti, como en tantos otros, hay ya tanta vanidad, tanto orgullo, que te impide ver tus defectos y reírte de ellos?

El viento de poniente soplaba con fuerza en aquella terraza con vistas al mar que envolvía la isla de Rodas.

Apolonio se levantó despacio, le costaba alzarse, todos los huesos le dolían. Pasó junto a su alumno, que se incorporó por respeto a su maestro, y le puso la mano en el hombro.

—Piensa en esto que te he dicho, muchacho. Piensa en ello —y continuó andando en dirección a la casa—. Hoy estoy cansado. Seguiremos mañana.

XXXVIII

Un banquete

Unas millas al norte de Osca, 72 a. C.

Ejército pompeyano, praetorium *de campaña*

—Será esta noche —anunció Geminio—. Esta misma noche ha de llegar un mensajero con noticias.

Pompeyo no dijo nada. Afranio tampoco, ni ninguno de los otros oficiales.

Esperaban en silencio.

Ni siquiera se había distribuido vino.

Por el momento, no había nada que celebrar.

Ejército sertoriano, frente al praetorium *de mando*

Se retiraron varias millas al norte para alejarse del enemigo y, de ese modo, evitar un contraataque nocturno, algo improbable pero no imposible. Sertorio, además, ordenó poner centinelas por todo el valle, de manera que si Pompeyo hacía cualquier movimiento extraño pudieran advertirlo de inmediato para poder reaccionar a tiempo.

Al salir de la tienda de mando, el líder de los populares de Hispania pudo ver los *triclinia* dispuestos al aire libre bajo las estrellas, al abrigo de varias hogueras, y las mesas repletas de bandejas con comida y copas de vino.

—Celebrar sí, pero con mesura —dijo Sertorio dirigiéndose a Perpenna, que se le acercaba pasando por entre la escolta de soldados celtíberos que protegían al procónsul—. No es momento de ponerse ebrios con el enemigo aún tan próximo.

—No, procónsul —aceptó Perpenna—, sólo alguna copa de vino y un poco de buena comida para gratificarnos por haber hecho retroceder a los malditos pompeyanos después de tanto retroceder nosotros.

Sertorio cabeceó asintiendo, aunque ponderaba el tono de su segundo en el mando con relación a eso de «después de tanto retroceder nosotros», pero antes de que pudiera decir nada, el propio Perpenna lo había cogido por el brazo y lo conducía hacia el *triclinium* de honor.

Los guerreros celtíberos iban a seguir a Sertorio, pero Graecino se interpuso en su camino y dijo lo único que podría haberlos detenido y separado de Sertorio, aunque sólo fuera por unos minutos:

—Ya sabemos quién ordenó la muerte de vuestros jóvenes muchachos en la Academia de Osca —anunció en voz baja, de modo que Sertorio, ya a unos pasos y conducido por Perpenna, no pudo oírlo.

Aquel anuncio sin duda llamó la atención de los guerreros celtíberos. Algunos de ellos eran familiares de los muchachos muertos en Osca, y cualquier noticia sobre aquel oscuro asunto les interesaba. Además, no estaban en combate y no tenían que permanecer tan alerta para proteger a Sertorio como cuando entraban en batalla. El caso es que el procónsul popular se empezó a acomodar en el *triclinium* al que lo condujo Perpenna sin darse cuenta de que su guardia celtíbera, por primera vez en mucho tiempo, no estaba con él.

—Vino para el procónsul —ordenó Perpenna a unos *calones* que estaban trayendo aún más bandejas de comida.

Sertorio seguía meditabundo. Viudo y sin hijos, de pronto se preguntaba qué sería de la causa popular si algo le ocurriera a él. No entendía bien por qué le había venido aquella idea a la mente en aquel preciso instante. Sertorio tenía dada la orden de que todos sus oficiales se le acercaran desarmados. ¿Sería que su inconsciente había percibido los bultos que marcaban las dagas escondidas de Perpenna, Antonio, Fabio y otros oficiales? Pero esto él no podía razonarlo en su cabeza. En su lugar, alzó la mirada buscando… ¿dónde estaba Graecino?

Eso le hizo mirar a su alrededor y fue cuando se dio cuenta de que sus guardias celtíberos no estaban próximos a su *triclinium*, junto a él, donde debían estar en todo momento, sino alejados una treintena de pasos departiendo, precisamente, con Graecino.

Todo aquello le pareció extraño. Pero aún no reaccionó.

Sertorio cruzó entonces la mirada con la de Perpenna.

Fue sólo un segundo, pero fue suficiente.

De golpe, Sertorio lo vio todo muy claro. Nada era casual, ni el alejamiento de los celtíberos distraídos por Graecino, ni esos oficiales acercándose a su *triclinium* y rodeándolo, ni sus manos buscando algo bajo sus uniformes. Seguramente, la desaparición de la corza blanca tampoco era casual, ni era inesperada para algunos de los presentes la extraña victoria de la mañana y, con toda probabilidad, tampoco era coincidencia en el tiempo la muerte de unos jóvenes nobles celtíberos. Todo encajó de pronto en la cabeza de Sertorio, pero para cuando las dagas surgieron a su alrededor, él ya no podía hacer nada. Sabía que era el largo brazo de Pompeyo y del Senado de Roma el que blandía, desde la cómoda distancia, aquellas dagas que veía brillar en torno suyo. Incapaces de acabar con él de otro modo, los *optimates* recurrían a la traición.

—Estáis locos —les dijo mientras se levantaba en un vano intento de escapar a aquella emboscada mortal que le habían tendido sus propios oficiales.

Varios puñales se clavaron en su vientre, otros dos en el costado, y cuando, ensangrentado, aún intentaba huir de la traición con un tembloroso caminar apoyándose en los respaldos de los *triclinia*, Marco Perpenna se acercó y le asestó por la espalda la puñalada final. La más dura, la más fuerte, la que entró con más saña en el cuerpo del procónsul al que ni Metelo ni Pompeyo habían conseguido derrotar en el campo de batalla, el procónsul al que sólo habían logrado abatir con la traición y por la espalda.

Para sorpresa de todos, Sertorio aún seguía en pie. Perpenna iba a asestarle otra puñalada, pero los celtíberos, tarde, muy tarde, al fin reaccionaron y se interpusieron entre los oficiales romanos y el procónsul herido de muerte.

Sertorio cayó de rodillas. Se sostenía asido a uno de los respaldos de los *triclinia*.

—Y a Pompeyo... aún le concederán... un triunfo... por esto —dijo antes de caer de bruces al suelo.

Ejército pompeyano, praetorium
Al anochecer

Un mensajero entró en la tienda donde Pompeyo y los oficiales del ejército senatorial romano esperaban noticias sobre lo que acontecía en el campamento enemigo. El recién llegado era uno de los hombres de Geminio, y hasta él se acercó y le habló al oído. Nada más escucharlo, los ojos de Geminio se llenaron de brillo y un inmenso alivio se reflejó en su rostro:

—Sertorio ha muerto —proclamó—. Y Perpenna retornará mañana al valle con todo el ejército rebelde y propondrá una batalla campal... sin cuartel ni repliegue —añadió.

Pompeyo asintió; era lo acordado. Perpenna no era un traidor al uso: no estaba traicionando para pactar una paz, sino para poder combatir sin cuartel, abandonando la estrategia de evitar enfrentamientos a gran escala con la que Sertorio había alargado aquella contienda durante años.

—De acuerdo —volvió a asentir—. Una copa de vino y brindemos por la victoria total que obtendremos al alba. —Y añadió entre dientes—: Sin Sertorio, no son nada.

Centro del valle
Al día siguiente

Ejército popular

Perpenna persuadió a los celtíberos de que, pese a las dudas que pudieran tener, realmente había sido Sertorio el responsable de la muerte de algunos de sus hijos, y de que con él y el resto de los oficiales romanos de las legiones populares los acuerdos entre celtíberos y romanos se volverían a respetar y la seguridad de los demás jóvenes nobles locales estaría garantizada.

Por eso los celtíberos se presentaron en el campo de batalla junto a

Perpenna y las legiones que hasta hacía muy poco habían seguido a Sertorio, para enfrentarse, una vez más, a las tropas de Pompeyo.

—Hoy lo conseguiremos —anunció Perpenna muy convencido.

Graecino y los otros *legati* y tribunos asintieron, quizá no con el mismo convencimiento, pero admitiendo en su interior que nunca se había entrado en combate contra Pompeyo con la firme decisión de que la batalla campal que fuera a acontecer se desarrollara hasta sus últimas consecuencias. Y tenían esperanzas de que eso sorprendiera al enemigo y que, en consecuencia, tras esa sorpresa inicial, consiguieran por fin derrotarlo.

Perpenna situó a sus legiones en el centro del valle y a los celtíberos en ambos flancos.

Todo estaba dispuesto para la gran batalla. Ahora vería Pompeyo lo que pasaba cuando combatía contra un ejército que no iba a luchar para alargar una guerra, sino para terminarla.

Ejército pompeyano, retaguardia

Pompeyo estaba muy serio, concentrado. Por delante había enviado a Afranio para que coordinara las maniobras que había diseñado. Las legiones estaban dispuestas en el centro del valle, frente al ejército enemigo, pero Pompeyo no miraba hacia allí, sino hacia los laterales de la planicie, donde las laderas de los montes ascendían, salpicadas por bosques densos, casi impenetrables.

Ejército popular, centro del valle

—¡Al ataque! —aulló Marco Perpenna, y Graecino y los demás oficiales repitieron su orden.

El avance de las legiones por el centro del valle hizo que las pisadas de las sandalias legionarias retumbaran en las laderas de los montes.

Los celtíberos, a pie y a caballo, avanzaron también por las alas.

En el bando contrario, Pompeyo simplemente asintió, y los *buccinatores* sonaron transmitiendo las órdenes de avance contra el avance del enemigo.

Los dos ejércitos chocaron en medio de la planicie y las primeras líneas de los unos y los otros empezaron a pinchar entre los escudos a todo enemigo que pudieran alcanzar. El ruido de los metales chocando entre sí, ya fueran espadas, lanzas o escudo contra escudo, se mezclaba con los gritos de los heridos y de los que caían muertos, y el estruendo se dejaba oír por todas las líneas de cada ejército hasta llegar a las retaguardias, donde Pompeyo al este y Perpenna al oeste observaban todo en silencio.

Los celtíberos estaban cumpliendo con su parte en la lucha en cada uno de los flancos asignados por Perpenna, pero se diría que avanzaban algo menos que las legiones populares en el centro.

Los legionarios comandados por Perpenna y sus oficiales parecían combatir con más saña y, pronto, pese a los reemplazos ordenados por Afranio en primera línea, las tropas pompeyanas empezaron a ceder terreno: primero lentamente, y al poco de forma más evidente y rápida.

—¡Retirada! —ordenó Afranio.

El empuje del enemigo los había sorprendido por su especial e inusual arrojo y un repliegue ordenado era una reacción prudente en aquellas circunstancias.

Retaguardia del ejército popular

A Perpenna se le hinchó el pecho de victoria: era tan sencillo como eso, como lanzarse a por todas contra unos pompeyanos habituados a enfrentarse a unas legiones que sólo amagaban, sin ponerlo todo en el combate, retenidas siempre por un Sertorio que, sin embargo, ya no las gobernaba aquella mañana. Esa eterna contención se había terminado con su muerte.

Sonrió y avanzó por entre sus tropas escoltado por decenas de legionarios de su guardia personal. Quería ser testigo de su victoria desde el centro mismo del valle. Todo estaba saliendo según tenía planeado.

Pero, de pronto… empezaron a pasar cosas extrañas.

Un oficial señaló hacia un flanco:

—Los celtíberos se alejan de la batalla —dijo.

Perpenna miró hacia la izquierda y comprobó que los celtíberos, en efecto, se alejaban del combate, abandonando aquel flanco y dejándolo sin defensa.

—¡Hacen lo mismo en el extremo derecho, procónsul! —exclamó

otro oficial dirigiéndose a Perpenna con el título que éste había asumido tras asesinar a Sertorio.

El nuevo líder del ejército popular en Hispania miró entonces hacia su derecha y advirtió que era cierto: sus legiones se estaban quedando desprotegidas por ambos flancos porque los celtíberos se alejaban.

Se quedó petrificado, inmóvil, pensando, buscando un sentido a todo aquello: si los había convencido de que fue Sertorio el culpable de las muertes de los jóvenes celtíberos en Osca… ¿por qué lo abandonaban?

Flanco izquierdo del ejército popular

Los celtíberos, a caballo y a pie, raudos, caminaban o trotaban con decisión tomando cada vez más distancia respecto al frente de batalla, sin siquiera mirar atrás.

Sus líderes habían investigado y, por su cuenta, habían contactado con hombres de Pompeyo y éstos les habían garantizado una paz duradera si abandonaban a las legiones populares. Además, les habían dado información sobre cómo Perpenna y sus nuevos oficiales al mando habían traicionado a Sertorio y a los propios celtíberos asesinando a los jóvenes hispanos para debilitar la alianza entre Sertorio y ellos mismos.

Todo era confuso.

Quizá Perpenna tenía razón y fue Sertorio el que instigó los asesinatos, pero no tenía sentido. Él siempre había cumplido con ellos, desde el principio.

A Perpenna no lo conocían igual. No estaba desde el comienzo de aquella guerra. Pero había algo que sí sabían: a Perpenna, Pompeyo ya lo había derrotado en África.

Simplemente, no se fiaban de él. Ni como líder ni como jefe militar.

Ejército popular, centro del valle

—¡Por Hércules! —exclamaba ahora otro oficial romano del ejército popular—. ¡Por las laderas… por todas partes!

Perpenna miraba entonces hacia donde el valle terminaba, ya fuera por el extremo izquierdo o el derecho, justo donde debían estar los celtíberos defendiendo los flancos, pero lo que veía allí lo aterró: desde las laderas de las colinas que circundaban el valle, desde los bosques que rodeaban la planicie, aparecían soldados romanos, centenares de ellos, varios miles, atacando los flancos, rodeándolos, luchando incluso por su retaguardia y, al tiempo, Afranio, el segundo de Pompeyo, que había hecho retroceder sus legiones ante el empuje de los populares, se detenía, giraba ciento ochenta grados y se lanzaba, de nuevo, contra ellos con todas las tropas a su mando.

Perpenna tragaba saliva: todo había sido una trampa de Pompeyo, en la que él había hecho el trabajo sucio de asesinar a Sertorio.

Retaguardia del ejército pompeyano

Cneo Pompeyo habló sin alzar la voz:

—Que los maten a todos —dijo, y se dio media vuelta.

Una masacre siempre era tediosa de ver y él ya había presenciado varias en su vida. Varias que él mismo había ordenado. Por algo lo llamaban el *adulescentulus carnifex*, pero ya, con treinta y cuatro años, empezaba a gustarle el apelativo de *magnus*, el grande, que sus tropas habían comenzado a usar desde sus victorias en África, curiosamente contra el propio Perpenna entre otros líderes populares masacrados por él. Sí, desde luego, *magnus* le gustaba más. Sonaba más… épico.

Geminio se acercó al procónsul, a quien vio de espaldas a la batalla, pensativo.

—A Marco Perpenna… ¿también lo matamos?

Pompeyo alzó la mirada, se giró hacia él y respondió de modo categórico:

—A ése lo quiero muerto el primero de todos, si fuera posible.

Geminio frunció el ceño. Dudaba. Pero Pompeyo se lo quedó mirando, una invitación para que dijera lo que bullía en su mente:

—Pero podría tener información sobre nuestros enemigos, sobre senadores que apoyaron a Sertorio desde Roma —dijo.

Esta vez, Pompeyo ya no dejó margen alguno para dilucidar más cuestiones sobre el asunto:

—Vine a Hispania a terminar una guerra, Geminio, no a iniciar otras: quiero a Marco Perpenna muerto. Sin Sertorio, no queda ningún líder popular en el Senado de relevancia. La causa popular está aniquilada.

Campamento pompeyano
Seis horas después

El número de legionarios populares abatidos en combate se contaba por miles, pero, aun en medio de su derrota, varias cohortes habían conseguido romper el bloqueo de sus oponentes y habían escapado para refugiarse en Osca o en Calagurris. En cuanto a los oficiales populares, Graecino y la mayoría de los tribunos que habían participado en el asesinato de Sertorio habían caído en la lucha. Sólo quedaba Perpenna, detenido en una de las tiendas próximas al *praetorium* donde Pompeyo descansaba.

Hasta esa tienda se desplazó entonces Geminio junto con el *legatus* Afranio.

—Dice que tiene en su poder cartas de senadores que apoyaron a Sertorio —explicó Afranio a Geminio exhibiendo una bolsa en la que estaban las supuestas misivas en cuestión entregadas por el propio Perpenna.

Pero Geminio negó con la cabeza:

—No, Pompeyo no desea este tipo de información porque se iniciaría una nueva guerra —se explicó—. Quema las cartas.

Afranio asintió. En gran medida, aquello era una buena idea: de otro modo se reabrirían heridas en Roma que, muy probablemente, darían comienzo a otro enfrentamiento armado.

—¿Y con Perpenna…? —indagó Afranio—. Pide entrevistarse con Pompeyo.

—Pero Pompeyo no quiere verlo —respondió Geminio.

—Entiendo —aceptó Afranio, dio media vuelta y entró en la tienda.

Estaba anocheciendo y las antorchas del interior de la tienda generaban sombras que se dejaban ver desde el exterior.

—¡Exijo ver a Pompeyo! —gritaba Perpenna, enfurecido.

Geminio lo observaba todo desde fuera.

El que había gritado era una sombra que estaba en el centro, de pie, solo.

Y la sombra se vio rodeada por otras sombras.

Se escuchó un aullido ahogado y, cuando las sombras se separaron de la que habían rodeado, ésta cayó al suelo de golpe.

XXXIX

La petición de Aurelia

Domus de Metelo Pío, centro de Roma
72 a. C.

Metelo Pío había regresado de Hispania, donde Pompeyo estaba dando término a los últimos focos de resistencia como Osca o Calagurris. El veterano senador había retornado a Roma para poner orden: con Lúculo luchando en Oriente contra Mitrídates, Pompeyo aún en Hispania y la rebelión de aquel gladiador en Capua, alguien tenía que empezar a reorganizarlo todo. En el Senado se le respetaba, y unos y otros acudían a su gran *domus* en busca de favores, ayuda o consejo. El hecho de que Sila promoviera el nombramiento de Metelo como *pontifex maximus* lo dotaba de una *auctoritas* adicional que incrementaba su prestigio. Para conseguir tal nombramiento, Sila, como en tantos otros asuntos, tuvo que modificar las leyes: el *pontifex maximus* se elegía en los *comitia*, con la participación directa del pueblo, y Metelo, como senador *optimas*, no era tan popular entre la plebe como para salir elegido, de modo que Sila legisló para que el *pontifex maximus* fuera de designación directa del Senado. Fue así como Metelo sumó a su veteranía en el Senado el cargo de *pontifex maximus*. Pero fuera como fuera, todos en Roma recurrían a él.

En su interminable lista de audiencias, Metelo había aceptado recibir a Aurelia, aunque intuía que iba a ser un encuentro incómodo. Accedió por respeto a la figura de su hermano, Aurelio Cota, recientemente fallecido, que había defendido en los tribunales a Dolabela y a otros senadores próximos a la causa de los *optimates*. Cierto que el cuñado de Aurelia era el fallecido Cayo Mario y que su hijo, el joven Julio César, andaba en el exilio precisamente por acusar a Dolabela en aquel juicio y, en general, por mostrarse eternamente hostil a los *optimates*. Pero Metelo Pío respetaba las formas. Sólo por deferencia a Cota la escucharía. ¿La vejez lo hacía débil? Suspiró. Podría ser. La mujer ya estaba ante él.

—Gracias, *clarissime vir* —dijo Aurelia al entrar en el atrio de la gran *domus* de los Metelo en el centro de Roma—. Eres muy amable al dedicarme un poco de tu preciado tiempo. Sé que son muchos los asuntos que perturban a Roma y a los que dedicas toda tu atención.

Metelo Pío no sabía muy bien cómo tomarse las palabras de aquella mujer: desde un punto de vista literal, nada malo o inconveniente había en ellas; aunque pronunciadas por la cuñada del fallecido pero aún muy temido Cayo Mario, un senador siempre podía percibir ciertos mensajes ocultos.

Por su parte, mientras Metelo meditaba, Aurelia paseó la mirada por el atrio y no le gustó lo que veía: el patio estaba repleto de senadores *optimates*. Sin duda, tal y como ella había dicho, había numerosos temas preocupantes que afectaban a la seguridad de Roma y era normal que hubiese reuniones de aquel tipo en la ciudad. Metelo había regresado a la capital de la República romana desde Hispania hacía poco y, viéndole todos como el líder más prestigioso de los *optimates*, era de esperar que acudiesen con celeridad a departir con él sobre los asuntos del Estado. En particular, Aurelia detuvo su mirada en Marco Tulio Cicerón: era un águila en ascenso entre la facción más conservadora de la República y, en consecuencia, un enemigo de los intereses de su exiliado hijo.

—Quizá vengo en un momento inconveniente —tanteó Aurelia—. Mi conversación con el senador Metelo es más bien de carácter… privado y no querría aburrir a tantos *patres conscripti* con trivialidades familiares.

Metelo comprendió que ella buscaba cierta privacidad, que, por otro lado, él mismo deseaba recuperar, pues los años empezaban a pesarle y estaba cansado después de una tarde entera debatiendo sobre el Estado, guerras y rebeliones de esclavos.

—Creo q-q-que la mayoría, si no todos estos *p-p-patres conscripti*, ya están cansados de aguantar la conversación de este v-v-veterano senador —comentó Metelo con un amago de sonrisa en el rostro.

Los presentes tomaron nota de la sutil indirecta, fueron alzándose de sus *triclinia* y, uno a uno, se despidieron de su poderoso anfitrión.

Sólo uno de los invitados optó por una actitud diferente.

—Yo, no obstante, preferiría permanecer un poco más en esta hospitalaria mansión —dijo Cicerón—. Hay todavía un tema sobre el que me gustaría hablar con el prestigioso Metelo, pero puedo esperar a que nuestra recién llegada resuelva sus asuntos con nuestro anfitrión. Aguardaré en el vestíbulo —sugirió como fórmula para que Aurelia obtuviera la privacidad que parecía buscar, pero sin que él abandonara aún aquella residencia.

En el atrio sólo estaban ya el propio Metelo, Aurelia y Cicerón, y unos esclavos que, siempre con la mirada gacha, iban retirando platos y bandejas y vasos y restos de comida que habían quedado por las diferentes mesas.

—No —apuntó Metelo—. Ya q-q-que has de hablar más conmigo, quédate, Marco. No c-c-creo que nuestra invitada requiera q-q-que esperes en el vestíbulo.

Aurelia, sin duda, prefería que Cicerón no estuviera presente en la conversación, pero sabía que sugerir su salida del atrio, contraviniendo los deseos de Metelo, sería un mal principio para plantear su petición. Cuando se va a solicitar un favor de alguien, no es inteligente empezar planteando exigencias ni condiciones previas. Por humillante que pueda resultar para alguien que desciende de una de las familias más antiguas de Roma, se ha de ir con la actitud más humilde posible.

—Por supuesto —dijo Aurelia con una sonrisa tan falsa como bien dibujada en su rostro, pero sólo alguien muy intuitivo se habría dado cuenta—. No tengo inconveniente en hablar delante del senador Cicerón, ni de cualquier otro. Sólo temo… aburrir al senador.

Cicerón era muy intuitivo. Metelo, no.

Cicerón se preguntaba por qué Aurelia acudía a Metelo, un enemigo total de la familia Julia. Otros senadores podrían ser menos influyentes que Metelo, pero más proclives a ayudarla.

—Soy un hombre paciente —respondió Cicerón reacomodándose en su *triclinium* sin intención alguna de abandonar el atrio.

Metelo invitó, entonces, a Aurelia a reclinarse también en otro, pero ella declinó el ofrecimiento.

—Voy a ser breve y directa.

—Adelante, pues —indicó Metelo.

Aurelia inspiró hondo y dijo, en pocas palabras pero con precisión, aquello que deseaba solicitar:

—Vengo a pedirte que, a propuesta tuya, el Senado reconsidere el exilio de mi hijo Julio César.

Se hizo un pesado silencio.

Metelo parpadeó varias veces, sin decir nada.

Cicerón, lentamente, alargó el brazo, alcanzó su copa de vino y echó un trago largo.

Aurelia observó a cada uno de aquellos hombres que, por el momento, pensaban y meditaban antes de darle una respuesta. Tanto pensamiento no era bueno. Significaba que buscaban cómo decirle que no a la cara y que, por mera elegancia formal, andaban a la caza y captura de alguna frase con la que suavizar la negativa.

—El exilio de un familiar es siempre doloroso p-p-para sus seres queridos, bien que lo sé. —Metelo hizo referencia al exilio al que su propio padre, Metelo Numídico, se vio forzado en la época en la que los populares tuvieron cierto control de Roma.

—Mi cuñado Cayo Mario te ofreció negociar el regreso de tu padre —apuntó Aurelia de inmediato al comprender su alusión.

A Cicerón le sorprendió la facilidad con la que aquella mujer mencionaba el proscrito nombre de Cayo Mario en una Roma dominada por los *optimates*, por los herederos de un Sila que arrojó las cenizas del propio Mario al río en un acto de *damnatio* absoluta a su memoria.

—Aquella negociación no prosperó —opuso Metelo Pío con tono agrio. Sonó contundente. Ni siquiera tartamudeó.

Aurelia calló y decidió no seguir argumentando en esa línea.

—Además, en el caso de tu hijo, el joven Julio César, digámoslo claramente, se ha ganado a p-p-pulso la desconfianza del Senado.

—¿Por actuar como fiscal acusador contra alguien como Dolabela, que, más allá de facciones políticas, todos sabemos que era, cuando menos, de honorabilidad cuestionable? —interpuso Aurelia con decisión—. El propio senador Cicerón, aquí presente, estuvo a punto de dirigir la causa contra él y, sin embargo, nadie ha forzado su exilio.

—Si se me permite —intervino entonces Cicerón—, por alusiones, me gustaría decir algo.

—Adelante —aceptó Metelo.

—No se trata de que César acusara a Dolabela —explicó Cicerón—, se trata de cómo ejerció la acusación pública, de cómo transformó el juicio de una causa contra un hombre en concreto en otro contra todo el régimen surgido a partir de la guerra civil. Tu hijo, Aurelia, transformó el juicio contra Dolabela en un juicio contra el Senado en su conjunto. Y lo mismo estaba haciendo en el juicio contra Antonio Híbrida hasta que se detuvo aquella causa por el veto de los tribunos de la plebe.

«Tribunos manipulados por un Senado controlado por los *optimates*», pensó Aurelia, pero calló. Tal y como había supuesto, la presencia de Cicerón no facilitaba la consecución de la petición que había formulado. Aunque no pensaba rendirse tan rápidamente.

—Coincido c-c-con lo expuesto por Marco T-t-tulio Cicerón —apostilló Metelo casi a modo de sentencia final.

—Pese a sus diferencias políticas, mi cuñado era favorable al retorno de tu padre, aunque, como dices, la negociación no prosperara por la violencia desatada en Roma en el pasado —recurrió Aurelia de nuevo a ese episodio—. Y hay más cuestiones que me han motivado a venir aquí a… —buscó una palabra que la situara en una posición lo bastante rebajada como para halagar el ego de aquellos dos hombres—, a… implorar.

Un nuevo silencio.

—Bueno, p-p-por Júpiter, estoy dispuesto a escucharte —añadió Metelo—. Ya sabes que no soy favorable al retorno de tu hijo, por motivos p-p-políticos y de seguridad en Roma, p-p-pero estoy dispuesto a escuchar todo lo q-q-que tengas que decir.

Aurelia asintió fingiendo estar agradecida. Ella era orgullosa. Ellos lo sabían y podían reconocer el enorme esfuerzo de autocontrol que estaba haciendo.

—He venido también por respeto a mi hermano, que defendió al propio Dolabela y a otros senadores *optimates* en diferentes momentos —continuó Aurelia.

—P-p-por él te he recibido.

—Mi hermano, en su lecho de muerte, me manifestó una petición que traigo aquí por escrito —Aurelia extrajo un papiro doblado de debajo de su túnica—, de su puño y letra. Y es una petición que he de plantear ante ti, Metelo Pío, por expreso deseo suyo. En este escrito alude a la costumbre ancestral según la cual un sacerdote era siempre reemplazado por un joven de su familia de su designación. Aurelio Cota designa aquí —levantó el papiro— que sea mi joven hijo Julio César quien lo reemplace, para lo cual se hace necesario su retorno a Roma. Es un sacerdocio simple, no se trata de un cargo electo con relevancia social y política.

Cicerón sonrió para sí, ya tenía claro por qué Aurelia recurría a Metelo: éste, en calidad de *pontifex maximus*, debía atender todas las cuestiones religiosas y, en la medida en que su elección no fue popular sino que fue designado por el Senado, Metelo se conducía con cuidado, sin pasar nunca por alto la tradición. Cicerón estaba convencido de que Aurelia, a su vez, estaba segura de que Metelo se sentiría obligado a acceder a una petición de orden religioso que se ajustara a las tradiciones de Roma.

—¿P-p-puedo ver ese papiro? —dijo Metelo extendiendo la mano.

Aurelia se lo entregó.

Metelo lo desplegó, lo leyó y, acto seguido, se lo pasó a Cicerón.

Cicerón lo leyó también y, tras hacerlo, se lo devolvió a Metelo sin decir nada. Había trabajado con Cota en el pasado y parecía su letra.

—T-t-tenía a tu hermano en gran estima —comentó ahora Metelo—. Su p-p-pérdida ha sido una gran pérdida p-p-para todos y su petición no p-p-puede ser ignorada —añadió al tiempo que pensaba.

El sacerdocio que César ocuparía era de menor rango, un puesto religioso sin importancia alguna, como había dicho ella, sin acceso a poder militar o político, pero aun así… dudaba.

Aurelia percibió la oportunidad y fue con todo:

—¿Con algunas ciudades de Hispania aún en rebeldía pese a la muerte de Sertorio, con Mitrídates acosando nuestras fronteras de Oriente y con un gladiador promoviendo una tercera guerra servil no ya en Sicilia, sino a apenas unas jornadas de distancia de la misma Roma, realmente la presencia o no de mi hijo es relevante? ¿Teme acaso el Senado de Roma a un joven de veintiocho años que sólo solicita sustituir en el sacerdocio a su tío, a petición de éste en su lecho de muerte? Porque si es así, me parecería que este Senado es mucho más temeroso de lo que quiere aparentar, mucho más melindroso que lo que debería, y mucho más apocado de lo que una Roma atacada por varios frentes precisa. —Y, ante el silencio mantenido por sus interlocutores, Aurelia se permitió una sutil amenaza—: Me pregunto qué pensará el pueblo, agobiado por las penurias que impone el esfuerzo bélico en Hispania y Oriente, o qué dirán los comerciantes, preocupados por los ataques de los piratas cilicios, y los habitantes de Capua y el sur de Italia, saqueados por los esclavos en rebelión, cuando vean que el Senado parece más preocupado por mantener en el exilio a un joven ciudadano romano que por terminar con la guerra de Hispania, someter a Mitrídates, aniquilar a los piratas y acabar con esa maldita rebelión de esclavos.

De pronto, Aurelia se dio cuenta de que había olvidado su actitud de sumisión. Su orgullo la había traicionado.

O no.

Emprendido el ataque, decidió añadir una puntilla final:

—Aparte de que como *pontifex maximus*, no sé cómo puedes negarte a dar apoyo a una petición de orden religioso que se ajusta a la tradición de Roma.

Cicerón, ahora sí, sonrió sin tapujos, aunque intentó ocultar el gesto mirando al suelo. Aurelia era una mujer, pero su oratoria resultaba admirable. Como abogado habría sido temible en un juicio.

Su vehemente exposición había calado en un Metelo preocupado por todos los asuntos que ella acababa de citar con enorme tino, resumiendo los grandes problemas a los que se enfrentaba Roma. La ciudad no estaba para ahondar en viejas divisiones, sino que debía unirse para afrontar todos aquellos retos y uno a uno resolverlos de forma completa y definitiva. Y Metelo sabía de la capacidad de aquella mujer y de su familia para extender rumores desde el corazón de la Subura, ideas que perturbarían a un pueblo ciertamente incómodo por todo lo expuesto. Rumores e ideas que quedarían desactivados si se limitaba a permitir que el maldito César regresara a Roma.

—Quizá, después de t-t-todo —inició al fin Metelo—, podría inclinarme a favor de defender en el Senado el retorno de tu hijo, p-p-pero siempre bajo la condición expresa de que no será nunca c-c-considerado como tribuno militar ni podrá, en ningún momento, presentarse a elección alguna que conlleve su incorporación a la p-p-política del Estado romano, y m-m-mucho menos su ingreso en el Senado.

Cicerón fue a decir algo, pero Aurelia se anticipó:

—Ni tribuno militar ni presentarse a cargo político alguno, ni elecciones a puestos del *cursus honorum* que lo hicieran ingresar en el Senado. De acuerdo —aceptó ella con rapidez. Ya tenía lo que quería, sólo deseaba salir de allí e impedir que Cicerón añadiera nada que pudiese hacer vacilar a Metelo en lo prometido—. Creo que he abusado de la paciencia del senador —se giró un instante hacia Cicerón—, de ambos.

Se inclinó a modo de despedida y, sin esperar más palabras por parte de ninguno de los senadores, se giró y fue directa al vestíbulo, a la puerta, al exterior de la residencia de Metelo. Allí se vio rodeada por sus esclavos y se perdió por las calles de Roma, satisfecha de haber obtenido lo que buscaba: Metelo se había comprometido ante ella, y Aurelia sabía que era un hombre de palabra. Era también muchas cosas que ella detestaba, pero era un hombre de palabra, por eso Mario se atrevió a negociar con él en el pasado. Por mucho que ahora Cicerón lo envenenara con recelos, Metelo no cambiaría de opinión.

Atrio de la residencia de Metelo Pío

—No veo prudente este retorno —comentó Cicerón en cuanto se quedó a solas con su anfitrión.

—Sinceramente, no lo considero p-p-peligroso —opuso Metelo—. César regresa a un sacerdocio menor, y con el acceso al tribunado m-m-militar o al *cursus honorum* político vetados por nosotros y sin opción a ingresar en el Senado, no t-t-tiene nada. No es nada.

—¿He de recordarte que con dieciocho años se enfrentó al mismísimo Sila siendo *flamen Dialis*?

—El sacerdocio supremo de Júpiter no t-t-tiene nada que ver con el pequeño sacerdocio del q-q-que hablamos ahora —insistió Metelo.

—¿Y olvidas lo que hemos hablado ahora mismo: que con sólo veintitrés años transformó un juicio contra un senador en un juicio contra el Senado al completo y todas nuestras ideas políticas?

—No, no lo olvido, p-p-pero sin fuerza militar ni carrera política no es nadie, y eso es un hecho y lo sabes, Marco.

Cicerón calló unos instantes, pero al poco apostilló:

—¿Cómo sabes que nunca accederá al tribunado militar, que nunca nadie lo reclamará como oficial bajo su mando o que nunca iniciará una carrera política? ¿Cómo puedes estar tan seguro de que no se presentará a unas elecciones a *quaestor* cuando cumpla los treinta años, lo que le podría dar acceso al Senado mismo? Que se lo prohibamos no quiere decir que no vaya a hacerlo.

Metelo fue categórico en su respuesta:

—Porque sólo una crisis m-m-militar sin precedentes podría hacer que algún senador reclamara a César como tribuno m-m-militar, y las guerras las tenemos muy lejos, en Hispania y en Oriente, no en Italia. Y con respecto a la p-p-política, estoy seguro de que nunca se presentará a unas elecciones por algo fundamental que tú, Marco, p-p-pareces estar olvidando.

—¿El qué? —preguntó Cicerón.

—Q-q-que la familia de César está arruinada d-d-desde las proscripciones de Sila. Cayo Julio César, al q-q-que tanto temes, amigo mío, sencillamente, no tiene el dinero que hace falta p-p-para financiarse una campaña electoral en Roma. Y sin dinero, lo sabes bien, es imp-p-posible ganar unas elecciones en Roma.

Aquello era una verdad inapelable.

Cicerón guardó silencio. Lo único que rechazaba el retorno de César era su intuición. Argumentos, ciertamente, no le quedaban para oponerse al final de aquel exilio. Metelo tenía razón: sin dinero y sin una crisis militar grave en Italia, César no tenía nada que hacer incluso aunque regresara a Roma

—¿Y de qué asunto q-q-querías hablarme que te ha hecho aguardar a q-q-que acabara mi conversación con Aurelia? —preguntó Metelo.

Cicerón sonrió:

—Era una excusa. Sólo quería estar presente en esa reunión.

Metelo lo miró algo sorprendido, pero, después de tanta tensión, el comentario le hizo reír.

Cicerón lo acompañó con una carcajada un tanto forzada.

Los dos senadores, en aquel momento, se habían olvidado de alguien.

De Espartaco.

XL

Una carta llena de noticias

Isla de Rodas
Finales del 72 a. C.

César recibió la carta de Cornelia cuando estaba en clase de oratoria. Hasta allí ascendió el mensajero desde el puerto con un rollo de papiro lacrado.

—Mis disculpas, maestro —le dijo César a Apolonio, pues la entrega de la misiva los había interrumpido—. Tengo dada la orden de que me busquen donde sea que esté cuando llegue carta de Roma.

Apolonio asintió sin mostrar molestia alguna.

César desenrolló el papiro, inusualmente largo.

—Es de mi esposa —aclaró.

—¿Y es habitual una carta tan extensa por parte de ella? —preguntó Apolonio.

—Lo cierto es que no —respondió sorprendido a su vez.

—En tal caso, serán buenas noticias —comentó Apolonio—. En las malas, un ser querido no desea extenderse. Te dejo para que la leas en privado. Esta terraza es un buen sitio. Recuerda que aquí el viento sopla desde el oeste, desde Roma.

César vio al anciano entrar en su casa y dejarlo a solas.

¿Serían realmente buenas noticias?

Se sentó en un *solium* de los que había dispuesto en aquella terraza amplia y empezó a leer con avidez.

Querido Cayo:

La distancia y el tiempo que nos separan no reducen ni un ápice ni mi amor por ti ni mis ansias por volver a abrazarte, pero sé que estarás ávido de noticias de todo lo que ocurre aquí, como yo lo estoy cuando recibo carta tuya de allá donde te encuentres. Te deseo mucho en Roma, pero a veces me planteo si extender *in aeternum* tu estancia en Rodas no sería la mejor forma de salvaguardar tu vida, el bien más preciado para mí en el mundo junto con nuestra pequeña Julia. La niña, por cierto, crece fuerte y despierta. Lee y escribe y sólo quiere aprender cosas. Lamenta, eso me lo dice a menudo, no ser un hombre para poder ayudar a su padre cuando crezca, pero yo le digo que los dioses le ofrecerán momento y circunstancia para hacer que su padre se sienta orgulloso de ella y eso parece calmarla, al menos unas horas.

Pero divago. Voy con las noticias.

La primera, no por esperada menos terrible: Sertorio ha muerto.

Aquí César dejó de leer un instante. La noticia de la muerte del líder de la causa popular en Hispania ya le había llegado por otros cauces. Los *optimates* se habían ocupado de que aquello se supiera por todo el Mediterráneo para que cualquiera que fuese proclive a la causa popular tuviera claro que ya no había nadie en armas defendiendo aquellas ideas y que cualquiera que las volviese a defender, que clamase de nuevo por un reparto de tierras y derechos más equilibrado entre los senadores y los ciudadanos de Roma, terminaría muerto y bien muerto como ahora lo estaba Sertorio.

César volvió a la carta: en ella Cornelia repasaba lo relacionado con la traición de Perpenna, y César leyó con atención los detalles, pues de esa traición nada había difundido el Senado. Aceleró la lectura —leer de traidores le incomodaba inmensamente—, hasta que su esposa comenzó a hablar de otro asunto: Espartaco.

La guerra de los esclavos ha adquirido unas dimensiones inesperadas para todos: Espartaco ha seguido derrotando a cuantos ejércitos se han enviado para detener su avance hacia el norte. Desde la primera centuria de Capua, pasando por los tres mil legionarios de la milicia de

Roma comandados por Glabro, hasta las dos legiones del pretor Varinio, enviadas tras el desastre de Glabro. Pero la misión de Varinio desembocó, a su vez, en otro enorme fracaso militar frente a los esclavos rebeldes. Y aún hemos de agradecer a los dioses que en su ánimo, por el motivo que sea, no haya estado el ataque a Roma directamente, todos al tiempo, pues no sé yo si las viejas murallas de la ciudad habrían contenido su ímpetu. En todo caso, una parte importante de los esclavos sí decidió atacar Roma al mando de uno de sus otros líderes, un tal Crixo, que con unos veinte mil esclavos armados se separó del grueso del ejército de Espartaco y se lanzó contra nosotros. El propretor Arrio recibió el mando de cuantas tropas había disponibles y pudo derrotarlo y hasta matar al propio Crixo en el monte Gargano, en lo que es una de las escasas victorias conseguidas contra los esclavos desde su levantamiento. Parece ser que Arrio fue derrotado en un primer combate contra Crixo y los suyos, algo que éstos tomaron como una victoria total contra el propretor y se emborracharon para celebrarlo a la espera de lanzarse contra Roma misma en pocos días, pero Arrio reorganizó sus tropas y, aprovechando que el enemigo estaba ebrio, los atacó de nuevo y los masacró.

Pero este desenlace no consiguió que el desánimo cundiera entre Espartaco y aquellos que lo siguen. Tras la victoria de Arrio, el Senado envió contra ellos a los cónsules Léntulo y Gelio, pero éstos cayeron derrotados una vez más por el líder tracio en su ruta hacia el norte, hacia la Galia Cisalpina. Y Espartaco no sólo derrotó a los cónsules, sino que forzó, según se cuenta, a unos trescientos legionarios prisioneros a combatir a muerte como gladiadores para divertimento de todos los esclavos. Parece que ésa ha sido su particular forma de vengar la muerte de su compañero Crixo. Todo esto ha hecho evidente que los esclavos combaten de una forma si no están comandados directamente por ese líder tracio, y que lo hacen de otra mucho más efectiva e inteligente cuando el que da las órdenes de combate es el propio Espartaco.

Pero no terminan aquí las afrentas de esta rebelión de esclavos: Espartaco llegó al fin a la Galia Cisalpina y en el río Po se enfrentó a su gobernador Cayo Casio Longino, quien con todas las tropas de las que disponía intentó detener al tracio y los suyos para evitar que escaparan de Italia. Pero dicen que a Espartaco se le habían seguido uniendo esclavos en su avance hacia el norte, de modo que había podido reemplazar a todos los que siguieron a Crixo en su ataque a Roma, y llegó con su ejército tan fuerte como nunca al valle del Po y allí, en una dura batalla, el gobernador Casio Longino fue también derrotado.

Las tropas de Pompeyo aún siguen lejos, en Hispania, acabando con los últimos focos de resistencia de la defenestrada causa popular, y las legiones de Lúculo, también muy lejos, en Asia, continúan en combate contra los aliados de Mitrídates, por lo que Espartaco tiene todo el norte sin oposición de legión alguna que le impida escapar hacia la Galia. Más allá de la humillación que esto supone para Roma, hay quien teme que el líder de los esclavos haga algo aún más terrible: que, como Aníbal en el pasado, busque aliarse con los galos y atacarnos, al igual que hizo su compañero Crixo, pero con un ejército mucho más poderoso y fortalecido además por hordas de bárbaros del norte.

En el momento de enviarte esta carta, no hay aún noticias de las acciones de Espartaco al norte del Po, pero aquí mismo, en Roma, han ocurrido más cosas muy importantes y que te atañen directamente: en medio de todos estos desastres militares, tu madre negoció con Metelo tu posible regreso a la ciudad. Como sabes, tu tío Cota falleció hace unos meses, pero lo que tu madre no había desvelado hasta ahora a las autoridades religiosas es que solicitó que fueras tú quien lo reemplazara como sacerdote. Y tu madre, no sé cómo, lo ha conseguido: ha recibido el permiso de Metelo y del Senado para que puedas retornar a Roma. Eso sí, con severas limitaciones para lo que sé que son tus aspiraciones: no puedes ser reclamado como tribuno militar ni presentarte a elección alguna. Sé que esto es terrible para ti, pues jamás podrás optar al Senado, pero para mí es hermoso saberte ya tan cerca. Cuento los días que puede tardar esta carta en llegar a ti y los que te llevará organizar tu regreso.

Aquí todos te esperamos con los brazos abiertos. En especial tu madre, tus hermanas, nuestra hija Julia y yo misma. Regresa a Roma, amor mío. Y regresa pronto.

Tu querida esposa,

CORNELIA

César bajó la carta y fijó la mirada en el mar. Justo en ese instante apareció Labieno en la terraza de la residencia de Apolonio:

—Me han dicho que ha llegado carta de tu esposa —dijo.

—Así es, Tito —respondió César con una deslumbrante sonrisa—: ¡Por Hércules, volvemos a Roma!

XLI

Un encuentro en el norte

Taurasia,* junto al río Po
71 a. C.

Divicón, el líder de los helvecios, acudió a aquella reunión con Espartaco un poco por curiosidad, un poco por defenderse de una invasión que no deseaba.

Espartaco había propuesto Taurasia para tal encuentro, en la medida en que se encontraba próxima a los accesos a los Alpes y, por otro lado, era una ciudad de un pueblo fronterizo en gran medida sometido a los romanos, poco belicoso en aquella época, de modo que Divicón nada tenía que temer de unos débiles taurinos si se acercaba a aquel punto. En particular, después de que Espartaco hubiera barrido de la región a las fuerzas romanas del gobernador de la Galia Cisalpina, Longino, las que más podrían incomodar al líder helvético.

El acuerdo era presentarse frente a las puertas de Taurasia tanto el rey Divicón como el propio Espartaco acompañado cada uno sólo por cien jinetes.

Y hablar.

El rey galo, precavido, se hizo acompañar por varios miles de sus hombres hasta el valle mismo del Po, ahora dominado por el ejército de esclavos, e hizo acampar al grueso de sus tropas a unas millas de Taura-

* Turín.

sia. Luego se aproximó a la ciudad, ya sólo con los cien jinetes acordados.

Espartaco hizo algo similar: avanzó con todo su ejército hasta unas millas de distancia de Taurasia, pero dejó atrás a Casto y a Cánico al mando y él se acercó al punto de encuentro sólo con la pequeña escolta de caballería pactada.

Cuando Divicón llegó, vio una tienda montada a una milla de la ciudad y, frente a la tienda, a un hombre alto y fuerte, solo, esperando, con unas decenas de jinetes a unos doscientos pasos de distancia.

Divicón frunció el ceño mientras se acercaba. Era desconfiado y no hacía más que mirar a un lado y a otro sin vislumbrar más hombres.

—Podría haber guerreros en esa tienda, mi señor —dijo uno de los jinetes de la escolta de Divicón.

El rey de los helvecios asintió.

Siguieron avanzando hasta estar a unos doscientos pasos de Espartaco que, en pie, aparentemente solo frente a aquella tienda, seguía esperando.

—Aguardad aquí —ordenó Divicón a sus hombres al tiempo que desmontaba e iniciaba un acercamiento, ya solo, hacia el lugar donde se hallaba Espartaco, pero cuando estaba a unos cincuenta pasos de la tienda, se detuvo e hizo una señal para que el líder de los esclavos caminara hacia él.

Espartaco vio el gesto y por un instante dudó, pero de pronto comprendió que haber plantado la tienda, algo que él había hecho como cortesía para tener un lugar donde conversar con comodidad, era algo que podía inquietar al rey galo, en la medida en que no podía saber si había hombres armados o no en su interior y estaba previniendo una posible emboscada.

Espartaco cabeceó afirmativamente y echó a andar hacia el rey galo.

Los dos líderes se encontraron en medio de aquella llanura al norte del río Po, con sendas escoltas de jinetes a unos doscientos pasos de cada uno de ellos.

—Te saludo, rey de los helvecios —dijo Espartaco con respeto usando un latín sencillo—. Y te agradezco que hayas accedido a este encuentro.

—Te saludo —respondió Divicón en un latín tosco pero comprensible—, aunque no tengo claro de qué modo dirigirme a ti.

Espartaco arrugó la frente, pero no se lo tomó a mal: aquellas palabras no sonaron a desprecio ni parecían pronunciadas con afán de humillar: el rey galo en verdad no sabía cómo dirigirse a quien, sin ser rey, comandaba un ejército de ciento veinte mil hombres y había derrotado una vez tras otra a ejércitos pretorianos y consulares romanos durante los últimos dos años. Algo que no ocurría en Italia desde los legendarios tiempos de Aníbal. Sí, definitivamente, había más de asombro que de desprecio en aquellas palabras de Divicón.

—Mi nombre es Espartaco y sólo me considero un hombre libre.

—Algo que Roma ve de modo diferente.

—Sí, alguna diferencia hemos tenido sobre el asunto. Ahora los romanos cuentan sus muertos, mientras que yo, libre, estoy a punto de abandonar el territorio dominado por las pocas legiones que he dejado operativas en Italia.

Espartaco no lo dijo con tono ni intención vanidosa, pero sí deseaba mostrar que no iba arredrarse ante un galo, por muy rey que éste fuera, y aun cuando él también hubiera derrotado a los romanos en el pasado.

Divicón inspiró profundamente.

—Hablas bien latín —dijo el monarca.

—Tú también.

—Hay que entender bien al enemigo —apostilló Divicón, que ya había tenido tiempo de pensar su siguiente paso—: Volviendo al tema que planteas de que estás a punto de abandonar el territorio romano… Ahí hay un problema que no has considerado.

—¿Cuál es ese problema?

—Yo.

Los dos líderes de poderosos ejércitos se sostuvieron la mirada en silencio, sin que ninguno de los dos la bajara en ningún momento.

—No, no lo he ignorado en absoluto: por eso propuse esta reunión —se explicó al fin Espartaco. Estaban llegando al asunto clave—. Ni mis hombres ni yo buscamos enfrentamiento alguno con tu pueblo ni con ninguna otra tribu al norte del Po. Sólo quiero negociar contigo que nos dejes pasar por los Alpes sin atacarnos. Mi guerra no ha sido ni es con los helvecios. De hecho, tenemos el mismo enemigo, el mismo problema: Roma.

—¿Te parece que nos sentemos… Espartaco? —propuso el rey galo señalando unas rocas grandes a unos pasos.

El líder tracio aceptó y cada uno se acomodó en una de las piedras antes de proseguir la conversación:

—No puedo permitirte cruzar mi territorio, Espartaco —le dijo Divicón—. Quizá podría hacer una excepción contigo y tu familia, si la tienes. Eres un hábil estratega. Podría tenerte como consejero.

—Es una propuesta interesante, pero no he derrotado a tantos ejércitos romanos para terminar sirviendo a otro. Quiero establecerme por mi cuenta. Eso es todo.

—Pero eso que quieres, seguido por ciento veinte mil guerreros y no sé cuántos más ancianos, mujeres y niños, no es posible. ¿Crees que mis consejeros o las tribus que tengo como aliadas, como los tulingos o los boyos, iban a aceptar que tal expedición entre en nuestros territorios? Y si te dejara simplemente atravesarlos, ¿acaso crees que los alóbroges o los eduos, aliados de los romanos, iban a quedarse de brazos cruzados y permitir que te establecieras con toda tu gente en sus tierras? Ser muchos te ha sido útil para enfrentarte con éxito a los romanos, Espartaco, pero para establecerte en otro territorio, es un grave problema.

El tracio volvió a clavar la mirada en el rey galo sin decir nada durante unos instantes, antes de replicar:

—Eso quiere decir que no piensas franquearnos el paso hacia el norte.

—Eso quiere decir que, si te adentras en los Alpes, lanzaré a todo mi ejército contra ti y, con toda seguridad, se me unirán los tulingos, los boyos y otras tribus y de ti no quedará a nada.

Espartaco se humedeció el labio superior con la lengua. Miró al suelo y, tras pensarlo bien, volvió a mirar a Divicón:

—¿Qué alternativa me dejas?

—Volver sobre tus pasos —le propuso el monarca—. Se te da bien derrotar romanos: arrasa Roma o hazte con ella.

El otro negó con la cabeza al tiempo que se permitía una leve sonrisa.

—Muchos de mis hombres piensan lo mismo —dijo el tracio mirando hacia donde estaba su escolta y hablando hacia ellos—, pero Roma, aunque esté herida, es aún demasiado fuerte para mi ejército. Solo no podré. —De pronto se giró y volvió a fijar los ojos en el rey galo—. Pero si te unes a mí, entre los dos sí podríamos acabar con Roma. Podrías quedarte con todas las tierras del Po y yo me establecería en Italia. Ésa sí es una buena alternativa para los dos, pero hemos de unir nuestras tropas.

—No, Roma no es mi problema, tracio. Roma es *tu* problema —opuso Divicón, rápido, sin tan siquiera pensar en la propuesta.

Espartaco suspiró.

—En eso el rey de los helvecios se equivoca —se atrevió a decir—, pero en una cosa sí tienes razón —añadió veloz, para suavizar lo que acababa de afirmar—: Roma es ahora, en efecto, *mi* problema, pero Roma no para de expandirse. ¿Cuánto tiempo crees que te queda antes de que algún ejército consular romano decida adentrarse en los Alpes y la Galia y hacerse con vuestros territorios? Ya están haciendo expediciones hacia el Danubio. Dominan el oeste y luchan por doblegar a Mitrídates en Oriente. Cuando terminen con su guerra civil en Hispania y doblegen al rey del Ponto, en algún momento, no muy lejano, pondrán sus ojos en el norte.

—Roma se expande, tracio, eso es cierto, pero tú mismo has dicho hacia dónde: por el oeste hacia Iberia y por el este hacia Grecia, Macedonia, Tracia, las islas o las costas de Asia. Se atreve con los reyes celtíberos o incluso envía ejércitos, uno tras otro, contra el poderoso Mitrídates, pero con la Galia no se atreverá. Los romanos cruzan el territorio a toda velocidad, como hizo Pompeyo hace poco, hostigados por diferentes tribus galas. Sólo quieren salir de la Galia en cuanto entran en ella. No, los romanos no se atreven con nosotros y no son mi problema. Y tampoco pienso tentar a la suerte: no me planteo entrar en una guerra contra ellos en su territorio del mismo modo que ellos no se plantean invadir el mío. Por mí, que se queden con Italia y los territorios al este o al oeste que conquisten. A mí que me dejen en los Alpes y la Galia. Así estamos bien y lo saben.

—No hace tanto, Mario, un cónsul romano, derrotó a los teutones y los ambrones y los cimbrios...

—... que cometieron la estupidez de amenazar a la misma Roma —lo interrumpió Divicón, que empezaba a cansarse—. Yo, por mi parte, ya los expulsé de la Galia en el pasado, en Agen, cuando derroté personalmente al cónsul Lucio Casio. Conmigo no se atreven. Ya maté a muchos romanos y saben que lo volvería a hacer.

Espartaco parpadeó varias veces: había oído a legionarios hablar de la terrible derrota de Agen de hacía ya tres décadas, unos años antes de que Mario se hiciera con el mando de las legiones, pero no sabía que el líder galo al frente de las tropas celtas era, precisamente, Divicón.

El rey galo insistió:

—Los romanos saben que sólo encontrarán el desastre si entran en mi terreno. En los Alpes y la Galia yo soy el más fuerte, el líder. Lo saben los romanos y lo saben el resto de las tribus galas. ¿O acaso quieres enfrentarte a mí para comprobarlo? No te subestimo, Espartaco, pero no lo vas a tener fácil conmigo. Piensa bien si te compensa.

Espartaco no contaba con tanta hostilidad por parte de Divicón. Tampoco esperaba que lo recibiera con los brazos abiertos, pero sí pensó que podría negociar un paso por los Alpes sin entrar en guerra; ahora veía que nada de eso era posible. Y no, no deseaba entrar en una guerra con los helvecios y todas sus tribus aliadas en medio de unas montañas que ellos conocían a la perfección y que ni él ni sus hombres habían pisado nunca.

Lanzó un largo y profundo suspiro y se levantó de la roca.

—De acuerdo —aceptó—. Me retiraré con todo mi ejército de regreso al sur y, ya que no tengo otra alternativa, seguiré el consejo de muchos de mis hombres y atacaré Roma. Si consigo la victoria, no obstante, olvídate de lo que he dicho de las tierras del Po. Si conquisto Roma, toda Italia será mía y no querré ver ni a un solo helvecio asomando por esta llanura.

—¿Es eso una amenaza? —inquirió Divicón con cierto tono de diversión. Le parecía un reto demasiado grande incluso para alguien que había conseguido tantas victorias en tan poco tiempo.

—Tómalo como quieras, pero eso sería lo ideal para ti, que venza. Porque la otra opción, que los romanos me derroten, sólo los hará sentirse aún más fuertes y el plazo para que te ataquen con sus ejércitos se acortará, y cuando se lancen contra ti con varias legiones y estés en medio de una batalla y las cosas se pongan mal para ti y los tuyos, justo entonces, en ese momento, te acordarás de mí, de esta conversación, de estas malditas rocas en las que hemos estado sentados, y lamentarás no haberme hecho caso. Y entonces ya será tarde. Sin duda para mí, que llevaré muerto un tiempo, pero también será tarde, muy tarde… para ti.

Y sin más, dio media vuelta y echó a andar al encuentro de sus jinetes.

Divicón se quedó un rato sentado en la roca viendo cómo el líder del ejército de esclavos se alejaba, pensando qué buen militar debía de ser, pero qué prepotente y qué absurdo en sus premoniciones sobre el futuro: legiones romanas atacando la Galia. Aquello era algo impensable. Y en todo caso, que lo intentaran: entre los suyos y las tribus aliadas las rodearían y las aniquilarían. Ya se ocuparía él de hacerlo. Personalmente.

XLII

Decimatio

Edificio del Senado
Roma, 71 a. C.

—Craso.

—Craso.

—Craso.

Todos y cada uno de los senadores se levantaban y repetían el mismo nombre. Por motivos que en Roma nadie terminaba de entender, en lugar de seguir su plan original de avanzar hacia el norte, hacia la Galia, Espartaco había vuelto su inmenso ejército de esclavos hacia el sur, directo a Roma. Ante ese giro, los *patres conscripti* estaban coincidiendo en dar el mando único de todas las legiones de Italia al senador allí presente en el que más confiaban. Pompeyo seguía en Hispania, Lúculo en Oriente y Metelo era demasiado mayor para asumir el mando directo de acciones militares sobre el terreno. Así las cosas, un nombre se alzaba como elección primera:

—Craso.

—Craso.

—Craso...

El aludido, en el centro de la primera bancada de uno de los laterales de la Curia Hostilia, asentía en silencio.

Región del Samnio,* centro de Italia
71 a. C.

Ejército de esclavos

Espartaco avanzaba más despacio de lo previsto hacia Roma, para desesperación de Casto y Cánico y otros cabecillas de su ejército, pero el líder tracio estaba haciendo cálculos: a pesar de todas las victorias obtenidas y que muchos de los esclavos armados querían atacar Roma desde un principio, él seguía mostrándose cauto con aquel magno proyecto bélico. Los romanos se defenderían con uñas y dientes si iban contra el corazón de su imperio y, tras las derrotas sufridas, aún tenían bastantes legiones en Italia que podían reunir para organizar una defensa muy dura de su capital. No, su idea era ir avanzando lentamente y enviar mensajes a todas las ciudades de los *socii*, poblaciones itálicas aliadas de los romanos pero que apenas hacía unos años se habían levantado contra una Roma que apenas les reconocía derechos y que sólo después de una dura guerra les había hecho algunas concesiones políticas. Espartaco prometía darles mucha más libertad y control sobre sus tierras a estos *socii*, con la esperanza de que alguna de estas ciudades lo apoyara en su ataque. Tal y como había comentado a Divicón, el líder tracio estaba persuadido de que a Roma sólo se la podía derrotar con una alianza de múltiples enemigos suyos que la atacaran a un tiempo. Divicón, el líder galo de los helvecios, se había negado a unirse a él; quedaba la opción de los *socii*. Roma tenía muchos más enemigos, pero estaban lejos. Sin embargo, pese al lento avance de Espartaco para darles tiempo a los *socii* para pensar, ninguna de aquellas ciudades se les unió.

Y es que los *socii* también eran ciudades esclavistas, y unirse a un ejército de esclavos en armas rompía la forma en la que esas poblaciones funcionaban. Pudiera ser también que la derrota brutal sufrida pocos años atrás en su propia rebelión contra Roma los desanimara a rebelarse una segunda vez en tan poco tiempo. Podían ganar, sí, pero si perdían, sabían que Roma los aniquilaría a todos, población a población, como habían hecho con otros enemigos irredentos como Cartago o Numancia en el pasado.

---

* Véase el mapa «La rebelión de Espartaco» de la página 868.

Así que Espartaco se encontró con su ejército de esclavos, inmenso, sí, de más de cien mil hombres armados, en las proximidades de Roma, en el Samnio, pero sin ningún aliado. Y contra ellos avanzaban ya todas las legiones de Italia que Roma había reagrupado bajo el mando único un nuevo líder: Marco Licinio Craso, de quien se hablaba como alguien diferente a los anteriores pretores o cónsules contra los que había luchado. Craso parecía ser el primero con experiencia real en combate, precisamente demostrada en la anterior guerra contra los *socii*. Alguien solvente en lo militar, duro en el mando, un enemigo, por primera vez en toda aquella contienda, temible de veras. Algo que el líder tracio tenía muy presente.

—Acamparemos aquí —dijo Espartaco en medio de uno de los grandes valles del Samnio—. Quiero el grueso del ejército en el centro del valle, pero quiero también… más cosas. Seguidme a mi tienda —ordenó a Casto, Cánico y demás mandos de su ejército.

Ejército romano de Craso

El procónsul de todas las legiones de Italia podía ver desde lo alto de unas colinas el ejército de esclavos cómodamente establecido en el valle.

—Podríamos atacarlo —sugirió uno de los tribunos militares.

Craso negó con la cabeza.

—No, no me creo que sea tan fácil como sorprenderlos en medio de un valle. Antes de atacar quiero una posición más sólida por nuestra parte. —Miró a uno de los *legati*—. Mumio, tú avanzarás con dos legiones hasta el otro extremo del valle rodeando las colinas y te posicionarás allí, para así poder atacar al enemigo mañana, al alba, desde dos frentes. Esa posición sí me da confianza en una victoria. La salida del sol será la señal para coordinar el ataque; es la hora sexta, tienes tiempo de sobra, pero aunque aún tengas luz al llegar allí, no quiero que ataques hasta el alba. ¿Lo has entendido?

Mumio asintió sin decir nada.

Craso confiaba en que fuese cierto. Tenía legionarios que ya habían sido derrotados por Espartaco, que ya habían huido ante el líder de los esclavos, y tenía oficiales a los que veía cortos de entendederas, por definirlo de un modo suave. A veces se veía rodeado de estúpidos y ya se habían cometido muchos errores absurdos en la lucha contra

Espartaco. Era momento de atajar esos desatinos y poner inteligencia en ese ya muy largo asunto de una tercera guerra servil. Ahora confiaba en que su plan era bueno, si no para masacrar a todos los esclavos, al menos sí para infligirles una derrota notable que empezara a minar su moral y a reforzar la de sus hombres.

—Disponed las otras legiones en posición de ataque en esta parte del valle mientras Mumio rodea la colina —continuó Craso—. ¡Todos en marcha, por todos los dioses!

Legiones de Mumio
Hora nona

Mumio condujo a las dos legiones bajo su mando con rapidez por detrás de las colinas, de modo que a la hora nona ya estaba situado en el otro extremo del valle, tal y como había solicitado el procónsul Craso. Había tiempo de sobra para un ataque, pues aún faltaban varias horas para el amanecer, pero las instrucciones de Craso habían sido muy explícitas: esperar al alba del día siguiente. Y sin embargo...

Oteaba el valle donde estaba acampado el ejército de esclavos y los veía relajados, sin apenas centinelas y sin fortificaciones. Estaba claro que esperaban un ataque al día siguiente, frontal, desde la posición que ocupaba Craso con el grueso de las legiones, y se estaban tomando la tarde con tranquilidad, comiendo y recuperando fuerzas para la batalla.

Aquél era un momento perfecto. Sería un ataque inesperado y el efecto sorpresa podría ser devastador para la tropa de esclavos. Para Mumio, parte del error que explicaba tantas derrotas ante Espartaco era, por un lado, la falta de audacia de los líderes romanos anteriores y, por otro, dejar la iniciativa siempre al enemigo. Y el nuevo procónsul parecía querer seguir en esa misma línea...

Veía el valle y lo tenía tan claro... Había oído historias de otros jóvenes líderes militares romanos que habían sido audaces y que incluso habían desobedecido órdenes de un superior y terminaron siendo condecorados. En particular, recordaba cómo el sobrino de Mario, ese joven Julio César, exiliado ahora por sus ideas políticas, había conseguido la captura de la ciudad de Mitilene en Oriente gracias a su audacia y, en gran medida también, a tomar la iniciativa y atacar él por su cuenta las murallas de la ciudad en lugar de esperar al líder romano

Lúculo, jefe de las operaciones militares contra Mitrídates. Y ese joven César terminó rindiendo la ciudad y siendo condecorado.

Mumio estaba persuadido de que había muchos paralelismos entre lo que ocurrió en Mitilene y lo que él podría conseguir allí, en aquel valle de la región del Samnio frente a Espartaco. Además, al parecer, en Mitilene César sólo disponía de unos quinientos hombres, mientras que él tenía bajo su mando dos legiones completas. ¡Qué enorme victoria estaba a su alcance! Con sólo tener los arrestos de desobedecer a Craso.

Brazos en jarras, desde lo alto de aquella colina que coronaba el valle, Mumio resopló. Si no fuera tan evidente todo, si hubiera algún riesgo... pero la victoria era tan clara. No se trataba de derrotar a los esclavos al completo, pero podía causarles un elevadísimo número de bajas y luego replegarse en orden, de modo que al alba el ejército de esclavos estaría tremendamente debilitado y la victoria total contra Espartaco caería al fin del lado de Roma... y todo gracias a su arrojo.

—Que se preparen todos para un ataque —dijo Mumio a los tribunos militares.

—Pero el procónsul... —se atrevió a decir uno de ellos.

Mumio lo interrumpió:

—¡Que se preparen todos, tribuno! ¡Las dos legiones! —espetó con rabia ante tanta poca audacia, tanta inacción, tanto miedo.

Pero Mumio no contaba con que, más allá de los paralelismos que hubiera encontrado entre lo que él veía a sus pies, en aquel valle del Samnio, y lo que aconteció en Mitilene, había dos diferencias importantes: Espartaco no era como Anaxágoras, jefe de las tropas de Mitilene, y, por encima de cualquier otra cosa, él, Mumio, no era Julio César.

Praetorium *de Craso*
Extremo sur del valle

—¿Cómo que está atacando? —se sorprendió Craso mientras se ponía en pie sin dar crédito a la noticia.

El procónsul salió de su tienda y, desde la posición elevada en la que había establecido su puesto de mando, pudo ver que Mumio, contraviniendo sus órdenes, se lanzaba desde el lado norte del valle contra el ejército de esclavos con las dos legiones de las que disponía.

—¿Qué hacemos? —preguntó otro oficial.

—¿Que qué hacemos, tribuno? —A Craso la pregunta le parecía casi tan estúpida como lo que estaba haciendo Mumio. Se sentía rodeado de inútiles. Así no se podía ganar. Nunca. Por eso siempre eran derrotados—. ¡Pues atacar! ¡O atacamos todos o no ataca nadie! ¡Maldita sea! ¡*Triplex acies*, ya! ¡Todas las tropas en formación de combate, por Júpiter!

Se volvió hacia sus *calones*, que interpretaron al instante y sin necesidad de palabras que debían traerle la coraza y las armas. Paradójicamente, esta celeridad desanimó aún más a Craso: le resultaba penoso que, en su propio ejército, los esclavos fuesen los únicos que tuvieran claro lo que había que hacer en cada momento.

Suspiró mientras le ajustaban la coraza.

Sabía que aquel ataque era un error, incluso si en un primer momento salía bien, porque en tres horas caería la noche y eso les impediría la victoria completa, y todo por un mentecato impaciente, pero tenía aún más claro que no podía dejar solas a dos de sus legiones porque Espartaco emplearía toda su fuerza para acabar con ellas. Se veía forzado, contra su voluntad, a iniciar el ataque al atardecer…

Ejército de esclavos

El líder tracio vio el avance de las dos legiones de Mumio por el sector norte del valle.

—Que treinta mil de los nuestros, los más experimentados en combate, los paren —ordenó a Casto. Éste asintió y, en su gesto, Espartaco supo que el propio Casto asumiría el mando de esos veteranos, y eso le dio la seguridad de que aquellas dos legiones no llegarían a ser un problema—. Y enviad mensajeros a los hombres que tenemos emboscados entre las colinas para que ataquen a esas dos legiones por los flancos. Eso creará confusión entre sus filas. Se sentirán rodeados y cundirá el pánico. A muchos de esos legionarios ya los hemos derrotado antes. Huirán.

Casto volvió a asentir y, sin discutir ninguna de las órdenes, partió hacia el norte del valle seguido por un grupo de celtas que actuaban de oficiales suyos.

Ahora Espartaco se dirigió a Cánico:

—Nosotros situaremos el resto del ejército frente a Craso para contenerlo. —Miró hacia el oeste, hacia el sol de poniente—. Apenas quedan unas horas de luz. No están dispuestos para una batalla nocturna, no los hemos visto preparando antorchas ni hogueras. Será una batalla corta. Para mí... —Dudó, pero al fin compartió sus pensamientos con Cánico, que lo escuchaba con atención—: Para mí que el *legatus* del sector norte está actuando por su cuenta.

El celta se volvió hacia donde miraba Espartaco.

—Yo diría que eso es lo que está pasando —coincidió.

—Una ventaja inesperada, y la aprovecharemos. En todo caso, la batalla con Craso será dura: son muchas legiones las que tiene en el extremo sur del valle, pero cuento con que el desastre en el norte lo haga replegarse al caer la noche. Luego ya valoraremos.

Legiones de Mumio

Al principio todo pareció ir bien.

Los esclavos intentaban ponerse en posición de ataque de forma apresurada, pero al haber arremetido contra ellos por sorpresa, las primeras líneas romanas causaron bastantes bajas entre los rebeldes. Aun así, al poco, todo empezó a torcerse: aparecieron esclavos por los flancos que Mumio no había visto porque debían de estar ocultos entre los árboles que bordeaban el valle. Y, a la vez, el ejército de esclavos en su sector se reorganizó con rapidez y enseguida estableció un potente frente de batalla. Aquéllos no eran esclavos recién escapados, sino hombres que llevaban dos años guerreando sin descanso y curtidos ya en decenas de combates cuerpo a cuerpo, a muerte, sin cuartel. Y en cuanto sus legionarios vieron cómo los esclavos les plantaban cara con furia y cómo, al mismo tiempo, los atacaban por los flancos, algo imprevisto, temieron que los rodeasen y empezaron a retroceder.

—¡Mantened las posiciones! ¡Mantened las posiciones! —aullaba Mumio sin parar, pero no lo hacía desde la primera línea de combate, como sí lo hizo César en Mitilene, sino que se mantenía en la retaguardia, temeroso de ser herido por las lanzas que arrojaban, con bastante pericia, los esclavos. Y, la verdad sea dicha, un *legatus* vociferando desde la retaguardia no enardecía demasiado a sus tropas.

Además, Mumio no estaba teniendo la habilidad de enviar cohortes bien organizadas a defender los flancos que sufrían el ataque de los grupos de esclavos que habían estado ocultos entre los árboles de las colinas. Esto, sin duda, incrementaba la sensación de los legionarios de sentirse atacados por todas partes.

Las legiones de Mumio transformaron el repliegue en una huida total a la desesperada. Un auténtico sálvese quien pueda sin orden alguno.

Frente de lucha en el centro del valle

Espartaco combatía entre la primera y la segunda línea ordenando reemplazos, imitando la forma de combatir de los romanos, frente a las legiones que comandaba Craso. El tracio se ponía en primera fila dando ejemplo a intervalos regulares, para que todos vieran que él mismo cumplía con los turnos de lucha.

La sangre lo salpicaba todo. El choque frontal era atroz. La batalla no se decantaba a favor de unos u otros en el centro del valle.

Craso mantenía sus posiciones.

Espartaco también.

El sol languidecía.

Todo se oscurecía.

El tracio fue el primero en ordenar un repliegue táctico antes de que la noche los envolviera a todos y a la espera de ver qué hacía el nuevo procónsul de Roma.

Craso también ordenó el repliegue de sus tropas.

La batalla había sido encarnizada. Muchas bajas por ambos bandos. Pero, por el momento, se daba por terminada.

Espartaco miró hacia el norte.

—¿Hay noticias de Casto? —preguntó.

—Los ha destrozado —contestó un mensajero del líder celta, que acababa de llegar a caballo desde el flanco norte.

Espartaco sonrió. Al final, la tarde había sido más favorable para ellos que para el enemigo. En cualquier caso, se prepararía bien para cualquier reacción que pudiera tener Craso al amanecer.

Ejército romano de Craso al sur del valle
Al alba

Las patrullas traían noticias sobre los movimientos de Espartaco, que estaba abandonando el valle, pero a Craso todo aquello parecía no importarle lo más mínimo. Ya había ordenado él, a su vez, el repliegue de sus propias tropas. Pero sus cinco sentidos, toda su atención estaba en otro asunto: sólo quería que se reagruparan los restos de las dos legiones de Mumio que habían huido del combate contra el ejército de esclavos en el sector norte. Se trataba de varios miles de legionarios que habían estado desperdigados toda la noche, vagando sin rumbo, por entre las colinas colindantes con el campo de batalla donde Roma, una vez más, había cosechado una derrota frente a Espartaco. Pues si bien la contienda en el sur había terminado en un empate entre Craso y Espartaco, la victoria de Casto contra Mumio en el norte había sido arrolladora.

—Ya están los supervivientes de las legiones de Mumio en formación —anunció uno de los tribunos militares—. Preparados para ser inspeccionados por el procónsul.

—Que las otras legiones formen a su alrededor —ordenó Craso con una extraña frialdad.

Así se hizo, y las ocho legiones de las que disponía Craso rodearon a las dos que salieron huyendo.

Había un gran silencio en aquel amanecer en el gigantesco campamento romano. Ni siquiera se adivinaba un murmullo, hasta el punto de que costaba creer que allí hubiera congregados unos noventa mil hombres. Pero es que todos esperaban un duro discurso de humillación hacia los derrotados y no era momento de susurros soterrados o charlas abiertas.

Craso avanzó por entre las cohortes que rodeaban a las unidades que habían huido y se situó, al fin, frente a los hombres de Mumio. El propio *legatus* que había desobedecido sus órdenes se encontraba también entre los supervivientes al desastre, a la cabeza de las legiones que habían mostrado su cobardía.

Ahora sí estaba en primera línea.

Craso se detuvo justo a su altura y escupió en el suelo, a sus pies, en un claro insulto a su persona. Al procónsul ya le habían llegado noticias de cómo Mumio había intentado controlar la huida de sus hombres desde una segura retaguardia, y le parecía una vergüenza adicional verlo ahora en esa primera línea en la que tendría que haber estado durante una batalla que se estaba perdiendo.

Aun así, no le dijo nada. Para él, Mumio estaba más allá de las palabras. Como lo estaban aquellas dos legiones. Necesitaba un ejército que no retrocediera ante el enemigo. Iba a tomar una medida drástica y para explicarla sí que hacían falta palabras. Luego ya sólo sería cuestión de matar y matar. Durante horas. Muchas ejecuciones para conseguir, por fin, muchas victorias. Craso tenía el convencimiento de que el camino del triunfo a veces estaba plagado de sacrificios.

Ascendió a una tarima que había ordenado levantar justo frente a las dos legiones derrotadas. Una vez arriba, hinchó el pecho de aire y empezó a hablar.

—¡Disciplina! —aulló y guardó silencio.

Todos miraban al procónsul muy concentrados.

—¡Disciplina! —repitió.

Se tomó aún unos segundos más de silencio.

Finalmente, inició su discurso:

—Sin disciplina un ejército no es nada. Los esclavos, que apenas han recibido formación ni preparación, obedecen las órdenes de su líder. Visto lo visto —y miró a Mumio—, eso ya les da una ventaja. Pero es que, más allá de su condición de *infames*, he de reconocer que los *calones* son... valientes. No huyen ante el enemigo. Eso ya les da dos ventajas. Y estoy harto de esas ventajas que posee el enemigo. —Miró al suelo y apretó los labios; volvió a inspirar profundamente, alzó la mirada y continuó—: Esas dos ventajas van a terminar hoy, aquí y ahora: ya nunca nadie de mi ejército va a retroceder ante el enemigo ni nadie va a desobedecer una orden mía.

Calló, para que todos digiriesen el anuncio.

—Aquí mismo, en la región del Samnio —reinició el procónsul—, unas legiones romanas huyeron ante el enemigo, ante los volscos que habitaban la zona y que eran hostiles a Roma. Y aquí mismo, hace cuatrocientos años, un cónsul, de nombre Craso como yo,* decidió aplicar

---

* Apio Claudio Craso, para ser precisos. No está claro que fuera antepasado de Marco Licinio Craso, pero el *cognomen* de ambos era el mismo.

un castigo ejemplar a las unidades militares que habían huido, un castigo que evitara que esto volviera a ocurrir. Roma ha gozado de grandes victorias y ha padecido algunas derrotas desde entonces, pero la cobardía no se había instalado entre sus legionarios como parece estar instalada ahora. Contra Aníbal se sufrieron terribles derrotas, pero las legiones luchaban. Podían perder y se las castigaba hasta con el exilio en ocasiones, pero habían luchado. A la deshonra de la derrota, aquellos soldados no añadían la ignominia de la cobardía. Pues lo que es del todo inadmisible es la huida, la fuga del campo de batalla de dos legiones enteras. El cónsul Craso ordenó, hace cuatrocientos años, realizar una *decimatio* para las unidades militares que se habían mostrado cobardes en la lucha contra los volscos. Siguiendo esa orden, uno de cada diez hombres fue ejecutado. Eso mismo es lo que va a pasar hoy. Aquí. Y ahora. En este amanecer, en esta jornada, uno a uno, hasta la puesta de sol.

Craso detuvo su discurso.

Se quedó en silencio, mirándolos fijamente a los ojos, sin parpadear.

Alargó la pausa.

Quería que sus palabras hicieran mella en los legionarios: podía verlos sudando, tragando saliva, apretando los dientes mientras el sol asomaba entre las colinas.

—¿Cómo va a ser esto? De forma muy sencilla. Voy a bajar de esta tarima y me detendré frente a uno de vosotros. A partir de ahí, uno de cada diez, sin importar el rango, será ejecutado por los nueve anteriores de cada grupo. A estos nueve, mis tribunos y *lictores* les proporcionarán varas, y con ellas, a golpes, matarán al legionario, *optio*, centurión, tribuno o... —y volvió a mirar a Mumio como comandante supremo de aquellas dos legiones cobardes—, o *legatus*. Y si en algún momento uno de vosotros deshace la formación o intenta huir o vacila a la hora de ejecutar al compañero... las ocho legiones que os rodean os aniquilarán a todos. Sin excepción.

El silencio era ahora sepulcral.

Craso miró desafiante a los legionarios de aquellas cohortes cobardes.

—¡Arrojad las armas al suelo! —ordenó—. ¡Ahora mismo no sois dignos de portarlas!

Hubo dudas entre algunos legionarios de las dos legiones a las que se les ordenaba arrojar los gladios y los *pila* y apenas unos pocos obedecieron.

—¡Por Júpiter, ayer no dudasteis en arrojar vuestras armas y escudos y huir a la carrera! —aulló Craso con rabia—. ¿Vais a añadir la insubordinación a vuestra cobardía? ¿He de ordenar que maten no a uno sino a dos de cada diez, a tres, a cuatro… a todos?

No hizo falta más. Un repicar metálico de espadas, lanzas y escudos se escuchó por todo el valle.

Craso asintió.

—¿Veis como sí sabéis obedecer? —les espetó—. ¡Disciplina! —apostilló retornando a la palabra con la que había dado inicio a su discurso, a su juicio y a su sentencia. Pues todo había ido en uno.

Descendió y, nada más bajar de la tarima, los *lictores* con las varas de impartir justicia se situaron tras él y lo siguieron mientras avanzaba en silencio delante de la primera línea de las dos legiones que iban a ser diezmadas bajo aquella implacable ley de una república remota que el procónsul estaba dispuesto a recuperar aquella mañana.

Marco Licinio Craso, con mando único sobre las diez legiones asignadas para terminar con la rebelión de Espartaco, caminó despacio, sembrando el pánico en cada uno de los hombres a los que miraba directamente a los ojos, hasta detenerse, sin dudarlo, ante el oficial de mayor rango de aquellas dos legiones: el propio Mumio.

—¡Uno! —clamó el cónsul y, en voz más baja, se dirigió a sus *lictores*—. Contad diez a partir de él. Que él sea el primero a quien se ejecute.

Mumio fue a hablar, pero Craso lo interrumpió.

—He dicho que ésta es una *decimatio* sin exención alguna por rango.

Los *lictores* cogieron a Mumio por los brazos y lo adelantaron unos pasos para sacarlo de la formación. Acto seguido, repartieron bastones entre los nueve legionarios siguientes y les hablaron con decisión:

—Matadlo —ordenaron.

Los hombres dudaban, pero a un *optio* que había maldecido el día en que aquel imbécil de Mumio desobedeció las órdenes de Craso no le tembló tanto el pulso. Dio tres pasos al frente y golpeó con su vara, con enorme fuerza, el costado del *legatus*.

—¡Agggh! —gritó Mumio doblándose y cayendo de rodillas.

Se adelantaron entonces otros dos legionarios, y golpearon al *legatus* en un hombro uno y en la cabeza el otro. El *optio* repitió bastonazo también en la cabeza. Sonó un poderos crac y Mumio se derrumbó, y el resto de los legionarios que disponían de varas se arremolinaron alrededor del *legatus* caído y desataron una lluvia incesante de golpes en la que, además de obedecer al procónsul, liberaban tanto su miedo como su rabia.

Los golpes cesaron únicamente cuando resultó obvio que Mumio había muerto, y sólo entonces se acercaron los *lictores* a retirarles las varas y les ordenaron que volvieran a la formación, para repetir la operación y seguir adelante con aquel macabro sorteo a vida o muerte.

Craso se mantenía cerca de cada ejecución, rodeado por una docena de sus tribunos a modo de escolta. Tan cerca estaba, que la sangre de los golpeados le salpicaba con frecuencia, de modo que todo su uniforme empezaba a teñirse de rojo y también sus brazos y su rostro, pero Craso seguía allí, próximo a cada ejecutado hasta la muerte, y así estuvo durante varias horas.

Llegó el mediodía y aún quedaban muchos por ejecutar.

El procónsul subió de nuevo al entarimado y pidió que le trajeran agua y algo de queso y pan, y comió y bebió delante de su ejército mientras las ejecuciones continuaban envueltas todas en el más sobrecogedor de los silencios. Sólo se oían los gritos de los señalados o los de quien, mirando hacia el lado por donde venían los *lictores*, contaba y se daba cuenta de que el siguiente número diez era él.

Una vez que sabían que eran los siguientes para morir, algunos caían de rodillas y entre sollozos imploraban clemencia. Algunos mintiendo y otros diciendo la verdad, aullaban bajo los golpes:

—¡Yo no hui… yo no hui!

Pero el procónsul no hacía ningún distingo ni por rango ni por comportamiento individual ni por sollozos ni por lástima ni por piedad ni por justicia ni por nada.

La *decimatio* duró más de once horas.

El sol languidecía por el horizonte de aquel valle lleno de legionarios ajusticiados cuando aún quedaban las últimas centurias por recibir el castigo mortífero decretado por el procónsul.

—Encended antorchas —ordenó Craso desde lo alto de la tarima, desde donde seguía contemplando aquella escena brutal.

Los últimos desdichados de aquellas dos legiones murieron ejecutados bajo los temblores de las sombras proyectadas por las antorchas.

—Hemos terminado —anunció al fin uno de los *lictores* al procónsul.

Craso se levantó de su asiento y volvió a tomar la palabra.

En esta ocasión fue breve:

—¡El que quiera huir en la próxima batalla quizá escape de Espartaco, pero que sepa que ni él ni sus compañeros podrán escapar de mí! ¡Así pues, si veis a un legionario huyendo del campo de batalla, más os vale matarlo allí mismo para no ser luego ajusticiados unos por la cobardía de otros! ¡Esta *decimatio* ha terminado! ¡De vosotros depende, y sólo de vosotros, que no haya otra *decimatio* en otros cuatrocientos años!

XLIII

Dos amantes

Domus de la familia Julia, barrio de la Subura
Roma, 71 a. C.

César entró en la residencia familiar en la Subura y todo eran abrazos y risa y felicidad. Saludó a sus hermanas primero y a sus maridos, que las acompañaban en aquel momento tan importante para la familia.

Luego fue el turno de la pequeña Julia, de once años, a la que llevaba sin ver desde que tenía seis y había crecido mucho en su ausencia.

—¡Por todos los dioses! —dijo César poniendo sus manos en los hombros de ella—. ¡Si eres ya una mujer!

—Aún no, padre... Aún no estoy preparada para las *Lupercalia* —se ruborizó ella.

Aludía a las fiestas de la fertilidad en las que las jóvenes que ya menstruaban se ofrecían a los latigazos de los jóvenes lupercos en una tradición inmemorial que supuestamente promovía la fertilidad en las jóvenes doncellas romanas y que se celebraba cada mes de febrero. La muchacha aún no sangraba cada mes, por lo que no podía participar de semejantes ritos.

—No, claro que no, pequeña. No hay prisa ninguna. —La abrazó y añadió a su oído—: Qué bien aprendiste nuestro código secreto.

Ahí la niña se sintió cómplice de compartir algo sólo con su padre, algo que sólo él y ella entendían, esa forma enigmática de escribir que le había enseñado antes de partir.

César se separó de su hija y contempló, justo tras ella, a Cornelia.

Su esposa lo miraba con admiración contenida, con felicidad enjugada en lágrimas que caían silenciosas por unas mejillas acaloradas por la emoción.

No se dijeron nada.

No se tocaron.

Sólo se miraban.

Todos se apartaron unos pasos, como respetando aquel encuentro mágico. Incluso la hija de ambos, Julia, se retiró también hasta situarse junto a su abuela.

—Has vuelto —dijo Cornelia.

—He vuelto —respondió él.

—Me parece un sueño.

—Soy real, de carne y hueso, Cornelia, y estoy aquí.

—Ni las tempestades del mar ni los piratas ni las guerras de Oriente han podido retenerte.

—Ni las tempestades ni los piratas ni las guerras pueden separarme de ti —confirmó él.

Aún no se tocaban.

César giró la cabeza y vio a su madre. Se volvió de nuevo hacia Cornelia y ella cerró los ojos y asintió. Tanto había esperado, que bien podía ceder esos instantes a su suegra. Además, su reencuentro tenía que ser no ya allí, con todos presentes, sino en la privacidad más absoluta. Aurelia había sido la gran artífice del regreso de César; qué menos que su hijo la saludara como se merecía.

Cornelia retrocedió unos pasos, hasta quedar detrás de su suegra.

César fue hacia ella.

—Hola, madre.

—Hijo mío. Como dice Cornelia, nada ha sido capaz de retenerte.

—Eso es cierto, pero todos sabemos… —Miró a su alrededor incorporando a sus hermanas, cuñados, esposa e hija en aquella apreciación, hasta volverse de nuevo a ella—. Todos sabemos que si hoy estoy aquí, de regreso en Roma, es gracias a ti. Sólo los dioses saben lo que les habrás dicho a Metelo Pío y otros senadores para que me dejen regresar. Además de que he de agradecer a tu hermano Cota que me designara sacerdote en su lugar. Pero tú estás detrás de todo, como siempre, madre.

Por primera vez en mucho tiempo, Aurelia dibujó un leve esbozo de sonrisa. Algo muy inusual en ella, siempre seria, no agria ni amargada ni triste, pero sí seria y formal. Aquel amago de sonrisa indicaba mucha felicidad en su corazón, aunque, de repente, una sombra oscureció su semblante.

—Sí, yo te he traído de regreso a Roma, hijo mío, porque ése es tu destino: Roma —comentó ella—, pero siempre tengo esa extraña sensación de que entre piratas o bárbaros estás más seguro que aquí.

El comentario aún estaba en el aire cuando sacudió la cabeza y retomó la palabra:

—Pero hoy es un día de felicidad y regocijo en esta casa: mi hijo ha vuelto y eso, por Hércules, vamos a celebrarlo como corresponde.

Invitó a todos a pasar al atrio y acomodarse en los *triclinia* mientras ella, ayudada por la pequeña Julia, daba instrucciones a los esclavos para que lo dispusieran todo para un banquete, tal y como la ocasión merecía.

César y Cornelia se miraron durante toda la cena. Intervinieron alternativamente en tantas conversaciones felices como se cruzaban unos con otros y hablaron de lo mayor que estaba su hija, del terrible secuestro a manos de los piratas, de la situación en Oriente, en Hispania y en Roma, pero siguieron sin tocarse, como si aquel gesto de sentir piel con piel, del uno y el otro, fuera a encender algo tan grande que no pudieran contenerse y debía atesorarse hasta más tarde, en una adecuada y anhelada intimidad.

Aurelia los veía mirarse y sabía lo que pensaban los dos. Y le gustaba. Nunca creyó que Cornelia fuera a ser un apoyo tan grande para su hijo, pero lo era.

El banquete fue terminando.

Las hermanas y los cuñados de César y la pequeña Julia fueron los primeros en retirarse. Labieno, el eterno amigo, presente cómo no en aquella celebración, también lo hizo y, como los otros, siempre escoltado por esclavos armados, salió de la residencia de la familia Julia y fue de regreso a su casa.

—Yo también me retiro —dijo entonces Aurelia—. Han sido muchas y muy buenas las emociones de hoy, pero, al tiempo, muy intensas para una anciana como yo.

—Madre, estás tan vigorosa y atenta a todo como siempre —le replicó su hijo.

—Es posible, es posible… —admitió ella. Se levantó y se retiró a su habitación con un segundo amago de leve sonrisa que confirmaba su felicidad.

Cornelia se quedó en el *triclinium* esperando una indicación de su esposo, un comentario, una orden. No le importaba cómo lo formulara, pero que lo hiciera pronto. Miró al suelo y frunció el ceño. ¿Sería cierta la historia de Tiresias?

—¿En qué piensas? —le preguntó César—. Te veo muy ensimismada, como distraída.

Ella alzó la mirada como si despertara de un sueño. No sabía si desvelar sus pensamientos… pero era César, su esposo, en quien confiaba ciegamente.

—En Tiresias —respondió Cornelia.

—¿En el viejo adivino? —se extrañó—. ¿Y por qué en él?

—Recordaba cómo perdió la vista.

César parpadeó. Le costaba seguir el razonamiento de su esposa.

Ella tragó saliva y decidió ser sincera del todo, por completo:

—Dicen que Tiresias sorprendió a unas serpientes apareándose y mató con su vara a la serpiente hembra, y que, por ello, él mismo se convirtió en mujer. Siete años después, iba caminando de nuevo por el bosque cuando descubrió a otras dos serpientes apareándose, mató al macho con su vara y, por ello, se volvió a convertir en hombre. Y que por esta experiencia suya, cuando Hera y Zeus tuvieron una terrible disputa sobre quién disfrutaba más del placer… íntimo, si un dios o una diosa, recurrieron a él, pues había sido de ambos sexos. Pensaba ahora en que él respondió que las mujeres disfrutaban… en la cama… diez veces más que un hombre y que, por esta revelación, la diosa Hera lo dejó ciego de por vida, por haber descubierto el mayor secreto de las mujeres. Aunque parece que Zeus intentó compensarlo dándole el don de la clarividencia. En todo esto pensaba.

César la miraba fijamente.

—¿Y por qué pensabas en todo esto?

Cornelia suspiró, algo exasperada ya.

—Porque parece que yo tenga muchas más ansias por estar contigo que tú conmigo —le espetó entre nerviosa y avergonzada.

César sonrió.

—En tal caso, ¿nos retiramos nosotros también… y averiguamos quién, en verdad, tiene más ansia?

—Por favor —respondió ella.

Se levantaron y él le cedió el paso, no por un gesto de elegancia sino porque quería verla andar delante de él. Ella lo sabía. Y aquello la encendió aún más.

Llegaron a su aposento.

—He procurado que todo estuviera dispuesto tal y como lo dejaste —comentó ella moviéndose por la estancia y poniendo en su sitio algún rollo de papiro de una de las estanterías del fondo de la habitación.

—¿Y tú? —preguntó él.

—¿Y yo…?

—¿Y tú estás igual que la última vez que te vi? —precisó.

—No lo sé… creo que sí… —apuntó ella mirando al suelo, inquieta y cada vez más excitada por aquel reencuentro. Aún no se habían tocado—. Sólo tú puedes saberlo… comprobarlo, quiero decir…

—Desnúdate —dijo él, y se sentó en el borde de la cama para mirarla bien.

Ella tragó saliva.

Se situó frente a él y, a la luz de dos lucernas de aceite, empezó a soltar la *finula* que sostenía su vestido. La tela cayó al suelo y Cornelia se quedó con la túnica íntima. Entonces dio un paso al frente, pequeño, para dejar atrás el vestido caído, con cuidado de no pisarlo, y poco a poco empezó a bajarse la prenda íntima de modo que primero sus hombros, luego sus senos y, por fin, todo su cuerpo quedó completamente desnudo ante él.

—Sí —dijo César—. Estás tal y como te recuerdo.

Pero él no se movía de la cama ni le daba ninguna otra indicación.

—¿Y eso es bueno? —preguntó ella, por hablar, por decir algo, por puro nervio.

—Muy bueno —respondió él—. Acércate.

Ella obedeció feliz.

Cuando estuvo a apenas un palmo de él, César se levantó y por primera vez posó el dorso de la mano en su mejilla.

Ella empezó a llorar.

—Te he echado tanto de menos, Cayo... No sabes cuánto te he echado de menos...

—Chisss —susurró él a su oído y la abrazó, y ella, de inmediato, notó el miembro duro y erecto de él bajo su túnica y, ante esa sensación, reaccionó abrazándolo aún más fuerte.

—Julio César aún no tiene un hijo —dijo ella.

—No, no lo tengo.

Estaba la pequeña Julia, pero no había un varón que pudiera ser el nuevo *pater familias*, el heredero de todo cuanto pudiera conseguir su padre.

—Es mi deber como esposa darte ese hijo —añadió Cornelia, siempre abrazada a él.

No hablaron más en un buen rato.

No había nada más que decirse con palabras y sí mucho con sus cuerpos.

Tan absorbidos estaban el uno en el otro por aquel contacto tan deseado y tan intenso, que ni él ni ella se percataron de la pequeña sombra que las antorchas del pasillo proyectaban en una de las paredes de la habitación a través de un resquicio en la puerta. Si se hubieran asomado, habrían podido ver a la pequeña Julia que, sigilosa, se había deslizado hasta allí para escuchar oculta, entre feliz y curiosa, el reencuentro de sus padres. No se trataba de espiarlos, sino de querer compartir la alegría de ellos al verse, de nuevo, todos juntos.

Pero cuando Julia retornó a su cuarto y se sentó en su cama, ya no había ni felicidad ni curiosidad en su corazón, sino sólo una inmensa pena... por ser una niña y no el niño que su padre necesitaba.

XLIV

La petición de Craso

Craso no entró en el Senado: irrumpió en él.

Muchos *patres conscripti* lo recibieron con caras severas y gestos de desaprobación ante su impetuosa entrada en la Curia Hostilia. Algunos lo miraban con sorpresa. Después de su espantosa derrota en el Samnio ante Espartaco, la mayoría de los senadores pensaban que Craso, de atreverse a regresar ante ellos, lo haría con humildad y pidiendo disculpas y hasta el perdón por un nuevo fracaso militar, y más cuando se le había otorgado el mando de todas las legiones de Italia.

Pero no. Ante ellos tenían a un Craso decidido, airado y desafiante.

Miró a la presidencia del Senado, ocupada esa mañana por Léntulo Sura, uno de los cónsules de aquel año. Éste se sentía incómodo por el hecho de que él y su colega en el consulado, Cneo Aufidio Orestes, no tuvieran el mando militar de las legiones, sino que se le hubiera otorgado a Craso de forma extraordinaria. Sura esperaba ahora, tras el fracaso de Craso en el Samnio, recibir en aquella sesión el mando de las legiones.

Sura miró hacia el oscuro Catilina, uno de sus aliados habituales en el Senado, que se limitó a asentir, como diciéndole: «Déjale hablar; no tiene forma de defenderse ante su fracaso militar absoluto».

Catilina era un senador con grandes ambiciones de poder, pero aguardaba su oportunidad agazapado. Aunque hubiera quedado exonerado del crimen, la acusación de que se había acostado con una vestal aún manchaba su nombre y lastraba su carrera política, que no terminaba de despegar. Pero Catilina no tenía prisa. Aún no. Además, la guerra contra Espartaco se había constituido en un problema tan complejo que prefería que otros se quemaran en su difícil resolución.

Craso, en pie en su bancada, se impacientaba.

—El procónsul Marco Licinio Craso tiene la palabra —anunció Sura al fin, y añadió un comentario descarnado, desautorizándolo ya de inicio—: Y, ciertamente, muchas palabras necesitará para explicar su tremenda derrota ante Espartaco cuando disponía de hasta diez legiones a su mando.

Craso tragó saliva y engulló el insulto. Por el momento. Tenía un objetivo claro que conseguir en aquella reunión del Senado y no pensaba dejarse distraer por ninguna provocación.

El veterano Metelo Pío, el agresivo Cicerón, el oscuro Catilina, el propio Léntulo Sura y los demás magistrados y senadores estaban atentos. De esa sesión debía salir una renovación del mando de Craso o la elección de un nuevo mando militar único contra Espartaco.

Cicerón observaba a Sura y a su amigo Catilina muy atentamente. Estaban preparados para asumir ese mando; no, estaban anhelantes, ansiosos, ávidos de obtener ese mando. Tanto poder en manos de aquellos hombres de ambiciones turbias le inquietaba. Pero Craso había fracasado a la hora de detener a Espartaco... ¿Qué hacer si Sura era cónsul electo y se ofrecía como candidato a comandar todas las legiones junto con Orestes? ¿Cómo negarles ese poder que las leyes, de hecho, les otorgaban? Leyes que habían torcido en favor de un Craso que se había probado incapaz para la tarea...

Metelo Pío miraba también a unos y a otros. Pero, movido por los años y la experiencia, no prejuzgaba. Ni él ni nadie de los presentes, excepto Craso, había estado en el Samnio y las noticias de lo ocurrido allí eran escasas y confusas. No tomaría una decisión antes de escuchar al procónsul.

—No vengo a pedir perdón al Senado por la derrota del Samnio ni a disculparme —empezó éste con virulencia y osadía a borbotones—. No lo voy a hacer porque, si el Senado se niega, una y otra vez, a tomar las medidas necesarias para acabar con una rebelión tan poderosa como la de Espartaco, el Senado merece recibir una derrota tras otra. Y con eso vengo. Se me mira como si yo fuera el culpable de lo ocurrido en el Samnio, pero no es así. Si lo fuera, habría practicado una *devotio* en el mismo campo de batalla y ahorraría al Senado este discurso, pero como no he sido yo el culpable y persiste el problema por el cual nos derrota continuadamente Espartaco, voy a decir, de una vez por todas, la realidad de lo que está ocurriendo en Roma desde hace dos años. Aunque duela oírlo.

El inicio devastador e inesperado del parlamento de Craso consiguió, al menos, una parte de lo que el procónsul deseaba: la atención de todos. Pero eso no bastaría. Sabía que necesitaba más que el efecto sorpresa en el enfoque de su discurso.

—¿Y qué es lo que ocurre desde hace dos años, Marco Licinio Craso? —se atrevió a preguntar Catilina desde su banco interpelando directamente al senador en su uso de la palabra sin que Sura, el presidente de la sesión, se lo recriminara.

Craso pasó por alto el nuevo insulto. Catilina y Sura buscaban enmarañarlo todo, cuando él buscaba clarificarlo, de modo que se mantuvo firme en su plan y continuó:

—Este Senado lleva dos años menospreciando e infravalorando la gravedad de la rebelión de Espartaco. Se ha dedicado a enviar tropas o insuficientes o mal preparadas o mal lideradas contra alguien que, más allá de su condición u origen, más allá de ser un gladiador, un esclavo y un *infame*, ha dado muestras evidentes de ser un hábil estratega militar y un eficaz líder de un amplio ejército al que ha entrenado, formado y del que ha conseguido una enorme lealtad. Primero enviamos pocas tropas contra él y, luego, sumamos cohortes y legiones, pero sin elegir ni una sola vez un líder capaz. ¿Qué ha pasado en el Samnio? Yo os lo diré, y os lo diré con claridad. Algunos querrán ver vanidad en mis palabras, sólo porque buscan reemplazarme y no lo mejor para Roma, pero los que escuchéis mi explicación de lo ocurrido con la genuina intención de entender la situación actual veréis que tengo razón. ¿Qué necesita un ejército? Tres cosas: un buen líder, un número importante de legionarios disciplinados y oficiales eficaces. Si falla uno de esos pilares frente a un enemigo no muy capaz, aún se puede conseguir la victoria, pero si se tiene enfrente a alguien que, como Espartaco, nos guste o no, ha demostrado ser realmente bueno en el campo de batalla, entonces no se puede ganar. Me habéis dado muchos legionarios, cierto, diez legiones, pero… indisciplinados. Y me habéis dado oficiales, cierto, pero que no obedecen mis órdenes. Si envío a un tribuno militar con instrucciones precisas de rodear al enemigo pero no atacarlo hasta recibir mi señal, y éste no obedece sino que, desoyendo mi mandato, ataca cuando no es el momento, es imposible ganar. Si se me dan muchos legionarios pero éstos huyen en el combate, da igual tener diez o veinte legiones. Es mejor una legión de hombres valientes que no ceden terreno en la batalla que diez legiones de cobardes. El oficial Mumio ya ha sido ejecutado, al igual que he diezmado las legiones.

Alguna noticia había llegado a Roma sobre una supuesta *decimatio*, pero hacía tanto tiempo que nadie recurría a aquella práctica que se tomaba el rumor por una exageración de batalla. Y sin embargo, allí estaba, ante ellos, el mismísimo Craso confesándolo y asumiendo la responsabilidad de haber aniquilado a uno de cada diez legionarios disponibles en la lucha contra Espartaco.

—¿Está diciendo Craso que ha ejecutado al equivalente a una legión entera? —preguntó Sura, que, ante tal barbaridad, veía que la sustitución en el mando de las legiones, y en consecuencia su propio nombramiento como líder militar, estaba cada vez más cerca.

—Craso se dedica a matar legionarios romanos en lugar de esclavos rebeldes. Curiosa forma de defender a Roma —apostilló Catilina.

—Diezmar las diez legiones es lo que debería haber hecho —replicó Craso con seguridad, mirando alternativamente a Sura y a Catilina—, pero he limitado la *decimatio* a las dos que estaban en primera línea de combate y que iniciaron la retirada contraviniendo mis órdenes —aclaró Craso mirando al veterano Metelo. Necesitaba que otros distintos a Catilina o Sura dieran su opinión.

Metelo Pío, muy serio, miraba al suelo con las manos abiertas, unidas por las yemas de los dedos. Una *decimatio* general habría sido inaceptable, pero una *decimatio* a las unidades que habían mostrado menos vigor ante el enemigo tenía sentido.

—Sila amenazó a sus propios hombres con acribillarlos a flechas desde las murallas de Roma en la batalla de Porta Collina —continuó Craso—, cuando éstos flaquearon ante los samnitas, y ya nadie retrocedió. Y la República romana usó la *decimatio* cuando las legiones huyeron de la lucha contra los volscos, y si hay una institución que se enorgullece de nuestras costumbres más antiguas es este Senado, así que no creo que se me pueda condenar por emplear precisamente una de nuestras costumbres más antiguas. Quizá una *decimatio* a tiempo habría detenido esta larga serie de humillantes derrotas ante un ejército de esclavos.

Eso de que a Sila le funcionó amenazar a sus tropas en la lucha contra los samnitas era cierto. Y la *decimatio* aplicada en la remota guerra contra los volscos también.

—Prefiero nueve legiones de valientes que diez de cobardes. O nueve legiones, me da igual si son o no valientes, pero que cumplan mis órdenes. Eso es la base de todo, pero, aun así, no basta.

Se hizo un largo silencio.

Esta vez ni Sura ni Catilina ni nadie intervino ni para valorar ni para preguntar.

Craso retomó el uso de la palabra:

—Pero no he venido al Senado sólo a explicar lo ocurrido, sino a formular una petición muy concreta.

Sura, como presidente, debía invitar a Craso a presentar su petición, pero callaba. Sabía que Craso había evitado con habilidad entrar en su juego de enmarañarlo todo aquella mañana. Sólo le quedaba importunarlo dificultándole las cosas durante la sesión, pero entonces quien habló fue el veterano Metelo Pío, haciendo uso de su *auctoritas*:

—¿Cuál es tu p-p-petición, Marco Licinio Craso?

Craso miró a Metelo, asintió en señal de reconocimiento y fue directo al grano:

—Considero que tengo tropas suficientes, en especial ahora que las he disciplinado de forma ejemplar, y me considero un líder militar capaz. Pero si la cadena de mando no funciona, da igual que el líder sea diestro y que los legionarios no retrocedan en el campo de batalla. Si los oficiales no cumplen las órdenes o flaquean o no son hábiles, todo el ejército se desmorona.

Todos lo miraban muy serios, atentos, pensativos. Hasta Cicerón y Catilina fruncían el ceño. No sabían adónde quería llegar el procónsul al mando de las legiones de Italia.

Craso extrajo entonces un papiro de debajo de su toga y lo exhibió ante el Senado.

—Me faltan *legati* y tribunos militares a mi nivel. Me falta disponer de los mejores oficiales que haya en Roma hoy y quiero disponer de ellos ya mismo. Traigo aquí un listado con los nombres de todos aquellos a quienes considero buenos tribunos militares. Quiero a estos hombres conmigo. Necesito a estos hombres. *Roma* necesita a estos hombres. Sólo así tendremos un ejército disciplinado, un buen líder y oficiales competentes.

Desenrolló el papiro y empezó a leer, uno a uno, los nombres de aquel listado mientras el Senado escuchaba atento.

Todos eran jóvenes ciudadanos romanos, unos patricios, otros plebeyos, algunos fuera aún del Senado por razón de edad, que habían destacado en el campo de batalla en algún momento no muy lejano en el tiempo, ya fuera en la guerra social o en las luchas contra Mitrídates o Sertorio. Fue el último nombre el que hizo que un mar de murmullos se apoderara del Senado:

—… Tito Labieno y… Cayo Julio César.

César, perseguido por Sila, acusador de senadores *optimates* en el pasado reciente como el fallecido Dolabela, o Cayo Antonio Híbrida, presente en aquella sesión; César, el sobrino de Cayo Mario, a quien aún se consideraba un popular irredento, generaba una enorme desconfianza en el Senado. Desde Mitilene, se había evitado concederle de nuevo mando militar alguno, pese a que sus hazañas privadas, como la de apresar y ajusticiar a los piratas que lo habían secuestrado, o heroicidades públicas, como su protagonismo en la toma de Mitilene, habían llegado a oídos de todos dejando patente su valía en combate.

Pero la crisis con Espartaco era muy grave y la desobediencia de Mumio, un error que ya no podían permitirse. La argumentación de Craso era sólida. Catilina, Sura y hasta el propio Metelo callaban.

Intervino Cicerón:

—Hay un nombre en esa lista, todos sabemos a quién me refiero, que creo que incomoda a muchos de los *patres conscripti*.

Craso ya esperaba alguna réplica de ese tipo. No se arredró. Al contrario, se mostró firme, rotundo:

—Es el listado completo, o mi dimisión en el mando militar contra Espartaco —dijo con aplomo.

Aquello sorprendió a todos.

Sura sonrió. Sentía que la cerrazón de Craso abriría nuevas alternativas y allí estaba él para presentarse, en calidad de cónsul electo, como su sucesor al mando de las legiones.

—¿Y no habría forma de negociar esa lista? —preguntó Cicerón buscando una salida pactada al conflicto.

—Todos los del listado han mostrado sus dotes militares en el campo de batalla. Algunos han sido incluso condecorados por Roma; en concreto, el último de la lista es poseedor de la corona cívica. Es momento de unir fuerzas, más allá de las diferencias políticas, al igual que hicimos contra los *socii* en la pasada guerra, donde hasta Mario y Sila combatieron en el mismo bando. Hagamos como se hizo entonces y unámonos contra ese maldito gladiador rebelde. Es una cuestión bélica: los mejores contra Espartaco, sin mirar su pasado político. No hice excepciones con la *decimatio* y no voy a hacerlas con este listado.

Aún añadió unas palabras finales:

—Y si el Senado no está dispuesto a mostrar una unión total contra Espartaco, cederé el mando al único a quien veo con experiencia suficiente como para asumirlo. —Y miró a Metelo Pío.

El observado se movió en su bancada en busca de una posición más cómoda, pues, de súbito, el asiento, pese a los numerosos cojines, le parecía duro y molesto. Ni él ni el resto del Senado se esperaban aquella reacción de Craso que, por otro lado, lo mostraba no como alguien ávido por mantener a toda costa el poder militar asignado, sino como alguien que venía con propuestas audaces.

Metelo sabía que tenía que decir algo. Se sentía mayor y cansado. Con casi sesenta años, aprobada ya la futura celebración de un nuevo triunfo por sus campañas contra Sertorio, a la espera sólo de la derrota final de los últimos focos de resistencia en Hispania, aceptar el mando de otra campaña militar era un regalo envenenado. Él ya no tenía nada que ganar y sí mucho que perder contra un rebelde que se había mostrado capaz de acabar con muchos ejércitos romanos. Probablemente Craso podría detenerlo al fin, y si no lo hacía, habría otras opciones, como reclamar el regreso de Pompeyo, pero aceptar el mando contra Espartaco con unas legiones tan castigadas por su procónsul no le resultaba apetecible. Por otro lado, cedérselo al ambicioso Sura, apoyado por el no menos ambicioso Catilina, tampoco parecía buena idea. A veces, tal y como había aprendido en sus largos años de lucha política y militar, la mejor opción era dejar todo como estaba.

—Yo creo —empezó Metelo— q-q-que es momento de aceptar que t-t-todos luchemos contra ese Espartaco… unidos.

No dijo más.

A Sura no le quedó otro remedio que someter la moción del listado de nuevos tribunos a votación. Catilina se mantuvo en silencio. No era su momento. Esperaría.

La propuesta de Craso se aprobó por amplia mayoría.

Aurelia había negociado con Metelo que su hijo pudiera regresar a Roma como sacerdote, pero gracias a que un gladiador había levantado un ejército de más de cien mil hombres contra Roma y derrotado a varios ejércitos consulares, Cayo Julio César fue promovido a tribuno militar. Contra todo pronóstico, César reiniciaba su carrera militar en defensa de Roma.

XLV

La prisión más grande del mundo

Suroeste de Italia, 71 a. C.

Con oficiales competentes y legionarios que no se retiraban ante el enemigo —aunque sólo fuera por miedo a ser ejecutados—, Craso empezó a cosechar algunas victorias contra Espartaco, y este último se vio forzado a ir retirándose hacia el sur: el ejército de esclavos abandonó primero las proximidades de Roma, luego el Samnio y, finalmente, replegándose a través de Lucania, se refugió en el Brucio, en el extremo sur de la península itálica.*

Craso había conseguido su objetivo inicial de arrinconar al enemigo en una región de Italia. Lo había intentado en el norte, en el Samnio, pero la incompetencia de su *legatus* Mumio desbarató sus planes. Sin embargo, ahora tenía a Espartaco donde quería.

—Ahora intentará cruzar a Sicilia —dijo Craso en una reunión de oficiales en el *praetorium*—. Es la única salida que tiene.

Los *legati* y los tribunos militares asintieron.

Todos menos uno.

Craso observó que Julio César miraba los planos y callaba, sin hacer ningún gesto de aprobación ni de desaprobación a sus palabras.

—¿O alguien ve otra opción? —preguntó Craso.

César levantó la mirada del mapa y encontró los ojos de Craso

---

* Actual Calabria.

clavados en él. Sabía que el procónsul valoraba sus opiniones y le estaba agradecido porque había presionado al Senado para reincorporarlo al ejército, y le pagaba dicho favor compartiendo con sinceridad sus valoraciones sobre la campaña. En lo que valieran.

—Si las cosas se tuercen con los piratas cilicios con los que Espartaco cuenta para cruzar a Sicilia... —empezó César.

—Que se torcerán, por Júpiter —lo interrumpió Craso—. Ya me he ocupado de que todos los barcos disponibles patrullen estas costas, a riesgo de desatender ciudades enteras del sur de Italia, pero haciendo imposible que los piratas puedan embarcar las tropas de los esclavos.

—Pues entonces, si Espartaco no tiene otra opción, sin más terreno al que replegarse, se revolverá contra nosotros o buscará la forma de rodearnos y entrar de nuevo en el centro de Italia. Lo cual... —No terminó la frase.

—Lo cual... —la recogió Craso— sería una gran derrota para nosotros y algo que el Senado emplearía en mi contra para relevarme del mando único de esta guerra.

Ahora el único de todos los oficiales que asintió fue César.

—Pero Espartaco ni va a embarcar en los barcos piratas ni va a poder rodearnos, ni de día ni de noche —afirmó Craso, y guardó un pequeño silencio retórico para dar énfasis a sus siguientes palabras. Habló señalando con el dedo índice el mapa, la punta que representaba el Brucio, en el sur de Italia—: Vamos a construir un muro, un vallado de quince pies de altura,* con fosos, que vaya desde el Mare Tyrrhenum** hasta el mar Jónico, de aquí a aquí. Vamos a encerrar a Espartaco como se encierra a los esclavos, en una prisión.

—Eso son... más de cuarenta millas*** de vallado y fosos —se atrevió a apuntar César, subrayando la magnitud de la obra que Craso tenía en mente.

—En efecto —aceptó el procónsul, pero sin ánimo de retractarse de su propuesta—. Se trata de construir la mayor prisión del mundo para la mayor rebelión de esclavos de la historia.

* Unos cuatro metros y medio.
** Mar Tirreno, la porción del Mediterráneo que se encuentra localizada entre las islas de Córcega, Cerdeña, Sicilia y las costas de Italia.
*** Unos 65 km.

Brucio, 71 a. C.

Ejército de esclavos, tienda de mando de Espartaco

Las noticias de que los piratas cilicios los habían abandonado ya habían corrido por el campamento de esclavos y reinaba el desánimo. Desde que Craso había retomado las acciones bélicas contra ellos, salvo la victoria que habían obtenido en el Samnio aprovechando la estupidez de uno de sus oficiales romanos, ya no habían conseguido detener el avance enemigo que los había terminado arrinconando en aquella esquina de Italia.

Y ahora, el gran plan de su líder de que los piratas cilicios los transportaran a Sicilia, donde atrincherarse y hacerse fuertes, se había desvanecido, ya que éstos se habían echado atrás al ver una elevada concentración de naves militares romanas patrullando aquellas costas.

—Han ofrecido una alternativa —anunció Espartaco, que tenía noticias más recientes de los cilicios.

—¿Qué alternativa? —preguntó Casto, a quien no se le ocurría solución posible a la situación en la que se encontraban.

—Craso ha concentrado las naves romanas entre el Brucio y Sicilia. Los piratas me proponen un plan para evitar la flota romana: embarcarnos en Bríndisi. —Identificó la ciudad portuaria en el plano de Italia desplegado sobre la mesa, al norte de su posición, fuera de la región en la que estaban arrinconados.

—Eso está muy bien —dijo Cánico—, pero los romanos están construyendo fortificaciones de aquí a aquí. —Señaló el mapa marcando una línea que iba de costa a costa del Brucio—. Levantan un enorme muro, un vallado de quince pies de altura y con fosos por delante que lo hacen aún más infranqueable. Y detrás están las legiones de Craso defendiéndolo. ¿Cómo vamos a llegar a Bríndisi? Es imposible.

Espartaco se alejó del mapa y fue a sentarse en una de las *sellae* que había distribuidas por la tienda, antes de hablar con una serenidad que sorprendió a todos:

—Cruzando ese muro, por supuesto —dijo, y aceptó la copa de vino que le ofreció Idalia, que ya sabía que cuando Espartaco se sentaba, quería decir que deseaba beber. Y a ella, orgullosa de ser su mujer (oficial o no, eso allí daba igual, aquél era otro mundo, no el romano), le gustaba atenderlo delante de los líderes guerreros del ejército.

—¡Pero por todos los dioses! —insistió Cánico—. ¿Cómo piensas sacarnos de esta cárcel? ¡Porque en eso es en lo que se ha convertido esta región para nosotros, en una inmensa cárcel! ¿No has oído todo lo que he dicho de ese muro? Es inexpugnable.

—Atacaremos el muro por la noche —anunció Espartaco.

Se hizo un breve silencio.

—Aun así —continuó Casto, que no lo veía claro—, de día o de noche, los fosos y el vallado y todos los legionarios de Craso estarán ahí: se concentrarán donde ataquemos. Y si dividimos nuestras fuerzas, no seremos lo bastante fuertes para quebrar el muro en ningún punto.

—En eso tienes razón —aceptó Espartaco—. Dividir nuestras fuerzas no es una buena idea. No, hemos de concentrarnos en un punto, en un único punto, y allí atacar con todo. Y cruzaremos.

Casto negó con la cabeza, pero no se opuso más. Estaban desesperados y el plan de Espartaco era tan bueno o tan malo como cualquier otro llegados a aquel extremo. Al menos, morirían luchando.

Todos salieron de la tienda, pero Casto se quedó rezagado, se volvió hacia el interior y vio que Espartaco seguía en su asiento, con la copa de vino en el suelo y releyendo, de nuevo, uno de aquellos papiros que cogió de la casa de Léntulo Batiato años atrás, el día de la huida, el día que empezó todo.

—¿Realmente es éste tiempo para leer? —le preguntó.

Espartaco no se tomó a mal el comentario. Casto había aceptado el plan y eso era lo importante.

—Leer me relaja —respondió antes de regresar a Polibio.

Casto suspiró, volvió a negar con la cabeza y dejó solo a Espartaco con Idalia, con aquellos papiros antiguos, con aquella lectura inútil, en medio de aquella prisión gigantesca en la que estaban encerrados.

Muro del Brucio, sector oeste
Al atardecer

Craso, seguido por César, Labieno y otros tribunos, se paseaba por lo alto de la empalizada mirando hacia el sur.

—Están muy quietos —comentó Craso, que hacía semanas que esperaba alguna reacción violenta por parte de los esclavos, toda vez que ya debían de saber que los piratas cilicios no iban a acercarse a aquellas costas.

Las fortificaciones llevaban un mes levantadas y la inacción de Espartaco empezaba a incomodar al procónsul. Tenía noticias de los grandes avances de Pompeyo en Hispania al arrasar los últimos focos de resistencia de la rebelión de los populares en aquella provincia y temía, no sin motivo, que el Senado terminara dándole el mando contra Espartaco o, al menos, obligándole a él, a Craso, a compartirlo con Pompeyo. Por eso aquella espera comenzaba a antojársele demasiado larga. Por otro lado, los esclavos, cada vez con menos recursos, sin posibilidad de recibirlos por mar y sin opciones de moverse por toda Italia saqueando, como habían hecho hasta ahora, al estar encerrados en aquella esquina, eran más débiles cada día: su inacción se le antojaba extraña.

—Esperaremos un par de semanas más y si no hacen nada los atacaremos nosotros —anunció Craso.

A todos les pareció bien la propuesta.

Cayó la noche.

El procónsul se retiró, y lo mismo hicieron el resto de los oficiales. Excepto César y Labieno, que se quedaron mirando hacia el sur desde lo alto de la empalizada.

—Está planeando algo —dijo César mientras escudriñaba el horizonte oscuro del anochecer.

Muro del Brucio, sector oeste, al sur
En mitad de la noche, secunda vigilia

Miles de antorchas se acercaban en una larga columna contra el vallado levantado por los romanos. Eran tantas las luces que parecía que una inmensa serpiente de fuego reptara incontenible contra el muro.

Muro del Brucio, sector oeste, al norte
Secunda vigilia

—¡Nos atacan, por Júpiter, nos atacan!

La voz de alarma resonó en medio de la noche despertando a todo el campamento romano.

Espartaco podría haber atacado por el este, pero, curiosamente, había decidido hacerlo por el sector oeste, justo aquel en el que se encontraba Craso.

—¡Concentrad aquí todas las tropas! —ordenó el procónsul desde la puerta de su tienda mientras se vestía con la asistencia de los *calones*.

En poco tiempo, Craso, César, Labieno y otros oficiales volvían a estar en lo alto del vallado contemplando aquella colosal columna de antorchas que se aproximaba, lenta pero inexorablemente, hacia la fortificación.

—Son muchos —comentó uno de los tribunos.

—Son todos —confirmó Craso—. Saben que dividiendo sus fuerzas no conseguirán superar las fortificaciones. Sea, ésta es la gran batalla que buscábamos. Si la quieren por la noche, será por la noche. ¿Cuánto tardarán las legiones del sector este en estar aquí?

—De noche, se mueven con más dificultad —comentó otro tribuno—. Llegarán aquí en la *tertia vigilia*.

Craso mostró desaprobación en el rostro.

—Sin duda, los esclavos han contado con este tiempo, por eso esas legiones han de moverse más rápido —ordenó Craso, sin dejar margen alguno a réplicas.

Hablaba el procónsul que había diezmado las legiones no hacía mucho; aquello estaba en la mente de todos, y los tribunos, en lugar de discutir, se aprestaron a llevar las instrucciones a las legiones del sector este y acelerar su concentración en el punto atacado lo antes posible. Sobre todo, antes de encender la ira de Craso.

—Se detienen. —César señaló hacia la larga columna de antorchas enemigas.

—Se estarán organizando —comentó Craso—. Como estamos haciendo nosotros. Eso nos beneficia, nos da tiempo para concentrar aquí todas las tropas. ¡Traed antorchas! —ordenó mirando a su alrededor—. ¡Por Júpiter, quiero todo el sector oeste del muro iluminado! ¡Quiero verles las caras cuando los matemos!

César seguía mirando hacia la inmensa columna de antorchas detenida a una milla de distancia del muro.

—Es raro —masculló entre dientes, pero Craso le oyó.

—¿Qué es raro, tribuno? —le preguntó. En el fondo, había algo en aquel ataque nocturno que tampoco a él le encajaba del todo.

—¿Por qué detenerse en lugar de atacar? ¿Por qué darnos este tiempo para concentrar todas nuestras tropas aquí y defendernos mejor imposibilitándoles toda opción de salvar estas fortificaciones? Están perdiendo su efecto de ataque sorpresa. No tiene sentido.

—Cierto —aceptó Craso, pero, apremiado por la inminencia de la gran batalla, apostilló—: Muchas cosas en esta guerra carecen de sentido. —Y así puso fin a la conversación.

César calló, pero al repasar en su mente todas las estrategias seguidas por Espartaco había algo que tenía claro: aquel esclavo había tomado siempre decisiones militares con todo el sentido del mundo, nunca erráticas. ¿Por qué, una vez avistados, los esclavos se detenían un tiempo frente al vallado? Quizá, como decía Craso, también tenían que organizar su embestida final al muro. Y el caso es que todo aquello... la noche, las antorchas... le recordaba a algo que había visto o leído o que le habían contado... pero no podía recordar qué.

Muro del Brucio, sector oeste, al sur
Tertia vigilia

Tras un largo rato de espera, la larga serpiente de antorchas volvió a ponerse en marcha rumbo al muro, pero no de forma lenta sino a toda velocidad, como si, de pronto, el gigantesco reptil de luces hubiera enloquecido en mitad de la noche. Pero para entonces los romanos ya habían podido concentrar todas sus legiones en aquel punto.

En lo alto del muro, sector oeste

Craso observaba el avance del enemigo. De pronto éste había dejado de arrastrarse lentamente para lanzarse de forma veloz y violenta contra el muro. Y eran muchos, pero él ya había conseguido reunir a todas sus legiones tras el vallado y tenía atestadas las fortificaciones con arqueros y legionarios dispuestos a obedecer sus órdenes. Además, al disponer ya de todas sus tropas en aquel sector, podría realizar tantos reemplazos como fueran precisos para tener siempre hombres frescos en el combate en lo alto del vallado y a lo largo de la fortificación. Los esclavos, por muchos que fueran y por mucha furia que emplearan, no tenían ni una sola oportunidad.

Había centinelas en los fosos, adelantados a la empalizada, que podían retroceder por diferentes túneles para refugiarse en cuanto las tropas enemigas estuvieran demasiado cerca. La idea era sorprender a los esclavos con arqueros en posiciones avanzadas para generar la confusión entre sus filas incluso antes de que alcanzaran los fosos y el gran vallado de madera.

Fueron estos centinelas los que empezaron a gritar algo absurdo:

—¡No son hombres, no son hombres!

—¡Son bestias!

Al igual que César y Labieno y el resto de los oficiales, Craso podía oír aquellos gritos, que los sumían a todos en la perplejidad.

—Pero ¿qué dicen estos insensatos, por Júpiter? —espetó el procónsul a los centinelas desde lo alto de la torre en la que se hallaba—. ¡Arrojadles flechas ya, sean hombres o bestias o demonios del inframundo!

Y los arqueros de los fosos comenzaron a disparar. Ninguno de ellos se atrevería a retroceder sin recibir una orden directa de quien ya había ejecutado a centenares de legionarios por replegarse contraviniendo una instrucción suya. De modo que las antorchas siguieron avanzando hasta alcanzar los fosos, bajo una lluvia de flechas romanas.

Se escuchaban bramidos y mugidos infernales, como si realmente lo que avanzara hacia el muro fuera un ejército de bestias salvajes y no de guerreros armados.

Craso parpadeaba sin entender qué estaba ocurriendo. La lluvia de flechas no parecía detener el avance enemigo. La columna de antorchas seguía hacia delante, contra el foso y el vallado, si cabe aún más alocadamente.

El suelo temblaba.

—Que los arqueros y los centinelas de los fosos se replieguen tras el muro. —Craso lo dijo entre dientes, pero lo dijo, y los tribunos transmitieron las órdenes.

En las sombras de la noche, pese a las antorchas de los esclavos y a las que portaban los soldados en lo alto del vallado, aún costaba distinguir al enemigo.

—Está empleando la táctica de Aníbal —dijo, de pronto, César.

Craso se volvió hacia él. Y con el procónsul, se giraron también el resto de los oficiales.

—Explícate —le ordenó Craso.

—Si no me equivoco, eso que oímos son mugidos de bueyes y vacas y bramidos de otros animales a los que los esclavos habrán atado antorchas en sus cuernos o hasta en las colas. Durante la noche, las antorchas las portarían los propios esclavos, y por eso los animales avanzaban despacio, pero ahora habrán prendido antorchas que llevarán en los cuernos y las bestias trastornadas intentan, en vano, huir de un fuego que portan ellas mismas. Corren despavoridas hacia nosotros azuzadas inicialmente por el contingente de esclavos que las rodeaba y que, a buen seguro, ya habrá huido hacia donde Espartaco haya dirigido el ataque real, su ofensiva principal. Todo esto es una distracción. Por eso detuvieron el avance una hora, para que concentráramos todas las legiones en este punto y ellos pudieran así atacar, de verdad, por otro lado. —Miró hacia el este—. Es lo mismo que hizo Aníbal cuando…

—¡Lleva razón, procónsul! —lo interrumpió otro tribuno señalando hacia los primeros portadores de antorchas enemigas que ya llegaban a la base del vallado, bramando y mugiendo por el miedo al fuego, por la caída al foso, por las flechas que llovían sobre ellos—. ¡Son animales!

—¡Por todos los dioses! —exclamó Craso cuando se dio cuenta del engaño.

César se acercó a Craso y le habló al oído:

—Es lo mismo que hizo Aníbal cuando Fabio lo acorraló en un valle: organizó por la noche una columna de bueyes y otros animales con antorchas atadas a los cuernos que lanzó contra las tropas romanas y, mientras los legionarios de Fabio intentaban detener lo que creían que era un ataque, él escapó del desfiladero por otro lugar sin ser molestado. Espartaco estará atacando ahora mismo algún punto del sector este del muro.

Craso asintió. Él también había leído a Polibio y conocía aquel episodio entre Aníbal y Fabio Máximo. Todo cuadraba. Lo que no entendía era cómo aquel maldito gladiador sabía tanto del pasado de Roma y de estrategia militar como para emplearla contra ellos. Rápidamente, ordenó que la mitad de las legiones lo siguieran treinta millas al este en busca de aquel otro posible ataque. Dejó la mitad del ejército en aquel punto por si aún aparecían los esclavos por detrás de los animales, pero tenía bastante claro que la intuición de César era muy acertada. No le importaba corregirse si estaba en un error. Lo esencial era que Espartaco no escapara de aquel cerco en el que había conseguido encerrarlo en el sur de Italia.

Avanzaron a toda velocidad, *magnis itineribus*, pero aun así, para cuando llegaron a la mitad del sector este del muro, encontraron el vallado derrumbado en varios puntos y multitud de cadáveres de los centinelas romanos que se quedaron allí como vigilancia. Apenas había muertos entre los esclavos que los habían atacado.

Craso, desolado, brazos en jarras, miraba a su alrededor deseando despertar de esa pesadilla, pero parpadeaba una y mil veces y los cadáveres romanos, el vallado destrozado y el desastre total seguían rodeándolo.

La realidad era que Espartaco había escapado y volvía a avanzar hacia el corazón del Italia.

Ejército de esclavos, Lucania
Cien millas al norte del muro del Brucio
Tienda de campaña de Espartaco

Casto entró en la tienda y encontró a Espartaco tomando vino, de nuevo, y leyendo.

—Eres un hombre extraño, Espartaco, y te he visto realizar grandes proezas en estos dos años y medio de rebelión —le dijo el celta—, pero nada hay comparable a cómo has conseguido sacarnos a todos de aquella cárcel en la que Craso nos había encerrado, convirtiendo el Brucio en una trampa mortal. Tienes toda mi admiración.

—Me alegra oír eso, Casto —respondió Espartaco, y lo invitó a compartir algo de vino con él, lo que el celta aceptó.

—¿Puedo hacerte una pregunta? —inquirió Casto.

—Adelante.

—¿Cómo se te ocurrió esa estrategia para engañar a los romanos, lo de los animales y las antorchas y que luego nosotros atacáramos por otro lado?

Espartaco exhibió el papiro que aún sostenía en una mano.

—Leyendo —respondió—. Todo está aquí. El historiador griego Polibio cuenta la guerra entre Roma y los cartagineses. Aníbal, el líder cartaginés, utilizó ese engaño hace más de cien años, cuando un tal Fabio, el líder romano de entonces, lo acorraló en un valle.

Casto abrió los ojos más de lo que ya los tenía.

—Al final, leer sí que sirve de algo —reflexionó en voz alta, entre su propia sorpresa y la admiración que sentía por Espartaco—. Yo no leo, como la mayoría de todos nosotros. Y si tú no leyeras, seguiríamos allí, encerrados en el Brucio a la espera de nuestra muerte.

—Exacto, amigo mío —confirmó Espartaco—. Pero yo leo. Latín y griego.

XLVI

La última victoria de Espartaco

Edificio de la Curia Hostilia
Roma, 71 a. C.

Caras largas.

Rostros de preocupación.

Algunos de miedo, sin ambages.

Los *patres conscripti* no buscaban enmascarar sus recelos y sus temores. El Senado se había reunido para buscar una solución, pero nadie se decidía a poner palabras a lo que todos estaban pensando. De hecho, oscilaban entre la perplejidad y la confusión más absoluta, por un lado, y la rabia y la humillación total por el otro: las noticias de que Espartaco había conseguido cruzar el gigantesco muro y toda la red de fortificaciones que Craso había construido en el Brucio para encerrarlo y aislarlo hasta su aniquilación los habían sorprendido a todos. Craso era un militar competente, nada cobarde, quizá excesivo en su forma de obtener disciplina, como mostró en el Samnio, pero no era ni un torpe ni un ingenuo ni un estúpido como otros magistrados romanos que habían enviado contra Espartaco anteriormente: verlo superado por el líder tracio y sus tropas era algo que no esperaba ninguno de los presentes en aquel cónclave, en especial tras las victorias de Craso contra el líder esclavo después de la controvertida pero eficaz *decimatio*.

Catilina, Sura y otros *patres conscripti* por lo general mordaces callaban.

Hasta el veterano Metelo guardaba un profundo silencio.

Ante aquella ausencia de liderazgo, ante aquel vacío de poder, fue Cicerón, al fin, el que se levantó y tomó la palabra:

—Son momentos duros, pero hemos de tomar decisiones y voy a intentar hablar en nombre de todos —empezó, paseando su mirada por las gradas senatoriales y recibiendo gestos de asentimiento o, en el caso de Catilina y sus más próximos, silencio—. Espartaco, una vez más, nos ha humillado. Sí, «humillación» es la palabra clave que creo que define esta guerra servil que se alarga ya más de dos años. Hemos cometido muchos errores en ella, infravalorando al enemigo desde su inicio, enviando magistrados incapaces contra el ejército de esclavos o tropas desmoralizadas. Con Craso creíamos haber resuelto ambos problemas, pero acabamos de comprobar que ni con un magistrado capaz al mando de unas legiones disciplinadas podemos reducir el levantamiento liderado por ese tracio. Y esto, como se trata de un ejército de esclavos, nos llena de humillación. —Avanzó hasta situarse en el centro de la sala—. Bien, sea. Admitámoslo sin poner excusas ni usar eufemismos: Espartaco nos ha humillado. Por completo. De forma absoluta. Una vez más.

Hizo una intensa pausa retórica.

Las miradas de todos estaban fijas en él, desde Metelo o sus amigos en el Senado, hasta Catilina y sus correligionarios.

Cicerón continuó:

—Hasta aquí nuestros errores y nuestro castigo, pero, por todos los dioses, la humillación no es lo mismo que la derrota. Yo lo admito, aquí y ahora, en voz alta y clara, y, sinceramente, creo que hablo en nombre de todos cuando digo una vez más que nos sentimos humillados, pero, añado también, que no estamos ni aniquilados ni vencidos. Y no pienso sumar a la humillación la derrota. Pero hemos de tomar una decisión, la única posible, que, pese a que nos hunda más en la humillación y la vergüenza con respecto a nuestros antepasados, es el único camino hacia la victoria.

»Puede parecer confuso lo que he dicho, pero es muy concreto y muy claro: hemos de admitir, aquí y ahora, en esta reunión, *patres conscripti*, que nosotros, que nuestra Roma, la de ahora, no la legendaria de líderes como Escipión el Africano, sino la de ahora, ha de convocar a todas sus fuerzas, a todas sus legiones, a todos sus barcos, a todas sus tropas, desde las que están desplazadas en el extremo más occidental de nuestros dominios hasta las enviadas a batallar al remoto Oriente. Es muy humillante admitirlo, pero para terminar con este maldito esclavo y su rebelión hemos de reclamar las legiones de Pompeyo en Hispania y las tropas y la flota de Lúculo de Oriente. Sólo uniendo las fuerzas de Craso, Pompeyo y Lúculo, sólo con la suma de todo nuestro poder militar, podremos poner fin de una vez por todas a esta guerra servil que está desangrando a Roma, a Italia y a toda la República desde hace más de dos años.

»¿Es humillante convocar a más de veinte legiones contra un ejército de esclavos? Sí, sin duda, pero llegados a este punto, tras la larga serie de reveses y la retahíla infame de derrotas padecidas, no convocar a Pompeyo y a Lúculo para que se unan a Craso sería, sencillamente, estúpido. —Hizo otra breve pausa para tomar aire, pero continuó de inmediato—: Es muy decepcionante, lo sé. Nuestros antepasados luchaban contra líderes como el rey Pirro o como Aníbal, contra ejércitos como el cartaginés o contra los herederos macedonios de la dinastía de Alejandro Magno, y contra ellos enviaron a todas las fuerzas de Roma. Es muy humillante que nosotros tengamos que hacer lo mismo contra un maldito esclavo. Pero os diré una cosa: es práctico. Y os diré algo más: os pido asumir esta humillación final, pero os pido que la aceptéis como la última satisfacción que obtendrán ese maldito tracio y su ejército de esclavos, y os ruego que la aceptéis con la esperanza puesta en que los dioses hagan que de entre nosotros surjan nuevos magistrados cuyas gestas, conquistas y victorias consigan, en un futuro cercano, borrar de nuestro recuerdo este triste, penoso y humillante día.

Cicerón regresó despacio a su asiento. Sus compañeros de bancada se hacían a un lado para facilitarle el paso. Antes de sentarse, en pie, ya en su lugar dentro de la Curia, terminó su intervención:

—Propongo que se convoque a todas las legiones de Roma, y que se envíe contra Espartaco a Pompeyo desde el norte, a Lúculo por las costas del sur de Italia y que Craso siga acosando al ejército de esclavos hasta la confluencia de nuestros tres ejércitos. Votad a favor y os prometo que esta votación será la última victoria de Espartaco.

XLVII

La batalla del río Silaro

**Parte meridional de Campania,* sur de Italia
71 a. C.**

Ejército de esclavos

Habían pasado muchas cosas desde que consiguieron sortear el muro
de Craso en el Brucio y acometer el último intento de escapar de Italia
a través de Bríndisi en las naves de los piratas cilicios.

Muchas cosas.

El ejército de esclavos volvió a dividirse: una parte de los rebeldes no
quería seguir huyendo de Craso, sino revolverse rápidamente y enfrentarse al procónsul. Parecían envalentonados tras el ingenioso plan de
Espartaco para cruzar el muro que los romanos habían construido para
encerrarlos. Infravaloraban a Craso, como si, de pronto, el éxito en el
Brucio les hubiera borrado de la mente la serie de derrotas que el propio
Craso les había infligido hasta arrinconarlos en un extremo de Italia.

Espartaco intentó hacerlos razonar y mantener la unión de todos,
pero era imposible y Cánico se llevó a un tercio del ejército con él
mientras que el resto siguió hacia Bríndisi.

Y todo fue mal para todos.

Craso masacró a Cánico y los suyos, y en cuanto a Espartaco, pocas

---

* Véase el mapa «Batalla del río Silaro» de la página 869.

millas antes de llegar a Bríndisi, fue informado por sus espías de que la ciudad portuaria estaba bajo el control de Lúculo y su flota.

—Y también han llamado a Pompeyo —añadió otro de los informadores del ejército de esclavos—. De esto hace ya semanas. El Senado romano aprobó convocar no sólo a Lúculo, sino también a Pompeyo en cuanto supieron que nuestras fuerzas habían rebasado el muro de Craso.

Casto y otros líderes de las tropas rebeldes escuchaban sumidos en el desánimo más absoluto. Espartaco intentaba mantener la compostura y pensar:

—¿Se sabe por dónde puede estar Pompeyo?

—Dicen que ya ha cruzado el Po y avanza desde la Galia Cisalpina hacia el Samnio, siempre en dirección sur… hacia aquí.

—Hacia nosotros —apostilló Casto a modo de sentencia.

Espartaco hizo una señal con la mano y los informadores abandonaron la tienda.

—¿Qué hacemos? —preguntó Casto, y añadió lo obvio—: No podemos luchar contra Lúculo y Pompeyo y Craso a la vez.

—No, no podemos —admitió Espartaco con una sonrisa que mezclaba la desesperanza y la amargura. Se sentó en una *sella*—. Si Lúculo domina Bríndisi, no tiene sentido seguir aquí. Habrá traído toda su flota. La ruta por mar está bloqueada para nosotros. El único camino es, de nuevo, hacia el norte.

—Pompeyo —dijo Casto, y lo pronunció con miedo.

Las victorias de aquel general romano eran muchas, famosas y, de todos sabido, crueles para con los derrotados. Habían llegado noticias de que en Calagurris, Hispania, ante el asedio de Pompeyo y la falta de alimento, los cercados habían preferido el canibalismo a entregarse a aquel Carnicero romano. Y se decía que sólo se rindieron a Lucio Afranio, el segundo de Pompeyo, toda vez que el propio Pompeyo había partido de aquellas tierras, precisamente hacia Italia para enfrentarse a ellos, a los esclavos rebeldes. No, no era aquél un enemigo con el que quisieran medirse.

—Sí, eso implica cruzarnos con Pompeyo —confirmó Espartaco—. Es la única solución que nos queda: salir de Italia por el norte y entrar en la Galia, quieran Divicón y los malditos helvecios o no. Si hemos de terminar luchando contra ellos, lo haremos. Pero tenemos un problema antes.

—¿Qué problema? —inquirió otro de los líderes de la reunión. Espartaco suspiró:

—Craso. Nos sigue muy de cerca. Y nos dará alcance.

Se hizo un silencio. La reciente victoria de las legiones de Craso sobre Cánico tampoco hacía de este procónsul alguien contra quien desearan luchar, pero las opciones brillaban por su ausencia. Como todos los allí reunidos sabían, Espartaco simplemente les estaba exponiendo la cruda realidad tal cual era.

—Craso ya ha debido de prever nuestra reacción de no seguir hacia Bríndisi si Lúculo lo controla, y sé que está al norte de nosotros, en el río Silaro, esperándonos —se explicó el líder supremo del ejército de esclavos—, pero no tenemos otra opción: hemos de enfrentarnos primero contra Craso y, si sobrevivimos, seguir hacia el norte contra Pompeyo. Y si aún estamos vivos, hacia la Galia contra Divicón. Esto no es un plan. Es lo que hay. El mar está bajo control romano: Lúculo ha venido con toda su flota de Oriente. Los piratas cilicios nos han abandonado.

Espartaco vio que el desánimo se había apoderado de sus hombres, pero, de pronto, se le ocurrió un mejor enfoque:

—Llevamos muchas batallas ganadas a los romanos. Se trata de dos más. Si lo pensáis bien, no es imposible.

Todos se quedaron mirándolo, pensando…

—Nos daban por derrotados desde el primer día —insistió—, y les hemos forzado a traer a sus mejores procónsules y todas sus legiones. Pensadlo: para ellos somos temibles. Nosotros, lo sé, tenemos miedo y cansancio. Pero, meditadlo, ellos también.

Casto y el resto de los líderes salieron con más ánimos de aquella reunión que con los que habían llegado. Aun así, lo veían muy difícil.

Espartaco se sentó en silencio junto a la mesa del centro de la tienda.

Idalia, que había estado escuchando sin intervenir, se le acercó y empezó a masajearle el cuello.

—Si caigo en combate… —comenzó él, y ella comprendió que todo lo que había dicho al final de la reunión era sólo para insuflar ánimos al resto—. Si caigo en combate, has de huir hacia el norte. Una partida pequeña de mujeres y niños, y quizá alguno de los hombres que salga ileso de la batalla, pero un grupo pequeño, puede tener alguna oportunidad de pasar desapercibido en medio de la confusión que reinará en Italia durante unas semanas. Hasta que detengan a todos los que sobrevivan a la batalla.

Pero ella, sin dejar de masajearle el cuello, negó con la cabeza.

—¿Tan mal está todo? —preguntó.

—Si no hubiéramos perdido un tercio de los hombres con Cánico y su absurdo ataque contra Craso, quizá aún podríamos, pero ahora… es casi imposible.

Hubo un silencio. Idalia mezclaba caricias con el masaje.

—Si caes en combate, no quiero vivir —dijo la mujer—. Ya tengo el veneno que necesito. Me mataré. No volveré a ser esclava de nadie.

Continuaban en silencio.

Ella acariciando su cuello y él sentado.

Espartaco asintió: ella lo tenía tan claro como él. Estaban al final del sueño. Craso era muy competente, sus legionarios no retrocedían en el campo de batalla, y, tras el desastre de Cánico, eran más en número… y ellos estaban agotados. Realmente, no tenían ni una posibilidad. Espartaco decidió no mentirle a ella como había hecho con Casto y el resto. Se limitó a cogerle la mano y apretársela un rato.

Inmóviles, como estatuas, en medio de una tienda, en medio de un campamento, en medio de una guerra, en medio de un sueño… a punto de despertar.

Espartaco habló en un susurro:

—Craso, Lúculo y ahora Pompeyo: legiones y más legiones sin fin. Es imposible derrotar a la maldita Roma.

Ejército de esclavos, al amanecer

Espartaco abrió los ojos y vio a Idalia durmiendo a su lado.

Se levantó despacio, con cuidado de no despertarla, se vistió en silencio y salió al exterior de la tienda.

Nada más emerger, una veintena de hombres lo rodearon y lo acompañaron a modo de escolta mientras ascendía a una posición elevada para ver qué hacía el enemigo.

Espartaco observó que algunas centurias de Craso, adelantadas al grueso de las legiones, estaban cavando zanjas que podrían importunar su avance cuando se lanzaran contra los romanos.

—Envía a mil… no, a dos mil de los nuestros —ordenó mirando a

Casto, que se le acababa de unir en la cima de aquel altozano—, y que les impidan seguir con esos trabajos.

Ejército de Craso

Craso valoraba la situación junto a sus oficiales desde lo alto de una colina: los de Espartaco tenían la pendiente de aquel valle a su favor. Estaban en una posición algo más elevada y por eso había decidido dificultar su posible avance con zanjas. Esas trampas eliminarían el empuje adicional que pudieran obtener los esclavos por el hecho de combatir pendiente abajo.

Craso, además, había dividido sus fuerzas situando a una parte de los suyos en ambos márgenes del río Silaro. De este modo, hiciera lo que hiciera Espartaco, tendría efectivos para combatirlo. Podía permitirse esa estrategia por su superioridad numérica. Su plan era, una vez que la batalla tuviera lugar en una ribera u otra, pasar todas sus tropas al lado del río donde se librara el combate. No quería darles ni la posibilidad de huir cruzando el río por una zona donde no tuviera cohortes con las que contenerlos, a la espera de concentrar más tropas para un ataque total. Craso no estaba pensando sólo en la victoria, sino en embolsar a los esclavos, rodearlos y acabar con ellos de una vez por todas. Pompeyo se encontraba cerca y estaba seguro de que venía no a derrotar a los esclavos, algo que él prácticamente ya había conseguido, sino a adjudicarse una victoria absoluta, cuando ya estaba al alcance de la mano, para sí solo, como hacía siempre.

—Están atacando a los que trabajan en las zanjas —dijo César.

—Enviad cinco cohortes de refuerzo para que los protejan —ordenó Craso.

Ejército de esclavos

—Envían refuerzos contra nuestros hombres.

—Dobla los nuestros —respondió Espartaco al aviso de Casto—. Que sean cuatro mil los que ataquen a los que cavan esas zanjas. Quiero esa pendiente libre.

Ejército de Craso

—Envían más refuerzos —apuntó, de nuevo, César.

Craso asintió.

—De acuerdo —dijo—, podemos hacerlo poco a poco o todo a la vez. ¿Tú qué harías?

Labieno y el resto de los oficiales habían observado que, en más de una ocasión, Craso consultaba a César como si su criterio le pareciera más relevante que el de cualquier otro de su ejército.

—Yo lo haría todo a la vez —respondió César, que había entendido bien la magnitud de la pregunta de Craso—. Todas las legiones del norte del río en formación de ataque, procónsul... —Y luego, al sentir que lo había dicho con demasiada vehemencia, añadió—: Bueno, es lo que yo haría, pero el procónsul tiene más experiencia que yo o que cualquiera que nosotros.

—La tengo, muchacho, la tengo —le dijo Craso, y acto seguido se volvió hacia todos los tribunos—: Las legiones al norte del río en *triplex acies*, formación de ataque, y las del sur... que se preparen también. La batalla ha empezado.

Ejército de esclavos

—Que la caballería no intervenga cuando avancemos con el grueso del ejército —se explicaba Espartaco mirando a varios galos que lideraban a los jinetes del ejército de esclavos—. La caballería ha de quedar en retaguardia a la espera de mis órdenes, ¿de acuerdo?

Todos asintieron. Iba a seguir dando más instrucciones, pero Casto se le acercó:

—Los romanos vienen con todo.

El líder tracio se giró y comprobó que era tal cual le decía. Todas las legiones del norte del río avanzaban contra ellos. Y las legiones del sur, en la retaguardia romana, también se preparaban para la batalla.

—Vienen con todo —insistió Casto, cuando Espartaco podía verlo igual que él. Era por poner en palabras lo que todos estaban observando. Era por recibir la orden que todos esperaban.

—Vamos allá. —Sin añadir más, Espartaco se puso el casco de combate.

No hubo preguntas.

Tras él, los líderes de los esclavos y todos los hombres armados de los que disponían empezaron a descender por la pendiente.

Centro de la llanura

El choque en el centro de la llanura fue duro, como si se estrellaran frontalmente decenas de carros unos contra otros, en una gigantesca carrera de cuadrigas en el Circo Máximo.

La sangre regaba la tierra por todas partes.

Espartaco enardecía a sus hombres con gritos al tiempo que combatía en primera línea de combate.

Craso, por su parte, muy próximo también al corazón de la batalla, daba órdenes constantes para que las legiones mantuvieran las posiciones. La cercanía del procónsul a la primera línea hacía que a ningún legionario se le pasara por la cabeza la absurda idea de retroceder ante el enemigo. La *decimatio* aún estaba muy fresca en la mente de todos.

Tras constatar que las filas romanas no se quebraban, Espartaco hizo llamar a un jinete:

—Dile a Casto que vaya hasta el extremo izquierdo de nuestro frente, para desbordar a los romanos por ese flanco —ordenó al mensajero, y éste partió raudo hacia la retaguardia del ejército de esclavos, donde el celta aguardaba con la caballería.

Ala derecha del ejército romano

César y Labieno estaban en el ala derecha, en segunda línea, a la espera de que Craso diera la orden del primer reemplazo y, entonces, entrar ellos mismos en combate junto con los hombres a su mando.

Desde allí observaron la maniobra de la caballería enemiga.

—Intenta rodearnos y atacar por la retaguardia. —César miró a Labieno—. Ve a Craso e infórmale. Ve tú, a un tribuno le escuchará rápido. Si mandamos a un legionario o incluso un centurión, tardará en atenderlo y no hay un instante que perder.

Labieno no discutió y partió hacia donde estaba el procónsul.

Caballería del ejército de esclavos

Casto dirigió a todos los jinetes hacia el extremo izquierdo de su propio ejército para rodear el ala derecha del enemigo. Podía ver cómo la lucha en el centro de la llanura estaba atascada, sin definirse a favor de unos u otros. Sabía que su maniobra podía desequilibrar el combate. Aquellos dos años y medio de guerra le habían proporcionado una instrucción militar acelerada en la que había desarrollado un fino instinto de combate.

—¡Vamos, vamos! —aulló—. ¡Más rápido! —Azuzó a su caballo con los talones y las riendas.

El resto lo imitó.

La caballería del ejército de esclavos galopaba hacia el flanco derecho del enemigo. Era el todo o nada. La libertad o la esclavitud.

Centro de la batalla

Craso se giró hacia el lugar que le estaba señalando Labieno. El procónsul, concentrado en mantener las filas en el centro de la batalla sin retroceder ni un ápice, no había prestado atención al movimiento de la caballería enemiga.

—Que las legiones de vuestro flanco se abran, tanto como haga falta, para evitar que la caballería nos rodee —ordenó—. Que el frente de combate se estire tanto como haga falta. Tenemos superioridad numérica como para alargar el frente de batalla por todo el valle.

Labieno asintió e inició el retorno hacia su flanco, junto a César.

Ejército de Espartaco

El líder tracio retrocedió unos pasos desde la primera línea para beber agua y para comprobar cómo iba maniobra de la su caballería, pero lo que vio no le gustó nada: los romanos habían desdoblado sus legiones en aquel flanco, alargando el frente de lucha, de modo que Casto no había podido llegar a rodearlos y ahora sus jinetes combatían contra la infantería romana en aquel sector. La estrategia que había diseñado había fracasado y, sencillamente, no tenía nada más con lo que sorprender a Craso.

Espartaco escupió en el suelo.

La superioridad numérica del enemigo terminaría imponiéndose.

Era sólo cuestión de tiempo.

Que Cánico hubiera decidido suicidarse con el tercio de sus tropas los había sentenciado.

Tiempo.

Miró al cielo: el sol estaba en lo alto, en su cúspide.

No había nubes ni tormenta a la vista que pudiera darles un respiro.

Antes del atardecer estarían todos muertos.

Miró, al fin, al frente: sus hombres a duras penas mantenían la posición de combate, pero los romanos estaban realizando reemplazos e introduciendo legionarios descansados, que aún no habían intervenido en aquella batalla, en la primera línea. Éstos llegaban con renovada energía, mientras que sus hombres empezaban a desfallecer.

Espartaco se pasó la mano por el rostro.

Podía huir.

Lo pensó.

Lo pensó en serio. Los piratas cilicios le habían llegado a ofrecer sacarlo a él y a unos pocos de los suyos en un barco. Una sola nave sí que podía esquivar el bloqueo de la flota romana navegando de noche, llegando a un punto de la costa acordado previamente... Pero él se había negado.

Y no sabía bien por qué.

¿Se había terminado creyendo él mismo su sueño de libertad para todos aquellos esclavos que lo acompañaban... rudos, incultos, con frecuencia indisciplinados? Pero los romanos no eran mejores y, salvo unos pocos, la mayoría también eran rudos e ignorantes... ¿Por qué unos tenían derecho a la libertad y otros no?

—¡Maldita sea! —Dejó el odre de agua en manos del galo que se lo había ofrecido, se puso de nuevo el casco y se dirigió a cuantos lo rodeaban—: ¿Lo veis? —les preguntó señalando hacia un punto donde se podía divisar el *paludamentum* púrpura que identificaba al procónsul de Roma al mando del ejército contra el que luchaban—. ¡Ése es Craso! ¡Vamos a por él! ¡Por todos los dioses, seguidme! ¡Vamos a por el procónsul de Roma!

Y, encendidos, enardecidos por un objetivo que los motivaba en medio del desastre, un centenar de hombres lo siguieron.

Espartaco apretaba los dientes mientras se aproximaba de nuevo a la primera línea de combate. Quizá debería haber hecho como Alejandro en Gaugamela y haberse lanzado él con la caballería contra el líder enemigo, pero ahora su caballería estaba combatiendo en el otro extremo de la batalla. Sólo le restaba atacar él, a pie, al mismísimo Craso y confiar en que aquella última locura intimidara lo suficiente al líder romano como para que retrocediera, y que quizá de ese modo el ánimo de los legionarios de primera línea se tambaleara. Lo justo para poder organizar un repliegue de su ejército y salir de aquel valle maldito con vida. Luego todo sería aún posible, pero tenía que sacar a sus tropas de aquella batalla.

Ejército romano

Un centurión advirtió al procónsul:

—¡Viene hacia aquí! —exclamó señalando hacia el grupo de esclavos que lideraba Espartaco y que había sobrepasado la primera línea de combate y se abría paso contra la segunda, pese a que se veían rodeados por centenares de legionarios por todas partes, como si eso no les importara, como si tuvieran un objetivo más allá de su propia supervivencia que los arrastraba a avanzar y avanzar…

Craso comprendió qué pretendía Espartaco con aquella maniobra desesperada.

—Sería prudente que el procónsul retrocediera hasta la tercera línea —sugirió uno de los *lictores* que lo escoltaban.

Pero Craso negó con la cabeza.

—No —dijo sin elevar el tono de voz, pero tajante, firme—. No nos moveremos de aquí. Rodeadlo y matadlo.

Los *lictores* se pusieron todos en torno al procónsul. Los tribunos asintieron y varios centuriones se fueron hacia sus unidades para dirigirlas directamente contra el grupo de esclavos lideraros por Espartaco que, contra todo y contra todos, seguía avanzando, sorprendentemente, hacia la posición del procónsul.

De nuevo, uno de los oficiales se acercó a Craso y reiteró la idea de que el jefe militar supremo romano se retirara:

—Reubicarnos en la tercera línea parece una buena idea, de hecho… —empezó a decir, pero Craso le cortó en seco:

—No —insistió y permaneció firme, en pie, observando cómo Espartaco se aproximaba, rodeado cada vez por más y más legionarios—. No podrá conseguirlo. Es audaz lo que está intentando, pero no lo va a conseguir. Nos quedamos aquí. Diezmé las legiones porque retrocedieron. No seré yo quien retroceda ahora.

—Ya… pero ¿y si al final alcanza nuestra posición? —preguntó uno de los *lictores* a quien no le gustaban demasiado ni las audacias ni los desafíos inesperados.

Escoltar a un cónsul o un procónsul de Roma consistía más en desfilar llenos de vanidad o imponer castigos con la seguridad de la obediencia de todos como habían hecho en la *decimatio*. Lo de verse forzados a combatir no era lo habitual.

—Tienes espada, ¿verdad, *lictor*? —indagó el procónsul, sin dejar de mirar hacia Espartaco.

—Tengo —admitió el interpelado, pero sin fuerza en la respuesta, con el sudor en la frente, la garganta seca.

Posición de Espartaco

Estaban rodeados por todas partes. En su avance hacia Craso, su grupo de guerreros había terminado desconectado del grueso de su ejército. Eran una isla de esclavos armados acosados por centenares de legionarios.

Y Craso aún quedaba lejos.

Espartaco lo veía a no más de doscientos pasos, pero entre ellos se interponían decenas y decenas de legionarios.

Se habían aproximado, pero no lo suficiente. Y además el procónsul, en lugar de temer el encuentro, se había mantenido en su posición, de modo que al no retroceder él, las filas romanas del centro de la llanura no flaqueaban. Y la caballería de Casto, desarbolada en su choque contra las cohortes del flanco derecho enemigo, retrocedía. Era el principio del fin.

Si no podían llegar a Craso, iría a por los oficiales de mayor rango que hubiera cerca. Vio a dos centuriones que no paraban de dar órdenes a los legionarios que los habían rodeado, pero le pareció un pobre objetivo por el que morir… Vislumbró, entonces, a un joven tribuno que llegaba a caballo desde el flanco derecho del enemigo y que desmontaba para poder abrirse paso en medio de la batalla y llegar junto a Craso. Aquel tribuno le pareció un objetivo más digno para buscar la muerte. Hacia él se lanzó Espartaco…

Flanco derecho romano
Unos instantes antes

—¡La caballería de los esclavos se retira! —exclamó Labieno—. ¿Los perseguimos, o aprovechamos que hemos abierto nuestro frente de batalla y giramos sobre el flanco del enemigo?

Eran buenas preguntas.

César, pensativo, valoraba cuál era la mejor opción, pero él no era el líder de aquellas legiones. Y era hombre disciplinado.

—Dadme un caballo —dijo—. Iré yo mismo ante Craso y le pediré instrucciones.

Labieno asintió.

César montó sin perder un instante.

Cabalgó veloz por la retaguardia, por donde los legionarios bebían agua o los *medici* atendían a los heridos, en busca de Craso.

Divisó al procónsul en el corazón de la batalla, bien visible por su *paludamentum* púrpura, y hacia él espoleó a su caballo. Llegó un momento, no obstante, en que la lucha era tan encarnizada que el animal apenas podía pasar y decidió desmontar. Parecía que un pequeño grupo de esclavos hubiera roto la línea romana en aquel punto y, aunque se los veía embolsados, rodeados por decenas de legionarios, seguían batallando e importunándolo todo en aquel sector. Pero era el camino más directo para llegar junto a Craso, y por aquella maraña de hombres luchando se introdujo César cuando, de pronto, sintió que lo miraban.

Se volvió y vio que el líder de aquel grupo de esclavos, rodeado por todas las cohortes del mundo, se había fijado en él y, sin saber o entender bien cómo, tuvo claro que se dirigía hacia él… contra él.

César se había quedado paralizado en Mitilene la primera vez que entró en combate, pero ya había pasado mucho de eso y en Oriente había luchado contra los piratas y batallado en aquella campaña contra los esclavos. Ya no se quedaba petrificado ante el peligro. No comprendía por qué aquel esclavo arremetía con furia en su dirección y, pese a que tenía que pedir instrucciones a Craso sobre qué hacer en el flanco derecho, sabía que no sería buen ejemplo que un oficial de su rango retrocediera ante una embestida del enemigo, de modo que se quedó quieto y desenfundó su gladio.

—¡Es Espartaco, es Espartaco! —gritaban los legionarios a su alrededor—. ¡Hay que acabar con él!

César abrió bien los ojos.

Puedo ver la mirada de Espartaco clavándose en él como si se hubiera convertido en un objetivo, en un anhelo, en un ansia que alcanzar para el líder de los esclavos.

César no se movió. Engulló el miedo. Buscó por el suelo, cogió un escudo de un legionario abatido, lo tomó con el brazo izquierdo para protegerse del ataque y estiró el brazo derecho con su gladio en punta...

Pero de pronto, a apenas diez pasos de César, cuando ya lo tenía casi a su alcance, Espartaco se vio solo, envuelto en una nube densa de legionarios que intentaban matarlo. Aun así siguió avanzando, contra todo pronóstico, derribando a varios soldados más, antes de sentir, era inevitable, el primer gladio clavado en su espalda.

—¡Aaggghh! —aulló el líder tracio, pero no se rindió y siguió luchando.

Algunos de sus hombres llegaron hasta él y eso le permitió rehacerse y volver a ponerse en posición de lucha, pero un segundo gladio se clavó en su cuerpo, esta vez en un hombro.

En esta ocasión, Espartaco no gritó.

Digirió el dolor mientras seguía luchando.

—¡Sacadlo de aquí, sacadlo de aquí! —podía escuchar el joven César que gritaban algunos de sus hombres, pero lo que querían hacer era imposible. O eso parecía, rodeados como estaban por decenas de legionarios.

Espartaco continuó luchando, envuelto en su propia sangre, hasta que sintió una tercera espada que lo atravesaba y empezó a perder el conocimiento mientras todo a su alrededor era combate y sangre y gritos.

César vio, entonces, cómo un segundo grupo de esclavos que habían roto la línea romana llegaban hasta la posición de Espartaco y arrastraban el cuerpo malherido de su líder hacia las posiciones que aún controlaban.

Al alejarse este segundo grupo de esclavos, la zona se despejó y César volvió a montarse en el caballo para llegar, por fin, junto a Craso y pedirle instrucciones.

Tienda de campaña de Espartaco
Retaguardia del ejército de esclavos

Idalia había estado observando el desarrollo de la batalla y, como todos en retaguardia, tenía claro que estaban ante una derrota absoluta: había visto la caballería de Casto desarbolada, la línea frontal del ejército rota en diferentes puntos, y a Espartaco adentrarse en las filas enemigas hasta desaparecer rodeado por centenares de romanos.

Sacó un pequeño frasco del veneno que llevaba consigo desde hacía meses y lo puso en la mesa donde aún estaba la última copa de vino que Espartaco había tomado, servida por ella misma, antes de partir aquella mañana hacia la batalla.

Idalia abrió el frasco.

No pensaba permitir que ningún otro hombre que no fuera Espartaco la poseyera.

Centro de la llanura

Los esclavos retrocedían en una desbandada general.

Craso ordenó a César que el flanco derecho avanzara y que, a su vez, la caballería romana entrara en combate para que las *turmae* se dedicaran a alcanzar enemigos como quien caza jabalíes. Le daba igual la caballería de Casto. Lo esencial era aniquilar el grueso del ejército de esclavos. La masacre final de la batalla había dado inicio: se trataba de matar a tantos rebeldes como fuera posible. Aunque dieran muerte a miles, aún quedarían suficientes entre los heridos, las mujeres y los niños para crucificarlos y dar ejemplo a otros esclavos. Para que ya ningún otro pudiese pensar siquiera en intentar rebelarse como había hecho Espartaco.

Espartaco.

A Craso no se le iba aquel nombre de la cabeza.

Y es que, más allá de la victoria, había algo que él anhelaba por encima de ninguna otra cosa:

—¡Quiero el cuerpo de Espartaco, por Júpiter! ¡Traedme el cadáver de Espartaco! —ordenó—. ¡Quiero que todos busquen su cadáver!

Y así, hasta los *lictores*, tribunos y centuriones caminaban por entre los centenares de cadáveres de los esclavos abatidos en busca del cuerpo de Espartaco. También lo hacían César y Labieno.

—Es imposible que haya sobrevivido —comentó Labieno—. Estaba completamente rodeado, según me has contado, aunque se lo llevaran herido y lo sacaran de allí...

—Imposible —certificó César—. Estoy seguro de que lo hirieron en varias ocasiones. Pero hemos de dar con su cadáver o Craso no nos dejará ni dormir esta noche.

El sol ya rozaba el horizonte.

—¿Lo viste caer en combate? ¿Seguro que era él? —Labieno tenía sus dudas.

—Era él. Todos los legionarios lo habían identificado y, todo sea dicho, no he visto nunca combatir con semejante bravura —se explicaba César mientras caminaba, pensativo, sin apartar la mirada del suelo—. Pero fue un momento... extraño. Al verme se encaró hacia mí, como si buscara la muerte intentando acabar con el oficial de alto rango que tuviera más próximo. Y luchaba... con valentía... en medio de todo este campo de sangre.

Suspiró.

Labieno no dijo nada.

Las sombras se alargaban por el valle repleto de gemidos de los esclavos heridos que agonizaban sin que nadie los atendiera.

Craso había ordenado que los dejaran morir... despacio.

Campamento abandonado del ejército de esclavos
Tienda de Espartaco

Idalia se acercó lentamente el frasco con el veneno a los labios.

Los romanos no tardarían en llegar y empezarían a matar, violar y apresar.

Sintió, en ese mismo instante, que alguien rondaba la tienda. «Ya están aquí», pensó. Los romanos ya habían alcanzado el campamento, antes incluso de lo que ella había imaginado, y pronto comenzarían las violaciones y las ejecuciones. Espartaco los había derrotado y humillado en muchas ocasiones y tendrían un odio inmenso acumulado.

Idalia dejó que el veneno mojara sus labios.

—No lo hagas… —dijo una voz a su espalda. La voz del hombre que acababa de entrar en la tienda.

Idalia escupió el veneno y el frasco cayó de su mano y se hizo añicos en el suelo al tiempo que ella se daba la vuelta. El hombre, cubierto de sangre, se desplomó en la entrada de la tienda.

Idalia se arrodilló junto a él y lo abrazó con fuerza. Estaba malherido, pero aún respiraba. De pronto, había un motivo para seguir viviendo.

—Yo te sacaré de aquí… —dijo ella—. Te sacaré de aquí. —Miró por entre las cortinas entreabiertas de la tienda—. La noche será nuestra aliada.

Centro de la llanura

Craso seguía prácticamente en la misma posición en la que se encontraba cuando Espartaco inició su ataque final contra él, sólo que el procónsul ahora estaba rodeado de antorchas, al igual que centenares de legionarios y oficiales, incluidos César y Labieno, pues todos seguían rebuscando por toda la llanura entre los miles de muertos el cadáver de Espartaco.

—Quiero el cuerpo de ese maldito —insistía Craso, sin dejar que nadie descansara aquella noche.

Sabía que Pompeyo estaba a pocas millas y que daría caza a muchos de los esclavos derrotados que huyeran hacia el norte, como la caballería enemiga, y que con esa acción Pompeyo querría adjudicarse, como hacía siempre, el mérito de haber terminado con la rebelión de los esclavos. Pero si él, Craso, se presentaba ante el Senado de Roma con el cuerpo de Espartaco, el triunfo completo sería suyo. Por eso, encontrar aquel cadáver no era un capricho, sino un asunto de importancia política máxima.

Pasaron las horas.

Amaneció.

—No aparece el cuerpo —le dijo uno de los *lictores*.

—Lo hemos buscado por todas partes —confirmó César, y lo mismo hicieron Labieno y otros oficiales.

El cadáver de Espartaco, simplemente, se había esfumado.

—Seguid buscando —ordenó Craso.

—Pero... ¿hasta cuándo? —se atrevió a preguntar Labieno.

—Hasta que aparezca.

La búsqueda continuó.

Un día.

Dos.

Una semana.

Pero el cuerpo de Espartaco nunca apareció.

Tienda de campaña de César y Labieno

Agotados por la lucha, la batalla y también por la búsqueda infructuosa del cuerpo de Espartaco, los dos amigos descansaban al final de una larga jornada de trabajos reorganizando al ejército y preparando el regreso a Roma.

—¿Crees que lo habrá conseguido? —preguntó Labieno mientras le alcanzaba un plato con queso a su amigo.

—¿Sobrevivir y escapar? —preguntó César buscando precisión.

—Sí... ¿Crees que Espartaco habrá escapado?

—Sinceramente, después de lo que presencié, lo veo imposible —respondió categórico—. Pero... —Tomó un trozo de queso mientras pensaba un instante.

—¿Pero?

—Pero es extraño que no demos con su cadáver. Y, en fin, si me hubieras dicho hace dos años y medio que un gladiador iba a forzar a Roma a convocar a todas sus legiones, desde Hispania hasta Oriente, para detener una rebelión iniciada por él, también te habría dicho que eso era imposible. Así que lo probable es que esté muerto y bien muerto, pero sin su cadáver para confirmarlo... ¿quién puede saberlo?

Ὅ τε λοιπὸς αὐτοῦ στρατὸς ἀκόσμως ἤδη κατεκόπτοντο κατὰ πλῆθος, ὡς φόνον γενέσθαι τῶν μὲν οὐδ᾽ εὐαρίθμητον, Ῥωμαίων δὲ ἐς χιλίους ἄνδρας, καὶ τὸν Σπαρτάκου νέκυν οὐχ εὑρεθῆναι.

Así, el resto de su ejército [de esclavos], en el que ya reinaba el desorden, fue abatido en masa, hasta tal punto que no fue fácil contabilizar el número de muertos, alrededor de mil entre los romanos, y el cadáver de Espartaco no fue encontrado.*

APIANO, *Historia de Roma* II, 1, 120

* Traducción de Ana Martínez Gea.

XLVIII

El regreso de Pompeyo

Norte de Campania, cerca del Vesubio
71 a. C., días después de la batalla del río Silaro

Seis mil esclavos armados y unos miles más de mujeres y niños

A Casto le parecía irónico: después de dos años y medio de lucha sin descanso, tras haber estado en los límites de la Galia, en el extremo sur de Italia o próximos a los puertos del Mare Superum,* después de innumerables batallas y de una lucha sin cuartel contra multitud de legiones romanas, después de todo eso, volvían a estar en el punto de partida, a apenas un centenar de millas de Capua, cercanos al colegio de gladiadores de Léntulo Batiato del que habían escapado liderados por Espartaco y Crixo.

Vio las nuevas legiones que les salían al paso. Era como si el poder de Roma no tuviera fin. No importaba los ejércitos que hubieran derrotado: siempre había otro más y otro más y otro. Espartaco había tenido razón desde el principio: lo único sensato era huir de Roma, no atacarla. Pero los planes se habían derrumbado. Eso y la estupidez de ellos mismos, embravecidos por unas victorias que, ahora lo tenía bien claro, nunca eran suficientes: contra Roma, el triunfo sólo podía ser temporal. Si todos hubieran estado unidos cuando Espartaco negocia-

---

* Mar Adriático.

ba con Divicón su paso a la Galia, el tracio se habría sentido más fuerte ante el rey de los helvecios y, quisiera ese monarca o no, habría dirigido a todos los esclavos al corazón de la Galia. Luego allí nada habría sido fácil, pero todo habría sido, a la vez, posible.

Suspiró mientras veía cómo sus hombres se reagrupaban en el centro del valle. Tras ellos venían unos miles más de mujeres y niños y algunos heridos que podían caminar. Restos del desastre final de la batalla junto al río Silaro frente a las legiones de Craso.

Casto tragó saliva: ante él tenía ahora a las legiones de Pompeyo recién llegadas de Hispania, victoriosas en unas campañas duras contra otras legiones rebeldes, o eso le había explicado Espartaco.

Escupió en el suelo.

Ahora Espartaco y Crixo y Enomao y Cánico y muchos más… estaban muertos. Los seis mil hombres de los que disponían eran apenas un resto de un gran sueño que agonizaba.

Se puso el casco y se lo ajustó bien.

Los guerreros que lo acompañaban, jefes de diferentes grupos que se habían unido a ellos huyendo del río Silaro, imitaron a Casto.

Nadie hacía preguntas.

Ante ellos, otro ejército romano.

Sabían lo que tenían que hacer.

Sabían lo que iba a pasar.

Pero nadie habló de rendirse.

Legiones de Pompeyo

Afranio y otros *legati* esperaban las órdenes de su líder.

—*Triplex acies* —dijo Pompeyo mientras se miraba las uñas. Parecía que se había clavado una pequeña astilla en un dedo y lo incomodaba.

—¿Y si se rinden? —preguntó Afranio—. Somos seis legiones, somos casi diez legionarios por cada uno de esos rebeldes.

—Si se rinden… —Pompeyo meditó un instante, pero sólo un instante, siempre mirándose los dedos—. Si se rinden, los matáis a todos. No quiero prisioneros. Estos esclavos han mantenido una rebelión durante dos años y medio. Se trata de exterminarlos, no de devolverlos a la esclavitud. Hay que dar una lección a todos los esclavos de Roma.

Centro del valle, frente de los legionarios

Las legiones avanzaron contra el enemigo.

Los esclavos, en una brutal inferioridad numérica, presentaron un frente de batalla completo, sólo que era apenas una larga línea de combate sin guerreros de reemplazo a sus espaldas. Una falange tan extensa como endeble.

Llamar batalla a aquel choque sería exagerado.

Los esclavos resistieron el primer embate de las cohortes de vanguardia romana, pero en cuanto empezaron los reemplazos en las líneas legionarias y el agotamiento hizo mella entre los esclavos, éstos comenzaron a caer, su línea de combate se fragmentó en varios puntos y, poco a poco, los romanos rodearon a los que mantenían la lucha, embolsados en grupos de combatientes que se batían hasta el exterminio.

A Afranio hubo algo que lo sorprendió: ninguno de los esclavos rebeldes se rendía. Todos seguían luchando hasta el final. Eso era algo que nunca había visto antes, ni en la larga campaña contra Sertorio, con la excepción, quizá, de la resistencia de los habitantes de Calagurris.

No lo comentó con su superior, pero al ver cómo luchaban hasta la muerte aquellos esclavos comprendió por qué habían derrotado en varias ocasiones a las legiones de Italia.

Centro del valle, frente de los esclavos

Casto se vio rodeado de legionarios.

Tenía sangre por el rostro y los brazos.

—¡Por Tutatis! —aulló, y se lanzó contra los soldados que tenía más próximos.

Mató a dos e hirió a un tercero cuando, al fin, varios legionarios lo atacaron por la espalda y le hundieron los gladios hasta partirle la columna y atravesarle el corazón.

Todo se tornó blanco a su alrededor.

No veía nada.

Sintió golpes que ya no dolían y muchos gritos.

Cayó desplomado.

Praetorium *de Pompeyo*

—Ésta es una gran victoria —le comentaba Geminio a su líder.

—Lo es —aceptó Pompeyo—. Añadiremos la gesta de terminar con esta rebelión de esclavos al triunfo que el Senado me concederá por derrotar a Sertorio.

En ese momento entró Afranio:

—Los seis mil guerreros han sido aniquilados —dijo.

—¿Por qué los llamas guerreros? —preguntó Geminio—. Son... *eran* esclavos.

Afranio pasó por alto aquel comentario. Para él, más allá de su origen, los hombres contra los que había luchado en el valle se habían batido como guerreros, y si alguien le preguntara su parecer, habría añadido que como guerreros valientes. Pero nadie le preguntó sobre aquello y él, además, tenía que preguntar sobre otro asunto:

—Guerreros o esclavos, muertos están —dijo al fin mirando a Pompeyo e ignorando a un Geminio que, cada día que pasaba, le gustaba menos—. ¿Qué hacemos con las mujeres y los niños?

Pompeyo le miró sorprendido.

—Mi orden fue precisa: exterminarlos a todos —dijo el procónsul.

Afranio asintió.

—Sólo quería confirmar que eso incluía a las mujeres y los niños.

—Los incluye —insistió Pompeyo.

Afranio se llevó el puño al pecho y salió de la tienda.

Una vez fuera, inspiró aire.

Lo de ejecutar a mujeres y niños no era inusual en una guerra, pero nunca era algo con lo que disfrutara. Por un momento, pensó que quizá el procónsul se planteara reintegrarlos como esclavos, ya que no habían combatido de forma directa, pero ya veía que no.

Tomó el agua que le ofrecía un *calon* y, una vez saciada la sed, fue a dar cumplimiento a las órdenes recibidas.

Tienda del praetorium

Pompeyo paseaba por el interior de la tienda mientras seguía hablando con Geminio:

—Quiero que escribas al Senado.

—De acuerdo, procónsul.

Geminio tomó un papiro en blanco y un cálamo, y ya lo había humedecido en el *attramentum* de un frasco abierto que estaba en la mesa de los mapas, pero Pompeyo se había detenido en medio de la tienda y callaba.

—¿Qué debo decir al Senado? —inquirió Geminio ante el silencio del procónsul.

—Debes decirles… exactamente… —Pensaba mientras miraba al suelo—. Sí. Debes decirles exactamente que… *Crassus quidem fugitivos praeclara pugna devicit, at ego radicem belli exstirpavi.**

---

* «Craso había vencido a los gladiadores en batalla campal, pero yo he extirpado la rebelión por completo». El texto latino sería la puesta en primera persona y estilo directo de la traducción del texto original en griego de Plutarco, *Craso*, 11, 7, según la edición de Didot (*Plutarchi operum*, Parisiis, Editore Ambrosio Firmin Didot, 1841-1855), siguiendo la sugerencia del profesor Rubén Montañés de la Universidad Jaume I.

XLIX

Toga candida

Roma, 70 a. C.

De vuelta en Roma, César recibió una invitación de Craso para cenar en su casa.

Craso había sido elegido cónsul aquel año junto con Pompeyo. Era la forma que el Senado y el pueblo de Roma tenían de agradecer a ambos prohombres la derrota de Sertorio en Hispania y el fin de la rebelión de esclavos. Pero esos dos hombres se detestaban. A Craso le irritó, muy en particular, que en el nuevo triunfo concedido a Pompeyo —el segundo de su carrera política y militar—, por su victoria sobre Sertorio, se hubiera incluido también una mención a su esencial participación en la conclusión de la guerra contra Espartaco.

—Esencial —decían que había repetido una y otra vez Craso con desprecio cuando se enteró de aquella noticia y que, acto seguido, escupía en el suelo con asco y rabia—. Muy típico de Pompeyo: apropiarse de una victoria en Hispania en la que Metelo había tenido mucho que ver los primeros años de campaña y ahora apropiarse de la derrota de los esclavos que yo ya tenía vencidos en el río Silaro.

Pero Craso era pragmático y aceptó llevarse con aparente cordialidad con un Pompeyo con el que, pese a muchos desacuerdos, emprendió una reforma legal sustantiva: las aguas políticas bajaban agitadas. Tras la guerra de los *socii* y la tercera guerra servil, en Roma se temía que el pueblo se alzara reclamando los derechos que tantas veces se le negaban. De modo que tanto Craso como Pompeyo acordaron devolver a los tribunos de la plebe el derecho de veto sobre las leyes del Senado. Aquello apaciguó al pueblo.

Fue en ese contexto cuando César recibió la invitación de Craso, y fue ese el día en el que pidió a Labieno que lo acompañara: Craso lo había invitado a cenar en su villa en las afueras de Roma y César intuía que no se trataba de un simple banquete. La excusa era que Craso estaba recibiendo en su casa a todos aquellos tribunos militares que lo habían ayudado en la campaña contara Espartaco.

—Pero ¿tú crees que hay algo más? —le preguntó Labieno mientras caminaban por las atestadas y estrechas calles de la Subura.

—Sí —respondió César, pero sin elaborar más su réplica.

Labieno asintió. Había aprendido a aceptar que las intuiciones de su amigo solían ser certeras.

Pasaron ante los esclavos crucificados, pues había miles de cruces clavadas a lo largo de la calzada romana que iba desde Capua hasta Roma. Un claro mensaje para que nadie más osara rebelarse de nuevo contra la autoridad romana. Pero, una vez dentro de la ciudad, las guerras y las rebeliones parecían ocultarse tras una nube. En la ciudad, eran las maniobras políticas las que ocupaban la mente de todos, como si los mares y las provincias, los piratas y hasta los reyes extranjeros quedaran en un segundo plano. En Roma, y muy en particular en el Senado, todo giraba en torno a quién estaba con quién. Claro que ni César ni Labieno eran senadores y vivían todo aquello desde fuera, como el público que asiste a una gran obra de teatro que te emociona, pero en la que de ningún modo puedes participar.

Escoltados por un grupo de esclavos armados, como salvaguarda ante las bandas de maleantes que transitaban las calles, en especial en las horas del atardecer y la noche, ambos llegaron a la residencia de Marco Licinio Craso.

El *atriense* los recibió de forma cordial y los invitó a pasar a un amplio atrio donde ya estaba todo listo para la cena: varios *triclinia* dispuestos alrededor de unas mesas en las que abundaban viandas, de momento frías, con quesos de diferentes maduraciones, frutos secos y diversas jarras de vino.

Aunque el *atriense* los había invitado a acomodarse en uno de los *triclinia*, tanto César como Labieno prefirieron esperar al anfitrión de pie. Se entretuvieron admirando las hermosas pinturas murales con motivos de caza y escenas mitológicas.

—¿Te has fijado en el mosaico? —dijo Labieno.

César bajó la mirada al suelo: un océano de teselas minúsculas, millares de ellas, creaban una fascinante alfombra de figuras y líneas que se extendía por todo el atrio. Aquel mosaico debía de costar una fortuna y anunciaba con claridad que en aquella residencia abundaba el dinero.

—Mis disculpas por llegar tarde a mi propia invitación.

La voz de Craso hizo que César y Labieno se giraran al tiempo.

—Varios asuntos me han retenido en el foro hasta una hora más que inapropiada para debatir cuestiones políticas en un lugar público —continuó Craso mientras tomaba por el brazo a César y lo conducía al *triclinium* dispuesto al lado del anfitrión como lugar de privilegio.

—Me he permitido pedir a Tito Labieno que me acompañara.

—Por supuesto —aceptó Craso—. Roma es una cadena de relaciones y los amigos de un amigo han de ser también tratados como amigos propios. Además de que lo he visto combatir con valentía en la campaña contra Espartaco. —Hizo un gesto para que Labieno los siguiera y ocupase otro *triclinium*.

Una vez acomodados los invitados y con Craso también recostado y tomando ya algo de queso, apareció Tértula, la *domina* de la casa que, prudentemente, había esperado a la llegada de su esposo antes de presentarse ante los invitados. Casada primero con el hermano mayor de Craso, al fallecer éste y según una costumbre muy romana, contrajo matrimonio con el hermano menor.

—Aquí tenéis a mi bella esposa —la recibió.

Las miradas de César y Tértula se cruzaron.

César, en ese momento, no registró nada especial.

Tértula sí.

—Ah, y aquí están mis jóvenes hijos —continuó Craso con las presentaciones, pues, tras su madre, dos muchachos hicieron acto de presencia—: Publio y Marco. Aún de corta edad para haberme acompañado en la lucha contra Espartaco, pero estoy seguro de que pronto me llenarán de orgullo en alguna batalla que traiga gloria a mi familia y a Roma —apostilló con una sonrisa.

César iba tomando nota de todo: Craso le presentaba a su esposa e hijos, lo introducía en su círculo más cercano, pero en Roma nada se hacía por nada. Todo tenía una motivación, siempre, incluso cuando uno no era capaz de desentrañarla.

La conversación giró en torno a la reciente campaña contra los esclavos en rebelión. El anfitrión de aquel banquete omitió ostensiblemente el delicado asunto de que no se hubiera encontrado nunca el cadáver de Espartaco, y sus invitados tampoco lo mencionaron.

—¿Ha pensado el joven César en presentarse a las próximas elecciones a *quaestor*? —inquirió por sorpresa y de forma muy directa Craso.

César tomó la copa de vino que tenía delante y bebió. Todo en busca de unos instantes que le permitieran meditar bien la respuesta adecuada.

—Sé que aún no hemos empezado a comer y bien es cierto que podríamos esperar a la *comissatio* después de la cena para hablar de los asuntos importantes —añadió Craso—, pero quiero relajarme, y en cuanto tomemos unas cuantas copas, ninguno estaremos en situación de tratar los problemas serios de Roma con la lucidez precisa, por eso saco el tema ahora.

César seguía pensando: presentarse a las elecciones de uno de los treinta *quaestores* del nuevo año era el camino para entrar en el Senado, donde se decidían las cuestiones claves del imperio. El único lugar donde, visto lo visto tras sus fracasos judiciales, podría intentar cambiar Roma. El único lugar desde el que podría impulsar de verdad una nueva Roma donde el reparto de derechos, tierras y riqueza siguiese una distribución acorde a las ideas del partido del pueblo. Y más después de la muerte de Sertorio. Ni en los juzgados ni en la rebelión militar se había conseguido nada. Tenía que ser desde el Senado, pero…

—Lo cierto es que no puedo financiarme una campaña electoral de ese nivel —dijo al fin.

Por desgracia, aquél era un camino muy costoso que escapaba a sus posibilidades, no importaba lo mucho que anhelara entrar en el círculo más selecto de romanos.

Craso lo miraba directamente a los ojos.

César le sostuvo la mirada.

Labieno observaba a los dos.

Tértula sólo miraba a César.

—A una pregunta directa, me contestas con una respuesta directa —comentó Craso de forma apreciativa—. Me gusta. Creo que podremos entendernos. Ciertamente, una campaña electoral es costosa: los numerosos banquetes que hay que dar para conseguir votos entre los invitados y los regalos que hay que distribuir entre cada una de las treinta y cinco tribus de los *comitia tributa* que eligen a los *quaestores*, ya sean entradas a los juegos o cualquier otro tipo de dádiva, terminan significando un gasto inmenso, pues son muchos los votos que hay que reunir para superar al resto de los candidatos.

—Así es —confirmó César—. Más allá de las ideas que sé que bastantes pueden compartir conmigo, muchos ciudadanos terminan decidiendo el sentido de su voto en función de esas cenas y regalos, de modo que una campaña queda fuera de mi alcance. Como es sabido, Sila me arrebató casi todos mis bienes, y los de mi familia y los de la familia de mi esposa. Mis intervenciones en los juicios públicos no me han granjeado amigos entre los que podrían financiarme. Y, finalmente, mi exilio, adornado con mi secuestro por los piratas, me ha dejado endeudado. Aunque conseguí el dinero para mi rescate y luego para devolvérselo a quienes me ayudaron en Oriente, he tenido que incurrir en muchos gastos en mi viaje. No veo forma de financiar una campaña electoral como la de *quaestor*.

—Yo puedo prestarte el dinero que precises —propuso Craso, sin rodeos.

Se hizo un silencio intenso.

Hasta los jóvenes hijos de Craso, que habían estado hablando entre ellos mientras su padre y César conversaban, callaron, conscientes de la relevancia del momento.

—Ya que ésta es una conversación directa —dijo César—, preguntaré sin rodeo alguno: todo ese dinero, ¿a cambio de qué?

—El Senado es donde se decide todo en Roma —respondió Craso con un asentimiento—. Y yo tengo muchos negocios. Digamos que, cuantos más apoyos tenga en el Senado, mejor para mis negocios y proyectos, civiles… y militares. Si te presentas a *quaestor*, tendrás que reunir votos entre los ciudadanos de las tribus para ser elegido. Yo cuento con los votos de senadores en asuntos de estado y comerciales. Es todo lo mismo, en diferentes niveles. Ésa es la única diferencia.

—Una diferencia marcada por el dinero —apostilló César.

—Cierto —admitió Craso—, pero hay más cuestiones a valorar. No me sirve cualquiera para el Senado. No me sirven ni los débiles ni los cobardes ni los que no saben hablar. Tú eres valiente, audaz y con una poderosa oratoria. No hago propuestas de este tipo al primero que pasa por delante de mi *domus*. Tu valentía quedó manifiesta en los campos de batalla de Oriente cuando conseguiste la corona cívica y ante mis ojos en la campaña contra Espartaco. Tu audacia fue pública cuando desafiaste a Sila arriesgando tu propia vida, y tu oratoria brilló en las basílicas de Roma contra Dolabela o Híbrida.

—Pero perdí los juicios —apuntó César con una sonrisa cargada de tristeza y decepción.

—Muchos senadores han empezado su carrera política perdiendo. Resistir es la clave —aseguró Craso y, ante el silencio de su interlocutor, fue aún más preciso en su siguiente pregunta—: ¿Aceptará César vestir la *toga candida*, la toga de candidato a *quaestor*, en las elecciones del próximo año?

César no respondió de inmediato. Meditó su réplica:

—Muchos no me quieren en el Senado. En particular, Pompeyo.

—Los mismos que entorpecen mis negocios e intereses. Te estoy invitando a entrar en el Senado, no a unas vacaciones en la costa de Neápolis. —Craso se inclinó hacia delante, aproximándose a César—. Crees que has visto la guerra, muchacho, porque has estado en unas cuantas batallas. Pero no has visto nada. Espera a entrar en el Senado y verás lo que es la guerra de verdad.

César percibió el tono de desafío en las palabras de Craso, pero no se arredró. En su lugar, tomó su copa y la levantó mirando fijamente a los ojos de su anfitrión y, a lo que se veía, su financiador en la próxima campaña electoral:

—¡Por la *toga candida*! —proclamó a modo de brindis.

—¡Por la *toga candida*! —emuló Craso el gesto de su invitado, y a aquel brindis se unieron Labieno y Tértula y los hijos de Craso.

El resto de la conversación durante la cena fue más relajado y transcurrió sin más sobresaltos ni propuestas. César y Labieno se despidieron a una hora prudente y, con permiso de Craso, se adentraron de nuevo en la Vía Apia que debía conducirlos desde la villa de Craso de regreso al centro de Roma.

Era macabro, pero caminaban entre centenares de cruces en las que se veía a los esclavos ajusticiados que habían osado rebelarse contra Roma.

Cuando estuvieron a una buena distancia de la residencia de Craso, Labieno miró hacia atrás para asegurarse de que ni siquiera quienes los escoltaban pudieran oírlos, y preguntó a César:

—Cayo, exactamente, ¿qué pretende Craso?

César asintió. Él también llevaba rato meditando sobre todo lo hablado en aquella cena.

—Es política, amigo mío —se explicó—. Craso le está devolviendo el golpe a Pompeyo y al Senado en su conjunto: le conceden un triunfo a Pompeyo por Hispania y, además, por supuestamente derrotar a Espartaco, mientras que a Craso sólo le permiten celebrar una *ovatio*. Aunque los dos sean cónsules este año, el trato desde el Senado es vejatorio para Craso, lo desprecian, y él está reaccionando; va a introducir en el Senado a quien más detestan sus oponentes: a mí. Se divierte y, de paso, hace una demostración de fuerza al llevarme hasta el interior del edificio de la Curia.

—Pero le deberás lealtad eterna a Craso —apostilló Labieno.

—¡Por Hércules, lo esencial es entrar en el Senado! Luego sí, le deberé lealtad. «Eterna», no obstante, es una palabra demasiado... definitiva.

—Bueno, como veas, pero... falta un detalle para que tu ingreso en el Senado sea efectivo —apuntó ahora Labieno.

César arrugó la frente en una pregunta muda.

—Que ganes las elecciones —explicó su amigo.

—Ganaré —le aseguró—. El pueblo me quiere. Lo que no tenía era el dinero necesario para la campaña, pero eso se ha solventado de forma... inesperada. Sólo lamento una cosa.

—¿Qué? —inquirió Labieno.

César se detuvo y lo miró directamente a los ojos. Había algo que los separaba a los dos, desde siempre; algo a lo que ni él ni Labieno habían concedido nunca la más mínima importancia, pero de pronto, tras aquella noche, se hacía más patente que nunca.

—Siento de veras que Craso no haya hecho extensiva su oferta de financiar una campaña para ingresar en el Senado a ambos, no sólo a mí —dijo César.

Labieno negó con la cabeza como quitando peso a aquel asunto.

—Tanto tú como yo sabemos por qué lo ha hecho así —respondió Labieno, sin concretar.

Pero César no quería dejar nada sin hablar aquella noche:

—Porque tú eres plebeyo y yo patricio —dijo.

—Exacto, y los dos sabemos que, aunque sea posible para un plebeyo entrar en el Senado, es siempre mucho más difícil y luego sólo es un senador de segunda clase al que apenas se le tiene en consideración. El Senado no es mi camino, es el tuyo.

—No, no es tu camino —certificó César—. Pero ¿sabes qué?

—Dime.

—Ya sé cómo lo vamos a cambiar todo, juntos —anunció con los ojos llenos de brillo—. Yo como senador, y tú como algo que yo no puedo ser por mi condición de patricio. Tú como tribuno de la plebe y yo como senador podríamos cambiarlo todo.

Labieno se echó a reír y César se unió a esa risa.

—Veo que lo tienes todo pensado —dijo Labieno cuando cesaron las risas, al tiempo que se pasaba el dorso de una mano por los ojos llorosos.

—Pensado sí, conseguido no —apostilló César, y aún rio algo más mientras los dos reemprendían la marcha.

Seguían avanzando entre las cruces.

Había antorchas en ambos lados de la Vía Apia siempre coincidiendo con el punto donde había algún esclavo de la rebelión de Espartaco crucificado, de modo que los ajusticiados quedaran visibles no sólo durante el día sino también por la noche, daba igual la hora que fuese.

—¡Por Hércules, no hemos hecho bien! —dijo de pronto César.

—¿A qué te refieres?

—No hemos debido reírnos junto a estos ajusticiados. Fueran o no esclavos, lucharon con valor. No merecen nuestra indiferencia, sino nuestro respeto.

—¿Eso piensas? —Aquí Labieno mostró su desacuerdo—. Lucharían con valor, pero eran esclavos.

—Espartaco era gladiador, y a los gladiadores cuando luchan con valentía y consiguen muchas victorias les concedemos la libertad —se explicó César—, ¿no es así?

—Cierto.

—Pues no conozco a ningún otro gladiador que haya luchado con tanto valor, con tanta inteligencia y que haya conseguido tantas victorias como Espartaco. Si hay un gladiador en el mundo que mereciese la libertad sería él, ¿no crees?

—Visto así… sí —asintió Labieno.

—Además, Espartaco dirigió una rebelión tan importante que condujo a una guerra brutal, de tal envergadura que forzó al Senado a dar el mando a alguien como Craso, y Craso fue quien nos reclamó como tribunos militares y eso inició nuestra relación, la que ahora, para dolor de nuestros enemigos, podría conducirme al Senado. ¿Te das cuenta de que si ingreso en el Senado será porque un gladiador de Capua decidió, un día, alzarse contra Roma? Si entro en el Senado, será gracias a Espartaco. ¿Qué quieres que te diga? Me gustaría pensar que, de algún modo, consiguió escapar de la batalla del río Silaro y huir y… ser libre.

—Aunque los dos sabemos que eso es improbable, por no decir imposible —contrapuso Labieno.

—Improbable, sí —admitió César—; imposible, no. Sin su cadáver, todo es posible.

***Domus* de la familia de Pompeyo, centro de Roma
70 a. C., dos días después**

Otra cena.

Otro lugar.

Otros invitados.

—Todo se ha resuelto satisfactoriamente —concluyó Pompeyo, e hizo un resumen de los acontecimientos—: Sertorio derrotado y muerto, la rebelión de esclavos aniquilada y el Senado me ha concedido un nuevo triunfo, mientras que Craso, aunque haya sido elegido cónsul este año al igual que yo, sólo disfrutará de una *ovatio*. Todo perfecto.

—Todo no —negó Cicerón, su invitado de honor en aquella cena.

Geminio, Afranio y el resto de los asistentes dejaron de hablar. Nadie se atrevía a contradecir a Pompeyo de una forma tan clara.

Pompeyo se contuvo. Estaba feliz y nadie iba a fastidiarle aquella sensación de victoria absoluta.

—¿Qué es lo que no resulta satisfactorio de todo esto, Marco? —preguntó el nuevo cónsul de Roma.

—A la ciudad han vuelto algunos líderes de la causa popular… como César.

—Lo sé. Está arruinado y sin carrera política —replicó Pompeyo.

—Pues va a presentarse a *quaestor* —anunció Cicerón, cuya red de informadores era la mejor de toda Roma. No había asunto que aconteciera en la ciudad que, por muy en secreto que quisiera mantenerse, no llegara pronto hasta sus oídos.

—¿Con qué dinero? —preguntó Pompeyo.

—Con el de Marco Licinio Craso —especificó Cicerón—. Si sale elegido *quaestor*, eso significa su ingreso directo en el Senado.

—Sé lo que eso significa, no has de explicarme las leyes de Roma —le espetó Pompeyo algo airado—. En todo caso, para ser elegido ha de conseguir los votos favorables de dieciocho de las treinta y cinco tribus de Roma y eso no es fácil. Veremos qué ocurre el día de las elecciones.

—Temo ese día —apostilló Cicerón, y ahogó su preocupación en un largo trago de vino.

L

Un barco

Mare Superum
70 a. C.

Idalia contemplaba la escena en la cubierta del barco, junto con algunas mujeres más del ejército de esclavos y unos cuantos heridos.

Estaban en una nave de los piratas cilicios, que habían retornado a las costas de Italia unas semanas después de la derrota de los esclavos y con el grueso de la flota romana ya de regreso a Oriente para seguir luchando contra Mitrídates del Ponto. Sabían que había pequeños grupos de fugitivos con tesoros en su haber, fruto del saqueo de los últimos años, dispuestos a darlo todo por un pasaje que los sacara de una Italia donde las legiones los cazaban como a alimañas para crucificarlos y dar ejemplo al resto de los esclavos de la península itálica.

Idalia encabezaba uno de esos grupos de fugitivos y, con ayuda del dinero de Espartaco, había pactado con aquellos piratas que los trasladaran a Grecia a ella, al propio Espartaco herido y a unos cuantos supervivientes. Los piratas podrían robarles todo y matarlos o entregarlos a los romanos, pero, por otro lado, el traslado de fugitivos era un buen negocio, y si se corría la voz de que los piratas no cumplían lo acordado, se les terminaría. De este modo, la navegación siguió su curso sin sobresaltos ni malos encuentros con naves romanas.

Pero no todo salió bien.

De hecho, algo salió muy mal.

Al poco de haber zarpado, Idalia anunció al capitán del barco, al resto de los piratas y a los esclavos embarcados que Espartaco no había superado la gran pérdida de sangre y las infecciones de sus heridas y que, finalmente...

—... ha muerto —dijo ella delante de todos, engullendo saliva y rabia y dolor y con lágrimas en los ojos.

Por eso estaban todos en la cubierta del barco: los esclavos por respeto a su gran líder y los piratas con una mezcla de admiración y curiosidad.

El cuerpo del tracio permanecía envuelto con una sábana manchada de rojo.

Entre seis esclavos izaron el cadáver, lo condujeron hasta la barandilla de babor y lo arrojaron por la borda.

Todos se quedaron unos instantes mirando hacia el mar, hacia el punto donde las aguas se tragaron el cadáver sin dejar rastro. Pero no tardaron en alejarse de aquel sector del barco: los piratas retornaron a sus puestos de navegación y los esclavos, encogidos y apesadumbrados, a la bodega del barco.

Sólo Idalia permaneció mirando más tiempo hacia el mar. ¿No flotaban los muertos? Quizá fuera después de hundirse. No lo tenía claro. No sabía nada del mar. Y por mucho que ella escrutara el horizonte, nada podía ver que no fuera agua y agua y más agua.

No había sido una gran ceremonia para alguien que había hecho que Roma convocara a más de veinte legiones para derrotarlo, pero era todo lo que ella le había podido ofrecer.

Bajó la mirada y suspiró, antes de alejarse por la cubierta, hacia la bodega. Descendió en silencio por las escaleras sin ser molestada. Los piratas la miraban con ansia, pero era curioso: percibía contención en ellos, como si el hecho de que Espartaco la hubiese elegido como su mujer le confiriera un poder secreto que hasta esos hombres de mar respetaban. Nadie la importunó.

Una vez en la bodega del barco, cruzó por entre los esclavos heridos atendiendo a unos y a otros, revisando vendajes y ofreciendo palabras de consuelo.

—En Grecia estaremos bien —les decía, aunque el futuro fuera oscuro e incierto.

Por fin, agotada por las emociones y la tensión acumulada durante todas aquellas semanas, Idalia se dejó caer en una esquina de la bodega junto al último de los heridos a quien nadie parecía prestar mucha atención, pues se pasaba dormido casi todo el día y apenas comía la sopa que ella le daba de cuando en cuando.

La muchacha, cabizbaja, meditaba: pronto llegaría a oídos de Roma lo acontecido en aquel barco, pues los piratas cilicios no tardarían en comunicar a todo el mundo que el gran Espartaco había muerto en uno de sus barcos por las heridas de la última batalla y que su cadáver yacía en el fondo del mar. Sí, a ojos de Roma, Espartaco estaría oficialmente muerto.

Idalia tragó saliva. Tenía la garganta seca.

Los secretos daban sed.

Buscó un cuenco con agua que estaba junto a su silla y echó un largo trago. Luego puso la mano sobre la frente de aquel herido olvidado por todos. La fiebre había desaparecido y eso le dio esperanza, aunque también sentía el mordisco del pánico: ¿y si…?

Retiró la sábana que cubría al durmiente y le buscó el pulso palpando su pecho, en busca del corazón, pero no lo sentía.

Nada de nada…

Nada… pero… sí, sí había pulso.

De hecho, en cuanto se serenó, pudo comprobar que el corazón de aquel herido latía con mucha fuerza, con la fuerza que da la libertad.

LI

Discedite, quirites![*]

Campo de Marte, Roma
Finales del 70 a. C.

Los días pasan. Y los días llegan, todos y cada uno de ellos. También los que se temen.

El día que temía Cicerón llegó: el día de las elecciones para escoger a los veinte *quaestores* del siguiente año, puestos que daban acceso directo al Senado.

Los ciudadanos con derecho a voto de las treinta y cinco tribus acudían al Campo de Marte, el espacio público abierto más grande del que disponía Roma. Para unas elecciones de aquel tipo, el foro se quedaba pequeño.

Los diferentes candidatos, con sus *togas candidas* de un blanco impoluto, habían tenido la oportunidad de dirigirse brevemente al pueblo de Roma. César fue muy conciso y se limitó a recordar sus buenas acciones militares en Oriente y frente a Espartaco, su corona cívica y su defensa constante de la justicia en unos tribunales de Roma que anhelaba independientes y libres de las presiones de un Senado intervencionista. No dijo más, ni contra las reformas dictatoriales del fallecido Sila,

---

[*] «¡Voten, ciudadanos!». Frase que solía emplear el magistrado que presidía las elecciones en el Campo de Marte ante las treinta y cinco tribus con derecho a voto de la ciudad de Roma y alrededores.

ni a favor de las reclamaciones de la causa popular, por indicación expresa de un Craso que le había advertido de los riesgos de mostrarse demasiado radical.

—Ganar unas elecciones, muchacho —le había dicho Craso—, consiste en que los tuyos te voten, pero también, y más importante aún, en que los que dudan de ti confíen y te den una oportunidad. No los asustes.

Y César siguió su consejo.

Cicerón, Pompeyo, Catilina y otros senadores, incluido el veterano Metelo, paseaban por el Campo de Marte. No era habitual la presencia de tantos *patres conscripti* en una elección de *quaestores*, pero se percibía en el ambiente que, con la presencia de César en el listado de candidatos, algo especial estaba ocurriendo. Y, por qué no decirlo, sentían curiosidad.

—No saldrá elegido —dijo Sura a Catilina.

—¿Tú crees? —respondió éste de forma enigmática—. Lo sabremos pronto. César es inconformista, rebelde por naturaleza. Nos vendría bien… reclutarlo.

Sura asintió.

Cicerón y Pompeyo paseaban en silencio.

—*Discedite, quirites!* —proclamó el magistrado que presidía el proceso electoral.

Era la señal para que cada tribu empezara a distribuirse por la *saepta*, un complejo entramado de parcelas valladas. Cada tribu tenía una asignada.

Una vez que el gentío ocupaba los cercados, cada ciudadano, uno a uno, debía cruzar un largo y estrecho puente que lo conducía desde su parcela hasta el *rogator*, la persona que supervisaba el proceso electoral. El *rogator* de cada tribu estaba rodeado por varios *custodes* o interventores designados para asegurar la limpieza de la entrega del voto y el posterior recuento final.

Cada ciudadano, cruzado el puente, entregaba al *rogator* un pequeño trozo de papiro en el que estaba escrito el nombre del candidato de su elección. El voto, por fin, quedaba depositado en un gran cesto.

Cada tribu constituía una unidad electoral, de modo que no se sumaban todos los votos que un candidato recibía de todas las tribus, sino que se trataba de conseguir que el nombre de un candidato estuviera entre los veinte más votados en cada tribu para poder decir que obtenía el voto de esa unidad electoral. Treinta y cinco tribus. Como había recordado Pompeyo a Cicerón hacía unas semanas, cada *toga candida* precisaba, al menos, ser elegido por dieciocho de las treinta y cinco tribus.

No era fácil.

Había cuestiones de prestigio personal también. Como que al menos tu propia tribu te eligiera, para no quedar en ridículo en caso de no conseguir ser elegido de forma general. La tribu de la familia Julia era la Fabia. Y César se esmeró en recibir durante semanas a tantos miembros de aquella tribu como le fue posible en su casa. Fue generoso en dádivas y regalos, en cenas y banquetes, con todos ellos y con otras tribus. Todo el dinero que Craso le entregó lo gastó en intentar amarrar votos.

—Deberías abandonar la Subura y establecerte cerca del foro, en una residencia más propia de alguien que se presenta a *quaestor*, de alguien que aspira a entrar en el Senado —le aconsejó Craso.

Pero en este punto fue en el único que César no le hizo caso. Para sorpresa de todos, se mantuvo viviendo en su vieja y casi destartalada residencia de mosaicos agrietados en el centro del populoso y más pobre barrio de Roma. Y no gastó dinero alguno en pintar las paredes o arreglar los desperfectos de su vivienda ni para recibir a tantos como invitó a ella durante aquellas semanas. El dinero se lo gastaba en los demás. Sólo se permitió un pequeño dispendio para renovar su vestimenta, siempre siguiendo su costumbre extravagante para Roma de vestir ropas orientales, de vistosos colores que, sin duda, llamaban la atención cuando paseaba por la ciudad y lo distinguían del resto en días en los que no llevaba la *toga candida*. Ése fue su único gasto personal.

Se inició el recuento de votos.

En Roma daba igual que las tribus urbanas o rurales tuvieran poblaciones diferentes, que unas tribus fueran más numerosas que las otras o que los ciudadanos ricos de las tribus rurales fueran los que disponían de dinero y recursos para desplazarse a Roma el día de las elecciones frente a otros muchos, más pobres, que no podían hacerlo. No había otro sistema de voto que no fuera el presencial.

—Tendrá el voto de las tribus urbanas —dijo Cicerón—. Su estrategia de seguir en la Subura lo ha hecho popular en la ciudad.

—Son sólo cuatro las tribus urbanas —replicó Pompeyo.

Cicerón calló.

El recuento de votos llevó tiempo.

Cuando al fin se completó, el magistrado presidente empezó a hacer públicos los nombres de los candidatos que habían obtenido los votos de dieciocho tribus o más.

—¡Sulpicio Rufo! —dijo.

Todos los presentes en el Campo de Marte escuchaban muy atentos.

Se fueron diciendo otros muchos nombres.

César estaba junto a Labieno en el centro de la parcela de la tribu Fabia, sin atreverse a levantar los ojos, la mirada fija en el suelo, los brazos en jarras, muy concentrado.

Se dijeron más nombres.

Quedaban siete por anunciar.

El siguiente tampoco fue el suyo.

Labieno le puso la mano en el hombro.

César cabeceó afirmativamente reconociendo el gesto de apoyo de su amigo.

Anunciaron otro nombre más.

Tampoco era el suyo.

Quedaban cinco.

César tragó saliva. Estaba convencido de haberlo hecho bien, de haber persuadido a muchos, creía que a los suficientes, pero quizá no lo había hecho tan bien como pensaba.

Un nombre más.

No era el suyo.

Quedaban cuatro por proclamar.

Quizá debería haber hecho caso a Craso y haberse mudado a una residencia más lujosa, en el centro, cerca del foro, dar otra imagen de sí mismo, de hombre más poderoso. Había querido mantener esa conexión que lo unía al pueblo y a la causa popular, seguir viviendo en la Subura, entre esas calles estrechas y sucias y atestadas de la sangre misma de Roma, de los ciudadanos más pobres, de lo que para él era la auténtica Roma, la que merecía más derechos y más justicia y más reparto de riqueza, pero quizá se había equivocado.

Un nombre más.

No era el suyo.

Cerró los ojos y negó con la cabeza. Se había equivocado, se había equivocado de medio a medio y jamás tendría otra oportunidad. Era el fin.

Quedaban sólo tres nombres por anunciar.

—¡Cayo Julio César!

Abrió los ojos.

Había sido elegido, era *quaestor*. César acababa de ingresar, formal y legalmente, en el Senado de Roma.

Nadie prestó atención a los otros dos nombres, aunque se anunciaron según dictaba la ley y la tradición.

—Está dentro —dijo Cicerón a Pompeyo—. Dentro.

—Sigue sin ser nadie —insistió Pompeyo.

—Cierto, pero ese nadie está dentro.

Se cruzaron con otros senadores cuando se marchaban del Campo de Marte de regreso al interior de la ciudad. Catilina los saludó:

—Unas elecciones muy interesantes —les dijo y, acompañado por Sura, se alejó de ellos con una sonrisa.

—Ése sí me preocupa —dijo Pompeyo—. Catilina es muy ambicioso.

Cicerón ya había reparado, como todos, en el exceso de ansia de poder de Catilina, pero le sorprendió esa advertencia y pensó que Pompeyo no habría llegado tan alto, hasta cónsul de Roma, ni habría derrotado a tantos enemigos en el campo de batalla si fuera un estúpido, de modo que tomó nota de aquel aviso: estaría pendiente de Catilina. Pero sin olvidarse de César.

LII

En el vientre de la loba

Foro de Roma, frente a la Curia Hostilia
69 a. C., unas semanas después de las elecciones a *quaestor*

—Aquí estamos —dijo César exhalando aire—. Es el gran día.

Y lo era.

La jornada de las elecciones fue intensa, pero aquella mañana era aún más especial.

A su lado estaba Cornelia, con un vientre inmenso bajo su preciosa túnica blanca que anunciaba que el parto del segundo hijo de la feliz pareja era inminente. Ya había tenido contracciones y se encontraba débil, pero aun así había querido acompañarlo hasta las puertas mismas de la Curia Hostilia, el edificio donde habitualmente se reunía el Senado de Roma. Y es que, en efecto, aquélla iba a ser una jornada diferente y, pese a la importancia que César y Cornelia concedían al evento, ni ellos mismos ni nadie en todo el foro de Roma podían discernir hasta qué punto aquel día sería clave para la historia del mundo.

—Es el gran día, sí —se limitó a certificar ella, repitiendo las palabras de su esposo.

Por primera vez, Cayo Julio César iba a entrar en el Senado de Roma.

Lo apropiado habría sido presentarse ante el resto de los senadores de Roma a su regreso de su cuestura en Hispania, lugar que tenía asignado para cumplir con las obligaciones de su nuevo cargo político bajo el mando del gobernador Antistio Veto, pero César no quería esperar hasta entonces. Espoleado por la impaciencia de sentirse dentro del Senado, y para dar muestra de que a él ciertas tradiciones no iban a limitarlo, decidió hacer acto de presencia en la Curia Hostilia antes de partir para Hispania.

En cualquier caso, tras las elecciones, los censores ya habían apuntado su nombre en el registro oficial de senadores: desde un punto de vista legal, a todos los efectos, era senador. Esperar a cumplir los servicios de la cuestura era sólo un gesto que indicaría que se prestaba a seguir las tradiciones. Sin embargo, César quería dejar patente que aceptaba las leyes, pero no necesariamente todas las tradiciones y menos las impuestas por Sila y sus seguidores *optimates*.

De modo que allí se presentó aquella mañana frente a la inmensa Curia Hostilia ampliada por el propio Sila para dar cabida a seiscientos senadores. Fue el dictador quien incrementó el número de *patres conscripti* de trescientos a seiscientos, lo que lo obligó a su vez a ampliar el viejo edificio del Senado para doblar su tamaño y su aforo. No obstante, una vez concluidas las obras de ampliación, quedó patente que los seiscientos senadores apenas si cabían en el interior, por lo que si había una reunión plenaria se seguía buscando, como antaño, algún otro emplazamiento, como un teatro o un gran templo para reunirlos a todos. Pero aquella mañana que era clave para César, no lo era para otros muchos senadores, y un tercio de los *patres conscripti* no habían acudido a la sesión del día, de modo que el edificio no estaba atestado.

Sí, lo apropiado antes de entrar en el Senado habría sido esperar a regresar de Hispania, con su trabajo como *quaestor* cumplimentado, pero en esos días había fallecido su tía Julia, la esposa de su muy admirado tío Mario, y César buscaba borrar aquel episodio triste con otro más positivo, como su ingreso en la Curia.

—Voy a entrar —dijo César, y con suavidad le soltó la mano.

Cornelia le sonrió y asintió. Hubiera deseado darle un beso allí mismo, pero se contuvo porque las muestras de afecto íntimo no eran adecuadas en público, y menos en el foro de Roma, pero de pronto tuvo una premonición: César caminaba despacio, paso a paso, hacia las puertas de entrada al Senado desde la plaza del *Comitium*, y ella sintió algo extraño en el aire.

—Ten cuidado —le dijo sin elevar la voz, porque no quería llamar la atención, casi en un susurro.

Julio César creyó oír algo, se detuvo y se volvió hacia ella, pero Cornelia se limitó a sonreírle una vez más y no repitió sus palabras. Se sentía una tonta por haber estado a punto de transmitir un miedo absurdo a un hombre tan valiente como su esposo... Y sin embargo... aquellos otros senadores que se iban acercando como en procesión a la puerta de entrada le recordaron a un desfile fúnebre; como si aquel inmenso edificio del Senado fuera... una tumba.

Aún tenía esos pensamientos oscuros en su cabeza cuando, de súbito, un dolor agudo la partió por dentro. Y ese dolor era muy real, físico, nada imaginado. El momento del parto estaba allí. Pero era raro... aquella punzada en las entrañas no la sintió la primera vez que dio a luz. Era muy peculiar. E insufrible. Aun así, no se movió ni un ápice ni permitió que su rostro se ensombreciera lo más mínimo mientras su esposo la observaba desde la distancia.

César vio a Cornelia bien custodiada por una decena de esclavos de confianza y, por fin, volvió a girarse para integrarse en aquella procesión de senadores que se aproximaban a la puerta del edificio.

Caminaba muy serio, muy decidido, muy concentrado.

Llegó al umbral.

Fuera estaba el mundo que gobernaba Roma.

Dentro, los senadores que gobernaban el mundo.

Tragó saliva sin darse cuenta.

Inspiró hondo de forma inconsciente.

Dio un paso.

Y entró en el Senado.

En el Comitium

En el exterior, Cornelia se dobló y cayó de rodillas, rendida por un dolor cada vez más intenso. Sangraba y sentía el calor del líquido de su propia esencia derramándose por los muslos.

—¡Llevadme a casa! —exclamó—. ¡Llamad al *medicus*!

Dos esclavos la cogieron con firmeza pero con cuidado, y la ayudaron a incorporarse mientras otro de ellos partía, veloz, en busca de la ayuda requerida. El ama estaba muy pálida y ya habían visto la sangre que manchaba su túnica.

Los senadores más veteranos ya estaban cómodamente sentados en sus lugares de privilegio en las primeras bancadas de la gran sala de debates. César era un novato, y le correspondía una de las bancadas superiores, más alejada del centro. Hacia allí dirigió sus pasos.

Se sintió observado, casi vigilado. Miró a su derecha y pudo ver a Pompeyo, sus ojos fijos en él. Muy serio, sin decir nada.

César miró entonces a su izquierda y vio a Craso departiendo con otros senadores, pero mirándole también. Craso asintió, como un saludo, y César asintió en respuesta mientras seguía avanzando hacia el lugar que se le había asignado. Caminaba mirando al suelo para no tropezar con los escalones, y cuando alzó los ojos al llegar a su banco, se cruzó con la mirada afilada e inquisitiva de Marco Tulio Cicerón. Éste no lo saludó, sino que, como Pompeyo, se limitó a mirarlo en silencio.

—Es más arriba —le indicó el veterano Catilina.

César no detectó ni desprecio ni molestia en su tono.

—Gracias —respondió el nuevo senador de Roma.

Catilina le sonrió con amabilidad.

Desde lejos, Cicerón, la mirada clavada en ambos hombres, vio la sonrisa de Catilina y cómo César le respondía algo que no pudo descifrar por estar de espaldas a él, pero registró la aparente cordialidad con la que el primero recibía al segundo en el Senado y la aparente complicidad de César en el saludo. «Complicidad», esa era la palabra. Sila libró una guerra civil en el campo de batalla. Cicerón intuía que la próxima guerra civil de Roma iba a librarse entre los muros de aquel edificio. Si se empezaba a elegir a senadores de la causa popular, todo terminaría por estallar. Era sólo cuestión de tiempo. Pero él, Cicerón, estaba allí, vigilante y preparado.

César siguió subiendo escalones hasta llegar a su bancada y se sentó.

Al volver a mirar a Cicerón vio que éste hablaba con Pompeyo, que se le había acercado, pero se pusieron de lado con respecto a él y le resultó imposible ver los labios de ambos por si podía intuir algo de lo que decían.

—No ha esperado ni a cumplir su cuestura para presentarse aquí —decía Cicerón a Pompeyo, cónsul de Roma.

—No, pero es sólo una pequeña transgresión de la tradición. Técnicamente, ya es senador de Roma —le restó importancia Pompeyo a aquel gesto de César.

—Los grandes rebeldes —replicó Cicerón, categórico— empiezan dando pequeñas muestras de su carácter. Esto es sólo el principio de lo que veremos de él. De hecho, no olvidemos que ya en el funeral de su tía Julia exhibió imágenes que recordaban algunas de las victorias de Mario, como Aquae Sextiae, y hasta puso a un actor para que representara el papel del propio Mario. Y, como bien sabes, enaltecer la figura de Mario está prohibido. Es una pequeña transgresión tras otra. Veo en su mirada, la mirada decidida de un águila.

Pompeyo negó con la cabeza:

—César no es nadie. Es cierto que durante un tiempo lo temí por las palabras de Sila sobre él, sobre que César era como muchos Marios, pero los años han pasado y nada ha conseguido de relevancia: ¿qué tiene en su haber? Varios juicios perdidos y una cuestura que aún ha de cumplir. Está desacreditado por sus derrotas judiciales. Es un perdedor, un águila con las alas rotas, y con las alas rotas las águilas no vuelan.

—Puede ser —aceptó Cicerón, que no quería iniciar una discusión con el nuevo cónsul de Roma—, pero Catilina, que te preocupa tanto como a mí, le ha saludado con una sonrisa.

Y con esa información, Cicerón dejó a Pompeyo sumido en profundos pensamientos sombríos.

César vio cómo ambos senadores se separaban. Hubiera dado un millón de sestercios por saber qué decían, pues estaba persuadido de que habían hablado de él, pero no tenía forma de averiguarlo. Cicerón usaba a un tal Milón como espía y agitador en las calles, y Pompeyo, con frecuencia, recurría a un tal Geminio. Él, sin embargo, no tenía ni agitadores a su servicio ni informadores de confianza. Empezaba a darse cuenta de que le faltaban armas de combate en aquel campo de batalla.

Miró de nuevo a su alrededor: estaba dentro del Senado de Roma. Había intentado cambiar las cosas en los tribunales, luchando contra la corrupción política de muchos de aquellos hombres que se sentaban a su izquierda y a su derecha, y, una y otra vez, había sido derrotado. Vencido porque esos mismos senadores se constituían en jueces de sí mismos.

Pero ahora... ahora estaba dentro.

Ahora podría cambiar las cosas desde el interior del sistema. No sería fácil. Más bien al contrario, sería difícil y, sobre todo, muy peligroso. Pero estaba dentro.

Quisieran o no quisieran muchos de los que lo rodeaban, él, Cayo Julio César, era por fin senador romano. No disponía aún ni de todas las armas necesarias para darles batalla allí ni tenía una red de aliados adecuada, pero estaba dentro, en el vientre mismo de la loba de Roma.

Liber tertius

SENADOR DE ROMA

LIII

Las lágrimas de César

Domus de la familia Julia, barrio de la Subura
Roma, 69 a. C.

César llegó a casa satisfecho con su primer día en el Senado. Pese a que la mayoría de sus colegas habían evitado hablar con él, Craso se le había acercado al final de la sesión y habían departido durante un rato largo y, lo más importante, a la vista de todos. Era evidente que Craso estaba cada vez más enfrentado a Pompeyo y que, por ese motivo, buscaba nuevos apoyos en el Senado. Con Pompeyo nunca podría llegar a un acuerdo; pero Craso, más allá de la deuda que César tenía con él por su apoyo financiero, se había mostrado relativamente proclive a reconsiderar algunas de las leyes de Sila que recortaban el poder de la asamblea y de los tribunos de la plebe. En ese punto, hasta Pompeyo había decidido, para apaciguar las aguas entre la plebe, pactar la devolución del derecho de veto a los tribunos.

Pero para César, un punto clave era la reorganización de los tribunales de justicia: que no sólo estuvieran compuestos por senadores, sino también por ciudadanos provenientes de otras clases sociales. Él mismo había padecido esta injusticia, en particular, en el juicio contra Dolabela: era imposible conseguir justicia alguna si a un senador corrupto lo juzgaba un tribunal de compañeros de bancada. No obstante, no se había atrevido a mencionar todo esto en su conversación en el Senado aquella mañana, pero percibía que Craso podría ser persuadido, sobre todo si una ley en ese sentido hacía daño a Pompeyo. Sí, estaba convencido de que ahora podría cambiar las cosas desde dentro, desde el Senado. Era cuestión de ir maniobrando con astucia…

Un tropel de pensamientos bullía en la mente de César mientras se despojaba de la toga senatorial en el vestíbulo de su casa, cuando el esclavo *atriense* de su *domus* lo recibió con el rostro descompuesto.

—¿Qué sucede? —preguntó César.

El esclavo se limitó a mirar al suelo.

En ese momento apareció su madre.

—Cayo, ha ocurrido algo terrible —le dijo Aurelia con el semblante muy serio.

César intuyó que estaba relacionado con Cornelia y con la criatura que debía nacer en pocas semanas, y Aurelia se lo confirmó:

—Sí, el parto se ha adelantado.

—El niño… ¿ha muerto? —preguntó César, pues estaba convencido de que sería un niño.

—El niño ha muerto, sí —sentenció Aurelia.

Los esclavos que habían acudido para retirar la toga senatorial con sus ribetes púrpura desaparecieron al instante.

Madre e hijo estaban solos en el patio de entrada a la casa.

—Venía con los pies por delante, del revés. Pasa en ocasiones, ya lo sabes.

No era habitual que un hombre en Roma supiera mucho de partos, pero César había crecido entre las conversaciones de su madre, su difunta tía Julia, sus hermanas y Cornelia, y había aprendido mucho de los asuntos que ocupaban y preocupaban a las mujeres.

—El parto no pudo realizarse como conviene —añadió su madre.

César se llevó ambas manos a la nuca y se pasó la lengua por unos labios, que, de pronto, le parecían tremendamente resecos.

—Bueno… por Hércules… puede pasar… puede pasar… —empezó a repetir César mirando ahora hacia el techo y hablando hacia los dioses—. Podemos tener más hijos, podemos tener más…

No se oía un ruido fuera. El mundo entero había parado de girar. Sólo eran ellos dos, madre e hijo, a solas en el vestíbulo de la residencia de la familia Julia.

—¿Cornelia está despierta? ¿Puedo hablar con ella? —preguntó—. He de tranquilizarla. Tendremos otro niño más adelante, cuando se haya recuperado del todo. No hay prisa. Voy a hablar con ella, he de calmarla, estará muy triste y nerviosa…

Pasó al lado de su madre en dirección al atrio de la casa, pero ella lo detuvo.

—No, no vas a hablar con Cornelia —le dijo entonces Aurelia. Y no parecía una prohibición, sino una afirmación inapelable, peor que la peor de las sentencias judiciales en el peor de los juicios que uno pudiera imaginar.

César se volvió despacio hacia su madre. En el rostro del nuevo senador de Roma se leían todas las interrogantes del mundo.

Incluso a una persona tan férrea, pétrea y dura como Aurelia le resultaba difícil decir lo que tenía que decir y miró al suelo de teselas rotas. Un maldito mosaico que tendría que reparar en algún momento, pero cuyas teselas partidas eran la metáfora perfecta de cómo se sentía ella y de cómo se sentiría su hijo en apenas unos segundos.

—¿Por qué no puedo hablar con Cornelia, madre? ¿Está dormida, acaso? Si es así, esperaré —aunque César expresaba más un deseo que otra cosa.

El severo rostro de su madre le hacía intuir lo peor.

Aurelia seguía con la mirada fija en las teselas del mosaico.

—Madre… —insistió César.

La mujer levantó la mirada y encaró los ojos casi suplicantes de su hijo.

—Cornelia tampoco ha sobrevivido al parto, hijo mío. Han muerto los dos: el niño y ella.

En ese preciso instante, las hermanas de César aparecieron en la sala desde el atrio. Habían acudido en cuanto las cosas se pusieron mal a la llamada de su madre para ayudar en lo que fuera preciso, pero nada pudo hacerse. Ni ellas ni el *medicus* ni las esclavas con más experiencia en partos pudieron evitar que Cornelia muriese desangrada, y el bebé, por asfixia. Un desastre total. No frecuente, pero tampoco especialmente extraño.

César, pálido, aún estaba digiriendo la noticia de esas muertes.

Parpadeó.

Abrió y cerró la boca varias veces, sin decir nada.

Se giró entonces para encaminarse hacia el dormitorio de Cornelia. Sus hermanas se interpusieron.

—No vayas, hermano —dijo la mayor—. Es mejor que la recuerdes como la viste la última vez. Ha sufrido mucho. No vayas.

—Es cierto, hermano —asintió Julia la Menor, apoyando a su hermana.

Despacio, César levantó la mano derecha para que no le hablaran más en aquel momento y se quedó quieto, pensando. Eran sus hermanas y sabía que lo que le proponían era por su bien, pero él tenía que ver a Cornelia. Lo necesitaba. Así de claro y sencillo, y ellas comprendieron y se apartaron y le dejaron pasar.

César, casi como un fantasma, caminaba por los pasillos de la residencia familiar. Los mismos pasillos por los que, de adolescente, se había deslizado a escondidas llevando a Cornelia de la mano, sigilosamente, para escuchar en secreto aquella conversación en la que los padres de ambos acordaron que se casarían. Esos pasillos que antaño eran cómplices de su espiar furtivo a sus mayores eran ahora pasillos lúgubres, tenebrosos, que lo conducían hacia el dolor más completo.

Llegó a la puerta del dormitorio. Allí se cruzó con el *medicus* griego y con la esclava que había asistido en el parto.

—Lo siento, *clarissime vir.*

Era la primera vez que alguien se dirigía a él con el tratamiento propio de un senador y tuvo que ser en aquella circunstancia. De pronto, ser senador de Roma ya no importaba nada. De pronto, ya nada importaba nada.

El médico y la esclava se hicieron a un lado y César pasó entre ambos mientras el griego aún intentaba explicar lo ocurrido:

—El niño no estaba bien colocado y ella no dilataba lo suficiente y perdió demasiada sangre y todo esfuerzo ha sido en vano…

Sangre.

César oyó «sangre».

Y entró en el dormitorio.

Y olió la sangre.

Y miró el lecho.

Y vio la sangre.

Apenas habían tapado el cuerpo de Cornelia con una sábana y aún se veía un reguero que caía de la cama y resbalaba por el suelo de la habitación ramificándose en mil arroyos de sangre. ¿Cómo un cuerpo tan pequeño como el de Cornelia podía tener tanta sangre en su interior?

La sábana dibujaba una notable protuberancia en la parte del vientre de Cornelia. El niño ni siquiera había llegado a salir del todo y seguía allí, medio dentro de ella.

César se arrodilló junto al lecho y descubrió la sábana un poco, lo suficiente para poder ver el rostro desencajado por el dolor extremo de Cornelia. Era un semblante horrible, con una mueca de agonía brutal, como si hubiera muerto gritando. Entonces comprendió lo que le habían dicho sus hermanas y volvió a cubrir el rostro de su mujer con la sábana.

Entraron un par de esclavos por si precisaba de alguna cosa.

Ante sus ojos, el cuerpo de César empezó a convulsionar de una forma extraña, como se mueve un niño al que han castigado y llora en la esquina del cuarto.

En efecto, César estaba llorando.

Aurelia entró en aquel momento en la habitación.

—Salid —ordenó ella y los esclavos dejaron a su ama con su hijo y con el cadáver de su nuera y el de su nieto, que no había llegado a nacer—. No puedes llorar delante de los esclavos —le dijo con gravedad—. Si has de hacerlo, hazlo cuando estés a solas.

—¿Acaso no tienes sentimientos, madre?

Aurelia dio un paso adelante y, más seria aún, le cruzó la cara con un bofetón que resonó en toda la estancia.

—Un senador de Roma no llora, eso es todo. Con sentimientos no se sobrevive en esta ciudad de traiciones y traidores. Y claro que me duele la muerte de Cornelia, una esposa leal y ejemplar hasta el último día, pero uno ha de ser fuerte y sobreponerse a los golpes, y sobre todo tú, y sobre todo ante los esclavos y ante el pueblo y, por encima de todo, ante los senadores. ¿Quieres que Cicerón o Pompeyo o Craso o Catilina se enteren de que lloras? ¿Crees acaso que eso te va a hacer popular en el Senado?

—¿No dejas nunca de luchar por el poder, madre? —replicó César—. ¿Ni siquiera aquí y ahora, con el cadáver de Cornelia ahogado en sangre?

—No dejo nunca de luchar por la supervivencia de esta familia, hijo. Y tú harías bien en hacer lo mismo. —Aurelia se tomó un respiro, bajó la mirada, movió los dedos de la mano con la que le había abofeteado, le dolían por la fuerza empleada en el bofetón, pero se rehízo rápido y volvió a mirarlo—. Aunque ya que lo mencionas: la sangre y el poder, hijo mío, están hechos de la misma sustancia; la sangre engendra poder y el poder se construye sobre mucha sangre.

—La de los campos de batalla, pero ¿qué poder da la sangre derramada de Cornelia? —opuso César, arrebatado por la rabia y la impotencia ante la aparente frialdad con la que su madre lo sopesaba todo.

—Cornelia murió intentando darte un hijo, sangre de tu sangre, que esta familia necesita, que tú necesitas, y lo sabes, para la permanencia de nuestra *gens* en el corazón de Roma. Y éste —Aurelia señaló el lecho ensangrentado— era su campo de batalla. Ha… ha perdido en el combate. Ocurre a veces. —Se pasó el dorso de la mano por la boca un instante, en el único gesto de emoción que César detectó en ella aquella triste jornada—. Incluso cuando el médico dijo que se moriría si seguía empujando, que se desangraría, cuando existía la posibilidad de extraer el niño para salvarla, ella se negó y se inmoló, hijo, se inmoló, hizo una auténtica *devotio*, como el más valiente de los cónsules de Roma, para intentar salvar la vida de tu hijo. Lo mínimo que le debes es estar a su altura y mostrarte fuerte.

César inspiró hondo mientras digería los detalles de la muerte de Cornelia.

—Ahora, hijo —continuó Aurelia—, has de dar permiso para la cesárea y que entierren a niño y madre por separado, como es preceptivo para que cada uno pueda seguir el camino hacia el Hades de la forma apropiada.

En Roma no se hacían cesáreas para dar a luz. Las hemorragias eran excesivas y cuando se había intentado, todo terminaba en desastre, además de que suponía un sufrimiento adicional para la mujer y el bebé. Pero si en un parto morían ambos, era preceptivo separar los dos cuerpos para enterrar a cada uno por su lado, según las costumbres romanas.

—Sí, madre —respondió César mirando aquella sábana que cubría el cuerpo ensangrentado y sin vida de Cornelia—. ¿Cómo sabemos que era un niño?

—Nació lo suficiente para saberlo, pero no… no se culminó el parto.

César asintió. De pronto, un nuevo pensamiento cruzó su mente:

—Y Julia, ¿lo sabe?

—Lo sabe —certificó su madre.

—¿Y está llorando?

—Pues no. Parece más fuerte que su padre en estos momentos. Pero está asustada. Le vendría bien hablar contigo, pero sólo si no llegas con lágrimas en el rostro.

—No me concedes ni un instante, ni un solo instante de debilidad.

—Ni uno, porque al primero que tengas y lo detecten, te matarán.

A esto César no respondió. Iba a salir, aunque antes se dirigió a su madre una vez más:

—¿Puedes cerrarle los ojos y la boca a Cornelia, por favor? No quiero que la vean así cuando realicen la cesárea.

—Lo haré, hijo.

—Gracias, madre.

César salió, por fin, de la habitación. Entonces Aurelia se llevó la mano al rostro y se cubrió los ojos. Le dolían las entrañas.

Cornelia, simplemente, ya no estaba allí.

Ya nunca más hablaría con ella.

Era como una sentencia. Inapelable, fría, pétrea.

LIV

Amor eterno

Poor soul! His eyes are red as fire with weeping.

¡Qué alma tan triste! Tiene los ojos rojos como
el fuego de tanto llorar.

SHAKESPEARE,
Julio César, acto III, escena II

Domus de la familia Julia, barrio de la Subura
Roma, 69 a. C.

El cuerpo de Cornelia estaba en el centro del atrio. Lo habitual hubiera sido que los *pollinctores*, los enterradores y los funerarios encargados de preparar el cuerpo para el funeral estuvieran allí aseando y limpiando el cadáver para la procesión fúnebre, la gran *pompa funebris*, que debía tener lugar en una hora, pero nada iba a ser habitual en el funeral de Cornelia.

Como muestra de respeto a su hijo y de amor a Cornelia, Aurelia se hizo cargo personalmente de limpiar el cuerpo de su nuera en el atrio. Las hermanas de César se presentaron para asistirla en la tarea. Entre las tres pasaron paños de tela por el cuerpo de la joven hasta eliminar todo rastro de sangre, y entre las tres cubrieron sus extremidades y su rostro con el fino *pollen* blanco, una harina pálida, con el que ocultar el tono azulado de la piel de un cadáver.

Entre tanto, César dirigió el sacrificio de un gran cerdo en honor a la diosa Ceres y a los dioses *manes* y el resto de las deidades familiares para purificar todo el proceso del funeral. Se extrajeron las entrañas del animal y se examinaron para confirmar que estaban bien como señal de que los dioses aceptaban el enterramiento, sin necesidad de tener que repetir otro sacrificio similar. Los *exta*, las entrañas del cerdo, se guardaron en una urna que la comitiva funeraria llevaría hasta el lugar de la incineración, donde serían quemadas junto con el cuerpo de Cornelia.

—Las *praeficae* ya están aquí —dijo el *atriense* a César anunciando así que las plañideras contratadas para el funeral habían llegado a la residencia de la familia.

—Y los músicos —añadió otro esclavo.

César asintió.

—Que esperen en la puerta. —Se volvió hacia su madre y sus hermanas y la niña Julia, que asistía a todo el proceso con una enorme congoja reflejada en el rostro y lágrimas silenciosas—. Es la hora.

—Todo está preparado —respondió Aurelia refiriéndose al cuerpo ya limpio y maquillado de Cornelia.

La procesión se puso en marcha.

En la residencia quedó, en un pequeño sarcófago, el cuerpo del bebé nonato que, separado de su madre por la cesárea *post mortem*, sería enterrado posteriormente. Ese día, toda la atención era para la madre.

Las plañideras abrían el paso a la *pompa funebris*. Tras ellas iban los músicos interpretando piezas tristes de acompañamiento a la procesión. Luego venía el cuerpo de Cornelia portado por el propio César, Labieno y otros amigos de la familia en un nuevo gesto inusual, pues en una familia patricia no habría sido extraño que el transporte del cuerpo para su *collocatio* en el lugar donde estaba dispuesta la gran pira funeraria lo realizasen esclavos u otros hombres contratados. Pero en toda aquella ceremonia, César había querido que su joven esposa estuviera acompañada y arropada por todos y cada uno de los miembros de la familia, y para ello había contado con la aquiescencia de su madre, sus hermanas y su hija, que seguían al cuerpo de Cornelia envueltas en sus velos oscuros de luto.* Tras ellas, el resto de las mujeres y los familiares de la *gens* Julia.

La *pompa funebris* transitó por el laberinto de la Subura, por unas calles atestadas de ciudadanos de Roma que deseaban expresar su respeto a la joven fallecida y, por extensión, a un Julio César con quien se sentían muy identificados en aquella parte más humilde de la ciudad. Sabían que él era uno de los pocos patricios que continuaban viviendo entre ellos, y también que su ideario político buscaba defender sus derechos y sus reclamaciones frente a un Senado dominado por los *optimates* que los oprimían y despreciaban. Aunque sabían también que el joven César apenas podía hacer nada por ayudarlos y que, cuando lo había intentado —como cuando se enfrentó a Sila primero o a Dolabela después—, terminó como fugitivo o exiliado. Pero allí estaba él de nuevo, en Roma, recién elegido senador, y en medio de su dolor personal por la muerte de su esposa decidieron acompañarlo en su ruta hacia el corazón mismo de la ciudad.

Las plañideras lloraban, los músicos tocaban las flautas en una cadencia lenta, y Aurelia, las hermanas de César, la pequeña Julia y las demás mujeres cantaban *neniae*, tristes composiciones musicales escritas para la ocasión por varios poetas a los que el propio César había encargado que pusieran en palabras ese dolor que albergaba en su pecho.

La pira funeraria estaba preparada en medio del foro. Era el mismo lugar donde habían incinerado a la viuda de Cayo Mario y donde César habló brevemente en público en recuerdo de su amada y venerable tía. Era el mismo foro donde no hacía muchas semanas se había atrevido a celebrar una procesión funeraria con actores portando recuerdos que recreaban el pasado de Mario. Aquel gesto reciente, pleno de desafío a los *optimates*, había hecho que el foro estuviera ahora atestado de gente, de muchos ciudadanos, no sólo los vecinos de la Subura, sino muchos más, sobre todo de la facción popular, del pueblo, que querían ver si César desafiaba de nuevo al Senado y las leyes de Sila exhibiendo quizá alguna imagen de Cinna, el padre de la fallecida Cornelia.

Pero esto no ocurrió.

---

* Hay debate sobre el color del luto en la antigua Roma: sólo Plutarco habla del blanco como color de luto, mientras que otras fuentes, como Varrón o Catón, mencionan velos oscuros o negros.

Cinna había sido un líder popular violento y poco dado al pacto y la negociación, cuyas gestas militares fueron más bien escasas. No era, pues, una figura con la que César quisiera que la gente de Roma lo vinculara. Su tío Mario era otra cuestión: el llamado «tercer fundador de Roma», siete veces cónsul, el victorioso en mil batallas como la de Aquae Sextiae, el que había detenido las hordas de teutones y ambrones y otras tribus celtas y germanas que amenazaban con invadir Italia y saquear Roma desde la Galia. Ésa sí era una conexión, la de Mario y él, que deseaba que el pueblo de Roma hiciera.

Pero quizá a ese pueblo no le importaba tanto el carácter de Mario o de Cinna como el hecho de ver si César seguía desafiando al Senado al exhibir más imágenes de antiguos líderes populares de quienes estaba prohibido hablar en público. Al comprobar que el desfile fúnebre había sido menos ostentoso que el de Julia, la gente empezó a sentirse decepcionada, pero permaneció en el *Comitium*, en el centro del foro, aunque sólo fuera por respeto. Lamentablemente para ellos, ya nada había que fuera de gran interés, pues así como con la tía de César, el sobrino, recién elegido senador, había dado un breve pero interesante discurso, nunca se daban discursos en Roma en honor a una mujer tan joven como Cornelia, que ni siquiera había llegado a cumplir los treinta años.

Pompeyo, Cicerón, Craso y otros senadores como Catilina también estaban presentes, quizá no tanto por respeto como unos por vigilar y otros por mera curiosidad, pero allí estaban: observando la escena, analizando al nuevo senador de Roma.

Un esclavo le acercó una antorcha encendida a César.

Era el momento de prender la pira funeraria.

A su lado estaban su madre, sus hermanas, más familiares y amigos y su pequeña hija Julia, que aquel día sí lloraba, de forma contenida pero con lágrimas silenciosas que hacían brillar sus mejillas. El mismo cielo nublado parecía contenerse, y el sol tenía dificultades para atravesar las nubes plomizas que amenazaban lluvia sin derramarla.

César negó con la cabeza y el *atriense*, confundido, se quedó sosteniendo la antorcha, el brazo alargado, ofreciéndose aún a su amo.

—Todavía no —dijo César, y el esclavo, sin entender bien, se retiró varios pasos con la antorcha para no importunar a su señor.

Aurelia miró hacia su hijo con el ceño fruncido.

La pequeña Julia parpadeaba sin entender tampoco por qué su padre se negaba a encender la pira funeraria de su madre.

Más lejos, mezclados con los asistentes al funeral, Cicerón y Pompeyo se miraron entre sí compartiendo su propia confusión.

Era aquél un momento extraño.

César no se lo pensó dos veces y ascendió despacio a los *rostra*, a la tribuna pública del foro desde la que se impartían discursos de todo tipo en el centro de Roma.

—¿No irá a hablar en público en honor a…? —masculló Pompeyo entre dientes.

—Pues yo diría que sí —apuntó Cicerón—. En cualquier caso… de lo que estoy seguro es de que ha captado la atención de todos.

Y era cierto, aunque sólo fuera por lo inesperado de su forma de actuar.

La plebe, que se había sentido decepcionada por la ausencia de más desafíos del joven senador a los dirigentes *optimates*, veía ahora cómo César se dirigía a la tribuna de oradores para hablar en honor a su joven esposa y nadie sabía aún cómo interpretar aquello: ¿otro desafío al poder establecido desde el tiempo de la dictadura brutal de Sila o una flagrante falta de respeto a las tradiciones más sagradas de Roma? ¿O ambas cosas a una?

Pero César sólo tenía un objetivo aquel día. Si Cornelia se había ido, si ya jamás podría volver a hablar con ella, entonces hablaría *de* ella… demostraría… contaría ante todos lo mucho que la había amado. Daba igual que en Roma nunca se hubiese pronunciado un discurso fúnebre en honor a una mujer joven.

Nunca.

Por ella, él lo haría.

Y así, más allá de lo que unos u otros estuvieran pensando, César, simplemente, empezó a hablar, con voz poderosa, templada, desde los *rostra*, mirando a su madre, a sus hermanas, a su hija, al pueblo y a los senadores que lo observaban. Elevó sus palabras al cielo, como si se dirigiera a los dioses mismos de Roma:

—*Pia, carissima et dulcissima!* Ésas son las palabras que vienen a mí cuando pienso en mi querida Cornelia. *Pia* porque fue leal a mí y a mi familia siempre. Cuando me enfrenté a Sila o a Dolabela, estuvo siempre a mi lado; hasta se ofreció a divorciarse de mí para hacer mi vida más cómoda, más fácil, más adaptada a las tendencias del poder de Roma, pero tanta lealtad sólo podía pagarse con mi propia lealtad. Y antes prefería ser condenado a muerte que separarme de mi querida Cornelia.

La mención a Sila y a Dolabela hizo enmudecer todos los murmullos, todas las conversaciones.

El pueblo estaba atento.

Pompeyo, Cicerón, Craso, Catilina y el resto de los senadores también.

Los dos primeros se preguntaban hasta dónde estaba dispuesto a llegar César con sus palabras. No había exhibido imágenes de Cinna, el líder popular padre de Cornelia, pero igual su comedimiento en ese aspecto no iba a ir en consonancia con lo que pudiera decir aquella mañana.

Craso y Catilina valoraban otras cuestiones: ¿cuánto había de audaz y cuánto de loco en aquel César, nuevo senador de Roma? ¿Cuánto de imprudente y cuánto de líder?

Craso, en particular, ponderaba si había hecho una buena inversión, o no, al financiar la candidatura de César a *quaestor* y, en consecuencia, al Senado.

Para Catilina, la cuestión era dilucidar si merecía la pena atraerse, o no, la amistad de César.

—Cornelia soportó mis exilios, uno tras otro —retomó César, ahora evitando explicar las razones políticas que lo habían obligado a escapar de Roma hasta en dos ocasiones por sus enfrentamientos contra los líderes *optimates*—, con templanza y paciencia, y siempre, nunca insistiré lo suficiente en este punto, leal a mí y a mi familia.

Suspiró, inspiró aire y continuó:

—*Carissima* porque no se puede querer más a alguien en este mundo. No negaré a otros la posibilidad de querer a alguien, a su esposa, madre o hija, tanto como yo he querido a Cornelia, pero sí diré alto y claro, con toda mi pasión, que querer más a una mujer de lo que yo he querido a Cornelia es, sencillamente, imposible.

Hizo una breve pausa retórica. Podía sentir la atención de todos centrada en él. Sabía que la mención a Sila y Dolabela los había hecho enmudecer, pero sabía también que debía medir bien el alcance de sus palabras o en la próxima sesión del Senado se emitiría un *sena-*

tus consultum ultimum para que Pompeyo, en calidad de cónsul, lo arrestara y lo ejecutara en el acto. Podía sentir la mirada de su madre bien atenta y con miedo. Se movía en un terreno peligroso, como siempre. Debía mantener la tensión política, mostrarse como líder del pueblo, pero contenerse al mismo tiempo o el suyo sería el paso por el Senado más breve que jamás se hubiera registrado en los anales de Roma.

Regresó al terreno personal:

—*Pia, carissima et dulcissima*, he dicho. *Dulcissima* porque siempre estuvo dispuesta a atender con amor las necesidades de todos en su entorno: de mi madre, de su hija, no puedo pensar que exista mejor madre, de mis hermanas, de toda la familia y amigos y de mí mismo, siempre con buen ánimo, siempre con una sonrisa en su rostro en las bienvenidas, siempre con un beso sentido y una bendición suya en las despedidas, siempre ahí para quien la necesitara, cuando la necesitara para lo que fuera que se la necesitara. ¡Así era Cornelia! Puede que algunos os hayáis sorprendido de que proclame en público mi pasión, mi amor eterno por Cornelia. ¡Puede que algunos penséis que esto rompe las tradiciones! Pero ¿qué tradición puede prohibir que un esposo proclame su amor a una esposa que le ha sido leal y fiel y constante durante toda su vida? ¡En Roma no hay más tradición que la de ensalzar la lealtad y arremeter contra la mentira!, ¡no ha de haber más costumbre que la de premiar la honestidad y atacar la corrupción! ¡En Roma no ha de haber otra ley que la de alabar a quien destaque en su comportamiento justo, del mismo modo que se persigue a quien es, contra todo y contra todos, injusto!

—Se refiere a nosotros, a los *optimates* —dijo Cicerón a Pompeyo—. Lo dice con indirectas, pero lo dice.

Geminio, al lado de su protector, corroboró aquella afirmación en voz baja, al oído de su líder:

—Lo dice, *clarissime vir*.

Pero Pompeyo guardó silencio.

Craso y Catilina también percibían las indirectas de César, pero eran eso, indirectas, ninguna afirmación o crítica precisa contra el Senado romano, nada con lo que promover un *senatus consultum ultimum* contra el nuevo joven senador. Era hábil, aunque se movía en el límite.

César continuaba.

—Pero... ¿cómo me siento? ¿Cómo puede sentirse un hombre que, de pronto, lo ha perdido todo, porque Cornelia era eso para mí: todo? ¿Cómo puede sentirse alguien en estos momentos?

Una breve pausa.

Lágrimas en sus ojos.

César lloraba en público, contraviniendo las costumbres establecidas para un hombre, contraviniendo el consejo, casi la orden, que le había dado su madre el día de la muerte de Cornelia con aquel bofetón que le cruzó el rostro.

—¿Cómo me siento? Me siento como cuando Tetis intentaba salvar a Aquiles de su destino, me siento como cuando Afrodita lloraba la muerte de su amante Adonis, me siento como cuando Orfeo intentaba rescatar a Eurídice de las garras del reino de los muertos. Así se siente hoy Cayo Julio César.

Y se golpeó el pecho con fuerza y los muslos y la cabeza en un gesto de dolor poco habitual en los funerales patricios, donde se mantenía una mayor contención en la expresión del sufrimiento personal en público que en los funerales de una plebe vulgar, más dada a la exhibición de sentimientos en forma de llantos, lamentos y lesiones que se autoinfligían los familiares de quien estaba siendo enterrado. De hecho, la ley de las XII Tablas llegó a promulgar: «Las mujeres no se arañarán las mejillas ni se harán *lessum*». Luego, ante la imposibilidad de controlar las muestras de dolor del pueblo en sus momentos de sufrimiento por la pérdida de un familiar, se reinterpretaría aquel mandato de las XII Tablas como que no se podía contratar a plañideras para que hicieran en público semejantes muestras de padecimiento extremo. Y César, sabedor de que se le observaba en cada pequeño gesto, sólo contrató *praeficae* para llorar y cantar *neniae* durante el desfile fúnebre o para cuando encendiera la pira funeraria, pero sabía que nada podían hacer contra él por mostrar en su propio cuerpo el dolor por la pérdida de Cornelia. Así que volvió a golpearse el pecho, los muslos y la cabeza con fuerza.

Y volvió a llorar.

Y los senadores lo veían.

Y el pueblo lo veía.

Y Aurelia lo observaba todo atenta y vio que el pueblo... se conmovía.

La madre de César comprendió que, si bien llorar en público podía no parecer adecuado para un hombre, y que sus enemigos podían interpretarlo como una muestra de debilidad, sin embargo, en aquel momento, en aquel lugar, era una forma de ser uno más del pueblo, de identificarse con la plebe que expresaba de esa forma su dolor sin atender tanto a la diferencia entre hombres y mujeres. Y comprendió que tenía que estar con su hijo. César era el *pater familias* y él marcaba la línea de actuación de la familia entera, y si había decidido que el dolor de todos fuese exhibido sin contención en aquel funeral, ella debía seguir la pauta marcada por su hijo.

Aurelia se llevó una mano al rostro, a la mejilla izquierda, y con fuerza arrastró las uñas por su piel ajada por los años con tal presión que, al poco, brotó sangre de su mejilla partida. Y las lágrimas, fuera por el dolor de la pérdida de Cornelia o por el sufrimiento físico, o por ambas cosas, aparecieron en sus ojos.

Y las hermanas de César, que habían estado escuchando a su hermano como sumidas en un trance, se volvieron hacia el pueblo de Roma y reprodujeron el gesto de su madre y se arañaron la piel del rostro hasta hacer sangrar sus mejillas.

Y entonces, por fin, la pequeña Julia, de sólo trece años, siguiendo el ejemplo de su abuela y sus tías, bajo la atenta mirada de su padre, se volvió hacia el pueblo de Roma y se arañó la piel de su mejilla derecha con tanta fuerza como fue precisa para, más allá del dolor y el miedo, provocarse las mismas heridas que había visto en ellas y sentir la sangre. Era sangre de los familiares de la recién fallecida, sangre que los ciudadanos del pueblo de Roma creían que purificaba el camino de quien iba a ser incinerada en su descenso al Hades.

—Ahora sí —dijo César mirando al *atriense*, y éste, raudo, le entregó la antorcha para que su amo encendiera la pira funeraria.

Pero César no dejó de hablar ni aun cuando iba acercando la llama del fuego purificador a la leña acumulada bajo el cuerpo de su esposa, madera impregnada con aceite que facilitaría que prendiera con rapidez. No dejó de hablar ni aun cuando tomó la urna con los *exta* del sacrificio animal hecho en la casa familiar y lo arrojó a la pira funeraria ya en llamas:

—¡Cornelia, esposa mía, sigue tu camino hacia el Hades hasta el día en que tú y yo nos reunamos allí! ¡Cornelia, sigue tu camino, tú que llevas el mismo nombre que la hija de Escipión el Africano, la que fuera madre de los Graco, los tribunos de la plebe que clamaron por primera vez por un reparto más justo de riqueza, de derechos y de tierras y de poder! ¡Cornelia, esposa mía, los nombres mueren, los hombres mueren y las mujeres mueren, pero ni tu lealtad perece ni las ideas de quienes reclamaron justicia mueren! ¡La lealtad y las ideas perviven en todos lo que sobreviven a la muerte de sus ancestros y pugnan, sin descanso, por emular esas lealtades y ejecutar esas ideas!

—¡Lo ha dicho! —exclamó Cicerón—. Ha propuesto que volvamos a los tiempos sin control de los Graco.

Pompeyo suspiró. Estaba como ensimismado, sus ojos fijos en aquella niña de sólo trece años que, por amor a su madre, por respeto a su padre, se acababa de autolesionar hasta hacerse sangre en el rostro. Estaba perplejo ante tanta lealtad, ante tanta fuerza en una niña tan pequeña. ¿Estaba perplejo o era algo más? Arrugó la frente: ¿veía a la joven Julia como niña o como... mujer?

—Ha hablado de ideas, de llevarlas a cabo, es cierto —admitió Pompeyo—, pero no ha llamado a la rebelión del pueblo. Intentará, sin duda, cambiar las cosas en el Senado; pero en el Senado, como en los tribunales de Roma, pronto verá que nada podrá hacer. Y así, con alas rotas, terminará de nuevo este intento por volar de quien se considera águila y sólo es paloma.

—Muchas metáforas, pero no detendremos a este hombre con metáforas —sentenció Cicerón—. Un día estarás conmigo en esto y comprenderás que habremos de detenerlo de otra forma. Es el sobrino de Mario y no se me olvidan las palabras de Sila sobre él. Pero te doy tu tiempo. Estoy acostumbrado a ser demasiado clarividente y se me olvida que otros tardáis más en ver lo que para mí es obvio.

Pompeyo pensó que Cicerón lo estaba llamando estúpido, también con indirectas, como hablaba César, pero aquel día ya había tenido bastantes palabras en su cabeza. En sus ojos, sin embargo, se había quedado la imagen de aquella niña arañándose el rostro hasta sangrar.

La pira ardía y las llamas se elevaban hacia el cielo plomizo, quién sabe si en busca de los dioses.

A más de cien pasos de distancia de la conversación entre Pompeyo y Cicerón, César se alejó de la pira funeraria.

El calor era inmenso.

Se cruzó con su madre y vio la sangre en sus mejillas, esa sangre que los había conectado con el pueblo.

—Sangre y poder, madre —dijo César mirándola fijamente.

—Sangre y poder —respondió ella con decisión.

César asintió y, acompañado por Labieno, se alejó unos pasos más de una pira funeraria cada vez más abrasadora. Aurelia, sus hijas y su nieta Julia hacían lo mismo, igual que el resto de los familiares y amigos, de modo que se formó un amplio círculo en el foro en torno a aquella inmensa llama donde ardía, poco a poco, el cuerpo de Cornelia.

—He de hacerlo bien en el Senado —dijo César mirando al suelo y, al instante, levantó la mirada y fijó los ojos en las llamas que consumían el cadáver de su esposa—. Ella me apoyó siempre. He de hacerlo bien en el Senado, aunque sólo sea por honrar su memoria y su fe en mí, como decía mi madre.

Labieno cabeceó afirmativamente y, al poco, añadió unas palabras:

—Ha sido muy emocionante todo lo que has dicho sobre Cornelia.

—No ha nacido la mujer de la que yo pueda enamorarme como me enamoré de Cornelia, amigo mío. No ha nacido esa mujer.

LV

A orillas del Nilo

Palacio real de Alejandría, a orillas del Nilo, Egipto
69 a. C., año 11 bajo la majestad del rey del Alto y Bajo Egipto,
el faraón Tolomeo XII

El sol se ponía en la tierra del Nilo. El atardecer languidecía extendiendo los rayos de Ra sobre el infinito río que se deslizaba con sosiego hacia el mar.

En el palacio real, la hermosa Nefertari paseaba en calma contemplando el paisaje de la ciudad a sus pies cuando, de pronto, sintió una contracción profunda y supo que había llegado el momento.

Nefertari no era su nombre real, sino un dulce apodo con el que la llamaba el todopoderoso faraón Tolomeo XII. Cuando la vio entre las nuevas esclavas traídas del sur de Egipto, su ansia por poseerla lo inundó. La joven se mostró tan dócil, tan complaciente y tan entregada a la satisfacción del rey de Egipto, que despertó en él algo más que pasión carnal por ella. El rey de Egipto se encaprichó de la dulzura y la belleza de su esclava y decidió tenerla siempre cerca de él, y la llamó Nefertari, como la gran esposa del legendario Ramsés II; Nefertari, esto es, la dulce compañera. Y así, el auténtico nombre de ella quedó oculto, como su origen, olvidado por unos y por otros, nunca registrado en los anales de la historia, de modo que siglos y siglos después aún habrá muchos que sigan intentando averiguar quién era en realidad aquella joven que, embarazada, sentía las primeras contracciones del inminente parto.

La muchacha hizo una señal a las mujeres —antaño compañeras suyas, ahora sus sirvientas—, y ellas entendieron y la condujeron, ayudándola a caminar con cuidado, hasta la sala que se había preparado para el parto. La mayoría de ellas permanecieron junto a su ama, pero una partió rauda para avisar al gran faraón de que su favorita, Nefertari, estaba a punto de dar a luz.

La sala estaba repleta de amuletos que representaban a todos los dioses necesarios para asistir a la embarazada en el alumbramiento de su hijo: allí estaba el dios Bes, dios protector de los niños, grotesco y feo en apariencia, bufón del resto de los dioses y, no obstante, muy poderoso, pues la risa que provocaba su imagen alejaba el mal; numerosas estatuillas de Tauret, la diosa de cuerpo de hipopótamo, brazos y piernas de león, cola de cocodrilo y grandes pechos humanos que protegía siempre a las mujeres y, en particular, a las parturientas; también varias representaciones de Heqet, la diosa en forma de rana que presidía los alumbramientos; y finalmente —y aunque hubo debate intenso entre los sacerdotes por no tratarse del parto de una reina, sino de un concubina—, se dispusieron sendas imágenes de las grandes diosas Isis y Neftis, deidades hermanas, que protegerían a quien iba a nacer: nada menos que un descendiente del rey faraón Tolomeo XII.

Las esclavas situaron a su ama sobre dos ladrillos, tal y como era tradición, para que así, apoyada sobre ellos, pudiera empujar de forma más cómoda que tumbada. Sólo a un hombre se le ocurriría la absurda idea de tumbar a una mujer para que diera a luz. Ellas sabían más. En concreto, entre las esclavas había una veterana matrona asignada por el faraón para que acompañara durante las últimas semanas a Nefertari con el propósito de que estuviera con ella cuando el momento clave llegara.

Nefertari sudaba. Era su primer parto.

—Toma esto, mi ama —dijo la matrona, y le entregó un cuenco con *shemshemet** diluido en agua caliente, una infusión para relajar la mente y el cuerpo de su señora.

Nefertari bebió y bebió hasta sentir el efecto de aquel caldo relajando su cuerpo. Rezaba a Bes, a Heqet, a Tauret y a Isis y a todos los dioses egipcios para que la ayudaran en aquel trance y, por encima de todo, para

* Cannabis, marihuana.

que naciera un niño. Meses atrás, cuando pensó que quizá pudiera estar encinta, ya hicieron la prueba para detectar su embarazo y para saber si quien vendría al mundo sería un niño o una niña: orinó en unos saquitos de arena con semillas de cebada y trigo y las semillas germinaron, indicando que, en efecto, estaba embarazada. Además, germinaron sobre todo las semillas de trigo, lo que significaba que llevaba en su vientre una niña. Pero pese a aquellos augurios, Nefertari aún confiaba en que hubiera un error y naciese un varón. Ella no era la esposa oficial de Tolomeo XII, sino sólo una concubina, una hermosa esclava que, habiendo enamorado al faraón, gozaba de los beneficios de una vida cómoda y lujosa en el palacio real de Alejandría, pero, al mismo tiempo, se sabía el centro de las miradas, intrigas y críticas de la mayoría de los sacerdotes y los consejeros reales que no veían con buenos ojos que alguien de fuera de la nobleza mezclara su sangre con la del faraón, rey y dios, dador de Salud, Vida y Prosperidad, según rezaban los antiguos títulos del monarca egipcio desde tiempos inmemoriales. Por eso ella deseaba un varón: sólo un niño recién nacido podría tener futuro entre las intrigas, las miradas amenazadoras y las peligrosas conjuras que cercarían a quien naciera aquella tarde, ya casi noche.

Las esclavas encendieron todas las antorchas.

La matrona se situó junto a la joven parturienta.

—Empuja, mi señora, joven hermosa, acompañante de nuestro faraón, señor del Nilo, dador de Salud, Vida y Prosperidad.

Ella empujaba y gritaba.

—Grita, mi ama, grita todo lo que necesites, pero empuja. ¡Empuja!

Y Nefertari empujó, gritó y volvió a hacerlo una y otra vez, una y otra vez…

Patio central del palacio real de Alejandría

El faraón Tolomeo XII no oyó los gritos de su favorita, ocupado como estaba en interpretar música con una preciosa flauta de oro. Tal era su afición a dicho instrumento que al monarca se le conocía con el sobrenombre de *Auletes*, la palabra griega para designar a un flautista. Tolomeo disfrutaba tanto con ella que no dudaba en rodearse de bailarinas y, emulando al dios Dioniso, con quien gustaba ser comparado, tocar la flauta durante horas en medio de grandes fiestas presididas por el despilfarro y el lujo sin control. Llegaba incluso a organizar concursos musicales con la sola intención de competir y obtener él los mejores premios tras exhibir su virtuosismo con la flauta.

¿Y gobernar?

Ah, sí, estaba eso. De hecho, Potino, el eunuco principal de la corte, y otros consejeros se quedaban estupefactos ante aquellas muestras de dispendios sin sentido, en lugar de concentrar los esfuerzos económicos en fortalecer un ejército a todas luces insuficiente para proteger las fronteras de Egipto; unas fronteras que, además, se veían amenazadas porque el mayor de los estados del Mediterráneo había puesto en ellas sus ojos. Sí, Roma codiciaba los inmensos recursos de grano que el valle del Nilo proporcionaba, año tras año, crecida tras crecida del gran río. Roma aumentaba su poder y también su población. El trigo que llegaba desde el resto de Italia, Sicilia o el norte de África empezaba a ser insuficiente y los senadores romanos veían en el Nilo y sus fértiles campos de cereal la gran solución a todos los problemas de abastecimiento de la ciudad del Tíber. El juego de intrigas y maniobras políticas para aislar a Egipto y buscar algún tipo de legitimación para reclamar sus territorios había comenzado. Tras la muerte de Tolomeo IX, padre del actual faraón, se desataron los conflictos dinásticos: aseguraban que no estaba claro que el rey de Egipto hubiera designado a Tolomeo XII como su sucesor, o eso decían los senadores romanos, sobre todo los de la facción popular, los más preocupados por las necesidades del pueblo romano. Éstos argüían que había un testamento del último faraón reinante que legaba Egipto entero a Roma.

Ante estas insidias, Potino y el resto de los consejeros reales conminaban a Tolomeo XII a no malgastar el dinero de Egipto en fiestas decadentes y extravagantes, y a concentrar el gasto en reforzar al depauperado ejército egipcio que pudiera asegurar la independencia del reino, pero el faraón había optado por resolver el tema de otra manera.

—¿Realmente creéis que podemos armar un ejército lo bastante poderoso como para enfrentarnos a Roma con posibilidades de éxito? —preguntó un día a sus consejeros—. ¿Realmente creéis que podemos doblegar a esas legiones romanas que derrotaron a Aníbal, que conquistaron lo que ellos llaman Hispania en los confines de Occidente, que mantienen a los bárbaros del norte a raya, que se hicieron con el control de todas las ciudades griegas y hasta con la Macedonia de nuestros antepasados? ¿Realmente creéis que podemos enfrentarnos al mismo ejército romano que es capaz de detener a Mitrídates del Ponto, el más poderoso de los monarcas de Oriente?

Los consejeros reales callaron unos segundos.

—Entonces... —dijo al cabo Potino—, ¿el faraón propone no hacer nada?

En aquel consejo real estaban también los temidos sacerdotes que tanto poder ejercían dentro y fuera del palacio del faraón y Tolomeo sintió sus miradas de preocupación. Sabía que lo detestaban desde que nació. Por su origen. Él no era hijo legítimo, no era hijo de su padre Tolomeo IX y su esposa, sino de una relación entre Tolomeo IX y una de sus concubinas de rango no real. De ahí que Tolomeo XII no fuera sólo conocido con el sobrenombre de *Auletes*, sino también con el despectivo de *Nothos*, esto es, «el bastardo». Los sacerdotes estaban detrás de ese segundo apodo, y también los senadores romanos que deseaban anexionarse Egipto. De este modo, tras la muerte de Tolomeo IX, unos y otros, sacerdotes y Senado romano, negaron a Tolomeo XII la legitimidad de ser coronado faraón y favorecieron el acceso al trono a un sobrino del monarca fallecido, Alejandro II, conocido también como Tolomeo XI. Pero, además, en un intento por legitimar aún más al sobrino por delante del hijo bastardo, obligaron a Alejandro II a desposarse con su madrastra. Pocos días después de esa boda, en un arranque de locura por hacerse con el poder absoluto, Alejandro ordenó ejecutar a su esposa y madre política y esto desencadenó revueltas en toda Alejandría: Alejandro acabó muerto y el pueblo otorgó a Tolomeo XII —*Auletes* para unos, *Nothos* para otros, el flautista y el bastardo— el reino de Egipto.

Y Tolomeo XII podía verlos allí a todos: consejeros y sacerdotes que lo despreciaban, expectantes a su respuesta sobre cómo resolver el tema de los deseos romanos por anexionarse Egipto.

—No, Potino —respondió, por fin, el faraón—, yo no digo que no hagamos nada. Si tanto os preocupa el modo en que gasto el dinero de Egipto, propongo que lo gastemos con más inteligencia: nunca podremos armar el ejército capaz de oponerse a las legiones romanas que derrotan una y otra vez a Mitrídates. Yo digo que compremos las voluntades de los senadores de Roma.

—¿Las voluntades de centenares de senadores? —preguntó entonces el consejero—. Demasiadas voluntades que comprar, parecería más barato armar un ejército.

—No hay que comprar las voluntades de todos los senadores de Roma, sino sólo la de aquel que los gobierna a todos. Basta con que compremos la voluntad de Pompeyo, a quien ellos llaman el Magno, su mejor militar.

Se hizo un nuevo silencio, pero esta vez no llegaba cargado de desprecio.

Y ésa había sido la forma de gobernar que había seguido en vigor hasta entonces y que Tolomeo pretendía continuar promoviendo: sobornar a Pompeyo y a algún otro senador romano destacado para mantener al ejército de Roma alejado de sus fronteras. Pompeyo era de la facción de los *optimates* y éstos controlaban el Senado, de modo que las pretensiones de los senadores populares de anexionarse Egipto para alimentar más y mejor al pueblo romano quedaban siempre, por un motivo u otro, pospuestas en los debates del Senado.

Y él, Tolomeo XII, continuaba en el poder, en Alejandría, en Egipto, de fiesta en fiesta, como en aquel preciso momento. Fue al dejar de tocar la flauta para dedicarse a otra de sus grandes aficiones, beber vino, cuando oyó los gritos de Nefertari y vio a una esclava que se le acercaba, siempre mirando al suelo, para anunciarle que su favorita estaba dando a luz.

Cámara de Nefertari, palacio real de Alejandría

Nefertari seguía empujando y, entre respiración y respiración, entre contracción y contracción, continuaba murmurando en demótico:

—Ha de… ser… un niño…, ha de… ser… un niño… Ha de tener el espíritu… guerrero… de un niño…

Ilegitimidad sobre ilegitimidad, Nefertari sabía que el ser que estaba a punto de alumbrar iba a enfrentarse al desprecio, primero, que los sacerdotes sentían por el padre de la criatura, Tolomeo XII, al que ya consideraban bastardo de origen, y a esto se sumaría el desprecio a ella, a la madre, una mera concubina egipcia.

Los gritos acudían a sus labios sin que ella pudiera remediarlo y, como para alejarse del dolor y el sufrimiento del parto, repasaba en su cabeza el origen de los Tolomeos que llevaban gobernando Egipto desde hacía más de doscientos cincuenta años: los Tolomeos no eran descendientes de los legendarios faraones que construyeron las pirámides en tiempos de los que sólo se guardaba memoria en los jeroglíficos que únicamente podían interpretar los sacerdotes más doctos. No, los Tolomeos descendían de uno de los generales de Alejandro Magno: el gran conquistador macedonio derrotó a todos sus enemigos haciéndose con el control de medio mundo, con Grecia, Siria, Asia, Persia, Bactria y también Egipto.

Llevó a su temible falange hasta el remoto río Indo y llegó a enfrentarse con los reyes de la India, pero, en la cúspide de su poder, unas fiebres fueron las únicas capaces de doblegar el espíritu indómito del macedonio y conducirlo a la muerte, y con ella colapsó su inmenso imperio. Los *diadocos*, como se hacían llamar los generales de Alejandro, esto es, sus «sucesores», no supieron elegir de entre todos ellos a uno que los gobernara unidos, sino que terminaron dividiéndose el imperio de su rey, primero, y luego luchando entre ellos. Así, Tolomeo, que sería conocido como Tolomeo I, el creador de la dinastía de faraones tolemaicos, se quedó con Egipto y parte de Siria; Seleuco consiguió el control de Babilonia, Mesopotamia, Persia y Bactria. Antígono se quedó con Frigia, Lidia, Caria, el Helesponto y la otra porción de Siria que no controlaba Tolomeo I. Lisímaco se hizo con el gobierno de Tracia y, por fin, Casandro se apoderó de Macedonia, la tierra natal de todos ellos. Las guerras entre unos y otros se sucedieron. De hecho, hasta pugnaron por quedarse con el cuerpo de Alejandro. Tolomeo I fue quien consiguió, al fin, hacerse con el cadáver del todopoderoso rey macedonio y lo enterró en una inmensa tumba en Alejandría, ciudad fundada por el propio Alejandro, quien conquistó el reino milenario del Nilo y que se había autoproclamado digno sucesor de los faraones de Egipto.

Así, una estirpe de guerreros macedonios de habla griega liderada por Tolomeo I buscó legitimarse como los auténticos herederos de los faraones legendarios, para ellos de nombres casi totalmente desconocidos, que antaño construyeron la enigmática esfinge de piedra o las gigantescas pirámides.

Nefertari pensaba en todo ello y no veía justo que los sacerdotes la miraran con desprecio: ¿acaso no era ella, por humilde que pudiera ser su origen, más egipcia que todos los Tolomeos que habían gobernado el Nilo desde la conquista del milenario reino por Alejandro? ¿Acaso no hablaba no sólo el griego de quienes hasta hacía poco habían sido sus amos, hasta que pasó a ser concubina de Tolomeo XII, sino también el demótico, la lengua de los egipcios? Los sacerdotes la despreciaban por su falta de linaje tolemaico, una dinastía que había caído en la locura de casar hermanos con hermanas, generación tras generación, con el fin de, supuestamente, mantener la pureza real original de Tolomeo I. Pero ¿acaso no eran esos sacerdotes traidores al Egipto milenario de Ra, Isis y Osiris y el gran Horus por haber aceptado el gobierno de una dinastía extranjera durante ya dos siglos y medio?

Todo esto y más pensaba la joven Nefertari huyendo con la mente de los padecimientos de un parto que no parecía tener fin.

Todo esto atormentaba a la favorita de Tolomeo XII, y por eso concluía, una y otra vez, que sólo una criatura con la fuerza de un niño, con la determinación de un hombre, podría enfrentarse al desprecio de los sacerdotes y los consejeros reales que dudaban de la legitimidad de Tolomeo XII y, más aún, de ella misma, a la que poco menos que consideraban una puta, un capricho del faraón bastardo, de *Nothos*, como gustaban denominarlo cuando cuchicheaban entre sí por las esquinas de palacio, momentos en los que ella pudo oírlos cuando aún era sólo una esclava y no la favorita del faraón, cuando los poderosos podían murmurar delante de ella porque ella, entonces, no era nadie.

Nefertari se juró a sí misma que se haría sabia para sobrevivir en medio de aquel nido de conjuras: entre noche y noche de pasión con Tolomeo XII se hizo enseñar, por tutores y filósofos, geografía, arte, literatura y matemáticas, griego, demótico y hasta el jeroglífico de los sacerdotes, con el fin de poder transmitir al hijo que tuviera un día tantos saberes como estuviera en su mano ya desde su nacimiento, a la espera de seleccionar para el niño los mejores tutores disponibles en todo Egipto. Pero, de pronto, toda su inmensa pirámide de sueños, su esperanza de poder blindar a su recién nacido de las insidias de unos y de otros, su fe en que su hijo pudiera sobrevivir a las luchas de palacio y sus traiciones constantes, se desvaneció con tres simples, pero demoledoras, palabras:

—Es una niña —dijo la vieja matrona mientras cortaba el cordón que aún la unía a la madre.

Nefertari, debilitada por la sangre perdida y por el esfuerzo del parto mismo, aturdida aún por la infusión de *shemshemet*, se sintió mareada, rendida, derrotada incluso antes de empezar la gran partida por el poder: era una niña, una niña.

Una niña.

¿Qué podría hacer una niña en medio de tanto odio, tantos complots palaciegos, tantas conjuras?

Nefertari cerró los ojos.

Se durmió.

Una voz, como venida desde lejos, la reclamó de regreso al mundo de la consciencia desde el océano de sus tormentosos sueños.

—Es una niña hermosa, como su madre.

La voz del faraón despertó a Nefertari de su estupor y su miedo.

Tolomeo XII acababa de entrar en la cámara y había visto a la pequeña en manos de la matrona. Las esclavas apenas habían tenido tiempo de limpiar y aún quedaba sangre en las sábanas del lecho en el que habían dispuesto a Nefertari tras dar a luz. Ella se sentía muy débil, pero, ante la presencia del faraón, se recompuso lo mejor que pudo.

—¿Le gusta la niña a mi señor? —preguntó con el tono más dulce y sensual que pudo.

—Me gusta —respondió él sentándose en una silla al lado de su lecho—. La llamaremos Cleopatra, un nombre real, como corresponde a la hija de un faraón.

Nefertari sonrió. Sabía que aquel nombre pretendía ser un regalo que el faraón le hacía: era una forma de reconocer la relevancia del nacimiento y de considerar a la recién llegada al mundo tan hija suya como Berenice IV, hija legítima concebida dentro matrimonio entre el propio Tolomeo XII y la reina Cleopatra V.

—Será Cleopatra VII —añadió el faraón.

Nefertari no entendía bien por qué se había saltado a la sexta y arrugó la frente al preguntar:

—¿Por qué la séptima? Mi señor, no hay ninguna Cleopatra VI.

Tolomeo sonrió, se inclinó y le habló al oído:

—Tú eres mi Cleopatra VI. —Al retirarse, apostilló con una carcajada—: Confundiremos a sacerdotes e historiadores de ahora y del futuro… Pero estás agotada —comentó cuando paró de reír—. He de dejar que descanses y te recuperes. —Y con estas palabras, el faraón salió de la habitación.

Las esclavas aprovecharon la partida del señor dador de Salud, Vida y Prosperidad para traer a la recién nacida, ya bien limpia, y depositarla en el lecho junto a su madre.

Nefertari miró a la niña y, con suavidad inmensa, empezó a acariciarle la pequeña frente y las sonrojadas mejillas.

—Yo, en cambio, te llamaré Annipe, hija del Nilo —le dijo a la niña en voz baja, en un susurro, hablándole en la lengua de los egipcios para, desde un principio, anclar el espíritu de la recién nacida al río que vertebraba el reino más legendario del mundo conocido, y en esa lengua siguió susurrándole palabras de fuerza, amor y esperanza—: Has de ser tan hermosa como la más bella de las mujeres egipcias, pero has de insuflar a tu corazón el espíritu guerrero de los hombres más fuertes, de los faraones de antaño, de aquellos que construyeron las pirámides y forjaron el reino de Egipto. —Miró con miedo a su alrededor, hacia las paredes de aquella cámara en el centro del palacio real de Alejandría—. Sólo así sobrevivirás a la traición y la conjura, sólo así podrás vencer a tus enemigos, que serán muchos, sólo así podrás ser reina del Nilo. —Suspiró un momento y siguió hablando entre dientes, mascullando pensamientos, susurrándoselos a la pequeña Cleopatra VII—: Tu padre es nuestro único apoyo en Alejandría y Egipto, pero tiene una posición débil; lo quiero tal cual es porque fue su carácter caprichoso y dado a complacerse siempre en todo el que hizo que, habiéndose fijado en mí, me encumbrara a esta vida de lujo al transformarme en su favorita en la corte; pero es ese mismo carácter volátil, poco dado a pensar en el gobierno, lo que, a la vez, hace de él un apoyo endeble y de futuro dudoso, mi pequeña.

»Tu padre cree que la lealtad de un romano, como ese al que llaman Pompeyo, en quien confía para mantener la independencia de Egipto, se puede comprar con dinero. Pero tu padre no sabe lo que sabemos las mujeres: que la lealtad de un hombre, sea éste romano o egipcio, no se consigue conquistando su bolsa, sino su corazón. Recuerda esto bien, mi pequeña: cuando llegue tu momento, tendrás que enamorar a Roma o a quien represente a Roma. Sólo así gobernarás Egipto.

La niña se quedó dormida.

Nefertari también.

Las dos soñaron el mismo sueño: un Egipto fuerte ligado a una Roma enamorada.

LVI

Quaestor

Rumbo a Hispania, Mare Internum
69 a. C.

De nuevo en el mar.

César paseaba por la cubierta del barco, esta vez solo, pues había dejado a Labieno en Roma. De ese modo, su amigo lo mantendría informado por carta de todo lo que allí sucediera. Debería idear algún modo de que los magistrados que se ausentaran de la ciudad tuvieran información oficial sobre la vida política de la capital, pero eso quedaba muy lejos de las atribuciones que habían recaído sobre él desde la muerte de Cornelia y el resto de los acontecimientos recientes.

En política, el consulado de Pompeyo y Craso había activado algunos cambios legislativos sobresalientes: por un lado, habían devuelto poder y derecho de veto a los tribunos de la plebe; por otro, habían cambiado la composición de los tribunales de justicia, de manera que los senadores habían dejado de ser sus únicos miembros, para abrirse a las diferentes clases sociales de Roma.

Recordaba la extrañeza de Labieno, poco antes de que él partiera hacia Hispania para ejercer como *quaestor*.

—¿Por qué lo habrán hecho? —le había preguntado su amigo.

—No porque ninguno de los dos crea realmente en la justicia de esos cambios —le había respondido César—, sino porque con Sertorio derrotado se sienten lo bastante fuertes como para hacer concesiones al pueblo y así evitar que se levante contra ellos. Y aún veo un segundo motivo; en particular, en Pompeyo.

—¿Qué motivo es ése?

—Pompeyo no domina a los senadores *optimates* —había aclarado él—. Éstos recurren a él siempre que es necesaria su pericia militar, pero no les gusta. Ven que acumula demasiado poder. Estoy seguro de que Pompeyo busca fortalecer el tribunado de la plebe para poner como tribunos a hombres que lo favorezcan.

—¿Hombres como quiénes?

—Como Aulo Gabinio o similares, plebeyos que buscan hacerse fuertes, y ricos, con el apoyo de Pompeyo.

—Es posible —había admitido Labieno—, pero ¿y Craso?

—Craso me dijo que había que tranquilizar al pueblo y que por eso mismo había apoyado una composición más justa de los tribunales, con la incorporación de plebeyos.

—Yo también lo soy —había replicado Labieno con una sonrisa—, y no creo que Pompeyo me eligiese como tribuno de la plebe ni aunque le fuese la vida en ello.

César se había unido a sus risas.

—La verdad, yo tampoco lo creo.

—Por eso no entiendo por qué no puedo acompañarte en este viaje —había insistido Labieno.

No era la primera vez que intentaba hacerle cambiar de idea, pero César se había mantenido firme:

—Debes quedarte porque tienes una misión: has de casarte con una buena romana y tener hijos. Y no lo digo en broma. —Los dos sabían que Labieno lo había pospuesto ya demasiado tiempo—. Además, sé que hay candidatas a tu alrededor. —Y ambos habían sonreído de nuevo.

Por eso estaba solo en la cubierta del barco rumbo a Hispania, donde iba a instalarse y confiaba en recibir pronto alguna carta de su amigo anunciándole una muy esperada boda.

Nada más desembarcar en Tarraco, César se presentó ante el gobernador Antistio Veto, bajo cuya supervisión ejercería sus funciones de *quaestor* durante aquel año, y éste le encargó que viajara por toda la provincia para comprobar el estado de puentes, calzadas y demás infraestructuras de comunicación, así como la situación de los acueductos y las necesidades de abastecimiento de las guarniciones romanas.

A lo largo de los meses siguientes, las cartas de Labieno fueron informando a César sobre asuntos privados y públicos: su amigo, en efecto, se había casado, y en Roma era noticia el juicio que Cicerón había puesto en marcha contra el senador Verres, acusado de corrupción durante su año como gobernador de Sicilia. La nueva composición de los tribunales y la presidencia de un hombre imparcial y honesto como Acilio Glabrión facilitaron la victoria de Cicerón. César se preguntaba si él mismo no habría tenido más fortuna contra Dolabela con los nuevos tribunales.

Pero el pasado no podía cambiarse: no tenía sentido torturarse recordando aquella derrota, igual que no tenía sentido preguntarse una y otra vez por qué había tenido que morir Cornelia.

Empeñado en mirar hacia delante, César se entregó en cuerpo y alma a su trabajo.

Viajó por toda la provincia, anotó cada desperfecto que encontró en cualquier puente, acueducto o tramo de calzada y se entrevistó con todos los centuriones, tribunos o *legati* para informarse de las necesidades de cada campamento militar.

Viajó de este a oeste, de norte a sur.

Hasta terminar en Gades.

Gades,* 68 a. C.

En la etapa final de sus viajes por Hispania, César llegó hasta el extremo sur de la Bética y la legendaria ciudad de Gades, cuyo pasado parecía remontarse a los fenicios y que para algunos incluso tenía conexiones con Troya. Allí, mientras revisaba el estado de los almacenes de víveres y de los cuarteles del destacamento militar, conoció a Lucio Cornelio Balbo.

Balbo acababa de entrar en la treintena, igual que el mismo César, y era hijo de una prominente familia de Gades enriquecida por el pujante comercio de la ciudad. Pero más allá de su elevado rango social y económico, se trataba de un hombre a la par ambicioso e inteligente, que sabía combinar audacia con adecuadas dosis de prudencia.

En el reciente conflicto entre Sertorio y Pompeyo, Balbo influyó

* Cádiz.

todo lo posible para que la ciudad de Gades se decantara sin ambages por Metelo Pío; luego, tras el retorno de éste a Roma, por Pompeyo. Esto salvó a Gades de una destrucción como la que sufrieron Valentia y otras ciudades del este y del norte. De hecho, el continuado apoyo de Balbo a Pompeyo y los *optimates* en este delicado periodo le había valido para beneficiarse de algunas reformas legales que le confirieron a él y otros colaboradores destacados de Metelo y Pompeyo el estatus de ciudadano romano, nada menos. Así pues, Balbo era alguien relevante en Hispania y César lo tuvo claro desde el mismo momento en que lo saludó en el puerto de la ciudad.

Con él compartió días enteros de trabajo, pero también tuvo ocasión de visitar algunas de las partes más bellas de la Bética. En especial una que a sus ojos despuntaba entre todas…

—Me gustaría visitar el templo de Hércules —le dijo César una tarde, una vez que había terminado con todas sus tareas—. No sé cuándo tendré otra oportunidad y ese templo es legendario en el mundo.

—Es un lugar especial —asintió Balbo, complacido.

De manera que al día siguiente, con la salida del sol, embarcaron en una nave y se dirigieron a la isla frente a la bahía de la ciudad donde se alzaba aquel santuario.

Como todos los famosos lugares sagrados, el espacio dedicado al culto de Hércules en Gades no era sólo un edificio, sino más bien una serie de edificaciones en torno a un gran templo. Como en Delfos u Olimpia, o el gran templo de Artemisa en Éfeso, eran muchos los que se detenían en este lugar para hacer sacrificios en busca del favor de los dioses. Y César lo sabía.

Sabía que hasta el propio Aníbal estuvo allí antes de lanzarse contra Italia para encomendarse a Melqart, dios fenicio a quien estaba dedicado el templo originalmente. Cierto era que Aníbal no consiguió la victoria en las guerras púnicas, pero cierto era también que llevó a Roma casi a su destrucción, así que el poder de aquel santuario, si no total, tampoco era desdeñable.

Llegaron al templo después de dejar atrás las edificaciones donde residían algunos de los sacerdotes que custodiaban el lugar y que se ocupaban, entre otras cosas, de recoger los exvotos de los fieles, así como de mantener siempre encendida una gran llama en lo más profundo del santuario.

El edificio central era una gran nave a la que se accedía cruzando por entre dos inmensas columnas. El templo entero estaba ahora cubierto de relieves que hacían referencia a las heroicidades de Hércules, a quien lo habían consagrado en un intento de los sacerdotes y las autoridades de maquillar el pasado púnico fenicio del recinto y así evitar que, tras las guerras contra Cartago, la ira de Roma decidiera arrasarlo.

A César le costó acostumbrar la vista a la penumbra del interior, en enorme contraste con la cegadora luz del sur de la Bética. Dentro no había ventanas y la única luz que entraba desde el exterior lo hacía por la inmensa puerta abierta.

Siempre acompañado por Balbo, avanzó hasta el fondo del templo, mientras admiraba las cámaras laterales, iluminadas por lámparas de aceite a ambos lados de la nave central: se acumulaban los exvotos más valiosos. Al llegar al extremo, se detuvo unos instantes frente a la llama eternamente encendida, y luego giró sobre sus talones y se dirigió a Balbo:

—Salgamos.

Regresaban ya hacia la embarcación para volver a la ciudad cuando algo llamó su atención: entre las edificaciones que rodeaban al templo, descubrió una gran estatua de Alejandro, el legendario joven rey de Macedonia que conquistó gran parte del mundo conocido.

—¿Y esta estatua? —preguntó mientras se adelantaba hasta quedarse a los pies del macedonio.

—Nuestros antepasados defienden que fue el propio Alejandro quien consagró el templo a Hércules, seguramente en un intento de hacer olvidar a Roma nuestro pasado púnico —aclaró Balbo—. Es conocida la admiración de Roma por Alejandro y se pensó que dedicarle una estatua ayudaría a la preservación del santuario.

César asintió, pero no dijo nada durante un largo rato.

Se sentía invadido por una devastadora tristeza y una inabarcable sensación de fracaso y de urgencia.

—¿Sabes, Balbo? Ante él —señaló la estatua de Alejandro—, el resto somos sólo sombras.

El hispano se situó a su lado y miró también hacia la estatua.

—Tengo treinta y dos años y nada de mérito he conseguido —continuó César con cierto tono exasperado que a Balbo le pareció sorprendente en boca de un senador de Roma, nada más y nada menos—. Sólo soy un *quaestor* dedicado a tareas administrativas al servicio de una república cuyos líderes no desean verme de regreso en el Senado de Roma... A mi edad, este hombre se había erigido rey de Macedonia, se había hecho con el control de Grecia, de Siria, de Asia, de reinos enteros que a Roma le cuesta controlar en una disputa eterna con Mitrídates. A mi edad, Alejandro se había hecho con todo Egipto y había sido coronado faraón. A mi edad se había enfrentado al inmenso Imperio persa y lo había derrotado en la batalla de Gaugamela, haciendo huir a su rey en pleno combate y persiguiéndolo hasta los confines de la tierra. A mi edad, Alejandro había cambiado el mundo, mientras que yo, Balbo, no he sido capaz ni de cambiar la injusticia de Roma para con su pueblo. —Bajó la mirada—. Ante él, yo no soy nadie.

Balbo miró primero a César y luego a la estatua y pensó: «Quién en su sano juicio osaría compararse con Alejandro, el conquistador del mundo». Y sin embargo, allí estaba aquel joven senador romano, que no sólo lo hacía, sino que sufría como si aquélla fuera una comparación pertinente. «No habrá otro como Alejandro», se dijo el hispano antes de volverse hacia César, midiendo bien sus palabras para no resultar insultante o impertinente:

—No parece... —empezó dubitativo—, no se puede uno... comparar... fácilmente con Alejandro.

Pero César, brazos en jarras, con la mirada fija en el pie de la estatua, no parecía escucharlo. Simplemente se volvió hacia su anfitrión hispano y habló con decisión:

—He de regresar a Roma.

LVII

Una nueva esposa para un nuevo César

Roma, 68 a. C.

—*Ubi tu Gaius, ego Gaia* —dijo la joven novia en respuesta a las palabras de César, convirtiéndose así en su segunda esposa, en la mujer llamada a sustituir a Cornelia en la *domus* Julia.

Para todos, aquella boda había sido precipitada: ni sus hermanas, ni su hija Julia, ni su gran amigo Labieno comprendían ese interés por contraer matrimonio de nuevo y tan rápido, pero César se comportaba de un modo extraño desde su regreso de Hispania.

Esto es, extraño para todos menos para César.

—Creía que no había nacido la mujer de la que te pudieras enamorar como te enamoraste de Cornelia —le había dicho Labieno al saber de los futuros esponsales.

—No se trata de amor, amigo mío —le había respondido él, sin dar más explicaciones.

Pero es que más allá de la rapidez en organizar aquella boda, aún había sorprendido más en el entorno familiar y de amistades de César la mujer seleccionada.

—¿Pompeya? —le preguntó con cierta incredulidad Craso, su mentor en el Senado—. ¿La nieta de Sila?

—La nieta de Sila —corroboró él.

—Comprendo qué puede aportarte ella entre los sectores más conservadores del Senado, pero hay una cosa que no entiendo.

—¿Qué es lo que no entiendes? —preguntó César, que necesitaba su respaldo en aquella decisión. No podía hacer todo lo que tenía pensado hacer sin el apoyo de Craso, y mucho menos contra él.

—¿Qué le aportas tú a ella? ¿Por qué te ha aceptado su familia?

—Su familia, y por extensión los *optimates*, consiguen neutralizarme como peligro, pues toman mi propuesta de matrimonio como lo que es: el final de mis intereses políticos populares y mi paso completo a su facción, y ven la boda como una forma sencilla de terminar con la eterna «amenaza» de un sobrino de Mario en el Senado con veleidades de rebeliones populares. Además, saben que me respaldas y auguran que bajo el ala del hombre más rico de Roma haré fortuna, sobre todo si dejo de desafiar las leyes de Sila, y que, por medio de Pompeya, eso enriquecerá igualmente a sus familias. Todo eso consiguen y por eso me han aceptado.

Craso enarcó las cejas e inclinó la cabeza hacia un lado.

—Es cierto —admitió—. Aunque hay algo que me preocupa que olvides.

—Dilo, y lo grabaré a fuego en mi memoria.

—Espero más bien que ya lo hayas hecho —sonrió Craso—. Pues, por Júpiter, espero que nunca olvides quién financió tu campaña de ingreso en el Senado y a quién debes lealtad por encima de cualquier otra alianza que establezcas para apuntalar tus maniobras. ¿Será Cayo Julio César leal a quien lo apoyó en el principio de su carrera política?

—Lo soy y lo seré —corroboró él.

—Pues cásate entonces con quien quieras, pero te lo advierto, se rumorea que esa joven nieta de Sila no sólo ha heredado la ambición de su abuelo, sino también sus aires de grandeza. Tú verás lo que haces. No esperes una convivencia… cómoda.

Pese a la advertencia de Craso, César siguió adelante con sus planes de boda.

Fue un acontecimiento notable en la ciudad, aunque sin grandes fastos, pues las cuentas de la familia Julia aún andaban renqueantes tras las deudas acumuladas durante la campaña electoral para ingresar en el Senado, y no era momento ni ocasión para pedirle más dinero a Craso. La boda fue, pues, acorde a lo que se esperaba, pero sin los excesos acostumbrados por César durante sus últimos eventos públicos, como los funerales de Cornelia o de su tía Julia.

Quizá esta contención no fuera del agrado de la joven Pompeya o quizá, tal y como había avisado Craso, la muchacha se sentía superior al resto de las mujeres de Roma por ser nieta de Sila, pero el caso es que la entrada de Pompeya en la *domus* de la familia Julia en la Subura no fue sencilla.

—¿Vas a seguir viviendo en esta horrible parte de la ciudad ahora que soy tu esposa? —le preguntó en el dormitorio la misma noche de bodas.

La Subura, el barrio más humilde de Roma, no le parecía a Pompeya un lugar apropiado para alguien de su linaje.

César respondió con serenidad, aunque un tanto sorprendido ante el tono de reproche de la recién casada.

—La Subura es el barrio donde he vivido siempre y que conecta a mi familia con el pueblo de Roma —dijo mientras se desvestía despacio—. Sólo saldría de aquí si fuese necesario para salvar mi vida y la de los míos, o si la ley así me lo ordenara.

—Pero te has casado conmigo porque eso te une a los *optimates* —le espetó ella—. Quizá sea el momento de elegir de qué lado estás.

—Quizá quiera estar entre ambos —respondió César arrugando la frente.

—Tendrás que elegir —insistió ella.

—Eso lo decidiré yo —sentenció él. O eso pensaba: que su respuesta ya no admitía réplica.

—Cuando hable de ti a mi familia, ¿quieres que hable bien o mal? —añadió ella en un claro desafío a su autoridad.

—Diles lo que quieras —respondió él, y se dirigió hacia la puerta para abandonar la habitación.

—Así no conseguirás lo que más deseas —dijo ella desde la cama, y él se dio la vuelta, con un claro aire de enfado.

—¿Acaso tú sabes cuál es mi mayor deseo?

—Un hijo.

Él guardó silencio. Ciertamente, aquello estaba entre las cosas que más deseaba. Amaba con locura a su hija Julia, pero un heredero varón le daría más fuerza a la familia.

—Por eso también te has vuelto a casar, para conseguir ese hijo que Cornelia no fue capaz de darte —apostilló ella.

César se acercó muy lentamente a Pompeya, con el rostro serio, grave, pero habló sin elevar la voz:

—Nunca, ¿me escuchas?, jamás te atrevas a volver a mencionar el nombre de Cornelia en mi presencia. No, al menos, hasta que considere que te has ganado el derecho a pronunciarlo. ¿Me has entendido? No digas nada. Sólo asiente con la cabeza.

Por primera vez en todo el día, Pompeya sintió que había cruzado un límite y tuvo miedo.

Asintió muy despacio.

Él se marchó y la dejó aquella noche a solas.

Al día siguiente, cuando ella se levantó, César ya no estaba en la residencia familiar y Pompeya compartió desayuno con su suegra Aurelia y su hijastra Julia.

—En esta casa hay demasiadas mujeres —dijo Pompeya a su suegra mirando a la joven Julia, de apenas catorce años, una edad ya adecuada para el matrimonio a ojos de muchos romanos.

—Estoy de acuerdo —aceptó Aurelia mientras tomaba un poco de queso de la mesa—. En esta casa hay demasiadas mujeres.

Pompeya frunció el ceño: no sabía si su suegra le había dado la razón o si le estaba lanzando una amenaza.

LVIII

Ostia

Puerto de Ostia, 68 a. C.

El puerto comercial de Ostia se construyó originalmente como defensa de posibles ataques que llegaran por mar y tratasen de atacar Roma remontando el Tíber. Los romanos estaban convencidos de que la fundación de aquella ciudad portuaria se debía al legendario rey Anco Marcio, cuarto rey de Roma.

La colonia portuaria había sufrido graves daños durante los enfrentamientos civiles entre Mario y Sila. El líder popular había atacado el puerto con la idea de desabastecer a una capital controlada por Sila, y la ciudad aún no se había recuperado. El viejo campamento militar de ladrillo dispuesto en *opus quadratum*, con las piedras colocadas de forma regular y casi siempre sin ningún tipo de argamasa, seguía en proceso de reconstrucción, al igual que muchos almacenes o el templo de Júpiter Capitolino, donde se adoraba la tríada de Júpiter, Juno y Minerva.

Así las cosas, y pese a ser la gran puerta de entrada de todo tipo de productos a la ciudad más importante de aquella parte del mundo, Ostia se hallaba relativamente desprotegido ante cualquier nuevo ataque. Claro que cabría preguntarse quién podría ser tan audaz y al mismo tiempo tan estúpido como para atreverse a atacar el puerto comercial de la todopoderosa Roma, que dominaba Hispania, las costas del sur de la Galia, toda Italia, Grecia, diversos enclaves y reinos de Asia y gran parte de las costas del norte de África. Una Roma que disponía de una poderosa flota y que podía mandar contra cualquier enemigo una fuerza tan descomunal como la que había llegado a reunir contra Espartaco de hasta veinte legiones. Destruidos enemigos como los cartagineses con Escipión, con los galos de momento a raya gracias a las victorias de Mario, y pugnando con Lúculo por el control de Oriente con el rey Mitrídates del Ponto, con la rebelión de esclavos aniquilada y la división militar interna zanjada tras derrotar a Sertorio, ¿quién sería tan temerario como para atreverse a atacar el puerto de Ostia, por muy goloso que fuera el botín?

Pero lo increíble, por muy absurdo que pueda parecer, en ocasiones ocurre.

Una flota sin rey aunque de más de un centenar de naves arribó al puerto de Ostia. Sin aviso previo, sin contactar antes con el Senado de Roma por ningún conflicto, sin que nadie lo esperara.

Tan imprevisto fue el ataque de aquellos guerreros sin patria, que pocos minutos después de su brutal desembarco ya habían incendiado y hundido la pequeña parte de la flota consular romana que no había regresado a Oriente para continuar la guerra contra Mitrídates.

Llegaron al amanecer. Los atacantes querían disponer de todo el día para el saqueo. Sabían que su presa era la mayor que nunca hubieran capturado y que necesitarían unas horas para reducir cualquier posible defensa y cargar sus propias naves de cereales, aceite, vino, especias, sal, oro, plata, bronce y mil productos más que a buen seguro iban a encontrar en los inmensos almacenes del puerto comercial de la capital del mundo.

Y así fue.

Primero, quemaron las naves consulares.

A continuación, mataron y asesinaron.

Las calles de Ostia se transformaron en un mar de sangre; tanta corría sobre el empedrado que hasta los atacantes terminaban resbalando.

—A los que se rindan, atadlos y los venderemos como esclavos —dijeron sus capitanes al cabo de horas y horas de muerte.

Llenaron los buques de cereales, de trigo y cebada, de quesos, de carne seca, de pescado, de tinajas de *garum*, de ánforas repletas de vino y de aceite, de cestos de sal, de sacos de especias y de objetos de oro, plata y bronce que extraían del saqueo de cada casa y cada mansión de aquella ciudad portuaria. Secuestraron incluso a los administradores de la ciudad, incluidos dos senadores romanos. Pensaban exigir rescates desorbitados a sus familias si es que querían volver a verlos con vida.

Ya a bordo de sus naves, prendieron fuego a la ciudad en un incendio innecesario, una exhibición de fuerza sin límites que sólo buscaba mostrar que no temían a Roma.

Pero ¿quién podía haberse atrevido a tanto?

Los mismos que ayudaban a Mitrídates del Ponto en su lucha contra Roma, los mismos que ayudaron a Sertorio llevándole oro de Mitrídates, los mismos que habían estado a punto de sacar a todo el ejército de esclavos de Italia y que sólo se alejaron de las costas de Roma cuando el Senado hizo regresar a toda la flota de Oriente para cercar a Espartaco. Eran parte de los mismos que habían secuestrado a César: una inmensa flota de piratas cilicios que navegaban por el Mare Internum mostrándole los colmillos a la propia loba romana.

Eran, sin duda, los amos del mar, los dueños de las aguas, los señores del saqueo sin fin.

LIX

Lex Gabinia

Roma, 67 a. C.

El Senado convocó una reunión de urgencia.

El pueblo había entrado en pánico y atestaba las calles reclamando protección y venganza. Muchos habían perdido a familiares en el brutal ataque a Ostia.

Y pedían comida.

El incendio y los saqueos de cereal habían disparado el precio del grano, y en consecuencia del pan. Aún quedaban algunas hogazas en los hogares más afortunados, pero no iban a durar, y la revolución se alimenta del hambre del pueblo.

Por eso el cónclave senatorial se iba a reunir al completo al día siguiente del ataque pirata, pero ya llegaba tarde para poder decidir con serenidad. Pocas horas después de conocer el ataque, Pompeyo ya había movido sus contactos, y Aulo Gabinio, tribuno de la plebe gracias a sus reformas legales y elegido con su apoyo, propuso de inmediato una ley en el foro, ante todo el pueblo, por la que reclamaba plenos poderes militares para, según él, el único romano capaz de resolver una crisis militar como aquélla: Cneo Pompeyo, quien, también según Gabinio, los había librado ya de los populares, de Sertorio y hasta de Espartaco. Esto último, por supuesto, enfureció a Craso.

La noche tras el ataque pirata fue intensa.

Pocos dormían.

El Senado se reuniría al alba, pero antes hubo importantes reuniones secretas.

Residencia de Craso
Secunda vigilia

—Os he convocado a todos para que decidamos cuál ha de ser nuestra posición al respecto de la propuesta del tribuno Gabinio —explicó Craso al nutrido grupo de senadores que le debían fidelidad, por un motivo u otro, y entre los que se encontraba César.

La mayoría de los presentes eran *pedarii*, esto es, senadores que o bien tenían restringido el uso de la palabra por no haber sido magistrados o bien, aun teniendo este derecho, apenas lo ejercían y eran poco dados a hablar en público, simples «andantes» en el sentido de que sólo emitían su voto caminando de un lado a otro del cónclave senatorial hasta situarse junto al orador con quien estaban de acuerdo. Craso sabía que aquéllos eran votos seguros a su favor, pero que eran hombres de poco conocimiento para ayudarlo a dilucidar qué era lo óptimo para su causa: en aquel caso, apoyar el mandato militar de Pompeyo u oponerse al mismo.

En efecto, aquella noche nadie sabía bien qué decir.

En realidad, todos los *pedarii* tenían claro que Craso deseaba oír argumentos para justificar su deseo: votar en contra de esa maldita ley que tanto poder podía dar a su enemigo político. Pero callaban.

Hasta que al fin César tomó la palabra:

—Yo votaría a favor de la propuesta del tribuno Gabinio —sorprendió a todos los presentes con su firme declaración.

Craso lo miró en silencio. Sí, por eso se esforzó tanto en apoyar financieramente a aquel joven, porque en él había ideas. La cuestión era si había también lealtad. Su reciente boda con la nieta de Sila ya lo había hecho dudar… aunque nada había hecho contra él… hasta ahora. Votar a favor de Pompeyo podía ser su primera traición.

—¿Por qué tendríamos que apoyar la *lex Gabinia*? —preguntó Craso con cierta agresividad—. Le confiere a Pompeyo un mandato militar sobre todo el Mare Internum con centenares de barcos, que quedarán bajo su mando una vez construidos, por el periodo que sea preciso hasta que termine con los piratas y con mando militar en todas las costas de dominio romano hasta cincuenta millas tierra dentro. Es un poder militar insólito, sobre una extensión de territorio jamás concebida para ningún otro magistrado romano.

—Es lo que hace falta para terminar con los piratas —apuntó César.

—Lo sé, pero ¿es buena idea dar tanto poder a alguien y que ese alguien tenga que ser, de todos los hombres posibles, precisamente Pompeyo?

—No hay alternativa —insistió César—. El pueblo va a pasar hambre. Sólo el hecho de ver que ponemos al mando a aquel a quienes ellos creen el mejor militar puede calmarlos lo suficiente, mientras se consiga traer grano de otras partes de Italia y de Sicilia y hasta de Egipto.

—Pero… ¿tiene que ser Pompeyo? —se resistía Craso a ceder tanto poder a su peor enemigo, ese que se había apropiado de su victoria contra Espartaco, entre otras ofensas.

—Metelo está mayor y dirá que no —razonó César—. La única otra opción es que tú mismo te propongas, pero será en un duro enfrentamiento contra el tribuno Gabinio con el pueblo de su lado. No es momento para esta disputa, a no ser que realmente quieras ese mando militar.

Craso lo meditó unos instantes:

—No —dijo—. Es una guerra en el mar. No es un espacio en el que sepa moverme bien. —Volvió a clavar la mirada en César al tiempo que hablaba en voz alta para todos los presentes—: Votaremos a favor de esa maldita ley y que Pompeyo se encargue de esos piratas que atacaron Ostia y de todos los piratas del mar. Nunca ha conseguido una victoria por sí solo: en Hispania acabó con un Sertorio ya debilitado por Metelo y en Italia se limitó a matar a unos pocos esclavos después de que yo hubiera derrotado a Espartaco. Veamos de una vez por todas de qué madera está hecho en verdad Pompeyo, y quién sabe si no acabará ahogado entre tanto pirata.

Con la decisión tomada, los invitados se fueron marchando, pero Craso detuvo a César cuando acudió a despedirse, lo cogió por el brazo y le preguntó:

—¿Y tú qué esperas sacar de esto?

—¿De qué? —se extrañó él.

—No me tomes por imbécil, muchacho —le espetó Craso—. Igual que te metí en el Senado puedo promover una causa judicial o sobornar a los censores si hace falta para que te expulsen del cónclave más poderoso de Roma. Yo te hice y yo puedo destruirte. Yo no deseo ese maldito mando militar y quizá sea buena idea ver si, al final, el asunto no le viene grande a Pompeyo, pero, más allá de eso, tú te traes algo entre manos. Dime qué es y dime la verdad.

César tragó saliva. La amenaza de Craso no era un simple aviso.

—Sinceramente, creo en lo que he dicho: es mejor no oponernos ahora a lo que demanda el tribuno Gabinio, que goza del favor del pueblo, aunque tú y yo sepamos que es un mero títere de Pompeyo... Pero es cierto que he pensado acudir a la casa de Pompeyo esta misma noche junto con mi amigo Tito Labieno, que me aguarda fuera, y pedirle algo a cambio de mi apoyo a la ley. Y del tuyo.

—¿Y le dirás lo que aquí hemos pactado?

—No —replicó César—, le diré que puedo conseguirle tu apoyo a la *lex Gabinia*.

—Y... ¿a cambio de qué?

—Quiero pedirle una exención para presentarme a edil antes de cumplir los treinta y siete años que marcan las leyes de Sila.

—¿Mi apoyo y el tuyo por la posibilidad de ser edil de Roma? —Craso parecía no asimilar que César ofreciera a Pompeyo tanto por tan poco.

—Tu apoyo y el mío por desbloquear mi carrera política, que nos será útil a ambos, y sobre todo a Roma. No pienso ser como ellos. —César señaló a algunos de los senadores silenciosos que nunca hablaban en público, que seguían esperando su turno para despedirse de Craso.

—Pompeyo te negará esa exención —le dijo Craso.

—Es posible. Pero no voy a aguardar otros cuatro años: se la pediré tantas veces como haga falta hasta que la consiga.

—Sea. Sigue con tus maniobras, Cayo Julio César, pero mantenme informado de tus movimientos —añadió Craso—. No quiero sorpresas de tu parte en una reunión del Senado. Lo consideraría una traición.

—Siempre estarás al tanto —prometió César antes de salir por la puerta.

Por las oscuras calles de Roma

Labieno lo esperaba junto con la escolta de esclavos armados en la primera esquina a la salida de la residencia de Craso.

—¿Todo bien? —le preguntó.

—Vamos a casa de Pompeyo y te voy contando —le dijo César.

Lo hizo mientras caminaban por entre las estrechas calles repletas de sombras. Entre preguntas de Labieno y respuestas de César llegaron a la residencia de Pompeyo y se detuvieron frente a la puerta.

César tragó saliva.

Suspiró.

Inspiró.

Golpeó la puerta con la palma de la mano. Fuerte. Dos veces.

Residencia de Pompeyo
Tertia vigilia

—Mi amo, el senador Cayo Julio César y su amigo Tito Labieno desean entrar.

—¿Qué querrán? —preguntó Pompeyo a Cicerón, que lo acompañaba aquella noche.

—Que pase —dijo Cicerón—. Sólo así lo sabremos.

Pompeyo hizo un gesto a su *atriense*, y al poco César y Labieno estaban en el atrio. A César le pilló por sorpresa la presencia de Cicerón; intuía que eso no le facilitaría la negociación, pero no se arredró y siguió adelante con su plan en los términos planteados a Craso.

Pompeyo ni siquiera se detuvo a valorarlo.

—No —respondió tajante—. Ni tu apoyo es tan importante, ni necesito el de Craso. No creo que se atreva a oponerse a una petición del pueblo en un momento tan crítico como éste.

Cicerón guardaba silencio. Geminio, oculto entre las sombras del atrio, lo observaba todo y también callaba. Afranio, otro de los hombres de confianza de Pompeyo, llegó en ese momento y se limitó a saludar desde la distancia y sentarse a la espera de que aquella conversación terminara.

—Entiendo tu desconfianza hacia mí —replicó César—. Hemos estado enfrentados mucho tiempo, pero yo he cambiado y deseo dar fin a este eterno conflicto que nos separa. Sé que dudas de mi cambio de actitud, de modo que me corresponde a mí dar pasos hasta convencerte. Mi matrimonio con la nieta de Sila fue el primero de ellos. El segundo será apoyarte mañana en el Senado, aunque me niegues lo que te pido.

Y sin decir más, se inclinó levemente y, seguido de cerca por Labieno, salió de la residencia de Pompeyo.

Estaba a punto de amanecer tras una noche en la que nadie durmió, unos por miedo a que los piratas regresaran y otros por las negociaciones secretas, cuando por fin Pompeyo se quedó a solas en el atrio de su casa con su informador Geminio.

—¿Crees que César ha cambiado? —le preguntó Pompeyo.

—No, pero es hábil orador y su apoyo puede ser menos desdeñable cada vez. ¿Avalarás su petición para que pueda presentarse a edil antes?

Pompeyo lo pensó unos instantes.

—No, de momento no —dijo al fin—. Pero quizá más adelante, a cambio de su apoyo continuado en asuntos de relevancia... Quizá sí. A fin de cuentas, pide poco: una edilidad no es apenas nada. Si lo pidiera para ser pretor o gobernador o cónsul de Roma sería diferente. Pero una edilidad... —Hizo un gesto de desprecio a aquel cargo.

Templo de Júpiter
Al alba

Había habido intervenciones en un sentido y en otro en la reunión del Senado. Unos a favor de apoyar el mando militar marítimo extraordinario para Pompeyo y otros en contra. Y es que el hecho de que se le diera mando militar no sólo en el mar, sino también en todas las costas y hasta cincuenta millas tierra adentro, conforme marcaba la propuesta *lex Gabinia*, generaba muchos recelos entre algunos de los senadores más veteranos. El excónsul Catulo,* uno de los senadores *optimates* más prestigiosos, que se enfrentó con Mario en múltiples ocasiones en el pasado, arremetió con fuerza contra esta propuesta de ley. De este modo, pese a los cálculos de Pompeyo y Cicerón, no estaba tan claro que el Senado fuera a declararse favorable a aquel mandato.

Fue entonces cuando se alzó César.

—*Patres et conscripti*, hemos oído ya a varios oradores, todos ellos mucho más experimentados y claros que yo, pero con opiniones con-

---

* Se trata de Quinto Lutacio Catulo, político romano defensor de Sila y sus leyes. No es Cayo Valerio Catulo, el famoso poeta.

trapuestas, y este enfrentamiento de pareceres es el que nos confunde. No perdamos de vista que lo esencial de lo que se dirime aquí no es ya la crisis puntual de falta de grano por el ataque al puerto que nos abastece, sino algo mucho más serio: si no respondemos de forma rápida y contundente al desafío de los piratas cilicios, estaremos enviando un mensaje de debilidad a todos los enemigos de Roma, y no me refiero sólo a los piratas, sino a otros muchos que tenemos en nuestras fronteras: los galos en el norte, tribus iberas belicosas en el occidente de Hispania, por supuesto el rey Mitrídates del Ponto, e incluso nuestros propios esclavos, que ya hemos visto de lo que son capaces cuando están bien dirigidos. Sólo una muestra de fuerza como no hayamos exhibido anteriormente en el mar puede enviar el mensaje claro de que Roma jamás consentirá un ataque a sus costas. ¿Quién sabe si el propio Mitrídates no ha enviado a estos piratas para calibrar nuestra fuerza? Una respuesta débil, una simple cacería de la flota que atacó Ostia, sería insuficiente a todas luces para el desafío que nos han lanzado.

»Estos mismos piratas que ayudan a Mitrídates, ayudaron... —inspiró y tragó saliva, deshizo el nudo de sentimientos profundos que lo lastraba—, ayudaron a Sertorio y hasta iban a ayudar al propio Espartaco. Los ahuyentamos trayendo la flota de Oriente, pero yo digo que ni siquiera hagamos eso esta vez. Yo digo que construyamos una segunda flota con el expreso fin de que Pompeyo —señaló hacia donde estaba sentado—, nuestro mejor militar, los masacre. Sólo la aniquilación absoluta de los piratas transmitirá el mensaje al mundo entero de que eso es lo que le ocurre al que se atreve a atacar nuestras costas.

Guardó un instante de silencio, mientras sentía la enorme tensión en la sala y la división entre unos y otros. Relajar el ambiente antes de la votación sería lo idóneo.

Recordó las enseñanzas de Apolonio: lo inesperado siempre es lo mejor en un discurso.

—Pero es que hay más —continuó—: si creéis que los piratas no merecen la aniquilación por los crímenes cometidos, por ayudar a Sertorio, Mitrídates o Espartaco y por atacar nuestro puerto de Ostia, tendréis que convenir, al menos, en que merecen la aniquilación, aunque sólo sea por otro crimen que cargan a sus espaldas desde hace tiempo.

César los vio a todos muy atentos e intrigados. No podían intuir a qué otro crimen se refería.

—Seamos sinceros, por todos los dioses —prosiguió—. Yo sé, porque es evidente, que muchos de los aquí presentes me detestan, que piensan que no merezco estar aquí, por mis ancestros, por mis antepasados —apuntó en clara referencia a su tío Mario—. Es así. Muchos pensáis que no merezco vestir esta toga senatorial, que no merezco hablar, ni siquiera votar en estas sesiones, en este sagrado cónclave de Roma. Pues bien, los piratas me secuestraron hace nueve años y ni para vuestro sosiego y vuestra paz consiguieron acabar conmigo cuando tuvieron ocasión de hacerlo. ¿No creéis que, aunque sólo sea por esto, se merecen que enviemos contra ellos a nuestro mejor hombre con el poder más extraordinario posible para así resarciros de su inutilidad, que ahora os obliga a aguantarme día tras día en estas sesiones?

Casi todos los presentes esbozaron una sonrisa y muchos se echaron a reír. Incluso bastantes *optimates* se unieron a aquellas risas. El joven César, el sobrino de Mario, les había hecho gracia.

Al veterano Catulo, no. Catulo había sido proscrito por Mario y ver al Senado riendo ante el comentario de un sobrino de aquel enemigo político le hacía hervir la sangre.

Debía reconocer que César había estado ocurrente.

—Ahora quiere que creamos que es nuestro *balatro*, nuestro bufón —dijo Cicerón a Pompeyo—. Y no lo es.

—Pero ha relajado la tensión —apostilló Pompeyo.

Y, ciertamente, lo había hecho.

Cicerón no añadió nada. Se mantuvo serio, en silencio, mirando cómo César volvía a sentarse entre los aplausos de sus senadores más próximos.

El presidente dio inicio a la votación.

Unos minutos después, el Senado corroboraba el mandato extraordinario propuesto en la *lex Gabinia*. Pompeyo tenía las manos libres para hacer lo que fuera necesario con el fin de borrar de la faz de la tierra a los piratas cilicios.

LX

Guerras públicas, guerras privadas

Mare Internum,* 67 a. C.

Pompeyo sabía que se enfrentaba a un problema complejo. Durante los últimos años, Roma ya había intentado hasta en tres ocasiones diferentes lanzar misiones de combate contra las bases piratas para resolverlo, y en las tres ocasiones sólo había conseguido victorias parciales que, a la postre, no habían servido de nada.

Por eso él fue metódico, y no se confió aunque se le hubiera dotado de más poder y de más barcos y de más hombres que nunca para acabar con los corsarios.

Fue por partes, comenzando por lo urgente: antes de nada se centró en limpiar de piratas el Mare Tyrrhenum, para dejar libre de piratas el tráfico de mercancía entre Sicilia, Cerdeña y África con Roma. Esto garantizaría el reabastecimiento de grano y el sosiego del pueblo, que vería bajar los precios.

La flota de Pompeyo, creada al efecto con viejas naves salvadas del desastre de Ostia, y muchas más construidas en poco tiempo, sobrepasaba los trescientos barcos de guerra. A esto se añadían cuatro mil jinetes y decenas de miles de soldados de infantería reclutados para la campaña, con capacidad de reclutar más si lo consideraba necesario. La

---

* Véase el mapa «La guerra contra los piratas» de las páginas 870-871.

operación militar se dotó con un presupuesto superior a los seis mil talentos y el mando extraordinario de Pompeyo era de tres años. La eficacia del procónsul para limpiar de piratas las costas más próximas a Italia occidental y reestablecer el flujo de grano a Roma en tan sólo cuarenta días eliminó muchas de las dudas entre los que aún veían con malos ojos toda aquella concentración de poder.

Pero Pompeyo no se detuvo con esta victoria inicial: dividió el resto del Mare Internum en trece zonas y designó un comandante para cada una de ellas con una pequeña flota para perseguir a los piratas sin abandonar su región marítima. La idea era que los corsarios se sintieran acosados no sólo en una zona, sino en todas partes a la vez. En efecto, los corsarios entraron en pánico porque la fuerza militar de Roma, de pronto, estaba presente en cualquier recodo, en cualquier bahía, en cualquier isla, y empezaron a replegarse. Daba igual que los piratas cilicios llegaran a contar con hasta mil naves, pues lo habitual era que se hallasen dispersas en flotillas de apenas cuatro o cinco naves, y sólo en ocasiones excepcionales, como el ataque a Ostia, se coordinaban para un ataque conjunto. A falta de un líder claro que pusiera orden en sus flotas, entre los corsarios se estableció una especie de sálvese quien pueda y, en su mayoría, terminaron abandonando amplias zonas del Mare Internum para concentrarse casi todos en sus bases originales y principales en las costas de Cilicia en Asia.

Pompeyo reagrupó entonces la mayor parte de sus barcos y de sus fuerzas terrestres en Rodas y en las costas próximas del continente asiático.

Ante el despliegue de fuerza militar y la eficacia en la lucha del procónsul romano, los piratas, acorralados en una esquina del mar, optaron por dos caminos opuestos: muchos se rindieron a Pompeyo sin negociar, con la esperanza puesta en su misericordia al evitarle luchar contra ellos, mientras que un segundo grupo de corsarios, los más hostiles, decidieron plantarle cara y se congregaron en Coracesio* con tantas naves como pudieron.

Primero se libró una gigantesca batalla naval frente a la capital de Cilicia, en la que Roma se impuso, de modo que los piratas desembarcaron y se atrincheraron tras las murallas de Coracesio.

* Se corresponde con la actual Alanya, ciudad de la costa sur de Turquía.

Pompeyo sometió la ciudad a asedio con sus tropas terrestres hasta que logró rendirla.

La aniquilación de la resistencia corsaria fue total y absoluta.

Los piratas cilicios cometieron el error de atacar a la loba romana en su madriguera misma, en Ostia, sin calcular que la reacción de Roma iba a suponer su eliminación del mundo.

Con buen criterio, Pompeyo buscó una solución duradera a aquella victoria, y a los que se le rindieron les ofreció que se establecieran como colonos en tierras del interior de Asia, alejándolos de la costa y proporcionándoles una manera alternativa de ganarse la vida.

En sólo tres meses, había resuelto el espinoso asunto de la piratería.

La leyenda de que era un militar invencible crecía.

A la par que su vanidad.

Hasta el punto de que aquello le supo a poco y devolver todo el poder militar que había acumulado le resultaba incómodo. Tenía más ambición.

Puso sus ojos entonces en el eterno conflicto entre Roma y el rey Mitrídates del Ponto, aquel rey al que llevaban años sin poder doblegar y que tantos problemas les había causado durante el último decenio. Lúculo, como Craso con Espartaco, parecía tener acorralado a Mitrídates, pero no acababa nunca de derrotarlo por completo.

Desde su campamento en las afueras de Coracesio, Pompeyo escribió una carta a Geminio, que seguía siendo su informador en Roma. Una carta destinada a generar un nuevo terremoto político, puesto que se sentía fuerte. Muy fuerte.

Y lo era.

Domus de la familia Julia
Roma

Lejos de Asia las guerras tampoco remitían, pero éstas eran privadas.

Una mañana, Pompeya se encontró a la adolescente Julia escribiendo en el atrio. Se acercó a ella sin ser advertida por la muchacha y miró por encima de su hombro para descubrir qué y a quién estaba escribiendo, pero sólo vio palabras sin sentido, completamente ininteligibles.

Julia intuyó que la observaban, y trató de explicarse al levantar la mirada y ver la cara de extrañeza de Pompeya:

—Es un lenguaje secreto que mi padre… —empezó a decir, pero su madrastra la interrumpió de inmediato.

—Tu padre. Eso es lo importante, y no estas tonterías en las que pierdes el tiempo como si aún fueras una niña que pudiera dedicar todo el día a juegos —le espetó con altanería y desprecio.

—No entiendo a qué te refieres —contestó la muchacha mientras enrollaba el papiro.

—¿No eres ya mujer?

—Sí —admitió Julia, mirando al suelo y con cierto sonrojo en las mejillas al reconocer que ya sangraba todos los meses.

—Pues entonces compórtate como tal: busca marido. Ésa debería ser tu única ocupación. ¿Crees que a tu padre le gusta tener que hacerse cargo de ti eternamente? ¿No crees que deberías servirle a él, como he hecho yo con mi familia, con un matrimonio que le fuera útil a su carrera política, en lugar de perder el tiempo garabateando cosas sin sentido como si fueras una niña de cinco años?

Julia se quedó en silencio, cabizbaja.

Pompeya se le acercó y con cierta dulzura bien estudiada le puso la mano en la barbilla para levantarle el rostro y que la muchacha la mirara a los ojos.

—Quizá he sido ruda en mis palabras, pequeña, pero créeme —prosiguió la segunda mujer de César—: te hablo con el corazón en la mano. Sé cuánto quieres a tu padre y puedo entender que aún no te hayas dado cuenta realmente de cómo puedes y debes ayudarlo. Por eso te he dicho lo que te he dicho. Con cierta vehemencia, es verdad, pero en mi ánimo está sólo que hagas lo que, si examinas en el fondo de tu corazón, sabes que es lo mejor para ti y, sobre todo, para tu padre.

—Llevas razón —admitió Julia—. He sido una tonta. Hoy mismo hablaré con mi padre y le diré que me busque el marido que a él le pueda beneficiar más.

Pompeya la abrazó y en su rostro se dibujó una sonrisa de victoria.

Aquella noche
Comissatio *tras la cena*

César compartía mesa con Pompeya, Aurelia, Julia, Labieno y su joven esposa Emilia. Era una cena familiar, pero la política y los últimos acontecimientos de Oriente estaban muy presentes en la conversación.

—No sé si sabéis ya la última noticia —apuntó Labieno mientras un esclavo le rellenaba su copa de vino.

—¿Sobre Pompeyo? —inquirió César—. ¿Más allá de su indiscutible victoria contra los piratas?

—Más allá de eso —confirmó su amigo—. Lo he oído esta tarde en el foro, mientras tú atendías a tus amistades de la Subura aquí en casa. —Calló un instante para beber algo del vino recién escanciado en su copa, una pausa retórica que añadiera dramatismo a su anuncio. La noticia que tenía que dar merecía sin duda semejante preludio—: Pompeyo quiere prorrogar su mando militar, aunque haya terminado con los piratas.

César se inclinó hacia delante.

—¿Y cómo piensa justificarlo?

—Ahora quiere el mando de la guerra contra Mitrídates. De hecho, ya ha movido sus piezas en Roma y el nuevo tribuno de la plebe, otro hombre de su círculo de influencia, Cayo Manilio, va a proponer una nueva ley que traslade el mando de todas las operaciones militares contra Mitrídates a Pompeyo.

—¿Aun cuando Acilio Glabrión, el cónsul de este año, ya esté desplazado a Asia para hacerse con el mando de la guerra en sustitución de Lúculo? —se sorprendió César. No había esperado esa maniobra política y militar de Pompeyo.

—Aun así —corroboró Labieno—. De hecho, ése es su mayor problema: que Acilio ya esté allí. Pero su victoria rápida y, como tú mismo has dicho, indiscutible contra los piratas le da fuerza a la petición que hará el tribuno Cayo Manilio y que elevará para que la corrobore el Senado. La cuestión es qué vais a hacer tú, Craso, Cicerón y los demás senadores. Eso es lo que se debate ahora en los corros que se forman en el foro.

—He de pensarlo bien —dijo César entre dientes, como ensimismado.

—¿Has de pensarlo? —Labieno negó con la cabeza—. No puede ser buena idea que Pompeyo retenga tanto poder militar durante tanto tiempo.

—Lo sé, pero… he de pensarlo —repitió en voz baja.

Labieno no insistió. Sabía que las intuiciones de su amigo iban más allá de lo inmediato, esto es, más allá de lo que el resto alcanzaba a ver.

Aurelia advirtió que su hijo necesitaba aislarse unos minutos y derivó la conversación hacia asuntos familiares, como la salud de las hermanas de César y sus esposos, cuando de pronto la joven Julia intervino con una pregunta que sacó a su padre de su ensimismamiento:

—Padre, ¿cuándo crees que debería casarme?

César no dijo nada durante unos instantes. Sus pensamientos rotaron con velocidad de Pompeyo y Mitrídates y la guerra de Asia a su hija. Durante un tiempo llegó a concebir la idea de casarla con Labieno, pero siempre terminaba venciendo en su ánimo su deseo de tenerla en casa, cerca de él. No sabría explicar por qué retrasaba los esponsales de su hija, pero de algún modo intuía que tener a Julia a su lado le ayudaba a sentir que no había perdido del todo a Cornelia. Ahora Labieno ya se había desposado con Emilia, de familia noble, una elección razonable, y él había olvidado el asunto de casar a Julia, pero esa repentina pregunta de su hija lo devolvía a la realidad.

—Aún es pronto para ti —dijo César.

—¿Pronto? —apuntó Pompeya con cierto desparpajo.

—Pronto, sí —reiteró César.

—Pues yo pienso lo contrario —insistió ella en un claro desafío a la autoridad del *pater familias*, y sin importarle contradecirle delante de terceros.

—Nosotros nos vamos —interrumpió Labieno al ver a su amigo incómodo ante el enfrentamiento que le estaba planteando su nueva esposa.

César miró agradecido a Labieno y asintió.

En el atrio se quedaron Aurelia, Pompeya, Julia y César.

—Hija, creo que también es hora de que te retires a descansar —dijo César.

—Sí, padre —respondió la joven Julia, confundida.

Tras la conversación con Pompeya, creía que su padre recibiría con alegría su predisposición a casarse, pero ahora veía que esto no era así.

Era sólo una adolescente, pero empezaba a darse cuenta de que su madrastra la había manipulado.

—No he querido decir nada que te ofendiera, padre. Lo siento —añadió compungida mientras se levantaba de su *triclinium*.

—Tus palabras no me han ofendido, pequeña —le respondió él con una sonrisa amable.

Algo más aliviada, Julia se fue camino de su habitación. Aurelia se incorporó para marcharse ella también y dejar solo al matrimonio, pero César la detuvo:

—Espera —le indicó con decisión antes de volverse hacia su esposa—: Retírate y déjame hablar tranquilamente con mi madre.

Pompeya enrojeció de ira ante aquel desplante de su marido que ponía a su madre por delante de ella, pero no supo cómo negarse y se limitó a levantarse y salir del atrio sin despedirse.

—Eres consciente de que tienes un problema con ella, ¿verdad, hijo?

—Lo soy, y no sé cómo resolverlo. No puedo divorciarme sin que eso debilite la nueva imagen que estoy construyendo de mí mismo en el Senado ante los *optimates*.

—No, en estas circunstancias no puedes hacerlo —admitió Aurelia.

—Sabía que Pompeya no sería una segunda Cornelia, madre, y sabía que no había amor entre nosotros, pero esperaba, al menos, respeto mutuo.

—Es la nieta de Sila —replicó Aurelia a modo de explicación—. Es como su abuelo.

—Me lo advirtió Craso —apuntó César—. Quizá me haya equivocado con este matrimonio.

—Políticamente es un acierto, hijo mío. En lo personal, es… complicado. Y resulta evidente que ella no piensa hacerlo sencillo, sino más bien al contrario.

Callaron durante un rato.

Bebieron vino y compartieron el silencio.

—¿Qué vas a hacer con Pompeyo? —preguntó a los pocos minutos Aurelia.

César asintió, como si agradeciera aquel cambio de tema.

—Creo que voy a ofrecerle mi apoyo para que le den el mando de la guerra contra Mitrídates. —César hablaba con más seguridad de los entresijos políticos que de lo relacionado con la actitud de su esposa en la vida familiar.

—¿A cambio de qué? No me creo que vayas a darle tu apoyo a cambio de nada.

—Volveré a pedirle que se desbloquee mi carrera política. Esta vez no aceptaré darle mi apoyo a cambio de nada, madre, no te preocupes. Esta vez, mi voto y el de Craso y los suyos tendrá un precio.

—Convencer a Craso te costará, pero eres bueno en las negociaciones. Me gusta ver que sigues encontrando soluciones para avanzar en el Senado. No lo tienes fácil y en eso te admiro, hijo mío. Tu tenacidad ante los obstáculos y las cortapisas que te ponen unos y otros… —Aurelia se levantó, se acercó a la espalda de César y se inclinó para hablarle al oído, con las manos sobre sus hombros—: Pero en asuntos de mujeres, aún te queda mucho por aprender. Sobre Pompeya, cuando desees deshacerte de ella, cuando creas que políticamente puedes permitirte ese movimiento, entonces, tú no hagas nada: recurre a mí.

Ella iba a separarse, pero César le cogió una mano y la retuvo junto a él:

—Madre, a veces me das miedo.

Ella volvió a hablarle al oído:

—A mi edad, hijo, es mucho mejor dar miedo que dar pena. —Y le dio un beso de buenas noches.

LXI

Lex Manilia

Residencia de Pompeyo
Roma, 67 a. C.

César se presentó con Labieno en la residencia de Pompeyo, aunque no era con él con quien iban a reunirse: el *optimas* se hallaba a miles de millas de distancia, en Oriente, a la espera de la decisión del Senado sobre si aceptaban trasladarle el mando de la guerra contra Mitrídates tal y como proponía la nueva ley promovida por el tribuno de la plebe Manilio.

—¿Y por qué crees que tu apoyo es tan necesario para Pompeyo? —le preguntó Geminio, su hombre en Roma en aquellos delicados días de negociaciones.

A su lado en el atrio estaba también Afranio, pero éste, más experto en cuestiones militares, dejaba que Geminio se ocupara de los enredos políticos.

—Porque Acilio Glabrión, uno de los cónsules del año, ya se ha desplazado a Asia para hacerse cargo de las tropas —le dijo César—, además de que, más allá del propio ejército de Pompeyo, permanecen allí varias unidades militares aún al mando de Lúculo y tropas al mando del magistrado Rex. Lo que Pompeyo pide es que todas esas tropas queden bajo su mando único, lo que implica que Rex se someta a él, el regreso de Lúculo a Roma, y probablemente también el del propio Acilio que, siendo cónsul este año, es lo más delicado de todo el asunto.

—Acilio Glabrión es hombre de ley —apuntó Geminio con convencimiento—. Actuará según ordene el Senado.

—Eso es cierto —aceptó César—, por eso Pompeyo necesita garantizarse que el Senado apoye la propuesta del tribuno Cayo Manilio con la mayoría de votos más grande posible. Si el Senado no aprueba la *lex Manilia* o si la aprueba con una mayoría muy ajustada, Acilio quizá se resista a ceder el mando de sus tropas consulares. Esto no sería bueno para la guerra contra Mitrídates y, desde luego, no sería bueno para Pompeyo que, como sabemos, no es de compartir mandos militares en ninguna campaña. En la crisis de los piratas la decisión estaba más clara para todos. Ahora no. Necesitáis mi voto, el de mis senadores afines y, sobre todo, el apoyo de Craso y los suyos.

Geminio inspiró hondo mientras meditaba en silencio. Había recibido instrucciones precisas de conseguir el mayor número de votos de los senadores a favor de la *lex Manilia*, al precio que fuera. Ésa había sido la expresión literal, de puño y letra del propio Pompeyo: «al precio que fuera». César era aún un joven senador sin demasiada influencia directa sobre muchos de los *patres conscripti*, pero era buen orador y tenía influencia sobre Craso, quien sí disponía de mucho predicamento en el Senado.

—No es tu apoyo el que más me importa —le dijo Geminio—. ¿Puedes garantizar el voto favorable de Craso y los suyos a la *lex Manilia*?

César no se lo pensó ni un instante:

—Puedo, por Júpiter, puedo.

Labieno lo miró sorprendido, pero por supuesto evitó decir nada que contradijera la afirmación categórica de su amigo.

—Si consigues el apoyo de Craso y de todos sus senadores al mando único de Pompeyo en Oriente, el Senado votará a favor de esa exención que le pediste a Pompeyo para que puedas presentarte a edil de Roma antes de los treinta y siete años —anunció Geminio al tiempo que miraba hacia su derecha. Allí, Afranio asintió con un gesto de cabeza.

César sonrió. En Roma nadie hacía nada por nada, y Geminio conocía tan bien como él las reglas de ese juego. Pero quizá no esperaba su próximo movimiento.

Agradeció con un gesto a su interlocutor ese primer paso antes de añadir:

—No es eso lo único que quiero.

—¿Y qué quieres, entonces? —inquirió Geminio, tan asombrado como irritado.

Lo de la exención lo daba por hecho: lo había oído con sus propios oídos cuando César lo planteó en ese mismo atrio antes de la votación de la *lex Gabinia*. Ya cuando se presentó a las de *quaestor*, ganó el puesto por poco y, desde entonces, tampoco había hecho grandes cosas para ganarse el favor de un pueblo romano siempre caprichoso y exigente con los candidatos, lo que implicaba que para acceder a la edilidad, César tendría que endeudarse aún más de lo que estaba.

A Pompeyo aquella exención le parecía un precio muy pequeño por algo tan grande como asegurarse el apoyo de Craso y sus senadores para conseguir el mando de la guerra contra Mitrídates, el último gran enemigo de Roma. Pero ahora le hablaba de otra condición para su voto, y Geminio no tenía ni idea de en qué podía estar pensando aquel joven senador.

—Además de eso, deseo algo menor —se explicó César—, algo con lo que entretenerme y en lo que emplear mi tiempo antes de presentarme a edil. Ser *curator* de la Vía Apia.

Geminio parpadeó en varias ocasiones y miró de nuevo a Afranio, que se encogió de hombros como si dijera: «Si quiere ser *curator* de la Vía Apia, que lo sea». La Vía Apia era la calzada más importante de acceso a Roma, la más transitada también y, por ello, la vía romana en peor estado. Años de desgaste y de falta de mantenimiento adecuado habían transformado el puesto de *curator* de la Vía Apia en el cargo público menos deseado de Roma. Por eso la petición de César parecía absurda. Y, también por eso, totalmente asumible.

—Sea —concedió Geminio—. Si es eso lo que quieres, nos aseguraremos de que seas el *curator* de la Vía Apia este mismo año.

—Perfecto.

César se levantó. Para él todo lo que tenía que hablarse estaba ya hablado, y ni Geminio ni Afranio eran hombres con quienes deseara compartir una comida o unas copas de la bebida de Baco.

Labieno y él salieron de la residencia de Pompeyo.

En el interior, en el atrio central, Geminio y Afranio se miraron aún sorprendidos:

—¿*Curator* de la Vía Apia? —repitió Geminio sin ocultar en modo alguno su perplejidad.

—No le des vueltas —respondió Afranio—. Y centrémonos ahora en cómo convencer a Cicerón para que apoye la nueva ley. No tengo claro que César consiga el voto favorable de Craso.

En las calles de Roma

—Hemos hecho lo fácil —dijo César al salir de la residencia de Pompeyo.

—¿Lo fácil? —preguntó Labieno con algo de asombro.

—Sí —confirmó César—. Ahora falta convencer a Craso de que apoyar a Pompeyo es lo que más nos beneficia a todos.

—Por Hércules, cierto. —Con la inesperada petición de su amigo de ser *curator* de la Vía Apia, había olvidado el asunto de la enorme dificultad de persuadir a Craso para un segundo voto favorable a una ley que beneficiaba a Pompeyo—. No, eso no será fácil, Cayo. De hecho, se me antoja imposible.

—Sólo hay una cosa imposible, y es regresar de entre los muertos —contrapuso César, sin dejar de caminar y mirando al frente—. Todo lo demás puede hacerse. —Lo miró un instante y le sonrió—. Pero no va a ser fácil persuadir a Craso. No, no va a ser fácil. No lo será…

Luego dejó de hablar y siguió andando con los labios apretados, muy concentrado, diseñando un plan. Podía tocar con la punta de los dedos la exención para presentarse a edil. Ahora todo dependía de una última conversación.

Residencia de Craso

Craso no hablaba. Más bien vociferaba, entre estupefacto y enfurecido:

—¿Quieres que vuelva a apoyar a mi enemigo político número uno para que consiga aquello que más desea: el mando único para la guerra contra Mitrídates? ¿Y te atreves a pedírmelo así, con esa cara de serenidad absoluta, como si me estuvieras pidiendo que te acompañe al anfiteatro Flavio? Pero ¿tú eres consciente de lo que me estás pidiendo? ¿Y de lo tremendamente absurda que es esa petición?

Ante la ira de su líder, los senadores presentes permanecían en silencio absoluto, convencidos de que a partir de ese día César jamás sería bienvenido en aquella casa.

—Podría argumentar muchas cosas... —inició César.

—Pues argumenta, muchacho, argumenta, porque mi paciencia con tu idea de dar apoyo a Pompeyo ha terminado —proclamó Craso con evidente aire de hastío—. ¿Es para esto para lo que crees que financié tu campaña al Senado de Roma?

—Creo que financiaste mi campaña para *quaestor*, y con ella mi entrada en el Senado de Roma, para que te apoyara siempre en tus asuntos en el Senado de Roma. Y eso estoy haciendo.

—¿Proponiéndome que fortalezca a mi mayor enemigo? —Craso no daba crédito a lo que escuchaba y a punto estaba de ordenar que echasen a ese traidor fuera de su casa.

—Me has dicho que argumente —se atrevió a decir César ante la creciente ira de su mentor—. Eso intento, pero has de darme la oportunidad de explicarme.

—Te escucho —dijo Craso, haciendo notables esfuerzos por contenerse—. Pero si no me persuades, y dudo que lo consigas, éste es el final de nuestra relación política. Pasarás a ser sólo un deudor del mucho dinero que me debes, y yo, tu acreedor más voraz.

César dejó de lado la amenaza y pasó a exponer sus argumentos:

—Apoyar a Pompeyo es en tu beneficio —insistió—. Desde los argumentos más pequeños al más importante, todo apunta a que es en tu beneficio. El argumento menor, pero no desdeñable, es que el pueblo de Roma está harto de la guerra con Mitrídates. Es un conflicto que desangra las arcas del Estado desde hace años sin que nadie le dé solución definitiva y, nos guste o no, a ojos del pueblo, Pompeyo es el gran solucionador de conflictos enquistados. Para el pueblo, Pompeyo acabó con la guerra contra Sertorio; para el pueblo, y sé que no es así y que esto te duele en particular, con la llegada de Pompeyo a Italia se acabó la rebelión de Espartaco; y para el pueblo, y hay que reconocer que esto sí es mérito suyo, Pompeyo ha terminado con los piratas.

—Y esto último lo ha logrado gracias a nuestro apoyo, a *mi* apoyo solicitado por *ti*, entre otras cosas —le espetó Craso aún fuera de sí—. Sabemos que lo de Sertorio fue obra, en gran medida, de los primeros años de lucha de Metelo y que Pompeyo sólo consiguió la victoria promoviendo una vulgar traición en las filas de Sertorio; y con Espartaco, todos sabemos que fui yo quien lo derrotó. Tú estabas allí, muchacho.

—Y eso es cierto, pero yo sólo digo lo que el pueblo piensa. Y negarle el mando de la guerra contra Mitrídates a Pompeyo sería, a los ojos de la plebe, una forma inaceptable de alargar ese conflicto —reiteró César—. Pero dejemos de lado estos argumentos secundarios y vayamos al esencial: ¿cómo han marchado tus negocios siempre que Pompeyo ha estado fuera de Roma, ya sea combatiendo en Hispania contra Sertorio o en el mar contra los piratas?

Los senadores presentes y el propio Labieno, que acompañaba a César, callaban.

—¿Eso qué tiene que ver? —preguntó Craso con indignación.

—Tiene que ver todo, por Hércules —subrayó César con vehemencia—. Cuando Pompeyo combate fuera de Roma y elimina enemigos por mar o por tierra, el comercio fluye mejor. Si el comercio fluye, las mercancías van y vienen de Roma, y en una Roma donde el comercio crece, tus negocios crecen, entre otros motivos porque los *publicani*, los recaudadores de impuestos que trabajan para el Estado, pero a través de tu gestión directa, ven incrementados los ingresos de la recaudación. Y, en consecuencia, al final, tu fortuna aumenta. ¿Qué te aporta Pompeyo en Roma? Un enemigo permanente en el Senado que por la rabia y el odio mutuo que os tenéis, no digo yo que no se lo tengas tú con razón, se dedica a poner todo tipo de cortapisas a tus asuntos, paraliza tus negocios siempre que puede, los fiscaliza, los cuestiona, los critica y los entorpece en todo momento. Pero cuando está fuera, se dedica a arremeter contra otros, sean legionarios de la facción popular, piratas o ahora los soldados de Mitrídates. Que Pompeyo se lance con las legiones en una larga campaña, porque ya te digo que será larga, contra Mitrídates y todos sus aliados en Asia, y tú dedícate a fortalecer aún más tu posición comercial y política en Roma. Para cuando Pompeyo regrese, serás tan poderoso y tan rico que no podrá enfrentarse a ti como lo hace ahora. Por mucho prestigio militar que pueda llegar a atesorar, tú, Craso, serás tan rico que, a su vuelta, se verá obligado a pactar contigo. Todo.

César calló y observó la reacción de Craso.

Éste miró a su alrededor. Los otros senadores miraban al suelo. No tenían ni idea ni opinión ni valentía para manifestar lo que pensaban, si es que pensaban algo. Craso sabía que con aquellos senadores que lo rodeaban en aquel momento había comprado votos, pero no cerebros. César había sido, precisamente, su gran apuesta por la inteligencia.

—Se me revuelven las entrañas cada vez que he de votar a favor de Pompeyo —dijo Craso.

—A mí también. Ha sido el gran apoyo de unos *optimates* que, como sabes, pese a mi matrimonio con la nieta de Sila, aún recelan de mí, y que durante años me han despreciado y han atacado a mi familia sin descanso. Pero a ambos nos interesa votar a favor de la *lex Manilia*.

—A ti, ¿por qué?

—Me concederán ser *curator* de la Vía Apia este año —anunció César.

—¿*Curator* de la Vía…? —Craso no pudo contenerse y se echó a reír, de modo que continuó hablando entre carcajadas—: Como negociador pareces muy hábil cuando tratas conmigo o piensas en mis negocios, pero muy torpe cuando negocias con los hombres de Pompeyo beneficios para ti.

—También me apoyarán sus senadores en la exención que buscaba para poder presentarme a edil de Roma.

—Eso parece algo de más sustancia —admitió Craso y, después de suspirar, largamente, anunció su conclusión tras aquel intenso debate—: Supongo que tienes razón y que me interesa que Pompeyo siga fuera de Roma unos cuantos años, que esté entretenido luchando contra Mitrídates en lugar de estar aquí obstaculizando mis negocios.

César y Labieno respiraron aliviados.

—Me alegro de que veas las cosas así, porque necesito pedirte algo más —anunció César.

—¿Algo más para Pompeyo? —Craso volvió a fruncir el ceño.

—No, para mí —precisó César.

—¿Qué?

—Dinero —apostillo César, y sonrió mirando fijamente a los ojos de su todopoderoso interlocutor.

Craso se echó a reír y los otros senadores lo acompañaron en aquellas carcajadas hasta que su líder cortó las risas de forma abrupta y se encaró con César:

—No eliges muy bien el momento para solicitar más crédito, muchacho —le dijo—. Pero ya que has sacado tema, ¿de cuánto dinero estamos hablando?

César no concretó:

—Mucho.

—Una campaña para edil de Roma no cuesta tanto —opuso Craso, que si de algo sabía era de financiar campañas electorales.

—Bueno, la mía… mi campaña electoral a edil… —proclamó César— no será una campaña como las demás.

LXII

La Vía Apia de César
y la ambición de Catilina

Domus de la familia Julia, barrio de la Subura
Roma, 66 a. C.

La *lex Manilia* que daba a Pompeyo el mando de la guerra contra Mitrídates terminó aprobándose en el Senado y César obtuvo todo lo que había pedido: ser *curator* de la Vía Apia y la exención para presentarse a edil de Roma. Ciertamente, su campaña electoral no fue como las de ningún otro candidato que lo hubiera precedido. Y, sin lugar a dudas, también fue muy costosa.

Podría presentarse al cargo tres años antes de lo estipulado por las leyes de Sila, y no quería, de ningún modo, dejar pasar aquella oportunidad.

De hecho, obtener la exención no había sido fácil, pues sólo un año antes un tribuno había promovido una ley que prohibía expresamente al Senado promulgar dispensas de ese tipo, forzando que el cónclave senatorial sólo pudiera conceder una exención semejante si reunía, como mínimo, un *quorum* de doscientos de los seiscientos senadores. Los hombres de Pompeyo, que tenían en mente el apoyo de César —y, sobre todo, a través de él, el de Craso— para el mando militar de su líder contra Mitrídates, consiguieron reunirlos, pero no sin esfuerzo.

Por eso César sabía que estaba ante un momento único y que debía aprovecharlo a toda costa, y estaba dispuesto a hacer lo que fuera preciso para garantizarse el voto popular para el cargo de edil. Cierto que era de rango inferior en el *cursus honorum*, pero, por otro lado, era el camino hacia la pretura y, finalmente, al consulado, y este último cargo conllevaba lo que los *optimates* jamás le permitirían: mando militar.

Las reuniones, los banquetes y los regalos seguían siendo una de las mejores fórmulas para garantizarse apoyo electoral, pero César tenía pensada una estrategia mucho más ambiciosa para conseguir votos a gran escala. Una estrategia, por otro lado, beneficiosa no sólo para quienes recibirían regalos o dádivas concretas, sino para Roma entera. Incluso si le salía mal y no era elegido, dejaría algo de lo que la ciudad sacaría provecho durante años. Era ahí donde entraba en juego la Vía Apia.

—Pero ¿por qué la Vía Apia es tan importante, padre? —le preguntó un día la joven Julia, interesada siempre en todo lo que su padre emprendía en política.

—Porque fue clave en el pasado durante las guerras contra los samnitas, hija. Cuando Roma pugnaba con ellos por controlar amplias regiones del sur de Italia como la Campania, la lucha contra los samnitas se vio dificultada porque no podíamos mantener nuestras tropas bien abastecidas a medida que se adentraban en las zonas pantanosas del sur y en las montañas escarpadas que las rodeaban. La única solución, impulsada por Apio Claudio, de quien la vía tomó su nombre, fue precisamente construir una gran calzada que penetrara en el territorio del sureste de Italia que Roma deseaba controlar. La vía fue clave para aquella épica conquista del pasado.

—Pero la Vía Apia va más allá de Campania, ¿no es así?

—Sí, cierto —confirmó él, feliz al ver el interés de su hija—. Su ruta se extendió hasta llegar a los puertos de Tarento y Bríndisi en el sur de Italia, que eran y son las puertas de acceso al comercio marítimo de Oriente del Mare Internum.

—Pero, entonces, padre... —Julia dudó.

—Adelante —la animó César.

Ella miró a un lado y a otro del atrio para cerciorarse de que no había nadie cerca. En particular, no vio a Pompeya, ante quien de ningún modo quería volver a plantear algo que pudiera importunar a su padre. Otra cosa era hacerlo a solas con él, hablando, como habían hecho siempre, con plena sinceridad y confianza mutua.

—Entonces, padre... Si tan importante es esta calzada, lo que no comprendo es por qué nadie quiere hacerse cargo de ella.

César asintió un par de veces. La pregunta era muy pertinente:

—La Vía Apia es tan importante como antigua y, en consecuencia, está muy desgastada y deteriorada en numerosos sectores de su trayecto, incluidos los más próximos a la ciudad de Roma, donde el tráfico de mercancías es más intenso. Su mantenimiento requiere de enormes cantidades de trabajadores o, lo que es lo mismo, de dinero, aunque parte de los trabajos los realicen esclavos. Aún quedan por financiar los materiales de construcción, su transporte hasta los sectores que hay que reparar, etcétera. Y el Estado romano tiene las arcas exhaustas por las guerras contra los galos en el norte, la guerra civil entre Mario y Sila, los gastos militares para terminar con Sertorio en Hispania y con los piratas en el mar, y la larga guerra contra Mitrídates. En estas circunstancias y por muy importante que sea esta calzada, no puede asumir el coste de su mantenimiento, Julia, y la responsabilidad de preservarla recae en el *curator* que sale elegido cada año. Pero hacerlo exige un gran desembolso, y al final los que pasan por el cargo se limitan a gestionar que el tránsito de mercancías y personas fluya de la mejor forma posible y con las reparaciones mínimas.

—Pero, padre… —Esta vez sí que la frase quedó colgada en el aire.

—Pero yo no tengo ese dinero. Es eso lo que ibas a decir, ¿cierto?

La muchacha asintió, cabizbaja y sonrojada. No quería poner en evidencia la mayor debilidad que su padre tenía en la lucha política de Roma.

—Por eso he de intentar conseguir ese dinero. Por eso *voy* a conseguir ese dinero —enfatizó César con contundencia.

Residencia de Craso
Esa misma tarde

—He visto a candidatos iniciar pronto una campaña electoral —le dijo Craso a César, una vez que éste volvió a solicitarle dinero—. Pero lo tuyo supera cualquier cosa que haya presenciado antes: aún faltan meses para las elecciones a edil.

—No se trata aún de la campaña electoral —aclaró César—. Eso vendrá luego. Ahora se trata de mis responsabilidades como *curator* de la Vía Apia.

—¿Y qué piensas hacer con ella? Con la suma de dinero que me has pedido, ¿acaso vas a reconstruirla por entero? —preguntó Craso, riendo ya ante el absurdo de semejante planteamiento.

A la carcajada se unieron la totalidad de los presentes, excepto el propio César que, muy serio, esperó con calma a que terminaran las risas.

—Eso es exactamente lo que voy a hacer, sí —confirmó—: reconstruirla por completo, y para hacer esto en apenas seis meses necesito muchos esclavos, trabajadores especializados, varios ingenieros y construir desvíos en los tramos más transitados mientras llevamos a cabo todas las reparaciones de la vía. Hay puentes enteros que reformar. Necesito todo ese dinero.

Craso no sólo dejó de reír, sino que borró la sonrisa de su rostro.

Se sorbió los mocos; llevaba constipado unos días.

Se aclaró la garganta.

—¿Y crees que esos trabajos te darán la popularidad necesaria para que luego te elijan edil pese a ser más joven de lo que marcan las leyes de Sila? —preguntó Craso, pues las excepciones eran privilegios que no gustaban a la plebe.

—Eso es justo lo que pienso, por Hércules —ratificó César, en un tono muy formal.

—Sabes que ya eres mi mayor deudor, ¿verdad? —Craso habló muy serio, como siempre que hablaba de dinero.

—¿Cómo van tus negocios desde que Pompeyo está fuera de Roma, en Oriente? —respondió César con otra pregunta.

Craso se inclinó hacia atrás en su *triclinium*.

—Ese argumento ya lo empleaste para que votara a favor de la *lex Manilia* en beneficio de Pompeyo.

—Sigue siendo un argumento inapelable —subrayó César sin añadir ninguna idea más para defender su nueva petición de dinero.

Craso suspiró y se relajó en su *triclinium*.

—Bien, lo cierto es que mis negocios marchan muy bien —admitió mientras se pasaba el dorso de la mano por debajo de la barbilla. Sentía que tenía algo de la salsa de la carne que habían estado comiendo pegada a la piel—. De acuerdo —aceptó al fin—. Te daré esa nueva remesa de dinero. Espero que la Vía Apia quede bien.

—Quedará perfecta.

Roma, 66 a. C.

Fueron meses de intensísimos trabajos en toda la Vía Apia, en sus accesos y sus estructuras anexas, como puentes o canales de desagüe en las zonas más pantanosas del sureste de la capital. Al final, la calzada quedó en un estado excelente, con un piso sobre el que los carros podían deslizarse sin que hubiera grietas ni vacíos entre las losas.

El pueblo de Roma estaba acostumbrado a políticos que se quedaban con dinero de las grandes obras públicas para su propio enriquecimiento. Que uno se endeudara para terminar en plazo rápido unas obras públicas que beneficiaban a todos era, sencillamente, algo nuevo. El pueblo de Roma estaba entre perplejo y admirado ante aquel joven senador, *curator* de la Vía Apia, llamado Cayo Julio César.

En ese contexto, con la Vía Apia renovada, con el recuerdo de las intervenciones de César en los juicios contra Dolabela o Antonio Híbrida aún en la memoria de todos, que se acordaban bien de cómo se había enfrentado a los senadores oligarcas, su figura gozaba de una extraña popularidad en Roma, y Roma lo eligió para edil de la ciudad junto con un mucho menos carismático Marco Calpurnio Bíbulo, en quien se concentró el voto de la mayoría senatorial *optimas*.

Así pues, César, negociando con Pompeyo, financiado por Craso y trabajando en beneficio del pueblo, consiguió dar un paso más en su carrera política. Eso sí, sus deudas se iban incrementando de manera exponencial.

Pese al creciente atractivo de la figura ascendente de Julio César, aquellos últimos meses del año Roma no estuvo tan pendiente de las elecciones a edil como de los comicios que siempre eran los más decisivos: las elecciones consulares. Y es que aquel año estalló el conflicto: en primer lugar, el siempre problemático Catilina acababa de regresar de ejercer como propretor en la provincia de África y no se le permitió presentarse a cónsul por hallarse inmerso en una amplia serie de juicios por diversos casos de posible corrupción política. Aun así, aunque se le inhabilitara temporalmente como candidato a cónsul, no se apartó de la lucha por el poder y optó por apoyar en las elecciones consulares a otros senadores de su círculo, también de dudosa honorabilidad. Concretamente financió la campaña de Publio Cornelio Sila, sobrino del dictador, y de Publio Autronio Peto. Como era de esperar, Cornelio

Sila y Autronio no dudaron en recurrir al soborno, la extorsión y la amenaza cuando lo consideraron necesario, y ambos intimidaron a muchos para cambiar el sentido de su voto. Sea como fuere, consiguieron reunir más que sus inmediatos oponentes: Lucio Aurelio Cota, pariente del propio César, y Lucio Manilio Torcuato.

Los dos perdedores, hombres de reconocido prestigio moral, pusieron en marcha una acción legal a partir de la legislación anticorrupción recientemente aprobada y consiguieron que tanto Cornelio Sila como Autronio fueran depuestos de sus cargos electos de cónsules de Roma y que, según esas nuevas leyes, se los expulsara del Senado y de la vida política. En su lugar, Lucio Aurelio Cota y Manilio Torcuato quedaron automáticamente designados como los cónsules para el nuevo año.

Catilina no se tomó bien aquello.

Nada bien.

No sólo no le habían permitido presentarse a cónsul, sino que habían depuesto a los dos colegas a quienes había brindado todo su apoyo.

La tensión se palpaba en las calles.

Muchos pensaron que Catilina estaba a punto de promover un auténtico asalto al Senado, por las armas. Corría el rumor por toda la ciudad de que su plan era asesinar a los cónsules Cota y Torcuato y hacerse con el control de Roma.

Cicerón, en calidad de pretor electo, sugirió poner una guardia armada a ambos cónsules.

Pero Catilina no hizo nada.

Por el momento.

Reapareció en el Senado —no lo habían expulsado, sólo había sido una inhabilitación temporal como candidato— y sonrió a todos: a los nuevos cónsules, a Cicerón, a Craso, a César, a todos. Ocupó su asiento y, sin decir nada en toda la sesión, permaneció con la mirada fija en las *sellae curules* donde los nuevos cónsules se sentarían próximamente.

En silencio, urdía un plan para, pronto, ser él quien ocupara una de aquellas *sellae*, aunque la mayoría de los allí presentes no fueran a ponérselo fácil. Las deudas lo consumían. Al joven César también, pero César parecía tener futuro. La carrera de Catilina estaba bloqueada por la acumulación de casos de corrupción y eso comenzaba a impacientar a sus acreedores.

Catilina había contado con un consulado, con poder político para legislar en su beneficio personal y favorecer sus negocios... todo eso estaba detenido.

Tras aquellas elecciones, entendió que, en efecto, tendría que ir más allá de las votaciones y las leyes.

Necesitaba... un ejército.

Él no pensaba endeudarse más reconstruyendo viejas calzadas, como hacían otros.

Para él, era ya más hora de empezar a cobrar que de seguir pagando.

LXIII

La conquista de Asia

Asia,* 66 a. C.

Lucio Afranio en persona llevó a Pompeyo hasta Oriente la noticia de que el Senado, mediante la *lex Manilia*, con los votos favorables de Cicerón, Craso y César, le había dado el mando completo en la guerra contra Mitrídates.

Pompeyo disponía ahora de la mayor concentración de tropas romanas que la República hubiera reunido nunca en aquella parte del mundo. Entre las fuerzas que había obtenido para destruir a los piratas, más las que ya estaban bajo el mando de Lúculo u otros comandantes romanos de la zona, se habían juntado más de cuarenta mil legionarios, más varios miles de jinetes y una inmensa flota.

De eso se benefició Pompeyo, pero era cierto que era un gran optimizador de recursos y que sabía de estrategia militar. Esa combinación de fuerza y de pericia en el combate hizo de aquella maquinaria romana desplazada a Asia un arma demoledora.

Con Afranio como su segundo en el mando, igual que en Hispania, Pompeyo volvió a ser sistemático: si en su campaña contra los piratas dividió el mar por secciones, lo que hizo en Asia fue dividir a sus enemigos: aprovechó el tiempo que pasó en Rodas, a la espera de recibir el sí del Senado de Roma a su mando único contra Mitrídates, para estu-

---

* Véase el mapa «Pompeyo en Asia» de la página 872.

diar los mapas de todos los reinos de Asia, sus alianzas, aspiraciones y rencillas. Pompeyo no buscó a Apolonio de Rodas para mejorar su oratoria. Para el Senado ya utilizaría a otros. Además, a él las palabras lo aburrían. Él era un hombre de acción.

Lo vio claro. Aquella parte del mundo estaba dividida en tres poderes clave: en primer lugar, el reino del Ponto al mando del temible Mitrídates, foco de todos los problemas para Roma en la región; en segundo lugar, el gran reino de Armenia, bajo el control del monarca Tigranes; y finalmente, el tercer poder en discordia era el Imperio parto. Este último, dominado por Fraates III con mano de hierro, era demasiado grande, demasiado fuerte y demasiado poderoso para atacarlo. Y además, por el momento no entraba en guerra directa con Roma. Mitrídates del Ponto y Tigranes de Armenia, sin embargo, se habían aliado contra Roma y eso había detenido el avance de Lúculo y otros líderes romanos enviados a la región.

Pompeyo tenía más poder del que ningún otro romano hubiera tenido antes en una campaña militar, pero, no contento con eso, se arrogó algo que no le correspondía: la política exterior de Roma. Empezó a negociar con unos y con otros y a asignar territorios a cada cual según le interesaba militarmente sin consultar con el Senado. Decidió saltarse las normas y las leyes romanas, conseguir objetivos y luego ya buscaría la manera de legalizar sus acciones.

Antes que nada, negoció con Fraates III de Partia, y le ofreció el reconocimiento romano del dominio parto sobre Mesopotamia si su ejército atacaba Armenia. A Fraates III aquello le pareció idóneo: se afianzaba en su control de una región y, además, atacaba a su vecino armenio, que con su expansionismo se había transformado en un incómodo reino con el que compartir frontera.

—Pero, esto… ¿podemos negociarlo sin consultar al Senado? —preguntó el *legatus* Afranio.

—No sólo podemos hacerlo, Lucio —le replicó Pompeyo tajante—, sino que vamos a hacerlo. Ya rendiré yo cuentas con el Senado a mi regreso.

Con esa frase acalló a Afranio, y los demás oficiales decidieron que las cuestiones legales no eran asunto suyo.

Con el rey de Armenia atacado por el este, sin poder dar apoyo a Mitrídates, Pompeyo sometió a un bloqueo naval completo toda Asia

Menor, de modo que nadie más pudiera asistirlo, y luego se lanzó con todo lo que tenía en tierra contra el corazón del reino del Ponto.

La batalla campal tuvo lugar en un enclave en el que luego Pompeyo fundó Nicópolis, esto es, «la ciudad de la victoria», en recuerdo de aquel combate.* Mitrídates intentó evitar la lucha, puesto que se sabía en inferioridad militar ante la ausencia de su aliado armenio, que pugnaba con los partos, pero Pompeyo lo obligó a enfrentársele y el ejército póntico fue masacrado. Mitrídates, derrotado como nunca antes nadie lo había derrotado, intentó huir a Armenia, pero allí ya no era bienvenido: Tigranes estaba en guerra contra Partia, no quería problemas adicionales con los romanos dando asilo al derrotado rey del Ponto.

Mitrídates optó por exiliarse hacia el norte, a la Cólquida, en las remotas costas orientales del Ponto Euxino.**

—¿Lo seguimos? —preguntó Afranio, que ya lo daba por hecho.

—No —respondió Pompeyo para sorpresa de todos—. No, en vez de eso, nos lanzamos ahora contra Armenia.

Aprovechó que Tigranes el Joven, uno de los hijos del monarca armenio, le disputaba el trono a su padre, para apoyarlo en su reivindicación dinástica. Tigranes padre, acosado por los partos, por los romanos y por su hijo rebelde, se rindió a Pompeyo a cambio de mantener el reino en sus antiguas fronteras, entregando todas sus conquistas de los últimos años a Roma.

Decidiendo sobre reyes y reinos, siempre sin consultar al Senado, Pompeyo reorganizó la región haciéndose con el control del Ponto, con Mitrídates exiliado; se apoderó de los territorios que abandonaba Armenia, excepto Sofene que se lo cedió a Tigranes hijo como recompensa por su colaboración; y dejó a Tigranes padre con una Armenia muy reducida.

La victoria era total.

Tigranes el Joven, no obstante, se consideraba estafado y se rebeló contra Pompeyo.

Su juventud lo llevó a actuar sin pensar.

Pompeyo estaba cenando en su tienda de campaña cuando su *legatus* le comunicó las noticias de aquella rebelión.

---

* Actual Koyulhisa en el centro de Turquía.
** Mar Negro.

—¿Qué hacemos con él? —preguntó Afranio.

El procónsul romano disponía de un ejército diez veces superior a las tropas del armenio rebelde.

Suspiró.

Bebió un sorbo de vino.

Dejó la copa sobre la mesa.

—Matadlo —dijo, pero de pronto se lo pensó mejor—. No, traédmelo vivo: un rey derrocado y cubierto de cadenas siempre queda bien en un desfile triunfal.

LXIV

Edil de Roma

Roma, 65 a. C.

Mientras, en Roma, la lucha por el poder se jugaba entre Craso, Catilina y Cicerón, aprovechando todos ellos la ausencia de Pompeyo en Oriente. A éstos había que sumar al senador Catulo, firme defensor de los privilegios de los senadores de Roma desde los enfrentamientos de éstos contra Mario, por lo que contaba con el apoyo de los *optimates* para hacer de contrapeso frente a Craso o frente a cualquier maniobra de la facción popular.

César, que sabía que estaba en un nivel muy inferior, se centró en su pequeña parcela de acción como edil. Era un cargo muy menor, en particular si se medía con los puestos que aquel año ocupaban el propio Craso, censor de Roma junto con el *optimas* Catulo para los próximos cinco años, o Cicerón, pretor; e incuestionablemente de mucha menos épica en comparación con las impresionantes victorias militares que Pompeyo acumulaba en Asia. Sin embargo, César tenía bajo su ámbito de decisión todos esos asuntos triviales, en apariencia intrascendentes que, no obstante, eran con frecuencia las cuestiones más cercanas a los ciudadanos.

Y es que entre sus tareas como edil curul estaba el cuidado de los templos, y los romanos eran muy religiosos y acudían a ellos a menudo; el mantenimiento de caminos, acueductos y alcantarillado resultaba esencial para el día a día de cualquier romano, y en todos ellos César, como había hecho con la Vía Apia, invirtió mucho; también debía ocuparse del suministro de grano, algo clave para el pueblo; y, finalmente, era responsabilidad suya el mantenimiento de los mercados que, junto con los templos, eran los lugares que más frecuentaba la plebe. De este modo, todas las actividades en las que podía trabajar César lo conectaban directamente con el pueblo de Roma. Pero además, los dos ediles curules se ocupaban de lo que más podía apasionar a los ciudadanos de Roma: su entretenimiento. Y por entretenimiento se entendía luchas de fieras, teatro, manifestaciones artísticas de todo tipo y, por supuesto, luchas de gladiadores. Pero ocuparse a plena satisfacción del pueblo de todas estas tareas requería…

—¿Más dinero aún? —preguntó Craso ante la enésima petición de César.

—Más dinero —certificó César, pero sustanció las razones de su solicitud con un nuevo argumento que Craso podía asumir—: Tus negocios inmobiliarios y de recaudación de impuestos con los *publicani* van viento en popa, pero, sobre todo, la popularidad de mis inversiones en la Vía Apia, acueductos y mil cuestiones más, que todos saben que tú apoyas, te han favorecido para ser elegido censor este año. Eso te permite, junto con Catulo, dictaminar quién puede continuar o ser expulsado del Senado, donde se deciden la mayor parte de las leyes que afectan a tus negocios. Mantener este nivel de influencia en el pueblo de Roma a través de mí requiere un flujo notable de dinero, es cierto, pero te reporta el suficiente beneficio neto como para que esta inversión siga en marcha.

Craso inspiró mientras asentía.

—Ahora que lo mencionas… ha entrado alguien nuevo en el Senado muy próximo a Cicerón. Un tal Catón, descendiente del viejo Catón del tiempo de Escipión el Africano.

—No sé mucho sobre él —comentó César, que interpretó el cambio de tema por parte de su interlocutor como una aceptación tácita a prestarle más dinero.

—Al parecer tiene una hermosa hermana o hermanastra —añadió Craso con una sonrisa sarcástica—. Creo que es lo mejor que se puede decir de él. Propuesto por los *optimates*, no espero nada bueno de esta nueva adquisición del Senado. Soy censor, pero Catulo también maniobra y nos hace estos… «regalos». Preveo problemas con este Catón.

Parece muy dogmático. Cicerón es insufrible, pero siempre se puede negociar con él. Este otro parece de los que se creen investidos con una especie de autoridad moral superior a la de quienes los rodean. Con gente así no se puede tratar.

—Un motivo más para que mantengamos esta fuerte conexión con el pueblo, que te proporciona su favor —apuntó César.

De la hermana de Catón no dijo nada. Algo había oído del tema, y recordaba haber escuchado que su nombre era Servilia, pero llevaba un tiempo concentrado de pleno en sus quehaceres administrativos y políticos, de forma que no dedicaba atención a otras cuestiones, digamos, más frívolas.

De hecho, también se ausentaba casi todo el día de su casa y llegaba a horas intempestivas, de modo que encontraba a su esposa Pompeya dormida.

No le apetecía yacer con ella. Puede que le hubiera ayudado a lavar su imagen de sobrino de Cayo Mario ante los *optimates*, pero en privado no era alguien con quien deseara pasar tiempo. Y menos aún, tiempo íntimo.

Pompeya tampoco ayudaba: la segunda esposa de César seguía transformando la residencia de la *gens* Julia en un espacio hostil para todos. Sus constantes caprichos y cambios de humor tenían a la joven Julia amedrentada, con temor a asomarse por el atrio de una casa que ya no sentía tan suya. Y es que su madrastra decidía los horarios y los menús de comidas y cenas, a quiénes se invitaba, cómo tratar a los esclavos, quién era el *atriense*… y la ausencia de César, volcado en sus tareas de edil, dejaron tanto a Julia como a Aurelia solas para lidiar con una mujer egoísta y altiva en grado sumo que las despreciaba por considerarlas de menor alcurnia, al ser ella nieta del mismísimo Sila.

Julia lloraba muchas noches entre las sombras de su cuarto.

—Echo de menos a mi madre —le confesaba a su abuela cuando ésta se detenía en su habitación a consolarla.

—Yo también —le respondía ella, y luego callaba.

Aurelia evitaba el enfrentamiento directo que Pompeya buscaba a diario, pues sin duda deseaba una excusa para exigir a su marido que su madre saliera de aquella casa. La veterana matrona eludía cualquier discusión y acataba las instrucciones de su nuera, sin tener en cuenta lo absurdas o contradictorias que pudieran llegar a ser.

No lloraba ni se lamentaba.

Simplemente esperaba, aguardaba el momento adecuado, la oportunidad, el motivo.

Mientras tanto, callaba.

Por otro lado, César, intentando aislarse de la tormenta familiar, encerrado en su *tablinum* privado de la *domus*, inició una tempestad política como edil.

Y entre los senadores de Roma cundió el pánico.

Residencia de Cicerón

—¿Cuántos? —preguntó.

—No lo sabemos bien, pero puede que más de quinientas parejas de gladiadores —respondió el nuevo senador Catón, que se había informado con detalle sobre aquel espinoso asunto.

—Más de mil hombres armados en el centro de Roma a su mando. Eso es un pequeño ejército —dijo Cicerón.

—Eso pensamos muchos.

—Le estará costando una fortuna.

—Craso le financia… como siempre —apostilló Catón.

—Como siempre —sentenció Cicerón, y miró directamente a los ojos de su interlocutor—: ¿Y vienes con alguna sugerencia? No hay ley que prohíba a un edil reunir tantas parejas de gladiadores como desee para organizar *ludi* y cualquier juego de entretenimiento para el pueblo. Está entre sus atribuciones. Cierto es, no obstante, que nadie pudo prever que habría alguien dispuesto a gastarse las ingentes cantidades de dinero que Craso está invirtiendo en favor de César en esta… extravagancia.

—¿Extravagancia o golpe de Estado encubierto? —cuestionó Catón.

Se hizo un silencio.

—Al pueblo le gustan estas extravagancias —intervino entonces el censor Catulo, que también se encontraba presente en aquella reunión.

Por ahora, prefería no considerar aquella concentración de gladiadores como un paso previo a un golpe de Estado por la fuerza de las armas dirigido por un edil. A todos les parecía que por ahí no iban las cosas, pero Catón ya había sembrado la duda en la mente de algunos.

—Yo sí tengo una sugerencia para resolver el asunto —habló de nuevo Catón, dando respuesta a la pregunta anterior de su anfitrión.

El veterano orador lo miró con interés. Parecía cierto lo que anunciaban de aquel joven Catón y su carácter resolutivo.

—¿Qué propones, por Júpiter? —preguntó.

Catulo y el resto de los presentes escuchaban.

—Una ley en el Senado que limite el número de parejas de gladiadores que un edil puede reunir en Roma para las festividades. Con una nueva ley *ad hoc* para esta situación, sí podrá exigirse a César que limite la concentración de hombres armados bajo su control.

A todos les pareció una buena idea.

La ley se aprobó de forma urgente en la primera reunión del Senado tras aquel cónclave en casa de Cicerón.

Domus de la familia Julia, barrio de la Subura

A Cicerón, en calidad de pretor, le correspondió acudir a casa de César para asegurarse de que el nuevo edil de Roma, ausente de la sesión en la que el Senado acababa de aprobar la limitación del número de gladiadores para unos *ludi* o *munera*, tuviese conocimiento preciso de aquel mandato. Se trataba de evitar que arguyera falta de información al respecto.

Al nuevo pretor le incomodaba transitar por la Subura; como a todos los demás senadores, le costaba entender que César se empeñase en seguir viviendo en medio de aquellas calles estrechas y malolientes. Quizá algo menos malolientes y bastante más limpias desde que él se había hecho cargo del mantenimiento del alcantarillado, pero aun así angostas y pobladas de gente pobre, muy diferente a los ciudadanos ricos con los que Cicerón solía tratar a diario en el foro de Roma.

César lo recibió de inmediato en un claro gesto de respeto y escuchó el contenido de la nueva ley de labios del recién llegado.

—No era mi intención generar inquietud entre los senadores con la organización de estos *ludi.* —La disculpa de César sonó sincera.

—Y entonces ¿por qué reunir un número tan extraordinario de luchadores armados? —inquirió Cicerón.

—Estas luchas, tanto las de los *ludi megalenses* como las de los *ludi romani,** quiero dedicarlas a la memoria de mi padre que falleció hace veinte años. Reconozco que, en recuerdo y honor suyo, quería que éstos fueran unos juegos que el pueblo recordara por mucho tiempo.

Cicerón asintió; eso que decía César podía entenderse, pero en cualquier caso tendría que atenerse a los límites impuestos por la nueva ley.

—¿Y cuántas parejas de gladiadores piensas emplear en estos juegos? —preguntó el pretor.

—¿Qué límite establece la nueva ley?

—Un máximo de trescientas veinte parejas de gladiadores.

—Ésas serán, pues —anunció César.

Cicerón lo miró fijamente:

—Al nuevo edil de Roma le gusta llevarlo todo al límite...

—Al nuevo edil de Roma le complace cumplir con las leyes romanas —respondió César con aplomo.

Y Cicerón no tuvo nada que replicar a eso.

Semanas después de la reunión con Cicerón
Roma, 65 a. C.

César llevó a término sus luchas de gladiadores de la forma más fastuosa posible. Había planeado que fueran más de quinientas parejas de gladiadores, pero aun así las trescientas veinte parejas suponían el mayor número jamás reunido en unas luchas de aquel tipo, y además hizo que cada combatiente exhibiera brillantes armas de plata y lujosos uniformes vistosamente ornamentados. Los ciudadanos de Roma tardarían años en volver a ver unos juegos gladiatorios como aquéllos.

El hecho de que hiciera saber que todo aquel dispendio era en honor a su padre fallecido subrayó ante la plebe lo importante que era para él la familia, algo que la mayoría del pueblo de Roma podía compartir. Para muchos ciudadanos con recursos limitados en extremo, la familia era su única y gran riqueza. Que alguien enalteciera el valor de los vínculos familiares los hacía congraciarse con él.

---

* Los *ludi megalenses* eran unas fiestas que se celebraban durante siete días en el mes de abril, en honor a Cibeles, «la grande» *(megale)*. Los *ludi romani*, por su parte, se extendían durante quince días en septiembre.

Pero César era mucho más complejo de lo que todos imaginaban.

Además de las luchas de gladiadores y de fieras organizadas en los meses de abril y septiembre, promovió una notable cantidad de eventos culturales. Roma carecía aún de un gran teatro de piedra al uso griego, de modo que hizo levantar uno de madera provisional en el que se representaran numerosas obras a lo largo de todo el año, además de organizar exposiciones de arte en las basílicas de la ciudad, en el foro y en una serie de columnatas que erigió en diferentes puntos de la ciudad, donde expuso obras escultóricas de su colección privada y de la de algunos prohombres de la ciudad a los que persuadió para que compartieran por un tiempo aquellas obras artísticas con el conjunto del pueblo de Roma.

—¿Y todo esto para qué? —le preguntó un día Labieno, sentados ambos en el atrio de la *domus* de la familia Julia—. Lo de los gladiadores y las fieras lo entiendo, pero el teatro, las exposiciones de arte… Eso no le interesa al pueblo, eso no te va a hacer más popular. Parece un gasto y un esfuerzo inútil.

—Sé que he de dar al pueblo lo que le gusta —se explicó César—, como los juegos de gladiadores, pero ¿qué mal hay en que el pueblo vea y esté expuesto al teatro, al arte, a la literatura?

—¿Tú crees que tus vecinos de la Subura van a entender a Plauto o valorar una escultura como la *Atalanta** de Pasiteles? —preguntó su amigo con evidente escepticismo.

—Con Plauto se ríen, y he visto a muchos de esos vecinos míos de la Subura detenerse durante largo tiempo ante las estatuas de las exposiciones del foro. El pueblo es como es, pero puede ser mejor de lo que es, pensar más, saber más, sólo que el Senado no desea eso.

Labieno arqueó las cejas.

—¿Y por qué no va a desearlo?

—Porque un pueblo que sepa más, que lea, que vaya al teatro o que se admire ante el arte es un pueblo que piensa más, y quien piensa más es más exigente con quien le gobierna y está más atento a los abusos del poder y reclama más justicia.

—Tú estás haciendo carrera política y gobiernas sólo como edil, pero me consta que aspiras a más. ¿A ti no te da miedo un pueblo que

---

* Actualmente expuesta en la Galería de los Candelabros de los Museos Vaticanos.

piense más? A fin de cuentas, tú eres un senador también —opuso Labieno subrayando aquella aparente contradicción.

—Es que yo no deseo gobernar en mi propio beneficio, sino en el beneficio de todos, Tito. Por eso a mí no me da miedo que quien vota, quien puede decidir si elegirme o no como edil, pretor o cónsul, piense y piense mucho. Sólo el que busca el enriquecimiento personal en perjuicio de la mayoría, sustrayendo dinero que es de todos para sí mismo, anhela un pueblo ignorante, distraído constantemente por las luchas de gladiadores y de fieras. Yo he organizado las mayores luchas de gladiadores que se recuerdan, pero ¿por qué? Porque eso ha hecho preguntarse al pueblo: ¿y qué más habrá organizado este nuevo edil? Y así, aunque sólo sea por curiosidad, van al teatro y ven mis exposiciones de arte. Y a lo mejor empiezan a pensar más. Autores como Plauto critican la sociedad y promueven el pensamiento. Escultores como Pasiteles conmueven. No podemos cambiar Roma sólo desde dentro de las instituciones o desde lo alto del poder. Hemos de transformarla también desde el pueblo.

—No sé, no lo veo claro —replicó Labieno—, pero desde luego enriquecerte no te estás enriqueciendo mucho con todo esto. —Y se echó a reír.

Esta vez César no compartió la carcajada. Era muy consciente de que su política de grandes eventos como las luchas de gladiadores, las reparaciones a su costa de vías públicas, alcantarillado y mercados y las exposiciones de arte y las obras de teatro subvencionadas por él mismo lo habían endeudado con Craso hasta la insospechada cantidad de mil trescientos talentos.*

Labieno se percató del semblante serio de su amigo.

—No he querido ofenderte… ni preocuparte, Cayo.

—Lo sé. Pagaré mis deudas.

El otro se lo pensó un poco, pero al fin se atrevió a preguntar:

—¿Cómo? ¿Tienes algún plan?

Había visto a César elaborar estrategias para conseguir dinero de

---

* Esto equivale a unos 33.800 kilos de plata, que en una traslación lineal serían unos 22.600.000 euros según el valor de este metal en 2023. Ahora bien, si tenemos en cuenta los estudios de Engen (2004), que establece que la plata era mucho más valiosa en aquel tiempo, 1.300 talentos equivaldrían a unos 585.000.000 euros de hoy día. Una deuda desorbitada para una sola persona.

forma sorprendente, como cuando los piratas los secuestraron, pero en aquella ocasión apenas hubo que reunir cincuenta talentos, y para ello tuvieron que recurrir a varias ciudades de Oriente. Devolverle a Craso más de veinticinco veces esa cantidad se le antojaba a Labieno un imposible. Su amigo estaría en deuda permanente con Craso o, lo que es lo mismo, sería siempre un títere del acaudalado senador de Roma. Y sabía que su amigo jamás aceptaría esa situación *sine die*.

—Lo devolveré todo cuando sea cónsul —respondió César con seguridad.

—¿Vas a robar como criticas que hacen muchos cuando llegan a ese puesto o al de gobernador, como Dolabela? ¿Es ése tu plan? —Había una profunda decepción en su tono—. Entonces, todo lo que dices es una farsa.

—Si piensas eso, no me conoces —replicó César, negando con la cabeza—. No lo haré de ese modo: reuniré el suficiente dinero engrandeciendo a Roma, consiguiendo beneficios para el Estado y para mí. Todos saldremos ganando. Y resolveré problemas fronterizos al tiempo. Tengo mis planes.

—¿Qué planes? —insistió Labieno, no ya porque dudase de él, sino con la genuina curiosidad de ver qué podía elucubrar alguien para reunir tanto dinero en relativamente poco tiempo.

—La Dacia* —respondió César y al advertir cierta incomprensión en la faz de su amigo, se levantó, fue al *tablinum* y al poco regresó con un objeto dorado en la mano.

Se lo entregó para que lo examinara. Se trataba de un hermoso brazalete en forma de serpiente que se enroscaba en la muñeca.

—¿Es de oro? —Labieno sopesaba el valor de aquella joya.

—De oro puro —precisó César.

—¿Y cómo sabes que esto viene de la Dacia?

—Me lo entregaron unos veteranos de las campañas de Escribonio contra los dardanios —explicó mientras recogía de vuelta el brazalete—. En Tracia y Macedonia y hasta en Iliria es famoso el oro que existe en el territorio de los dacios y los getas al norte del Danubio. Como sabes, las minas de oro de Hispania van al límite de su capacidad. El Estado necesita más oro.

* Aproximadamente se corresponde con la actual Rumanía.

—Queda Egipto.

—Egipto puede tener acumulados grandes tesoros en sus templos y en la corte de los faraones, pero es un oro limitado. Egipto es un inmenso granero de cereales y eso de por sí lo hace muy valioso, pero no tiene minas de oro. El oro está en la Dacia.

—Cruzar el Danubio… —dijo Labieno ensimismado—. Eso implica una campaña militar muy compleja.

—Nada que merezca la pena es fácil —replicó César—. Por otro lado, los dacios son hostiles y atacan territorios de Tracia y hasta de Macedonia. Las campañas de Escribonio no parecen haber resuelto el problema. Podemos tener un *casus belli* que justifique la intervención de Roma.

Labieno lo vio todo claro. Sólo había un problema.

—Pero antes tienes que llegar a ser cónsul y disponer de las legiones consulares del año a tu mando —dijo.

—Antes he de ser cónsul, sí —confirmó César, y se guardó el brazalete dorado bajo la túnica como quien guarda un sueño.

Foro de Roma, frente al templo de Cástor y Pólux
Unos días más tarde

Bíbulo era el otro edil curul de Roma, que compartía la edilidad con César aquel año y, supuestamente, la organización de todos aquellos fastuosos eventos públicos en los que, sin embargo, apenas contribuyó económicamente. Se trataba de un hombre gris. Ambicionaba, como todos en el Senado, llegar un día a cónsul, el máximo honor y la magistratura de más poder y prestigio, pero esperaba conseguirlo siendo ese hombre de la facción de los *optimates* simplemente dispuesto a hacer lo que se le pidiera. Se le requirió como candidato a la edilidad para compensar una posible victoria de César y se presentó, y, con el apoyo de todos los *optimates*, salió elegido. Bíbulo no tenía otro plan que seguir sirviendo a los líderes de su facción y así allanarse un camino cómodo hacia el consulado.

Aquella mañana se detuvo ante el templo de Cástor y Pólux. Iba acompañado por varios amigos:

—Aquí estamos, paseando por entre las exposiciones de esculturas de nuestro colega Julio César que se exhiben por toda la Vía Sacra hasta llegar a este templo consagrado a Cástor y Pólux, pero al que todos en Roma, por ahorrar palabras, llaman el Templo de Cástor. Del mismo modo, amigos míos, este año nadie habla de la edilidad de César y Bíbulo, sino sólo de la edilidad de Julio César.

Nadie rio la ocurrencia del edil curul; era obvio que Bíbulo no estaba para bromas.

Una cosa era ser un hombre gris y otra muy diferente ser un hombre invisibilizado ante el pueblo por su colega de magistratura.

Bíbulo, casi sin darse cuenta, empezó a albergar en su interior esa oscura emoción que lo corroe todo: el rencor.

Foro de Roma, frente al edificio del Senado

Cerca de donde paseaba Bíbulo, Cicerón y Catón se detuvieron junto a la gran tribuna de los *rostra* desde la que muchas veces se pronunciaban discursos al pueblo de Roma. Allí pudieron ver a decenas de operarios reponiendo una serie de objetos, relieves y estatuas que hacían referencia al triunfo de los romanos sobre los teutones y los ambrones y otras tribus germanas y galas en la legendaria batalla de Aquae Sextiae.

—¿Y esto? —preguntó Catón—. ¿No fue esa batalla un triunfo de Cayo Mario?

La pregunta era pertinente, pues el nombre y las gestas de Mario quedaron proscritas, malditas tras la victoria de Sila y los *optimates* sobre la facción del pueblo. Se retiró todo aquello que pudiera recordar al gran líder popular, incluso en lo referente a sus victorias contra las tribus bárbaras, o a las victorias que salvaron al conjunto de Roma de una invasión que llegó a amenazar la existencia misma de la ciudad y del Estado entero, como estuvo a punto de ocurrir con el avance de los teutones y los ambrones. De hecho, Sila arrojó las cenizas de Mario al Tíber en una clara muestra de desprecio y odio para impedirle el tránsito sosegado al Hades.

Sin embargo, pese a esa prohibición senatorial, César se había atrevido ya a exhibir recuerdos de su tío Mario en el funeral de su tía Julia hacía cuatro años. Y, ahora, llevaba el desafío a esa ley de Sila un paso más allá, pues ordenó reponer los trofeos de Aquae Sextiae en el foro. Y en el centro de los trofeos podía leerse en una lápida: IN MEMORIAM.

—¿No es esto ilegal? —insistió Catón.

Cicerón sonrió al tiempo que negaba con la cabeza.

—Ha expuesto los trofeos de una gran victoria de Roma contra los bárbaros —respondió pensativo, evaluando la situación—, pero no ha expuesto ninguna imagen de Mario. Rememorar una gran victoria de nuestras legiones no es ilegal; rememorar Aquae Sextiae, sin una estatua explícita de Mario en medio de todos estos trofeos de guerra, está, una vez más, en el límite de lo legal.

—Pero ese *in memoriam* es por Mario.

—Seguramente, pero no lo ha precisado —replicó Cicerón—. Y lo que sí ha anunciado públicamente es que todo lo que está organizando en los diferentes juegos a su cargo y en exposiciones y exhibiciones de todo tipo es en memoria de su padre. Seguro que si lo acusamos de recordar a Mario, dirá que ese *in memoriam* nada tiene que ver con su tío. César va siempre al límite, pero siempre de forma muy calculada.

Catón observó a todos aquellos operarios. Como él, un centenar de personas admiraban aquellos trabajos con gran curiosidad.

—¿Y si un día César cruza el límite? —preguntó mirando ahora fijamente a su interlocutor.

—Si César cruza un día el límite de lo legal, entonces, en ese caso… —Pero Cicerón, pretor de Roma, no terminó la frase y guardó silencio.

LXV

Los ojos del Nilo

Egipto, 65 a. C.

Eran unos ojos grandes, en un cuerpo diminuto aún.

Eran unos ojos que lo miraban todo, que lo escudriñaban todo, que lo querían abarcar todo.

Eran unos ojos que se movían veloces de un lado a otro del barco.

La pequeña Cleopatra, de apenas cuatro años, intentaba absorber todo el Nilo con sus enormes ojos oscuros que escrutaban el horizonte de ambas riberas, mientras navegaban desde el norte, desde Alejandría, hasta adentrarse en el corazón de Egipto.

Un día tras otro, el barco del faraón navegaba seguro, en ocasiones impulsado por remos, en otras por la fuerza del viento, aguas arriba.

Tolomeo XII intentaba congraciarse con los sacerdotes. Sabía que se movían en una compleja red de equilibrios en la que preservar el poder dependía de gestos grandes y pequeños, de astucia y, por supuesto, de dinero. Mantenía las legiones de Roma fuera de las fronteras de Egipto a base de enviar importantes cantidades de oro y plata a algunos senadores, en su mayoría de la facción de los *optimates,* a la espera de detectar quién de todos era el más poderoso y concentrar en él sus sobornos. Pero, por otro lado, a Tolomeo XII le quedaba por resolver la frontera interna.

El faraón llevaba meses tratando de ganarse el favor de los sacerdotes para asegurarse su apoyo y evitar rebeliones o que el clero apoyara a cualquier otro pretendiente al trono de Egipto. De este modo, durante los últimos años había invertido una fortuna en terminar dos fastuosos templos en el centro de Egipto, y hacia ellos navegaban con intención de comprobar él mismo, junto con los sacerdotes que lo acompañaban, que el dinero del monarca se estaba empleando en lo que se había previsto.

El pueblo respetaba más o menos a los sacerdotes en función de lo impresionantes que fueran los templos: engrandecerlos, ampliarlos o construir más era una forma de mostrar al pueblo la conexión divina de éstos con los dioses. Unos templos desaliñados, en ruinas o agrietados no transmitían la sensación de poder que los sacerdotes precisaban para recibir los numerosos gravámenes del pueblo. Pero ante templos fastuosos, los egipcios se rendían y entregaban, con gran regularidad, sus tributos en forma de cebada, trigo, harina o cualquier otro alimento que uno pudiera imaginar. También llevaban a los templos productos de artesanía, ganado o cualquier objeto que los sacerdotes desearan. Todo les era entregado a aquellos representantes del clero, los intermediarios entre los egipcios humildes y los dioses, para que rogaran a Set e Isis, al gran Horus, a Osiris o al temible Sobek por que las crecidas del Nilo fueran abundantes, regulares y enriquecedoras de la tierra y no destructivas.

Los templos, pues, eran la clave de todo.

Por eso Tolomeo XII se había ofrecido a financiar la terminación de aquellos dos grandes santuarios.

El primero de estos inmensos edificios de culto, levantado en la ribera occidental del Nilo en la ciudad de Apolinópolis Magna,* era ciclópeo en sus dimensiones, y constituía el segundo templo más grande de Egipto sólo por detrás del complejo sagrado de Karnak. En este caso, el templo de Apolinópolis estaba dedicado al dios halcón Horus y la impactante fachada mostraba grandes relieves en los que Horus luchaba contra el maligno Seth, asesino de su padre Osiris.

Las obras aquí avanzaban a buen ritmo y los sacerdotes quedaron satisfechos. El cortejo real siguió navegando hacia el sur hasta alcanzar la antigua ciudad de Nubt, «la ciudad de oro».**

* Actualmente conocida como Edfu.
** Actualmente, Kom Ombo.

En Nubt, el templo era muy particular: se trataba de un santuario doble, con una serie de galerías dedicadas de nuevo al bondadoso dios Horus y, en paralelo, una segunda serie de estancias consagradas al culto del siempre conflictivo y temible dios Sobek. Mientras que Horus representaba todo tipo de bondades, el pueblo veía a Sobek de una forma diferente: se le suponía benefactor de la fertilidad y en ocasiones había ayudado al dios halcón, pero como Sobek adoptaba la forma de un cocodrilo, y era la misma que había tomado el malvado Seth tras asesinar a su hermano Osiris, muchos veían en esta deidad más características de demonio que de dios protector. De algún modo, para muchos egipcios, Horus era el dios que se preocupaba de los humildes, mientras que Sobek —una deidad que infundía miedo— era más dado a proteger a los ricos. Y a los sacerdotes. Estos últimos no dudaron en hacer valer aquellas creencias del pueblo en su propio beneficio.

Cleopatra, fascinada ante los jeroglíficos y las decoraciones del doble templo dedicado a Horus y Sobek, caminaba tras la sombra de su padre, casi corriendo para mantener el paso de los adultos, en medio del cortejo real.

—Ven —le dijo de pronto Potino, eunuco y principal consejero de la corte.

Ella obedeció.

No tenía claro que aquel consejero, por muy importante que fuera, pudiera dirigirse a ella sin usar alguno de sus títulos que como princesa de Egipto le correspondían, pero era evidente que Potino no lo consideraba necesario, y ella le siguió sin decir nada.

—Tu padre ha de realizar los rituales de la inauguración de este gran templo y no puedes estar a su lado —le dijo el eunuco.

La pequeña Cleopatra aún no entendía bien el mundo de los adultos, pero era muy perspicaz, como todos los niños, y se había dado cuenta de que, de un modo u otro, Potino, con la connivencia de los sacerdotes, la apartaba de su padre en cualquier acto público, fuera religioso o ante el pueblo. Y esto no lo padecían sus hermanas Berenice o Arsínoe. Cleopatra notaba que el consejero y los sacerdotes la percibían como algo molesto, como algo que convenía esconder. Sabía que tenía algo que ver con su madre, pero su madre ya no estaba allí para explicarle esas cosas.

Su madre fue al mundo de Osiris, hizo el gran viaje al mundo de los muertos, al poco de nacer ella, y cuando preguntaba por su ausencia, todos —consejeros y sacerdotes, sirvientes o esclavos— miraban hacia otro lado y no le daban respuesta.

Tuvo que crecer sola.

Sus hermanas tampoco la apreciaban.

Cleopatra no entendía aún de linajes y sangre real, de bastardos, de legitimidad e ilegitimidad en las sucesiones dinásticas... pero sabía que, a los ojos de los sacerdotes, de Potino y de otros consejeros, había algo intrínsecamente malo en ella.

Sólo la aliviaba la deferencia que su padre tenía siempre con ella. Era su hija favorita y la llevaba con él a todas partes.

Sólo se sentía segura en su compañía.

—Este venerable sacerdote —le dijo Potino a la pequeña presentándole a un anciano— te enseñará las encarnaciones en la tierra del dios Sobek mientras tu padre, el faraón, cumple con los rituales.

La niña asintió y siguió a aquel anciano, que la condujo a una remota cámara apenas iluminada por dos lámparas de aceite que se consumían lentamente, casi sin fuerza. Entre las sombras, Cleopatra distinguió de pronto la silueta de varios cocodrilos y lanzó un grito de pánico.

—¡Chissssss! —la reprendió el sacerdote.

Ella tragó saliva y, petrificada, atemorizada por aquellas bestias que apenas estaban a unos pies de distancia, calló a la espera de ser engullida por sus fauces.

—No están vivos —dijo el hombre—. Duermen ya eternamente.

Más atenta, superando el terror inicial, la niña comprobó al acercarse un poco que aquellos cocodrilos estaban momificados.

—Encarnaciones del dios Sobek —explicó el sacerdote.

Cleopatra asintió sin decir nada, con los ojos bien abiertos, mirándolos ahora de cerca. Parecían dormidos, en efecto. Algunos eran enormes, pero todos estaban inmóviles, como estatuas.

—Han prestado un gran servicio al templo y a Sobek —continuó él.

La pequeña frunció el ceño:

—¿Un gran servicio? —repitió—. ¿Qué gran servicio han prestado estos coco... —se corrigió—, estas encarnaciones del dios Sobek?

Al sacerdote le sorprendió. Había concluido que la niña era demasiado pequeña como para entender nada, y probablemente tonta, como eran a su parecer todos los de origen bastardo, pero la pregunta indicaba que estaba más atenta de lo que había imaginado. Le hizo una seña para que lo siguiera. ¿Por qué no enseñarle el mayor secreto del templo? A fin de cuentas, era tan sólo una niña y a él le hacía gracia contar aquel secreto a alguien atemorizado y frágil.

La condujo hasta un gran pozo fuera del templo, un profundo nilómetro diseñado para medir el nivel de las crecidas del Nilo. Según subieran las aguas más o menos, del mismo modo se incrementarían los impuestos al campesinado, pues cuanta más agua, mejores cosechas. El nilómetro medía lo que debían pagar todos cada año.

De esto nada dijo el sacerdote, pero la pequeña ya había visto otros pozos similares junto al gran río y conocía su función. ¿Qué podía tener aquel pozo que fuera diferente al resto?

—Mira dentro —dijo el sacerdote con una sonrisa malévola en el rostro.

Cleopatra estaba asustada.

—Mira dentro —repitió el sacerdote—. ¿O la princesa de Egipto tiene miedo?

La pequeña Cleopatra era una niña, pero comprendió que el sacerdote la estaba desafiando; más aún, que la estaba probando. Por eso, aterrada pero con la audacia de la infancia, manipulada por aquel viejo sacerdote, ella se asomó al pozo negro.

Todo estaba oscuro.

Miró y miró abriendo sus ojos grandes.

—No se ve nada —dijo la niña.

«Nada… ada… ada…», le devolvió el eco. Y ella, sorprendida por aquel rebote de su voz, se echó hacia atrás.

El sacerdote se agachó y de un cesto que estaba tapado por telas extrajo un trozo de carne de algún animal grande muerto y lo lanzó al fondo del pozo.

Cleopatra, superada la sorpresa del eco, volvió a mirar y percibió que el fondo del pozo se agitaba, se escuchó agua en turbulencia y una especie de rugido extraño: había un cocodrilo enorme allá abajo y sus dientes brillaron un instante al abrir las fauces para devorar aquel trozo de carne.

La gigantesca boca del animal hizo que la niña diera un respingo y se apartara, de nuevo, del borde del pozo.

—Lo metimos ahí dentro de pequeño. No conoce otro mundo. Y lo alimentamos día a día hasta que se haga gigante. Un monstruo atrapado. Hay que darle de comer cada vez con más frecuencia o se enfada, y primero llora y luego gruñe con furia reclamando su alimento. —Se acercó hacia ella sin borrar de sus labios esa sonrisa malévola—. Y si no le damos de comer durante unos días, gruñe tan fuerte que se hace oír por el valle entero, pues las paredes del pozo amplifican sus gruñidos, hasta hacerlos casi ensordecedores. Entonces les decimos a los campesinos que es el dios Sobek, que reclama nuevos tributos, y ellos nos traen más cebada y trigo y harina y pan y cualquier cosa que les digamos que Sobek reclama. Y carne, mucha carne.

Cleopatra permanecía muy quieta.

El sacerdote se alejó para coger otro trozo de carne y arrojarlo al fondo del pozo.

—¿Quieres lanzarle tú también un pedazo? —le preguntó.

—Sí —dijo ella sin pensarlo, como si todo aquello le gustara.

El anciano descubrió el cesto del todo y la pequeña se aproximó a él, tomó el pedazo más grande con ambas manos y lo lanzó por encima del muro del pozo. Luego se asomó y pudo ver, una vez más, los dientes del gigantesco cocodrilo brillando en medio de aquella profundidad estrecha para fagocitar el nuevo trozo de carne.

—Los ritos han terminado. —Era la voz de Potino, que regresaba a por ella.

La niña se despidió del sacerdote:

—Vuelvo con mi padre —dijo.

El anciano servidor del templo se inclinó levemente. No mucho. Puede que fuera algo más inteligente de lo que había pensado, pero aquella niña seguía siendo ilegítima. Nunca reinaría Egipto.

La pequeña siguió al veterano consejero real de regreso al barco del faraón.

Caminaba muy callada, tanto que Potino se inclinó y le preguntó al oído:

—¿Te ha parecido interesante la visita al pozo de Sobek?

Ella no abrió la boca, pero asintió un par de veces.

Llegaron a la nave del faraón y allí, junto a Tolomeo XII, que se había detenido para esperarla, embarcó de nuevo.

—Iniciamos la navegación de regreso a Alejandría —le anunció su padre y, a continuación, apoyado junto a la barandilla del buque, relajado y sonriente porque las obras de los templos avanzaban a gusto de todos, le preguntó—: ¿Qué ha aprendido hoy mi preciosa princesa en la visita al templo de Horus y Sobek en la vieja ciudad de Nubt?

—Que los sacerdotes mienten al pueblo —respondió ella.

Su padre borró la sonrisa de la cara y miró con disimulo a un lado y a otro: Potino y los otros consejeros se encontraban a cierta distancia y era imposible que hubieran oído lo que estaban hablando. Se agachó, puso sus manos en los hombros de su hija y la miró fijamente a los ojos:

—No vuelvas a decir eso nunca, Cleopatra. Puedes pensarlo, pero nunca lo digas en palacio ni cerca de los consejeros o los sacerdotes, ¿lo entiendes?

Por primera vez en su vida, ella leyó el miedo en los ojos de su padre y asintió de forma contundente tres veces.

El faraón volvió a erguirse y apoyó las manos en la barandilla del barco, y la pequeña fijó una vez más la mirada en las aguas verdosas del Nilo, como si quisiera contenerlo entero en sus ojos grandes y oscuros.

LXVI

El tribunal de Catón: la *quaestio de sicariis*

Roma, 64 a. C.

Catón no entró en política.

Irrumpió.

En el foro se hablaba de muchas cosas. Se hablaba de la posible anexión de Egipto por Roma, pero Tolomeo XII ya sobornaba al censor Catulo y otros *optimates*, y se oponían a este movimiento geoestratégico. Y se hablaba también del enfrentamiento constante entre el otro censor, Craso, y el propio Catulo, pues el primero quiso ampliar la ciudadanía romana a los habitantes de la Galia Cisalpina, provincia romana, con el apoyo entre otros de César, pero Catulo se opuso. El choque entre ambos censores alcanzó tal virulencia que fueron incapaces de llegar a ningún tipo de consenso, ni siquiera sacaron adelante el nuevo censo. En lo único en lo que se pusieron de acuerdo fue en dimitir los dos.

Sin embargo, la irrupción de Catón en el Senado introdujo un nuevo debate político que pronto hizo olvidar el enfrentamiento entre los censores de aquel año y dejó en un segundo plano la cuestión de si intervenir o no en el remoto Egipto.

Catón se había alineado con los *optimates* desde el principio, pero quería dotar a la facción en particular, y al Senado en su conjunto, de un mayor nivel de moralidad del que habían hecho gala sus predecesores. Por eso, pese a estimar necesaria la conflagración civil de Sila contra Mario para mantener las jerarquías y el orden social en Roma, se posicionó sin ambages en contra de los excesos cometidos por los vencedores del conflicto que utilizaron la victoria de Sila para luego enriquecerse vilmente asesinando a líderes populares derrotados, o acusando de haber sido líderes populares a aquellos que les interesaba, para, tras su ejecución, apropiarse de su dinero, sus tierras y todas sus posesiones en las tristemente famosas proscripciones que se dieron durante el régimen dictatorial de Sila.

Contra estos hombres sin escrúpulos, Catón arremetió de pleno. Era una cuestión moral pendiente de resolver y él estaba decidido a resolverla por completo.

Para ello, creó un nuevo tribunal, la *quaestio de sicariis*, sobre los asesinos, para forzar a que estas personas pagaran por sus crímenes de un modo u otro. Decidió darles en donde más podía dolerles: en el bolsillo. Propuso que se juzgara a todos aquellos que asesinaron o promovieron el asesinato de alguien inocente sólo para apropiarse de sus bienes, y llevó al Senado una ley que multaba a cada uno de los sentenciados por estos delitos a abonar a las arcas de Roma cuarenta y ocho mil sestercios por asesinato. En una ciudad donde la vida humana era un bien no demasiado valioso, aquellas multas eran una pena dolorosa para muchos que se sabían culpables.

Pero Catón se encontró con un problema inesperado: eran tantos los que habían asesinado a gente por dinero en aquellos años, que andaba escaso de jueces para poner en marcha tantos juicios como quería abrir.

Los pretores no podían asumir el trabajo extraordinario.

Catón recurrió entonces a los ediles de aquel año. Pero tampoco fue suficiente.

Necesitaba algunos jueces más. Añadió entonces a pretores de años anteriores.

Tampoco fue suficiente.

Se decidió, por fin, a incorporar a esos tribunales a ediles de años anteriores.

Con éstos sí conseguía disponer de tantos jueces como precisaba, pero en el largo listado adicional de ediles de años precedentes apareció el nombre de Julio César.

Catón, que solía tenerlo todo muy claro siempre, pues para él todo era blanco o negro, de pronto tuvo dudas.

Domus *de Catón, centro de Roma*

Había muchos invitados en aquella cena: aparte del anfitrión, su esposa Atilia y su hermanastra Servilia, estaban Cicerón y su esposa Terencia; el excensor Catulo, recién dimitido; el veterano líder Metelo Pío, muy envejecido; algunos jóvenes hijos de los presentes y, con todos ellos, en un extremo del atrio, Cayo Julio César. Este último se sentía no ya sólo desplazado físicamente, sino algo fuera de lugar. Su lucha en los últimos años había sido para que ese núcleo de los senadores *optimates* confiara más en él. No para ser uno de ellos, eso se le antojaba imposible, pero que confiaran al menos para no bloquear su ascenso político constantemente. Sin embargo, pese a su matrimonio con la nieta de Sila, aún podía sentir las miradas de desconfianza de Metelo, Cicerón o el propio Catón sobre él. Entonces, ¿por qué lo habían invitado a aquella cena? En todo caso, algo, o, para ser exactos, alguien llamó la atención de César: Servilia.

La mujer debía de tener su misma edad, en torno a los treinta y cinco años, y mantenía una hermosa figura, pese a haber sido madre en varias ocasiones. Pero más allá de su físico, a César le llamó la atención la viveza de su mirada: Servilia lo observaba todo y a todos con un semblante que transmitía agudeza, como si entendiera mucho más de lo que unos u otros decían, como si fuera capaz de leer o al menos intuir sus pensamientos. Era, en definitiva, una mezcla de misterio y elegancia que cautivó a César desde el mismo instante en que posó sus ojos en ella...

En el otro extremo del atrio, Cicerón se acercó a Catón y le habló en voz baja:

—¿Se lo has propuesto ya?

—Aún no —respondió el anfitrión y, sin dudarlo, se levantó de su *triclinium* y, a paso lento, mientras iba saludando a unos y a otros, fue hasta César y se reclinó en un *triclinium* que, no por azar, permanecía vacío a su lado—. Gracias por aceptar la invitación a mi humilde casa —dijo a modo de saludo.

César había examinado la residencia de su anfitrión y, si bien no percibió una ostentación exagerada de riqueza, la casa no tenía nada de humilde: perfectamente engalanada con decoraciones de todo tipo, desde telas hasta detalladas pinturas al fresco, un inmenso mosaico en el centro del atrio y varias estatuas de, probablemente, un sustantivo coste. Pero sin extravagancias.

Se limitó a asentir. Ya se habían saludado como correspondía al llegar.

—Supongo que te preguntarás por qué he querido invitarte hoy aquí —continuó Catón, y siguió hablando sin aguardar respuesta, directo al grano—: Necesito jueces para el nuevo tribunal. Tu familia sufrió mucho, y de forma injusta en algunos casos, con las proscripciones de Sila, y quiero que haya jueces de todo tipo de pensamiento en este nuevo tribunal que ha de juzgar los excesos cometidos en esos años. Tú y yo, es evidente, no coincidimos en muchas cuestiones, pero deseo que el pueblo de Roma vea que este tribunal nace con la idea de ser ecuánime. Hemos de cerrar, de alguna forma, el penoso episodio de los abusos cometidos por aquellos que se beneficiaron injustamente durante los años de gobierno de Sila. La cuestión es si puedo contar contigo.

César sabía que si aceptaba, estaría reconociendo implícitamente que el nuevo tribunal sería el punto y final a las reclamaciones de muchos populares que se vieron despojados de sus propiedades tras la derrota de Mario frente a Sila, o que reclamaban el enjuiciamiento de los *optimates* que hicieron asesinar a muchos populares sin juicio alguno, sólo para enriquecerse. Decir que aceptaba ser uno de estos jueces era como decir que los *optimates*, de algún modo, estaban intentando buscar un pacto de justicia para todos, un nuevo punto de partida que fuera más allá del odio surgido por la victoria de Sila tras la guerra civil y, sobre todo, por la represión posterior.

César lo pensó y lo pensó bien antes de responder.

Le habría gustado tener a Labieno allí, aunque sólo fuera para poder cruzar una mirada con él, o a su madre Aurelia, que tanto le habría transmitido con los ojos, pero estaba solo. Y decidió solo.

—De acuerdo —aceptó al fin—. Formaré parte del tribunal de la *quaestio de sicariis*.

Catón iba a sonreír cuando su invitado añadió unas palabras que no esperaba:

—Con una condición.

—¿Qué pides? —inquirió Catón, serio, atento.

—Quiero libertad de acción para encausar a quien yo considere que merece ser encausado —exigió.

Al ver a Catón aproximarse a César, las otras conversaciones habían ido enmudeciendo, hasta el punto de que las voces de ambos eran claramente audibles para todos los presentes.

—Por Júpiter, siempre que ese alguien haya cometido delitos relacionados con las proscripciones de Sila en circunstancias en las que esté claro el abuso y la ilegalidad, puedes encausar a quien consideres oportuno —aceptó Catón—. Pero no admitiré que entres a juzgar a nadie de forma arbitraria y sin un delito relacionado con lo que este tribunal investiga.

—De acuerdo —accedió César.

Se hizo un breve silencio.

—Disfruta, por favor, del resto de la cena. —Catón se levantó de nuevo.

—Eso haré —respondió César.

Las conversaciones se retomaron, los esclavos sirvieron más vino y el ambiente se relajó, hasta que fue llegando el momento de las despedidas.

Metelo Pío, muy cansado, fue el primero en levantarse y, tras saludar a Catón, abandonar el atrio. El anfitrión del banquete, por deferencia al veterano líder de los *optimates*, se puso en pie y lo acompañó hasta la puerta.

Iba a regresar con el resto de los invitados cuando se cruzó con Cicerón.

—Yo también me marcho —dijo—, estoy sometido a mucha presión estos meses.

—Por supuesto —respondió Catón a sabiendas de a qué se refería su invitado.

La tensión política, sobre todo por parte de los partidarios de Catilina, que parecían estar preparando una nueva candidatura para las próximas elecciones consulares, lo tenía muy ocupado y preocupado. Él mismo compartía su inquietud por los movimientos políticos de Catilina, aunque aquella noche había estado centrado en ver cómo hacer justicia con los que cometieron ilegalidades bajo el gobierno de Sila.

—El descanso de Cicerón es algo necesario para el Estado romano —añadió a modo de cumplido.

Cicerón sonrió y, mientras se ajustaba bien la toga asistido por uno de los esclavos, miró de nuevo a Catón y le preguntó sin rodeos:

—¿Por qué has pedido que César sea uno de los nuevos jueces? Le estás dando poder y no tengo claro que eso sea bueno para… todos nosotros. Y entiendo tu planteamiento de incluir a alguien relevante de la facción popular en este nuevo tribunal o nada de todo esto sería creíble para el pueblo, pero ¿es ése realmente el único motivo por el que has propuesto a César para formar parte de la *quaestio de sicariis*? Veo asumir demasiado riesgo sólo por quedar bien ante el pueblo.

—En parte es por eso, sí —confirmó Catón—. Pero, como bien intuyes, hay algo más: con César dentro de este tribunal, nos ahorraremos todos los ataques populares a este cierre de reclamaciones sobre los excesos en los años de Sila. Soy de los que piensan que al enemigo es mejor tenerlo cerca, para controlarlo mejor —remató con una amplia sonrisa.

Cicerón asintió mientras terminaba de ajustarse la toga y, al tiempo, miraba hacia el atrio.

—Aun así, no estoy seguro de que nombrar a César juez de un tribunal especial sea una buena idea. Pero, en cualquier caso, ¿cómo de cerca quieres a tu enemigo? —preguntó—. Veo a César hablando muy cordialmente con tu hermana Servilia.

La sonrisa desapareció de los labios de Catón.

La fama de hábil conquistador de mujeres de César, estuvieran éstas casadas o solteras, había empezado a circular por Roma, sobre todo desde la muerte de Cornelia, su primera esposa. Para todos era muy evidente que el matrimonio con Pompeya no había sido un acto pasional de César y que quizá sus pasiones estuvieran en otros lugares, en otros lechos.

Cicerón dejó a Catón con la mirada clavada en César en animada conversación con Servilia y se marchó.

Atrio de la residencia de Catón

César esperó a que Servilia se encontrara a solas un instante para aproximarse a ella.

—Creo que no hemos tenido ocasión de ser presentados de forma adecuada —dijo él, con una sonrisa amable.

—No —respondió ella con serenidad y clavándole la mirada con tal intensidad que César parpadeó—. Mi hermano está muy atento a la política, pero no tanto a las cuestiones de protocolo.

—Tu hermano es un político que vive todo lo relacionado con el gobierno justo de Roma con mucha… entrega —replicó César.

Ella mantenía la mirada fija en sus ojos.

—Soy Servilia, aunque eso lo sabes, sin duda.

—Yo, Julio César, aunque eso también lo sabes. Por mi parte, procuro informarme en lo que puedo sobre los familiares de quien me invita a su casa, y he oído pronunciar tu nombre a la esposa de tu hermano al dirigirse a ti.

—¿Y te has informado de más cosas sobre mí? —indagó ella apartando la vista, como si centrara su atención en la copa que tenía en la mano, para echar un último trago antes de marcharse.

Él sabía que ella se hacía la distraída.

Servilia sabía que corrían rumores por la ciudad sobre el hecho de que ella quizá no fuera todo lo fiel a su esposo que se esperaba de una buena matrona romana.

—He oído más cosas sobre la hermosa Servilia, sí —confirmó César, siempre en un tono afable y con calculada ambigüedad.

A ella no se le pasó por alto la alusión a su belleza, pero recibió el halago con la habilidad de quien lleva toda una vida acostumbrada a recibirlos con frecuencia.

—¿Cosas buenas o malas? —preguntó, aún con la copa en la mano.

—Eso depende de la perspectiva con la que se juzgue la información recibida —respondió César.

—Es cierto que hablas bien. —La mujer apuró el vino de su copa y la dejó de nuevo sobre la mesa—. Yo también he oído muchas cosas sobre Cayo Julio César —añadió, cambiando en ciento ochenta grados el tema de conversación.

—¿Y han sido cosas buenas o malas? —repitió la pregunta de Servilia, con genuina curiosidad.

—En este entorno, repleto de hombres de la facción de los *optimates* de Roma, ¿qué puedo oír en relación al sobrino de Cayo Mario? —Sonrió en respuesta—. Malas. Muy malas. Lo peor de lo peor.

A César, más allá de la evidente broma, le sorprendió la serenidad con la que la hermana de Catón había pronunciado el nombre de su tío proscrito y maldito para todos los allí presentes.

—Entonces, Servilia debe de tener una pésima opinión de mi persona —concluyó César con cierto desánimo fingido con habilidad.

Ella negó con la cabeza.

—Yo soy persona de formarme mis propias opiniones sobre cada uno.

Aquello decidió a César, y a punto estaba de preguntarle cuándo podrían continuar con aquella sugerente conversación cuando uno de los jóvenes invitados se acercó a ella.

—Madre, parece que todos se marchan ya —dijo el muchacho de unos veinte años.

—Sí, y nosotros nos marchamos también —aceptó Servilia, pero continuó hablando—: Hijo, te presento a Cayo Julio César, senador de Roma. —Y mirando al propio César—: Éste es mi hijo mayor, Marco Junio… Bruto.

César y Bruto se miraron.

César extendió el brazo con la mano abierta.

Bruto lo miró a los ojos.

Para el joven, aquél era el sobrino de Mario, senador de Roma, sí, pero uno de los líderes de la facción popular del Senado. Alguien… peligroso. ¿Por qué lo habría invitado su tío Catón? Eso se le escapaba, aunque sabía que las negociaciones en Roma, con frecuencia, implicaban hablar con enemigos políticos.

César mantenía la mano tendida para saludar al hijo de Servilia. Quería agradar al muchacho, si era posible, desde un principio. Tenía claro que el camino más corto para llegar al corazón de una mujer con hijos era, precisamente, establecer una buena relación con ellos.

Bruto había sido bien educado por su madre y, más allá de opiniones políticas, pensó que, en lo personal, César no le había hecho nada malo. Y no podía desairar a su madre dejando de saludar a alguien a quien ella acababa de presentarle.

Se estrecharon la mano.

A Servilia le gustó aquel saludo entre ambos.

—Como bien anunciaba mi hijo —dijo ella mirando a César, con la mano en el hombro de Bruto—, nos marchamos. Pero quizá volvamos a vernos pronto.

César habría añadido de inmediato un «espero con interés esa nueva ocasión», pero la presencia de Bruto lo hizo ser más cauto y se limitó a asentir en silencio.

Madre e hijo salieron del atrio.

César suspiró, se volvió hacia su propia mesa e imitó a Servilia apurando su copa antes de dirigirse hacia el vestíbulo y allí, amablemente, despedirse del anfitrión de aquel banquete.

Notó una chispa más de sospecha en la mirada que Catón le dedicó al despedirse, pero no tuvo claro a qué atribuirlo: si a que hubiera aceptado con rapidez ser juez del nuevo tribunal o a la conversación que había tenido con su hermana. Tampoco le dedicó mucho tiempo al asunto. Sus pensamientos estaban más centrados en la mujer que acababa de conocer, quien definitivamente le interesaba. Que Servilia fuera la hermanastra de un joven líder de los *optimates* en alza no le imponía en absoluto. Él no estaba pensando en matrimonio, sino en pasión.

Las mujeres en Roma se casaban con quien decidiera el *pater familias* de cada casa, pero César había aprendido que, en secreto, eran dueñas de sus pasiones. Ése era su reino y era un reino muy atractivo.

Ya en la calle, lo escoltaban media docena de esclavos. Era tarde y la noche lo devoraba todo, pero sus pensamientos estaban encendidos, como las dos antorchas que portaban dos de sus sirvientes. Y es que había algo más que se le había quedado en la cabeza con relación a lo que había visto y oído en aquella cena: la idea de que Metelo Pío, el veterano líder de los *optimates* y a la vez *pontifex maximus* de Roma —esto es, sacerdote supremo de la religión romana—, estaba no ya sólo muy envejecido sino muy débil. Y esto le parecía muy importante. Clave.

Giraron para salir del foro e iniciar la ruta hacia la Subura y las calles angostas que lo conducían hacia su casa.

De Bruto, sencillamente, no pensaba nada.

LXVII

El tribunado de la plebe

Roma, 64 a. C.

Metelo Pío falleció poco después de aquella cena en casa de Catón. César citó a Labieno en el foro al día siguiente del fastuoso funeral que se celebró en honor del gran líder de los *optimates*.

—Tienes que presentarte a tribuno de la plebe, Tito —le dijo mientras caminaban por la Vía Sacra, para asombro de su amigo.

—¿Tribuno de la plebe? —Labieno no lo veía nada claro—. Ésa es una elección muy difícil.

—Lo sé, pero te necesito allí. Y en el Senado también. Si sales elegido, como extribuno entrarás también el Senado. Pero vamos a lo urgente ahora: me he dado cuenta de que estar en el Senado no es suficiente. El poder en Roma está dividido entre el Senado y los representantes del pueblo, los tribunos de la plebe. Sila dejó a éstos sin poder, pero Craso y Pompeyo acordaron devolverles poder de decisión, precisamente, porque no controlan por completo el Senado, pese a tener ambos muchos apoyos allí. Ahora mismo, Cicerón está preparando a Catón para que se presente a tribuno de la plebe el año próximo. Es una de las muchas cosas que se mencionaron en la cena a la que me invitaron. No se extendieron en el tema por mi presencia, pero se aludió al asunto: Catón concentrará en él la totalidad de los votos partidarios de los *optimates*, pero se eligen dos tribunos cada año. Hablaré con Craso y le pediré que te dé su apoyo y que consigamos que la mayor parte del voto popular vaya para ti, de modo que tú seas el otro tribuno del año próximo.

—¿Quieres que apoyemos la reforma agraria del tribuno de este año, de Rufo, con el reparto de tierras para muchos ciudadanos? —preguntó Labieno.

—Quiero ese reparto, pero aún es pronto para conseguirlo. —César negaba con la cabeza—. Cicerón ha parado todas las reformas propuestas por Rufo en el Senado y no se logrará nada en ese sentido. La reforma agraria es un asunto pendiente desde tiempos de los Graco, los nietos de Escipión el Africano. Pero la propuesta de Rufo es demasiado radical para los senadores. Con ellos hay que ir poco a poco. Hemos de hacernos más fuertes si queremos esos cambios.

—Entonces ¿para qué quieres que me presente a tribuno de la plebe? —inquirió Labieno, que no terminaba de ver el fondo de todo aquel asunto en el que lo quería embarcar su amigo.

—Metelo Pío ha muerto.

—Sí, venimos de su funeral, pero ¿qué tiene eso que ver con el tribunado de la plebe?

—Mucho, amigo mío —declaró César con vehemencia—. Tiene que ver todo. Todos los pontífices máximos del pasado, todos los que yo recuerdo al menos, han sido cónsules de Roma. ¿No lo ves? He sido *quaestor* y edil y soy senador, pero este año aún no puedo presentarme a pretor, el cargo que precede al consulado. He de esperar un año más según la ley, y ya pedí una exención para adelantarme y ser edil antes de tiempo. Con Catón, que vigila el cumplimiento escrupuloso de todas las leyes, conseguir una segunda exención del Senado se me antoja imposible, ni con el apoyo de Craso o de Pompeyo. Además, no tenemos nada que ofrecerle a Pompeyo que no le diéramos ya, y está ocupado en Asia anexionando territorios, haciendo y deshaciendo reinos. Pero, volviendo a Roma, el cargo de *pontifex maximus* acaba de quedar libre.

—Ya, ¿pero lo habitual no es primero ser cónsul y luego *pontifex maximus*? —opuso Labieno.

—No siempre. Metelo fue *pontifex maximus* primero, y luego se apoyó en ese mérito, entre otros, para ganar las elecciones al consulado. El pontificado es un cargo religioso, no otorga poder político efectivo, pero es el sacerdote supremo de nuestra religión y sabes que es un puesto que proporciona una enorme *auctoritas*. Ser *pontifex maximus* infunde respeto. Es un puesto muy codiciado y podría abrirme el camino hacia el consulado. Como mínimo, me daría mayor prestigio.

Labieno intuía con más claridad el plan de César, aunque aún veía un impedimento enorme:

—Pero Sila cambió la forma de elección del *pontifex maximus* —apuntó el amigo de César—. Y éste ya no se elige desde los *comitia tributa* como antaño, ya no es una de las asambleas del pueblo la que lo designa, sino que Sila dictaminó que el *pontifex maximus* lo eligiera directamente el Senado, y tú mismo has dicho que no tienes control sobre el Senado ni para pedir una segunda exención de edad que te permitiera presentarte a pretor. ¿Cómo vas a lograr que ese mismo Senado te elija como *pontifex maximus*? ¿Y cómo puedo yo ayudarte allí?

—Porque no me elegirá el Senado —dijo César con contundencia, con seguridad—. Cambiaremos de nuevo la forma de elección del *pontifex maximus*. Es decir, tú cambiarás la forma de elección desde la asamblea del pueblo, una vez seas elegido tribuno de la plebe. Un tribuno puede plantear una reformulación de una ley electoral con relación a este cargo religioso.

—¿Volver a la fórmula de elección del *pontifex maximus* anterior a la reforma de Sila, de modo que sean precisos los votos de dieciocho de las treinta y cinco tribus de Roma para elegir al nuevo pontífice?

—Exacto, por Júpiter —confirmó César, encendido—. Eso es.

—¿Y crees que te elegirán? —preguntó Labieno ya totalmente persuadido de lo inteligente que era aquel plan.

—No lo sé, pero con los *comitia tributa*, ante el pueblo organizado por tribus, tengo opciones; sin embargo, con el Senado, como tú has dicho, no tengo ninguna —sentenció César.

Labieno sonrió.

—Así que este año que tú no te puedes presentar a ningún cargo, me haces presentarme a mí —concluyó, y se echó a reír.

—Cierto. —César acompañó a su amigo en aquella carcajada con la que siguieron avanzando por las calles de la Subura.

—Suponiendo que consiga ser tribuno de la plebe y aprobar esa ley, que es mucho suponer —dijo Labieno cuando se extinguieron las risas—, cuando tú presentes tu candidatura a *pontifex maximus*, los *optimates* harán todo lo que puedan, legal o ilegal, para evitar no ya que ganes, sino que te presentes a ese puesto. Lo sabes, ¿verdad?

—Lo sé —aceptó César, pero no se adivinaba preocupación en su voz. Que sus enemigos políticos se lo pusieran siempre difícil era algo a lo que ya estaba acostumbrado—. Lo esencial es que Cicerón y Catón no aten todos los cabos de este plan. He pensado mantenerlos distraídos con otros asuntos.

—Cuando hablas así me das miedo —dijo Labieno con una sonrisa—. ¿Con qué piensas distraer su atención?

—Soy juez, ¿recuerdas? —comentó César—. De la *quaestio de sicariis*. Por designación suya. Bien, pienso encausar a alguien al que sin duda defenderán en los tribunales. Mientras Cicerón y Catón se concentran en esto, tú te presentarás a tribuno de la plebe.

—¿A quién piensas encausar, por todos los dioses?

César puso la mano en el hombro de su amigo y pronunció un nombre en su oído:

—Al senador Rabirio, por el asesinato del tribuno de la plebe Saturnino, por lapidación en el interior del edificio del Senado —le anunció en un susurro.

—Pero eso ocurrió hace... treinta y cinco años.

—Pero sigue sin juzgarse aquel crimen —replicó César con aplomo—. Y Rabirio luego se enriqueció con las proscripciones de Sila y eso está en mi jurisdicción como juez de la *quaestio de sicariis*.

—Cicerón lo defenderá —apuntó Labieno—. Es uno de los suyos. No creo que ganes el juicio. Nunca conseguirás una condena efectiva de Rabirio.

—Posiblemente no, pero lo esencial es que, mientras tanto, tú salgas elegido tribuno de la plebe. —César dibujó una nueva sonrisa.

—¿Y todo esto para ser elegido *pontifex maximus* y que eso te ayude a llegar al consulado, y desde allí promover los cambios como la reforma agraria y el reparto de derechos para todos los ciudadanos de Roma?

—Sólo el consulado me hará lo bastante fuerte para iniciar cambios en Roma, y cualquier camino que se me ofrezca como posible pienso aprovecharlo —se explicó César—. Ser *pontifex maximus* es parte de ese camino. Estoy seguro de ello.

LXVIII

Tras las huellas de Alejandro

Asia, 66 al 64 a. C.

Pompeyo había derrotado a Mitrídates y se había anexionado para Roma numerosos territorios del reino del Ponto y de una Armenia a la que también había sometido.

Con Armenia bajo su dominio, una vez asegurado su flanco derecho, el procónsul romano decidió lanzarse, ahora sí, en persecución de Mitrídates, que había huido hacia el norte, hacia la Cólquida, en las costas del Ponto Euxino.

Ansiaba atraparle por dos motivos.

En primer lugar, quería mostrar al vencido rey del Ponto, que tanto había resistido a Roma, cubierto de cadenas por las calles de Roma en un gran desfile triunfal. En segundo lugar, perseguirlo hacia el norte le permitía atacar otros reinos y conseguir victorias que fueran más allá de la guerra contra Mitrídates. Sabía que muchos de sus enemigos en Roma considerarían que la derrota final de éste no se debía sólo a su pericia, sino a los muchos años de lucha que ya llevaba Lúculo en Asia debilitando al reino del Ponto.

Pompeyo quería victorias que fueran suyas de modo incuestionable.

Quería el Cáucaso.

Pero al avanzar hacia el norte, los iberos caucásicos y los albanos de la región se sintieron intimidados y, para defender sus fronteras, atacaron a las legiones romanas.

Pompeyo los derrotó y cambió el curso del avance de sus tropas para castigar a Artag, el rey de la Iberia caucásica.* Este monarca destruyó el puente sobre el río Kurá y se retiró a una de sus fortalezas del interior del país. Pero Pompeyo consiguió que sus legiones cruzaran el gran río y alcanzar al rey ibero, asediar su fortificación y obligarlo a rendirse. Sólo le perdonó la vida a cambio de grandes ofrendas de objetos de oro, incluido un gran trono, y de que entregara como rehenes a Roma a varios de sus herederos, de forma que se garantizara la lealtad del monarca vencido.

La victoria de Pompeyo había sido espectacular, pero el tiempo pasaba, y esto permitió a Mitrídates, que observaba desde la Cólquida los movimientos de su enemigo mortal, alejarse por mar de la zona. Cuando Pompeyo, tras descender por el río Kurá, alcanzó la ciudad costera de Fasis, una antigua colonia griega, Mitrídates ya navegaba en dirección al reino del Bósforo.

El procónsul dudó: quería a Mitrídates vivo como trofeo de guerra, pero, al tiempo, quedaba por castigar la acción de los albanos caucásicos que habían atacado a sus tropas junto al ya derrotado ibero Artag.

Pompeyo nunca olvidaba una afrenta ni un ataque.

Finalmente ordenó un bloqueo naval del estrecho del Bósforo, para impedir que Mitrídates pudiera salir hacia el Mare Nostrum —como habían comenzado a llamar los romanos al Mare Internum; lo sentían suyo, «nuestro mar», desde que se lo habían arrebatado a los piratas—, e hizo que todo su ejército avanzara desde Fasis, una vez más hacia el interior de aquella inmensa región, rumbo a la Albania caucásica.

Lucio Afranio y algunos otros oficiales empezaron a cuestionarse aquellas acciones que los alejaban cada vez más de Roma y de los puntos más próximos de abastecimiento. No veían claro el fin último que perseguía su líder. Pero sabedores de que Pompeyo no era hombre receptivo al disenso, callaron.

Las legiones romanas tuvieron que cruzar de nuevo el Kurá y otros ríos, superando en una ocasión las empalizadas y otras fortificaciones que los albanos habían levantado en su orilla para evitar el progreso de

---

* En referencia a los pobladores de la Iberia caucásica o asiática, no a los habitantes de la península ibérica. La Iberia caucásica se suele identificar con territorios que hoy día componen la actual Georgia.

las tropas enemigas. Pero Pompeyo impuso una férrea disciplina militar y sus hombres no cejaron en el empeño. Terminó acorralando a los albanos y forzándolos a combatir en una gran batalla campal.

Las legiones romanas consiguieron una nueva victoria.

El rey Oroeses de la Albania caucásica se rindió.

Pompeyo se sintió fuerte, con la moral de sus tropas alta y con la tranquilidad de disponer de muchos suministros y pertrechos que le entregó el rey derrotado para aplacar la ira del conquistador romano.

—¿Regresamos? —preguntó Afranio—. ¿O vamos hacia el Bósforo?

Pompeyo negó con la cabeza.

—Seguimos hacia el este —dijo el procónsul.

Afranio no entendía el sentido de aquella orden:

—Pero, *clarissime vir*, ¿qué hay más al este?

—La India —respondió Pompeyo, categórico.

Las legiones iniciaron la larga ruta en dirección al Mare Hyrcanium.*

La idea de Pompeyo era llegar a la India por un camino diferente al que siguió Alejandro Magno y abrir una ruta comercial con aquel gigantesco territorio, pero, sobre todo, se trataba de emular al gran líder macedónico, aunque fuera alcanzando la India por el norte: era un camino quizá más largo, pero que soslayaba al espinoso enemigo parto.

Ya se veía a sí mismo como un segundo Alejandro.

Pero llegó el invierno y, con él, el frío del Cáucaso y las lluvias y las montañas.

Aun así, Pompeyo ordenó continuar el avance del ejército, que resultaba ya difícil.

Empezó a nevar.

Pompeyo insistió en avanzar hacia el este.

El progreso de las tropas se hizo penoso, lento, imposible.

—No podemos seguir —le dijo Afranio.

Pero el procónsul se empecinó en avanzar más hacia el este. Sentía que la India estaba cerca. Estaba a punto de igualarse a Alejandro…

La nieve arreciaba, el aire soplaba helador, los ríos helados se transformaron en trampas mortales.

* Mar Caspio.

—No podemos seguir —repitió Afranio una mañana de viento gélido.

—Seguiremos —insistió Pompeyo, mirando al este, dando la espalda a su *legatus* más leal.

—No, no seguiremos —dijo entonces Lucio Afranio.

Pompeyo, muy lentamente, se giró y se encaró con su subordinado. Se limitó a mirarlo en silencio, muy serio.

Estaban solos, frente a la tienda del *praetorium* de campaña, rodeados por el helado viento del Cáucaso. La tela de la tienda se agitaba y parecía que el fiero aire estaba a punto de arrancarla.

—He hablado con prisioneros albanos que nos hacen de guías —se explicó Afranio con rapidez—. Tras estas montañas hay un gran mar y luego centenares de millas aún por recorrer, quizá mil o más, antes de alcanzar la India. Es un sueño, *clarissime vir*, una locura. Hemos conseguido... —se corrigió—, has conseguido derrotar a los piratas y vencer a Mitrídates hasta hacerlo huir como un perro cobarde. Has derrotado a los reyes de Armenia, la Iberia caucásica y la Albania caucásica. Pero seguir hacia el este nos aleja demasiado de Roma y corremos el riesgo de perderlo todo, de que toda esta gran campaña quede en nada. Me tragaré las palabras que he dicho antes si ordenas que sigamos, yo te seguiré al fin del mundo, como he hecho siempre, desde Hispania hasta aquí, pero seguir es un error, *clarissime vir*. Es... una locura.

Pompeyo tenía un orgullo inmenso. No era hombre dado a aceptar crítica alguna, pero aquel que le hablaba era uno de sus más leales.

Pompeyo era soberbio. Y vanidoso. Y vengativo y cruel.

Pero ni estaba loco ni era un estúpido.

Ver que su hombre más leal se atrevía a hablarle con aquella franqueza le impactó.

Se volvió de nuevo hacia el este.

El viento frío que descendía de las montañas le abofeteó la cara y, como si despertara de un sueño, admitió:

—Llevas razón, Afranio. Podemos perder todo lo ganado. Volveremos sobre nuestros pasos.

Afranio suspiró aliviado.

—Volveremos sobre nuestros pasos —continuó Pompeyo dando la vuelta y entrando en su tienda—, pero no regresaremos a Roma. Ni iremos a por Mitrídates al Bósforo. Aún no. Tengo otra idea.

LXIX

El caso Rabirio

Roma, finales del 64 a. C.

El Cáucaso estaba muy lejos de Roma y de la mente de los senadores. En la ciudad del Tíber, en aquel momento, las preocupaciones eran otras y las noticias que llegaban desde Oriente sobre Pompeyo eran más como una leyenda que una realidad que sintieran conectada con ellos.

Las elecciones que se sucedieron a finales de aquel año dieron el control absoluto del Senado a los *optimates*. Cicerón e Híbrida, por ese orden en número de votos obtenidos, fueron elegidos cónsules para el año siguiente.

Cicerón cimentó su candidatura en su férrea oposición a las reformas agrarias propuestas por el tribuno de la plebe Publio Servilio Rufo. En segundo lugar, salió elegido cónsul Antonio Híbrida, a quien intentó encausar César en el pasado por sus excesos y desmanes en Grecia y por cuyo enfrentamiento César se vio obligado a exiliarse.

Catilina, que por fin pudo presentarse superada una innumerable serie de juicios por corrupción, quedó tercero. Estuvo al borde mismo de reunir suficientes apoyos para la victoria. Había recurrido a todo tipo de sobornos y todos intuían que volvería a presentarse al año siguiente. Su ascenso al consulado parecía imposible de detener y se temía que su acción de gobierno derivara en un nuevo periodo radical.

Pero había más elecciones y más puntos de tensión política.

César y Craso consiguieron hacer valer sus contactos y la popularidad del primero entre el pueblo para que Labieno saliera elegido como tribuno de la plebe para el año entrante. El tribunado de Labieno era la única victoria relevante de la facción popular en aquel año.

César, imposibilitado por edad a causa de las leyes de Sila para presentarse a pretor y con el sistema de elección del *pontifex maximus* aún sin cambiar, se centró en su papel como juez de la *quaestio de sicariis* para mantener la causa popular viva en el corazón de Roma. Tal y como le había adelantado a Labieno, acusó directamente al veterano senador Rabirio por el asesinato del tribuno de la plebe Saturnino en el edificio del Senado treinta y cinco años atrás.

Domus *de Cicerón*

La reunión era para decidir quién de entre los *optimates* sería el nuevo *pontifex maximus*. Sabían que aquél era un vacío de poder más religioso que político, pero que no querían dejar sin cubrir mucho tiempo. Nadie de los reunidos pensaba que César pudiera tener puestos sus ojos en aquel prestigioso cargo. Con la actual forma de elección, desde el Senado, temían más una maniobra de Catilina en ese sentido que de cualquier otro.

Catilina, como otros muchos, había sido juzgado en los tribunales de la *quaestio de sicariis*. Era evidente que se había enriquecido asesinando a ciudadanos inocentes durante el régimen de Sila, pero, una vez más, tuvo apoyos suficientes para salir exonerado del juicio. En todo caso, ya no preocupaba como posible candidato a *pontifex maximus*. Por otro lado, su tío Lucio Anio Belieno no tuvo tanta fortuna y fue condenado, al igual que Lucio Luscio, uno de los centuriones más próximos a Sila.

Tenían que dilucidar a quién presentar para líder máximo de la religión romana cuando, de pronto, llegó a aquella reunión la información sobre el encausamiento del senador Rabirio por César.

La noticia la trajo Catón.

Se hizo el silencio.

—Pero ¿no se emitió un *senatus consultum ultimum* que legitimaba dar muerte a Saturnino? —preguntó Catulo, excensor de Roma, poniendo voz a lo que todos estaban pensando—. La acusación no se sostendrá en modo alguno. Es una pura pataleta de César. Como si intentara cambiar el pasado, pero el pasado no puede cambiarse.

Cicerón asentía, aunque su cabeza pensaba a toda velocidad: César podría ser cualquier cosa menos un ignorante o un tonto.

—Ha añadido la acusación de haberse enriquecido con dinero ensangrentado —precisó Catón, que parecía tener más datos—. Todos sabemos que realmente lo lleva a juicio por dar muerte al tribuno Saturnino en el edificio del Senado cuando su tío, el entonces cónsul Mario, lo había arrestado. Dolabela lideró un nutrido grupo de senadores, entre los que parece que estaba Rabirio, y un centenar de sicarios contratados para capturar al tribuno en fuga. Treparon al tejado del edificio del Senado, abrieron un agujero en el techo, evitando así enfrentarse con las tropas que lideraban Mario y Sertorio, y lapidaron a Saturnino desde lo alto con tejas.

Todos callaron.

Conocían la historia, pero así, fríamente descrita, no dejaba de parecer una muerte atroz, incluso para un tribuno de la plebe que se había enfrentado al Senado.

En ese momento, el *atriense* de la residencia de Cicerón se acercó a su amo y le habló al oído.

—Que pase —dijo Cicerón a su esclavo de confianza antes de dirigirse a sus invitados—. Parece que Rabirio ha venido y quiere hablar conmigo.

El aludido, senador anciano, apoyado en un bastón, ajada su piel por los años, con una nariz aguileña y la mirada de fuego al tiempo que turbia, entró en el atrio transmitiendo a su alrededor una mezcla de ira y miedo. Se sorprendió al ver allí a tanta gente, pero él iba a lo que iba y sus ojos buscaron a Cicerón, y a él dirigió sus palabras:

—Has de defenderme —dijo—. Tú y Hortensio. Necesito a los dos mejores.

Cicerón se levantó y le habló con amabilidad mientras lo invitaba a descansar en uno de los *triclinia*. Rabirio rehusó acomodarse y siguió hablando rápido y nervioso:

—Me ha acusado ese miserable de César… por algo que ocurrió hace más de treinta años. Has de defenderme. Ya he hablado con Hortensio, pero él está mayor, como yo. Te necesito a ti a su lado, Marco. Tú estás en plenitud, con la energía que requiere el caso. ¿Me defenderás?

—Claro —respondió Cicerón en un intento por tranquilizarle—.

Pero tomémonos esto con más calma: sólo estamos hablando de que tendrías que restituir una cantidad de dinero, cuarenta y ocho mil sestercios, por la muerte de Saturnino. La cantidad es la misma fuera quien fuese el muerto durante aquellos años, no importa si era un magistrado o un tribuno. Quizá la suma podría incrementarse otro tanto si consiguen demostrar que participaste en alguna otra muerte y que te enriqueciste con ella. Pero hace un instante, Rabirio, aquí mismo hablábamos de que no hay caso con lo de Saturnino. El decreto del Senado, el *senatus consultum ultimum* emitido contra Saturnino, legitimaba ejecutar al tribuno.

Rabirio negaba con la cabeza.

—César no me acusa sólo de eso. —Al mirar a su alrededor, comprendió que nadie tenía toda la información.

Cicerón se humedeció los labios con la lengua. Había algo más. Con César siempre había algo más. Esto ya le empezaba a encajar.

Rabirio se zafó de la mano que Cicerón le había puesto en el hombro para aplacarlo y se dirigió al centro del atrio. Desde esa posición les habló a todos:

—César me lleva a juicio por *perduellio* —anunció.

Cicerón inspiró hondo mientras, muy despacio, retornaba a su *triclinium* y se recostaba en él. *Perduellio*. Era como despertar a un fantasma del pasado.

—¿Acaso no sabéis lo que eso significa? —espetaba a todos Cayo Rabirio con rabia incontrolada ante la ignorancia de sus interlocutores.

—Es un crimen por el que no se ha juzgado a nadie en trescientos años en Roma —explicó Cicerón—. Es como una antigua forma de *maiestas* o crimen de alta traición al Estado y al pueblo de Roma.

—Pero ¿realmente sabéis lo que esa acusación significa? —insistía Rabirio, desesperado.

—Significa que la pena si eres condenado —precisó Cicerón a todos— no es una multa económica, sino… la muerte.

Rabirio se acercó entonces al anfitrión.

—Tú eres el único que lo entiende —dijo el viejo senador—. Por eso has de defenderme tú.

—¿Es que César puede invocar un delito de una ley de hace trescientos años? —preguntó Catulo muy sorprendido.

—La ley y el delito nunca han sido abolidos —respondió Cicerón—. Por lo general, en casos de traición al Estado se ha recurrido al crimen de *maiestas*, pero el *perduellio* nunca ha sido formalmente *suprimido*. Es… extravagante, si se quiere ver así, pero es… legal.

—Pero el tribunal que preside César, la *quaestio de sicariis*, es para enjuiciar a quien se enriqueció por asesinatos no justificados en el periodo de Sila —opuso Catón con vehemencia—. César se mueve claramente más allá de su jurisdicción. Y ya le advertí que eso nunca se lo permitiríamos.

Cicerón inclinó la cabeza hacia un lado.

—Supongo que habrá encausado a nuestro viejo amigo Rabirio por enriquecerse con dinero manchado de sangre por la muerte de Saturnino, por beneficiarse directamente de esa muerte y quizá de alguna otra, y a todo esto habrá añadido el *perduellio*. Está en el límite de lo que puede hacer, como siempre. *Perduellio* —repitió Cicerón como ensimismado, entre inquieto y admirado por la maniobra de César—. Nunca pensamos que alguien fuera a revivir una ley de hace tres siglos.

—Eso es justo lo que ha hecho —confirmó Rabirio mientras varias gotas de sudor le corrían por la frente. Lo único que lo apaciguaba era comprobar que Cicerón entendía bien todo aquello—. Lo lleva todo al límite.

—Es, en efecto, un asunto grave. —Cicerón miró al fin al atemorizado Rabirio—. Yo te defenderé.

Basílica Sempronia, Roma
63 a. C.

Era como volver atrás en el tiempo. De nuevo la basílica Sempronia, de nuevo un juicio, de nuevo un acusado corrupto, en este caso Cayo Rabirio en lugar de Dolabela y, entre los abogados defensores, de nuevo Hortensio. Pero algunas cosas habían cambiado. El segundo abogado era Cicerón, y el acusador era Tito Labieno. Como presidente del tribunal no estaba Pompeyo, sino Cayo Julio César.

En esta ocasión, el acusado no tenía al tribunal predispuesto a exonerarlo.

Hortensio recurrió a lo que mejor sabía hacer: a falta de testigos vivos a los que intimidar o humillar, como hizo con la joven Myrtale o el anciano Orestes en el pasado, mintió. Pero se trataba del gran orador Hortensio: de modo que mintió bien, a fondo y con una magnífica retórica. Incluso a César, a Labieno y a muchos de la facción popular que atestaban la basílica les maravillaba aquella oratoria, aunque todo fueran mentiras. El argumento principal de Hortensio era que el tribuno de la plebe Saturnino no había muerto por mano de su defendido, Cayo Rabirio, sino que la teja que le dio muerte salió de la mano de Esceva, esclavo de uno de los senadores que acompañaron a Dolabela en la persecución mortal del tribuno Saturnino.

Nadie hasta ese día en Roma había oído hablar de dicho esclavo, que, por supuesto y muy convenientemente para la defensa, ya había fallecido. Todo había ocurrido hacia treinta y seis años, de modo que cualquier cosa podía inventarse y, con las palabras adecuadas, sostenerse ante un tribunal. ¿Cómo iba la acusación a probar que la teja que mató a Saturnino fue precisamente una que arrojó el propio Rabirio? La invectiva de Hortensio podía ser falsa, pero introducía una duda clave en todo el proceso: si a Saturnino lo lapidaron entre muchos, ¿quién fue en verdad su ejecutor? ¿Por qué no ese esclavo al que aludía Hortensio, u otro senador, quizá el propio Dolabela, muerto también hacía tiempo?

A Hortensio no le importaba quién hubiera dado muerte a Saturnino. Averiguarlo no era su función. Su objetivo era salvar la vida de su defendido haciendo ver al tribunal y a todos los presentes en la basílica que no podía demostrarse que Rabirio fuera el culpable de aquella... desgracia.

Y con esa última palabra, bien elegida con el fin de evitar un enfrentamiento abierto con la facción popular representada también en el tribunal, Hortensio retornó a su asiento.

Un mar de murmullos se extendió por toda la basílica.

César miró a Cicerón.

No fue necesario que dijera nada.

Marco Tulio Cicerón se levantó despacio y dio varios pasos hasta situarse entre el acusado, el tribunal y el público.

Hortensio se había ocupado de las cuestiones personales del juicio. Él iba a tratar las cuestiones políticas y puramente legales: un ámbito en el que era un experto indiscutible.

—¿Fue el esclavo Esceva el ejecutor de Saturnino? —empezó preguntando a todos, volviéndose hacia el público con los brazos abiertos—. ¿Pero es acaso esto relevante en lo que aquí se juzga? El *perduellio* es un crimen antiguo que está relacionado no tanto con la muerte de una persona concreta sino con una traición contra el Estado romano. Ésa, y no otra, es la cuestión. —Dejó caer los brazos, se volvió hacia el tribunal—. Y es una cuestión muy importante, porque la pena no es económica, ni siquiera se puede saldar el *perduellio* con un exilio, sino que la pena por este grave crimen es la muerte.

Calló.

La palabra «muerte» retumbó en la bóveda de la basílica entre el silencio sepulcral que había conseguido de todos los asistentes.

—Y la condena a muerte de un ciudadano romano, de un senador romano, no es una cuestión menor. Pero no perdamos de vista el fondo del asunto: ¿hubo traición al Estado por parte de Cayo Rabirio?

Otro silencio.

Cicerón se paseó unos instantes. Se detuvo y encaró de nuevo al tribunal.

—No, en modo alguno —se respondió a sí mismo de forma categórica—. Y me explicaré: Saturnino llevó al Estado romano al límite, aprobando leyes que implicaban un gasto público inasumible, una quiebra de la economía de Roma *de facto* y la extensión de los derechos de ciudadanía romana a innumerables colonias, un exceso por el que los ciudadanos de aquí, de Roma, como los que me rodeáis ahora, se sintieron defraudados. —Miró hacia el público al que esperaba mantener controlado con aquel comentario que recordaba algo cierto. No hay mejor modo de manipular que mezclando verdades y mentiras—. No voy a entrar en aquel viejo conflicto, porque aquí no se juzga ya al tribuno Saturnino, sino al senador Cayo Rabirio, pero me ha parecido pertinente recordar algunos de estos hechos porque por todo ello el Senado declaró a Saturnino y a su colega Glaucia *hostes*, enemigos públicos de Roma. Y por igual motivo al poco tiempo emitió un *senatus consultum ultimum*, un decreto por el cual se conminaba a todas las autoridades del Estado romano a detener y ejecutar, y digo bien, *ejecutar*, y no asesinar, a ambos tribunos por los excesos cometidos.

»De hecho, el Senado conminó al cónsul Mario —se volvió hacia César— a detener a ambos tribunos. Algo que el propio Mario llevó a efecto con uno de ellos, encerrando a Saturnino en el edificio del Senado. Ni Rabirio ni el esclavo Esceva ni nadie de los que acompañaron al senador Dolabela en la persecución de Saturnino cometió crimen alguno, sino que se limitaron a llevar a efecto, legalmente, la ejecución de un enemigo del Estado romano amparados por el *senatus consultum ultimum* referido. Así pues —inspiró hondo en el centro de la basílica antes no ya de decir, sino de exhalar su conclusión—, ciudadanos de Roma, no puede haber *perduellio* si la acción de la que se acusa a Cayo Rabirio era, lisa y llanamente, un acto legal, una ejecución que defendía, no que atacaba, al Estado romano. Ni mi defendido lanzó la teja mortal contra Saturnino, como ha explicado mi colega de la defensa, ni, aunque lo hubiera hecho, constituiría eso crimen alguno. No hay caso. Cayo Rabirio es inocente por completo. La sentencia no puede ser otra que su libertad.

Marco Tulio Cicerón se sentó habiendo conseguido enmudecer a todos los presentes en la basílica Sempronia.

César no parecía sorprendido. Era conocedor de la excelente oratoria de Hortensio y de Cicerón, y de la aguda inteligencia y el exhaustivo conocimiento de las leyes del segundo, de modo que era de esperar una buena defensa como la que habían construido.

Llegaba el turno de Labieno.

Con mano diestra y haciendo uso de su potestad como presidente para organizar el juicio como mejor considerara, César había dado el turno final a la acusación y no a la defensa.

Labieno tomó posición en el centro de la sala. Él no era un orador tan brillante como los que le habían precedido, y por eso mismo lo había preparado todo con César. Juntos habían acordado los términos en los que iba a apoyar la acusación y que lo haría con un lenguaje sencillo y directo. Intentar superar en oratoria a Cicerón no sería posible. Si acaso, César podría intentarlo, pero como presidente del tribunal debía permanecer en silencio y era Labieno el que debía argumentar.

—Sí, es verdad —empezó Labieno—, había un *senatus consultum ultimum* que amparaba a cualquier ciudadano para ayudar en el arresto o muerte del tribuno Lucio Apuleyo Saturnino mientras éste opusiera resistencia. La cuestión de que el Senado pueda erigirse en juez sobre la vida y la muerte de un ciudadano romano, sin que haya un juicio como el que aquí está celebrándose, es sin duda un asunto que tratar y debatir, aunque no en este momento y en este lugar.

Hortensio fingía estar distraído, como despreciando a aquel, para él, inexperto contendiente.

Cicerón escuchaba atento; podía ver cómo Labieno abría una línea de cuestionamiento del poder del Senado inmensa, pero por ahora callaba y esperaba. Quería ver cómo fundamentaba la acusación contra Rabirio, pues aún no lo había hecho.

—Sí, había un *senatus consultum ultimum* para arrestar a un tribuno que se opusiera a ser detenido, pero, y ésta es la clave de todo —subrayó Labieno mirando al público—, Lucio Apuleyo Saturnino se había rendido al cónsul Mario, tal y como el mismísimo abogado de la defensa —y miró a Cicerón— ha reconocido. Saturnino se había entregado, Cayo Mario lo había arrestado y desarmado, o lo que es lo mismo, en ese instante, encerrado en el edificio del Senado, Saturnino ya no era una amenaza para el Estado romano, no se oponía ya a su detención y, en consecuencia, el *senatus consultum ultimum* no daba respaldo legal a asesinar de forma vil y traicionera al tribuno de la plebe, al representante del pueblo romano —levantó la voz—, tal y como una turba incontenible de senadores y sicarios armados por ellos hizo tras ascender a lo alto del edificio del Senado, desmontando parte del tejado y arrojando una lluvia mortal de tejas sobre un tribuno del pueblo indefenso y ya arrestado.

»Cayo Rabirio estaba allí, y todos y cada uno de los que estaban en ese tejado, incluido ese esclavo Esceva, si acaso es cierta su presencia, son culpables de *perduellio*, por haber ido más allá de las leyes de Roma, más allá del *senatus consultum ultimum*, pasando por encima de la autoridad de Cayo Mario, elegido siete veces cónsul de Roma. Todos ellos impidieron que llevara a Saturnino frente a un tribunal como éste, donde fuera debidamente juzgado ante el pueblo de Roma y ante un tribunal legalmente constituido. En su lugar, el tribuno fue lapidado por una turba de asesinos, fueran éstos senadores o sicarios, esclavos reales o inventados, pues a veces, como en este caso, la diferencia entre unos y otros es inexistente. Todos eran asesinos. ¡Asesinos!

—¡Asesinos, asesinos! —empezaron a gritar muchos de los presentes en la basílica cuando Labieno guardó silencio y regresó con paso seguro a su asiento.

Hortensio lo miraba fijamente. Ahora sí, sorprendido por la elocuencia de su oponente.

Cicerón tragaba saliva. Había sido una intervención breve pero sólida. Y no tenía opción a rebatirla. Era cierto que el decreto del Senado estipulaba que se podía dar muerte a un Saturnino en rebeldía, pero matarlo una vez que se había rendido al cónsul Mario era de legalidad muy discutible.

César se levantó y anunció que el tribunal iba a deliberar.

—Rabirio es hombre muerto —dijo Hortensio en voz baja a su colega mientras los miembros del tribunal se reunían en el fondo de la basílica y deliberaban. Había errado al despreciar a Labieno, pero sabía muy bien cuándo un juicio estaba ganado... o perdido.

—La condena va a ser de muerte, eso es seguro —confirmó Cicerón—, pero aún podemos salvar la vida de Rabirio.

—No veo cómo. —Buen conocedor de las leyes antiguas y modernas de Roma, Hortensio no encontraba la manera de sacarle de aquel camino que lo conducía directo a la ejecución.

—Tenemos una opción —insistió su colega en la defensa—: podemos pedir al tribunal algo que César no se atreverá a negarnos.

Pero Hortensio no lo veía tan claro.

César retornó a su asiento en la presidencia del tribunal.

Los *praecones*, los funcionarios asistentes del tribunal, reclamaron silencio.

César se levantó y habló con voz alta y clara:

—La sentencia de Cayo Rabirio por su participación en el asesinato del tribuno de la plebe Lucio Apuleyo Saturnino en el edificio del Senado, con el delito adicional de *perduellio* en la medida en que el *senatus ultimum consultum* del Senado no amparaba la ejecución de un tribuno rendido y bajo arresto ya de un cónsul de Roma... —Se detuvo unos instantes. Podía haber mirado al acusado, pero no, César clavó los ojos en Cicerón—: es de muerte.

Se sentó despacio.

Rabirio, ojos muy abiertos, encorvado en su asiento, asistía a todo aquello sin dar crédito a lo que estaba pasando. Ni los mejores abogados de Roma habían conseguido salvarlo...

—¡Muerte, muerte, muerte! —aullaba la mayor parte del público presente en la sala, ciudadanos de la plebe que querían que el Senado viera que no se podía ejecutar a uno de sus máximos representantes, a uno de los tribunos de la plebe, como habían hecho en el pasado, lapidándolo y sin juicio alguno. O como hicieron antes con los dos Graco, también tribunos de la plebe asesinados por los senadores de Roma.

Aquélla era una gran victoria para el pueblo de Roma. Un senador condenado a muerte por matar a un tribuno de la plebe. Era una inmensa justicia, y aunque llegara tarde, con decenas de años de retraso, era un momento especial para ellos.

Cicerón se levantó y dio unos pasos al frente hasta encararse con el tribunal que aún permanecía en sus asientos.

César echó una rápida mirada a los *praecones*, que volvieron a reclamar silencio:

—*Fauete linguis! Fauete linguis!*

Los gritos y las conversaciones desaparecieron. Sólo seguían algunos murmullos.

—Tengo una petición con relación a la sentencia —anunció Cicerón en cuanto su voz pudo alzarse con nitidez por toda la basílica.

—¿Qué petición? —preguntó César.

Cicerón apretó los labios un instante: recurrir al pueblo le revolvía las entrañas, pero no tenía otra opción:

—Del mismo modo que este tribunal ha recurrido a acusar a Cayo Rabirio por una ley antigua, no invocada en ningún juicio desde hace trescientos años, creo justo que, en estas circunstancias, mi defendido, ahora ya sentenciado, pueda recurrir a su vez a la vieja costumbre de que sea el pueblo, a través de los *comitia*, de una de sus asambleas, quien en una votación popular ratifique o rechace la sentencia de muerte.

El silencio se hizo total.

César miraba fijamente a Cicerón.

—Sea —dijo sin más debate—. No seré yo quien niegue al pueblo el derecho de ratificar o rechazar algo. En el primer día hábil del calendario a partir de hoy, los *comitia* votarán y decidirán sobre esta sentencia.

Cicerón sonrió para sí; como había calculado, alguien que clama siempre por los derechos de la plebe no podía oponerse a su petición.

César volvió a mirar a los *praecones* y éstos indicaron con sus poderosas voces que el juicio había terminado.

La gente empezó a desalojar la basílica en medio de apasionadas conversaciones sobre todo lo que habían presenciado y sobre lo que quedaba aún por decidir en aquel caso, es decir, la votación del pueblo sobre la sentencia.

Cayo Rabirio se aproximó a sus abogados:

—¿Por qué no habéis hecho más? —clamaba entre grandes sudores—. El pueblo está en mi contra. Ratificarán la sentencia. Soy hombre muerto.

—No, no lo eres —dijo Cicerón—. Tengo algo pensado al respecto de esa votación. Es otro asunto el que me preocupa, no tu vida.

Hortensio miraba a Cicerón admirado: había asistido a muchos juicios y visto a muchos abogados maniobrando por los complejos vericuetos de las leyes de Roma, pero a nadie que combinara la oratoria de Cicerón y sus gélidos cálculos legales con un conocimiento tan exhaustivo de las leyes actuales y antiguas.

—Rabirio tiene razón —le dijo, no obstante—. Hemos ganado tiempo, pero el pueblo ratificará esta sentencia. —El veterano abogado evitó pronunciar las palabras «de muerte». Rabirio ya estaba suficientemente desesperado, y a sus ojos con motivo.

—Si la votación tiene lugar, sin duda se confirmará la sentencia... —respondió Cicerón, aunque distraído, pensativo, mirando al suelo algo agachado.

Para Hortensio aquélla fue una respuesta enigmática, como enigmático era que a Cicerón, en aquel momento, le preocupara algo distinto a la propia sentencia.

—Por todos los dioses, ¿cuál es ese otro asunto que tanto te preocupa? —presionó Hortensio, dando voz a la pregunta que el propio Rabirio tenía en mente.

Cicerón se irguió y apoyó bien la espalda en el respaldo de su asiento.

—César ha aceptado mi petición de la votación popular demasiado rápido, sin mostrar oposición alguna... ni siquiera sorpresa —dijo.

—Porque sabe que el pueblo va a ratificar la sentencia —insistió Hortensio, mientras Rabirio asentía a su lado con el sudor perlándole la frente.

—Es posible... —aceptó Cicerón—. Pero hay algo más, algo que no entiendo. Es como si César estuviese esperando que yo se lo pidiera. Él sabe que conozco las leyes de Roma, las de ahora y las de antes, como casi nadie. Tengo la sensación de que está jugando con nosotros, conmigo... Hay algo más detrás de todo esto, algo que no acierto a ver y eso es lo que me preocupa. —Se levantó despacio y le puso la mano en el hombro a su defendido en un intento de tranquilizarlo—. Me ocuparé de esa votación, no está todo perdido, amigo. Pero este juicio... —miró a su alrededor, hacia los grandes espacios ya vacíos de la basílica Sempronia—, este juicio no va sobre la vida o la muerte de Cayo Rabirio. Va sobre algo más que César sabe y que nosotros ignoramos. Y eso es lo que me preocupa.

Campo de Marte, Roma
Diez días más tarde, 63 a. C.

A los diez días se reunieron los *comitia centuriata*, los ciudadanos de Roma reunidos por centurias, según las diferentes clases sociales de la sociedad romana, para votar sobre la ratificación o no de la sentencia de muerte para el senador Cayo Rabirio por el asesinato del tribuno de la plebe Saturnino cometido hacía treinta y seis años.

El resultado se iba conociendo a medida que se realizaba la votación. La población se agrupaba en 193 centurias organizadas según la riqueza de cada ciudadano con relación a las propiedades de las que disponía. Votaban primero los más ricos y después las centurias que reunían a los ciudadanos más humildes. Cada centuria era una unidad de voto. Si una centuria votaba por mayoría a favor de la ratificación, esa centuria era un voto en ese sentido. La votación concluía cuando una de las dos opciones en liza alcanzaba los noventa y siete votos —la mitad de votos más uno—, llegaba a la mayoría; de este modo, no siempre votaban todas las centurias.

Como era de esperar, las primeras centurias —hombres ricos más proclives a la facción senatorial de los *optimates*— rechazaron la sentencia de muerte, pero a medida que iban interviniendo en la votación centurias de ciudadanos de estratos sociales y económicos inferiores, los votos a favor de la ratificación se iban incrementando.

—Setenta centurias a favor de la ratificación y sólo quince en contra —dijo Hortensio a Cicerón y los demás senadores y *optimates* reunidos en un sector del Campo de Marte desde el que seguían la votación y el recuento.

Allí estaban además Catulo, Catón y otros líderes *optimates* como el recién elegido para pretor Quinto Cecilio Metelo Céler. Cayo Rabirio, alegando problemas de salud, se quedó en su residencia bajo arresto domiciliario a la espera de que le comunicaran lo que él daba por hecho: su ejecución. Su confianza en lo que fuera que hubieran ideado sus abogados para salvarlo era ya nula.

—La votación va mal, sí —admitió Cicerón, antes de mirar al pretor Quinto Cecilio Metelo Céler—. Tú tienes autoridad para arriar la bandera militar de la colina del Janículo.

Todos miraron sorprendidos a Cicerón.

Desde tiempos inmemoriales, la bandera que ondeaba en la colina del Janículo, en la ribera derecha del Tíber, indicaba si la ciudad era segura o no, alertando de un posible ataque enemigo. Si se arriaba, implicaba que había tropas enemigas acechando la ciudad y, en consecuencia, eventos como una votación en el Campo de Marte, fuera de la vieja muralla serviana, debían cancelarse de inmediato y todo el mundo tenía que retirarse intramuros.

En una todopoderosa Roma, que gobernaba ya los destinos de Italia, Sicilia, Cerdeña, Córcega, amplias secciones de Hispania y el norte África, territorios de Iliria, Macedonia y Grecia, y con una creciente influencia en las costas de Asia, donde Pompeyo luchaba ahora contra diferentes reyes y reinos que se rendían, la bandera permanecía siempre ondeante. Y es que, pasado el peligro de la rebelión de Espartaco y conjurada la amenaza de los piratas, ¿quién iba a atacar la ciudad más poderosa del mundo?

Pero Cicerón insistió.

—Arría esa bandera, Céler —dijo.

El pretor asintió y partió raudo hacia la colina al otro lado del río.

Todos los reunidos callaron.

La votación proseguía.

—Setenta y cinco centurias han ratificado ya la sentencia de muerte —anunció ahora Catón, a quien varios esclavos iban trayendo información actualizada del recuento en el centro del Campo de Marte. Si se llegaba a la cifra de noventa y siete centurias a favor, Rabirio era hombre muerto.

Cicerón asintió y empezó a moverse buscando a César, Labieno y otros líderes como Craso que asistían a la misma votación desde otro punto del Campo de Marte.

Mientras caminaba, Cicerón lanzaba ojeadas hacia el Janículo. Justo cuando consiguió localizar la posición de César, observó que la bandera por fin se arriaba.

Cicerón inspiró aire antes de hacer su proclama a pleno pulmón para que llegara a oídos del propio César, Craso y el resto.

—¡El pretor Metelo Céler ha retirado la bandera del Janículo!

Desde el otro lado del Campo de Marte y en calidad de fiscal del juicio cuya sentencia se estaba ratificando, Labieno iba a decir algo sobre la intrascendencia de aquel gesto en aquellos tiempos de una Roma poderosa con ausencia de tropas enemigas en las proximidades de la ciudad, pero Cicerón se anticipó:

—A un delito antiguo como el *perduellio*, y en medio de una votación popular para ratificar una sentencia, costumbre también notoriamente antigua, te añado una aún más vieja costumbre con la retirada de la bandera del Janículo —dijo el abogado de Rabirio—. Si vale una ley antigua, han de valer todas.

—Noventa y tres centurias han ratificado ya la sentencia de muerte y aún quedan bastantes por votar. Lo tenemos ahí… —comentó Labieno a César, pues le acababan de informar también sobre el proceso de votación con los últimos datos del recuento, pero todos escuchaban ya un creciente rumor de conversaciones que surgía de entre la población congregada en el Campo de Marte y podían ver cómo muchos señalaban hacia la colina del Janículo con miradas sorprendidas y nerviosas.

Los romanos eran profundamente supersticiosos.

César lo sabía.

Cicerón también.

—Las viejas costumbres son para respetarlas —aceptó César—. Como presidente del tribunal que está pendiente de la ratificación de la sentencia de muerte de Rabirio, decido que con la bandera del Janículo arriada se detenga la votación.

Y la votación se detuvo.

Y pasaron los días.

Labieno le preguntó en varias ocasiones si pensaba retomar aquella votación, pero César callaba.

Pasaron más días y César no reclamó que se reiniciara.

Pasaron las semanas y siguió sin hacerlo.

La sentencia de Cayo Rabirio quedaba así eternamente pospuesta.

Residencia de Cicerón, Roma
Semanas más tarde, 63 a. C.

Semanas después, Catón, Catulo y Cicerón aún le daban vueltas a este asunto en la residencia del abogado y senador:

—¿Por qué César no reclama que se vuelva a realizar la votación?

—Catón no terminaba de entender las motivaciones de aquel a quien él mismo había promovido a juez de la *quaestio de sicariis*.

—Yo he llegado a la conclusión —dijo el excensor Catulo— de que César realmente no estaba tan interesado en sentenciar a muerte a Rabirio como en mandarnos a todos los senadores el aviso de que la vida de un tribuno de la plebe ha de ser respetada en todo momento.

Los dos hombres miraron a Cicerón, buscando su parecer sobre el asunto:

—Sin duda, enviarnos ese mensaje estaba en la raíz de todo el enjuiciamiento a Rabirio, aunque sigo pensando que hay algo más que se nos escapa. Aun así… —añadió Cicerón—, estoy seguro de que César, con sus actos, nos desvelará de un modo u otro qué es eso que no acertamos a ver en este espinoso asunto del juicio a Rabirio. Porque hay algo más. —Tomó su copa y la detuvo en el aire como si la examinara mientras repetía aquellas últimas palabras—: Hay algo más.

LXX

Pontifex maximus

***Domus* de Cicerón, Roma**
63 a. C.

No pasaron muchos meses hasta que aquello que Cicerón no entendía del todo sobre el juicio a Rabirio quedó claro y cristalino, aunque tuvo que explicárselo a sus invitados, nuevamente convocados en su casa, una tarde de primavera.

Labieno, que ejercía ya como tribuno de la plebe, acababa de proponer una ley para cambiar el sistema electoral mediante el que se elegía al *pontifex maximus*. Los principales líderes *optimates* se habían reunido para asegurarse los votos necesarios para vetar dicha ley en el Senado. Allí estaban Catulo, Catón, Bíbulo o el veterano Rabirio, recién salvado por el propio Cicerón de una ejecución segura.

—Labieno ha propuesto cambiar el sistema de elección del *pontifex maximus* —explicaba Catón—, de modo que en lugar de que éste sea designado por el Senado, tal y como estipuló la legislación de Sila, a partir de ahora sea elegido por los *comitia tributa*, en otras palabras, por una de las asambleas del pueblo, reunidos por tribus. Concretamente por una representación de dieciocho de las treinta y cinco tribus. Pero la cuestión clave es que si se aprueba esa ley y no la veta el Senado, los senadores no tendremos voz sobre este nombramiento que, como bien sabéis, es clave. El valor simbólico del *pontifex maximus* es enorme. El pueblo no olvida el origen mismo del título: *pontifex* de *pons facere*, hacedor o constructor de puentes; *maximus*, el mayor constructor de puentes entre los dioses y los hombres. El pueblo otorga al sumo pontífice una autoridad moral que veneran. No podemos dejar que ese cargo salga del control del Senado y, mucho menos, que lo ocupe alguien contrario a nuestros derechos.

—Hay que oponerse a esa ley de plano —coincidió Bíbulo, y todos los demás asintieron.

Sólo Cicerón guardó silencio y se mantuvo inmóvil en su *triclinium*, atrayendo sobre sí las miradas del resto.

—No podemos oponernos a esa ley —dijo al fin.

—¿Por qué no? —preguntó Catón. Era evidente que el gran orador se daba cuenta de algo que ellos no percibían.

Cicerón inspiró hondo antes de hablar:

—Por el caso Rabirio —dijo, y el aludido, que dormitaba durante la reunión, abrió los ojos al oír que se mencionaba su nombre—. Lo salvamos *in extremis* recurriendo a los *comitia*, y luego deteniendo la votación con el subterfugio de arriar la bandera del Janículo. De eso iba precisamente todo el juicio de Rabirio. César sólo quería un precedente por nuestra parte, un precedente en el que nosotros, senadores, recurriésemos a los *comitia*, a la autoridad del pueblo de Roma convocado en una de sus asambleas en el Campo de Marte.

»Él ahora hace lo mismo a través de Labieno, que es su brazo legislativo: Sila cambió la ley de elección del *pontifex maximus* para que el Senado controlara un nombramiento que correspondía al pueblo. ¿Por qué? Para darle mayor poder al Senado en todo lo que fueran cargos electos. Pero... ¿cómo vamos a argumentar nosotros ahora que queríamos al pueblo para salvar a Rabirio, pero que no lo queremos para elegir al *pontifex maximus*?

Se hizo el silencio.

—Pero el pueblo, de hecho, habría ratificado la condena a muerte de Rabirio —contrapuso Catón.

—Sí, pero recurrir al pueblo nos dio la opción de emplear el ardid de arriar la bandera y detener la votación —precisó Cicerón—. Sin esa apelación inicial al pueblo, Rabirio ya estaría muerto.

—Bueno, por todos los dioses —insistió Catón—, pues una cosa fue una cosa y éste es otro asunto muy diferente. Lo de Rabirio era algo particular, pero la elección de *pontifex maximus* es un acontecimiento público muy relevante. Es distinto.

—Puede serlo… eso es cierto —admitió Cicerón—. Pero, aun así, no podemos oponernos a esta ley de Labieno.

—Por Hércules, ¿por qué no? —Catulo tampoco lo entendía. Al igual que Catón, pensaba que se trataba de cuestiones distintas.

—Porque César tiene un rehén.

—¿Un rehén? —se asombró Catón, como el resto—. ¿Qué rehén?

—Rabirio —replicó Cicerón.

Esta vez, el aludido dio un respingo y abrió bien los ojos. No le gustaba el cariz que estaba tomando aquella conversación ni que su nombre apareciera mencionado ya en dos ocasiones.

Por su parte, al ver que sus colegas no comprendían lo que él ya había deducido, Cicerón amplió su respuesta:

—César ha dejado pasar semanas sin reclamar que se retome la votación que detuvimos en el Campo de Marte al arriar la bandera, pero podría hacerlo, podría exigirlo y podría hacer ver al pueblo, pese a lo supersticioso que es, que lo de arriar la bandera fue sólo un subterfugio para proteger a un senador amigo nuestro de una condena a muerte que, a ojos del pueblo, Rabirio merece.

»Lo siento —añadió mirando al viejo senador, quien ya empezaba a sudar como le ocurrió durante el juicio—. Si nos oponemos al cambio de ley para elegir al *pontifex maximus*, César argumentará en público que somos incoherentes al recurrir al pueblo o no en función de nuestra conveniencia, y hecho esto reactivará la votación que quedó suspensa y la plebe ratificará la condena de Rabirio y nuestro amigo aquí presente será ejecutado. César, a través de Labieno, nos está diciendo: o cambio de ley electoral para la elección de *pontifex maximus* o ejecución de Rabirio. Tiene un rehén. De eso iba el juicio, o al menos una de sus facetas. También iba sobre lo de hacer justicia con relación a la muerte de Saturnino hace treinta y seis años, *su* justicia, pero César jugaba a varios niveles y en lo personal jugaba a esto.

Rabirio, nervioso, miraba a un lado y a otro y a punto estaba de intervenir, pero la mano en alto de Cicerón lo mantuvo en silencio.

—Entonces, ¿no hacemos nada? —indagó Catón con desaliento profundo.

—Yo no he dicho eso. Hay que aceptar esa ley —concluyó Cicerón—. Pero hemos de buscar, aquí y ahora, entre nosotros, un candidato que se presente a estas elecciones a *pontifex maximus* a las que, estoy seguro, concurrirá el propio César.

Se inició en este punto un largo debate. Había quien le tenía ganas a César y quería ser su oponente. Había, por el contrario, quien le tenía miedo y no deseaba enfrentarse a él en unos comicios.

Finalmente se impuso la inteligencia: Quinto Lutacio Catulo, poseedor del mejor *cursus honorum* de todos los presentes, fue elegido como candidato por parte de los *optimates* al pontificado máximo.

Catulo había sido censor, pero sobre todo había ganado ya unas elecciones a cónsul y, además, había tenido arrestos para oponerse a Pompeyo cuando éste solicitó el mando contra los piratas o contra Mitrídates, aunque no consiguiera hacer prevalecer su opinión. Y luego se enfrentó a Craso para evitar que éste modificara el censo de ciudadanos de modo que se favoreciera a la causa popular.

No temía el enfrentamiento con nadie. Y mucho menos con un César que no había sido ni pretor ni cónsul, sino apenas un humilde edil de Roma. De hecho, Catulo deseaba, ansiaba enfrentarse a César. Había un asunto personal por medio sin resolver: su tío Cayo Mario los había proscrito tanto a su padre como a él mismo durante sus conflictos con la aristocracia senatorial, y sólo la victoria de Sila les restituyó su posición social y política. Derrotar al sobrino de Mario en una contienda electoral por el pontificado máximo se le antojaba un broche de oro para su brillante carrera política.

Domus de Catón, Roma
Un mes después

Sin oposición del Senado gracias a las hábiles maniobras de César en el caso Rabirio, Tito Labieno se limitó a esperar que pasaran los tres días de mercado preceptivos, *de facto*, veinticuatro días, desde que presentó su ley hasta que ésta fue votada y aprobada por la asamblea. A la plebe le agradaba recuperar poder político con respecto al Senado. En este caso se trataba de que el pueblo decidiera sobre el máximo cargo religioso de Roma y esto, por supuesto, consiguió una amplia mayoría de votos favorables de la asamblea del pueblo.

Acto seguido, al día siguiente de aprobarse la ley, tal y como Cicerón había previsto, César hizo pública su candidatura. Por su parte, los *optimates* presentaron la de Catulo. Por otro lado, inesperadamente para todos, el veterano Publio Servilio Isáurico presentó también la suya. Al igual que Catulo, Isáurico había sido cónsul y también él poseía un muy brillante *cursus honorum* con innumerables cargos y nombramientos. Era conservador, pero independiente de los *optimates*. De hecho, se manifestó a favor del mando de Pompeyo en la guerra contra los piratas, y había mantenido a menudo criterios dispares con respecto a los más conservadores del Senado.

—Es un viejo testarudo —dijo Catón—. Y esto no nos ayuda.

Eran los mismos asistentes y el mismo asunto de aquella reunión de hacía un mes: las elecciones a *pontifex maximus*. Sólo el lugar cambiaba, pues se encontraban en la residencia de Catón.

—No, no nos ayuda en nada —confirmó Catulo—. He estado sondeando a votantes de las diferentes tribus que participarán en las elecciones en los *comitia* y mis datos son muy poco prometedores: César reúne los votos de todos los populares, mientras que los nuestros se dividen entre mi candidatura y la de Isáurico.

—Isáurico, como dice Catón, es un viejo testarudo —intervino Cicerón—. Jamás lo convenceremos para que no se presente, si eso es lo que ha decidido. Por otro lado, aunque no siempre coincida con nosotros, no me preocuparía verlo como *pontifex maximus* tanto como ver a César en ese cargo.

—Podríamos retirar la candidatura de Catulo —propuso Catón.

El aludido guardó silencio. En modo alguno quería retirarse de la contienda electoral. Anhelaba derrotar al maldito sobrino de Mario, pero prefirió callar y ver qué opinaban los demás. Por suerte, Cicerón lo apoyaba.

—No —dijo el orador—. Eso sería mandar un mensaje de debilidad ante César, Craso y el resto de nuestros oponentes políticos. Y recordad que Catilina está esperando para volver a presentarse al consulado. Nuestro candidato es Catulo y hemos de mantenerlo en la carrera electoral hasta el final. Lo que hemos de conseguir es que sea César quien se retire.

Todos callaron un rato largo.

—¿Y cómo vamos a hacer eso? —preguntó al fin el anfitrión.

—Hay que comprarlo —anunció Cicerón.

—¿Y cómo vamos a hacerlo? —preguntó Catulo.

—Como se compra a todo el mundo en Roma —aclaró Cicerón—: con dinero. Catulo, tú irás a ver César y le ofrecerás pagarle todas sus deudas. Tiene muchas y está sujeto completamente a Craso. Si salda estas deudas, sería como comprar su libertad política. Le interesará la oferta. Nunca hemos intentado algo tan simple como comprar la voluntad de César y, por lo general, en Roma todos tienen un precio. No creo que con César vaya a ser diferente.

A todos les pareció un buen plan, excepto a Catulo:

—Olvidáis un pequeño detalle —opuso el candidato a *pontifex maximus*—. La última vez que indagué sobre el asunto, mis informadores me dijeron que César le debe a Craso nada menos que mil trescientos talentos de plata.

Se hizo un nuevo silencio, esta vez más largo que el anterior.

La cifra era una enormidad. Todos recordaban la reparación por parte de César de la Vía Apia, los mercados, el alcantarillado y los acueductos durante su edilidad, así como las espectaculares luchas de gladiadores que organizó junto con obras de teatro y exposiciones de arte. Por no hablar del dinero que César debió invertir en sufragar los gastos directos de sus sucesivas candidaturas a *quaestor* y a edil de Roma. Todo eso habría tenido un coste inmenso.

—Por Júpiter, no tengo yo claro que frenar a César en esta elección merezca el esfuerzo de reunir tanto dinero —dijo Catón.

Era evidente que si aceptaban la propuesta de Cicerón, todos tendrían que contribuir a reunir esa enorme suma de dinero y, la verdad, a nadie le apetecía pagar tanto.

—Es, en efecto, una gran suma de dinero —dijo entonces Cicerón—. Como juzguéis mejor, pero permitidme que os recuerde que todos los que han sido elegidos *pontifex maximus*, si no han sido cónsules antes, han terminado siéndolo después, como en el caso de Metelo Pío. Y un cónsul de Roma, como bien sabéis, tiene legiones armadas y dispuestas al combate a su mando. ¿Queréis abrir el camino a que César, sobrino de Cayo Mario, tenga acceso a un ejército? —Los miró a todos a la cara, uno a uno—. Yo creo que mil trescientos talentos es poco dinero si con eso conseguimos mantener a Cayo Julio César como lo hemos tenido siempre: desarmado.

Domus *de la familia Julia, barrio de la Subura*

Catulo se presentó en casa de César pocas semanas después de la reunión con Cicerón, Catón y el resto de los líderes *optimates*. Sus informadores le seguían confirmando que César ganaría las elecciones con una amplia mayoría de las tribus a su favor. La participación de Isáurico seguía dividiendo el voto de los que no querían optar por César y esa división favorecía al sobrino de Mario.

Catulo no quería rebajarse hasta el punto de tener que comprar la voluntad de César y por eso la semana anterior hizo un intento con Servilio Isáurico, pero, tal y como se había comentado en la reunión en casa de Catón, era un viejo senador testarudo que no pensaba retirar su candidatura.

No quedaba más remedio que comprar a César.

Se reunieron los mil trescientos talentos.

A Catulo, en calidad de candidato apoyado por todos los *optimates*, le correspondió la tarea de hablar con el otro contendiente.

—Y exactamente, ¿cómo puedo serte de ayuda? —le preguntó César con estudiada amabilidad a su contrincante en la elección a *pontifex maximus*, al tiempo que lo invitaba a acomodarse en uno de los *triclinia* de su atrio.

Catulo miró a su alrededor. No estaban solos: podía ver a Tito Labieno, a Aurelia, la madre de César, a su esposa Pompeya y a la joven Julia, hija de su anfitrión. Se acomodó en el *triclinium* que le indicaba el dueño de aquella casa en el centro de la Subura, el barrio más pobre de la ciudad. Como a tantos otros senadores, a Catulo se le hacía incomprensible que un senador viviera en aquella parte de Roma, pero aquél no era el asunto que iba a debatir aquella tarde.

—Tu carta sólo decía que había algo en lo que quizá pudiéramos ponernos de acuerdo y que esto sería en beneficio mutuo —continuó César, siempre amable—. Pues te escucho.

Catulo asintió, dio un sorbo al vino que le habían ofrecido en una copa y, por fin, se decidió a hablar.

—No termino de entender por qué no buscas una vivienda más acorde a tu condición de senador —dijo, por iniciar la conversación sobre un tema distinto al que lo había llevado a aquella residencia—. Como senador, vivir aquí, en medio de la Subura… —No terminó la frase.

Catulo negó con la cabeza, desechó con una sonrisa de desprecio aquel asunto y fue directo al grano:

—Vengo a hacerte una propuesta con relación a las elecciones a *pontifex maximus* —anunció.

César cabeceó afirmativamente.

—Suponía que sería algo en ese sentido. Como te he dicho, te escucho.

—Bien, traigo la propuesta no sólo mía, sino de algunos de los más importantes senadores de Roma, de que retires tu candidatura a *pontifex maximus*. —Alzó la mano para que ni su anfitrión ni Labieno, que había hecho ademán de intervenir, lo interrumpieran—. Por supuesto, a cambio de una compensación.

—¿Una compensación de qué tipo? —preguntó César con calma, tras un breve silencio.

A Catulo le sorprendió la serenidad con la que César parecía tomarse su propuesta. Quizá, después de todo, sí quisiera negociar.

—Una compensación económica —precisó.

—Dinero —tradujo César, para que todo quedara muy claro.

—Sí, dinero —corroboró Catulo—. Una suma importante de dinero.

—«Importante» es una palabra de significado relativo —opuso César—. Por ejemplo, hablas de los más importantes senadores de Roma, cuando quizá yo podría pensar que sólo son los mayores defensores de mantener la inmensa desigualdad que existe hoy día entre el Senado y el pueblo. «Importante» es una palabra demasiado imprecisa.

Catulo dejó de lado el debate abierto por César y se centró en el asunto de la cantidad:

—Te podemos ofrecer... —Estuvo tentado de ofertar menos de lo acordado, pero Cicerón había insistido en que no entrara a regatear y que ofreciera la suma total de golpe, sin dar pie a negociación alguna. Era un todo o nada. Un todo imponente, eso sí, con el que se buscaba impresionar a César y, en consecuencia, predisponerlo a aceptar el soborno con rapidez—. Te podemos ofrecer —repitió— mil trescientos talentos de plata que, según entiendo, cubriría la totalidad de tus numerosas deudas contraídas, sobre todo con Craso.

Pompeya, que estaba bebiendo vino, se atragantó y empezó a toser.

Labieno abrió la boca sin decir nada.

La joven Julia parpadeaba y miraba a su padre.

Aurelia se limitó a alisar con la mano derecha una arruga de su túnica.

César callaba. Levantó las cejas mientras hacía cálculos rápidos en su cabeza. En efecto, se trataba de una suma de dinero que podría cubrir la totalidad de las deudas adquiridas con Craso.

—Esto te daría algo de lo que no has gozado desde que entraste en el Senado —añadió Catulo ante el silencio de su interlocutor—. Salda todas tus deudas con Craso y, en definitiva, serás un senador libre. No sólo te estamos ofreciendo dinero, sino la posibilidad de tener libertad de acción política en tu futuro próximo. Sin ataduras con nadie. Serías... libre —insistió.

—La oferta de dinero ya es buena por sí sola —dijo Pompeya, una vez que dejó de toser. A ella todo eso de la libertad política le traía sin cuidado.

César la miró de reojo, aún en silencio.

—Por Júpiter, vas a aceptar esa propuesta. ¿No serás capaz de rechazar mil trescientos talentos de plata? —presionó Pompeya—. Nadie en su sano juicio puede rechazar semejante fortuna. Y menos por un cargo religioso, ni siquiera estamos hablando de un cargo político de rango elevado como pretor o censor de Roma.

A Catulo le pareció inapropiado que una mujer, aunque fuera la esposa del anfitrión de aquella *domus*, interviniera en aquella negociación, pero como lo hacía en su favor, no mostró el desprecio que habría exhibido en cualquier otra circunstancia. En su casa, su propia esposa y el resto de las mujeres ya sabían que no debían decir nada cuando los hombres hablaban entre ellos de asuntos de estado, política o cualquier otro tema de relevancia. Pero en aquel caso, a Catulo le parecía que era como si el propio Sila, a través de su nieta, estuviera ayudándolo desde el Hades.

César dejó la copa de vino en la mesa que tenía frente a él e, ignorando los comentarios de su esposa, respondió a su invitado:

—Es una propuesta generosa —admitió—. He de reconocer que de mayor cuantía que la que esperaba, pero aun así no pienso aceptarla y no pienso, por nada del mundo, retirar mi candidatura a *pontifex maximus*. Y a los dioses pongo por testigos, ya que se trata de un cargo religioso, de mi determinación a concurrir a estas elecciones.

Ahora fue Catulo quien se quedó unos instantes boquiabierto y en silencio. Que César fuera a negarse era algo que no se les había pasado por la cabeza. Había visto comprar a muchos senadores, pretores, *quaestores* y hasta censores de Roma por cantidades inmensamente inferiores a la que acababa de ofrecerle. De hecho, ya le pareció absurdo plantear aquella descomunal suma sólo por retirarse de una campaña electoral, pero ahora veía que las advertencias de Cicerón y Catón sobre la determinación de aquel hombre no eran exageradas.

—¿Prefieres seguir siendo esclavo de la voluntad de Craso, pues? —preguntó Catulo con el propósito de hacer meditar a su enemigo en aquella carrera electoral.

—Yo no soy esclavo de Craso. Craso y yo compartimos intereses políticos comunes, y sí, le debo una cantidad importante de dinero que le devolveré en su momento.

—No sé cómo —gruñó Pompeya.

César guardó silencio y tragó saliva. Si había algo que no pensaba hacer era darle a Catulo el placer de verlo discutir con su esposa ante él.

—Mi respuesta a tu propuesta es no —reiteró—, así que imagino que este encuentro ha llegado a su fin.

Catulo asintió, se levantó despacio y, antes de irse, sólo dijo tres palabras:

—Cometes un error.

Fuera por la tensión acumulada en su interior tras rechazar una inmensa fortuna, o por los nervios que tenía que controlar ante el desplante de su mujer en presencia de uno de sus enemigos políticos, o fuera porque estaba harto de aparentar calma y control y sosiego, César se levantó y se situó a apenas un paso de distancia de Catulo. Encarándose con él, le lanzó no ya palabras, sino un desafío:

—Los *optimates*, embebidos en vuestra soberbia infinita, lleváis muy mal que alguien se niegue a plegarse a vuestros deseos. La última vez que me negué de forma igual de contundente ante uno de los tuyos fue hace tiempo, cuando yo sólo tenía dieciocho años y vuestro líder Sila me exigió que me divorciara de mi primera esposa. En aquella ocasión, ante mi negativa, Sila me abofeteó la cara y me condenó a muerte, pero, como ves, de los dos no soy yo quien vaga por el Hades, y creo que tú no tienes ni arrestos ni valor suficiente para atreverte siquiera a rozarme el rostro.

Sin darse cuenta, Catulo había retrocedido un par de pasos. El candidato de los *optimates* a *pontifex maximus* no dijo nada más, dio media vuelta y, sintiéndose profundamente insultado, abandonó la *domus* de Julio César.

Calles de Roma

Por las calles de la Subura, caminando veloz, Catulo tenía claro que el espíritu del maldito Cayo Mario corría con fuerza por las venas de su sobrino y veía que, más tarde o más temprano, tendrían que frenar su ascenso político. Sobre todo si perdían aquellas elecciones. Claro que… podrían invertir todo ese dinero en comprar votos; era una idea. De repente se sintió con fuerzas, con energía, con un objetivo… y con dinero para conseguirlo.

Domus de la familia Julia

En el atrio, César volvió a acomodarse en el *triclinium* y miró a Labieno.

—¿Piensas también que cometo un error? —le preguntó.

—Un error no, pero mil trescientos talentos es mucho dinero al que negarse.

—Yo no me vendo —dijo César con contundencia, pensativo, la mirada fija en el suelo—. No me vendí en el pasado cuando me jugaba la vida y no pienso hacerlo ahora por mucho dinero que me ofrezcan.

—Debes de ser el único político en Roma que no se venda por una cantidad como la que te han ofrecido —continuó Labieno—. Se confirma que mi mejor amigo es…

César lo miró.

Labieno se pensó bien cómo acabar aquella frase:

—Mi mejor amigo es… diferente a todos y, sin duda, está loco. —Rio—. Pero me alegro de que no hayas aceptado. Me costó mucho aprobar la ley en la asamblea para que te presentaras a *pontifex maximus* como para que todo ese esfuerzo quedase ahora en nada.

—Eso es —dijo César en el mismo tono de broma que había empleado su amigo—. Me he negado para que no se desperdicie tu esfuerzo.

Y los dos rieron, y también la joven Julia y hasta Aurelia se permitió una amplia sonrisa.

Pompeya seguía bebiendo vino.

—Ahora bien —añadió César—, hoy sabemos que me temen mucho más de lo que imaginaba. Los *optimates* son bastante tacaños y me han ofrecido una fortuna. ¿No crees, madre?

—Sin duda, ésa es una apreciación muy certera, hijo mío —respondió ella—. Te temen y mucho. Pero harías bien en temerlos de igual modo, pues el enemigo asustado es capaz de acciones inesperadas.

César ladeó la cabeza. Más de una vez le había advertido su madre en el sentido de no menospreciar a sus enemigos en Roma.

—Y mi joven y querida hija… ¿qué piensa de su padre? —preguntó mirándola ahora a ella.

—Yo admiro a mi padre por no venderse nunca, sin importarle la cantidad de dinero que le ofrezcan. Creo que soy hija del romano más honesto y más bueno.

—Honesto y bueno y pobre —intervino Pompeya extendiendo el brazo para que el *atriense* rellenara por enésima vez su copa—. ¿Y a mí no me preguntas qué pienso?

—Tú has dejado claro lo que pensabas delante de Catulo y cuestionando mis palabras —respondió César—, algo que agradecería que no volvieras a hacer delante de extraños a la familia.

—¿Que deje de hacer el qué?

—Contradecirme en presencia de alguien que no es de la familia. Si necesitas manifestar que no compartes alguna de mis decisiones, puedes decírmelo cuando estamos solos. Tus comentarios han estado fuera de lugar.

Pompeya se levantó y, al hacerlo, volcó la mesa y la copa cayó al suelo, tiñendo de rojo el mosaico como un presagio funesto.

—¿Sabes lo que está fuera de lugar, esposo mío? —Y continuó sin esperar una respuesta—: Lo que está fuera de lugar, como ha dicho Catulo, es que un senador de Roma haga que su familia viva en el barrio más pobre y más sucio de la ciudad. Y si no te gusta que dé mis opiniones, ¿sabes lo que te digo?, que me da igual, porque yo soy la nieta de Sila, ese que te abofeteó, y no sabes cómo me alegro de que lo hiciera. Has rechazado mil trescientos talentos, por todos los dioses. ¿Estás loco? ¿Has perdido todo el sentido común? Con ese dinero pagaríamos todas las deudas y aún podríamos irnos a vivir a una hermosa villa en las afueras de la ciudad como hacen todas mis amigas y no seguir en esta casa vieja y sucia que se cae a pedazos, con pinturas desgastadas y mosaicos quebrados. Y no me mires así, con esa rabia, porque estamos casados, y si Catulo no tiene arrestos para abofetearte, tú no los tienes para divorciarte de mí, que es lo que te gustaría; pero no, Cayo Julio César ha de ser respetable y guardar las formas, todo por el poder político. Pues muy bien, te niegas a aceptar mil trescientos talentos, pero te toca cargar conmigo. No sólo eres esclavo de Craso, marido mío, también eres esclavo mío y, al igual que te ves forzado a defender los intereses económicos del primero, te toca aguantar mis desplantes y mis comentarios en privado y en público. ¿Quieres que me comporte de otra forma? Pues sácame de este maldito barrio.

César guardaba silencio.

Fue Aurelia quien tomó la palabra.

—El *pontifex maximus* tiene la obligación de vivir en la *domus publica* en la Vía Sacra, en el foro de Roma.

—¿La Vía Sacra? ¿El foro de Roma? —exclamó Pompeya—. ¿Pero aquí alguien tiene oídos? Yo quiero vivir cómodamente en una villa en las afueras de la ciudad, con amplios jardines y más esclavos, y en una casa que sea realmente mía, sin otras mujeres habitando en ella.

Todos miraban al suelo excepto César, que la miraba a ella.

—Has bebido mucho —dijo—. Has dejado muy claras tus opiniones, con respecto a todo. Creo que sería mejor que te retiraras a descansar.

Esta vez Pompeya aceptó la propuesta de su marido. Decir, ya había dicho todo lo que quería decirle y que tenía guardado desde hacía tiempo.

Labieno se levantó y se despidió cordialmente.

Julia besó a su padre en la mejilla y se retiró también.

Aurelia se acercó a su hijo, despacio, por detrás, y le puso la mano en el hombro. Él posó su propia mano sobre la de ella.

—No puedo divorciarme ahora, ¿verdad? —preguntó César.

—Sin un motivo claro, dañaría tu imagen política —suspiró ella—. Aunque hoy te has exaltado con Catulo, muchos entre los *optimates* te ven más moderado y menos proclive a radicalizarte en defensa del pueblo por estar casado con la nieta de Sila. Y ahora, a apenas unas semanas de la votación para *pontifex maximus*, un divorcio te hundiría. Vas por delante de Isáurico y Catulo, pero no has de darles ventaja alguna. No, ahora no puedes separarte de Pompeya.

César asintió levemente y retiró su mano de la de su madre.

—Pero las elecciones… pasarán —susurró Aurelia, sin apartarse de su lado.

César se giró y la miró:

—Lo sé, pero aún nos faltaría un motivo.

Aurelia se agachó y le habló al oído:

—Tú ocúpate de ganar estas elecciones y deja las cuestiones familiares en mis manos.

LXXI

Amantes

Una villa en las afueras de Roma
63 a. C.

—¿Tú crees que he hecho mal? —preguntó César, desnudo en la cama, tendido de costado, mientras acariciaba el cuerpo también desnudo a su lado.

Servilia, hermana de Catón, sentía la mano de él por su espalda descendiendo despacio. Habían hecho el amor. Los dos estaban relajados.

—Depende —respondió ella, cerrando los ojos para disfrutar aún más aquellas caricias—. Si lo que quieres es tener dinero para regalar preciosas joyas, sedas y otras cosas bonitas a tu querida amante, o sea a mí, rechazar mil trescientos talentos es una mala idea. Una muy mala inversión. —Se dio la vuelta para mirarlo a los ojos—. Ahora, si tu prioridad es ganar las elecciones a *pontifex maximus*, seguramente has hecho lo correcto.

Él sonrió. Le encantaba aquella mujer. No era sólo que fuese hermosa —César atraía a muchas mujeres hermosas—, sino que Servilia era, además, inteligente y audaz. El adulterio requería cierta valentía y una buena conversación. Ser infiel con alguien aburrido era una necedad. César necesitaba a alguien con quien poder hablar de literatura y de política, de la vida familiar y de las cuestiones de estado. Todo eso exigía inteligencia, y Servilia lo tenía todo: belleza y la conversación más aguda que había encontrado en años.

Estaba fascinado por ella.

—Pompeya no cree que haya hecho bien —comentó—. Lo cierto es que todo va muy mal con ella.

—César… —Ella se incorporó y, como él se había sentado en el lecho, lo abrazó por la espalda—. Tú no has entendido aún el matrimonio en nuestra querida Roma. Como viviste una apasionada historia de amor con tu primera esposa, crees, equivocadamente, que hay algo de amor en un matrimonio y no es así. No suele haberlo. Estas uniones son siempre políticas. En tu cabeza lo sabes, pero tu corazón aún te engaña porque, en el fondo, esperabas que Pompeya te ofreciera una lealtad a ti y tus proyectos políticos similar a la de Cornelia y, sin embargo, esto no ha pasado. Y no va a pasar. Por lo que me has contado, es una joven caprichosa, y tú, reconócelo, pones por delante de ella a tu madre, a tu hija y tus ambiciones políticas. Una esposa inteligente trataría de ganarte con lealtad. Siéndote leal, apoyándote siempre, podría conseguir de ti todo, pero es una mujer simple y ha decidido relacionarse contigo a través del desafío y la rabia y por ahí no logrará nada. Pero no sabrá ver esto. Nunca.

—¿Y qué crees que debería hacer? —preguntó César. El punto de vista femenino le interesaba.

—Evidentemente, divorciarte de ella, pero sólo cuando puedas hacerlo sin que esto dañe tus relaciones políticas. Tienes unas elecciones. Ahora no es el momento.

—Eso mismo dice mi madre.

—Una mujer inteligente. Pero yo no soy tu madre.

Empezó a besarlo en la espalda con mucha dulzura, y aquel gesto despertó la excitación de César por segunda vez aquella tarde. Se giró, la besó en la boca y la empujó sobre la cama.

Volvieron a hacer el amor.

Esta vez fue despacio, no con el ansia del reencuentro, sino con el placer del disfrute lento, pausado, intenso.

Después se quedaron de nuevo desnudos, tumbados el uno junto al otro, mirando al techo de la habitación.

—Hay algo que quiero pedirte —le dijo Servilia.

—Dime.

—Es sobre mi hijo.

—¿Sobre Bruto? —Él se giró y se quedó de costado mirándola—. ¿Qué ocurre con él?

También ella se tendió de lado para mirarlo a la cara.

—Ya sabes que Bruto es hijo de mi primer marido, y Silano, a quien engaño contigo —sonrió con complicidad—, no es que lo trate mal, pero es muy distante con él. Silano se centra más en el bienestar de las hijas que hemos tenido. Por eso, aunque esté considerando presentarse a cónsul este año, y quizá lo consiga, no creo que ayude a Bruto en su carrera política.

—¿Y te gustaría que yo ayudara a Bruto en su ascenso político?

—Sí. Te lo agradecería mucho. Bruto es muy importante para mí.

—No te preocupes —respondió César—. Yo ayudaré a tu hijo siempre, en todo.

Ella lo miró fijamente a los ojos.

—Gracias —dijo—. Sé que lo haces por mí, pero gracias.

—Lo haré por ti, pero tampoco me pides un imposible: las pocas veces que he podido hablar con él me ha parecido que ha heredado tu inteligencia y tu audacia. Lo veo muy capaz de cualquier cosa. Será un gran militar y un hábil político. Lo respaldaré. Cuenta con ello.

Servilia zanjó ahí el tema y se limitó a mirarlo en silencio con ojos enamorados.

—Por cierto, casi se me olvida. —César se levantó de la cama, fue a la esquina de la habitación donde tenía su ropa en un *solium* y rebuscó en ella hasta encontrar lo que deseaba antes de regresar al lecho—. Esto es para ti.

Mantenía el puño de la mano derecha cerrado. Lo giró para abrirlo desplegando la palma de la mano hacia arriba y dejar al descubierto un gran anillo dorado rematado en una hermosa joya roja que resplandecía al contacto con la luz de las dos lámparas de aceite que iluminaban la estancia.

—¿Para mí?

—Para ti, amor mío —confirmó él.

La mujer se incorporó, tomó el anillo con rapidez y se lo puso en el dedo anular, donde la joya se deslizó y se acopló a la perfección.

—Es de oro y la piedra es un rubí, el más grande que he podido encontrar —explicó César, orgulloso.

—Es… es… lo más bonito que me han regalado nunca.

Una lágrima se deslizó por su mejilla. Casada a los catorce años con el padre de Bruto por cuestiones políticas y desposada a la muerte de éste con Silano, por motivos similares, hasta conocer a César no había sabido ni sentido lo que era amar a un hombre. Desear verlo, disfrutar cada uno de sus triunfos, anhelar el reencuentro. Lo había leído en poemas de escritores latinos o escuchado en las obras griegas. Nunca había entendido que Penélope pudiera esperar durante tanto tiempo a su amado Ulises, pero desde que conocía a César, todas aquellas historias, todos aquellos poemas, habían cobrado sentido.

—¿Lloras porque te regalo una joya? —preguntó él algo divertido.

—No —replicó ella con seguridad—. Lloro por lo que has dicho antes de mi hijo, que lo apoyarás siempre. Estoy segura de que vas a llegar muy alto y eso será bueno para Bruto. Ya estaba a punto de llorar cuando has dicho eso. La joya ha sido la gota que ha rebosado mis sentimientos. —Y se rio mientras se enjugaba las lágrimas con el dorso de la mano.

Él, reclinado en el borde de la cama, la abrazó, mientras ella permanecía sentada sobre el lecho.

Así estuvieron un rato.

—Esta joya ha tenido que costarte una fortuna —dijo ella retomando la conversación y mirando el anillo en su dedo.

—Cuando se deben mil trescientos talentos de plata, no importa deber mil trescientos uno —respondió César.

—Y has dicho que no a que Catulo y otros *optimates* paguen esa inmensa fortuna que debes y que te has gastado en mejorar Roma —continuó ella—. ¿Realmente es tan importante ser *pontifex maximus*? Con la de joyas preciosas que podrías comprarme con ese dinero —dijo en broma.

Él sonrió y se tumbó a su lado.

—Es muy importante, sí, que sea *pontifex maximus*. Es esencial que fortalezca mi posición política en Roma todo lo posible para algo que ha de ocurrir pronto, pero que todo el mundo parece olvidar.

Ella también se tumbó y siguió hablando:

—¿Y qué es eso que todos olvidamos?

Pero en ese momento una de las esclavas de Servilia apareció por la puerta.

—*Domina*, es la hora —dijo en voz baja, y desapareció con rapidez. Había sido aleccionada por su ama para avisarlos cuando hubieran transcurrido tres horas desde el inicio del encuentro, esto es, antes de que comenzara el atardecer, para poder retornar a su casa aún con la luz del día.

—He de irme —dijo Servilia.

—Yo también —respondió él.

Ambos empezaron a vestirse, pero ella pareció recordar algo de pronto, se detuvo, tomó de debajo de la ropa que tenía doblada en un *solium* un rollo de papiro y se lo entregó.

—¿Y esto? —preguntó César.

—Bueno, tú me has hecho un regalo y yo te hago otro —apuntó con una sonrisa.

Él empezó a desenrollar el papiro para curiosearlo, aunque sólo fuera un instante:

—¿Catulo? —La miró con una ceja arqueada.

—Otro Catulo muy diferente —se rio ella—. Me hizo gracia la coincidencia del nombre con tu oponente político en las elecciones.

César se llevó el papiro junto a una de las lámparas de aceite y leyó uno de los poemas en alto:

> *Pedicabo ego vos et irrumabo,*
> *Aureli pathice et cinaede Furi,*
> *qui me ex versiculis meis putastis,*
> *quod sunt molliculi, parum pudicum.*
> *Nam castum esse decet pium poetam*
> *ipsum, versiculos nihil necesse est;*
> *qui tum denique habent salem ac leporem,*
> *si sunt molliculi ac parum pudici,*
> *et quod pruriat incitare possunt,*
> *non dico pueris, sed his pilosis*
> *qui duros nequeunt movere lumbos.*
> *Vos, quod milia multa basiorum*
> *legistis, male me marem putatis?*
> *Pedicabo ego vos et irrumabo.**

* Catulo, poema XVI. «Por culo os voy a dar y por la boca, / Aurelio maricón y puto Furio, / que a mí me habéis juzgado por mis versos: / porque ellos son eróticos, yo impúdico. / Casto tiene que ser el buen poeta / en persona, pero para nada / en sus versos, que tienen sal y gracia / si son eróticos y poco púdicos / y pueden excitar lo que les pica / no digo ya a chavales, sino a tíos / peludos que no pueden con

—Pero esto... es una barbaridad —rio asombrado por lo explícito e impúdico del lenguaje, algo que le pareció inesperado en una poesía—. Es evidente que el poeta está muy enfadado con Aurelio y Furio. ¿Crees que éste debería ser el tono de mis réplicas en el Senado frente a Cicerón o frente al propio Catulo, el político, o frente a tu hermano Catón?

Ella se echó a reír.

—Sería divertido verlo. Son poemas de alto contenido sexual. —Se le acercó y le susurró al oído—: Para que los leas y te excites y pienses en mí. —Se alejó y continuó vistiéndose y hablando en voz alta—: Me gusta porque es audaz en sus poemas, transgrede, rompe límites y habla de todo de forma directa. Se está haciendo muy popular.

—Rompe muchos límites, sin duda —dijo César y releyó el poema, ahora en silencio—. ¿Y quieres que te recuerde con este poemario? ¿«Por culo y por la boca»? Eso no lo hacemos tú y yo. ¿O lo vamos a hacer?

Ella se le acercó otra vez y lo abrazó para hablarle en susurros sensuales:

—Ni lo hemos hecho ni lo haremos, pero hay más poemas que sí podemos probar.

César enrolló el papiro y se lo guardó. Definitivamente, tendría que leérselo entero.

Cuando terminaron de vestirse, ella volvió a aproximarse para darle un último beso antes de marcharse:

—Por cierto... no me respondiste antes, entró la esclava y nos interrumpió: ¿qué es eso que todos olvidamos y que hace que ser elegido *pontifex maximus* sea tan importante?

César dejó de sonreír, su semblante se tornó muy serio.

—Todos parecen olvidar algo que ocurrirá tarde o temprano: el regreso de Pompeyo —especificó con voz grave—. Pompeyo está en Asia, ha derrotado a Mitrídates y se está haciendo con el control de muchos territorios y consiguiendo numerosas victorias. Y un día retornará a Roma más fuerte y más rico que nunca. Querrá hacerse con el

---

sus músculos. / Y porque habéis leído "muchos miles / de besos" ¿me juzgáis poco hombre? / Por culo os voy a dar y por la boca». Traducción según la edición de Carlos Fernández Corte y Juan Antonio González Iglesias (Cátedra, 2006).

control completo del Senado y eso lo llevará a enfrentarse con Craso, y yo estaré en medio. Quizá también se enfrente con Cicerón y con Catón, veremos. La cuestión es que la última vez que Pompeyo se enfrentó a mí, tras el juicio a Dolabela, acabó forzando mi exilio, pero ¿sabes una cosa?

Ella lo escuchaba muy atentamente. Era cierto que nadie en Roma, ofuscados con las luchas electorales, pensaba demasiado en que Pompeyo tendría que volver.

—¿Qué he de saber? —preguntó.

—Mi tío Cayo Mario promovió mi nombramiento en el pasado como *flamen Dialis*, como sacerdote de Júpiter, y eso me protegió ante Sila. Estoy convencido de que ser *pontifex maximus* me hará lo bastante fuerte como para sobrevivir al regreso de Pompeyo.

LXXII

El golpe de Estado

Roma, final del verano del 63 a. C.

Y César ganó las elecciones a *pontifex maximus*.

Las peores previsiones de Catulo no sólo se cumplieron: se superaron. Su oponente no sólo venció, sino que lo hizo de una forma arrolladora, con una abrumadora mayoría de las tribus de la ciudad votando a su favor. Catulo quedó muy por detrás, y eso que los *optimates* invirtieron buena parte del dinero recaudado para comprar la retirada de César en intentar comprar votos con tantas dádivas como fueran necesarias. De nada sirvió. Isáurico quedó tercero, con sólo una tribu a su favor. Todo parecía indicar que incluso sin su participación, César habría seguido ganando.

—Volveré como *pontifex maximus* de Roma o no volveré —le había anunciado César a su madre la mañana de las elecciones, y regresó como el nuevo sacerdote supremo de la religión romana.

La victoria, como ya comentó Aurelia, conllevaba un cambio de residencia: el *pontifex maximus*, desde tiempos inmemoriales, residía en la *domus publica*, una vivienda sagrada levantada en el centro del foro junto a la Vía Sacra. No era inmensa, pero estaba en perfecto estado de mantenimiento, al contrario que la *domus* de la *gens* Julia, muy deteriorada por la falta de dinero para reparaciones. César se había endeudado, pero de forma sistemática había gastado los miles de sestercios que le había proporcionado Craso en obras públicas antes que en lujos particulares. Como caprichos personales apenas se había permitido algún regalo para Servilia y algo de ropa vistosa, extravagante para los gustos más tradicionales, pues gustaba de vestir con largas túnicas de colores a veces luminosos, llamativos, a la manera oriental, costumbre adquirida en sus viajes por Macedonia, Rodas, Éfeso y otros lugares distantes de Roma.

Sin embargo, en la residencia familiar había invertido poco, y trasladarse a la *domus publica* suponía una mejora sustancial del nivel de vida de la familia, aunque no suficiente a ojos de Pompeya, claro.

Aun así, para César esa mejora era una cuestión delicada: hasta aquel momento había mantenido la promesa de seguir residiendo en la misma casa, en la misma Subura que lo vio nacer; había asegurado que se quedaría en el barrio más humilde y próximo a la plebe de Roma, ascendiera lo que ascendiera en política. ¿Cómo se tomaría la plebe que su ídolo abandonara su residencia habitual entre ellos para ir a la gran *domus publica* del foro? A César le preocupaba: no quería, en modo alguno, perder esa conexión especial que tenía con el pueblo. Por eso hizo varias cosas al respecto.

En primer lugar, pese a que el cargo de *pontifex maximus* era vitalicio y, en consecuencia, tendría vivienda pagada por el Estado para el resto de su vida, decidió no vender su vieja *domus* del centro de la Subura. Además, hizo correr la voz de que la mantendría como muestra permanente de su vínculo con los más pobres de Roma y dejó claro también, para que se supiera, que el dinero de la venta le vendría bien, pues de todos era conocido que él de dinero no andaba muy sobrado.

Lo que no esperaba César era verse favorecido en aquella mudanza por una reacción espontánea del pueblo: la mañana que abandonaba su *domus* en una larga comitiva con varias carretas que transportaban enseres y mobiliario, y varios esclavos cargando también con diversos baúles con ropa, su único lujo, y algunos objetos de valor, como estatuas de sus antepasados, se encontró con todos los habitantes de la Subura en la calle. César, su esposa Pompeya, su madre Aurelia y su hija Julia se vieron avanzando por interminables pasillos de ciudadanos que no dejaban de vitorear a su líder:

—¡César, César, César!

Clamor al que añadían:

—*Pontifex, pontifex, pontifex!*

El pueblo de Roma no vio como una deserción que César abandonara la Subura, sino que vivió aquel traslado de residencia de su líder como que uno de ellos, uno del pueblo, se había ganado el derecho a vivir en el centro mismo del foro, el corazón del poder de Roma. Habían colocado a uno de los suyos en el lugar donde se decidía todo y mantendría esa posición para siempre.

Pero de esta gran victoria de César se habló durante poco tiempo.

Con el final del verano, en el mes de septiembre, vinieron las elecciones para los puestos de tribunos de la plebe, ediles, cuestores, pretores y el resto de las magistraturas. Y la atención de todos se concentró en estos nuevos pulsos políticos: Cicerón, aprovechando su influencia y su poder como cónsul en aquel momento, impulsó la candidatura de Catón para el tribunado de la plebe y consiguió que obtuviera la victoria. De este modo, garantizaba no sólo el control que los *optimates* ya tenían del Senado, sino poner a uno de los suyos para controlar las maniobras legislativas que pudieran generarse en las asambleas del pueblo. Cambios como el del sistema electoral para la elección del *pontifex maximus* promovido por Labieno eran reformas que no pensaba permitir de nuevo. Y más a la luz de lo acontecido.

César, por su parte, siguiendo la inercia generada por su reciente elección a *pontifex maximus*, se presentó a la pretura, para la cual ya tenía la edad mínima exigida por la ley, y obtuvo una nueva victoria. Estaba acercándose a su objetivo final: el consulado. Aunque su rápido ascenso de aquel año lo había situado en el centro de las miradas de los *optimates* y sabía que harían todo lo posible, y lo imposible, para frenarlo en ese cargo de pretor *sine die*. Había una consigna entre Cicerón, Catón, Catulo y el resto de los líderes *optimates*: César no debía ser cónsul... nunca.

Sin embargo, pese a lo relevantes que fueran todas estas maniobras políticas por el control del poder, la gran partida de aquel año, la nueva elección de cónsules, ensombreció cualquier otra disputa. Incluso hizo que el pulso entre unos y otros por ser *pontifex maximus* quedará en un segundo plano.

Y es que Lucio Sergio Catilina volvió a presentarse a las elecciones a las magistraturas superiores que determinaban quiénes serían los dos cónsules del año siguiente. Y en esta ocasión, sólo contemplaba una posibilidad: ser cónsul. Iba a intentarlo conforme a la ley una vez más, pero estaba dispuesto a emplear cualquier otro método. Simplemente, no podía permitirse una nueva derrota: como César, Catilina había acumulado deudas astronómicas entre candidaturas —tanto fallidas como exitosas— y juicios, y la mayor parte de las mismas vencían el 13 de noviembre de aquel año. Sólo una victoria como cónsul le permitiría disponer de un ejército y, de ese modo, llevar a cabo alguna campaña militar que le reportara el dinero suficiente para responder ante todos sus acreedores. Pero si caía derrotado de nuevo en las elecciones consulares, ninguno de sus deudores estaría dispuesto a aceptar aplazamiento alguno para aquellos pagos.

El suyo era un caso diferente al de César, pues César contaba con el apoyo económico del acaudalado Craso. Catilina estaba solo en ese sentido, aunque no aislado: había senadores fuera del grupo de Cicerón, Catón y Catulo, que se sentían descontentos porque se les dejaba al margen del corazón del poder de Roma y, en consecuencia, de sus pingües beneficios económicos. Por un lado, Catilina aglutinó en torno a él a senadores y ciudadanos resentidos con los *optimates*, pero que no buscaban favorecer al pueblo sino sólo a ellos mismos, como Léntulo Sura, Cayo Cornelio o Lucio Varguntelo. Por otro, llevó a cabo una demoledora campaña electoral populista donde prometió un amplio programa social al pueblo de Roma con la esperanza de ser él el elegido.

De este modo, acuciado por las deudas, Catilina invirtió cuanto tenía en aquellas elecciones. Era un todo o nada. El fracaso implicaba tener que abandonar la vida política y exiliarse ante su incapacidad de satisfacer a sus múltiples acreedores. Pero él no estaba dispuesto a reaccionar así ante una derrota. Tenía un plan.

Las elecciones consulares se celebraron bajo la supervisión de los cónsules del año en curso; esto es, Cicerón y Antonio Híbrida.

Cicerón estaba fuera del alcance de cualquier soborno que pudiera ofrecer Catilina para que los cónsules en activo no usaran todos los recursos del Estado para detener su golpe. Pero Antonio Híbrida era un caso distinto: uno de los hombres fuertes de Sila en su brutal campaña en Grecia, ya había cometido todo tipo de ilegalidades atroces para hacerse con dinero en aquella provincia. César lo procesó sin éxito, pues los *optimates* maniobraron para detener el juicio mediante el veto de unos tribunos de la plebe controlados en aquel momento por el sector oligarca del Senado, y César tuvo que exiliarse y fue cuando partió hacia Rodas.

Pero de todo eso hacía mucho tiempo ya.

Desde entonces, Híbrida había ascendido políticamente hasta alcanzar el consulado, eso sí, moviéndose siempre entre lo legal y lo ilegal, la administración honesta y la pura corrupción. En suma, Híbrida era susceptible de ser sobornado. Y Catilina compró sus servicios.

No obstante, Cicerón, conocedor de la naturaleza humana de quienes lo rodeaban en el Senado, sabedor de la tendencia de su colega en el consulado a atesorar dinero sin importarle de qué modo o lo que esto pudiera suponer para el Estado, convocó a Híbrida en su casa unas semanas antes de las elecciones para... hablar.

Domus de Cicerón, Roma
Por la noche, *prima vigilia*

Cicerón y Catón recibieron a Híbrida con semblantes serios, pero el primero se mostró cordial en sus gestos y le indicó al recién llegado que se acomodara en uno de los *triclinia* del atrio. Las antorchas crepitaban y proyectaban las sombras alargadas de los escoltas que Cicerón había introducido en su casa para protegerse ante cualquier ataque promovido por Catilina. Sabía que éste usaría el dinero para neutralizar a Híbrida, pero que para neutralizarlo a él recurriría directamente a la violencia.

Cicerón fue directo al grano:

—No sé cuánto dinero te habrá ofrecido Catilina por tu apoyo en lo que sea que esté tramando, Antonio, pero en el caso de que sea derrotado en las elecciones de estos próximos días para el cargo de cónsul y en el supuesto de que decida utilizar la fuerza para hacerse con el control de Roma, he de pedirte que permanezcas a nuestro lado. Si Catilina pierde las elecciones, preveo momentos muy tensos en el Senado, y votaciones muy duras sobre asuntos graves. A cambio de tu lealtad, te puedo garantizar que el próximo año el Senado apoyará que seas gobernador de Macedonia. Un año entero al mando de esa rica provincia te puede reportar mucho más dinero del que Catilina, ya de por sí muy endeudado, haya podido prometerte. Sólo has de ser algo más comedido que Dolabela cuando gobiernes esa provincia, o contenerte más que cuando estuviste al mando de Grecia. No queremos nuevos juicios como los que inició César en ambos casos. Ahora es más fuerte y menos ingenuo que antes. Pero un hombre como tú, con habilidad, puede hacerse muy rico sin necesidad de cometer excesos. Piensa bien tu respuesta a mi oferta, Antonio, y considera que esto es dinero seguro, a diferencia del de Catilina.

Híbrida miraba directamente a los ojos a su interlocutor.

—Tiene tropas —dijo como respuesta—. Catilina tiene un ejército preparado para atacar Roma —precisó.

Era su forma de rechazar lo que le ofrecía Cicerón, al menos por el momento; su modo de hacer ver que no era cierto eso de que Catilina no tuviera ninguna opción para hacerse con el poder por la fuerza en caso de que así lo decidiera si perdía las elecciones.

—Yo también tengo un ejército —replicó Cicerón, para sorpresa de Híbrida y también de Catón.

Híbrida frunció el ceño, con la mirada fija en el suelo. Hasta ese instante había pensado que Catilina les había ganado la mano a Cicerón y los suyos en la lucha por el control de Roma, pero la afirmación de su colega en el consulado ponía a prueba sus lealtades. Cicerón podría estar mintiendo, aunque lo miró de nuevo a los ojos y aquella mirada no era la de alguien que bromeaba.

Híbrida recalculó sus opciones. Y, tal y como le había sugerido Cicerón, fue a lo seguro:

—Sea: la provincia de Macedonia —aceptó por fin la oferta.

—De acuerdo, pero, por Júpiter —intervino Catón—, ¿cómo sabemos que ahora sí nos serás leal?

—Mi joven amigo tiene razón —apoyó el propio Cicerón—, la pregunta es muy pertinente. Lo correcto sería que nos dieras una prueba de tu lealtad.

—¿Cuál? —preguntó Híbrida.

—Dime dónde está el ejército de Catilina.

Híbrida parpadeó varias veces. Miró a su alrededor: allí estaban los hombres contratados por Cicerón apostados en las cuatro esquinas del atrio y no dudaba de que estarían armados. Para el cónsul, todo aquello no era ningún juego.

Sin dudarlo más, hizo lo que se le pedía:

—En Etruria.

—¿Tan cerca? —dijo Catón, descorazonado.

Etruria estaba justo al norte, lindando con la misma Roma. O las tropas de las que había hablado Cicerón se encontraban igual de próximas, o Catilina se haría con el poder ya fuera ganando las elecciones o por la fuerza. Y a todo esto, Catón arrugaba la frente... ¿De qué ejército podía disponer Cicerón para enfrentarse a los soldados de Catilina?

En un oscuro cruce de calles de la Subura
Esa misma noche, a la misma hora

César acudió al encuentro con Catilina acompañado por Labieno y varios hombres armados como escolta. Eran días de ir protegido y sólo aceptó entrevistarse con él en la seguridad del centro del laberinto de calles de la Subura y en medio de la oscuridad de la noche, cuando todos dormían. O eso pensaba.

César había justificado su salida nocturna a su familia con la excusa de ir a ver a su sobrina Acia que acababa de dar a luz a un niño, su primer sobrino nieto. Ante la ausencia de hijos propios, aquel nacimiento era importante para él, y tanto su esposa Pompeya como su madre Aurelia lo entendieron.*

—¿Tanto te avergüenzas de que nos vean juntos? —preguntó Catilina a modo de saludo desafiante por el lugar y la hora del encuentro.

—Digamos que me parece prudente ser discreto cuando se trata de hablar contigo en estos días antes de las elecciones consulares —respondió César—. Seas tú o sea otro, tampoco tiene por qué enterarse Cicerón de con quién hablo o dejo de hablar. Y mi casa, como la tuya, lo sabes bien, está vigilada día y noche. Los *optimates* tienen informadores por todas partes.

Catilina suspiró. Sabía que lo que decía César era cierto.

—Bueno, por Hércules·—dijo entonces—, vayamos al asunto. Sabes que me presento a cónsul otra vez —comenzó sin más rodeos. Vio

---

* Se trata del nacimiento de Cayo Octavio, que luego será conocido como Augusto, sobrino nieto de César y primer emperador de Roma.

que César asentía, igual que Labieno, que también lo escuchaba atento—. Bien, pues esta vez voy a ganar seguro: he invertido todo mi dinero en comprar votos...

—No eres el único —lo interrumpió César—. Silano, el cuñado de Catón, y Murena, el candidato de Cicerón y el resto de los *optimates*, también han invertido mucho dinero en esta campaña.

—Es posible —admitió Catilina—, pero ellos no tienen un ejército preparado para el caso de que pierdan, ¿verdad?

César no respondió.

Catilina sonrió y siguió hablando, mientras sus dos interlocutores permanecían inmóviles y en silencio:

—Quiero contar con tu apoyo, en el caso de que sea elegido, para aprobar varias de las leyes que he prometido. Necesito satisfacer al pueblo, al menos en algunas cosas.

—Si ganas y quieres mi voto y el de tantos senadores como pueda persuadir, incluido Craso y los que de él dependen, para favorecer al pueblo puedes contar con ello —prometió César.

—¿Y si pierdo? —preguntó Catilina—. ¿No contaré, entonces, con tu apoyo cuando mis tropas cerquen Roma?

César miró a un lado y a otro. Estaban rodeados por los hombres armados que habían traído uno y otro a aquel cruce de calles oscuro. Hablaban entre las sombras.

—Para mí no eres de fiar, Catilina —respondió al fin—. Has prometido grano gratis y mil reformas con que favorecer al pueblo para conseguir sus votos, no porque creas que el pueblo vive injustamente sometido por unos pocos senadores todopoderosos y egoístas y viles. Tus promesas son sólo una forma de llegar al poder. Y si lo logras, sólo harás las mínimas reformas que sean precisas para perpetuarte en el gobierno de Roma. Sólo me quieres para que te ayude en tu enfrentamiento con los *optimates*. Y para eso no me tendrás, porque, ¿sabes una cosa? —aquí César se aproximó al rostro de Catilina—, no eres lo bastante fuerte para ganar en ese enfrentamiento con los *optimates*. Nadie lo es. Aún no.

—Tú no sabes de lo que soy capaz —replicó Catilina sin retirar su rostro de la cercanía de César y en claro tono, una vez más, de desafío.

—Oh, por todos los dioses, Catilina, sí que sé de lo que eres capaz:

eres capaz de asesinar si hace falta y de usar la fuerza militar para apoderarte de Roma; pero también sé de lo que *no* eres capaz: no tienes la fuerza para derrotar a Pompeyo. Incluso si consiguieras el poder por las armas, luego no podrías detenerlo en su regreso victorioso de Asia. Porque Pompeyo ha de volver. ¿En eso no has pensado?

Catilina tragó saliva, pero respondió aún con osadía:

—He pensado en eso y en todo, pero cada enemigo en su momento. Ahora me ocuparé de hacerme con Roma y de eliminar a Cicerón y los suyos. A Pompeyo ya le llegará el turno, si no quiere pactar conmigo.

César negó con la cabeza.

—Pompeyo ha derrotado a Sertorio, a Mitrídates del Ponto, a los reyes de remotos reinos del Cáucaso y ha barrido a los piratas del mar —enumeró—. Él acumula victorias a su paso. Y tú, Lucio Sergio Catilina, ¿a quién has derrotado?

Catilina calló, pero no bajó la mirada.

—Hazte un favor: si no ganas las elecciones, no intentes nada —le advirtió César—. Es posible que puedas matar a los *optimates* de Roma, pero no podrás contra Pompeyo. ¿Por qué crees que se ganó el sobrenombre de «el Carnicero»?

A Catilina le temblaban los labios por la tensión del momento.

—Entonces, si recurro a la fuerza, ¿no contaré con tu apoyo? —Quería precisión sobre el asunto, no evasivas ni más apelaciones al regreso de Pompeyo. En Roma, para él, ahora estaban los que estaban y eso era lo único a tener en cuenta.

—No, no tendrás mi apoyo si das un golpe de Estado —respondió César, claro.

Los dos hombres se separaron y, rodeados por sus escoltas, se marcharon en direcciones opuestas.

La noche negra dormía con su vientre henchido de conjuras sobre una Roma silenciosa.

Era la víspera del día de las elecciones.

Roma
Al día siguiente, otoño del 63 a. C.

Domus *de Catilina*

Catilina perdió.

Silano y Murena eran los cónsules electos para el año siguiente.

Los *optimates* respiraban aliviados por el resultado electoral, pero Cicerón sabía que aquella tranquilidad era sólo la calma que precede a la tormenta.

El perdedor se refugió en la seguridad de su casa. Faltaban unas semanas para que tuviera que satisfacer el pago de todas sus deudas a sus acreedores. La opción del consulado y una exitosa campaña militar que le reportara mucho dinero ya no existía.

Estaba sentado en el atrio de su *domus*, rodeado por sus más fieles partidarios. Allí estaba Publio Cornelio Léntulo Sura, Cornelio Cetego, Cayo Cornelio o Lucio Varguntelo, entre otros.

Tenían un ejército armado en Etruria al mando de Cayo Manlio, un antiguo centurión de Sila, esperando órdenes para marchar sobre Roma.

Todos miraban a Catilina: era preciso actuar pronto y de forma contundente, brutal, tanto fuera como dentro de la ciudad.

Catilina miró a Cayo Cornelio y Lucio Varguntelo. Ambos eran hombres de oscuro pasado y pocas posibilidades de promoción y estaban dispuestos a todo. Sabían que sólo la violencia les traería ascenso político y poder y riqueza. Querían las tres cosas y las querían ya. Sólo tenían que obedecer al líder.

—Matadlo —dijo éste con gélida serenidad, con el sosiego de un psicópata al iniciar un ataque mortal.

Ninguno de los reunidos preguntó a quién había que matar. Tenían claro quién era el hombre fuerte del Estado romano en aquel momento, su principal obstáculo.

Cayo Cornelio y Lucio Varguntelo partieron para cumplir las órdenes recibidas: salieron de la residencia de Catilina y se adentraron en la noche romana rodeados por una treintena de sicarios armados.

Catilina acababa de activar la imparable maquinaria del golpe de Estado.

Ya no había marcha atrás.

Sólo sangre y poder.

Mucho poder al final del camino.

El asesinato de Cicerón estaba destinado a ser el primero de una larga serie.

Foro de Roma

Aún no había amanecido.

Por la Vía Sacra, los dos conjurados, Cayo Cornelio y Varguntelo, seguidos por su banda de sicarios, avanzaban en silencio al cobijo de las últimas sombras de la noche, rumbo a las puertas de la *domus* de Cicerón.

Su plan era sencillo: saludar al cónsul antes del alba, siguiendo la costumbre centenaria en Roma de presentar sus respetos a los prohombres de la ciudad a primera hora del día. Si alguien preguntaba, justificarían aquella visita aduciendo que querían manifestar su lealtad absoluta al Estado en aquellos tiempos de duda y confusión. Contaban con la vanidad de Cicerón que, estaban seguros, disfrutaría viéndolos a ellos, expulsados del Senado en el pasado reciente por acusaciones de todo tipo, arrastrándose ante él.

Llegaron al fin a su destino.

Sólo tenían que llamar a la puerta y que alguien abriera.

Una vez que uno de los esclavos de Cicerón descorriera los travesaños que aseguraban el cierre, empujarían con fuerza e irrumpirían en la *domus* para acabar con la vida de todos los que se cruzaran en su camino hasta llegar a la habitación del cónsul y asesinarlo allí mismo, antes del despunte del sol.

Llamaron.

Escucharon pasos en el interior.

Cayo Cornelio y Lucio Varguntelo se miraron impacientes y cruzaron una sonrisa malévola: los habían expulsado del Senado, y ahora ellos iban a terminar con el líder senatorial más importante. Con frecuencia, un golpe de Estado empieza con un ajuste de cuentas.

Se escuchó por fin cómo alguien manipulaba algo en el interior, en las puertas que daban acceso a la *domus*. Los esclavos estaban retirando los travesaños que apuntalaban las puertas.

Tal y como hacían cada mañana.

Sin saber lo que les esperaba.

—¡Ahora! ¡Por Júpiter! ¡Ahora! —gritaron los dos conjurados que lideraban a los sicarios—. ¡Empujad, empujad!

La turba de asesinos arremetió a golpes contra las puertas de la *domus* de Cicerón.

LXXIII

Quousque tandem abutere, Catilina, patientia nostra?

Templo de Júpiter Stator
Reunión plenaria del Senado de Roma
8 de noviembre del 63 a. C.

Mas las puertas de la residencia de Cicerón nunca terminaron de abrirse: los esclavos, advertidos por su amo, que desconfiaba de todo y de todos aquellos días, no quitaron travesaño alguno, sino que, bien al contrario, lo que hicieron fue apuntalar con más maderos las puertas para que aquella madrugada no pudiera entrar nadie en la casa. Y al infierno con la costumbre de ser saludado al alba por ciudadano alguno. Cicerón estaba en la supervivencia del Estado, según lo conocía y lo entendía él, y no en el mantenimiento de tradiciones antiguas.

Aparte de eso, el cónsul contaba con una fuerte escolta armada. Cuando se inició el ataque, los guardias que había apostado Cicerón en el interior de su residencia empezaron a gritar para que quienes empujaban la puerta supieran que no encontrarían la casa ni desprotegida ni falta de numerosos defensores.

Los atacantes, tras unos momentos de duda, desistieron y se alejaron. Desde el interior nadie pudo verlos ni identificar a sus líderes. Y mucho menos saber con certeza quién los había enviado.

Cicerón tenía claras y fundadas sospechas, pero las pruebas que disponía contra Catilina eran escasas, por eso pensó que lo que debía hacer no era seguir ocultándose, sino dar la cara por completo y provocar aún más al enemigo para que él mismo terminara traicionándose con sus actos, obrando a plena luz del día y no al amparo de las últimas sombras de la noche.

Marco Tulio Cicerón, cónsul de Roma, convocó al Senado a una reunión plenaria donde esperaba contar con la asistencia no de unos pocos senadores, sino de la totalidad de los *patres conscripti*. El edificio del Senado no podría acoger en su interior a todos ellos, por eso los convocó en el templo de Júpiter Stator. Este santuario tenía además un valor simbólico que todos —amigos de Cicerón, conjurados de Catilina y demás *patres conscripti*— entendieron muy bien. El templo se había levantado allí donde los romanos consiguieron salvar el Estado dos veces: primero contra los sabinos y luego contra los samnitas. A ambos los hicieron retroceder en aquel punto. Para celebrar la primera victoria se levantó un gran altar; para conmemorar la segunda, se decidió construir el gran templo en el que ahora se iban congregando todos los senadores de Roma.

Al templo se accedía por una gran escalinata que desembocaba en un pórtico con imponentes columnas rematadas en capiteles corintios profusamente decorados con las hojas de acanto esculpidas con un detalle sorprendente.

Craso, junto con César y otros muchos de sus seguidores, ascendía por el lado derecho de la escalinata. Cicerón, acompañado por los cónsules electos Silano y Murena, Catón, Catulo y otros líderes *optimates*, lo hacía por el izquierdo. Catilina, solo, subía la escalinata por el centro. Sus partidarios más relevantes eran senadores expulsados del cónclave y, en consecuencia, no podían acompañarlo.

—¡Y se atreve a venir! —exclamó Catón, sorprendido e indignado.

Cicerón frenó el paso y miró hacia Catilina.

—En realidad, no tenemos pruebas claras contra él —dijo—. Si no viniera, sería una forma de autoinculparse. De hecho, el único senador cuya presencia me interesaba hoy era Catilina: es bueno que haya venido.

—Tenemos el testimonio de Híbrida —apuntó Catón.

—Antonio Híbrida ha mentido tantas veces, ha sido juzgado tantas otras y se ha vendido a tantos, incluido a nosotros, que su testimonio no vale nada ante un tribunal. Hasta el abogado más torpe lo desautorizaría con facilidad.

—¿Y qué piensas conseguir si no tienes pruebas de sus delitos? —insistió Catón.

Cicerón apretó los labios antes de responder de forma categórica:

—Necesitamos que salga de Roma y se reúna con las tropas que Manlio ha reunido en Etruria y que se acercan ya hacia nosotros. Puedo probar que esas tropas existen, pero no que estén conectadas con Catilina. Necesito que él nos dé ese nexo.

—¿Y cómo vas a hacer eso? —Catón seguía sin ver clara aquella estrategia—. Deberíamos aprovechar su presencia para arrestarlo.

—¿Sin pruebas? —Cicerón negó con la cabeza—. ¿Con Roma atestada de conjurados? Sus partidarios incendiarían la ciudad e iniciarían una lucha mortal calle por calle. No, hay que provocar su salida de Roma. Con él fuera, descabezada la conjura, podremos ordenar la detención de sus cabecillas.

—Sigues sin aclararnos cómo piensas provocar esa reacción en Catilina —insistió Catón.

Cicerón dejó de mirar a Catilina, que ya estaba llegando a la altura de las enormes columnas corintias, y volvió la vista hacia el recién elegido tribuno de la plebe.

—Con palabras, amigo mío, con palabras.

Todos accedieron al interior del gran templo.

Con la conversación, habían dado tiempo a que Craso, César, sus seguidores y hasta el propio Catilina tomaran asiento en las gradas de madera que se levantaban para aquellas reuniones del Senado. La reunión había sido convocada de urgencia, y los operarios habían tenido que trabajar a destajo para que todo estuviera dispuesto en cuestión de horas. Los bancos estaban preparados y guardados en unos almacenes del foro, de modo que lo más costoso fue transportarlos con celeridad al interior del templo y repasar a martillo los remaches de las maderas que soportaban el peso de las gradas más altas.

Cicerón, muy lentamente, se levantó y, dando unos pocos pasos al frente, se situó justo en el centro de la gran sala del templo. Miró a unos y a otros, girando despacio, convocando con su porte grave, con sus movimientos estudiados, al silencio. Había funcionarios dispuestos a reclamar ese silencio al recibir sólo una mirada suya o un leve gesto, pero él obtuvo la atención de todos sin decir palabra alguna y sin recurrir a terceros.

Conseguido el silencio absoluto, Cicerón miró hacia Craso y César. Los vio atentos, serios, tranquilos. No le devolvieron la mirada de la culpabilidad, sí la de la curiosidad. Estaban intrigados. Bien. Así le gustaba tenerlos. Luego el cónsul de Roma se giró hacia los suyos: todos los ojos estaban fijos en él; algunos, como Catón, con grandes dosis de inquietud en la mirada. Por último se volvió, aún en silencio absoluto, hacia el lugar que ocupaba Catilina, en una esquina de las bancadas, rodeado por senadores diversos que aún no tenían claro de qué iba todo aquello.

La voz de Cicerón, con sus ojos clavados en Catilina, retumbó atronadora en las paredes del templo de Júpiter Stator:

—*Quousque tandem abutere, Catilina, patientia nostra?**

Catilina mantuvo la mirada del cónsul, impávido, sin parpadear siquiera.

Cicerón se entregó a su discurso con la furia de quien se sabe en una lucha a vida o muerte, aunque en aquel instante no blandiese un gladio sino palabras.

—¿Hasta cuándo has de abusar de nuestra paciencia, Catilina? —repitió Cicerón y, a partir de ahí, continuó como un torrente—: ¿Cuándo nos veremos libres de tus sediciosos intentos? ¿A qué extremos se arrojará tu desenfrenada audacia? ¿No te arredran ni la nocturna guardia del Palatino, ni la vigilancia en la ciudad, ni la alarma del pueblo, ni el acuerdo de todos los hombres honrados, ni este protegidísimo lugar donde el Senado se reúne, ni las miradas y los semblantes de todos los senadores? ¿No comprendes que tus designios están descubiertos? ¿No ves tu conjuración fracasada por conocerla ya todos? ¿Imaginas que alguno de nosotros ignora lo que hiciste anoche y antes de anoche; dónde estuviste; a quiénes convocaste y qué resolviste? ¡Oh, qué tiempos! ¡Qué costumbres! ¡El Senado sabe esto, lo ve el cónsul, y, sin embargo, Catilina vive! ¿Qué digo vive? Hasta viene al Senado y toma parte en sus acuerdos, mientras con la mirada anota los que de nosotros designa a la muerte.**

Catilina se mantenía impasible pese a las acusaciones tan graves que Cicerón acababa de verter.

* «¿Hasta cuándo has de abusar de nuestra paciencia, Catilina?». Texto procedente de la primera Catilinaria de Cicerón, versión latina según la edición de Pere J. Quetglàs, traducción de Juan Bautista Calvo.
** De la misma edición.

Craso y César cruzaron la mirada; les resultaba evidente que la crisis había llegado a un punto de inflexión, en el que Cicerón iba a por todas. Lo que no estaba claro era cómo se atrevía a tanto, si Catilina, como se rumoreaba y como él mismo les había desvelado, tenía ya un ejército en armas en Etruria, a apenas unos días de Roma. No lo entendían. Pompeyo podría regresar y reinstaurar el poder de los *optimates*, pero, para entonces, Catilina ya habría matado a Cicerón. Y a muchos otros.

—Cicerón sabe algo que nosotros no sabemos —susurró César al oído de Craso—; si no, no se atrevería a hablarle tan duramente a Catilina.

Ambos siguieron escuchando.

—Ha tiempo, Catilina —prosiguió Cicerón—, que por orden del cónsul debiste ser llevado al suplicio para sufrir la misma suerte que contra todos nosotros, también desde hace tiempo, maquinas.*

Y siguió refiriendo ejemplos de cómo otros que habían promovido alteraciones del Estado romano, menores de las que había anunciado Catilina en su campaña electoral, habían sido arrestados y ejecutados. Mencionó las ejecuciones de los Graco, por promover, entre otras cosas, una reforma agraria; o la más remota ejecución de Espurio Melio, a quien se acusó de que su reparto de trigo gratis para el pueblo de Roma era sólo un ardid para conseguir su apoyo, terminar con la República y eternizarse en el poder como tirano absoluto. Recordó Cicerón también el arresto y posterior muerte de Saturnino, y aquí miró no sólo a Catilina, sino también a César. Este último se cuidó bien de no entrar en aquella provocación con la que quizá Cicerón buscaba involucrarlo en las maniobras del propio Catilina. O quizá el cónsul sólo tanteaba si se sentía culpable. En cualquier caso, César permaneció en silencio e inmóvil.

Cicerón, en su discurso, volvió a centrar toda su atención en Catilina: anunció que éste disponía de un ejército en Etruria, bajo el mando de Manlio, preparado para atacar Roma. Acto seguido refirió datos muy precisos de encuentros y reuniones que Catilina había mantenido en las últimas semanas, de modo que éste pudiera ver que él, Cicerón, tenía la información necesaria para anticiparse a todos sus movimientos, como el ataque de Cornelio y Varguntelo de la noche anterior. Cicerón, al fin,

* De la misma edición.

conminó a Catilina a salir de Roma y reunirse con su ejército rebelde. Lo señaló como culpable de cualquier mal que aquejara a Roma en aquel momento, recordó todos sus crímenes pasados, todos los juicios y las acusaciones que se vertieron sobre su persona y reiteró, de forma repetida, que saliera de la ciudad para unirse a sus tropas.

Poco a poco, los senadores que estaban más próximos a Catilina, a medida que las acusaciones proferidas por el cónsul iban acumulándose, se empezaron a alejar de él. Así, también poco a poco, pero de forma evidente, se quedó completamente solo y aislado en una esquina de la bancada en la que estaba sentado.

Para finalizar, Cicerón exhortó al dios protector de Roma, Júpiter Stator, en cuyo templo se encontraban reunidos, a asistir en aquella grave crisis a todos los ciudadanos honestos de la ciudad y, al tiempo, a condenar a Catilina a eternos suplicios.

El demoledor discurso había terminado.

No hubo aplausos ni vítores, ni tampoco gritos de desacuerdo.

Sólo un silencio que parecía resonar tanto en el interior de aquel sagrado santuario como las palabras que acababa de pronunciar Cicerón.

Catilina, solo en su banco, se limitó a levantarse y, paso a paso, sin mirar a nadie, sin dar réplica alguna, consciente de que ya no era bienvenido en aquel cónclave, no ya por Cicerón sino por nadie, echó a andar hacia la puerta del templo. La cruzó y descendió, siempre solo, por la escalinata.

Sin embargo, al pie de la misma fue recibido por una multitud de sus partidarios, que se habían reunido frente al templo por temor a que Cicerón detuviera a su líder. Eran casi todos gente humilde que había creído en sus promesas electorales de cambiar las leyes para terminar con el poder de los *optimates*, aquella oligarquía que los oprimía, y, la verdad, a la mayoría de los que allí se arracimaban no les importaban demasiado los métodos que Catilina estuviera dispuesto a emplear, siempre que cumpliera con lo prometido.

Como una inmensa escolta, aquella turba lo acompañó y lo protegió hasta que pudo llegar a la seguridad de su casa en el centro de Roma.

Cicerón, Catón y otros senadores habían seguido a Catilina en su silenciosa salida del templo y vieron cómo aquella multitud lo escoltaba.

—¿Ves por qué no podemos arrestarlo aún? —dijo Cicerón a Catón.

El nuevo tribuno de la plebe cabeceó afirmativamente.

—¿Y qué hacemos? —preguntó a su vez Catón—. Tiene un gran apoyo popular, eso es evidente, y un ejército acercándose a Roma.

—Esperaremos. Quiero ver qué hace.

—Si esperamos, nos matará, por todos los dioses.

Catulo, Silano, Murena y otros, reunidos alrededor de Cicerón y Catón, asentían nerviosos.

—¿Recuerdas, Marco, que le dije a Híbrida que yo disponía de otro ejército? —le replicó Cicerón, y los miró a todos sonriente—. Pues ahora mismo ese ejército está desembarcando en el puerto de Ostia. Sólo necesito que el Senado me dé el poder de emplearlo según sea necesario. ¿Volvemos dentro? Esta reunión aún no ha terminado. Seguiremos más tranquilos sin la insidiosa presencia de Catilina en este sagrado templo. —Miró hacia lo alto de las imponentes columnas corintias—. Se podrá decir en el futuro que aquí detuvieron nuestros antepasados a los sabinos y los samnitas, y que nosotros frenamos aquí también el golpe de Estado de Catilina.

LXXIV

La pena de muerte

Roma, 63 a. C.

Los acontecimientos se precipitaron.

Cicerón consiguió lo que deseaba: provocar una reacción de su mortal enemigo.

La noche posterior al discurso del 8 de noviembre, Catilina fingió recluirse en su casa, pero en verdad lo que hizo fue salir de Roma durante la madrugada e ir al norte para reunirse con el ejército de Manlio e incorporarse a su avance militar contra la ciudad. Catilina era un segundo Sila: un romano lanzando tropas contra Roma misma.

Para sosiego de muchos, Cicerón anunció entonces que él, por su parte, tenía las legiones de Lúculo en Ostia. Éstas se habían anticipado al regreso de Pompeyo de Asia, para que Lúculo, por sus muchos años de combate contra Mitrídates, pudiera disfrutar de un triunfo personal desfilando por las calles de Roma. Lo que había hecho Cicerón, ante las informaciones que recibía sobre las maniobras de Catilina, fue solicitar que aceleraran su regreso para poder disponer de estas legiones si era preciso. Como era el caso.

Los senadores, sintiéndose protegidos con aquel anuncio del cónsul, le dieron su apoyo para todas las decisiones que se fueron tomando en los días siguientes.

—Ese ejército de Lúculo era lo que Cicerón sabía y nosotros ignorábamos —dijo César a Craso en una de aquellas intensas reuniones que tuvieron lugar durante los días posteriores al discurso de Cicerón contra Catilina.

—Ahora Cicerón incrementará su ofensiva contra Catilina en todos los frentes. Contra sus aliados en la ciudad, también.

Y el pronóstico de Craso dio en el blanco: Cicerón obtuvo del Senado, primero, la declaración de Catilina como *hostis*, enemigo público del Estado, para, a continuación, recibir el permiso del conclave de los *patres conscripti* para utilizar la fuerza como fuera necesario, haciendo uso de las tropas recién llegadas de Asia contra el ejército rebelde. Además de eso, el Senado emitió un nuevo *senatus consultum ultimum*, un decreto que capacitaba a Cicerón para arrestar de inmediato a Catilina, si se le capturaba, y a todos los cabecillas de su revuelta que pudieran encontrarse aún en la ciudad, incluidos los que habían intentado asesinar al cónsul hacía unos días.

Léntulo Sura, Cayo Cornelio, Lucio Varguntelo y otros fueron detenidos.

Tras su arresto, Cicerón convocó al Senado de nuevo.

Foro de Roma
5 de diciembre del 63 a. C., por la mañana

Craso, en esta ocasión, decidió no acudir.

—Y tú deberías hacer lo mismo que yo —le dijo a César cuando se encontraron en el foro horas antes de la nueva reunión del Senado—. Cicerón va a pedir la pena de muerte contra los aliados de Catilina que ha arrestado, y una vez que los *optimates* empiezan a pedir penas de muerte, nunca se sabe dónde trazan la línea de a quiénes salvan y a quiénes condenan. Lo mejor que puedes hacer, amigo mío, es atrincherarte en tu casa, como voy a hacer yo, y no salir para nada hasta que todo se tranquilice. Ya es tarde para salir de Roma. Controlan todos los accesos.

—Si hubiéramos abandonado la ciudad, lo usarían para acusarnos de estar con Catilina —opuso César.

—Es posible, pero nos garantizaría salir vivos de todo esto. Ahora no sé qué pasará —concluyó Craso muy serio.

Hablaban en una esquina de la Vía Sacra, cerca de la *domus publica* de César, donde residía desde que fue elegido *pontifex maximus*, rodeados por una treintena de hombres armados que conformaban las escoltas de uno y otro. La mayoría protegían a Craso. Los guardias se echaron a un lado al ver que se acercaba a ellos Labieno, conocido como amigo personal de César.

—Se confirma —anunció el recién llegado—: pena de muerte. Es lo que va a pedir Cicerón esta misma tarde para Léntulo, Cornelio, Varguntelo y el resto de los arrestados, alegando que este *senatus consultum ultimum*, tal y como está redactado, sí le da potestad para ello. Parece que ha tenido en cuenta todo lo que se habló en el juicio contra Rabirio.

—Te lo he dicho —apuntó Craso mirando a César—. Enciérrate en tu casa. Yo dispongo de muchos hombres. Lo tendrán mal conmigo si deciden ampliar sus ansias de sangre más allá de los aliados de Catilina y aprovechar sus poderes especiales, otorgados por el Senado, para acabar de paso con unos cuantos de sus mayores enemigos políticos como tú o yo. En tu caso, ser *pontifex maximus* te proporciona una cierta salvaguarda, y tú —miró a Labieno— eres tribuno de la plebe este año. Eso también te hace algo más intocable...

—También Saturnino era tribuno de la plebe y no dudaron en lapidarlo, una vez ya arrestado por mi tío Mario, en el edificio del Senado —opuso César—. Ningún cargo nos protege lo suficiente si Cicerón y esa fiera de Catón deciden aprovechar la excepcionalidad del poder que se han arrogado y arremeter no ya contra Catilina sino, como dices, contra todos los enemigos políticos que tienen. De eso iba en parte el juicio de Rabirio: no era sólo una estrategia para que Labieno tuviera argumentos para cambiar la ley electoral de elección del *pontifex maximus*. Aquel juicio apuntaba al hecho de que los senadores de Roma no tienen derecho a ejecutar a nadie sólo por decreto, emitiendo un *senatus consultum ultimum*, sin un juicio público. No podemos ahora simplemente encerrarnos en nuestras casas y no hacer nada, no decir nada y dejar que todo pueda repetirse. Hemos de aprender de los errores del pasado.

—¿Y qué piensas hacer? —le preguntó Craso, pero ya mirando a un lado y a otro. Continuar en la calle le parecía del todo imprudente.

—Acudir a la reunión del Senado esta tarde —anunció César—. Eso pienso hacer.

Craso fijó la vista en él. De pronto, era como si se olvidara del resto del mundo y pensara sólo en César:

—Acabarán pidiendo también tu cabeza —insistió—. No vayas.

—Lleva razón —le apoyó Labieno—. No parece buena idea, Cayo. Los ánimos de Cicerón y de los demás *optimates*, sobre todo de Catón, están muy encendidos. Es como si Catón quisiera destacar ya, pese a su juventud, ante el resto de los senadores. Y puede pensar que ordenar tu muerte, la muerte del sobrino de Mario, quizá sea una manera excelente de ganar puntos ante los senadores *optimates* más veteranos.

—Vuestra preocupación por mi seguridad me conmueve —reconoció César—, pero siempre he hecho lo que he creído que tenía que hacer y nunca dejaré de actuar de este modo. Lo hice cuando llevé a juicio a Dolabela o cuando me enfrenté a Sila por Cornelia, y pienso seguir haciéndolo ahora.

Craso se quedó asombrado ante la determinación de César.

—Que los dioses te protejan. —Echó un vistazo hacia sus guardaespaldas—. Puedo cederte a unos cuantos hombres para tu seguridad mientras te muevas por las calles de Roma, pero entre los senadores sólo te podrá proteger Labieno, que será el único que pueda entrar contigo a la reunión.

—Te lo agradezco, pero no necesito más hombres —dijo César.

—Me da igual lo que me digas: diez de ellos irán contigo. —E hizo un gesto señalando a algunos de sus escoltas para que obedecieran—. Pero no confundas mi preocupación por tu bienestar con sólo buenos deseos por mi parte: me debes más de mil trescientos talentos de plata y los muertos no pagan —añadió entre la broma y la genuina preocupación financiera—. Deja que te diga algo más: hablas de evitar que se repitan errores del pasado. Si vas a ir al Senado, al menos ten bien claro que para ellos matar a Saturnino hace tres décadas no fue un error, fue un acierto. Y para muchos de ellos, matarte a ti o a mí no sería a sus ojos repetir un error, sino repetir un acierto.

Con esas palabras que dejaron helados a los dos amigos, Craso se despidió y se alejó con quince de sus hombres. El resto, siguiendo las instrucciones de su amo, se quedó para escoltar al *pontifex maximus*.

—Y tú, Tito, ¿qué vas a hacer? —preguntó César, una vez que ambos se recuperaron del impacto de la última afirmación de Craso.

—Ésa es una pregunta absurda —respondió—. Si tú acudes al Senado, yo iré contigo. No voy a dejarte solo ante esa caterva de *optimates* exaltados. Como dice Craso, los escoltas no podrán seguirte dentro, pero yo no pienso moverme de tu lado.

Los dos amigos se estrecharon la mano con una sonrisa y prometieron verse en unas horas en la reunión de los *patres conscripti* de Roma.

César dio media vuelta, anduvo unos pasos y entró en la *domus publica*, cruzó el atrio de su residencia saludando a su madre y a su esposa sin decir nada y se encaminó a su *tablinum*. Allí tomó unas hojas de papiro y empezó a hacer rápidas anotaciones.

—¿Qué haces, padre?

La voz de Julia lo rescató de la profundidad de sus pensamientos.

—Preparo un discurso para el Senado —respondió alzando la vista hacia ella.

Julia se le acercó.

—¿Un discurso sobre qué asunto?

—Sobre la vida y la muerte. Sobre qué ciudadanos tienen derecho o no a decidir sobre la vida y la muerte de otros.

A Julia le fascinó el tema de inmediato.

—¿Y quién o quiénes tienen derecho a decidir eso, padre?

César miró las hojas de papiro repletas de anotaciones y habló como si lo hiciera para sí mismo:

—Nadie tiene ese derecho, hija mía, nadie.

Fuera de la *domus publica*, la Vía Sacra, como el resto de las calles de Roma, quedó desierta. ¿Era el silencio antes de los gritos de la masacre?

Sesión plenaria del Senado de Roma
5 de diciembre del 63 a. C., al caer la tarde

Cicerón presidía aquella nueva reunión. Él había tomado las riendas del Estado y, en calidad de cónsul del año, tenía además autoridad legal para hacerlo. Híbrida, el otro cónsul, estaba junto a él sin decir nada. Era un silencio que otorgaba plena libertad de movimientos a su colega. La promesa de los *optimates* de hacerlo gobernador de Macedonia cuando todo aquello terminara y la presencia de las tropas recién llegadas de Asia lo mantenían fiel al Estado y lo habían hecho desertar del bando de Catilina.

Cicerón siguió las costumbres del Senado, sus normas no escritas, pero que siempre se cumplían: primero, él expondría la cuestión a debatir y, luego, daría la palabra a los senadores relevantes por orden de importancia de sus magistraturas para que manifestaran su opinión.

El asunto no era otro que aquello de lo que se rumoreaba en el foro: la propuesta de ejecutar a los arrestados como aliados del golpe de Estado de Catilina, esto es, pena de muerte para Léntulo Sura, Cayo Cornelio, Lucio Varguntelo y otros detenidos.

Expuesto el tema, Cicerón dio la palabra, antes que a nadie, a los cónsules electos que deberían reemplazarlos a él mismo y a Híbrida el año próximo. Se trataba de los magistrados que habían derrotado al propio Catilina en las elecciones: Silano y Murena.

Silano, marido de Servilia, fue el primero en hablar. Fue breve, fue conciso y fue categórico:

—Estoy a favor de que se les aplique a todos los arrestados el castigo supremo.

César, sentado junto a Labieno en la bancada frente a la de los *optimates*, suspiró y negó con la cabeza, pero en silencio. La primera opinión marcaba con frecuencia la que daría el resto: que Silano no hubiera dejado margen a debate alguno hacía prácticamente imposible manifestar una opinión en un sentido distinto al de la pena de muerte. ¿O sí había dejado margen? César arrugaba la frente mientras miraba al suelo.

Cicerón dio la palabra al otro cónsul electo.

—Estoy de acuerdo con mi colega —dijo Murena.

Del mismo modo se manifestaron, uno tras otro, los catorce excónsules vivos presentes en la reunión. Faltaban Craso y Pompeyo. Este último sin duda habría hecho honor a su sobrenombre de «el Carnicero» y habría apoyado la pena de muerte, pero seguía en Asia. Craso podría haberse manifestado en otro sentido, pero había optado por no acudir. Así las cosas, se habían emitido ya dieciséis opiniones, todas a favor del castigo supremo, tal y como lo había denominado Silano.

Cicerón tenía un listado en la mano. Tras los cónsules electos y los excónsules vivos presentes, procedía seguir con los magistrados del siguiente rango: los pretores, empezando por los recién elegidos para el año próximo. Comenzó por el primero:

—En calidad de pretor electo —dijo—, tiene la palabra el senador Cayo Julio César.

Labieno le puso una mano en el hombro a su amigo en señal de apoyo.

César se levantó e inició su discurso desde el lugar que tenía asignado en la reunión:

—*Omnis homines, patres conscripti, qui de rebus dubiis consultant, ab odio, amicitia, iraque misericordia vacuos esse decet.* Desde la emoción no se puede discernir bien la verdad. Nadie ha podido nunca servir a ambos: a las ansias y a lo que interesa. Si prestas mucha atención a lo que haces, el ansia, la emoción pueden valer; pero si te dejas dominar por la pasión, entonces la emoción ya no vale nada. Podría recordar aquí qué decisiones tomaron otros reyes o pueblos, *patres conscripti*, impulsados por la ira o por la misericordia. Pero me centraré sólo en las decisiones que tomaron nuestros antepasados de forma recta y ordenada contraviniendo sus impulsos, sin dejarse llevar por ellos.*

César acababa de hacer una exhortación a priorizar la razón sobre la emoción a la hora de decidir al respecto de algo tan difícil como aplicar o no la pena de muerte a unos acusados de rebelión. Pero eso era sólo una apelación a pensar con la cabeza y no con el corazón o la rabia. Esa exhortación, por sí sola, no sería suficiente. Ahora tenía que verter argumentos, debía llenar la sala del Senado de razones sólidas, debía inundar las mentes de los senadores de motivos lógicos para que apoyaran lo que iba a ser su propuesta: un castigo diferente al de la pena de muerte, una alternativa que nunca antes se había considerado en Roma.

—He hablado de nuestros antepasados —continuó César—, y éstos fueron sabios y ni siquiera en medio de la tensión por la crisis provocada por Aníbal, con los cartagineses a las puertas de Roma, tomaron sus decisiones con la pasión, sino con la razón. Y fue ésta la que los salvó en aquella dura guerra. Del mismo modo, aunque ahora encaremos otra dura crisis, pues Catilina, en efecto, dispone de un ejército que marcha contra nosotros, no hemos de tomar nuestras decisiones con el corazón, sino con la cabeza. Para detener el ejército de Catilina

---

* «Es conveniente que todos los hombres, padres conscriptos, que deliberan sobre cuestiones dudosas, lo hagan sin odio, sin amistad ni tampoco ira y hasta sin misericordia». Discurso de César en esta sesión del Senado, según refiere Salustio en *De coniuratione Catilinae*, LI. Traducción propia de todo el discurso.

ya disponemos de las tropas de Lúculo, cuyo regreso a Roma el cónsul de este año —miró directamente a Cicerón— tuvo el buen criterio de acelerar. Queda, no obstante, la delicada cuestión de qué hacer con los aliados de Catilina que hemos arrestado intramuros y que aguardan nuestra decisión. Y yo pregunto: ¿merecen estos hombres la muerte? —Antes de que nadie pudiera decir nada, se respondió a sí mismo y a todos—: Sin duda alguna. Todos y cada uno de los aliados de Catilina merecen la muerte. En eso no podría estar más de acuerdo con el cónsul, pero entonces... ¿Por qué me alargo en mi discurso? Porque no se trata aquí y ahora de si esos hombres merecen la muerte o no. Aquí y ahora se trata de si el Senado puede decidir sobre la vida y la muerte de hombres arrestados, si el Senado puede dar la orden de ejecutar a ciudadanos romanos.

La bancada desde la que estaba hablando César se había quedado bastante vacía. Casi todos los senadores se habían concentrado en el lado donde estaba Cicerón. Así se hacía ver en el Senado quién de los que intervenían tenía más o menos apoyos. La mayoría a favor de la pena de muerte propuesta por Cicerón era abrumadora. Por el contrario, aparte de Labieno, apenas quedaban unas decenas de senadores junto a César, y a punto estaban de levantarse y dejarlo solo, pero el discurso del pretor electo los había atrapado.

Todos, a un lado y a otro del Senado, escuchaban atentos.

—Yo os digo que no —afirmó César categórico—. Yo os digo que el Senado de Roma no tiene derecho, sin un juicio, a sentenciar a muerte a ningún ciudadano romano. Y si hoy aceptamos esto con relación a los aliados de Catilina arrestados, estaremos creando un precedente muy peligroso. Porque cuando se toma una decisión de este calado, no se toma sólo para ahora, sino como ejemplo para el futuro.

»Los aliados de Catilina merecen la muerte, sus crímenes son horrendos, y, como cónsul de Roma, la justicia y la ecuanimidad de Cicerón en todo este penoso asunto de la rebelión de Catilina son intachables, encomiables, admirables. Pero yo me pregunto y os pregunto a todos: ¿podemos estar seguros de que en el futuro otros arrestados serán juzgados por un hombre tan ecuánime y justo y escrupuloso como Marco Tulio Cicerón? ¿O sentaremos un terrible precedente en el que se fundamente un magistrado futuro, menos justo, menos ecuánime, para condenar a muerte a otros ciudadanos romanos arrestados cuyos crímenes no estén tan claros como los que consideramos hoy aquí? No, no podemos sentar este precedente.

»En tiempos de Sila, el Senado ya se erigió en juez y parte, en juzgador y ejecutor al tiempo, y hoy recordamos esos años con pavor. Todo aquello sólo condujo a excesos para los cuales hemos tenido que crear un tribunal específico, gracias a nuestro recién elegido tribuno de la plebe Catón, que nos acompaña, porque no queremos que aquello se repita. No demos ínfulas a futuros magistrados para que, basándose en lo que aquí decidamos hoy, transformen nuestra sed de justicia en una injusticia.

»Yo estoy de acuerdo con el cónsul electo Silano, el primero en dar su opinión hoy —miró un instante hacia el lugar donde estaba sentado el marido de Servilia—, en el sentido de que los acusados merecen el castigo supremo. Pero ¿cuál es, en realidad, el castigo supremo? Nuestra legislación ya tiene un castigo durísimo para un ciudadano romano que no merece vivir entre nosotros: el exilio. En el exilio uno ve cómo los días pasan lentos, lejos de la ciudad que lo vio nacer y donde llegó a ser alguien, lejos de sus posesiones y de sus familiares y amigos. El exilio es durísimo, y es un gran castigo, pero, lo veo en vuestras miradas, no es bastante duro para los acusados y, además, no es seguro para garantizar el bienestar del Estado romano, pues estos hombres podrían exiliarse juntos en otra ciudad y allí, todos unidos, confabularse de nuevo y reorganizarse para preparar otro ataque contra Roma. Por eso el exilio, tal cual lo hemos conocido hasta ahora y tal cual lo hemos aplicado con otros ciudadanos en el pasado, no es la solución para este caso.

»Yo propongo algo nuevo, algo diferente que es infinitamente más implacable y más penoso y más terrible para los aliados de Catilina: yo propongo que todos y cada uno de ellos sean conducidos a ciudades diferentes, y en cada ciudad, que sean encerrados en una prisión de por vida. De este modo, estos hombres, dispersos, nunca podrían hablar entre sí ni comunicarse y, así, les sería del todo imposible volver a maquinar ningún nuevo ataque al Estado. Además, estarían solos y encarcelados, privados de libertad, viendo cómo sus cuerpos se consumen en una cavernosa celda día tras día. Solos, aislados y encerrados de por vida. Eso sí es un castigo supremo, y os garantizo que es mucho más horrendo que ser ejecutado en el Tullianum de Roma, estrangulado en cuestión de instantes.

»Ya hemos usado en el pasado el *senatus consultum ultimum* para ejecutar a los Graco o a Saturnino y hemos acabado en juicios y con un pueblo enfrentado con el Senado, lo que debilita a Roma frente a sus enemigos externos. ¿Vamos a volver a repetir el mismo esquema para que de aquí a unos años, abierta esta nueva herida, haya quien busque venganza en las calles con violencia o que sea necesario crear un nuevo tribunal para juzgar aquello que hoy estemos decidiendo aquí o, incluso, para juzgar a quienes estemos decidiendo hoy? No, no repitamos los errores del pasado. Los crímenes de Catilina son enormes, mayores que los de ningún otro. A crímenes de nueva magnitud, opongamos también penas de nueva magnitud: nada más dramático para unos conjurados, para unos asesinos, que ser encarcelados de forma permanente, dispersos, de modo que cada uno quede aislado. Elegiremos ciudades itálicas y éstas, bajo pena de cuantiosas multas, se verán con la obligación de mantener en prisión a cada uno de los acusados de por vida. Mi solución es el castigo más duro, el castigo supremo, más que la pena de muerte, y al tiempo garantiza la seguridad del Estado y previene un gran baño de sangre: prisión permanente sí, pena de muerte no. Y os lo pido y os lo sugiero desde el ejemplo: yo promoví juzgar al senador Rabirio por abusar de un *senatus consultum ultimum*, pero luego, cuando se apeló al pueblo y se detuvo la votación que iba a ratificar su sentencia de muerte, tampoco exigí retomarla. No quería su pena de muerte ni la de nadie, sino asegurar que el Senado no puede decidir sobre la vida o la muerte de ningún ciudadano romano. De nadie. Yo predico con el ejemplo y sólo os pido que actuéis de la misma forma que yo he hecho, en beneficio del Estado romano, de todos los ciudadanos y de todos nosotros. Por Hércules, la prisión permanente, con la dispersión de los presos, es un castigo más duro que la muerte y, además, evita que repitamos errores y que establezcamos precedentes que otros, más injustos, puedan usar no para el bien sino para el horror.

Y se sentó.

Se hizo un silencio tan intenso que se escuchaba el graznido de las gaviotas que sobrevolaban el foro de Roma.

Los *pedarii*, es decir, la gran mayoría de los senadores que no intervenían nunca, sino que sólo escuchaban y votaban, y que se habían concentrado junto a Cicerón —esto es, a favor de la pena de muerte—, seguían inmóviles, pero de pronto hubo uno que se levantó y cruzó el espacio vacío del centro de la sala para sentarse en el lado de César. Se trataba de Quinto Tulio Cicerón, el hermano pequeño del cónsul. Todos estaban al tanto de las diferencias personales entre ambos hermanos, pero no era habitual que Quinto se posicionara públicamente en contra de una propuesta de Marco. Aquel movimiento hizo que otro senador, Tiberio Claudio Nerón,* que había servido con eficacia bajo el mando de Pompeyo en su campaña contra los piratas y que, por tanto, tenía ganado un merecido prestigio, también se levantara y, cruzando por el centro de la sala, se pasara de un lado a otro, abandonando el sector de Cicerón en favor de César. Eran *pedarii* y puede que no hablaran en público, pero no eran unos senadores cualesquiera.

Su movimiento animó a unos pocos más a cambiar de posición.

Aun así, la propuesta de Cicerón de una pena de muerte inapelable para todos los arrestados por ser aliados de Catilina tenía una mayoría sustancial de senadores a su favor.

En ese momento de duda, Silano, cónsul electo, se levantó de nuevo y miró al presidente. Cicerón asintió y el cónsul electo tomó la palabra:

—Cuando dije al principio de este debate… —empezó, pero dudaba; tuvo que parar, pensar y reiniciar su discurso—: Cuando me manifesté a favor de un castigo supremo contra los aliados de Catilina, lo que quería decir es que se les aplique el peor de los castigos posibles… ¿Cuál es este castigo?

Y a punto estaba de echar a andar para cambiar de un lado a otro en la gran sala del Senado romano, junto con otros muchos senadores que lo rodeaban y que estaban dispuestos a seguirlo en su cambio de posicionamiento, cuando Cicerón se levantó y tomó otra vez el control de la sesión. Esto detuvo a Silano y al resto. Todos decidieron escuchar primero al presidente de la reunión y decidir después cuál sería su postura.

Cicerón había escuchado muy atentamente el discurso de César y estaba convencido de que Silano, como otros, tenía miedo de que, en unos años, César mismo o alguien como él terminara juzgándolo por lo que allí se decidiera, como había hecho con Rabirio, sobre el que seguía pendiente la espada de Damocles de esa pena de muerte. Por lo

* Abuelo del emperador Tiberio.

general, los senadores eran cobardes y temerosos del futuro. Por eso Cicerón se levantó de nuevo, impidiendo que Silano terminara de hablar, y lanzó no ya una respuesta a César, sino toda una nueva diatriba contra aquel senador, Catilina, que los había llevado a todos al borde del abismo de una nueva guerra civil.

—*Video, patres conscripti, in me omnium vestrum ora atque oculos esse conversos** —dijo Cicerón y, a partir de ahí, empezó a contraargumentar todo lo defendido por César.

En primer lugar, para disipar los temores de aquellos senadores que no querían verse involucrados en juicios futuros por lo que allí se decidiera, como le había ocurrido a Rabirio por lo que hizo con Saturnino en el pasado, Cicerón manifestó que él y sólo él se hacía cargo de toda la responsabilidad de las penas de muerte que recayeran sobre los acusados. A continuación, insistió en interpretar que la opinión de Silano sobre que merecían un castigo supremo implicaba la pena de muerte. Silano parecía querer volver a hablar, pero Cicerón, en calidad de presidente, tenía el uso de la palabra y ni siquiera lo miró, sino que continuó con sus razones: recordó cómo los Graco y hasta Saturnino habían muerto por causas menos graves que los crímenes de Catilina y sus conjurados. Y, por fin, mirando directamente a César, argumentó contra la prisión permanente propuesta por éste. Se mostró educado con César, como el propio César se había mostrado con él al valorarlo como justo ante todos, pero Cicerón expuso los puntos débiles de la prisión permanente: ¿cómo se elegirían las ciudades itálicas que deberían mantener presos a los acusados? ¿Se les aplicarían multas a esas ciudades si no ejercían bien la vigilancia sobre los prisioneros? ¿Qué multas serían éstas? ¿Aceptaría alguna ciudad colaborar bajo esa presión, o para, supuestamente, solucionar el problema de qué hacer con los arrestados iban a crearse otra serie de nuevos problemas con varias ciudades del entorno de Roma?

Todo lo veía muy complicado y poco práctico. Eso sí, admitía que ser encerrado y aislado de por vida era un castigo tan duro o más que la pena de muerte, pero con demasiadas dificultades en su gestión. Y así, con educación, desestimó la propuesta de César. También, de paso,

---

* «Veo, padres conscriptos, que todos tenéis vueltos hacia mi persona el rostro y los ojos». Principio de la *Cuarta catilinaria* de Cicerón. Traducción propia.

aprovechó esta segunda intervención suya para arremeter contra Craso por su ausencia, con quien fue más incisivo, por no estar allí para manifestar su opinión en sentido alguno, pero rápidamente retornó a lo que para él era mollar en todo aquello: los tremendos crímenes de Catilina y los demás conjurados. Aquí se extendió largo y tendido, haciendo ver a todos los reunidos que Catilina planeaba asesinatos sin límite, de los allí convocados y de otros muchos ciudadanos romanos, violaciones y saqueos hasta de los templos más sagrados. Y, por fin, arguyó que Catilina y los suyos habían sido declarados ya *hostes*, enemigos públicos, y como tales habían perdido la condición de ciudadanos, de tal modo que la pena de muerte, y sólo la pena de muerte, debía ser su destino.

Las dudas y la confusión sobre qué determinación tomar persistían en el cónclave, pero Cicerón había conseguido su objetivo: reavivar la emoción frente a la lógica, resucitar la rabia y la ira, frente a la razón y la inteligencia que había intentado activar César en la mente de todos los presentes. Cicerón sabía que desde la emoción, desde las entrañas, los senadores decidirían sólo y únicamente por el camino corto y directo de la pena de muerte.

Pero, aun así, ante las dudas de algunos, Cicerón miró a Catón y éste interpretó bien aquella mirada. Se levantó y tomó la palabra:

—Como tribuno de la plebe electo, tras los cónsules, excónsules y pretores me corresponde hablar —dijo de modo que todos le prestaran atención—. Lo cierto, *patres conscripti*, es que me sorprende que el debate haya dado para tanto como para que el turno de palabra llegue a mi humilde persona aún sin resolverse. He de confesaros que estaba convencido de que a estas alturas ya se habría aprobado por unanimidad la pena de muerte contra todos los acusados. —Guardó un breve silencio—. Incluso que ya se habría ejecutado… Pero hay entre nosotros —y aquí miró fijamente a César— quien, con ingeniosas palabras y argumentos aún más imaginativos, pero no por ello menos irreales, siembra la duda en vuestros corazones. *Patres conscripti*, ¿de veras estamos debatiendo aquí sobre si los arrestados son enemigos públicos de Roma o ciudadanos? ¿De veras es esto de algún modo relevante teniendo en cuenta lo que nos estamos jugando? El Estado romano está en peligro de muerte, con un ejército rebelde a las puertas de Roma, con conjurados aliados del líder de ese ejército entre nosotros, y nosotros nos preguntamos aún qué hacer con ellos. Os seré sincero: si aún estuviéramos debatiendo sobre cómo dar muerte a estos miserables podría entenderlo, pero que el objeto de la discusión sea si estos traidores merecen o no la pena de muerte me parece una absurda pérdida de tiempo y energía. ¿Son ciudadanos protegidos por nuestras leyes, tenemos entonces derecho o no a ejecutarlos, o son enemigos del Estado?

»Yo os diré lo que son: los acusados son un peligro para Roma, todos y cada uno de ellos, y como tal peligro han de ser eliminados físicamente de la faz de la tierra cuanto antes, sin más dilación ni debate. ¿No os dais cuenta de que es o ellos o nosotros, o ellos o Roma muerta? ¿Vais a dejar morir a Roma, o siquiera vais a poner en peligro a Roma, por salvarlos a ellos? La pena de muerte, la propuesta del cónsul Cicerón, es la única vía posible. Dejad las disquisiciones sobre otros castigos para cuando sea que tengamos tiempo y sosiego y no nos aceche un enemigo hostil y armado que se aproxima hacia nuestras casas, tierras y familias. ¡Olvidaos de pasados y futuros! ¡Dejad de pensar en antecedentes pretéritos o precedentes para el mañana! ¡Por todos los dioses, ocupaos del presente! ¡Por Hércules, salvad la patria!

Catón se sentó.

Muchos miraron a Silano. Éste permanecía también en su asiento y no parecía ya tener intención de cambiar su posición para situarse en el lado de César.

Varios excónsules pidieron intervenir de nuevo y todos lo hicieron ratificando las vehementes palabras de Catón y, en consecuencia, apoyando la propuesta mortal de Cicerón.

César se levantó mirando al presidente de la sesión. Él no era excónsul, sólo pretor, y no estaba estipulado cuántas veces podía intervenir en el debate, pero era el único en claro disenso con la propuesta del cónsul y a ojos de todos, más allá de que estuvieran en su contra, era razonable que se le dejara hablar otra vez antes de una votación. Cicerón le dio la palabra.

Labieno, cabizbajo, suspiró. No tenía nada claro que la insistencia de su amigo en oponerse a la pena de muerte de los conjurados aliados de Catilina fuera a reportarle nada bueno.

Aun así, César inclinó la cabeza levemente en señal de reconocimiento a Cicerón, tragó saliva y reinició su argumentación:

—*Patres conscripti*, sé que es complejo lo que he planteado, que articular un sistema de prisión permanente, con los presos dispersos, no es algo ni que se haya hecho ni que sea sencillo, pero las grandes soluciones, las que combinan ser implacables con la maldad y, al tiempo, justos no ya sólo con el presente sino también con el futuro, son con frecuencia difíciles. Pero no por ello han de ser desdeñadas. Pensad, y he de insistir en esto una y otra vez si es preciso, que estamos decidiendo no ya para estos arrestados, sino dando ejemplo a futuras generaciones. ¿Vamos a sentar el peligroso precedente de la pena de muerte para unos ciudadanos romanos que…?

Mientras César exponía su tesis, un esclavo había llegado al Senado y había entregado una nota a uno de los *praecones* de la sala, y el funcionario, al ver el nombre del senador a quien iba dirigida aquella nota, se acercó hasta Labieno y le habló al oído al tiempo que le entregaba un papiro doblado «para el senador Julio César», en palabras del mensajero.

Labieno se quedó mirando el papiro. No había remitente identificado en ningún sitio. Era una nota privada para César.

No era extraño que llegaran mensajes para los senadores de Roma desde sus casas o desde sus negocios durante una sesión del Senado. Con frecuencia los debates se alargaban, como en aquella ocasión, durante horas, incluso durante todo el día. Los senadores tenían asuntos privados y comerciales que atender, y ésta era una forma habitual mediante la cual se mantenían informados, o bien, si respondían a los mensajes, el modo en el que gestionaban asuntos sin ausentarse de los debates. Por todo ello, una nota dirigida a César no era en sí mismo algo ni extraño ni estaba mal visto.

Esto es, en circunstancias habituales.

Pero estaban en medio de un golpe de Estado.

Cicerón y Catón y otros muchos senadores observaron cómo el funcionario había hecho entrega de una nota a Labieno y cómo éste, pese a tenerla ya en su poder, no la abría. Cicerón no le dio importancia, pero a Catón aquello le pareció muy peculiar.

—Eso es que la nota no es para él —dijo Catón a Cicerón al oído—. Eso es que el mensaje es para César.

—Es posible —aceptó el cónsul, aún sin darle demasiada importancia.

Con todo, Catón no se quedó quieto y confirmó sus sospechas con el *praecon* que había entregado la nota. En efecto, era para César. Lo vio claro.

No consultó a Cicerón, sino que se levantó en su asiento y, sin esperar permiso alguno para hablar por parte del presidente, interrumpió a César:

—Lamento cortar la oratoria de nuestro colega —dijo con un evidente tono irónico—, pero ésta es una sesión larga y todos tenemos asuntos que atender; sin duda, el propio César tiene cuestiones que requieren de su consideración y acaba de recibir una nota que está, ahora mismo, en manos del tribuno Tito Labieno.

César, que se había callado ante la inesperada interrupción de Catón, se volvió hacia su amigo, que asintió con un leve gesto y le mostró el mensaje que tenía en la mano con su nombre escrito en letras grandes y claras. Demasiado claras para César, que de inmediato reconoció aquella peculiar caligrafía y supo de quién era la nota. Sus ojos se dilataron. ¡Qué audacia, qué osadía, casi qué locura!

Cualquier otro día, aquello le habría parecido hasta divertido o excitante, pero en mitad de aquel debate, en el que se hablaba de la vida y de la muerte, César sólo lo vio como un mensaje muy inoportuno que llegaba en el peor momento posible. Él, concentrado como había estado en su discurso de respuesta a Cicerón, Catón y los excónsules, no había reparado ni siquiera en la llegada de aquella nota. Estaba muy atento a sus palabras y a cómo las decía, y no tanto a las entradas y salidas de los funcionarios de la sala.

Pero todo aquello daba igual ya. Catón seguía hablando:

—Teniendo en cuenta que César es el único que defiende una alternativa a la pena de muerte —añadió con una sonrisa falsa en los labios—, yo creo que ha de tener oportunidad de leer su mensaje y luego proseguir con su discurso, no vaya a tratarse de alguna cuestión de urgencia.

Pero César no quería leer esa nota. No era el momento ni el lugar.

—Creo que este debate sobre la vida o la muerte, sobre si ejecución o prisión permanente, es mucho más importante que cualquier nota privada —respondió—. Ya atenderé mis asuntos cuando termine la sesión.

—Por supuesto, sin duda —aceptó en apariencia Catón—. Este debate es, ciertamente, clave. Por eso, yo me pregunto... ¿qué o quién habrá tan importante como para escribir a César en medio de este debate, precisamente?

Labieno, ingenuo, sin saber quién enviaba la nota, se la ofrecía a su amigo sin prever la inconveniencia del mensaje.

César, boca entreabierta, punta de la lengua justo detrás los incisivos, permanecía inmóvil y en silencio.

Todos lo miraban.

Cicerón, que en un principio no había entendido a qué venía la interrupción de Catón por una nota privada, arrugaba la frente. La llegada de la nota no era nada llamativo, pero que César pareciera no querer leerla con todos mirándolo sí era algo peculiar.

Catón se abrió paso entre sus colegas y descendió desde su asiento hasta el centro de la sala y, desde allí, mirando a todos, volvió a intervenir:

—A mí se me hace raro que el senador Julio César no quiera leer el mensaje que acaba de recibir, y más cuando le estamos concediendo tiempo y una pausa en su discurso para poder hacerlo. ¿No os parece extraño, *patres conscripti*?

Muchos asentían.

César cerró la boca y se pasó los dedos por la barbilla. Sabía que Catón lo estaba conduciendo a un callejón sin salida, pero no tenía claro aún cómo de oscuro podía ser aquel callejón en el que el tribuno buscaba encerrarlo.

Labieno, que ya percibía que aquel mensaje era incómodo para su amigo, ahora no se le ofrecía, se limitaba a tenerlo en sus manos apoyadas en su regazo, y se lo pasaba de una a otra, como si aquel maldito papiro quemara.

—¿Sigues en silencio y sin leerlo, Cayo Julio César? —continuó Catón, satisfecho. Claramente, se estaba gustando. Estaba disfrutando una enormidad acorralando a su enemigo político. Sabía que los *optimates* estaban pendientes de él. Si alguien consiguiera ridiculizar o humillar a César, líder de la facción de los populares, sumaría mucho prestigio ante los ojos de los senadores más oligarcas.

—La nota no guarda relación con este debate —replicó César, serio, desafiante—. Y no tengo asuntos urgentes que atender. La leeré después, cuando yo decida leerla.

Catón, que había mantenido una amplia sonrisa dibujada en su rostro, la borró de golpe. Percibió el desplante de César más como una maniobra defensiva y desesperada que como una muestra de auténtica fuerza, de modo que pasó al ataque:

—No, César, no leerás esa nota cuando *tú* quieras. Leerás ese mensaje cuando *yo* diga: leerás esa nota aquí y ahora y, lo que es más importante, la leerás delante de todos los senadores de Roma.

César fue a replicar, pero Catón levantó ambos brazos y miró hacia la bancada de los *optimates*, atestadas de senadores que cada vez sentían más curiosidad e interés por aquel mensaje.

—Yo os diré por qué César no quiere leer esa nota —prosiguió con rabia, feroz, como el lobo que muerde a su presa y no piensa soltarla—. Os digo que no quiere leerla porque esa nota viene o bien de algún otro de los aliados de Catilina que aún no hemos arrestado, o bien de Manlio, jefe de las tropas de Catilina, o quizá incluso del propio Catilina. Os digo que Cayo Julio César es uno de los secuaces de Catilina. Que está con él en este golpe de Estado, que es un conjurado más y que ésa es una nota con instrucciones de Catilina sobre qué hacer en esta sesión, o donde pregunta cómo va la misión de salvar la vida de sus aliados. ¿Por qué si no esa insistencia de César en evitar la pena de muerte a toda costa para los aliados de Catilina? César desea salvarlos, simple y llanamente, porque es uno de ellos. Yo os digo que esa nota demuestra la alianza de César con Catilina y que por ese motivo, y no por ningún otro, César no quiere leerla. —Se volvió hacia el interpelado—. Pero yo, Marco Porcio Catón, te conmino a ti, Cayo Julio César, a que leas aquí y ahora ese mensaje y nos lo enseñes a todos. Porque a lo mejor no vamos a tratar hoy de si aplicamos la pena de muerte a los cinco arrestados que tenemos en el Tullianum. A lo mejor hoy hemos de decidir si aplicamos la pena de muerte también a Cayo... Julio... César.

El callejón sin salida en el que Catón había encerrado a César era el más oscuro posible.

Labieno miró el mensaje que sostenía en sus manos: no podía creer lo que estaba oyendo. Su amigo César podía ser capaz de un millón de cosas, pero no de aliarse con un déspota corrupto y errático en sus acciones como Catilina. César nunca haría algo así... ¿o sí lo haría? En su mente estaba el encuentro entre César y Catilina en mitad de la noche y la negativa de César a unirse al golpe de Estado. ¿Se había entrevistado de nuevo ya sin él? ¿Se habían escrito?

Catón vio que hasta Labieno tenía una sombra de duda en su frente y supo que si había conseguido eso en el mejor amigo de César, con más motivo aún habría calado entre el resto de los senadores. Una alianza secreta entre César y Catilina explicaría su actitud de no querer aplicar la pena de muerte, por un lado, y, por otro, explicaba también su negativa a leer ese mensaje.

César se acordó de las palabras de advertencia de Craso: «Acabarán pidiendo también tu cabeza. No vayas».

Pero había ido.

Y ya no había marcha atrás.

—El mensaje no tiene que ver con Catilina —insistió, todavía remiso a cogerlo de las manos de Labieno.

Pero los pocos senadores que aún estaban en el lado de César se levantaban y cruzaban la sala poniéndose en el lado de Cicerón y Silano y Murena y los excónsules.

Cicerón enarcó las cejas. Ciertamente la técnica de Catón para conseguir votos no era muy ortodoxa, pero sí eficaz. Sólo le restaba la duda de en qué quedaría todo aquello. Pedir la pena de muerte para César, aunque efectista, le había parecido muy prematuro. Ahora bien, todo dependía de esa nota. Si se trataba de un mensaje de Catilina…

—¡Cayo Julio César! —exclamaba Catón, más severo, más grave, más duro—. Ya no te pido que leas ese mensaje. ¡Te conmino a que me lo entregues aquí y ahora! —Y extendió su brazo derecho con la mano abierta girada hacia arriba.

César suspiró.

Estaba acorralado.

Y solo.

Únicamente Labieno permanecía a su lado, y hasta se preguntaba si éste, en cuanto cogiera la nota, se quedaría allí o se levantaría y se iría con el resto de los senadores. Por fin, se volvió hacia su amigo y le tendió la mano.

Labieno le entregó el mensaje.

César dedicó una nueva mirada a su nombre escrito en aquel papiro: «Julio César». Acertaba con su remitente, estaba seguro. Aquello era importante porque del contenido de aquel mensaje dependía de pronto su vida. Catón iba a por todas. Fuera lo que fuera que dijese la nota, César estaba convencido de que al tribuno no le iba a gustar nada, pero no le quedaba ya otra opción que adentrarse en aquel maldito callejón oscuro y confiar en que las palabras del mensaje lo exoneraran. O, de lo contrario, sería ejecutado.

Con el papiro doblado en la mano, César echó a andar, descendiendo desde su asiento hasta llegar al centro de la sala y allí, ante la atenta mirada de todos, le entregó la nota a Catón, tal y como éste le había exigido.

Catón, como un *legatus* victorioso tras una gloriosa batalla, exhibió el papiro doblado en alto, levantando su brazo hacia el cielo.

César se dio la vuelta y, muy despacio, como si le pesaran las piernas, con mil pensamientos atropellados en su interior, retornó a su banco y se sentó.

Labieno permaneció junto a él. Era el único senador que quedaba en aquel sector del cónclave senatorial. Todos los demás se habían pasado ya al lado de Cicerón, Silano y el resto.

Catón, de hecho, se acercó hacia el cónsul electo, sentado en la parte baja de las gradas de su sector, a la altura del suelo del Senado, mientras rasgaba la cera que sellaba el papiro doblado y empezaba a desplegarlo. La opinión de Silano era clave en aquel debate y quiso leer el mensaje a su lado, sin sospechar las consecuencias.

Porque Catón no había identificado por la letra al remitente, pero a Silano le bastó un vistazo para hacerlo, del mismo modo que había hecho César, y, también como César, no necesitó saber más de aquel mensaje para comprender su significado.

Catón leía, absorto, y las palabras lo petrificaban.

Silano miraba a César.

César sentía la mirada de Silano. Ahora ya sabía lo que iba a votar el cónsul electo y que, además, muy probablemente desearía que la pena de muerte se hiciera extensiva para incluirlo a él, aunque eso no iba a ser posible. Una cosa era dar un golpe de Estado y ser aliado de Catilina y otra muy diferente acostarse con una mujer casada.

—El mensaje es de Servilia —le dijo César a su amigo—. Una nota de amor, supongo, quizá con algún poema. Espero que no sea de Catulo.

—¿Servilia, la hermana de Catón? —preguntó Labieno, incrédulo, pasmado, entre el pavor y la risa—. ¿La esposa de Silano?

—No conozco otra Servilia.

—No sé si reírme o llorar —añadió Labieno mirando a un Catón que, completamente mudo, leía aquella carta de su hermanastra dirigida a César—. Has salvado la vida, pero has perdido la votación. No creo que Silano vaya a votar a tu favor. Un marido traicionado no se mostrará favorable a apoyar la moción de aquel con quien su esposa lo engaña.

—No, no lo creo —dijo César con sosiego y hasta algo divertido; en el fondo, la cosa tenía algo de gracia: Catón estaba quedando en el mayor de los ridículos—. Silano ha reconocido la escritura de Servilia. Lo leo en sus ojos. Y sabe de qué va todo. Hasta ahora tendría sospechas, pero ya sólo puede tener certidumbre sobre la infidelidad de su esposa conmigo. No, no va a votar en mi favor. Yo salvo la vida hoy, pero los aliados de Catilina mueren y tenemos el peor de los precedentes para el futuro —añadió con cierto tono de desánimo.

A Catón le temblaban los labios.

No desveló el contenido del mensaje.

Se limitó a acercarse a César y arrojarlo a sus pies.

—¡Borracho! —le espetó con asco, rabia y furia, pero nada más dijo y se limitó a retornar a su lugar y sentarse.

Nadie entendía bien qué pasaba, pero la mirada turbia de Silano, el silencio de Catón y la conocida tendencia de César a conquistar mujeres casadas durante los últimos años —en especial si eran inteligentes y hermosas, como era el caso de Servilia— hizo que muchos, entre susurros, empezaran a atar cabos.

Cicerón dejó de lado todas las cuestiones personales y propuso votar.

César pensó en pedir un último turno de palabra, pero no lo hizo: tal y como estaban los ánimos, se daba por satisfecho con salir vivo de aquella sesión.

La pena de muerte para los arrestados, aliados del rebelde y enemigo del Estado Lucio Sergio Catilina, fue aprobada por abrumadora mayoría.

Tullianum, prisión de Roma

Era una caverna oscura sin apenas luz y con menos ventilación. El aire era casi irrespirable y hasta las antorchas ardían con poca fuerza por la falta de oxígeno. Varios senadores fueron hasta allí en persona para presenciar las ejecuciones.

Los estrangularon hasta morir.

Uno a uno.

Uno tras otro.

De forma metódica y sistemática.

Los cinco aliados de Catilina estaban muertos.

Domus de Cicerón

Hasta la residencia del cónsul de Roma llegó un mensaje desde el Tullianum. Cicerón lo leyó en silencio.

—¿Los han matado? —preguntó Catón.

Cicerón respondió con una única palabra:

—*Vixerunt.**

---

* Literalmente: «Han vivido», que fue la forma en la que Cicerón expresó que habían ejecutado a los conjurados.

LXXV

Jerusalén

Asia, 64-63 a. C.

Pompeyo, tal y como se había comprometido con Afranio, retornó
sobre sus pasos y se retiró hasta Artaxata en Armenia. Una vez allí,
reevaluó la situación de toda la región y centró la mirada en el sur: en
Siria. No quería regresar a Roma sin aprovechar al máximo aquel ejército que tenía a su disposición. Mitrídates seguía huido en el norte, en
el reino del Bósforo, pero Siria poseía un atractivo económico muy
superior. Gobernada durante años por el Imperio seléucida, se hallaba
inmersa en una guerra fratricida y Pompeyo lo vio claro: era una presa
tan fácil como valiosa. Y mientras Mitrídates siguiera vivo, su mandato
en Asia tenía cierta cobertura legal en la medida en que sus acciones se
pudieran justificar como necesarias para evitar que el huido rey del
Ponto reuniera refuerzos militares de estados de la región para volver
a atacar a Roma. Mitrídates ya lo hizo con Armenia, por qué no pensar
que podría hacerlo con la Iberia caucásica o, por ejemplo, con Siria.

El procónsul de Roma lanzó sus legiones hacia Damasco y, en pocos meses, se hizo con el control completo de Siria, transformándola
directamente en una provincia romana. Quedaba, no obstante, la cuestión de asegurar la nueva provincia frente a sus belicosos vecinos del
sur: Judea y el reino nabateo.

Los judíos también estaban envueltos en una guerra civil, y Pompeyo, una vez más, como había hecho antes en Armenia y en la propia

Siria, aprovechó aquella división con inteligencia. Se decantó por apoyar a Hircano en su pugna por el reino de Judea contra su hermano Aristóbulo. La maquinaria romana destrozó al enemigo y Aristóbulo pronto cayó derrotado y fue hecho prisionero, pero en esta ocasión la victoria no era total: una gran parte de sus seguidores escaparon de las luchas finales y se atrincheraron en la ciudad de Jerusalén dispuestos a resistir eternamente si era necesario.

Salvo que Pompeyo no creía en eternidades.

Jerusalén, 63 a. C.

—Las murallas de la ciudad son infranqueables —informaba Afranio a su líder.

—Dime algo que no sepa —le espetó Pompeyo con cierto aire de fastidio.

Ya podía ver él lo imposible de la empresa: las dimensiones de los muros que protegían la urbe judía eran de un tamaño que hacía inútil un ataque. Al menos, no sin construir armas de asedio. Y eso llevaba tiempo.

—Pero hemos contactado con partidarios de Hircano que están dentro —continuó el *legatus*, atrayendo la mirada del procónsul—. Obviamente, estos partidarios de Hircano odian a los de Aristóbulo y, en consecuencia, se ofrecen a abrirnos la puerta de la ciudad por la noche —concluyó con una sonrisa.

Pompeyo le puso la mano en el hombro.

—Organízalo todo —le dijo—, y en cuanto regresemos a Roma me ocuparé de que seas cónsul.

El ataque sorpresa por las puertas de Jerusalén, abiertas en mitad de la noche por los enemigos de Aristóbulo, salió bien… en parte: los romanos se hicieron con el control de la ciudad, pero los partidarios más leales a Aristóbulo se refugiaron en el monte del Templo y allí se hicieron fuertes.

Se inició, entonces, un segundo asedio.

El Templo estaba protegido por nuevas murallas y grandes zanjas, y ahora ya no había traidores entre los atrincherados. La resistencia era férrea, y los defensores de aquella posición disponían de agua y víveres.

Los romanos se ocuparon de llenar las zanjas que rodeaban el monte del Templo con tierra y de construir torres de asedio. Pompeyo, además, hizo traer grandes arietes desde la ciudad de Tiro, pero los defensores seguían resistiendo.

Ordenó entonces que acribillaran a los defensores de las murallas, de modo que los trabajos de asedio se facilitaran para los legionarios. Aun así, los judíos resistían.

Pero los sábados, el día sagrado de su religión, la mayor parte de los defensores se mostraban remisos a combatir con la misma energía, y Pompeyo aprovechó aquella circunstancia para concentrar en esos días los ataques más feroces contra las murallas del Templo: las zanjas se llenaron de tierra; por el terreno allanado las torres llegaron hasta los muros; los arietes arremetieron contra las puertas…

La ciudadela del sagrado santuario judío cedió por fin, y las legiones romanas se hicieron con el control total de Jerusalén.

Cneo Pompeyo, acompañado por Afranio, entró en el corazón de Judea, en el sagrado Templo: no se trataba del templo original de Salomón, destruido hacía siglos por los ataques de Nabucodonosor, rey de Babilonia, sino de un segundo templo levantado sobre las ruinas del primero hacía más de cuatrocientos años. Algunas reliquias, como la sagrada alianza con las tablas del profeta Moisés, se habían perdido, pero la riqueza exuberante de los objetos de oro y plata que podía ver Pompeyo a su alrededor le impresionó: gigantescos candelabros dorados, cortinajes fastuosos, columnas helicoidales que se elevaban por encima de ellos como si condujeran hasta el mismo cielo…

En medio de aquel fabuloso templo, al que nunca antes había accedido ningún alto oficial de Roma, Pompeyo se dio cuenta de que él había llegado donde no había llegado ningún otro procónsul o magistrado romano antes que él.

—He derrotado a Sertorio, el brazo derecho de Mario —empezó con la vista clavada en el sagrado altar judío mientras Afranio lo escuchaba atento—. Y ya había derrotado antes a los populares en África. Acabé con los esclavos rebeldes de Espartaco y he vencido a Mitrídates del Ponto, de quien decían que era indestructible. He limpiado el mar de piratas, derrotado a los reyes de Armenia, de la Iberia caucásica y al monarca de los albanos. He anexionado Siria, acabo de hacerme con el control de Judea y estoy dentro del más sagrado templo de los judíos. ¿Lo ves, Lucio? ¡Por Júpiter! ¿Sabes lo que significa todo esto?

Afranio no estaba seguro de tener la respuesta. Su superior en el mando leyó la confusión en sus ojos y decidió ser más preciso:

—Lucio: soy invencible —sentenció el procónsul de Roma—. No hay rey extranjero, rebelde, pirata o líder romano capaz de derrotarme en un campo de batalla.

Residencia de Pompeyo en Jerusalén
Esa misma noche

Pompeyo recibió noticias de que las cohortes que había mandado contra los nabateos habían conseguido una gran victoria. Otra más. La provincia de Siria estaba asegurada, y Judea, convertida en un reino cliente de Roma, con Hircano como fiel aliado que sabía que debía su trono a las legiones.

Llegó un último mensaje que un legionario entregó a Afranio y que éste, ante un leve cabeceo de Pompeyo, leyó en silencio.

—Mitrídates se ha suicidado —anunció el *legatus*—. En una ciudad junto al Bósforo. Eso dice el mensaje.

Aquello fue como una señal para Pompeyo, además de una cuestión legal: tenía a su mando por cesión del Senado y del pueblo de Roma un ejército inmenso, pero para acabar con Mitrídates y sus aliados. Con Mitrídates muerto, se hacía difícil justificar que siguiera con su campaña en Asia. Por otro lado, las victorias acumuladas eran muchas, más que suficientes para un triunfo o dos, y las tropas estaban cansadas.

—Es hora de regresar, Lucio —dijo Pompeyo—. Además, estos últimos días he recibido noticias de casa: Catilina ha dado un golpe de Estado y está intentando hacerse con el control de Roma. Cicerón parece haber frenado, de momento, a su ejército rebelde con los veteranos de Lúculo, pero esta rebelión es una excelente oportunidad para forzar que el Senado me reclame de vuelta y que sea yo quien termine con Catilina y su ejército. Si consigo el mando de esa nueva guerra, Lucio, Roma entera comerá de mi mano: yo y sólo yo los habré salvado de los populares, de los piratas, de los esclavos, de Mitrídates y hasta de Catilina. Entonces, ni Cicerón ni Catón ni nadie del Senado podrá negarme todo cuanto pida.

LXXVI

Pretor de Roma

Domus de Cicerón, Roma
62 a. C., unas semanas después de la ejecución
de los aliados de Catilina

Pese a quedar aislado en el Senado y perder la votación respecto de la pena de muerte para los aliados de Catilina, César salió elegido pretor ese año. Desde el Senado se hizo todo lo posible y lo imposible por que esto no fuera así, pero su popularidad entre la plebe era inmensa. Los *comitia centuriata* votaron a su favor y César obtuvo la pretura. Era la magistratura previa al consulado. Aquello alertó a Catón y pidió una reunión a Cicerón para tratar ese tema.

A casa del gran orador acudieron buena parte de los senadores *optimates* de más renombre en aquel momento, y además del anfitrión estaban Catón, el promotor de la reunión, y una larga serie de damnificados por la actividad política de César, como Catulo o Bíbulo.

Catulo no sólo había perdido las elecciones a *pontifex maximus* frente a César, sino que este último, nada más ser elegido pretor, empezó a atacarlo porque las obras de reparación del templo de Júpiter, afectado por un incendio y encomendadas a Catulo en su consulado, nunca se habían terminado. César se ensañaba con él, aunque no era un ataque meramente personal, sino el modo de exponer ante el pueblo cómo los *optimates* nunca finalizaban las obras públicas que estaban a su cargo.

Bíbulo, por su parte, no olvidaba cómo las luchas de gladiadores y todo tipo de eventos promovidos por César durante su edilidad ensombrecieron la suya propia.

Y así, muchos de los reunidos anhelaban frenar de una vez por todas el ascenso político de aquel sobrino de Cayo Mario. Cada día, la advertencia de Sila sobre que en César había muchos Marios estaba más y más fresca en la memoria de esos senadores.

—Podríamos juzgarlo como aliado de Catilina —propuso Catón una vez más—. La insistencia de César en que sus secuaces en Roma no fueran condenados a muerte lo hace sospechoso.

—Pero no es culpable. —Cicerón negó con un gesto—. Y no tenemos pruebas que lo relacionen directamente con el golpe de Estado de Catilina —concluyó, evitando hacer referencia al ridículo de Catón con relación a la nota que César recibió de Servilia durante la última sesión del Senado.

—¿Qué más prueba hace falta que su defensa de los conjurados? —Catulo apoyaba de pleno la idea de Catón de procesar a César por traición o, ya puestos, por lo que fuera.

—Habláis de lo que deseáis, no de lo que realmente tenemos —se reafirmó Cicerón—: no hay prueba alguna que demuestre una alianza de César con Catilina. Y no defendió a los conjurados: propuso un castigo distinto, y no menor. La prisión permanente y en aislamiento no parece un gran premio para nadie, sólo que es de difícil realización. Pero no, creo que nos estamos equivocando. Ahora mismo, el problema no es César.

—¿Ah, no? —Había en la voz de Catón un cierto aire exasperado—. Y por Júpiter, ¿quién es ahora el problema?

—Por un lado, el propio Catilina, que sigue al acecho con su ejército armado —se explicó Cicerón—, aunque con las legiones de Lúculo al mando de nuestros hombres de confianza lo mantenemos a raya y pronto los rebeldes serán derrotados por completo. Se trata de soldados sin preparación bélica real, frente a legiones de veteranos de Oriente. De hecho, me preocupa más esto otro. —Exhibió una carta.

—¿De quién es? —preguntó Catulo.

—De Pompeyo: quiere que reclamemos su regreso urgente de Oriente para terminar él con Catilina. Dicho de otro modo, igual que se apropió de la victoria frente a Sertorio, en la que Metelo Pío había trabajado años, o de la victoria frente a Espartaco que, reconozcámoslo, ya había adelantado mucho Craso; y asimismo de la victoria frente a Mitrídates, en la que Lúculo también ha invertido años, ahora quiere quedarse con la gloria de derrotar a Catilina, cuando hemos sobrevivido a su golpe, arrestado y ejecutado a sus conjurados en Roma y tenemos a su ejército acorralado. Esto me preocupa más, sin duda. Pompeyo lo quiere todo y hemos de frenarlo. Ha de ver que si regresa armado contra Roma, tendrá al Senado en su contra, no a su favor como lo tuvo Sila cuando arremetió contra el popular Cinna. Si no damos una muestra de firmeza ahora frente a Pompeyo, nos devorará. Olvidaos de César, que no tiene legiones, y preocupaos de Pompeyo, que sí las tiene y muy numerosas.

—Bueno, por todos los dioses, pues le mandaremos una respuesta negativa a su petición desde el Senado —apuntó Bíbulo—. Y asunto resuelto.

—No es tan sencillo —replicó Cicerón—. El tribuno Nepote, aliado de Pompeyo, va a presentar mañana en el foro, ante el pueblo, una propuesta de ley para que Pompeyo tenga el mando de las tropas contra Catilina. Es algo parecido a lo que los tribunos Gabinio y Manilio hicieron antes para entregarle el mando de la guerra contra los piratas primero y contra Mitrídates después.

Se hizo el silencio. Esa estrategia siempre le había salido bien a Pompeyo en el pasado.

—¿Y qué hacemos?

Cicerón tomó aire y lo soltó muy despacio, antes de responder a la pregunta de Catulo:

—En el caso de los piratas, Pompeyo contaba con la desesperación del pueblo, que sufría hambre y la carestía de precios por el desabastecimiento de cereales en Roma que siguió al ataque pirata al puerto de Ostia. Y en el caso de Mitrídates, consiguió, con César, Craso y otros, una mayoría de votos en el Senado, pero ahora el Senado lo controlamos nosotros, y el pueblo realmente no está desesperado por Catilina. Unos, en el fondo ingenuos o arribistas, lo adoran, y otros muchos, comerciantes y trabajadores de toda índole, sienten que tenemos el control de la situación con las legiones de Lúculo. En este contexto, Pompeyo no juega con el viento a favor para lograr el mando de la guerra contra Catilina. Bastará con que bloqueemos en el foro la propuesta de Nepote con tu veto, Catón, y el de Minucio Termo, que es de los nuestros.

—El tribuno de la plebe Minucio Termo es cuñado de Pompeyo —apostilló Catón.

—Sí, pero no se fía de su cuñado con legiones armadas en Italia —dijo Cicerón—. He hablado con él y está con nosotros en esto. Hemos de aprovecharnos de las rencillas familiares. —Se permitió una sonrisa.

Hubo otra pausa en la que todos meditaron.

—Pues no se hable más —la rompió al poco Catón.

Cicerón era más de palabras. Él, de acción.

Foro de Roma
Al día siguiente

Desde lo alto de la escalinata del templo de Cástor y Pólux, Nepote, tribuno de la plebe aliado de Pompeyo, desenrolló el papiro que contenía la ley con la que se daba a éste el mando de las tropas para enfrentarse a Catilina en Italia. Estaba repasando el texto, y pensó en proceder directamente a su lectura ante el pueblo allí congregado, acto previo necesario a su votación, pero, antes de hacerlo, decidió dar la palabra a alguno de los senadores de cierto renombre que se habían reunido con él, de modo que éstos pudieran defender esa ley.

César estaba entre los que hablaron a favor del proyecto.

Craso, no.

Aunque la petición de pena de muerte para César se resolviese sin más víctimas que el orgullo de Catón, Craso vio confirmadas sus peores intuiciones de que había entre los *optimates* quienes estaban dispuestos a aprovechar la rebelión de Catilina para eliminar físicamente a más de un enemigo político. Por eso decidió mandar a su familia fuera de Roma y atrincherarse él mismo en su casa sin asistir a ningún acto público. Y si era una votación en el foro, aún menos. Lo único que hizo fue financiar la campaña electoral de César a la pretura, pero nada más. César era su hombre de confianza en política y él lo financiaba. Tal y como lo veía, si alguien tenía que arriesgarse era César y no él. Además, a Craso le hervía la sangre cuando tenía que apoyar a Pompeyo en algo; ya lo hizo en el pasado, pero esta vez César no pudo persuadirlo de que apoyar a Pompeyo le convenía.

Así pues, Craso se quedó en su casa y César acudió al foro.

Nepote le dio la palabra y él volvió a apoyar a Pompeyo, del mismo modo que lo había apoyado en la *lex Gabinia*, para que obtuviera el mando frente a los piratas, o en la *lex Manilia*, para la guerra de Oriente. Pompeyo era su enemigo político, como lo era de Craso, pero, cada vez más, también era el enemigo político de los *optimates*, y César tenía muy claro que separar a Pompeyo de los *optimates* —de Cicerón, Catón y el resto—, o directamente favorecer el enfrentamiento entre unos y otros, era debilitar a dos facciones enemigas de la causa popular. Por eso no lo dudó ni un momento, y, sin siquiera consultar a Craso, se plantó en el foro y habló alto y claro a favor del proyecto de Nepote.

La intervención de César, como siempre, encendió los ánimos de la plebe y se intuía un gran voto favorable a la nueva ley.

Tras el parlamento de César y algunos otros, el tribuno por fin inició la lectura del proyecto legal, pero en ese preciso instante Catón y Minucio Termo, escoltados por un nutrido grupo de hombres armados en el que había hasta gladiadores veteranos, aparecieron y se hicieron con el control de lo alto de la escalinata del templo.

—¡En calidad de tribuno de la plebe, ejerzo mi derecho de veto e impugno la lectura de esta propuesta de ley! —exclamó Catón con decisión inapelable y secundado por Minucio Termo.

Pero Nepote no se arredraba con facilidad. Tenía prometidos muchos beneficios personales por parte de Pompeyo si sacaba adelante aquella propuesta, de modo que miró a uno de los *praecones* y le tendió el papiro para que iniciara la lectura del texto antes de proceder a la votación.

El funcionario público empezó a leer el texto con voz temblorosa y casi por inercia, no sin trastabillar en más de una palabra.

—¡Ese proyecto de ley está vetado, ante todos vosotros y ante los dioses! —insistió Catón señalando el sagrado templo a su espalda, y fue más allá—: ¡Leer esa ley en público tras mi veto es un delito!

El funcionario calló, no tuvo arrestos para seguir. A él nadie le había prometido ninguna fortuna y la mirada de Catón no invitaba precisamente a desafiarlo.

Nepote se acercó entonces al funcionario y, tras coger él mismo el papiro con la ley, comenzó a leerla en voz alta.

Era un duelo entre tribunos de la plebe.

Nadie sabía bien cómo actuar.

Catón se le acercó por detrás y le arrancó el papiro de las manos. El texto se rasgó por la mitad y él arrojó los dos pedazos hacia la posición donde estaban sus hombres armados.

Nepote comprendió que los guardaespaldas de Catón no le permitirían ni acercarse a recogerlos.

No importaba.

Se lo sabía de memoria.

Mirando hacia el pueblo de Roma congregado frente al templo de Cástor y Pólux, empezó a recitar el texto del proyecto de ley palabra por palabra, línea a línea.

Catón miró a Minucio Termo.

—Por Hércules, si estás con nosotros, que se note —le espetó.

Minucio no lo dudó. Tras acercarse por la espalda al tribuno Nepote, le puso la mano en la boca e impidió que siguiera hablando. Casi asfixiado por la mano de Termo, Nepote miró hacia el pie de la escalinata, donde se arracimaban sus seguidores más leales, y éstos iniciaron una pelea contra los hombres de Catón.

Hubo una lucha en toda regla.

Con palos y estacas. A puñetazos.

Catón recibió golpes, y también Nepote y otros muchos.

Era cuestión de tiempo que las primeras dagas asomaran sus filos en el foro de Roma aquella mañana.

César iba a lanzarse a la lucha, en plena calle, pero Labieno lo cogió del brazo:

—Vámonos —le dijo—. Así no. Ésta es su forma de resolverlo todo. No puede ser la tuya. La nuestra.

César estaba encendido, pero las palabras de su amigo lo persuadieron y ambos abandonaron el foro en medio de los disturbios.

Domus de Cicerón, Roma
Esa misma noche

—¿Y ahora qué? —preguntó Catón con el rostro magullado.
Todos los reunidos eran presas de la ira. Nadie pensaba con demasiada claridad y sólo querían emprender una cacería mortal contra Nepote y contra todos los que lo habían apoyado. Incluido César.
—Ahora arrestaremos a Nepote, como hicimos con los aliados de
Catilina —respondió Cicerón con voz grave—. Es culpable de promover los disturbios en los que os visteis involucrados en el foro. Es causa
suficiente para arrestarlo, además de que intentó seguir con una votación cuando había sido vetada de forma efectiva y legal por dos tribunos de la plebe. Él sabe que ha quebrantado la ley, que el veto se presentó a tiempo.
—¿Y qué hacemos con Craso? —preguntó Catulo—. Podríamos
aprovechar...
Pero Cicerón lo interrumpió:
—Craso se ha mantenido al margen en todo esto —dijo.
—¿Y con César? —preguntó entonces Catón—. Estaba allí mismo,
junto a Nepote, y apoyó la propuesta de dar el mando a Pompeyo en la
lucha contra Catilina.
—Sí... —suspiró Cicerón—, pero eso no es un delito. Y además,
me consta que se marchó del foro cuando empezaron los disturbios.
No veo motivos claros para arrestarlo. Aunque, forzando las cosas,
podríamos considerar que animó los disturbios al apoyar de forma vehemente a Nepote cuando el veto ya había sido presentado... Podríamos...
—¿Podríamos qué? —preguntó Bíbulo, que, como todos, estaba
ansioso por oír que Cicerón proponía alguna acción clara y decidida
contra César.
Cicerón se pasó la mano por el rostro y suspiró.
—Es *pontifex maximus* —continuó—. No se puede arrestar a un
pontifex maximus así como así. Parecéis olvidar ese punto, pero como
magistrado público, como pretor, podríamos argüir que no ha actuado
de forma adecuada en todo este asunto y tenemos los votos suficientes
en el Senado para... destituirlo de la pretura.
Todos se quedaron muy pensativos.

Una destitución de una magistratura de alto rango, como la de pretor, era una acción muy directa y muy agresiva que mandaba un claro mensaje a todo el mundo sobre lo que el Senado estaría dispuesto a tolerar o no, y más en aquellos tiempos de zozobra con las tropas de Catilina aún combatiendo a apenas un centenar de millas de la ciudad. A todos les pareció una magnífica idea. Como había apuntado Cicerón, era una medida de legalidad cuestionable, pero tenían la mayoría de votos en el Senado, y más con Craso y los suyos escondidos, y pensaban aprovechar esa ventaja.

Domus publica, **residencia del** *pontifex maximus* **y la familia Julia**
Unos días más tarde

César recibió la noticia en forma de un mensaje oficial que le entregó uno de los seis *lictores* que lo acompañarían en todo momento mientras él fuera pretor de Roma.

El *lictor* le dio el mensaje y se retiró al vestíbulo, con el resto de los escoltas.

César leyó el papiro y, muy serio, sin decir nada, se lo pasó a Labieno; éste, tras leerlo también, se lo entregó a su vez a Aurelia.

Fue ella quien interpeló a su hijo antes que nadie:

—¿Qué vas a hacer?

César permanecía en silencio.

—¿Qué ocurre? —indagó Julia—. ¿Qué dice ese mensaje?

—El Senado ha destituido a tu padre —anunció Aurelia.

—¿Pero eso puede hacerse? —inquirió la joven, indignada y sorprendida a partes iguales, pues a sus veinte años ya cumplidos seguía siendo la más firme defensora de su padre.

Aurelia iba a responderle, pero Pompeya se le adelantó:

—Por poder, el Senado puede destituir incluso a un cónsul de Roma —dijo en un tono que no dejaba claro si le parecía bien o mal la destitución como pretor de su esposo.

Pero a César el tono de su esposa o lo que ella pensara hacía tiempo que le importaba bien poco. Ése era un tema del que sabía que tendría que ocuparse, aunque ahora no. Levantó los ojos y miró a su madre:

—No pienso hacer nada —dijo.

—Quizá sea lo mejor —aceptó Labieno—. Enfrentarse con el Senado no es buena idea. Está todo muy tenso…

—Con «nada» quiero decir que pienso hacer como si ni siquiera hubiera recibido esta notificación, como si el Senado no hubiera votado a favor de mi destitución —aclaró César con vehemencia mirando a su amigo—. Con «nada» quiero decir que pienso seguir actuando como pretor de Roma. Es un pulso. Entre ellos y yo.

—¿Y crees que tú solo puedes ganarle un pulso al Senado de Roma siendo un pretor que, además, está aislado políticamente? —se atrevió a decir su madre—. Porque Craso está desaparecido y Pompeyo sigue en Oriente. ¿Un pretor contra todo el Senado? ¿Lo dices en serio, hijo mío?

Pero César ya no dijo más.

En su lugar, actuó. En él se combinaba la buena oratoria de Cicerón con la determinación de Catón.

Así, durante las siguientes semanas, César hizo exactamente lo que acababa de anunciar: acudió a múltiples ceremonias públicas con la *toga praetexta*, rodeado siempre por sus seis *lictores*, y haciendo ver a todos que en modo alguno reconocía la autoridad del Senado para destituirlo. Al menos, no por los motivos esgrimidos por el cónclave de *patres conscripti*.

A las tres semanas llegó una segunda notificación del Senado.

César se la entregó a Labieno sin abrir, y fue él quien la leyó primero y quien anunció al resto el contenido del nuevo mensaje:

—Dicen que utilizarán la fuerza contra ti si no aceptas la destitución.

En ese tiempo, Nepote había huido de Roma para evitar su arresto y se había embarcado en Bríndisi con dirección a Rodas; quería informar a Pompeyo de cómo estaban las cosas en Italia. Su huida había dejado a César aún más solo y aislado.

—La perseverancia, hijo mío, es virtud —dijo Aurelia—. La obstinación es de idiotas. No puedes contra el Senado. Solo, no.

—¿Qué quiere decir que usarán la fuerza contra padre? —preguntó Julia con evidente inquietud.

Pompeya bebía con tranquilidad; los problemas de su esposo la divertían más que preocuparla.

—No lo sé —respondió Labieno—. Es una expresión ambigua,

pero tal y como están las cosas, capaces son de emitir un *senatus consultum ultimum*.

Fue pronunciar el nombre de aquel temible decreto y ahogar Julia un grito de terror.

César respiró hondo.

—No se trata de obstinación, madre —dijo al fin—. Se trata de que aceptar la destitución supone aceptar que mi carrera política sufre un revés, un freno. Y tengo muchas deudas contraídas. Con Craso, que reaparecerá cuando todo esto se calme, puedo negociar plazos de pago diferidos, pero hay acreedores que esperaban mi pronto acceso al consulado. Si ven mi carrera truncada por una destitución en el rango de la pretura, perderán la confianza y me reclamarán los pagos de todo lo que debo antes de que pueda hacerlo.

—Eso es muy probable, hijo. Y un motivo más que razonable para que intentaras oponerte a esa destitución, pero no puedes enfrentarte al Senado solo, eso es todo. Negocia con Cicerón, Catón y el resto de los *optimates* o negocia con los acreedores. O busca otra solución. Pero enfrentarte ahora al Senado no es el camino.

Él miró a Labieno.

Su amigo asintió.

César suspiró, se levantó y fue directo al *tablinum*. Allí escribió una nota y entregó el mensaje a uno de los *lictores* del vestíbulo.

—Para Cicerón —le dijo—. Pero espera. —Se giró hacia el *atriense*, que, atento, estaba en una esquina del vestíbulo—. Ayúdame a quitarme esta ropa.

El esclavo se acercó y asistió a César mientras se quitaba la *toga praetexta* de senador. Ése era un mensaje complementario para el Senado de Roma que nadie esperaba: dejaba la vida pública. Era también un mensaje para el pueblo de Roma. Y para que no quedara duda alguna sobre sus intenciones, ordenó a los seis *lictores*, símbolo de su rango de pretor, que abandonaran la *domus publica*.

Luego regresó al atrio y pidió vino.

—Llevas razón, madre —dijo César antes de beber, con la copa en alto—. Éste es un pulso que no puedo ganar solo.

Foro de Roma
Al día siguiente

En el Senado, la rendición de César se recibió con auténtico júbilo, y se celebró entre los senadores *optimates* como una gran victoria. Y el hecho de que entregara su *toga praetexta*, también. Catón, Catulo, Bíbulo y muchos más no cabían en sí de gozo.

Cicerón, por el contrario, se mostraba más contenido.

—¿No te alegras de que deje el Senado? —se sorprendió Catón—. Si llego a saber que forzando su destitución de una magistratura iba a abandonar el Senado, lo habría sugerido antes.

—No puede ser tan fácil. —Cicerón negaba con la cabeza al tiempo que hablaba—. Tengo la misma sensación extraña que cuando el juicio de Rabirio, que realmente iba de cambiar la ley electoral para que César pudiera ser elegido *pontifex maximus* por el pueblo, ya que no podía ganar en el Senado. Ahora siento que no puede ser tan fácil. Algo se nos escapa…

—A mí, mientras César quede fuera del Senado, lo demás no me importa —sentenció Catón.

Pero la noticia de que César no sólo era destituido de la pretura, cargo de designación popular a través de los *comitia centuriata*, sino que además abandonaba la vida pública, como muestra de su disenso con el Senado, cayó como un jarro de agua fría sobre un pueblo muy falto de líderes que ilusionaran. César era el único político romano que conocían que había cumplido con todos sus compromisos electorales —como *curator* de la Vía Apia y como edil de Roma—, y veían su destitución de pretor como un puro ataque personal por parte de una oligarquía senatorial que buscaba anular a quien se moviera a contracorriente. César se había mostrado a favor de la ley que proponía Nepote, pero eso sólo no podía ser motivo para destituirlo. Desde luego no era motivo justificado a ojos del pueblo y, en verdad, como Cicerón sabía, legalmente estaba muy forzado.

Mientras Catón, Catulo, Bíbulo y otros senadores lo celebraban en el Senado, Cicerón se retiró a su asiento sin decir más. Una nueva sesión debía dar inicio cuando los senadores se calmaran.

César permaneció en su residencia, en el atrio, tomando una comida frugal, de frutos secos y algo de queso, en silencio. Esperando.

A las pocas horas de haber entregado la *toga praetexta*, miles de ciudadanos se congregaron a las puertas de la *domus publica* del *pontifex maximus*.

Tal era el griterío que se oía desde el foro, y los senadores salieron a la escalinata exterior para ver lo que ocurría: el pueblo clamaba por la restitución de César y lo animaba a no abandonar el Senado.

—¡César, César, César! *Praetor et clarissimus vir!*

El clamor llegaba muy nítido y comprensible a los oídos de todos los senadores *optimates* reunidos en la escalinata de acceso al Senado.

Y las aclamaciones llegaron también, por supuesto, al atrio de la casa del propio César, frente a la que estaba congregada aquella multitud.

Domus publica, residencia del pontifex maximus
y la familia Julia

—¿Qué vas a hacer, hijo? —le preguntó su madre—. Mide bien lo que haces o lo que dices. Estás forzando mucho la situación. Te pueden acusar de generar disturbios y ése es el paso previo...

—Lo sé, madre —la interrumpió—, pero ya no estoy solo en mi pulso contra el Senado. —Y ordenó a los esclavos que abrieran las puertas de la residencia.

César salió y se dirigió al pueblo de Roma reunido frente a su *domus*. Podía ver a los senadores, en la distancia, mirando hacia allí desde lo alto de la escalinata del Senado.

—¡Ciudadanos, amigos, patriotas! —empezó con fuerza, y todos callaron para escucharlo—. ¡Os agradezco esta muestra espontánea de apoyo tras mi destitución como pretor de Roma! ¡Vosotros, el pueblo, me elegisteis como pretor y es ahora el Senado, y no vosotros, quien me destituye! Podría encender vuestros ánimos y acusar al Senado de torcer las leyes y actuar sólo en su beneficio personal... ¡Pero no lo haré! —Guardó un breve silencio antes de continuar—: Nuestra patria, nuestra ley, se fundamenta en una compleja red de contrapesos, de modo que ni unos ni otros ni nadie pueda conseguir un control completo del poder...

—¡César, César, César! —lo interrumpieron nuevos gritos—. *Praetor et clarissimus vir!*

Muchos no querían aceptar lo que el Senado había decidido, no con respecto al mejor de sus líderes, al único que había cumplido siempre todas las promesas que les había hecho.

César sonrió y se llevó los puños cerrados al pecho; luego estiró los brazos con las palmas abiertas y consiguió, una vez más, el silencio del pueblo.

Cicerón y el resto de los senadores lo observaban desde la distancia.

—Hace con ellos lo que quiere —dijo Catón.

Cicerón asintió, sin decir nada, atento a lo que estaba ocurriendo. Quería ver en qué terminaba aquello.

César volvió a hablar:

—¡El Estado romano, nuestra forma de vida y nuestra supervivencia se fundamentan en el cumplimiento de las leyes y en la aceptación de estos contrapesos, en esta división del poder en Roma! ¡Yo, como vosotros, no veo justa esta destitución, pero no seré yo quien se enfrente al Senado, ni quien promueva que lo haga nadie! Pues ¿dónde acabaríamos todos si no aceptáramos el gobierno de nuestras instituciones? Yo os lo diré: en la anarquía y el desorden. Y en el desorden no hay justicia alguna, ni para los ricos ni para los humildes. Por eso os conmino a retiraros de las calles. ¡Os ruego que volváis a vuestras casas, por Hércules, sin disturbios ni revuelta alguna! ¡Roma aún está intentando terminar con la rebelión de Catilina y no es momento para más divisiones! ¡Aceptemos ahora la autoridad del Senado, del mismo modo que el Senado ha de aceptar las votaciones de las asambleas del pueblo! ¡Soy *pontifex maximus*, se me ha destituido como pretor y ésta es una cuestión política y civil que acepto en beneficio de la paz y la seguridad de todos! ¡Insisto: no es momento de revueltas! ¡Retiraos, os lo ruego!

El pueblo se quedó en silencio. Aquellas palabras de su líder no eran las que esperaban escuchar, pero era cierto que las tropas de Catilina aún no habían sido derrotadas y que todo estaba muy tenso; tal vez no conviniese alentar más división. Si él mismo aceptaba la destitución, quizá ellos también tendrían que hacerlo, aunque se sintieran en parte defraudados.

Poco a poco se fueron retirando a sus casas, y también lo hizo César.

—Cerrad las puertas —dijo una vez dentro de su residencia.

De vuelta en el interior del Senado, Catón y el resto de los senadores *optimates* arrugaban la frente, extrañados de que César no hubiera soliviantado al pueblo en su contra. Y así lo comentaban cuando Cicerón los silenció a todos.

—César no es Catilina —afirmó por segunda vez en pocos días—. Es mucho más hábil que él. Y, por eso mismo, mañana votaremos en el Senado su restitución en el cargo de pretor.

—¡Pero eso es premiarlo! —exclamó Catón—. ¡Ahora que por fin nos lo habíamos quitado de encima!

—¿Que nos lo hemos quitado de encima? —le replicó Cicerón, perplejo ante tanta ingenuidad—. No seas simple, Marco, por todos los dioses. No es propio de ti. César nunca abandonaría de verdad la vida política ni el Senado. Lo ha hecho para que la noticia llegara al pueblo y encenderlo. Hoy lo ha apaciguado, pero mañana puede inflamarlo y, como bien ha dicho él, no está la situación para más divisiones: tenemos aún a Catilina en rebelión luchando contra nuestras tropas, le hemos dicho que no a Pompeyo y a su ejército, así que estamos solos para resolver el asunto, por más que ése fuese nuestro deseo. No podemos abrir un segundo frente contra César en Roma. Él, por otro lado, ha hecho lo que le pedíamos: ha aceptado la destitución como pretor y ha dicho públicamente, lo hemos oído todos, que el pueblo ha de aceptar la autoridad del Senado; los ha tranquilizado dejándonos las manos libres para que podamos resolver el asunto de Catilina. Si hay una actitud que premiar, sin duda es ésa. César ha negociado, sin decirlo abiertamente, pero ha negociado: paz en Roma a cambio de su restitución. No nos lo ha pedido con palabras sino con acciones. Pero ese acuerdo nos interesa ahora. Acabemos con Catilina, mantengamos al margen a Pompeyo y restituyamos a César como pretor, pero aceptando nuestra autoridad. Todos ganamos, Marco.

—Tú mismo has hablado de César como un segundo frente en Roma —apuntó Catón—. En el fondo, me estás dando la razón en que César es otro Catilina.

Cicerón negó con la cabeza.

—Ojalá fuera así, Marco —dijo con un largo suspiro—. Pero César no es otro Catilina. César es mucho más inteligente. César es… César.

Domus publica, *residencia del* pontifex maximus
y la familia Julia

—Has hecho lo mejor —le dijo Labieno a su amigo.

César asintió mientras miraba a su madre de reojo.

Ella no decía nada, pero un silencio de Aurelia valía más que mil halagos de cualquier otra persona.

Al día siguiente, llegó una nueva nota del Senado: César era reinstaurado como senador y como pretor de Roma.

Cuando leyeron el nuevo mensaje, era ya de noche. Aurelia se levantó para retirarse a dormir, pero al pasar junto a su hijo se detuvo, le puso la mano en el hombro y le dijo:

—Bien, bien.

Labieno, Julia, Pompeya, todos abrieron los ojos como platos: era el primer halago que oían de Aurelia hacia su hijo. Pero la mujer no había terminado de hablar y se agachó, aún con la mano en el hombro de César:

—Aunque no te llames a engaño, hijo: no has ganado el pulso al Senado, has empatado.

—Es un *stans missus*, madre —sonrió él—, como cuando los gladiadores luchan en la arena y el juez declara, como dices, que ninguno vence. Pero en un *stans missus* hay algo clave.

—¿El qué? —preguntó Aurelia con genuino interés. Por una vez, le costaba anticiparse a los pensamientos de su hijo.

—En un empate entre dos gladiadores, los dos salen vivos del combate. Los dos. El Senado, por supuesto, sale muy vivo de este pulso. Pero yo también. —Y lo repitió, como para darse fuerzas—: Yo también.

—Cierto —admitió Aurelia antes de inclinarse aún más y susurrarle algunas palabras al oído que nadie escuchó.

La mujer dio las buenas noches y salió de la estancia. Julia y Pompeya también se despidieron de César y de Labieno y se retiraron.

Los dos hombres siguieron bebiendo un rato sin decir nada, hasta que por fin Labieno no pudo evitarlo y, azuzado por la curiosidad, preguntó:

—¿Qué te ha dicho tu madre al oído?

César estaba muy serio.

—Me ha dicho que muchos gladiadores, después de un empate en la arena, vuelven a luchar. Y que con frecuencia, al final, terminan en combates donde sólo queda uno con vida. Eso me ha dicho, y me ha insistido en que no lo olvide.

—Eso es lo mismo que decir que o bien matas a todo el Senado o el Senado terminará matándote a ti —tradujo Labieno, sin ocultar su inquietud.

César esbozó una sonrisa con la que alejar aquellos malos augurios.

—Mi madre se hace mayor —dijo—. Tiene que haber otra forma de resolver las cosas.

LXXVII

La Bona Dea

Roma, 62, a. C.
Un mes más tarde

César regresó a casa desde el Senado, solo, cansado.

Pese a su restitución como pretor y como senador en el cónclave de *patres conscripti*, seguía aislado y eso agotaba. Por otro lado, traía noticias importantes desde el foro y quería compartirlas con la familia, pero al llegar a la *domus publica* y entrar en el atrio encontró a Julia llorando y a Pompeya que salía hacia su dormitorio.

No tuvo tiempo de preguntarle a su hija qué le ocurría, pues ésta se levantó nada más verle y, sin saludarlo siquiera, algo muy extraño en ella, también abandonó el atrio.

César dirigió una mirada interrogativa a su madre.

—Pompeya, con su habitual delicadeza, le ha recordado a Julia que ella supone una decepción para ti, pues es una mujer y no un varón —le aclaró su madre—, ya que un hijo te vendría muy bien como apoyo en tu carrera política, ahora que atraviesa estos vaivenes tan duros con tus diferencias con los *optimates* que controlan el Senado.

—Julia sabe que yo no pienso eso de ella —respondió César tomando asiento en su *triclinium*—. Porque lo sabe, ¿no?

Se quedó mirando al suelo. Su hija ya no era una niña: se había transformado en una mujer joven, hermosa, inteligente y discreta que le recordaba, cada vez más, en cada gesto, en su forma de comportarse y en ese fulgor especial de su mirada, a Cornelia. Nada le dolía más que Julia pudiera pensar que él no sentía el más profundo y absoluto de los afectos por ella.

Aurelia enarcó las cejas y suspiró.

—Julia sabe que su padre la quiere —replicó al fin—, pero sabe también que estás muy aislado en el Senado y que, en general, en la política romana, más allá de Labieno o Craso, tienes pocos apoyos. Sabe que, en efecto, si ella no fuera una mujer, podría ayudarte más de lo que lo hace. Pero Pompeya sólo dice estas cosas para herirla. Y la hiere. Mucho. Le encanta sembrar cizaña. Es su manera de sentirse poderosa.

Se incorporó exasperado.

—No puedo luchar así contra el Senado y contra prácticamente todos: Pompeyo siempre tiene a sus hombres en el tribunado de la plebe; Cicerón y Catón, están con Catulo, Bíbulo y otros que controlan el Senado, y Craso, que es mi único apoyo, es también mi mayor acreedor. Labieno es mi único amigo real. Estoy pendiente de la asignación de provincias para los que somos pretores este año y seremos propretores el que viene. Tendré que marcharme fuera de Roma, madre, pero no puedo irme y dejar a Pompeya sembrando aquí día y noche la discordia. He hablado con Labieno, y él me cubrirá la espalda en la vida pública de la ciudad, pero ¿quién puede garantizarme paz en mi propia casa durante mi próxima ausencia?

—Yo puedo hacerlo —replicó Aurelia sin pensarlo un instante, como si llevase meses, quizá años, esperando aquella pregunta—. Si te refieres a Pompeya, digamos que yo puedo hacerme cargo de ese... asunto.

César volvió a sentarse en el *triclinium*, sin recostarse, mirando fijamente a su madre.

—Sí, a eso me refiero —confirmó—. No puedo irme a la provincia que me asigne el Senado sin tener mi retaguardia bien cubierta en el ámbito público y privado. Y Pompeya, ciertamente, no es Cornelia.

—No, no lo es. Ni lo será nunca. Lleva demasiado dentro el veneno de Sila.

César asintió, siempre sosteniendo la mirada de su madre.

—Fue un error casarme con ella —dijo.

—No, no fue un error —opuso Cornelia—. Ya hemos hablado de esto en otras ocasiones: en su momento ese matrimonio era una buena maniobra política para reducir la desconfianza de los *optimates* hacia tu persona, pero, claramente, este enlace con Pompeya ya no sirve para ese fin. Ella podría haberse manifestado como un leal apoyo en tu lucha contra el Senado y ha decidido no serlo. Bien, cada uno toma sus decisiones en la vida. Pompeya podría haberse integrado en nuestra familia de forma real, pero en el fondo... —aquí Aurelia se lo pensó y se corrigió—: y no tan en el fondo, sino de manera evidente, en privado y en público, da muestras a diario de que vive este matrimonio contigo como algo degradante para ella.

—Y yo estaría encantado de librarla de esa carga.

—Uno no se divorcia de la nieta de Sila de cualquier forma, sólo porque desea hacerlo, hijo. Tu imagen pública se vería dañada frente a los *optimates*, que, no lo olvidemos, observan cada movimiento que haces. Ésta es la clave de todo: cómo deshacerse de Pompeya ahora que es, ¿cómo decirlo?, un lastre.

Saltaba a la vista que Aurelia había analizado la situación desde todos los ángulos.

—Y si te dijera que te ocupes de solucionar este problema, madre, ¿cómo y cuándo lo harías? —César quería acotar un poco la forma de resolver el asunto de Pompeya. Por alguna extraña intuición, le daba miedo dar completa libertad de acción a su madre en aquel tema.

—Para el cómo, sólo necesito unas monedas que cubran ciertos servicios. Y sobre el cuándo... sería el 4 de diciembre —respondió ella con una precisión que heló la sangre de César. Era como si su madre lo tuviera todo pensado hacía tiempo.

¿Unas monedas para qué? ¿Y por qué el 4 de diciembre, exactamente? En esa fecha nada le venía a la mente más allá de que era el día en el que se celebraban los ritos sagrados de la Bona Dea. Como *pontifex maximus*, tenía muy claro todo el calendario religioso romano, pero no veía de qué modo aquello podía tener relación con lo que fuera que estuviera planeando su madre. Corrigió su pensamiento: con lo que fuera que su madre *ya* tenía planeado.

—¿Qué tienes pensado? —preguntó inquieto.

Aurelia se levantó muy lentamente. Se ajustó la túnica y así, en pie, con aire distraído, respondió:

—No preguntes lo que no te conviene saber. Tú ocúpate de luchar en el Senado y combatir en los campos de batalla que te correspondan en la *sortitio* de provincias como futuro propretor, y deja la retaguardia familiar a mi cargo. —Se le acercó, le dio un beso y añadió una pregunta final—: ¿Tengo tu permiso para resolver el problema?

César se lo pensó bien y, al fin, dio una respuesta lapidaria:

—Necesito paz en mi retaguardia, pero, más allá de eso, Julia es mi bien más preciado. Sabes cómo quiero a mi hija, y Pompeya, al arremeter contra ella una y otra vez, ha dictaminado su destino. Haz lo que tengas que hacer, madre.

—Lo haré. —Se separó de él y, sin mirar atrás, abandonó el atrio.

A César le quedó la duda de si su madre se contendría y actuaría de forma proporcional a los desafíos, desplantes y críticas de Pompeya, o si realizaría alguna acción desmesurada.

Cerró los ojos y se pasó las palmas de las manos por el rostro un instante. Traía noticias frescas del foro: Catilina había muerto en combate. Todo parecía indicar que, una vez que en la batalla vio que todo estaba perdido, se arrojó al lugar donde la lucha era más intensa. Quizá fuera un rebelde y un loco y un criminal corrupto, pero había que reconocerle que en el combate había mostrado arrojo y, ante la muerte, dignidad. Sin embargo, aquella mañana el final de Catilina no parecía importar a nadie en la residencia de Julio César.

Domus de Cicerón
En ese mismo momento

Abrazos.

Abrazos y felicitaciones.

Por primera vez en mucho tiempo, Cicerón estaba exultante y lo mostraba. Se abrazó a Catón y a Catulo y al resto, uno a uno.

Había detenido un golpe de Estado, ajusticiado a los conjurados y derrotado militarmente al líder de la rebelión. Y en todo aquel empeño había mantenido a Pompeyo al margen hasta el mismísimo final, de modo que todo el prestigio era suyo. Craso estaba aún medio oculto y César, aislado en el Senado.

Por una vez, Cicerón sintió que podía sonreír abiertamente.

Era su momento de gloria.

De gloria absoluta.

Antigua *domus* de la familia Julia, barrio de la Subura
Última noche de noviembre, 62 a. C.

Aurelia no lo dudó.

Para extirpar el mal había que hacerlo de raíz y, en ocasiones, recurrir a algo o, en este caso, a alguien aún peor que el mal que se desea eliminar. Para terminar con Pompeya, con la cizaña que sembraba constantemente a su alrededor, con sus desplantes a César y con su poca lealtad a la familia Julia, Aurelia recurrió a lo más traidor, rastrero y vil que había en Roma, y llamó a Publio Clodio Pulcro. O, como todos le conocían, en particular en los peores tugurios y tabernas de Roma, a Clodio.

Clodio había tenido una penosa carrera militar. Mediocre como soldado y peor aún como oficial, se sabía que había instigado motines contra diferentes líderes militares romanos durante la campaña contra Mitrídates. De un modo u otro, ya fuera recurriendo a vínculos familiares o a sobornos, pues era un hábil conseguidor de dinero de oscuro origen, logró salvarse de una condena y se le otorgó el mando de una flotilla de barcos, también en la interminable campaña de Oriente contra el rey del Ponto, aunque tanto él como sus barcos fueron apresados por los piratas.

Liberado de los piratas por el ejército romano, Clodio optó por retornar a Roma e intentar una carrera como abogado. Audaz, eso es innegable, y como si tomara a César como modelo, había llegado a encausar a Catilina por corrupción, pero, a diferencia de César, Clodio sucumbió a las maniobras del acusado y se dejó sobornar por el propio Catilina, de modo que, al final, parecía más su abogado defensor que el acusador. Desde entonces, nadie importante recurrió a él como abogado.

Catilina ya estaba muerto. Lo había querido todo y lo perdió todo.

Clodio seguía vivo. Él se conformaba sólo con tener mucho. Sabía que si se dejaba algo para otros, era más fácil que no se fijaran en uno y en sus crímenes.

Así fue como Clodio se centró por fin en aquello a lo que parecía destinado: hacerse con el control de los bajos fondos de la ciudad, dominar bandas armadas de ladrones y traficantes de toda índole, ofrecer protección o, más bien, vender la protección de sus hombres al mejor postor. Clodio era, al fin, un asesino a sueldo, con muchos sicarios bajo su mando, que podía actuar tanto de guardaespaldas al servicio de Cicerón como de ejecutor de cualquier venganza comercial o personal que le requiriera cualquier senador de Roma.

A ese hombre llamó Aurelia.

Era evidente que Clodio, en medio de aquel atrio casi vacío, ante la sola presencia de una venerable matrona, se sentía incómodo.

—No esperes a nadie más —le dijo Aurelia, pues Clodio seguía mirando a un lado y a otro como si aguardara la inminente aparición del *pater familias*.

No estaban en la *domus publica*, residencia del *pontifex maximus* en la Vía Sacra. La madre de César buscó un lugar más discreto para aquel encuentro y por eso había convocado a Clodio en la antigua residencia de la familia en el corazón de la Subura, un lugar donde, por cierto, la presencia de Clodio pasaba bastante más desapercibida que en los alrededores del foro.

—Soy yo quien te ha citado —continuó Aurelia.

Clodio dejó de mirar a un lado y a otro, y se encogió de hombros. Nunca había trabajado para una mujer, pero el dinero que se le había ofrecido por carta era mucho. Y el anticipo que le llegó con el mismo mensaje, generoso. Y él, por dinero, estaba dispuesto a cualquier cosa.

—¿De qué se trata? —preguntó el sicario. Saludar y esas cuestiones protocolarias no iban con él. En aquellas circunstancias, con Aurelia, tampoco.

—Se trata de una mujer —anunció ella.

Clodio enarcó las cejas. Todo era nuevo en aquel encargo.

—Nunca he matado a una mujer, pero… supongo que siempre hay una primera vez para todo —replicó.

La madre de César se quedó en silencio unos instantes.

—¿Matar? —preguntó al fin Aurelia con la mirada perdida, pensativa—. No, no se trata de matar. —Y volvió a centrarla en Clodio—. Matar es poco cuando una mujer quiere hacer daño a otra. Entre mujeres, se mata cuando es preciso eliminar a alguien a quien no odias. Sé de esto, créeme. Aquí se trata de eliminar haciendo daño, mucho daño, a alguien a quien *sí* odio.

—Pues no se me ocurre qué daño puede haber peor que la muerte —dijo Clodio.

—¿Para una mujer? —Aurelia se sonrió ante la simpleza de la mente de su interlocutor—. Para una mujer, lo peor es, sin duda alguna, la humillación.

Clodio guardó silencio. Detectó en la voz de aquella matrona, de apariencia venerable, un tinte de ferocidad que le heló la sangre. Estaba ante alguien tan implacable como él. Eso le infundió respeto.

—¿Estará mi vida en juego? —preguntó.

—Te juzgarán —respondió Aurelia con seguridad—, pero sobornaremos al tribunal y conseguiremos tu absolución. De eso, además, tú sabes mucho.

Clodio torció el gesto.

—Un juicio es siempre peligroso. Se sabe cómo empiezan pero no cómo terminan. No contaba con ello. Si me van a juzgar después de lo que sea que haga… quiero el doble de dinero.

Aurelia mantenía los ojos clavados en aquel hombre.

—De acuerdo —respondió ella.

Compartieron otro breve silencio.

—¿Qué he de hacer?

Aurelia iluminó su rostro con la más enigmática de las sonrisas:

—Sólo has de vestirte… de mujer.

Domus publica, residencia de Julio César
Noche del 3 al 4 de diciembre, 62 a. C.

La festividad de la Bona Dea era un rito rodeado de misterios. Para empezar, era una festividad que celebraban sólo las mujeres. Ningún hombre podía asistir a ella, de lo contrario la diosa —cuyo nombre se mantenía en secreto y sólo se la conocía como Bona Dea, «la buena diosa»— se enfurecería y todo tipo de males podrían sobrevenir sobre quienes incumplieran ese precepto.

Los sagrados ritos de la Bona Dea tenían lugar cada año en una residencia diferente de la ciudad, pero siempre era la mansión, palacio o *domus* de alguien de renombre dentro del mundo romano. El año anterior, por ejemplo, los ritos se celebraron en la residencia del entonces todopoderoso cónsul Cicerón. El gran orador se jactaba de que haberlos llevado a término de modo intachable, por parte de su esposa y las mujeres que la asistieron, había contribuido a que los dioses lo ayudaran luego durante su duro enfrentamiento contra Catilina, sus secuaces y su ejército.

Aurelia le pidió a su hijo que reclamara para la *domus publica* del *pontifex maximus* la celebración de la Bona Dea del año en curso. César aún no había celebrado esos ritos en su *domus* desde que había sido elegido pontífice máximo de la religión romana y, una vez que, además, había sido restituido como senador y pretor, nadie le discutió su derecho a celebrar aquel año la Bona Dea en su casa en representación del pueblo romano.

—Mientras no quiera ser cónsul o disponer de legiones a su cargo, por mí que celebre lo que quiera —había dicho Catón cuando Cicerón le transmitió la petición de César.

De este modo, sin oposición alguna, César actuaría de anfitrión de los sagrados ritos de aquel año con relación a aquella diosa misteriosa. Esto es, su madre y su esposa serían las auténticas anfitrionas del evento religioso, pues horas antes del inicio de los sacrificios, danzas y festejos la *domus publica* quedó vacía de hombres: César fue a pasar la noche a casa de su amigo Labieno, y el *atriense* y el resto de los esclavos varones fueron repartidos entre las residencias de los cuñados de César. Así, en la *domus publica* quedaron Aurelia, Pompeya, Julia y las dos hermanas del *pontifex maximus* de Roma. A ellas se les unieron algunas matronas más de diversas familias relevantes de la ciudad, como la de Craso, la de Labieno y las de otros senadores próximos a César, además, por supuesto, de las doncellas y las esclavas de la familia Julia.

El atrio de la residencia se decoró con hojas de viña y se trajo un gran cerdo que, bajo la atenta mirada de las anfitrionas, fue sacrificado. Su carne y su sangre fueron entregadas en ofrenda a la Bona Dea, junto con una notable cantidad de vino.

Se iniciaron entonces los bailes sagrados al ritmo de una música relajante y embriagadora a cargo de varias esclavas que tañían liras y tocaban flautas.

Era un momento mágico.

Pero la *domus publica* era grande y en ella estaban pasando más cosas al mismo tiempo: en una esquina de la casa, una esclava de nombre Habra, la doncella personal de Pompeya, se deslizó sigilosamente por los pasillos hasta llegar a la parte posterior y, una vez allí, abrir la puerta trasera de la vivienda. Habra había sido convenientemente sobornada por Aurelia para que ejecutara aquella misión a cambio de prometerle que dejaría de ser la doncella de Pompeya y pasaría a ser la esclava personal de su nieta Julia. Habra no lo dudó ni un instante: entre el aire de soberbia y el mal humor de Pompeya, por un lado, y la amabilidad y el buen carácter de Julia, por otro, no había comparación. Las dos eran amas, pero en nada se parecía servir a una mujer siempre malencarada que a otra cuyo trato era, de forma habitual, cordial y tranquilo. Con la primera, daba igual lo que una hiciera y cómo lo hiciera, siempre había algo mal y, con frecuencia, castigos. Con Julia, bastaba con hacer lo que ella requería para que el ama se sintiera satisfecha y te premiara no sólo con amabilidad, sino a veces con unas monedas de plata o incluso de oro con las que, poco a poco, reunir el suficiente dinero para comprarse una misma la libertad al cabo de unos años. Ante la oferta de la matrona Aurelia, Habra no lo dudó, y si había que abrir la puerta trasera y que, según le había dicho la veterana *domina*, entrara una tañedora de lira amiga de su ama Pompeya, pues eso haría. La petición parecía extraña, pero Habra había entendido hacía tiempo que en las cosas de las amas era mejor no meterse.

Nada más abrir la puerta, la esclava de Pompeya vio a la mujer esperando. Le llamó la atención lo corpulenta y grande que era, pero Habra no le dio más vueltas y, tal y como le había pedido el ama Aurelia, condujo a aquella mujer, que iba además con el rostro cubierto por un velo, hasta el dormitorio de su ama Pompeya, donde la dejó a solas. Lo lógico, pensaba, habría sido llevarla al atrio, pero sus instrucciones eran guiarla hasta la cámara de Pompeya. Y eso hizo.

Habra regresó al atrio y Aurelia, en cuanto la vio entrar, miró hacia el lugar donde se encontraba otra joven esclava y le dio una orden:

—Recorre las habitaciones y si queda alguna mujer que aún no haya venido, di que yo la reclamo en el atrio. Para la danza final conviene que estemos todas presentes.

La esclava salió del atrio e inició su ruta de habitación en habitación, incluidas las cocinas, el *tablinum* del amo y los *cubicula* de los esclavos, sin encontrar a nadie. Por último, fue a los dormitorios de las amas: en el de Aurelia y en el de la joven Julia tampoco encontró a nadie, pero al entrar en el de Pompeya vio la figura grande y, a sus ojos, peculiar de una mujer que parecía querer esconderse tras la gran lámpara de aceite del dormitorio principal de la casa.

—El ama Aurelia reclama a todas las mujeres en el atrio —dijo la esclava.

Pero la mujer grande ocultaba su rostro y ni respondía ni hacía además alguno de moverse de donde estaba.

—Si no vas a venir, al menos dime qué le digo al ama Aurelia… —Se acercó a la mujer, extrañada—. Pero tú… ¿quién eres?

—Ahora iré al atrio —respondió entonces la supuesta mujer grande y de rostro oculto, con una voz tan grave que a la esclava no le quedó duda alguna de que estaba no ante una mujer, sino ante un hombre.

¡Un hombre!

En medio de los sagrados ritos femeninos de la Bona Dea.

—¡Aaah! —aulló la esclava, y salió corriendo mientras daba la voz de alarma por toda la casa hasta irrumpir a gritos en el atrio—: ¡Un hombre, un hombre!

Pompeya, las dos hermanas de César y la joven Julia no entendían qué estaba ocurriendo, pero Aurelia tomó por el brazo a la esclava y le abofeteó la cara:

—Deja de gritar y di con claridad qué es lo que pasa.

La esclava enmudeció, tragó saliva y respondió claro y directo:

—Hay un hombre en el dormitorio del ama Pompeya. Va vestido como mujer, pero es enorme y al responderme al requerimiento del ama de que viniera al atrio lo ha hecho con voz de hombre. Es un hombre. Estoy segura de ello, *domina*.

—Eso no puede ser… Y dices que está… ¿en el dormitorio de Pompeya?

Esto último Aurelia lo dijo en voz bien alta, para que todas pudieran oírlo perfectamente, con nitidez meridiana.

Soltó a la esclava y, mirando a otras esclavas más veteranas para que la acompañaran, emprendió el camino en dirección al dormitorio de su nuera, pero, de pronto, se detuvo: necesitaba algún testigo de mayor peso. Miró a Julia, la hermana mayor de César, y esta comprendió y la siguió, no sin cierta preocupación.

—No tenemos armas —dijo Julia la Mayor.

Era un comentario pertinente.

Aurelia detuvo la marcha:

—Id a la cocina y traed cuchillos —ordenó a las esclavas. El asunto parecía cada vez más serio y más peligroso.

Aurelia y Julia la Mayor esperaron.

Pompeya se les aproximó:

—Pero... ¿qué está ocurriendo? —preguntó.

—Tú deberías saberlo —le respondió Aurelia delante de su hija—. Es a tu dormitorio hacia donde vamos. ¿A quién escondes allí?

—Yo no escondo a nadie... —Pompeya no entendía de qué iba todo aquello.

—Tú sabías que esta noche dormirías sola —continuó Aurelia—, pues tu esposo, mi hijo, como el resto de los hombres, no puede permanecer en esta casa durante los ritos de la Bona Dea. Sabías que ibas a tener la habitación para ti sola y que la casa estaría sin hombres ni esclavos armados. ¿A quién has traído, a quién has invitado a tu lecho, Pompeya?

—Yo no escondo a nadie... no sé de qué estáis hablando... —respondió ella, entrecortadamente.

Estaba nerviosa. Intuía algo malo, algo grave, algo peligroso para ella. Algo que escapaba a su control. ¿Algo que habría puesto en marcha... su suegra?

Mientras Pompeya pensaba, las mujeres, lideradas por Aurelia y la hermana mayor de César, llegaron hasta el dormitorio principal de la residencia.

La mujerona, que aún permanecía allí, intentó esconderse en las sombras de la profundidad del cuarto, pero al ver que cada vez entraban más y más mujeres pareció comprender que ocultarse no tenía sentido y se lanzó hacia ellas para intentar huir. El movimiento brusco hizo que se le cayera el velo y su faz, burdamente maquillada, quedó a la vista de todas, iluminada por la gran lámpara de aceite.

—¡Es un hombre! —exclamó una de las esclavas.

—Es Clodio —dijo Julia la Mayor.

—Es Clodio —confirmó Aurelia, satisfecha de que su hija hubiera identificado por sí sola al intruso, lo cual daba un toque más de realismo a todo aquello.

El asombro paralizó por unos instantes a todas las mujeres, matronas y esclavas, y aunque algunas de ellas esgrimían cuchillos de cocina, no lo hacían ni con la suficiente fuerza ni con la suficiente pericia como para que aquellas armas resultaran realmente amenazadoras.

Él aprovechó el momento de duda, empujó a las que tenía más

cerca y, veloz, se deslizó entre las demás, que no supieron cómo detener a un hombre tan fuerte en medio de toda aquella confusión.

Clodio corrió por los pasillos de la *domus publica*, llegó a la puerta trasera y por ella se fue, tal y como había entrado, y su enorme figura, aún torpemente vestida de mujer, desapareció por entre las calles oscuras de Roma.

Domus publica
Al día siguiente

—Mañana mismo anunciaré a tu familia que me divorcio de ti —dijo César, serio y respirando despacio, mirándola a la cara.

—Yo no tengo nada que ver con Clodio —opuso Pompeya con rabia desde el centro del atrio—. Todo esto lo ha ideado alguien. Seguramente tú… o tu madre. O los dos.

Estaban solos.

César no entró en aquel debate. En su lugar, fue a la raíz de los problemas:

—Podríamos habernos llevado bien, Pompeya, pero decidiste enfrentarte a mí y, peor aún, a mi familia. Hiciste que mi hija se sintiera avergonzada de ser quien es y desafiaste a mi madre. Puedo aceptar tus desplantes y tus salidas de tono en privado y hasta en público, pero no que hagas daño a mi hija o que desafíes a mi madre. Ahora retorna con tu familia, ya que en la mía nunca quisiste integrarte, nieta de Sila.

Pompeya quería rogarle que no lo hiciera, pero su orgullo se lo impedía: el adulterio no estaba bien visto en Roma, aunque se toleraba. Entre las familias de su clase, todos los matrimonios respondían a cuestiones políticas y se entendía que, por lujuria o por eso que los poetas llamaban amor, algunos hombres y algunas mujeres se dejaran llevar por las flechas de Cupido y buscaran placer o pasión en camas ajenas. Ella misma lo sospechaba de su marido. Pero lo que Roma no podía tolerar en modo alguno es que una mujer usara la sagrada noche de la Bona Dea para yacer con un hombre que no fuera su esposo, indisponiendo a los dioses en contra de Roma. Eso era inaceptable para todos. Y en eso había incurrido, o eso parecía, Pompeya.

—No te divorcies de mí... Así no... por favor —dijo al fin, sobre-
poniéndose incluso a su orgullo.

Implorar no era propio de ella, pero podía ver por delante su futuro: repudiada por César y, muy probablemente, por su propia familia
por todo lo ocurrido en aquella maldita noche sagrada. Se veía sola,
abandonada.

César se levantó despacio y se acercó a ella:

—A Roma entera le diré, simplemente, que repudié a mi mujer
porque pienso que la esposa de César no debe ser objeto de sospechas.* Pero aquí, entre tú y yo, te diré que nuestro divorcio no será
por cuestiones de apariencia. Conmigo todo se puede negociar, todo
se puede hablar y podríamos haber llegado a cualquier tipo de acuerdo... —Se inclinó para hablarle al oído—. Pero has tocado a mi hija,
que es para mí lo más sagrado de toda Roma. Y nadie, ¿me oyes?,
nunca, nadie puede ni podrá hacerle daño a mi hija. —Las últimas
palabras las dijo ya alejándose de ella—: Ahora márchate de mi casa.

Pompeya asintió, pero continuó inmóvil en el centro del atrio.

—¿Estás seguro de que esto es lo que quieres, Cayo? —preguntó.

—No he estado más seguro de algo en mi vida.

Ella volvió a asentir, sin moverse del centro del atrio:

—Este golpe te lo devolveré. Y te dolerá, esposo mío, te dolerá
mucho.

César era un gran político y aún mejor militar, pero en el terreno
privado aún le quedaba mucho por aprender e hizo algo que no debe
hacerse nunca. Jamás.

Se permitió desafiar a una mujer despechada:

—¿Que vas a devolverme este golpe? Sinceramente, no se me ocurre cómo. —Y se marchó a sus aposentos privados dejándola sola, allí,
en mitad del atrio de la *domus publica*.

Y allí mismo, mirando el gran mosaico del suelo, Pompeya, nieta de
Sila, juró vengarse. Pero no de cualquier forma, sino de la más retorcida
y terrible que pudiera imaginar. Con algo que César no viera venir, que
lo pillara por sorpresa y que lo hundiera en el abismo de la desesperación.

---

* Esta frase, tomada del original de la *Vida de César*, según relata Plutarco, es el
origen de un dicho popular según el cual: «La mujer del César no sólo debe ser honesta, sino parecerlo». Hay otras variantes.

LXXVIII

Propretor de Hispania

Roma, 61 a. C.

César recibió la *sortitio*, el resultado del sorteo de provincias para propretores de aquel año, como una bendición de los dioses: le correspondió la provincia de Hispania Ulterior, donde mucho futuro épico no
parecía haber, pero la posibilidad de salir de Roma en aquel momento
era más un revulsivo que una obligación. Y es que en el Senado estaba
aislado y, económicamente, sus acreedores le reclamaron el pago urgente de, al menos, ochocientos treinta talentos del total de su deuda
acumulada tras años de financiar costosas campañas electorales para
la *quaestura*, la edilidad, para ser *pontifex maximus* y para acceder a la
pretura, además de los gastos adicionales en los que incurrió durante
sus gestiones administrativas como *curator* de la Vía Apia o como edil
de Roma. Craso, una vez más, lo avaló por aquella suma y esto le permitió partir hacia Hispania con la aquiescencia de unos acreedores que
sabían que, en el caso de que César no retornara con dinero en un año,
sería el avalista quien se haría cargo de satisfacer sus deudas.

Finalmente, en el terreno familiar, fue su madre la que le dio el último impulso para que partiera hacia la provincia que tenía asignada
como propretor lo antes posible:

—Pero está aún pendiente el juicio por lo que ocurrió en la Bona
Dea, madre —objetó César con cierta preocupación.

—De eso nos ocuparemos nosotras —dijo Aurelia, haciendo referencia a ella misma y a la hermana mayor de César, que estaba presente en aquella conversación—. Todo lo acontecido en la Bona Dea tiene que ver con una celebración a la que sólo pueden asistir las mujeres. Deja, pues, que nosotras, las mujeres de la familia Julia, nos ocupemos de este incómodo asunto. Te mantendremos informado por carta y, para cuando regreses de Hispania, todo estará resuelto. Y estarás divorciado. Y la paz y el sosiego habrán retornado a la *domus publica*. Ve a Hispania.

Corduba,* Hispania Ulterior
61 a. C.

César siguió el consejo de su madre y partió hacia Corduba. Y una vez allí, se centró en resolver los problemas de la provincia.

Lo primero que observó nada más llegar es que en Hispania Ulterior, una región que abarcaba gran parte del sur de Hispania y la parte más occidental de la península ibérica por debajo del río Tagus** hasta llegar a la costa Atlántica, la población estaba sufriendo por una tremenda escalada de impuestos que había obligado a muchos a abandonar sus casas y dedicarse directamente al bandidaje.

Algunos territorios habían apoyado a Sertorio en la guerra civil contra las tropas *optimates* dirigidas por Metelo Pío y Pompeyo. Como represalia, Metelo impuso unos tributos extraordinarios para muchas de estas poblaciones que apoyaron la causa popular. En una decisión audaz, César eliminó todos estos impuestos. Y además legisló para que quien tuviera deudas sólo tuviese la obligación de entregar a sus acreedores dos tercios de su renta anual y pudiese conservar un tercio para vivir y mantener a su familia, hasta que saldara el montante completo de la deuda.

Estas decisiones apaciguaron la provincia. Quedaba por resolver la agresión externa: las tribus lusitanas al norte del Tagus atacaban de forma repetida las colonias más romanizadas del sur y, en este caso, a César, fracasadas todas las negociaciones, le quedó claro que no tendría más remedio que intervenir militarmente.

* Córdoba.
** El río Tajo.

Pero las tribus lusitanas llevaban décadas hostigando aquella región. Eran muchos, eran fuertes y estaban acostumbrados a la guerra.

César sabía que no podía acometer una campaña militar contra ellos él solo.

Labieno se había quedado en Roma.

¿A quién recurrir?

Gades, 61 a. C.

César necesitaba a alguien de confianza. Por segunda vez en su vida, se desplazó a Gades y volvió a visitar el templo de Hércules, de nuevo acompañado por Lucio Balbo, el hispano de más prestigio en la ciudad.

—Necesito que me acompañes, Balbo —le dijo César mientras admiraban la estatua de Alejandro Magno a las puertas del templo.

La última vez que estuvo ante aquella estatua sólo era *quaestor*. Desde entonces había pasado por los cargos de *curator* de la Vía Apia, edil de Roma, pretor y había sido elegido *pontifex maximus*. ¿Alejandro le amparaba? ¿Escuchaban allí los dioses sus oraciones?

—Que te acompañe, ¿dónde? —preguntó Balbo, que si bien ya había colaborado con Metelo Pío en el pasado, buscaba más precisión sobre lo que el nuevo propretor de Roma esperaba de él antes de comprometerse.

—Voy a cruzar el Tagus y atacar a los lusitanos* —le anunció César—. No se trata de una pequeña incursión. Voy a resolver el asunto por completo. Y necesito a un hombre respetado en toda la provincia a mi lado. Alguien con recursos, contactos e inteligencia. Alguien que incluso me diga que me equivoco cuando me equivoque. Y he pensado en ti.

El comentario era muy elogioso, pero el hispano dudaba: atacar a los lusitanos no era un asunto menor, sino una guerra a gran escala.

—¿De qué tropas dispones? —preguntó.

—Veinte cohortes.

—Dos legiones —masculló entre dientes Balbo, pensativo—. Eso es un poco escaso. Más allá del Tagus hay un territorio montañoso y

* Véase el mapa «La campaña de César en Lusitania» de la página 873.

muy hostil. Es perfecto para emboscadas de todo tipo en las que los lusitanos son expertos.

—Lo sé —aceptó César—. Mi idea es reclutar diez cohortes más. Una legión entera más de apoyo, que me permita moverme con dos cuerpos de ejército por la región y sorprender al enemigo con rápidos movimientos de estas tropas. Pero para eso necesito que tú me ayudes a reclutar esta legión adicional con tu influencia. A ti te conocen en toda la provincia. A mí, no. Aunque estuve en el pasado, no soy de aquí. Tú, sí. Y además te quiero luego a mi lado en la campaña en calidad de *praefectus fabrum*, encargado de toda la logística. Te respetan en todas las ciudades —insistió—. Contigo tratarán todos; conmigo sólo fingirán hacerlo. Y no se puede ganar una campaña sin la confianza de que las ciudades que voy a dejar en retaguardia son mis aliadas, no mis enemigas. Tu presencia puede garantizarme el abastecimiento de víveres y pertrechos de todo tipo por su parte. A cambio, todas estas poblaciones verán crecer su comercio, su agricultura y su ganadería al eliminar yo los ataques que sufren de los lusitanos. Todos ganamos, pero te necesito en mi ejército.

Balbo suspiró.

—Pides mucho —dijo—. Me exiges una dedicación completa.

—Cierto —confirmó César, y fue directo al asunto que rondaba la mente del hispano—. A cambio… ¿qué quieres tú de mí?

Seguían a los pies de la estatua de Alejandro Magno.

—Quiero Roma —dijo Balbo—. Quiero que me lleves a Roma cuando termines como propretor en Hispania. Quiero mejorar la posición de Gades en el mundo romano, pero tengo claro que todo lo importante se decide en Roma. He de entrar en la política romana o nunca conseguiré esas mejoras para mi ciudad.

—No hay hispanos en la política romana —le dijo César, simplemente afirmando un hecho.

—Aún no —le respondió Balbo manteniéndole la mirada.

César, a su vez, lo examinaba con atención, mirándolo fijamente, muy serio, hasta que al final sonrió y repitió las palabras que acababa de pronunciar Balbo:

—Aún no… Aún no hay ningún hispano en la política romana, pero si me ayudas en esto que te he pedido, Balbo, eso cambiará.

El otro asintió y le tendió la mano a César.

Fue un apretón de manos intenso.

Aun así, César se despidió con unas palabras algo inquietantes para su anfitrión en Gades:

—Será tal y como me has pedido, pero deberías haberme pedido otra cosa —le comentó en voz baja—. Cuando estés conmigo en Roma, entre sus senadores, pronto echarás de menos la paz de Gades.

Balbo se quedó un instante inmóvil, parpadeando bajo la estatua de Alejandro Magno. Luego se encogió de hombros, como desechando la advertencia de César, y lo siguió de regreso a Gades y, de ahí, rumbo al norte de Hispania.

Metellinum,* Hispania Ulterior
61 a. C.

César concentró sus tropas —las veinte cohortes de las que ya disponía en la provincia, más las diez nuevas y ocho mil auxiliares adicionales reclutados todos con la ayuda de Balbo— en la ciudad de Metellinum, junto al río Guadiana. Aquélla era una población emergente, fundada apenas hacía una veintena de años por Metelo Pío, de quien tomaba su nombre, en un lugar donde el Guadiana era vadeable.

Allí, César recibió varias cartas de su madre: el proceso de la Bona Dea había llegado a su fin. Aurelia y Julia la Mayor habían declarado sobre la presencia de Clodio, dando a entender que Pompeya tenía una relación con él. Por otro lado, su madre le contaba que había pactado con Fulvia, la joven esposa de Clodio, que la ayudaría a sobornar a los jueces para que exoneraran a Clodio aceptando como posible que él no estuviera allí y que se hubieran confundido las testigos. Más dinero. Más deudas. En cualquier caso, la imagen de Pompeya quedó marcada, y su divorcio, en consecuencia, justificado por razones personales y no políticas, de forma que la familia del exdictador no tuvo más remedio que aceptarlo.

Las cartas de Aurelia siguieron explicando cómo Cicerón había ejercido la acusación contra Clodio, y cómo había perdido, recibiendo por una vez una buena dosis de la injusticia de la justicia romana.

En suma, César había quedado libre en lo familiar, y su enemigo

* Medellín (Badajoz).

político había conocido una de sus pocas derrotas en los tribunales. Cicerón había buscado una victoria fácil que añadir a su carrera en un asunto que parecía bastante claro, pero no contó con las maniobras de Aurelia, ni con la muy decidida actividad de Fulvia, la joven esposa de Clodio, que parecía haber heredado de su marido la habilidad para comprar voluntades y manejar hilos en la sombra.

Fulvia. Quizá, pensó César, aquélla fuera una mujer a tener en cuenta. No como amante, sino como alguien con la que evitar enfrentarse. Observando las maniobras de su madre, César había comprendido hacía ya tiempo que una mujer puede ser una buena aliada, pero sobre todo una enemiga mucho más temible que cualquier hombre. Aun así, por algún extraño motivo, no aplicaba esta máxima a su repudiada esposa Pompeya ni tenía presente su amenaza de venganza.

La imagen de Clodio, por otro lado, había vuelto a quedar dañada socialmente, pero no más de lo que ya estaba. Tampoco es que aquello, cobrado el dinero comprometido por Aurelia por su trabajo, le importara demasiado. Clodio estaba habituado a que lo considerasen alguien próximo a la clase de los *infames*. Allí se movía a gusto.

—Han llegado ya las tropas auxiliares —lo interrumpió Balbo.

Ya estaban todas las tropas reunidas en Metellinum.

—Pues saldremos en un día —respondió César, dejando la carta a un lado—. Les daremos una jornada de descanso a los auxiliares antes de iniciar la marcha hacia el norte.

Mons Herminius*

Una vez superada la compleja dificultad de vadear el Tagus, César y Balbo llegaron a la región montañosa del Mons Herminius, donde se concentraban numerosas poblaciones de lusitanos que atacaban las colonias romanas del sur del gran río.

César comenzó empleando la negociación: a todos aquellos que abandonaran el pillaje y las razias en territorio romano les ofreció establecerse en ciudades de la llanura, abandonando la sierra y asimilándo-

---

* Sierra de la Estrella, parte montañosa más occidental del Sistema Central de la península ibérica. Literalmente, «el monte del dios Hermes».

se a la población de colonos romanos llegados desde otras partes de Iberia o incluso de Italia. De hecho, llegó a ampliar la ciudad de Caesarobriga y otras poblaciones de la zona, como Cosabura o Toletum,* para que acogieran a cuantos lusitanos aceptaran estas condiciones.

La idea de César era desarbolar de defensores gran parte de las fortalezas lusitanas en el Mons Herminius y, en parte, consiguió su objetivo.

Pero otros decidieron luchar.

Y lo hicieron a su manera.

—Ese rebaño nos vendría muy bien —le dijeron a César varios tribunos militares que habían detectado muchas cabezas de ganado pastando en uno de los valles de la sierra.

El avance hacia el interior de la cordillera había sido agotador para las tropas romanas y, aunque apenas había habido combates, por el momento, estaban cansados de las gachas de trigo que recibían habitualmente como rancho. Algo de carne fortalecería el ánimo de las tropas para acciones militares que César intuía próximas. Se estaban acercando al corazón de la sierra, al núcleo de resistencia lusitana más fuerte, allí donde vivían los guerreros que se negaban a negociar nada con Roma.

—¿Qué piensas, Lucio? —le preguntó César a su segundo en el mando.

Balbo oteaba el horizonte, mirando hacia el valle donde pastaba el ganado y, al mismo tiempo, examinaba las montañas de alrededor.

—Lo veo demasiado fácil —dijo.

—Yo también —coincidió César—. Poned patrullas por todas las montañas que rodean el valle. Quiero asegurarme de que no se trata de una emboscada.

—Pero el ganado puede irse del valle mientras esperamos el retorno de esas patrullas —dijo uno de los tribunos militares.

—Así es —confirmó César—, pero esperaremos igualmente.

César pasó el día en el altozano desde el que divisaban el ganado.

Tal como temían sus tribunos, poco a poco, parte del rebaño fue alejándose del valle y avanzando despacio, pero de forma continuada, hacia la sierra. César podía sentir la tensión y la rabia de sus oficiales, pero llegaron los primeros informes de las patrullas:

---

* Talavera de la Reina, Consuegra y Toledo.

—Toda la sierra que bordea el valle está infestada de guerreros, *clarissime vir* —anunciaron los diferentes legionarios.

—Es una emboscada en toda regla —tradujo Balbo.

—Exactamente —confirmó César—. Como las que hacen los celtas y los iberos habitualmente en otras partes de Hispania.

Se hizo un silencio.

—¿Qué hacemos? —preguntó Balbo.

Los tribunos habían enmudecido. La cautela de su líder los había salvado de un desastre militar. En ese momento pensaban que lo mejor que podían hacer, después de haber aconsejado mal antes al propretor, era callar y acatar órdenes.

—El caso es que ese ganado nos vendría bien... —empezó César—. Que una legión vaya al centro del valle, como si fuera confiada a hacerse con el control del rebaño, mientras que tú por el norte y yo por el sur rodeamos las montañas de un lado y otro del valle y atacamos por la retaguardia a los grupos de guerreros que estén allí escondidos. Ése es el plan. Quiero una victoria y quiero ese ganado.

El enemigo se vio sorprendido. Los lusitanos no esperaban que los embolsaran por ambos lados del valle. Se retiraron en desbandada.

César obtuvo así ambas cosas: la victoria y el ganado.

La carne de aquellas reses llenó los estómagos de los legionarios de aquella campaña, y llenó también sus espíritus de confianza en su líder militar.

A partir de ese día, César intuyó que los lusitanos ya no actuarían de forma tan simple para emboscarlo y decidió rehuir las rutas más sencillas en su avance por la sierra, eligiendo siempre los caminos más angostos y más arduos. El esfuerzo para los legionarios fue enorme, pero gracias a esa estrategia consiguieron sorprender a los lusitanos en varios puntos al llegar a ellos por las rutas más inesperadas.

Los legionarios y los auxiliares empezaron no ya a obedecer las órdenes de César, sino a admirarlo. Por eso, cuando se les ordenó seguir más hacia el norte, no tuvieron miedo. Sus tropas ya habían controlado el Mons Herminius, y el propretor de Roma en Hispania Ulterior buscaba las minas de oro y estaño que sabía que estaban más allá de otro gran río.

César cruzó el Duero.

Necesitaba ese oro y ese estaño. Eso le reportaría un beneficio económico sustantivo, para regresar a Roma no sólo con gloria tras haber derrotado a los lusitanos, sino con algo más práctico: dinero. Sus acreedores seguían esperándolo, y les daba igual la gloria si no se traducía en sestercios, denarios o, mejor aún, talentos.

Todo marchaba demasiado bien.

Hasta que las cosas se complicaron.

Había obrado con pericia y con cautela, también con audacia, y tenía mérito lo conseguido, pero al norte del Duero, el progreso de las tropas se hizo penoso: los bosques eran más densos, los caminos escasos y las opciones de que guerreros enemigos se unieran para atacarlos en cualquier valle eran muy altas. Además, cada día que avanzaban hacia el norte se alejaban de sus bases del sur, desde donde recibían víveres, armas y cualquier otro pertrecho militar o civil que precisaba el ejército.

Para colmo de males, parte de los lusitanos del Mons Herminius se rebelaron y cortaron la línea de abastecimiento con el sur.

César sentía próximas las minas de estaño del norte, pero sabía que el avance, en esas condiciones, era una temeridad. Podía perder todo lo ganado.

—Hay que dar la vuelta —le dijo un amanecer Balbo mientras tomaban las gachas de la mañana.

César se limitó a asentir. Para eso había llevado a Balbo consigo; allí era el único que se atrevía a decirle la realidad de las cosas tal cual era.

Dieron la vuelta y, en el retorno hacia el Mons Herminius, tomó una determinación:

—Si hay algo que no podemos permitir es derrotar a unos guerreros y que éstos se rebelen en cuanto sienten que las tropas romanas se han alejado —le dijo a Balbo—. Quiero perseguir a los lusitanos que se han levantado en armas hasta donde sea que estén o hasta donde sea que decidan huir.

Huir fue la opción que eligieron: en cuanto los lusitanos vieron que César cruzaba de nuevo el Duero, ahora de regreso hacia la sierra del Mons Herminius, decidieron alejarse de aquellas montañas en dirección al océano.

César ordenó perseguirlos.

Los lusitanos no actuaban a la desesperada. Tenían un plan que incluía numerosas balsas preparadas en la costa atlántica. Cuando llegaron allí, con una jornada de adelanto sobre las tropas romanas, usaron sus balsas y navegaron hasta una isla cercana en la que se refugiaron.*

Cuando César llegó a las playas del Atlántico, pudo ver la isla en el horizonte.

—Hasta allí no podemos llegar —dijeron los tribunos.

Balbo tampoco lo veía sencillo.

—No podemos dejar que quien se rebela contra nosotros salga indemne —insistió César con decisión—. Es una cuestión de principio: se trata de tener el respeto del enemigo. Como primera medida traté de negociar con ellos y les ofrecí la opción de instalarse en Caesarobriga y otras ciudades con tierras de cultivo asignadas para cada uno de los que aceptaran aquel trato. Luego fui magnánimo en la victoria y, tras derrotarlos en el Mons Herminius, no destrozamos la región. Pero se han vuelto a rebelar. Si los dejamos en paz en esa isla en la que se han refugiado volverán a cruzar el mar, regresarán al Mons Herminius en cuanto las legiones no estén aquí y atacarán nuestras posiciones y, de nuevo, los tendremos saqueando ciudades del sur. Es una cuestión de principio —repitió—: esos lusitanos han de rendirse por completo. Construid balsas. No nos han detenido los ríos y no nos va a detener el mar.

—Pero cruzamos los ríos durante el verano, y en estas tierras con frecuencia hay largas sequías, como ahora —dijo Balbo—. La falta de caudal facilitó el cruzar los ríos. Pero eso es el océano. No va a ser fácil.

—Aun así —insistió César.

Se construyeron balsas.

Los legionarios no eran expertos en aquellas estructuras y las que consiguieron montar no tenían mucha estabilidad. Se adentraron en el mar.

Algunas balsas, con sobrecarga de legionarios, volcaron por fortuna en la playa misma y la mayoría de los soldados pudieron regresar sin ahogarse, pero otras balsas que se adentraron más en el océano se vieron sacudidas sin piedad por el potente oleaje y sucumbieron. Las pocas que llegaron a la isla desembarcaron un insuficiente número de le-

---

* Probablemente la actual península de Peniche y el archipiélago de las Berlengas en la costa de Portugal, a unos 100 km al norte de Lisboa. Peniche, en época de César, era una isla. Con el tiempo los sedimentos de la desembocadura de un río hicieron que quedara unida a tierra como una península.

gionarios, y éstos a duras penas pudieron retirarse y regresar a las balsas para iniciar un arduo retorno.

César se quedó contemplando el mar.

Nunca había luchado contra él.

Se volvió hacia Balbo:

—En Gades hay una flota militar, ¿no es así? —preguntó—. Y barcos mercantes, ¿cierto? Y con tripulaciones y buenos navegantes, ¿verdad?

Gades la fundaron los fenicios. El mar era su hábitat.

—Así es —confirmó Balbo.

—En tal caso, ve a Gades y trae aquí esos barcos —ordenó César.

—¿Cuántos? —inquirió Balbo, que quería instrucciones precisas.

—Todos, Lucio —le respondió César—. Todos. Los militares romanos y los civiles. Los mercantes los llenaremos aquí de legionarios.

—Tardaré varios días en llegar a Gades, en organizar la flota y en navegar hasta aquí.

—Esperaremos. —César se dio la vuelta y de nuevo fijó la mirada en el mar, en la isla donde se habían refugiado los lusitanos rebeldes.

Pasaron unos días.

César había ordenado montar el campamento junto a la playa para tenerlos vigilados, y desde sus fortificaciones podía observar la isla donde los lusitanos se habían refugiado y hecho fuertes. Los podía ver saliendo con sus propias balsas para pescar y conseguir comida. La isla, además, parecía grande y había llovido en las últimas semanas de campaña, de modo que era muy posible que hubiera agua acumulada en pequeñas lagunas o en algún manantial del interior que les proporcionara toda la que necesitaban para resistir allí durante meses.

Pero César no disponía de meses. Su mandato era sólo por un año y eso los lusitanos también lo sabían. Conocían muchas de las costumbres de su enemigo romano. Esperarían a que tuviera que retirarse y harían lo que él había anticipado: regresar a la península desde la isla, retornar a la sierra del Mons Herminius y, desde allí, una vez más, soliviantar a toda la región contra Roma y lanzarse de nuevo contra las ciudades de la Hispania Ulterior.

Pero un día se divisaron velas en el horizonte.

Y no una ni dos.

Más de cuarenta navíos de gran tamaño se aproximaban por la costa.

Los lusitanos de la isla no daban crédito a sus ojos: nunca habían visto navíos de aquel tamaño y mucho menos tantos a la vez.

Balbo detuvo la flota a la altura del campamento romano y desembarcó para entrevistarse con César.

—He tardado porque esperé a que llegaran a puerto varios mercantes provenientes de Oriente —se explicó.

—Has hecho bien. —César lo tomó del brazo en señal de aprecio—. Necesitaremos todos y cada uno de esos barcos. Estos días he estado pensando en empresas más allá de derrotar a los lusitanos. Pero cada cosa en su momento.

Dio instrucciones para que centenares de legionarios entraran en los navíos. En cuestión de dos horas toda la operación se había terminado y las naves partieron hacia la isla. Era un trayecto corto y sencillo para aquellos navíos acostumbrados a surcar el Mare Nostrum desde el occidente de Gades hasta los puertos orientales de Alejandría, Rodas o Éfeso.

Los lusitanos no pudieron detener aquel desembarco desde cuarenta naves al mismo tiempo, con centenares y centenares de legionarios armados y con ansias de vengar a sus amigos muertos en el primer ataque con balsas a la isla.

Una hora más tarde, la mayoría de los guerreros rebeldes se habían rendido, unos cuantos yacían muertos por la playa y al resto les daban caza por el interior de la isla mientras, infructuosamente, intentaban esconderse entre los árboles.

Los legionarios empezaron a aclamar a César con un título que era mucho más que una palabra:

—*Imperator, imperator, imperator!*

Semejante aclamación por parte de las tropas implicaba que César podía solicitar al Senado de Roma la celebración de un triunfo. Él lo sabía y aquello era importante, sobre todo porque quería presentarse lo antes posible al consulado. Aquella victoria contra los lusitanos, la pacificación de toda la frontera norte de la Hispania Ulterior y la creación de nuevas colonias era una excelente carta de presentación ante el electorado romano, pero quedaba un asunto pendiente.

Dinero.

Sus acreedores seguían esperándolo en Roma y, aunque contara con el eterno apoyo de Craso, poder hacer frente al menos a la deuda de ochocientos treinta talentos de plata del aval que había firmado el propio Craso sería una bocanada de aire fresco. César sabía que iba a incurrir en nuevos gastos para financiar su campaña al consulado en cuanto pudiera presentarse a dicha magistratura, y aligerar algo lo que ya debía se hacía del todo necesario para seguir contando con la confianza de Craso y con la paciencia de los acreedores, que empezarían a ver cómo él iba pagando sus deudas.

Pero César había conducido la campaña pensando más en el bienestar de la provincia que en su propio beneficio: habría sido mucho más rentable para él un enfrentamiento directo desde el inicio; así habría obtenido más esclavos con los que mercadear, aunque la región no habría quedado con la seguridad con la que la dejaría ahora. No se arrepentía de sus métodos, pero eso le obligaba a conseguir dinero en otro sitio.

—Una gran victoria —sonrió Balbo mientras los legionarios embarcaban de nuevo en los navíos para retornar a la península—. ¿Regresamos a Gades? —preguntó, dándolo por seguro.

—No —respondió César mirando hacia el norte desde la cubierta del barco—. Tenemos una gran flota y en Gallaecia* hay estaño. No logramos llegar a las minas de Brigantium cruzando los espesos bosques y las montañas al norte del Duero, pero por mar llegaremos antes. Quiero los barcos repletos de legionarios, armas y víveres para una travesía hacia el norte. Salimos mañana al alba.

Balbo asintió. No era lo que había esperado, pero era una idea audaz que podría salir bien. En cualquier caso, con una flota, siempre se podía retornar de forma rápida y segura por la costa.

El norte era un territorio relativamente desconocido para los marineros de Gades, acostumbrados a negociar y enviar sus mercantes por todo el gran mar que los romanos denominaban ya Mare Nostrum, pero pocas veces habían enviado navíos a rodear toda la costa de la península. Eran territorios peligrosos, hostiles… claro que tampoco habían dispuesto de tres legiones romanas armadas como defensa para la navegación. Eso lo cambiaba todo.

* Término con el que los romanos se referían a los territorios del noroeste de la península ibérica.

Islas Siccae,* 61 a. C.

César desembarcó y ordenó que los legionarios lo hicieran también para que todos tuvieran la posibilidad de poner pie en tierra y desentumecer los músculos después de unos días de navegación.

César caminaba por la playa pensativo, seguido de cerca por Balbo. Dunas y arena por todas partes. Las islas hacían honor a su nombre, aunque tenían vegetación en el interior. Por la costa se podía ver el mar entrando hacia la tierra como si se tratara de la gran desembocadura de un río.

—Estas costas pueden ser peligrosas —dijo Balbo—. Hay arrecifes y acantilados e islotes difíciles de ver si hay niebla. Hemos de seguir y regresar antes de que empiece el mal tiempo del otoño. El oleaje se adivina terrible entre estas rocas.

César siguió el consejo de Balbo y aceleró la navegación.

Brigantium**

La presencia de la flota romana intimidó a toda aquella región minera. Nunca antes habían visto allí ni tantos barcos juntos ni tan grandes. El rugido de su navegación, con todas aquellas quillas partiendo el mar en dos, impresionó a los nativos y nadie se atrevió a enfrentarse a César.

Los barcos se llenaron de estaño con rapidez. Se trataba de un mineral caro y muy difícil de encontrar en grandes cantidades, pero él allí había conseguido decenas de bodegas de barcos mercantes henchidas del precioso mineral. Eso implicaba una pequeña gran fortuna. Ahora sí lo había logrado todo: apaciguar la frontera norte de la Hispania Ulterior, una gran victoria militar sobre los lusitanos y reunir una inmensa suma de dinero en forma de un mineral de altísimo valor para Roma. Y había sido aclamado como *imperator*. Podía pagar deudas y reclamar al Senado la celebración de un triunfo. Lo tenía todo dispuesto para presentarse a cónsul. Sólo faltaba sortear un detalle: según las

* Literalmente, «áridas» o «secas». Parece ser que de Siccae pasaron a denominarse Cicae y de ahí su nombre actual de islas Cíes.
** Betanzos.

leyes de Sila, por las que se regía ahora la República romana, un senador no se podía presentar a cónsul de Roma hasta la edad de cuarenta y dos años y él sólo tenía treinta y nueve. Esto complicaba las cosas, pero César, en cubierta y con el viento del océano acariciándole el rostro, sonrió en silencio. Tenía un plan.

—En algún momento Roma tendrá que controlar este territorio —le comentó a Balbo sin apartar la mirada del mar—, pero yo no tengo tiempo ahora. He de regresar a Roma ya.

Balbo esperó varios días sin decir nada, pero cuando divisaron la costa de la ciudad de Gades, consideró oportuno recordarle a César su promesa:

—Me dijiste que a tu regreso…

César lo interrumpió:

—Te prometí que a mi regreso te llevaría a Roma conmigo.

—Así es.

—Pues así será —confirmó el propretor—. César siempre cumple lo que promete. Además, de hecho, te necesito allí.

Balbo se quedó perplejo:

—Me necesitas a mí, en Roma… ¿para qué?

No entendía qué podía aportar él a César en la capital del mundo, de su mundo, aquel en el que era senador y había sido edil, pretor, propretor y donde era *pontifex maximus* de su religión. ¿Qué podía aportar él, Balbo, a aquel todopoderoso romano en su propia ciudad? En Hispania, sí, pero… ¿en Roma?

César podía leer la confusión en el rostro de su amigo hispano y decidió no dejarlo en la oscuridad o la duda.

—Durante la guerra de Sertorio negociaste con Metelo Pío y con Pompeyo, ¿no es así? —le preguntó en busca de confirmar algo que él, por otro lado, ya sabía.

—Así es.

—Pues Metelo, como sabes, murió hace unos años, pero Pompeyo ha seguido creciendo en poder y riqueza. Está a punto de regresar de Asia, tras haber conquistado multitud de reinos en Oriente y haber derrotado, por fin, a Mitrídates. Es más fuerte que nunca. Mi victoria ante los lusitanos es apenas una gota de agua frente a la inmensidad de las suyas. Necesito negociar con él, y él nunca tratará conmigo directamente. Nuestra relación es, por decirlo de forma sencilla, muy complicada. Hemos sido y somos enemigos políticos, pero necesito negociar con él un gran acuerdo. Lo he apoyado en el pasado en algunas votaciones en el Senado, pero aun así no hablará conmigo de un pacto general, al menos no al principio. Sin embargo, lo hará con un líder hispano con quien habló durante la guerra de Sertorio y que se le mostró leal en sus acuerdos. Para eso te necesito en Roma: para que me consigas un pacto con el hombre más poderoso del mundo, con Pompeyo.

LXXIX

El gran triunfo de Pompeyo

Italia, 61 a. C.

Mientras César luchaba contra los lusitanos, Pompeyo, por fin, regresó de Asia.

Lo primero que hizo nada más desembarcar en Bríndisi fue entregar una carta para que el correo oficial llevara a Roma su decisión de divorciarse de Mucia Tercia. Argüía cuestiones ambiguas sobre posibles adulterios por parte de ella, pero realmente era su forma de vengarse por la falta de apoyo de su cuñado, Minucio Termo, a la solicitud de Nepote de darle el mando final de la lucha contra Catilina.

Pompeyo no perdonaba.

Por otro lado, siempre había usado el matrimonio como un arma política más, y volver a estar soltero le daba nuevos márgenes de maniobra en una Roma muy tensionada entre los populares y los *optimates*. Él por su parte se consideraba líder de un tercer movimiento: el suyo propio, el que defendía sus intereses.

—¿Por qué no lanzarse con las legiones contra Roma, como hizo Sila? —se atrevió a sugerirle Geminio.

Afranio, que también estaba presente en aquella charla informal en el puerto de Bríndisi, donde se descargaban todas riquezas traídas de Oriente para el gran desfile triunfal en Roma, lo miró con preocupación. Él no era partidario de algo semejante. Para su tranquilidad, Pompeyo negó con la cabeza y habló sin dejar de mirar hacia los barcos del puerto:

—Sila tenía al Senado de su parte y nosotros, no. Al contrario, tenemos a Cicerón y a Catón en contra y con un ejército de veteranos que acaba de derrotar a Catilina. Mis propios veteranos están exhaustos después de varios años de guerra en Oriente. No parece buena idea premiarlos con una guerra civil de resolución poco clara donde podemos morir todos. No, Geminio, marchar militarmente sobre Roma no es la solución. Alcanzaré mis objetivos de otro modo.

Geminio cabeceó. Eso tenía sentido, pero había asuntos pendientes.

—Los veteranos de tu ejército necesitan tierras y has de conseguir que el Senado ratifique todos los acuerdos con los reyes de Oriente —dijo—. ¿Cómo vamos a lograrlo?

Pompeyo se giró hacia ellos e hizo un gesto con la barbilla hacia Afranio:

—Él se presentará a cónsul. Con el dinero que he traído de Oriente puedo comprar tantos votos como hagan falta. Y colocaremos de nuevo a uno de nuestros hombres, a Lucio Flavio, como tribuno de la plebe. Flavio promoverá una ley de reforma agraria en la que se den tierras a mis veteranos, y Afranio evitará que Cicerón y Catón la bloqueen en el Senado. Pero antes celebraré mi gran triunfo sobre los piratas y sobre Mitrídates y los otros reyes de Oriente por las calles de Roma como muestra de fuerza y como modo de ganarnos el favor del pueblo. Así lo haremos.

Tanto a Geminio como a Afranio les pareció un buen plan.

Roma
Unas semanas después

La ciudad estaba engalanada con guirnaldas de flores y un gentío impresionante atestaba las calles por las que tendría lugar el desfile triunfal de Pompeyo. El procónsul era conocido por sus extravagancias a la hora de organizar un triunfo y aquél ya iba a ser el tercero que celebraba, convirtiéndose en uno de los pocos senadores que era honrado con aquel honor de modo tan reiterado, pues sólo se recordaba que alguien hubiera celebrado un tercer triunfo en cinco ocasiones antes en la historia de Roma y desde la última vez habían pasado más de doscientos años. Había que retrotraerse a los tiempos del cónsul Manio Curio

Dentato, con sus sucesivas victorias sobre los samnitas, los sabinos y el rey Pirro del Épiro para encontrar un acontecimiento similar.

Por su parte, Pompeyo ya había celebrado un triunfo por sus victorias contra las tropas populares en África durante la guerra civil entre Mario y Sila. Y luego un segundo triunfo por imponerse a Sertorio, en el que también incluyó, de forma poco merecida, lo que él consideraba su intervención clave en el final de la guerra contra Espartaco. En el primero de estos triunfos, su vanidad lo llevó a intentar desfilar por las calles de Roma en un carruaje tirado por un grupo de elefantes, pero no cabían por el arco de la puerta triunfal y fue preciso desengancharlos del gran carruaje y sustituir a estas gigantescas bestias por caballos, de forma mucho menos espectacular y más convencional. En el pasado, aquella anécdota hizo las delicias de todos los enemigos de Pompeyo, que lo vieron herido en su orgullo. Pero, desde entonces, había aprendido mucho y no quería nuevas situaciones embarazosas durante su tercer triunfo. Además, el nuevo desfile iba a hacer las veces de precampaña electoral de su candidato al consulado Lucio Afranio y nada debía generar ni risa ni vergüenza, sino sólo admiración o, si acaso, respeto o incluso temor en sus enemigos políticos.

Para empezar, Pompeyo argumentó ante los enviados del Senado que el nuevo triunfo era, por lo menos, dos victorias en una, pues como encadenó su campaña contra los piratas con la lucha contra Mitrídates del Ponto y, luego, contra otros reyes de Asia, no había tenido momento para celebrar en Roma, como procedía, su gran victoria de exterminio de la flota de forajidos del mar que había asolado el Mare Nostrum durante decenios.

Cicerón y Catón sabían que Pompeyo sólo buscaba exhibir toda su fuerza y su riqueza ante el pueblo con fines electorales, pero toda vez que había optado por no lanzarse contra Roma con sus legiones armadas les pareció aceptable permitir que se diera un gran baño de vanidad. O, en este caso, dos: el Senado concedió a Pompeyo desfilar triunfalmente no un día, sino dos seguidos para poder exhibir todos sus trofeos obtenidos en su campaña contra los piratas, primero, y, al día siguiente, las riquezas provenientes de sus luchas contra los reyes de Oriente.

Aun así, había traído consigo tantas alhajas, tesoros y objetos de valor desde Asia que ni en dos días pudo exhibirlos todos. Desde luego, el espectáculo impactó en el pueblo: Pompeyo hizo que se mostraran diferentes estandartes desplegados en los que se pudiera leer el nombre de todos aquellos pueblos o reinos sobre los que había obtenido la victoria. Así, en unos estandartes se exhibían el nombre del Ponto, el reino de Mitrídates que tanto costó derrotar, y los de Armenia, Capadocia, Paflagonia, Media, la Cólquida, los iberos, los albanos, Siria, Cilicia, Mesopotamia, Fenicia, Palestina, Judea, Arabia y, detrás, otros estandartes referentes a los piratas derrotados y sus más de ochocientas naves apresadas, los fuertes capturados y las casi novecientas ciudades sitiadas y rendidas. Por fin, se indicaba en otros estandartes que el erario público había ingresado, gracias a las campañas de Pompeyo, más de veinte mil talentos, una suma astronómica, que sin duda ayudaba enormemente a sanear las arcas de Roma. Los miles de talentos que el propio Pompeyo se había quedado como botín de guerra para su peculio personal no estaban especificados en ningún estandarte, pero todos imaginaban que serían tantos como los que había aportado al erario público o, probablemente, muchos más. Pompeyo era ahora tan rico como Craso, o quizá más. A todo esto se añadía lo que cada soldado había cobrado por aquellos años de servicio.

—¡Mil quinientos dracmas cada legionario! —comentaba un público fascinado por las riquezas, el fasto, la pompa y unas cifras que sobrepasaban cualquier cosa que hubiera podido imaginar un ciudadano romano.

—¡Pero callad y mirad, mirad! —exclamaba otro asistente a la deslumbrante parada militar.

Y es que llegaba la parte más macabra de cualquier triunfo romano: el desfile de los prisioneros. Y los que más atención concitaban entre el público no eran los soldados, mujeres o niños que fueran a venderse como esclavos, sino los grandes líderes capturados por el procónsul romano. Pompeyo hizo marchar, cubiertos de cadenas, a los capitanes de los barcos piratas apresados; a Tigranes, el hijo del rey de Armenia que se atrevió a rebelarse contra Roma, con su esposa y su hija; a Aristóbulo, rey de Judea, y a diferentes grupos de rehenes de la aristocracia de los pueblos conquistados. Y a falta de su mayor presa —el rey Mitrídates, que siempre evitó ser capturado vivo—, Pompeyo hizo desfilar a una de sus esposas con varios de los hijos del derrocado monarca del Ponto.

El espectáculo era absoluto.

El pueblo aclamaba a su ídolo:

—¡Pompeyo, Pompeyo, Pompeyo!

En ese momento, él era su dios.

Pero… no era el dios del Senado.

Pompeyo vivió extasiado su gran triunfo y durante dos días se sintió el amo del mundo, pero había desarmado a sus legiones. Ahora sólo tenía veteranos que anhelaban tierras de cultivo como premio por las duras campañas militares a su servicio en Oriente. Pensó que bastaría con su riqueza y con los sobornos para hacerse con el control político de Roma: llegaron las elecciones y con el dinero de Asia compró los votos de tantos como fue necesario para conseguir que uno de sus hombres de más confianza, el *legatus* y senador Lucio Afranio, que lo había acompañado en múltiples campañas desde tiempos de la guerra contra Sertorio, fuera elegido cónsul de Roma. Y logró también que otro de sus más fieles, Flavio, fuera elegido tribuno de la plebe.

Como ya había anticipado a Geminio y al propio Afranio, su plan era que Lucio Flavio propusiese una reforma agraria desde el tribunado de la plebe, y que Afranio la apoyara también desde el Senado, para conseguir así las tierras que tenía prometidas a sus veteranos, algo en lo que le iba gran parte de su prestigio personal.

Pero se encontró con dos piedras en el camino: Cicerón y Catón.

Sobre todo, Catón. Este último desplegaba una hostilidad sin límite ante cualquiera que promoviera una reforma agraria, incluso aunque fuera para premiar a soldados que lo merecían; abrir la posibilidad de repartir tierras era, para él, el principio del fin de la República romana tal y como él y los *optimates* la concebían: un mundo en el que unos pocos privilegiados, ellos y sus familias, tenían el control sobre la mayor parte de las tierras de cultivo de Roma. Y eso era intocable.

Cicerón y Catón habían maniobrado políticamente para colocar como segundo cónsul a Metelo Céler, el pretor que arrió la bandera militar de la colina del Janículo para detener la votación contra Rabirio. Éste era a su vez familiar de Mucia Tercia, que ahora odiaba a muerte a Pompeyo por haberse divorciado de ella.

El conquistador de Asia, no obstante, no se arredró e hizo el movimiento más audaz de su carrera política: aprovechando precisamente que estaba soltero, y su hijo también, propuso al mismísimo Catón un doble enlace con las hijas de su hermanastra Servilia.

Domus de Catón, Roma

Catón no salía de su asombro.

Había esperado muchas reacciones a su oposición a la reforma agraria que deseaba Pompeyo, pero en ningún momento habría imaginado aquello.

Se quedó en silencio en el atrio de su *domus*, en el centro de Roma, con la carta en la que Pompeyo le hacía aquella doble oferta de matrimonio.

—No hay nada que pensar —se atrevió a decir Servilia—. Hay que aceptar.

Servilia era ambiciosa para su hijo Bruto y también para sus hijas. Para promocionar la carrera política del primero se había garantizado el apoyo de César, pero conseguir asegurar el futuro de unas hijas siempre era más difícil. Aquella oferta le parecía enviada por los dioses en respuesta a sus muchos sacrificios y plegarias: que sus hijas emparentaran por matrimonio con el hombre más poderoso de Roma era lo máximo.

Catón callaba.

El silencio de su hermanastro la puso en guardia.

—¿No serás capaz de negarte a esta propuesta? —preguntó Servilia, inquieta ante su pertinaz silencio.

Catón seguía meditando: emparentar con la familia de Pompeyo sin duda podía darle mucho poder y, seguramente, riqueza, pero tenía muy claro que era la forma en la que Pompeyo buscaba neutralizarlo. Si él callaba en el Senado, todas las leyes que el procónsul necesitaba se aprobarían ya sin oposición alguna, y entonces Pompeyo sí sería el dueño, *de facto*, de Roma entera. Y estaba seguro de que si él cedía, Cicerón también lo haría. Cicerón era mejor orador que él, pero siempre proclive a pactar con el más fuerte. Por eso Pompeyo había hecho esta maniobra para neutralizarlo a él.

La oferta era muy tentadora pero… iba a rechazarla.

Muchos pensaron que Catón dijo que no por dignidad, por mantener su independencia, por evitar que la patria cayera en manos de un único senador, de Pompeyo.

Eso pensaron muchos.

Pero, en verdad, Catón dijo que no por uno de los motivos más abyectos, por una de las razones más mezquinas: la venganza personal contra alguien que no podía defenderse. Catón nunca había olvidado la humillación pública que sufrió en el Senado cuando tomó por un mensaje de Catilina la nota que Servilia le había enviado a César. No, jamás había perdonado a su hermanastra por aquello, no ya por el adulterio con César, sino por su humillación ante el Senado. Sí, Catón declinó la oferta de Pompeyo por muchos motivos, pero el que más peso tuvo en el interior de su pecho fue la enorme satisfacción de causarle a su hermanastra tanto daño como el que él sintió aquella jornada en el Senado.

—No —dijo Catón, sin dar explicación alguna.

La desesperación de Servilia fue absoluta. Pero nada había que ella pudiera hacer salvo odiar a su hermanastro *in aeternum*.

Roma, pocos días después

Ante aquella negativa, a Pompeyo no le quedó otra opción, entonces, que luchar en el campo de batalla más hostil del mundo para él: el Senado.

Él no era un buen orador. No tenía nada que hacer contra la facilidad de palabra y la agudeza y el ingenio dialéctico de Cicerón y de Catón, y lo comprendió. Se vio barrido por la oratoria de sus enemigos.

Dejó la lucha política en manos de sus hombres de confianza. Siempre según sus planes, Lucio Flavio promovió una ley desde el tribunado de la plebe de reforma agraria para conceder tierras a los veteranos de la guerra de Asia y Afranio la apoyó en el Senado. Pero, de nuevo, Cicerón y Catón hablaron en contra de esta propuesta y consiguieron que el Senado rechazara el proyecto con el apoyo de Craso. Este último no olvidaba la arrogancia de Pompeyo cuando se apropió de la victoria sobre Espartaco como si fuera algo suyo sólo porque capturó seis mil esclavos ya en fuga, después de que él, Craso, hubiese pasado más de un año batallando contra las huestes de Espartaco a cara de perro por toda Italia.

El bloqueo a los planes políticos del vencedor de Asia era absoluto. Pompeyo se dio cuenta de que había conquistado medio mundo, de que había celebrado tres triunfos —uno por su victoria en Hispania, en Europa, otro por su victoria en África y un tercero por sus victorias en Asia—. Era el único hombre que había conseguido victorias de tal magnitud en los tres continentes. Sí, se dio cuenta de que quizá fuera el amo del mundo, pero, aun así, no conseguía conquistar el Senado de Roma.

Domus de Pompeyo, Roma
60 a. C.

Fue en esos días de percepción de fracaso y derrota por parte de Pompeyo cuando desembarcó Julio César en Italia, de regreso de su pequeña pero victoriosa campaña sobre los lusitanos, junto con el hispano Balbo.

Informado de la situación política por su amigo Labieno, César envió a Balbo a entrevistarse con Pompeyo, y no fue un recibimiento amistoso el que el conquistador de Asia proporcionó al hispano:

—He accedido a verte porque en el pasado nos apoyaste a Metelo y a mí en la guerra contra Sertorio, y yo siempre recuerdo a quien me ayudó. Pero has llegado a Roma acompañando a uno de mis enemigos, a Julio César, y eso no te hace ser bienvenido a mi *domus*. En estos días, además, estoy bastante harto de conflictos y no me siento muy predispuesto a departir con nadie que confraternice con Cicerón ni con Catón ni con Craso ni mucho menos con César.

El de Gades vio que aquél era un momento poco propicio, pero no se amilanó, aunque se condujo con prudencia.

—Comprendo, *clarissime vir* —empezó Balbo con tiento—. Pero es el propio César quien me envía a parlamentar con el gran Pompeyo. De hecho, traigo una propuesta de él.

Pompeyo se quedó en silencio, mirando su copa de vino.

Geminio, Afranio y otros hombres de su confianza cenaban con él aquella tarde en el atrio de su gran residencia. Todos habían bebido bastante, pero el nombre de César los puso a todos serios, y más en aquellos días en los que los proyectos de su líder estaban empantanados en el Senado.

Pompeyo seguía callado. Como distraído, indiferente a la presencia de aquel hispano venido hasta su casa desde tan lejos.

—¿Qué propuesta? —preguntó Geminio, que era quien menos había bebido.

—Una entrevista entre Pompeyo y César y… Craso —se explicó Balbo.

Aquello desató una carcajada nerviosa en Pompeyo.

—Ya puestos, que vengan Cicerón y Catón a esa reunión y tendremos a todos mis enemigos juntos —escupió Pompeyo, y las abundantes gotas de saliva salpicaron el rostro de Balbo, que giró la cara.

—Cicerón y Catón no están invitados a esta reunión porque se trata de ver cómo derrotarlos en el Senado —habló Balbo con firmeza, y aún dijo algo más—: En Hispania siempre cumplí mis promesas para con Pompeyo. Ahora me atrevo a prometerle que esta entrevista, cuando menos, será interesante para él y para sus intereses políticos.

El interpelado apuró su copa de vino y la depositó, vacía, sobre la mesa.

—¿Vendrá Pompeyo a esta reunión? —insistió Balbo.

El conquistador de Asia eructó.

Sus seguidores le rieron la gracia.

Balbo dejó de lado el desprecio y la burla a la que estaba siendo sometido y preguntó:

—¿Es eso un sí o un no, *clarissime vir*?

—Eso ha sido un eructo, hispano —respondió Pompeyo—. Hoy estoy borracho. Mis hombres, mis leales hombres, Afranio, aquí presente, cónsul de Roma, y Flavio, tribuno de la plebe, ambos gracias a mí, no han sido capaces de sacar adelante la reforma agraria y obtener tierras para mis veteranos. No es día de pedirme una reunión con César. Mañana… mañana… te haré llegar mi respuesta.

Y entre las carcajadas de todos los asistentes, Balbo salió del atrio.

Estaba en el vestíbulo, esperando que los esclavos le abrieran la puerta, cuando Geminio, que se había escabullido del atrio sin que se le echara de menos entre el vino, las conversaciones y la comida del banquete, se le acercó por detrás.

—Hispano... —dijo.

Balbo se giró.

—Mi nombre es Lucio Balbo.

—Lucio Balbo, entonces... —asintió Geminio—. Mañana hablaré con Pompeyo.

Se miraron.

De asesor a asesor de gran líder.

—De acuerdo —dijo Balbo antes de salir por la puerta.

LXXX

El triunvirato

Villa de Craso en las afueras de Roma
60 a. C.

Pompeyo dijo sí a Balbo.

Ante la insistencia de Geminio y tras meditarlo bien, el conquistador de Asia dio el visto bueno a entrevistarse con César y con Craso. Con sus hombres de confianza no conseguía sacar adelante las leyes que necesitaba. Peor no le podía ir con sus enemigos.

Descartaron reunirse en el centro de la ciudad. Por discreción y, sobre todo, porque César aún no podía cruzar el *pomerium* sagrado que marcaba los lindes de la ciudad; según las viejas leyes romanas, tenía que esperar hasta celebrar su propio triunfo por su exitosa campaña contra los lusitanos. Estaba destinado a ser un modesto triunfo en comparación con los inmensos fastos de Pompeyo, pero un triunfo al fin y al cabo.

Por eso se reunieron en la gran villa de Craso en las afueras.

Pompeyo había aceptado aquel lugar porque, tras años de ausencia, su propia villa estaba inmersa en varios trabajos de renovación que no la hacían confortable para una reunión de esa entidad: su vanidad no le permitía recibir a Craso, con quien competía por el poder desde hacía años, en una casa en obras. No obstante, por desconfianza, acudió acompañado de un gran número de hombres armados, y de múltiples consejeros: Lucio Afranio, Marco Pupio Pisón, Lucio Calpurnio Pisón, Lucio Flavio Geminio estaban allí con él.

César llegó acompañado por Labieno y Balbo.

Craso los recibió a todos en la puerta, los acompañó hacia el atrio y los invitó a acomodarse.

Pompeyo miraba a un lado y a otro con inquietud: podía ver a los hombres de Craso por las esquinas del atrio, sin duda también armados, como los suyos. Había mucha sospecha mutua entre él y Craso, pero no un odio incontrolado como para querer matarse en aquel encuentro. En cualquier caso, estaba atento.

El anfitrión ofreció vino y comida.

—No he venido a saciar mi sed ni tengo hambre —dijo Pompeyo con cierto tono arisco.

Craso inspiró hondo y engulló aquel desprecio sin decir nada. Se limitó a mirar a sus esclavos y éstos, raudos, retiraron el vino y las bandejas de comida.

Al recordar que todos sus proyectos políticos estaban bloqueados en el Senado y que aquella reunión era, según le había explicado Balbo, una opción para desbloquearlos, Pompeyo volvió a hablar con un tono algo más conciliador:

—No he querido sonar rudo o brusco... —miró a Craso a los ojos—, pero si estamos aquí reunidos es para negociar. Negociemos, pues, por todos los dioses. Yo no tenía interés en este encuentro, pero los mensajeros de César me han dado a entender que mis proyectos en el Senado podrían desbloquearse en esta reunión: no veo cómo, pero aquí estoy. Para que se me explique esto, no para beber vino.

—Yo tampoco deseaba este encuentro y hago esfuerzos por mantener las formas —replicó Craso, al fin, ante el arrebato de sinceridad incómoda de su invitado.

—Quizá sea mejor que hable yo.

César se levantó y se situó en el centro del atrio para captar la atención de ambos hombres y evitar que siguiera subiendo la tensión entre los dos y que todo aquello terminara en nada.

—Te escuchamos —dijo Craso.

César asintió:

—Os he reunido porque Cicerón, Catón y el resto de los *optimates* os impiden sacar adelante las leyes y las reformas legales que os interesan. Cicerón y Catón, por otro lado, también son quienes impiden mi candidatura a cónsul de Roma.

—Tu candidatura no la bloquean Cicerón y Catón —precisó Pompeyo interrumpiéndolo—, sino la ley de Sila que prohíbe presentarse al consulado hasta los cuarenta y dos años. Y si no me equivoco, tienes ahora cuarenta.

—Por eso necesito una exención a esa norma —aclaró César.

—Una segunda exención, querrás decir —lo corrigió Pompeyo—. Ya votamos en el Senado una primera para que pudieras presentarte a edil de Roma antes de tener la edad mínima para ese cargo. Una segunda exención es algo muy inusual. De hecho, no conozco a nadie que haya disfrutado de dos exenciones como ésas. —Miró a sus acompañantes. Todos negaron con la cabeza.

—Por eso, por lo inusual de esa segunda exención —continuó César sin arredrarse ni mostrar molestia por aquella interrupción—, entiendo que quien me apoye para conseguirla ha de obtener, digamos, una gratificación en forma de reformas legales igualmente excepcional.

Se hizo el silencio.

—¿Qué me ofreces? —preguntó el procónsul, sin rodeos, al cabo de unos segundos.

—La reforma agraria —le respondió César con aplomo.

—¿La reforma agraria para que mis veteranos tengan, por fin, las tierras de cultivo que merecen? —concretó Pompeyo, pues aunque todos sabían de qué estaban hablando, él quería tenerlo todo muy claro—. ¿La misma reforma agraria que ni Pisón ni Afranio, ni Lucio Flavio, aquí presentes, han logrado sacar adelante y que resulta que tú sí crees que podrás aprobar frente a la obstinada y frontal oposición de Cicerón, Catón y todos los senadores que los apoyan?

—Esa misma reforma agraria, para tus veteranos y también para muchos de los ciudadanos pobres de Roma —apostilló César, de nuevo con rotundidad.

—¿Y cómo esperas conseguir los votos necesarios? —Pompeyo arqueó las cejas en clara muestra de incredulidad y suspiró; pensaba que todo aquello era una enorme pérdida de su preciado tiempo.

César retomó su discurso mirando, alternativamente, a Pompeyo y a Craso:

—Cicerón y Catón manejan el Senado a su antojo tras su hábil y eficaz gestión contra el golpe de Catilina, eso es así. Pero el poder de

Cicerón y Catón se basa en nuestra división. —Se dirigió a Pompeyo—: Cuando se va a votar algo que te favorece, Cicerón y Catón y también Craso votan en contra. De este modo, ni la reforma agraria que necesitan tus veteranos ni la ratificación de tu reorganización de las provincias de Oriente que también buscas se aprueba nunca. Por otro lado, Craso necesita la revisión del contrato de los *publicani* que trabajan para él: los recaudadores de impuestos precisan de esa revisión de las cantidades que han de aportar al erario público, pero entonces, Cicerón y Catón y tú, Pompeyo, con tus senadores, votáis en contra. Yo necesito la exención para poder presentarme al consulado, pero sólo me apoyará Craso y, con los votos en contra de Cicerón y Catón y, este caso, el tuyo, también será denegada. ¿Y quién sale ganando de esta división entre vosotros dos, entre los dos hombres más ricos de Roma?

Se detuvo un instante.

Todos tenían la respuesta clara en sus cabezas, pero César la pronunció en voz alta:

—Cicerón y Catón y los *optimates* en su conjunto —dijo—. La cuestión es si queréis o no revertir esta situación. Vota, Pompeyo, con Craso, a favor de mi exención para permitir mi candidatura a cónsul, y yo ganaré las elecciones, os lo aseguro. Una vez elegido, sacaré adelante la reforma agraria, haré que se ratifique la reorganización de las provincias de Oriente según tú pactaste con los reyes de la región y, votando de nuevo todos juntos, aprobaremos para Craso la revisión del contrato de los *publicani*. Es así de simple: si nos unimos los tres, somos más fuertes que Cicerón, Catón y todos los *optimates* que los apoyan. Seguid separados y veréis vuestro poder e influencia decrecer progresivamente mientras que Cicerón y el resto se hacen con el control de todo.

Un nuevo silencio se apoderó del atrio.

Nadie se movía.

A todos les parecía un plan tan sencillo y, a la vez, tan ambicioso que estaban sorprendidos de su potencia. Pero quedaba un grave obstáculo que aún se les hacía insalvable: la desconfianza entre Pompeyo, por un lado, y Craso y César por otro.

—¿Cómo sé que no me traicionarás una vez tengas la exención y, pongamos, ganas las elecciones y eres uno de los cónsules del año próximo?

—¿Qué quieres como prueba de mi lealtad? —preguntó César.

Pompeyo miró a Calpurnio Pisón, que asintió. Era evidente que algo de lo que iba a pedir lo traían hablado. El conquistador de Asia no había acudido allí sin tener su propio plan.

—¿Quieres que me fíe de ti? —preguntó Pompeyo—. Cásate con Calpurnia, la hija de Pisón, uno de mis hombres de confianza —le propuso.

César se quedó petrificado, como una estatua.

Tragó saliva.

Miró a Labieno y a Balbo. Ambos asintieron. Era un precio razonable.

—De acuerdo —aceptó.

—Bien, por Júpiter. —Pompeyo se levantó como movido por un resorte y lo mismo hicieron sus hombres—. Pues ya hemos hablado todo lo que tenía que hablarse, ¿no es así?

—Así es —admitió César.

—¿Tampoco ahora aceptas mi vino y mi comida? —preguntó Craso—. Sería un gesto de buena voluntad por tu parte, ¿no crees?

—Cuando se apruebe la reforma agraria —respondió Pompeyo—. Entonces sí, entonces, Craso, vendré a tu casa y, con gusto, celebraremos una comida y hasta una fiesta como la ocasión merecerá. ¿Te parece aceptable posponerlo hasta entonces?

—Lo veo razonable —aceptó el anfitrión—. Siempre es mejor comer cuando se tiene algo que celebrar. Espero que para esa comida mis *publicani* también habrán visto la revisión de su contrato apoyada por tus senadores.

—Lo celebraremos todo a la vez —acordó Pompeyo, y de nuevo miró a César—. Si nuestro candidato al consulado es capaz de lograr una reforma agraria que no se ha conseguido en casi setenta y cinco años —sentenció en referencia al primer intento del malogrado tribuno de la plebe Graco y haciendo ver que quien intentaba una reforma semejante, con frecuencia, terminaba asesinado.

César ya no dijo nada.

Todos se despidieron.

El triunvirato estaba en marcha.

En el exterior

—¿Cónsul de Roma? —le preguntó Geminio a Pompeyo mientras caminaban de regreso a su villa—. Yo era favorable a esta reunión, pero... ¿es eso prudente, César con tropas a su mando?

—Sí —coincidió Afranio—. Con todos los respetos para Calpurnio Pisón, incluso si César se casa con Calpurnia, no lo veo un hombre en quien confiar como para que tenga legiones con las que emprender sólo los dioses saben qué acción.

—Todo depende de qué provincias tengan asignadas los cónsules del año próximo —respondió Pompeyo de forma enigmática para sus hombres, antes de girar y dirigirse hacia la ciudad en vez de hacia su villa.

—¿No retornamos a tu residencia extramuros? —preguntó Geminio.

—No, hay alguien con quien quiero hablar.

—¿Con quién? —preguntó Afranio.

—Con Cicerón —anunció Pompeyo, para sorpresa de todos.

—Entonces... ¿no vamos a apoyar la exención de César? —Como el resto, Geminio no seguía los razonamientos y las estrategias de su líder.

—Por supuesto que vamos a apoyar a César en esa exención. Quiero esa reforma agraria, sólo que... vamos a asegurarnos de que César, aunque consiga ser cónsul si gana las elecciones, no disponga de ninguna provincia relevante en la que emprender conquista alguna. Para eso necesitamos a Cicerón.

—Jugamos a dos bandas —sonrió Geminio—. Eso me gusta.

LXXXI

La jugada de Catón

Villa de Labieno en las afueras de Roma
60 a. C.

A su regreso de Hispania, César se había instalado en la residencia de su amigo Labieno, fuera del *pomerium* sagrado, porque ésta estaba en mejores condiciones y era más amplia que la suya propia. Las deudas lo acuciaban y no se había permitido gastar nada en ampliar y acondicionar convenientemente su propia villa. En la medida en que llevaba los últimos años centrado en la política de Roma y que ostentaba el cargo de *pontifex maximus*, había decidido que instalarse en su residencia oficial de la *domus publica*, en el corazón del foro, lo hacía omnipresente en la vida pública. Y así era. Pero ahora, al retornar a Roma tras su victoriosa campaña contra los lusitanos, sin disponer de su propia villa bien acondicionada, y con la necesidad de mantenerse fuera de la ciudad hasta celebrar su triunfo, decidió alojarse con su amigo Labieno y su familia.

La exención para que César se pudiera presentar al cargo de cónsul unos años antes de tener la edad mínima requerida se aprobó en el Senado con bastante facilidad: al unirse los votos favorables de los senadores de la facción de Craso con todos los de Pompeyo, superaron los votos negativos que Cicerón y Catón pudieron reunir entre los senadores *optimates* más radicales.

Todo parecía estar dispuesto para que César se presentara, sin más cortapisas, a cónsul de Roma, su gran anhelo político desde hacía años y la llave que le daría acceso a legiones armadas y al gobierno de una provincia militarizada, de modo que pudiera emprender su sueño de una gran campaña hacia el norte, hacia el Danubio, hacia la Dacia: esta acción resolvería el constante flujo de ataques del líder dacio Burebista hacia territorios afines a Roma en aquella región, e incluso podría permitirle hacerse con el control de alguna de las minas de oro de la zona. Eso engrandecería a Roma, aseguraría sus fronteras y solucionaría sus problemas personales de endeudamiento. Era un plan perfecto.

Mientras paseaba por los jardines de la villa de Labieno, César se mostraba exultante aquellos días de final del verano. Todo marchaba según lo previsto: el pacto con Craso y Pompeyo empezaba a dar frutos. Sabía que tendría por delante una compleja actividad legislativa donde Cicerón y Catón se opondrían frontalmente a la reforma agraria, como habían hecho siempre, pero él ya pergeñaba en su cabeza posibles maniobras políticas para sacar adelante un proyecto que podía beneficiar tanto a los veteranos de Pompeyo como a muchos ciudadanos pobres de Roma.

—Pero aún has de ganar las elecciones —le recordó un día Labieno.

César asintió antes de responder y miró a su alrededor: su madre Aurelia, su hija Julia, Julia la Mayor y su esposo Lucio Pinario, y el propio Labieno y su esposa Emilia compartían una agradable velada al aire libre en el atrio principal de la villa.

—Nunca he perdido una elección popular —replicó César con seguridad—. He perdido y ganado juicios y he perdido muchas veces en el Senado, pero nunca una votación donde se convocara al pueblo a través de los *comitia*, ya acudiesen los ciudadanos de Roma por tribus o por centurias. Lo difícil era conseguir la exención para presentarme y eso lo tenemos con el pacto con Craso y Pompeyo. Además, olvidas que estoy a punto de celebrar un gran triunfo por las calles de Roma justo antes de las elecciones. No hay mejor campaña electoral posible que celebrar ante el pueblo de Roma una gran victoria. Triunfo primero, y a continuación elecciones. Todo marcha bien. Todo marcha a la perfección.

Lo que decía César era muy cierto: esa secuencia lo situaba en una posición ganadora ante cualquier otro candidato a cónsul aquel año.

A punto estaban de brindar todos cuando Balbo, muy serio, entró en el atrio. De inmediato resultó evidente que traía noticias y que no eran buenas. Balbo había sido uno de los grandes artífices en la negociación con Pompeyo para la consecución del triunvirato y verlo con la faz tan tensa no presagiaba nada bueno.

—Hay un problema —anunció evitando los saludos protocolarios.

Se hizo un silencio mientras Labieno indicaba con la mano al recién llegado que se acomodara en un *triclinium* vacío que habían reservado para cuando él llegara, pero Balbo negó con la cabeza. Prefería permanecer de pie.

—He de volver a la ciudad con una respuesta. —Miró a César.

—¿Una respuesta sobre qué asunto? —intervino Aurelia mientras su hijo dejaba en la mesa la copa de vino que tenía en la mano.

A Balbo, que ya había visto el respeto que César y todos los que estaban allí tenían a la veterana matrona, no le sorprendió que ésta se permitiera intervenir de forma tan directa.

—Catón plantea un problema adicional para la elección de César como cónsul —se explicó Balbo—. Bueno, por Júpiter, plantea una cuestión técnica que yo desconocía respecto a la presentación de la candidatura de César al consulado.

—¿Más allá de la cuestión de la edad mínima? —se extrañó Aurelia.

—Sí, es otro asunto —continuó Balbo mirando ya alternativamente a Aurelia, su interlocutora en aquel momento, y al propio César—: Catón no cuestiona esa exención, ha sido aprobada en el Senado y no puede oponerse a ella, pero se ve que es costumbre, vamos, ley romana, que todo candidato a cónsul se presente en persona para hacer efectiva su candidatura a cónsul.

—Es cierto —dijo al fin César—. Eso es así.

—Parece ser que esa presentación formal de candidatura se hace habitualmente en el foro de Roma —continuó Balbo.

—Sí. —César empezaba a intuir cuál podía ser la maniobra de sus enemigos políticos y comenzaba a ponerse tenso, como el propio Balbo.

—Pero alguien que espera celebrar un triunfo —prosiguió Balbo— no puede entrar en Roma hasta que celebre dicho triunfo.

César callaba ahora y miraba al suelo, muy pensativo.

—Eso es lo habitual —intervino entonces Labieno—, pero el acto de presentación de candidaturas puede retrasarse unos días… o César podría presentar su candidatura *in absentia*... ¿no es así? —Miró a su amigo, que seguía con los ojos clavados en el suelo.

De pronto César alzó la mirada, pero no respondió a Labieno sino que se centró en Balbo.

—¿Has dicho que has de regresar a Roma con una respuesta? —preguntó—. ¿Una respuesta a quién y sobre qué exactamente?

—Una respuesta a Catón —anunció el hispano—. Es quien se muestra más inflexible al respecto de no alterar la fecha de presentación de candidaturas que, por el momento, es anterior a la de celebración de tu triunfo y que, en consecuencia, te impide formalizar tu propia candidatura presencialmente. Catón quiere saber si vas a acudir al foro, como es preceptivo para presentarte a cónsul de Roma, o no vas a hacerlo para, al no cruzar aún el *pomerium*, preservar tu derecho a celebrar tu triunfo.

César se incorporó en el *triclinium* hasta quedar sentado de lado. Se llevó las palmas de las manos al rostro y lo cubrió en parte mientras seguía pensando.

—¿Y las opciones que he sugerido? —insistió Labieno.

César dejó caer las manos hasta apoyarlas en el borde del *triclinium* y negó con la cabeza:

—No, no valdrán —dijo—. Tanto retrasar la fecha de presentación de candidaturas como que pueda presentar la mía *in absentia* o, incluso, una tercera opción, que la presentación de candidaturas pudiera hacerse de forma excepcional fuera del *pomerium* sagrado de Roma conllevarían nuevos debates en el Senado, y en ese caso, aun teniendo los votos suficientes, Catón empleará sus habituales tácticas dilatorias, como hacer uso de su turno de palabra y no dejar de hablar para que la sesión se alargue hasta el anochecer e impedir que se tome una decisión en un sentido u otro. Y hay poco margen de tiempo para sortear esas tácticas dilatorias de Catón en el Senado. Por eso no se opuso con uñas y dientes a la exención por mi edad: tenía pensada esta estrategia para evitar que me presente a cónsul; o, en caso contrario, obligarme a no celebrar un triunfo al que tengo derecho.

—Entonces... ¿no vas a poder presentarte este año pese a todo lo que hemos trabajado para ello? —inquirió Labieno.

César se levantó despacio y habló mirando, de nuevo, al suelo.

—Entonces... he de decidir si celebro mi triunfo por las calles de

Roma, o si renuncio al mismo y me presento a cónsul —proclamó para sorpresa de todos.

—Nadie ha renunciado nunca a un triunfo —dio voz Labieno a lo que todos estaban pensando en aquel momento.

La disyuntiva que Catón le planteaba a César no era, en realidad, una cuestión de opciones: nadie había dejado de lado la celebración de un triunfo por presentarse a unas elecciones, daba igual que éstas fueran para cónsul de Roma. Un triunfo era el mayor honor al que un romano podía aspirar en su vida y César lo tenía ya al alcance de la mano.

—Puedes presentarte a cónsul el año que viene —sugirió Labieno.

—Necesitaré aún la exención por edad, ¿y crees que Pompeyo va a volver a darme su apoyo sin que le haya dado nada este año que favorezca sus intereses? ¿Crees que Pompeyo va a volver a creer que puedo sacar adelante su reforma agraria después de haberme conseguido esa maldita exención y ver que luego me echo atrás ante la primera dificultad?

—Pero esto no es una dificultad, como dices —opuso Labieno—. Catón ha ido a la yugular de tu carrera política, ha ido a cortar de raíz tu triunfo por las calles de Roma, lo que te haría aún más popular y te otorgaría aún más *auctoritas* ante todos. No puedes decir que no a un triunfo por unas elecciones que, en cualquier caso, y aunque las hayas ganado siempre que te has presentado ante el pueblo, aún no se han celebrado. ¿Crees acaso que si desistieras de celebrar tu triunfo no habrá más cortapisas en estas elecciones contra ti? Van a por todas, Cayo. Ahora lo veo claro. Has logrado la exención, pero aun así no dejarán que optes al consulado… nunca. Sin embargo, el triunfo lo tienes en la mano. Contra eso ya no pueden hacer nada. Lo has ganado por mérito propio. No les des el placer de ver cómo renuncias a él por unas elecciones que, estoy seguro, serán cualquier cosa menos limpias. Esto sólo será el principio de una larga serie de maniobras políticas para impedir que llegues a cónsul, al precio que sea. Les tomaste ligeramente la delantera con la exención, con el pacto entre Craso y Pompeyo y tú, pero no permitirán que eso vaya más lejos.

César, incapaz de quedarse quieto, empezó a andar por el atrio ante la mirada de todos mientras daba respuesta a Labieno:

—Lo sé, lo sé, amigo mío… pero a veces me acuerdo de Apolonio de Rodas.

—¿Apolonio de Rodas? —repitió Labieno, sin entender a qué venía mencionar ahora al gran orador.

—Él me dijo que, en muchas ocasiones, lo más eficaz en un discurso es lo inesperado —se explicó César—. Yo he llegado a la conclusión, Tito, de que a veces lo inesperado no es sólo lo más eficaz en un discurso, sino también en la vida. Pues ¿qué es la vida sino un largo texto, un largo discurso que vamos construyendo, día a día, sobre nosotros mismos? —Se detuvo ante Balbo—. Dile a Catón que el día designado para la presentación de las candidaturas a cónsul de Roma sabrá, al verme acudir o no, cuál ha sido mi decisión.

Foro de Roma
Una semana después
Día de presentación de candidaturas a cónsul de Roma

El foro estaba atestado de ciudadanos. Nunca antes había habido tanta expectación el día de formalización de las candidaturas al consulado. Nunca antes había estado en juego la celebración o no de un triunfo.

—No vendrá —dijo Catón a Cicerón y a la camarilla de senadores que estaban junto a ellos en el foro observando los procedimientos de aquel día.

Metelo Céler, que odiaba a Pompeyo por su divorcio de Mucia Tercia, familiar suya, se sentía ufano y feliz de presidir un acto en el que se iba a bloquear la candidatura a cónsul de un Julio César que, en aquel momento, era precisamente el candidato al consulado del propio Pompeyo. Céler era el cónsul efectivo del segundo semestre de aquel año y por eso le correspondía la presidencia del procedimiento de presentación o, en este caso aún más interesante, *no* presentación de alguna candidatura. Estaba disfrutando.

A su lado, Lucio Afranio, como el otro cónsul del año, velaba por los intereses de Pompeyo en silencio. Estaba convencido, como casi todos allí, de que César no acudiría y que, en consecuencia, aquella reunión en la villa de Craso no valdría para conseguir los anhelos de su líder: ni habría tierras para los veteranos de Asia, ni se ratificarían los pactos de Pompeyo con los reyes de aquella región del mundo. Todo seguiría bloqueado...

—Lucio Luceyo —anunció Céler, proclamando a uno de los candidatos que acababa de formalizar, con su presencia en el foro, su decisión de presentarse a las elecciones consulares.

Catón miraba a un lado y a otro de la Vía Sacra.

Ni rastro de César.

Su plan estaba funcionando.

Se permitió la primera sonrisa de aquella mañana.

—Marco Calpurnio Bíbulo —proclamó a continuación Metelo Céler, anunciando a otro de los candidatos ya oficiales para las elecciones.

Como ya ocurrió en las elecciones a edil de Roma, Bíbulo era el candidato apoyado por Cicerón, el propio Catón y el resto de los senadores *optimates*, y alguien que ya había competido electoralmente en el pasado precisamente contra César. La edilidad de Bíbulo se había visto ensombrecida por las luchas de gladiadores, las obras públicas y las diferentes actividades que desplegó César aquel año que compartieron magistratura. La estrategia de Catón, que garantizaba que César no se presentaría a cónsul por riesgo a perder su triunfo, había animado a Bíbulo a presentar su propia candidatura, con el sosiego de saber que no compartiría cargo de nuevo con su odiado enemigo. El hecho de que Bíbulo, además, se hubiera casado con Porcia, hija de Catón, había fortalecido sus vínculos con los líderes *optimates*. Sentía que por fin era su momento.

Se proclamó algún candidato más.

Pero ya nadie atendía al cónsul Céler. Todos, como Catón, miraban a un lado y a otro en busca de algún movimiento que anunciase la llegada de ese candidato que muchos esperaban y que otros deseaban no ver en modo alguno. Pero ¿cómo iba alguien a dejar de lado la certeza de celebrar un gran triunfo en Roma ante la posibilidad, siempre incierta, de ganar o no unas elecciones consulares?

—Os lo dije —dijo Catón henchido de victoria—. No va a venir.

Los senadores a su alrededor empezaron a palmearle la espalda a modo de felicitación entre grandes proclamas de victoria.

Cicerón, sin embargo, callaba.

El sol aún no estaba en lo alto. Aún quedaba tiempo para que César pudiera presentarse, aunque, francamente, comenzaba a pensar que quizá el plan de Catón tuviera éxito…

—¡Allí! —gritó alguien entre la muchedumbre.

Catón y Cicerón y el resto de los senadores *optimates* y centenares de personas giraron la cabeza para ver cómo se abría un pasillo por la Vía Sacra, haciéndose la gente a un lado, para facilitar el paso a una pequeña comitiva de tres hombres: todos reconocieron a Labieno por delante, abriendo la marcha; tras él venía Balbo, el hispano que se había dado a conocer en los círculos políticos de Roma en los últimos meses, y por fin, cerrando aquel grupo, César. Los seguía una veintena de hombres que actuaban como escolta, pero que, tal era la popularidad de César, no necesitaban ponerse por delante para abrirse paso entre la multitud.

La comitiva circuló justo por delante de Catón, Cicerón y los senadores *optimates* sin que ninguno de los tres hombres mirara a sus oponentes políticos.

César se detuvo ante Metelo Céler.

—Yo también presento mi candidatura a cónsul de Roma —anunció con voz alta y clara.

Céler, enrojecido por la rabia, no le respondió directamente, sino que se limitó a hacer lo único que podía hacer: asentir, para al instante, y con todo el desprecio del mundo, pronunciar también con voz alta y clara aquel maldito nombre:

—Cayo… Julio… César.

La candidatura era oficial.

Afranio lo miraba entre admirado y perplejo, boquiabierto, sin decir nada. Como casi todos, había dado por hecho que César no aparecería y que eso sería lo que tendría que decirle a Pompeyo. Pero no.

Catón se abrió paso entre la muchedumbre, a empellones cuando era preciso, hasta llegar a la altura de César.

—¿Sabes que te has quedado sin la opción de celebrar un triunfo en Roma toda vez que has entrado en la ciudad antes de dicho evento? —le espetó delante de todo el mundo.

Buscaba que César reconociera en público que desistía de celebrar su triunfo o que, por el contrario, insistiera en que iba a desfilar triunfalmente, por más que hubiese entrado antes en el *pomerium*. Que manifestara en público que iba a contravenir una antigua ley romana, y él mismo lo arrastraría de cabeza a un juicio, pues un juicio lo sacaría de las elecciones.

César se volvió hacia Catón, despacio, y le respondió con sosiego:

—Sí, soy consciente de que con mi decisión acabo de perder la opción de celebrar mi triunfo por las calles de Roma. Es decir, he perdido la opción de celebrar *este* triunfo, pero... habrá otros. En cualquier caso, sois vosotros, tú, Catón, Cicerón y el resto, los que me habéis hecho ver cuál ha de ser mi camino: cuando tus oponentes políticos se esfuerzan tanto en que no hagas algo, eso no puede más que fortalecer tu resolución de hacerlo. Así que me presento a cónsul de Roma y acepto no celebrar mi triunfo. No seré yo quien os dé un motivo para llevarme a juicio justo ahora.

Y con esa respuesta, sin dar tiempo a réplica alguna por parte de Catón, giró sobre sus talones y, junto con Labieno y Balbo, emprendió el camino de regreso a la villa de Labieno.

—¡César, César, César! —bramaba la plebe mientras le abría paso.

Catón apretaba los dientes, enfurecido. Era evidente que César iba a obtener muchos votos. Era evidente que César iba a ser cónsul casi con total seguridad. No podía creer que alguien fuera capaz de dejar de lado la celebración de su triunfo por unas elecciones. Aquel hombre estaba loco, y un loco es muy peligroso.

Los senadores *optimates* se mostraron muy preocupados; en particular, Bíbulo, que se veía abocado a una nueva confrontación electoral con César. O, lo que podía ser aún peor: a compartir de nuevo con él una magistratura. Antes fue la edilidad, ahora sería el consulado.

El único que permanecía impasible de todos ellos, no feliz pero tampoco con esa cara de derrota que tenía el resto, era Cicerón.

LXXXII

La venganza de Pompeya

Residencia de Pompeyo, centro de Roma
60 a. C.

Hay personajes que se niegan a abandonar la historia por la puerta de atrás, sin hacer ruido.

A Pompeya, desde su divorcio con César, todo le había ido mal: no sólo había sido repudiada por su esposo, sino que, como era de esperar, su propia familia la apartó y la dio de lado. Sin apenas dinero, malvivía con los réditos de algunas fincas recibidas en herencia por parte de su abuelo Sila. Así podía mantener una pequeña *domus* en la ciudad y aparentar algo de dignidad. Pero lo que peor llevaba era el aislamiento social. Eso hizo que, poco a poco, creciera en ella aún más el ansia de venganza.

Además, se había visto obligada a asistir al ascenso imparable de César: de pretor a propretor en Hispania, de ahí a vencedor de una gran campaña contra los lusitanos y, por fin, lo que más ansiaba: la candidatura a cónsul. Eso sí, ella, como el resto de Roma, también se sorprendió de que para lograrlo aceptase renunciar al gran triunfo militar al que tenía derecho. Era una decisión inaudita.

Eso le dio la idea.

Por eso había pedido aquella entrevista a Pompeyo, el gran enemigo político de su exesposo, y ahora su aparente aliado político, y por eso estaba allí ahora, en aquella inmensa mansión... esperando.

Pompeyo la tuvo aguardando durante largo rato, pero para ella, que llevaba esperando mes tras mes dos largos y lentos años para saber dónde y cuándo devolver el golpe a César, una hora más o menos no importaba lo más mínimo.

Pompeya sonrió. La venganza más terrible no es la que se sirve fría, sino la que se forja lentamente en el cálido fuego del odio puro.

Cneo Pompeyo entró en el amplio atrio de su casa.

Ellos dos no estaban emparentados directamente, pero la coincidencia en los nombres dejaba claro que si alguien se dedicara a investigar entre los antepasados de uno y otro, en algún momento encontraría vínculos de sangre. Pero eso era anecdótico e irrelevante para él. Pompeyo sólo había aceptado aquella reunión por dos motivos: por un lado, curiosidad y, por otro, algo más práctico. Aunque hubiera pactado apoyarlo en su candidatura al consulado a cambio de que sacara adelante su reforma agraria, Pompeyo no se fiaba de César. Aquella mujer le había dicho que poseía información sobre él que podía serle de gran utilidad algún día y ahora estaba deseando oírlo.

—No sé si puedo ofrecerte vino o cualquier otra cosa —dijo Pompeyo a modo de saludo—. ¿Quizá algo de comer? ¿Agua?

—Vino —dijo ella—. Hoy me siento con ganas de celebrar. Va a ser un bonito día para mí. Y seguramente para ti también. Hoy vas a saber cómo dominar a César. Al César político o al César militar con legiones. Yo creo que eso merece vino… para los dos.

Pompeyo la miró muy serio. La sola idea de pensar en César con legiones armadas lo inquietaba, pero necesitaba esa maldita reforma agraria…

No dijo nada.

Se limitó a mirar hacia una esquina donde estaba el *atriense*. Éste salió raudo del atrio y al instante regresó con otros esclavos, que dispusieron junto al amo una pequeña mesa con una jarra de vino y dos copas. Tras servirlo con cuidado, entregaron a su amo una copa de oro —Pompeyo no bebía en otro tipo de copa— y otra a su invitada y los dejaron a solas.

—Supongo que, además del vino, esto me costará algo, ¿no es así? —preguntó él mirando fijamente a los ojos a Pompeya, estudiándola.

—Esto lo hago más que nada por motivos personales —respondió ella—, pero ciertamente no lo rechazaré si lo que propones es pagarme.

—¿Cuánto?

—Lo que tú estimes, confío en tu criterio y en que sabrás valorar la información que voy a proporcionarte en lo mucho que vale.

Pompeyo levantó las cejas. No había esperado esa respuesta. Siempre que negociaba con un hombre, éste ponía un precio exacto a lo que fuera que ofreciese. Claro que nunca había negociado algo así con una mujer.

—Dame esa información —respondió Pompeyo, al fin.

Ella lo hizo.

Sin grandes palabras ni gestos grandilocuentes.

Con sencillez.

Con brevedad.

Pompeyo asintió varias veces, parpadeó otras tantas.

—Sí, esto merece un brindis —admitió, convencido de que sabría sacarle un gran beneficio, sin duda.

Alzó su copa y ella brindó con él.

—Te invitaría a comer, pero… —inició Pompeyo.

—Pero compartir cualquier acto social conmigo no está bien visto en Roma tras lo que me pasó en la Bona Dea.

—Así es —confirmó él. ¿Para qué mentir?

—Me has invitado a beber una copa de vino y eso es mucho más de lo que nadie se atreve a hacer ahora conmigo. Gracias, me retiro a mi casa. Feliz.

—Te haré llegar el dinero —apostilló Pompeyo.

Pompeya regresó a su *domus*.

Al día siguiente llegaron varios cofres con oro y plata.

Pompeyo se mostró muy generoso.

O quizá sólo estaba pagando el precio justo. La información era del ámbito privado, pero de una magnitud inmensa en manos de un enemigo político de su exesposo, y era evidente que Pompeyo había llegado a esa conclusión con rapidez.

Pompeya suspiró complacida.

Le resultaba evidente que Pompeyo iba a usar aquella información y que, cuando lo hiciera, César sufriría más de lo que nunca antes hubiera sufrido en la vida. Había acabado con su carrera política y militar.

Así, tranquilamente, dándole a la persona indicada una pequeña e íntima información.

Sería un triste final para la ambición de César. O eso, o se vería obligado a ceder. A ceder tanto... y con tanto dolor... Pompeya no sabía cuál de las dos opciones le gustaba más.

LXXXIII

La princesa de Alejandría

Biblioteca de Alejandría, Egipto
60 a. C.

Le gustaba correr por los pasillos de la gran biblioteca. Coger una enorme velocidad y, cuando estaba en mitad del pasillo, dejarse deslizar con los pies desnudos por aquel mármol limpio y suave.

Con frecuencia percibía la mirada de desaprobación de alguno de los viejos bibliotecarios, pero ella era la princesa Cleopatra VII y era, además, la hija adorada del faraón Tolomeo XII. Estaban también sus hermanas mayores, hermanas de padre, Berenice y Arsínoe, pero ella era la favorita de su padre, quien no paraba de repetirle lo mucho que le recordaba a su madre.

Su madre era lo bueno y lo malo.

Volvió a echar otra carrera por un pasillo.

Su padre amó con locura a su madre y eso la convertía en algo especial para él, sobre todo tras el fallecimiento de ella. Pero su madre no era la esposa oficial del faraón y eso convertía a Cleopatra en una hija ilegítima a la que no sólo miraban mal algunos bibliotecarios sino también, y, sobre todo, los sacerdotes. Esos mismos sacerdotes que mentían al pueblo, tal como ella aprendió en el templo de los dioses Horus y Sobek. Algo que su padre le ordenó no decir nunca a nadie.

Ilegítima o no, Cleopatra se sabía la hija favorita de su padre y eso la ayudaba a aislarse de las miradas torcidas. Eso y leer.

Sí, ella era la hija predilecta del faraón Tolomeo XII, más allá de sangre real o no, o de sangres mezcladas, real tolemaica y de una mujer egipcia. De modo que nadie se atrevía a decirle nada con relación a su comportamiento inapropiado en aquel centro de estudio y conocimiento, el más importante del orbe. Porque el mundo era redondo. Eso ya se lo habían explicado a ella sus maestros. La Tierra era como una gran bola redonda. Por eso lo primero que se veía de las naves que se acercaban a Alejandría desde el inmenso faro de la ciudad portuaria eran las velas. Ella sabía muchas cosas. Le gustaba aprender. Pero también correr a toda velocidad por los pasillos de la gran biblioteca. Cleopatra era muy inteligente, pero además tenía mucha energía.

Aristarco apareció de repente, como por ensalmo, desde uno de los pasillos laterales. El anciano bibliotecario, el que mandaba y lo ordenaba todo allí, sí le imponía respeto a la pequeña Cleopatra. Decían que se había leído todos los papiros de la biblioteca y que lo sabía todo acerca de todo. Mucho más que Potino, su tutor. A veces se preguntaba por qué su padre lo había seleccionado a él como tutor suyo y no a Aristarco, pero probablemente nadie más podría organizar y mantener aquella inmensa biblioteca como aquel anciano, y dedicarse a instruirla lo distraería de sus tareas. Mientras que a ella la podían educar muchos tutores diferentes.

—¿La princesa quizá está buscando algún nuevo papiro que leer? —preguntó Aristarco con tono amable.

Cleopatra detuvo sus carreras. Era evidente que ella no había ido a la biblioteca en busca de nuevos papiros que leer aquella mañana, sino para deslizarse por el suave mármol de los pasillos.

—No sabría qué leer —le respondió al fin, con sinceridad.

—¿Y eso a qué se debe, princesa?

Él mantenía el tono afable. Cerca, los guardias armados, que vigilaban siempre la seguridad de la hija pequeña del faraón, observaban atentos. Nada temían del viejo bibliotecario, pero también estaban pendientes de cualquier falta de respeto que, sin duda, comunicarían al dador de Salud, Vida y Prosperidad de Egipto de inmediato. Algo que, por supuesto, el viejo Aristarco sabía.

Por su parte, el anciano bibliotecario no estaba molesto por las carreras de la pequeña princesa. Al menos, aquella hija del faraón jugaba en la biblioteca. Su hermana Berenice, siempre arrogante, no entraba allí ni para eso y más le valdría. Aunque seguramente al faraón lo sucedería el primer hijo varón que tuviera, tampoco era extraño que un Tolomeo cogobernara con una hija con la que se casara, o aunque no contrajeran matrimonio. Por eso Aristarco consideraba una gran falta por parte de Berenice, la primogénita del monarca, su desinterés por educarse.

Al menos, la pequeña Cleopatra corría por aquellos pasillos y, pese a su comentario último, él sabía que la niña leía y leía mucho, pero bien pudiera ser que la lectura estuviera cansándola. Quizá, tratándose de una bastarda a los ojos de los sacerdotes, éstos no consideraran que mereciera la mejor de las educaciones posibles. En general, el viejo bibliotecario había observado que los sacerdotes de Egipto se sentían más cómodos con monarcas, príncipes y princesas incultos que con aquellos o aquellas que mostraban interés por aprender. Pero a Aristarco, lo que los sacerdotes pensaran o quisieran le daba igual. A él le llamaba la atención aquel brillo en las pupilas de la niña. Eran ojos de querer saber, de querer comprender.

—¿Quizá a la princesa le aburren sus lecturas actuales? —inquirió él.

Cleopatra parpadeó varias veces. La sagacidad de aquel anciano nunca dejaba de sorprenderla. Estaba convencida de que Aristarco leía el pensamiento. Eso le daba miedo y, a la vez, le infundía un enorme respeto.

Últimamente nada de lo que sus tutores le proponían despertaba su interés. Se empeñaban en que a sus nueve años siguiera leyendo cuentos, y ella ya se sentía mayor. Aquellas historias, que en su momento le resultaron reveladoras, le parecían ya tediosas, simples. Pero ella sabía que Aristarco en realidad no le estaba preguntando si quería un nuevo papiro para leer, sólo era su forma indirecta y amable de detener sus carreras.

—Eso es justo lo que me pasa —respondió ella, y añadió con claro tono de indignación—: Me siguen dando fábulas de Esopo.

—Comprendo —dijo el bibliotecario y se irguió, pues se inclinaba un poco hacia delante para hablar con ella. Ahora miraba hacia los infinitos estantes, repletos de papiros, que los rodeaban—. A lo mejor la princesa debería leer otras cosas ya... quizá debería leer... pero no, es pronto aún.

—¿Qué debería leer? —preguntó ella. Su curiosidad se había encendido, sobre todo ante las dudas del bibliotecario.

Aristarco habría sonreído, pero no quería traicionar su estrategia para captar el interés de la princesa.

—Hay dos libros que todo hablante de griego debería leer. Bueno, que cualquiera debería leer, en el pasado, en el presente o en los tiempos futuros, pero creo que la princesa no es aún lo bastante… mayor.

—Quiero leerlos —exigió la pequeña Cleopatra con un tono de autoridad que no se le escapó al viejo bibliotecario.

Qué lástima que fuera una niña y no un hombre. Aquella curiosidad innata por saber, esa pasión por conocer más, se desperdiciaría en aquel cuerpo de mujer, aunque… más de una había sido no sólo corregente con un padre o un hermano, sino que había llegado a gobernar sola Egipto en el pasado. La legendaria faraón* Hatshepsut, por ejemplo. Pero de eso hacía tantísimo tiempo… ¿Volvería a ocurrir eso mismo otra vez?

—Por aquí, princesa Cleopatra. —Aristarco echó a andar, aún con la mente puesta en el futuro de aquella joven hija de Tolomeo XII.

Cleopatra caminaba detrás del anciano sorprendida de que alguien pudiera encontrar lo que buscaba en un momento concreto en aquel inmenso laberinto de estanterías cargadas con miles y miles de papiros. ¿Cómo era posible saber dónde estaba un texto en aquel enjambre infinito de rollos y más rollos de papiro?

—¿Qué historias cuentan esos libros? —preguntó la niña.

—Una es de guerra y la otra de un… largo viaje.

La niña asintió, pisando los talones del bibliotecario. Tras ellos se escuchaban las sandalias de los soldados de su escolta.

—¿Cómo puede alguien encontrar un papiro entre tantas estanterías y pasillos sin fin? —se atrevió ella a preguntar.

—Todo está ordenado —respondió Aristarco con rapidez, sin dejar de andar.

La niña miró hacia los interminables anaqueles repletos de obras de teatro, poesía, matemáticas, ingeniería, medicina, filosofía…

---

* «Faraón» y no «faraona», pues esta antigua reina de Egipto se esforzó enormemente en aparecer como hombre ante el pueblo para ganar legitimidad en unos tiempos donde se daba más valor a un gobernante masculino que a uno femenino.

—¿Ordenado cómo?

Aristarco, tras cruzar un patio al aire libre y volver a ingresar en otra sala de la biblioteca, se detuvo. Había llegado donde quería. Cogió un cesto con varios rollos y dio unos pasos hasta tomar asiento junto a una mesa que había próxima a aquellas estanterías, e invitó con la mano a la pequeña princesa a que se sentara también.

—¿Cómo está ordenado todo en la biblioteca de Alejandría? —dijo Aristarco repitiendo la pregunta que le acababa de hace la niña—. Ésa es, en efecto, una gran cuestión que requiere una respuesta de cierto detalle. ¿Tiene tiempo la princesa?

La niña estaba mirando el cesto con los rollos que había cogido el viejo bibliotecario.

—¿Ésos son los libros que piensas que son demasiado difíciles para mí? —preguntó ella a su vez.

—Lo son —confirmó Aristarco.

Ella sintió.

—Cuéntame antes cómo está ordenado todo, gran bibliotecario —añadió Cleopatra. Quería saber. De todo—. Tengo tiempo.

Al bibliotecario le llamó la atención cómo la niña no dejaba un asunto sin respuesta, aunque otro diferente captara su atención. Aquello era muestra de una mente organizada.

—Curiosamente, estos libros —Aristarco miró un momento hacia el cesto— y cómo está ordenada la biblioteca son cuestiones relacionadas. Todo empezó hace mucho tiempo… cuando Tolomeo II decidió construir la gran biblioteca que hoy conocemos. Las bibliotecas hasta entonces, princesa, apenas reunían unos centenares de rollos de papiro. Era relativamente fácil en ese contexto que un bibliotecario pudiera recordar, más o menos, dónde estaba cada uno de los papiros y, de ese modo, poder localizarlo con rapidez cuando alguien viniera a consultarlo o cuando él mismo quisiera leerlo. Pero la idea de los primeros faraones tolemaicos no era crear una biblioteca más, sino la biblioteca más grande del mundo, y acumularon primero centenares, luego miles y, finalmente, miles de miles de rollos. Eran tantos que pronto resultó evidente que nadie podría recordar dónde estaba cada uno de ellos y eso hacía que esa acumulación de libros fuera, por otro lado, hasta cierto punto inútil, pues sin la capacidad de encontrar un rollo concreto con rapidez, era lo mismo que no tenerlo. El faraón convocó a sus consejeros y preguntó si sabían de alguien que pudiera encontrar una solución a aquel problema. Todos dieron el mismo nombre: Zenodoto. Era el hombre más sabio de Egipto en aquel tiempo, y el faraón Tolomeo II lo llamó a su presencia y le explicó lo que quería que hiciera. Zenodoto era un hombre peculiar y no tenía muchas ganas de dedicar tiempo a nada que no fuera lo que él estaba intentando hacer en aquel momento.

—¿Y qué podía haber más importante para un sabio que organizar el conocimiento contenido en esta gran biblioteca? —preguntó la pequeña Cleopatra.

—Para Zenodoto era más importante rescatar del olvido estos libros —respondió Aristarco, y volvió a mirar el cesto que estaba sobre la mesa—. A eso es a lo que Zenodoto estaba dedicando su tiempo: se trata de libros en un griego más antiguo que el nuestro, con palabras extrañas que él estaba anotando en un largo listado con una explicación de su significado para que ahora todos podamos entender bien estos libros.

—Por eso son difíciles —apuntó Cleopatra.

—En parte por eso, sí, pero con las anotaciones de Zenodoto se pueden entender bien —explicó Aristarco—. Y tantas eran las palabras que había que explicar, que las ordenó por orden alfabético en un glosario para poder encontrarlas con rapidez.

—Es una buena idea —apuntó la niña.

—Pero volviendo a la biblioteca —continuó Aristarco—, cuando Zenodoto llegó a ella y comprobó que no había sólo unos cientos de rollos sino decenas de miles de papiros, hasta llegar a la cifra increíble de más de un millón, comprendió que no podría recordar nunca nadie dónde estaba todo y que sería, por lo tanto, una tarea de años y años organizarlo y él no tenía ese tiempo, pues quería terminar de recopilar los términos de estos textos antiguos en aquel griego medio olvidado.

La niña escuchaba completamente fascinada.

—Entonces —prosiguió Aristarco—, Zenodoto recordó cómo había organizado su glosario de palabras antiguas.

—Por orden alfabético —apostilló Cleopatra totalmente involucrada en el relato del bibliotecario.

—Exacto —confirmó Aristarco—, y Zenodoto miró a su alrededor, observó los miles y miles de papiros y dijo: «Lo ordenaremos todo por orden alfabético». Y así se hizo y así está organizada la gran biblioteca de Alejandría, princesa.

La niña se levantó y los soldados que estaban junto a ella retrocedieron varios pasos para dejarle espacio.

Cleopatra giró y giró mirando hacia la inmensidad de estanterías repletas de rollos. Ahora entendía cómo los que trabajaban allí sabían dónde encontrar cada rollo, cada papiro, cada libro, poema, ensayo, obra de teatro o épica, o cualquier tratado de medicina, matemáticas, filosofía, historia o cualquier otra disciplina.

Aristarco la miraba atento. La veía asimilando, digiriendo información, sabiduría. No era como sus hermanas, ni como ningún otro niño que él hubiera visto antes. Nunca jamás había detectado tanta ansia por saber en alguien tan pequeño.

Cleopatra retornó a su asiento.

—¿Y qué libros son estos que tanto interesaban a Zenodoto, al primer gran bibliotecario de Alejandría? —preguntó.

—Son dos libros escritos por un autor antiguo: Homero —respondió Aristarco—. Se trata de la *Ilíada*, que escribió primero, y la *Odisea*, que creó después. El primero va sobre una guerra y una mujer, y el segundo, del viaje de Odiseo de regreso a su patria después de esa guerra. Odiseo es el mismo al que los romanos conocen como Ulises.

—Esos bárbaros que lo están conquistando todo —frunció el ceño Cleopatra.

—Esos bárbaros, sí —certificó Aristarco—. Dan miedo.

—Mi padre los mantendrá fuera de Egipto —proclamó ella con convicción. Y con ingenuidad. Aún le quedaba mucho por aprender, sobre todo de política.

Aristarco no compartía la fe de la princesa en la destreza del faraón para mantener a los romanos alejados de Egipto por mucho más tiempo, pero era traición dudar de su capacidad para proteger las fronteras del reino y permaneció callado.

La niña detectó aquel silencio cauto y supo interpretarlo como lo que era: una profunda duda del bibliotecario con relación a aquel delicado asunto. Eso no le hizo sentir rabia hacia él: el bibliotecario era sabio y las dudas de un sabio suelen estar fundadas en algo cierto. Pero ella no sabía qué más decir sobre aquel tema enrevesado de los romanos y volvió a la cuestión de los libros.

—La *Ilíada* y la *Odisea* —repitió pensativa.

—¿Cuál desea leer antes la princesa?

—La *Ilíada* —respondió con decisión.

Aristarco sonrió.

—¿Porque trata, en parte, de una mujer, de Helena? —indagó el bibliotecario.

—No, porque dices que ése lo escribió primero y el orden de los libros es... importante.

Aristarco volvió a sonreír. Tomó del cesto de la mesa media docena de rollos de papiro que contenían el relato completo de la *Ilíada* y se los entregó a la princesa.

—Zenodoto rescató estos libros del olvido y luego mi abuelo, el bibliotecario Aristarco de Samotracia, trabajó en ellos añadiendo más anotaciones y explicaciones, y me hace muy feliz ver que una princesa de Egipto sienta ahora, en mi tiempo, la curiosidad de leerlos.

—Los leeré pronto. —La pequeña se puso de nuevo en pie—. Y te los traeré de vuelta para que me los cambies por la *Odisea*.

El bibliotecario se levantó también y se inclinó ante la princesa todo lo que sus muchos años le permitían.

—Siempre al servicio de la dinastía tolemaica, princesa.

Y vio cómo la niña, con los seis rollos de la *Ilíada* en las manos, caminaba por entre las inmensas estanterías que la rodeaban, custodiada por grandes soldados de la guardia del faraón. A Aristarco le llamó la atención aquella contradicción tan marcada: lo diminuto de aquel cuerpecito de niña para la gran mente que poseía. Sólo tenía nueve años. ¿Qué haría esa niña cuando fuera una mujer de veinte? ¿A quién sería capaz de fascinar?

Aristarco se sentó.

Los años le pesaban, pero aún tenía fuerzas y curiosidad vital y pensó que le gustaría poder estar allí, en Alejandría, diez años más, para ver crecer a esa princesa.

LXXXIV

La jugada de Cicerón

Domus de Bíbulo, centro de Roma
60 a. C.

—Todos estamos nerviosos o rabiosos, me atrevería a decir, y tú pareces tan tranquilo —arremetió Catón contra Cicerón.

Se hallaban en una de las reuniones convocadas por los *optimates* para preparar las elecciones consulares que se les venían encima, con un César como candidato más popular.

—Yo no estoy tranquilo, estoy trabajando sin perder los nervios para que mantengamos el control del Estado —especificó con serenidad.

—¿Y cómo vamos a mantener el control del Estado con César siendo cónsul? —Como el resto, Catón temía a un César que consiguiera, por fin, llegar a lo más alto del *cursus honorum*—. Iniciará una actividad legisladora contra nuestros intereses y tendrá acceso a provincias armadas con legiones que le permitirán emprender conquistas. Se puede hacer tremendamente rico, poderoso, incontrolable, como lo es ya, *de facto*, Pompeyo.

—A Pompeyo le hemos denegado múltiples leyes en el Senado —respondió Cicerón con sosiego—. Y con César haremos lo mismo: para eso contamos con tu particular vehemencia y, espero, con la ayuda de un Bíbulo que también ha de salir elegido cónsul con nuestro apoyo.

—¿Y no podríamos conseguir que los cónsules fueran Bíbulo y

Luceyo? —preguntó Metelo Céler—. Así dejaríamos a César fuera de juego. Y con él, a Pompeyo y a Craso.

—No. —Cicerón fue categórico—. César va a salir elegido por el voto de los populares, les prometerá reformas que activarán el voto del pueblo, y Luceyo es… independiente —pronunció la palabra con desprecio—. Un día puede estar con nosotros, y al siguiente, con César y los suyos. No, hemos de concentrar todo nuestro apoyo en Bíbulo como contrapeso a César. En el caso de las elecciones a *pontifex maximus*, en las que se enfrentaron César y Catulo, sólo se elegía a uno y, hemos de aceptarlo, perdimos. Pero aquí hay dos puestos de cónsul y podemos conseguir que Bíbulo ocupe uno de ellos.

»Con Catón liderando el Senado y con Bíbulo como contrapeso, bloquearemos las acciones legislativas de César. No obstante, es cierto, queda el espinoso asunto del ejército y de la asignación de provincias para los cónsules electos. Legiones armadas, provincias que permitan a César conquistas… eso hemos de evitarlo a toda costa. Pero para esto tengo un plan que destrozará las ambiciones de César —miró a Bíbulo con una amplia y malvada sonrisa— e impedirá la gloria también de nuestro colega. Un plan que espero que todos aceptéis.

—Acogeré con los brazos abiertos cualquier cosa que vaya contra César —replicó Bíbulo—, incluso si me causa perjuicio a mí también. Cuenta con mi pleno apoyo, sea lo que sea que tengas pensado.

Cicerón asintió.

—No esperaba menos de ti, querido amigo —le dijo y, mirando a todos, añadió—: Entonces, sólo tenéis que escuchar mañana mi propuesta en el Senado de asignación de provincias para los cónsules que salgan elegidos este año y, claro —volvió a sonreír—, votar a favor.

—Sea la que sea, tu propuesta no saldrá adelante —opuso Catón—. No podremos contra los votos de los senadores de Craso, Pompeyo y César unidos.

Aquella declaración de Catón cayó como un jarro de agua fría justo cuando las palabras de Cicerón estaban llenándolos de esperanza.

El orador se permitió beber un trago de su copa de vino antes de responder:

—¿Quién ha dicho que Pompeyo vaya a votar en contra de mi propuesta? Pompeyo desconfía tanto de un César con legiones como nosotros.

—¿Has negociado con Pompeyo? —inquirió Catón, sorprendido.

—Amigo mío, descendería al Hades y negociaría con el mismísimo Caronte si eso fuera necesario para que mantengamos el control del Estado romano —respondió Cicerón, implacable.

—¿Y qué propuesta de asignación de provincias es esa que tienes en mente? —inquirió Catón visiblemente intrigado—. Sea cual sea la provincia que se le asigne, le dará opciones de conquista hacia el Danubio o la Galia u Oriente. Y si se le asigna Hispania, aún tiene margen allí para acometer una nueva campaña hacia el norte, como la que realizó en el oeste contra los lusitanos, y ganar territorio, obtener esclavos, riqueza y, por qué no, un nuevo triunfo.

Cicerón sonrió por tercera vez aquella tarde.

—Todos os olvidáis de una provincia en la que la gloria, amigos míos, es imposible. César muy posiblemente consiga una victoria en las elecciones consulares. De nosotros depende, no obstante, no de él, que esta victoria suya sea como las del rey Pirro del Épiro contra Roma; es decir, que su victoria electoral, si la obtiene, sea inútil por completo, una victoria pírrica. —Miró a un esclavo—. Más vino. A veces siento que todo es poco para celebrar la victoria de la astucia y la inteligencia política sobre la pura ambición.

Se echó a reír y algunos le acompañaron en la carcajada, pero desde la confusión, pues, en verdad, nadie sabía en qué provincia podía estar pensando Cicerón para bloquear las ambiciones de César.

Senado de Roma
Diez días más tarde

El objetivo de aquella sesión era determinar la asignación de provincias para los cónsules que fueran elegidos en las próximas elecciones consulares.

—No veo a Pompeyo —había dicho Balbo a César y Labieno al acompañarlos hasta la entrada del edificio del Senado en el foro.

En aquel momento ninguno dio demasiada importancia a aquello. Quizá ya estuviera dentro.

El hispano se despidió de los dos en las escaleras de acceso; él no era senador y no podía acceder al cónclave de *patres conscripti*.

—Pues no está Pompeyo y faltan muchos de sus senadores —comentó entonces el propio Labieno, certificando que la situación era, como mínimo, peculiar—. En cualquier caso, sea la provincia que sea que se decida asignar, siempre tendrás opciones militares importantes.

—Es posible, pero algo me preocupa —replicó César—. Además de la extraña ausencia de Pompeyo y los suyos.

—¿Qué?

—Cicerón —dijo César—. Lo veo demasiado tranquilo.

Metelo Céler, como presidente de la sesión, dio la palabra precisamente a Cicerón, anunciando que el veterano senador tenía una propuesta con respecto a la asignación de provincias para los futuros cónsules, fuera quien fuera el que saliera elegido en los próximos días, y explicó que con esa propuesta se iniciaría el debate.

El orador se levantó en su banco y empezó a hablar:

—*Patres conscripti*, iré directamente al asunto que nos ocupa para no desviar mi discurso con preámbulos que os hicieran perder algo de vuestro preciado tiempo: hemos de decidir qué provincias tendrán bajo su control los cónsules del año próximo y, si bien es cierto que los problemas fronterizos constantes con los galos del norte o con los diferentes pueblos del Danubio justificarían el asignar las provincias de la Galia Cisalpina, Iliria o, por ejemplo, Macedonia, o que la siempre compleja región de Oriente, pese a las notables victorias de Pompeyo, precisaría también que alguno de los cónsules se ocupara de Asia, creo que hay una provincia que todos hemos olvidado ya demasiado tiempo.

»Los ataques galos, las luchas en el Danubio y la agotadora pugna contra Mitrídates nos han hecho olvidar territorios más cercanos a Roma que, no obstante, han sufrido enormemente en los últimos años: la guerra contra los *socii* primero, la guerra civil y, finalmente, la larga guerra contra los esclavos han asolado los caminos, los campos y las ciudades de toda Italia. Muchas de las calzadas transitan por bosques infestados aún de bandidos armados que acechan a los ciudadanos de toda la provincia central de nuestro Estado. Unos son renegados de alguno de los ejércitos que lucharon en las guerras referidas, y otros son esclavos que todavía no han sido detenidos y ejecutados. Creo que tras la eliminación de los piratas del mar y la derrota de Mitrídates por parte de Pompeyo, es hora ya de poner orden en nuestra casa, en nuestras poblaciones más próximas, en nuestros caminos más cercanos.

»¿Qué sentido tiene garantizar la seguridad del transporte de mercancías desde Alejandría a Bríndisi para que, al final, nos roben los productos en su traslado por una calzada en Italia, a apenas unas jornadas de Roma?

»Por todo ello, propongo que los cónsules del año próximo, sean quienes sean, tengan asignada la tarea de ocuparse de Italia, *silvae callesque*, de sus caminos y de sus bosques, para así asegurar por completo la libertad de movimiento a nuestros ciudadanos en nuestro entorno más próximo antes de aventurarnos a nuevas conquistas. Es ésta, sin duda, una actividad que muchos podrían considerar menor, pero a veces los cónsules han de anteponer la seguridad y el bienestar de los romanos, de la ciudad y de Italia a sus ambiciones personales de gloria. Así que ésta es, y no otra, mi propuesta de asignación de provincias para los cónsules del año próximo: Italia.

César no daba crédito a sus oídos. No recordaba ya cuánto tiempo había pasado desde la última vez que se nombró a un cónsul para Italia en época de paz en la península itálica. Una cosa era cuando se enviaba a cónsules a luchar contra Espartaco y otra muy diferente enviar a los cónsules a combatir contra bandidos por los bosques de casa. Era un insulto. Era degradante, vejatorio. Y, lo peor de todo, era inapelable: Metelo Céler sometió de inmediato a votación la moción de Cicerón y, ante la ausencia de Pompeyo y la mayor parte de sus seguidores, los *optimates* liderados por Cicerón y Catón consiguieron que la propuesta saliera adelante. César vio que había renunciado a celebrar su gran triunfo por el gran «premio» de poder dedicarse a arrestar ladrones y forajidos de baja estopa durante un año.

Domus de Pompeyo, centro de Roma

César salió del Senado a toda velocidad y recorrió las calles que separaban el edificio del Senado de la residencia de Pompeyo en la ciudad en apenas unos minutos. Labieno lo seguía de cerca, y Balbo, que se les unió en el foro, también.

Llegaron a la *domus* de Pompeyo y éste, que estaba acompañado por Afranio, Geminio y otros de sus hombres de confianza, y un tal Vatinio, uno de sus nuevos fichajes, los recibió con estudiada amabilidad:

—¿Por qué no has acudido esta mañana al Senado? —le espetó César con furia.

—Porque no se debatía nada de relevancia —replicó el increpado con calma.

—¿Nada de importancia? ¡Por Hércules! ¿Tú sabes qué provincia se ha asignado a los cónsules del próximo año?

—Bueno… Mis informadores me han dicho que Cicerón ha propuesto que fuera Italia, aunque desconozco el resultado de la votación.

—¿Y cuál va a ser el resultado de una votación si tú y los tuyos no acudís al Senado cuando se debate algo de suma importancia para mí? —César estaba fuera de sí—. ¿Qué parte del acuerdo entre Craso, tú y yo no has entendido? Hemos de estar en el Senado para votar siempre a favor de lo que le interese a cada uno de los tres.

Pompeyo se acomodó en un *triclinium* y se pasó al mano por la cara.

—Lo he entendido perfectamente —dijo—, pero tú pareces querer todo lo tuyo por delante de mis intereses y, ya puestos, de los de Craso. Lo que hagas con él y sus negocios me da igual, pero mis intereses van por delante de todo. Te he conseguido la exención de edad para presentarte a cónsul. Es tu turno de conseguirme algo a mí. Empieza tú a poner cosas de tu parte en este maldito pacto a tres.

—La candidatura al consulado me ha costado ya un triunfo, ¿y te atreves a decirme que yo no he puesto aún nada de mi parte?

Aquí Pompeyo asintió levemente.

—Eso no me concierne. Es algo que deberías haber previsto en tus cálculos, muchacho. ¿O acaso crees que Catón y Cicerón iban a ponerte un precioso puente de plata que te condujera hasta el consulado una vez tuvieras esa exención? Desde mi perspectiva, yo te he conseguido una cosa, la exención por edad, y es momento de que tú me consigas una a mí: gana estas elecciones y saca adelante la reforma agraria que dé tierras a mis veteranos de Asia. Entonces yo, a cambio, haré lo que tenga que hacer para que obtengas una provincia distinta a Italia.

Geminio y Afranio cruzaron una mirada. Aquello de que César pudiera obtener otra provincia distinta a Italia no les gustaba nada. Ni siquiera como una opción hipotética para presionar a César en la dirección política que les interesaba.

—La provincia ya ha sido asignada —contrapuso César—. ¿Cómo piensas revertir eso?

—Si tú eres capaz de sacar adelante la reforma agraria, algo que no se ha conseguido en más de medio siglo de intentos, algo que ninguno de mis hombres de confianza ha logrado ni desde el consulado ni desde el tribunado de la plebe; si tú consigues que esa ley sea aprobada y aceptada por todos los senadores, incluidos Cicerón y Catón; si consigues ese imposible, Cayo Julio César... no te preocupes que yo te conseguiré la provincia o provincias que quieras. Yo no te interrogo sobre qué métodos piensas emplear para obtener la reforma agraria. No me preguntes tú a mí sobre los míos.

Silencio.

Balbo y Labieno tragaban saliva, aún de pie junto a César en el centro del atrio.

Pompeyo, Afranio, Geminio y el resto de sus hombres de confianza estaban reclinados en diferentes *triclinia* con los ojos clavados en ellos.

Tensión.

—Quiero Iliria y la Galia Cisalpina —dijo César—. Con sus tropas y la opción de reclutar más.

Eso era lo mismo que decir un mínimo de tres legiones. Y todos sabían que César luego nunca se manejaba en mínimos.

Geminio y Afranio se atragantaron con el vino que estaban bebiendo.

Su tos quebró el nuevo silencio.

—Pides mucho, Julio César —le dijo Pompeyo.

—Estaba dispuesto a conformarme con menos, pero si juegas a darme o quitarme tu apoyo a tu antojo, el precio de tu reforma agraria, de las tierras para tus veteranos, ha subido.

Pompeyo se levantó, dio unos pasos al frente y se encaró con César:

—Consígueme esa maldita reforma agraria y tú tendrás tus malditas provincias. Pero antes cásate con Calpurnia, como hablamos, para sellar tu lealtad. Primero ese matrimonio y la reforma agraria y después yo haré que tengas las provincias que quieres.

César no dijo nada, dio media vuelta y, seguido por sus amigos, salió de aquella casa.

En el atrio, Geminio miró a su líder:

—Pero, realmente, incluso si consigue esa reforma agraria, no le daremos el apoyo que necesita en el Senado para que tenga esas provincias, ¿verdad? Tres legiones, con sus tropas auxiliares, son treinta mil hombres. En manos de César...

—Primero ha de ganar las elecciones y ser elegido, de forma efectiva, cónsul de Roma. En segundo lugar, ha de obtener la aprobación de esa reforma agraria. Si consigue ambas, yo, Pompeyo, soy hombre de palabra y él tendrá esas provincias y esas legiones, pero... —y aquí miró a sus hombres con una sonrisa— me aseguraré de que César nunca se atreva a volverlas contra nosotros.

Geminio se incorporó en su *triclinium* separando la espalda del respaldo del cómodo diván:

—Y si se me permite preguntarlo, ¿cómo puede alguien garantizarse la lealtad militar de un eterno enemigo político? ¿De veras crees que una boda con Calpurnia lo detendría en un posible enfrentamiento contra nosotros?

—Incluso al perro más fiero se le puede atar —respondió Pompeyo—. Hay un modo de atar a César más allá de esa boda con Calpurnia. La cuestión es conseguir una cadena lo bastante fuerte y yo sé cuál es esa cadena.

Pero Pompeyo no compartió aquella información con sus hombres. Por el momento, mantuvo su reunión con Pompeya, la exesposa de César, en secreto.

En el exterior

—¿Cómo sabes que Pompeyo cumplirá su promesa? —preguntó Labieno a César mientras andaban a toda velocidad por las calles de Roma. No era que tuvieran prisa, sino que César, de puro nervio, no podía caminar más despacio.

—Cumplirá, Pompeyo cumplirá —respondió César con seguridad—; no por nobleza, sino porque hay más leyes que quiere aprobadas, como la ratificación de su administración en Asia y otras cuestiones. Sólo por eso, por interés, cumplirá. Sabe, además, que si no cumple, igual que habré aprobado leyes que lo beneficien, podré revocarlas. No, eso no es lo que me preocupa ahora.

—¿Qué es?

—Organizar mi boda, las elecciones y la reforma agraria. De la boda se ocupará mi madre y las elecciones las prepararemos entre todos. Pero si soy cónsul, para la reforma agraria estaré sólo frente a Cicerón y Catón.

—Yo estaré contigo —le dijo Labieno caminando a buen ritmo a su lado.

César asintió, pero añadió algo inquietante:

—Si soy elegido cónsul, lo de Lesbos nos parecerá un juego de niños en comparación con lo que nos vamos a encontrar en el Senado.

LXXXV

Las elecciones consulares

Campo de Marte
Finales del verano del 60 a. C.

Centenares de operarios trabajaron durante la penúltima semana de septiembre para levantar el complejo entramado de los *saepta*, la trama de cercados de madera en la que se debían distribuir por centurias los ciudadanos de Roma que acudieran a aquella explanada para ejercer su derecho a voto y elegir a los dos nuevos cónsules del año próximo.

El sistema electoral romano establecía que las ciento noventa y tres centurias votaban por un orden jerárquico muy determinado en el que las centurias de los más adinerados votaban primero y las de los ciudadanos con menor fortuna al final. Como se iban contabilizando los votos centuria a centuria, la votación podía llegar a decidirse con las centurias de segunda clase sin llegar a las de los ciudadanos más pobres. Por ello, era frecuente que sólo acudieran a votar los ciudadanos más acomodados, algunos venidos desde fuera de Roma para ejercer su voto de forma presencial, la única posible. Pero el día que Cayo Julio César se presentaba a cónsul de Roma, la afluencia de ciudadanos más humildes fue inmensa, de modo que la muchedumbre casi desbordó los *saepta*.

—Es evidente que has conseguido generar mucho interés —dijo Labieno a César, quien asintió mientras se aproximaba al estrado donde el presidente Metelo Céler, en uno de sus últimos actos como cónsul, supervisaba todo el proceso electoral.

Era costumbre celebrar una *contio* al principio de la votación, una reunión informal de los diferentes candidatos en la que, con frecuencia, se permitía que se dirigieran por última vez a los votantes para explicar sus propuestas de gobierno de Roma para el año próximo, pero en aquel caso, Céler, en coordinación con las ideas de Cicerón y Catón, decidió no dar la palabra a ninguno de los candidatos: Julio César era, de largo, mejor orador que Bíbulo, Luceyo o cualquier otro de los que se presentaban a cónsul.

—No importa —dijo César a Labieno y a Balbo al percatarse de esta última maniobra—. Todos los que han venido a votarme ya lo tienen decidido y todos los que han venido a votar en mi contra, también.
—Y se echó a reír.

A sus dos amigos les pareció particularmente lúcida la reflexión y rieron con él. Era una risa nerviosa la que compartían, no obstante. Estaban inquietos.

Se inició la votación.

Votó en primer lugar la centuria *praerogativa*, es decir, una centuria elegida por sorteo que votaría primero y luego el resto por orden de riqueza. César tenía en mente que había que reformar aquel sistema electoral y en su cabeza albergaba la idea de un proyecto de ley mediante el cual se sorteara el orden de votación, no de una sino de todas las centurias, de modo que el componente del dinero de cada ciudadano dejara de tener tanta relevancia en la elección final. Sería una forma de democratizar todo el proceso, pero, por el momento, se guardaba mucho de compartir aquella idea con nadie, pues él mismo sabía que suponía un cambio revolucionario para el que Roma aún no estaba preparada. Primero tenía que ser elegido cónsul con el actual sistema y, luego, conseguir la reforma agraria y las que siguieran a ésa.

Ya se había impuesto en elecciones anteriores de los *comitia centuriata*, por ejemplo cuando se presentó a pretor apenas un par de años atrás, entre otras.

La centuria *praerogativa* seleccionada fue, curiosamente, de la primera clase, la de los hombres más ricos.

—No sé por qué no me sorprende este resultado en el sorteo —dijo Balbo.

César y Labieno se limitaron a asentir.

La centuria *praerogativa* votó a favor de Bíbulo en primer lugar y Luceyo en segundo, así que César quedaba fuera del consulado.

—No pasa nada —dijo éste con aplomo—. Han podido amañar una centuria, pero no pueden amañar el voto de todas.

Las siguientes centurias dejaron resultados en los que Bíbulo seguía siendo el primero, pero César empezaba ya a entrar como segundo candidato y Luceyo a quedarse fuera. El resto de los candidatos no conseguían números de votos de relevancia en ninguna centuria. Todo se decidía entre esos tres nombres.

—Se nota el trabajo de Craso —dijo Labieno.

—Y de Pompeyo —añadió Balbo—. Aunque se ausentara en la votación para la asignación de la provincia consular, sí quiere a César como cónsul.

César volvió a cabecear afirmativamente.

La votación prosiguió y, en cuanto entraron a votar centurias de ciudadanos menos adinerados, se transformó en bloque: César pasó al primer lugar y Bíbulo al segundo, cada vez a más distancia en número de votos, y finalmente, en tercer lugar, Luceyo.

Ése fue el resultado final.

—Una gran victoria —lo felicitó Balbo, pero César no daba muestras de alegría.

Por su parte, el pueblo de Roma en el Campo de Marte sí se sentía victorioso:

—¡César, César, César! —clamaban emocionados.

Y el aclamado saludó al pueblo allí reunido, pero no habló ni dijo nada, sino que, con rapidez, acompañado por sus amigos, se retiró hacia el foro, en dirección a la *domus publica*.

Era cónsul de Roma, pero sin provincia de importancia militar asignada, y tenía a Bíbulo y a Cicerón y a Catón y a todos los *optimates* en su contra en el Senado. Sin poder militar no podría conseguir una conquista con la que saldar sus deudas, y con un Senado hostil lo tendría muy difícil para sacar adelante la legislación que le permitiera cumplir con sus promesas al pueblo de Roma y sus compromisos con Craso y Pompeyo, para, de ese modo, obtener la reasignación de provincias comprometida por este último.

Todo dependía de la reforma agraria.

Y tenía también una boda que poner en marcha.

LXXXVI

La reforma agraria y el Senado de Roma

Domus publica, residencia del **pontifex maximus**
1 de enero del 59 a. C.

César terminaba de ajustarse la *toga praetexta* con la ayuda del *atriense* y de su madre.

—Lo más importante, hijo mío, es que ni Cicerón ni Catón te hagan perder los nervios.

—Lo sé, madre. —César asintió varias veces como asegurando a Aurelia que tenía presentes sus palabras.

—En Roma, en la vida pública, tan importante es lo que haces como la forma en la que lo haces. —Aurelia se separó de él y dejó que el *atriense* terminase su tarea.

—¿Qué piensas de mi boda con Calpurnia, madre?

Su madre se sentó en un *solium* y respondió con sosiego:

—Necesitabas pactar con Pompeyo y era un requerimiento suyo. La boda es necesaria.

César asintió de nuevo.

—¿Podrás encargarte tú de todos los preparativos?

—Déjalo de mi cuenta, hijo. Tú atiende al Senado y yo organizaré la boda.

La joven Julia entró en ese instante en la habitación:

—Padre, sólo quería decirte que estoy muy orgullosa de ti. Ya sé que mi opinión no tiene ninguna relevancia en medio de las cuestiones que has de debatir y defender en el Senado, pero quería decirte que me siento muy afortunada de ser tu hija.

El *atriense* concluyó el ajuste de la toga y se separó.

César miró a su hija.

—Tu opinión sí es importante —le dijo.

—No, padre, no lo es y lo sé. Las opiniones que cuentan son las de los senadores de Roma.

César se aproximó a su hija, la abrazó y le habló al oído:

—Pero para mí tu opinión sí es importante y yo soy el cónsul de Roma, de modo que ahora tu opinión es muy importante en la República, ¿no crees? —Le dio un beso en la mejilla.

Ella le sonrió y se separaron.

Labieno lo esperaba en la puerta.

—Vamos allá —le dijo César, y lo pronunció del mismo modo en que había dicho «¡Al ataque!» en más de una ocasión en el campo de batalla.

Reunión del Senado de Roma
Sesión del 1 de enero del 59 a. C.

La primera decisión política de César fue llevar su proyecto de ley de reforma agraria el día 1 de enero, el primer día de su mandato como cónsul, al Senado de Roma.

En paralelo, puso en marcha una iniciativa cuyo alcance él mismo desconocía: ordenó que todas las decisiones y las votaciones del Senado se transcribieran y se hicieran públicas en lo que dio en denominarse como los *acta diurna*. Este resumen sobre el debate senatorial y de otras asambleas se expondría primero en el foro en grandes tablas de madera enceradas que, a continuación, copiarían diferentes escribas de manera que pudieran llevarse copias de todo lo decidido por carta a todos los confines del mundo romano. Era un modo de mantener informados de la vida política a gobernadores y otras autoridades romanas alejadas de la ciudad, pero, más importante aún: era un modo mediante el cual el pueblo de Roma sabría qué votaban los senadores en cada momento, y si lo hacían a favor o en contra de sus intereses. Con el tiempo se añadiría a los *acta diurna* información comercial y social, hasta llegar a incluir estrenos de obras de teatro o qué actor se había abucheado en un estreno, pero el fin de César era, por encima de todo, que el pueblo supiera lo que votaba cada senador.*

Por supuesto, la gran mayoría de los ciudadanos no sabían leer, pero César hizo que unos *praecones* o funcionarios del Estado, a modo de pregoneros, fueran por los diferentes barrios leyendo en voz alta lo recogido en los *acta diurna*. Y esto mismo se replicó en las principales ciudades dependientes de Roma por todo el Mare Nostrum.

—Me van a masacrar en el Senado —le dijo César a Labieno mientras caminaban hacia la reunión—, pero al menos ahora el pueblo de Roma lo sabrá, y sabrá también quién o quiénes bloquean los proyectos que les interesan.

Los *optimates* ciertamente intentaron oponerse a esta decisión de César de publicar los *acta diurna*, pero él la sustentó en la vieja costumbre de los pontífices máximos de transcribir unos anales con los eventos políticos más relevantes del año que quedaban archivados para la posteridad. La costumbre cayó en desuso justo en los momentos en que los Graco, decenas de años atrás, intentaron llevar a cabo una reforma agraria.

—Fue entonces cuando los *optimates* decidieron ocultar información al pueblo —continuó explicando César a Labieno—. Bueno, pues ahora yo soy el *pontifex maximus* y decido no sólo recopilar esa información anualmente, sino de forma diaria y que se haga pública en el foro. ¿Ves como lo de ser *pontifex maximus* era más importante de lo que parecía?

—¿Lo tenías todo pensado ya hace años? —le preguntó Labieno, admirado de la inteligente estrategia de su amigo.

—Tengo muchas cosas pensadas desde hace mucho, Tito —respondió César, pero no hubo tiempo para más precisiones: habían llegado al templo de Júpiter Stator. Era una reunión plenaria y necesitaban un lugar más amplio que el edificio del centro del foro.

Estaban todos: Cicerón, Catón, Bíbulo, Pompeyo, Craso... Todo senador que era alguien y también el que sólo era un voto silencioso estaba allí.

---

* Con frecuencia se considera que esta idea de César es el nacimiento del periodismo moderno.

La reforma agraria había sido una cuestión de lucha constante durante los últimos decenios: desde los intentos de los Graco —nietos del legendario Escipión el Africano, que terminaron asesinados por sicarios de los propios *patres conscripti*— hasta los más recientes de Rufo o Flavio, esta reforma siempre había sido rechazada, de un modo u otro, por un Senado dominado por los senadores más reacios a repartir nada con nadie.

César sabía que algunas de las reformas propuestas anteriores a la suya habían pretendido conseguir demasiado de golpe, lo cual convocaba y concentraba el voto hostil de todos los *optimates* sin excepción. Por eso, había pensado mucho y expuso una propuesta muy estudiada, repleta de límites y consideraciones para que en modo alguno se la pudiera tachar de radical o revolucionaria:

—*Patres conscripti*, agradezco la presencia de todos en este cónclave tan importante. Muchos pensaréis que peco de premura al traer al Senado una ley tan clave en nuestra organización como sociedad y como Estado el primer día de mi tiempo como cónsul de Roma. Pero he de hacer notar que no vamos con premura sino con muchos años de retraso con esta cuestión. La reforma agraria se ha debatido ya aquí y también en las asambleas del pueblo en innumerables ocasiones y, una y otra vez, ha sido rechazada y, además, con demasiada frecuencia se ha convertido en el origen de disputas que, también más de una vez, han terminado en terribles derramamientos de sangre. La importancia de la ley y el retraso en encontrar un consenso sobre la misma es lo que me ha hecho traerla a vuestra consideración el primer día de mi consulado.

»Ahora bien, no hay nada más lejos en mi ánimo que la confrontación civil, por ello he diseñado con mucho cuidado una propuesta de reforma agraria, dividida en ocho puntos, que, espero, haga ver a la mayoría de los senadores que ésta es una buena propuesta para el conjunto de los ciudadanos de Roma, ricos y pobres, nobles y humildes. Ya sé que no voy a poder convencer a todos los presentes —y aquí dedicó una rápida mirada al lugar donde Cicerón y Catón escuchaban atentos—, pero nada de consenso termina por convencer a todo el mundo a la vez. Me basta con sentir que una amplia mayoría entiende el espíritu de concordia y de justicia social que intenta promover esta ley. Pero ya divago y no soy hombre de circunloquios sin fin ni de estar en el uso de la palabra *in aeternum* —dijo como una indirecta a Catón, conocido por utilizar su turno de palabra durante horas con el fin de retrasar votaciones *sine die*—. Ocho puntos he dicho. Primer punto y esencial de la reforma agraria: el *ager Campanus*, de propiedad pública y que, por tanto, da sustantivos beneficios económicos a las arcas del Estado romano, queda excluido de esta reforma agraria. Esa tierra permanecerá en su mismo estatus público y común.

César percibió rostros de alivio en muchos senadores del bando opuesto a cualquier reforma agraria. Sabía que aquella cuestión, el *ager Campanus*, había sido uno de los motivos por los que se habían rechazado reformas agrarias anteriores. Se trataba de un terreno inmensamente fértil en los alrededores de Capua y el monte Vesubio que Roma controlaba desde tiempos anteriores a la lucha contra Aníbal.

Pero había aún mucho por explicar:

—Segundo punto —continuó César—: se respetará en todo momento la propiedad privada. Con esto quiero decir que sólo se comprarán tierras para los veteranos de la guerra de Asia —esto era lo mismo que decir para los veteranos de Pompeyo— y para los pobres de la ciudad de Roma a propietarios que estén dispuestos e interesados en venderlas a un precio justo. Y me preguntaréis: ¿qué es un precio justo? El registrado en el último censo.

»Punto tres: las adquisiciones de terrenos para luego ser distribuidos a veteranos de guerra o pobres de la ciudad no serán a cargo de una única persona, sino de una comisión, de modo que este proceso nunca recaiga en las manos de un solo hombre.

»Punto cuatro: el dinero necesario para adquirir todos estos terrenos provendrá directamente de los fondos conseguidos por Pompeyo en su campaña de Asia; de este modo, el erario público no se verá afectado por los grandes gastos que conllevará esta compra de tierras.

César miró un instante al propio Pompeyo, con quien había pactado aquella cláusula, y éste asintió en silencio. Dinero Pompeyo tenía de sobra, le faltaba el apoyo legal a unas compras que, hasta ese instante, no se le permitía hacer para sus veteranos.

—Punto cinco: para evitar conflictos, la reforma respetará cualquier tierra ocupada a fecha de hoy por cualquier colono. Ésta no es una ley para investigar la propiedad de nadie, sino para poner a disposición de valientes soldados romanos y de gente humilde la posibilidad de ganarse un sustento digno el resto de su vida.

»Punto seis: con el fin de evitar que al reparto de tierra se sume gente con la espuria finalidad de acumular terrenos para venderlos acto seguido, influyendo en los precios de los mismos, las parcelas adquiridas a través de esta reforma agraria por un particular no podrán ponerse a la venta en veinte años.

»Punto siete: propongo que el número de comisionados a cargo de la adquisición de tierras sea de, al menos, veinte personas, con el fin, como he dicho antes, de evitar que uno o dos hombres puedan tener un control excesivo de todo este proceso.

»Y, por último, punto ocho y para mí muy importante, el único punto sobre el que no pienso permitir modificación alguna, es el siguiente…

Todos miraban a César atentos.

Cicerón y Catón en particular. Cicerón pensando en si ahí podía encontrar algo con lo que atacarle, pues, a la luz de todo lo expuesto, era difícil criticar una ley que sólo ofrecía beneficios a muchos ciudadanos sin perjuicio para la propiedad privada de nadie y sin coste para el erario público, al emplearse el dinero de Pompeyo, y sin tocar el *ager Campanus*. Pero quedaba ese punto que César no negociaría nunca…

Catón, por su parte, se inclinó hacia delante; si había algo que el flamante cónsul no quería cambiar, eso sería lo primero que él criticaría.

—Punto octavo de la ley de reforma agraria —retomó César el uso de la palabra—: Yo, Cayo Julio César, cónsul de Roma, no podré formar parte ni ahora ni nunca de la comisión de veinte personas que lleven a cabo la adquisición de terrenos para su posterior distribución entre veteranos y ciudadanos humildes. Yo no legislo para mí, para obtener beneficio personal alguno, sino que legislo para el bien general del pueblo de Roma.

Y con esto concluyó la exposición de su propuesta de ley. Una gran cantidad de senadores de las filas de Craso y de Pompeyo, así como los seguidores directos del propio César rompieron a aplaudir.

Cicerón y Catón callaban.

El punto octavo los había enmudecido.

Por ahora.

Pero la sesión debía continuar: presentado el proyecto de ley, lo preceptivo era dar la palabra a los excónsules, expretores y extribunos para que cada uno manifestara su opinión sobre la moción expuesta.

César dio primero la palabra a Craso, quien, ajustándose al acuerdo del triunvirato, apoyó la propuesta sin crítica alguna. Seguidamente, César cedió el turno de palabra a Pompeyo. Éste, por supuesto, subrayó los enormes beneficios de la ley y cómo ésta respetaba, con las cláusulas descritas, la propiedad privada y el erario público.

Con estas intervenciones iniciales, César había buscado ir generando una tendencia y, en cierto modo, así fue, pues cuando llegó el turno de otros excónsules, algunos como Metelo Céler o Silano, de marcado carácter *optimas*, se mostraron ambiguos, pero no manifiestamente en contra del proyecto. Sin duda, también influía la decisión de César de publicar al día siguiente en los *acta diurna* los nombres de quienes se habían mostrado a favor y en contra de la ley.

Algo parecido pasó con los expretores.

De momento, todo eran o las marcadas posiciones a favor de Craso y Pompeyo o ambigüedades, pero ninguna oposición férrea. Eso ya era mucho más de lo que había conseguido ninguna otra propuesta de reforma agraria nunca antes en el Senado de Roma.

Pero llegó el turno de los extribunos.

Y comenzó hablando Catón.

—*Patres conscripti*, uno podría pensar que este proyecto de ley, de apariencia moderada, es, precisamente por esas cláusulas que simulan acotar el daño al Estado, una buena ley, pero esto no es así. Y me explicaré —empezó con estudiado sosiego, aunque ya empleando el verbo «simular» de forma agresiva—. Como concepto inicial, hemos de entender una premisa: uno puede echar a andar en la dirección correcta o en la equivocada; el hecho de que, escogiendo la dirección equivocada, sólo dé un paso pequeño, no hace que ese paso sea en la buena dirección: sigue siendo un paso erróneo. Y eso es justo lo que tenemos ante nosotros. Hay dos direcciones, dos opciones: proteger al Estado o dar inicio a su demolición. Esta ley agraria va en la dirección incorrecta de demoler el Estado. Cierto es que de modo parcial, con limitaciones muy estudiadas por el ponente de la ley —y evitó así referirse a César como cónsul de Roma—. Pero no os dejéis engañar, *patres conscripti*, esto es sólo una estratagema; hábil, no burda, eso lo admito, pero estratagema a fin de cuentas, para confundir e intentar hacernos olvidar lo esencial: que el proyecto de ley atenta contra el Estado. Iré por partes. Es, sin duda, una ley de relevancia y veo que el ponente le ha dedicado tiempo a su preparación y redacción, de modo que no seré yo quien muestre desprecio a su tiempo dedicándole ahora apenas unas palabras. Yo, sin prisa, voy a ir, punto por punto, dando mis razones de por qué la ley es inasumible, inaceptable y, me atrevo a decirlo, un camino hacia el caos.

Comenzó por el primer punto: habló sobre el *ager Campanus*, toda una revisión histórica de aquel territorio, de su capital, la ciudad de Capua, de la enorme fertilidad del terreno por la proximidad de las tierras volcánicas del Vesubio y el abundante riego que proporcionaba el río Volturno, y decenas de cuestiones más que, sin duda, nada tenían que ver con la reforma agraria.

—Paso al punto dos: la propiedad privada —anunció Catón, y miró a uno de los asistentes e hizo un gesto con la mano para dar a entender que quería que le acercaran un poco de agua.

César suspiró y bajó la mirada.

—No va a parar de hablar —le dijo Labieno en voz baja.

El sol ascendía. Se acercaba la hora sexta y Catón seguía hablando. Aún no había llegado ni al punto tres.

—Y cuando termine con todos los puntos, si es que alguna vez lo hace, volverá a repasarlo todo —añadió Labieno.

César también había llegado a esa conclusión. Catón ya había utilizado en otras ocasiones en el Senado la táctica de hacer uso de la palabra sin detener nunca su discurso, salvo para beber agua, con el fin de alargar una sesión hasta que el día concluyera y no se hubiera podido hacer votación alguna.

Empezaba a ponerse nervioso: tenía una buena ley, un proyecto de reforma agraria moderado que atendía las necesidades de los veteranos de guerra y de muchos pobres de la ciudad y que, al tiempo, salvaguardaba la propiedad privada y los derechos de los tenedores de tierras. Era un complejo entramado de equilibrios que podía satisfacer a una gran mayoría de romanos y era beneficioso para el conjunto del Estado, pero tenía también, ante sí, la oposición absoluta, radical e irracional de Catón, que ni siquiera entraba a negociar alguna cláusula. Sólo pretendía hablar y hablar y hablar…

Labieno podía ver cómo el rostro de su amigo iba enrojeciéndose por la ira acumulada y empezó a temer que César perdiera los estribos, que, por cierto, era uno de los objetivos de Catón, además de imposibilitar la votación del proyecto.

Hora octava.

—Pasaré al punto tercero —dijo Catón, siempre en tono calmado, siempre con estudiada serenidad, algo que, sin duda, aún exasperaba más a César.

Dos horas se había pasado hablando sólo de lo esencial que era proteger la propiedad privada, como si la ley propuesta no hubiera dejado claro que ésta quedaba totalmente respetada y salvaguardada.

Hora nona.

Catón seguía hablando.

El sol ya caía en el horizonte.

Cayo Julio César se levantó.

Labieno veía venir lo peor.

Y lo peor ocurrió:

—¡Por Hércules, arrestadlo! —ordenó el cónsul de Roma a sus *lictores*, fuera de sí.

Éstos dudaron. Catón había sido tribuno de la plebe y era senador, pero la mirada fija de su superior clavada en ellos no les dejaba margen alguno de maniobra: asintieron y rodearon a Catón.

Un murmullo de disenso a aquella acción promovida por César empezó a extenderse por gran parte del templo.

Craso suspiró largo y tendido.

Pompeyo negaba con la cabeza.

César se sentó y tragó saliva mientras Catón, sin dejar de hablar en momento alguno, rodeado por los *lictores* que no se atrevían a tocarlo, caminó hacia el exterior del templo. Por las calles de Roma, en dirección al Tullianum, a la cárcel de Roma, no estaba claro si iba custodiado o escoltado por los guardias.

En el interior del templo, César volvió a levantarse e iba a pedir alguna opinión más sobre el proyecto de ley, pero él y todos sabían que aquello era sólo una huida hacia delante, pues si sometía la reforma agraria a votación en ese contexto la declararían ilegal por no haber permitido que Catón terminara de exponer sus argumentos. Y es que, aunque fuera evidente que éste sólo intentaba impedir la votación hablando sin parar durante horas y horas, un senador tenía derecho a hacer uso de su turno de palabra durante tanto tiempo como estimara necesario cuando se le pedía su opinión sobre un asunto. Y la opinión de Catón, como extribuno, era preceptiva antes de emitir el voto de todo el cónclave.

César se sabía atrapado por los usos y costumbres ancestrales del Senado.

Aun así, su idea era que el resto de los extribunos hablaran. Entre ellos había alguno muy favorable a la ley, como Flavio. Luego ya vería cómo resolver el asunto de Catón, pero antes de que pudiera ceder la palabra a Flavio, un senador veterano, Marco Petreyo, que había combatido con gran valor en la contienda contra Catilina y que era notablemente respetado por muchos, y, por supuesto, amigo de Cicerón, se levantó y se dirigió hacia la salida del templo.

—¿Por qué abandonas el cónclave del Senado antes de que termine la sesión? —le preguntó César, que quería evitar que una desbandada general diera al traste con la posibilidad de conseguir una votación ese mismo día.

—Prefiero estar en la cárcel con Catón que en el Senado con César —dijo, y salió del templo.

César volvió a sentarse. No supo ya cómo reaccionar y, en un lento pero constante goteo, uno a uno, todos los senadores *optimates* abandonaron la sala central del templo de Júpiter. Cicerón fue el último en hacerlo. Era hermoso disfrutar de una victoria como aquélla: no sólo habían dejado a César sin una provincia de importancia que gobernar aquel año, sino que, además, acababan de bloquear, *sine die*, su proyecto legislativo estrella. Además, Cicerón sabía que si César no sacaba adelante su reforma agraria, pronto perdería el apoyo de Pompeyo, y sin el apoyo de Pompeyo, su consulado quedaría en nada, en la nada más absoluta.

Craso y Pompeyo, decepcionados porque veían cómo todo lo pactado en el acuerdo del triunvirato se tambaleaba el primer día del consulado, también abandonaron el templo, cada uno por su lado, rodeados por sus seguidores más fieles y sin despedirse de un César totalmente derrotado.

Domus publica, residencia del *pontifex maximus*
Esa misma tarde

—¿Cómo ha ido? —preguntó Aurelia a su hijo en cuanto lo vio entrar, cabizbajo, en la casa.

Por el tono en que su madre hizo la pregunta, César supo que ella ya conocía la respuesta.

—He perdido los nervios, madre —respondió mientras el *atriense* lo ayudaba a despojarse de la toga senatorial y ponerse una túnica más cómoda.

A Labieno también le ofrecieron cambiarse de ropa, pero éste rechazó la túnica que le mostraban los esclavos. Su idea era marcharse pronto a su propia casa, pero aún no quería dejar a su amigo solo tras aquella descorazonadora derrota.

—Sí, he oído lo que ha pasado —dijo Aurelia mientras acompañaba a ambos hacia el atrio de la residencia—. Bien, estabas advertido y pese a ello has cometido un error. En tu descargo, hay que decir que Catón podría sacar de sus casillas al mismísimo Júpiter. Pero un error, hijo mío, es un error y ha de subsanarse. Ya sabes lo que te queda por hacer, ¿verdad? Has de liberar a ese maldito de Catón, aunque te duela. O lo transformarás en un héroe para todos los suyos y, lo que es peor, para algunos de los senadores que oscilan entre tu forma de ver las cosas y la de los *optimates*.

—Voy a esperar unas horas —replicó César.

—¿Vas a esperar qué? —indagó Aurelia.

—Voy a esperar a que Catón recurra a uno de los tribunos de la plebe de los *optimates*. Catón ya habrá pedido que uno de ellos venga a mi casa a vetar su arresto. Sólo entonces lo liberaré.

Aurelia se limitó a mirar al *atriense* para que éste diera las órdenes oportunas al resto de los esclavos y se sirviera la cena para César, su amigo Labieno, la propia Aurelia y la joven Julia.

Se habló poco durante la cena.

Anocheció.

No apareció ningún tribuno.

—Está disfrutando demasiado de tu error, hijo mío, como para darte la satisfacción de pedirte la libertad —dijo Aurelia—. Equivocarse es aceptable. Obcecarse en el error es inadmisible.

Pocas personas en Roma se atreverían a hablar con semejante sinceridad y de forma tan directa a César, pero a su madre ni siquiera le temblaba la voz un ápice al dirigirse a su hijo, incluso si era, como en aquella triste ocasión, para recriminarle algo.

César exhaló muy lentamente todo el aire de los pulmones y, por fin, asintió.

Volvió la mirada hacia el vestíbulo, donde permanecían dos de los doce *lictores* que acompañaban al cónsul en todo momento. El resto permanecía en la puerta de la *domus publica*.

—Que lo suelten —dijo César.

Los *lictores* no preguntaron a quién había que liberar. Era evidente.

—Ahora haces lo correcto —afirmó Aurelia, y se levantó—. Es tarde. Mañana será otro día. Tú también deberías acostarte. El descanso te ayudará a pensar.

César volvió a asentir.

—Ha sido un error grande el que he cometido hoy, madre.

—Eres cónsul de Roma: ahora tus aciertos y tus errores serán siempre grandes. Procura acertar más y equivocarte menos. —Aurelia vio el daño que le causaban sus palabras e intentó aliviarlo un poco—. Me explicaste la ley de reforma agraria antes de presentarla hoy. La ley es buena. Hoy te han derrotado por completo, pero en algo estuviste acertado... Has empezado pronto a intentar aprobarla. Has comenzado el día 1 de enero. No creo que sean capaces de derrotar a mi hijo todos los días seguidos durante un año entero. Todo, hijo mío, depende ahora más que nunca de ti mismo. —Y tras esas frases de esperanza, dio media vuelta y se retiró hacia su cuarto.

Labieno, César y la joven Julia se quedaron en el atrio.

—¿Ha estado alguna vez tu madre plenamente satisfecha de ti? —le preguntó su amigo.

—No recuerdo semejante cosa, no —respondió César, y los dos se echaron a reír y hasta la propia Julia se les unió tímidamente. Su padre la miró—. De esto, a tu abuela, ni una palabra.

Julia se puso muy seria y negó con la cabeza.

Se hizo un breve silencio, hasta que la muchacha se levantó también.

—Padre... —dijo antes de despedirse—. Si hay algo en lo que yo pudiera ayudarte... —La frase quedó colgada en el aire.

—Ya me ayudas, hija, y mucho.

—¿Sí? —preguntó arqueando una ceja—. ¿Y cómo lo hago?

—No habiéndome dado nunca ni un disgusto, hija mía. Sólo puedo estar orgulloso de ti, y eso me calma. Pero ya que has sacado el tema…

—Le costaba seguir.

—Te escucho, padre —lo invitó a continuar, pero al ver que seguía en silencio, fue ella quien añadió una frase—: Es mi deber casarme, padre, y hace tiempo que tengo la edad.

César cabeceó, dejando escapar un suspiro.

—Si quieres —dijo Labieno—, os dejo solos.

—No, no hace falta —le indicó César a su amigo—. Lo que voy a decir ya lo hemos hablado. Mi hija, como ella misma bien dice, ha de casarse.

Había muchas ideas contenidas en aquella frase: por un lado, Julia, con veintidós años, tenía que contraer matrimonio; retrasar más su boda resultaba ya extraño. Y, por otro, César no quería repetir el error que había cometido cuando se casó con Pompeya, introduciendo una nueva esposa en el hogar cuando su hija aún vivía con él. Lo ideal, según las costumbres, era casar a Julia y luego desposarse él, ahora con Calpurnia, tal y como le había requerido Pompeyo. Separar a su hija de su futura madrastra, que, además, en esta ocasión sería unos años más joven que ella misma, era una forma segura de reducir conflictos.

—He pensado que contraigas matrimonio con Quinto Servilio Cepión —continuó César, siempre mirando a su hija—. Es un senador veterano. Lleva casi diez años en el Senado, de una familia bien situada y, sin duda, su apoyo y el de los senadores de su familia me vendría muy bien para sacar adelante muchos de mis proyectos. Y, por encima de todo, parece un buen hombre.

—Lo que mi padre considere mejor, eso haré —respondió ella—. He oído hablar de él. Siempre bien. Y su familia tiene influencia política. Me casaré con él cuando me digas.

—En unos meses. Quiero organizarlo bien —respondió él—. Gracias, hija.

La joven parpadeó varias veces. Sonrió levemente, dio media vuelta y abandonó el atrio.

—Julia te es muy leal —dijo Labieno, una vez se quedaron solos.

—Lo es —confirmó César.

—Lástima que no sea un hombre.

—Lástima —suspiró el cónsul de Roma.

—Como hombre, quiero decir, su ayuda no tendría límites. Como mujer, aun con la mejor de las intenciones, sólo puede llegar en su apoyo hasta cierto punto —aclaró Labieno.

—Sé lo que has querido decir y es así, no es necesario que te justifiques.

Los esclavos sirvieron algo más de vino a su amo y su invitado.

—Pero volviendo al tema de la reforma agraria... Lo intentaremos de otra forma —dijo César entre trago y trago, mirando su copa que sostenía en lo alto. Acto seguido miró a Labieno y continuó hablando—: Tengo los votos necesarios en el Senado para aprobar la ley, pero Catón está en el uso de la palabra. Que lo haya arrestado es irrelevante. La única forma de retomar el asunto en el Senado es dándole de nuevo el turno de palabra y es capaz de hablar día tras día hasta agotar el año para impedir la votación del proyecto de ley durante el resto de mi consulado. He de reconocerle tenacidad y determinación. Pero yo también la tengo. No gané las elecciones a *quaestor*, a edil luego, a *pontifex maximus*, a pretor y finalmente a cónsul para detenerme ahora. Sí, lo intentaremos de otra forma, amigo mío: vamos a sortear el bloqueo de Catón. No, no me van a detener.

LXXXVII

La reforma agraria y el pueblo de Roma

Domus de Labieno, Roma
Esa misma noche, *quarta vigilia*

Golpearon la puerta en mitad de la noche.

Los esclavos se despertaron y, al poco, el *atriense* apareció en el dormitorio de Labieno.

—Amo, es el *dominus* Lucio Cornelio Balbo y dice que es urgente.

Labieno se desperezó y se frotó los ojos. Apenas había podido conciliar unas pocas horas de sueño. Su mujer lo miró y asintió, y éste, veloz, se levantó, se vistió con una túnica y salió al atrio.

—¿Qué ocurre? —preguntó al recién llegado—. ¿Qué hay tan urgente que no pueda esperar a mañana?

—César ha llamado a Clodio —dijo Balbo.

Labieno no necesitó escuchar más para calibrar que el asunto era, en efecto, urgente y muy grave.

—Clodio significa violencia —comentó entre dientes, pensativo, mirando hacia las paredes de su casa, como si buscara en ellas una solución a esa emergencia—. Su madre lo usó de otro modo para deshonrar a Pompeya y provocar el divorcio de su hijo, pero César lo llama para que Clodio sea Clodio en estado puro. Va a usar la fuerza para sacar adelante la reforma agraria. Hemos de frenarle antes de que ponga en marcha un baño de sangre —anunció en voz alta a modo de conclusión.

—Estoy de acuerdo —confirmó Balbo, que conocía cuál era su sitio. El hispano valía para negociar con Pompeyo, pero Labieno era el único capaz de refrenar los impulsos más incontrolables de César.

Domus publica, residencia del *pontifex maximus*
Hora prima, al amanecer

—¡No puedes usar la violencia! —increpaba Labieno a César en medio del atrio de su residencia en el corazón de Roma—. Violencia es precisamente lo que ellos quieren. ¿No lo ves? Te están provocando. Si inicias una guerra por la reforma agraria, las calles de Roma arderán. ¿Es eso lo que quieres, Cayo?

—Ellos no juegan limpio —respondió César con decisión—. Tampoco yo, entonces.

—Escúchame, aunque sólo sea un instante, hazme ese favor —rogó Labieno.

César estaba ya vestido, *toga praetexta* bien ajustada, y los doce *lictores* en el vestíbulo esperándolo para acompañar al cónsul donde fuera que éste decidiera ir.

Aurelia, Julia y Balbo asistían a aquel debate entre los dos amigos en silencio.

—Te escucho —dijo César—. Dime lo que tengas que decirme y luego déjame actuar.

Labieno se llevó las manos a la nuca y anduvo hacia un lado y otro unos instantes antes de detenerse, de nuevo, ante César:

—¿Cómo puedo decirlo para que entiendas que yo estoy contigo y que no intento detener tus acciones, sino evitar que te maten? Si inicias un acto violento, ellos lo usarán como excusa para decretar un nuevo *senatus consultum ultimum*, como hicieron contra Saturnino, y te aseguro que en el Senado hay nuevos Dolabelas y Rabirios dispuestos a lapidarte con tejas del propio Senado, como hicieron con él, o a matarte a mazazos a plena luz del día, como hicieron con Graco. No hagas nada que les dé esa excusa, no hagas nada por lo que puedan decretar un *senatus consultum ultimum* contra ti.

César, que había escuchado a su amigo con atención plena, negó con la cabeza de forma ostentosa.

—No haré nada que les dé motivo para justificar un *senatus consul-*

tum ultimum, pero tampoco pienso quedarme de brazos cruzados: he convocado al pueblo en el foro esta mañana, frente al templo de Cástor y Pólux. Voy a hablar a la plebe desde los *rostra*. He convocado también a Craso y a Pompeyo, y a Bíbulo, como el otro cónsul de este año. Había diseñado los *acta diurna* para publicar los nombres de los senadores que votan a favor y en contra de la reforma agraria, pero Catón bloquea incluso la votación misma. He de llevar la reforma directamente al pueblo. Eso es lo que voy a hacer.

—Para eso no necesitas tratar con Clodio —opuso Labieno.

—No, para eso no necesito a Clodio.

—Clodio significa violencia —especificó Labieno.

César se lo pensó un instante antes de responder:

—Clodio significa evitar nuevos bloqueos. Pero te garantizo que, al menos esta mañana, será sin violencia. ¿Te tranquiliza eso?

—Me tranquiliza. —Aunque Labieno se quedó pensando en por qué César había especificado «esta mañana».

Frente al templo de Cástor y Pólux, foro de Roma
Una hora más tarde

En la tribuna de los *rostra*, César se dirigió al pueblo de Roma. Los *rostra* eran los espolones de varios barcos enemigos, de los volscos, a quienes el cónsul romano Cayo Menio derrotó en una gran batalla naval hacía más de dos siglos y medio. El antiguo y victorioso magistrado quiso que quedaran exhibidos en una gran tribuna en el foro de Roma, y desde entonces los magistrados empleaban aquel púlpito para dirigirse al pueblo.

Al lado de César se hallaban Craso y Pompeyo y, algo más alejado pero también en la tribuna, Bíbulo, que, tras informar a Cicerón y a Catón, había acudido para obstaculizar cualquier decisión que su colega en el consulado deseara tomar en aquella reunión con el pueblo, si esto le resultaba posible.

Cicerón y Catón, junto con más senadores *optimates*, rodeados por un nutrido grupo de hombres armados, llegaron también al lugar de la reunión.

César explicó los ocho puntos de su propuesta de reforma agraria y cómo los senadores *optimates* habían bloqueado la votación de la misma mediante el uso de la palabra infatigable de Catón. Se dirigió acto seguido a Craso y a Pompeyo para que dieran su opinión, ante el pueblo allí congregado, sobre la propuesta de ley de reforma agraria. Ambos, que no tenían claro en qué terminaría todo aquello, decidieron seguirle el juego a César, y se mostraron muy favorables a la nueva ley. Pompeyo llegó incluso a afirmar que estaba dispuesto a defender aquella reforma como fuera necesario.

Por fin, en un gesto democrático, César se dirigió a su colega en el consulado para que argumentara también sus razones a favor o en contra de la ley.

Bíbulo no era un gran orador y se centró en repetir algunos de los argumentos esgrimidos por Catón en la reunión del Senado del día anterior, pero la hostilidad del pueblo a sus razonamientos contrarios a la reforma era muy evidente y decidió recurrir a un argumento más tangencial, intentando evitar un enfrentamiento directo con la opinión de la plebe.

—¡No es momento para esta ley! —proclamó Bíbulo—. ¡Quizá más adelante, pero no ahora!

Pero los ciudadanos allí reunidos empezaron a increpar a Bíbulo y éste, descompuesto al verse tan solo y tan desasistido, les espetó con desprecio:

—¡No tendréis la ley el presente año, aunque todos la queráis!*

Los abucheos fueron ensordecedores y Bíbulo, protegido por sus *lictores* y por hombres del propio César, descendió de la tribuna y salió a toda prisa de aquel lugar en el que un gentío inmenso gritaba a favor de la reforma agraria.

—No he podido hacer más —dijo Bíbulo cuando llegó junto a Cicerón y Catón.

Cicerón fue a decir algo, pero César volvía a hablar.

—¡Convoco la asamblea de *tribus* para un día que designaré a finales de este mes y en ese cónclave popular se procederá a la votación de la reforma agraria!

—Es un nuevo Graco** —dijo Catón a los *optimates*—. Debería-

* Literal según lo recoge Dion Casio 38, 4, 1-3.
** En el 133 a. C., Tiberio Graco convocó a la asamblea del pueblo agrupada por tribus para aprobar una reforma agraria. César estaba usando la misma estrategia. Graco terminó asesinado por la oligarquía senatorial.

mos decretar un *senatus consultum ultimum* y arrestar a César y...
—Pero no se atrevió a poner en palabras todos sus pensamientos.

—No podemos hacer eso —respondió Cicerón con un tono categórico que sorprendió a Catón y al resto.

—¿Y por qué no? —preguntó Catón enfurecido. Esperaba tener que luchar dialécticamente contra sus enemigos políticos, como César, pero no tener que hacerlo contra los que creía que estaban en el lado correcto del Estado.

—No podemos hacer eso porque no tenemos la mayoría de votos en el Senado —les soltó Cicerón como quien arroja un gran jarro de agua fría a quien está en medio de un profundo sueño—. Con su triple alianza, César, Craso y Pompeyo tienen la mayoría en el Senado. Por eso la única forma de bloquear la reforma agraria, en esta ocasión, ha sido la táctica que ha usado nuestro valiente y querido Catón de hablar sin límite para evitar la votación, y del mismo modo que no podemos ganar en una votación sobre esa maldita ley, tampoco ganaríamos una votación para un *senatus consultum ultimum*. César conoce muy bien la historia de Roma: sabe lo que le pasó a Saturnino o a los Graco y se ha cubierto las espaldas bloqueando nuestra capacidad de emitir ese decreto mortal. No nos gustará un ápice su política, pero hemos de reconocer que estamos ante un enemigo inteligente.

Todos los *optimates* enmudecieron.

A su alrededor, los que no callaban eran los partidarios de César que, de nuevo, volvían a aclamarlo zahiriendo aún más el orgullo de los senadores *optimates*.

—¡César, César, César...!

—¿Entonces...? —preguntó Catón—. ¿No hacemos nada?

—Claro que haremos —opuso ahora Cicerón con beligerancia—. Contra alguien como César, actuar es más necesario que contra ningún otro enemigo político. Bíbulo no puede impedir esa reunión del pueblo que acaba de convocar César, pero un tribuno de la plebe sí. El día de esa asamblea, tú, Catón, irás con los tribunos que controlamos y la vetarás.

Asamblea del pueblo convocada por César, foro de Roma
Mediados de enero del 59 a. C.

Labieno estaba con César y Balbo y otros líderes populares que arropaban al cónsul en aquella reunión de la asamblea de los *comitia tributa* convocada para aprobar la reforma agraria, bloqueada en el Senado por Catón como cabeza visible de los *optimates*.

Labieno estaba relativamente tranquilo.

La gente iba congregándose en el foro, pero no veía hombres de apariencia sospechosa que pudieran ser sicarios a sueldo, ya fuera de una facción, la popular de César, o de la facción de los senadores *optimates*. De pronto le asaltó una duda: ¿dónde estaba Clodio? Si César no había hablado con Clodio para que éste, con sus hombres armados y violentos, garantizara que ningún grupo de sicarios senatoriales pudiera atacar al pueblo congregado y así obligarlo a retirarse del foro e impedir la votación, entonces... ¿para qué había hablado con él? ¿Para qué habría requerido de sus servicios, siempre violentos, siempre sangrientos? Una cosa era usar a Clodio y sus bestias como defensa en caso de ataque, y otra muy distinta... Ataque. Lo vio claro. La estrategia de Clodio era siempre el ataque.

Labieno se acercó a César, que estaba en lo alto de los *rostra* viendo cómo se congregaba la gente.

—No veo a Clodio ni a ninguno de sus hombres —le dijo.

César no respondió. Se limitaba a seguir observando cómo iban llegando más y más ciudadanos. Pronto podría empezar la votación. Todo marchaba para él según lo previsto.

—¿Dónde está Clodio? —insistió Labieno—. Sigo sin verlo por ninguna parte.

Balbo, que estaba junto a ellos, percibió la tensión entre ambos.

—Ellos no juegan limpio, Tito —respondió, al fin, César—. Yo tampoco voy a jugar limpio hoy. De hecho, voy a jugar muy sucio. Tanto que va a apestar —sentenció.

—Por todos los dioses, Cayo, ¿qué has hecho? Ni siquiera a Clodio puede gustarle asesinar a un extribuno de la plebe. ¿O sí?

Pero César se separó de su amigo. Sólo tenía ojos y oídos para el pueblo de Roma que, una vez más, volvía a corear su nombre:

—¡César, César, César...!

Calles de Roma
Cerca de la residencia de Catón

Clodio avanzaba con más de cien hombres armados por las calles aledañas a la residencia de Catón.

Tenía instrucciones muy precisas por parte de Julio César.

Las órdenes recibidas no eran del agrado de Clodio.

Pero las cumpliría al pie de la letra.

Frente al templo de Cástor y Pólux

César dio un breve discurso en defensa de la ley de reforma agraria. No era preciso extenderse porque todos conocían ya los ocho puntos de su propuesta. No se había hablado en Roma de otra cosa en los últimos días. Tampoco pidió ya la opinión de nadie. No tenía ni un instante que perder o todo se vendría abajo: el tiempo, aquella mañana, era clave.

Labieno seguía mirando a un lado y a otro. Aún albergaba la esperanza de que Clodio apareciera por alguna de las bocacalles con sus hombres, pero Clodio no estaba allí y Labieno empezaba a tener serias sospechas sobre dónde podía encontrarse aquel desalmado que, aunque trabajara para los populares en aquel momento, usaba la violencia como único método de argumentación. Y no precisamente una violencia con contención, sino desmedida, brutal y descarnada. César estaba cambiando. ¿O no?

Domus *de Catón*

—Vamos, vamos —le decía Catón a Bíbulo y a los senadores *optimates* y los tribunos de la plebe convocados por él en su casa—. Hemos de detener esa maldita asamblea.

Todos salieron raudos de casa de Catón y se dirigieron hacia el foro a buen paso. De pronto, al girar la primera esquina, se encontraron el camino bloqueado por medio centenar de hombres.

Era evidente que iban armados y que estaban allí para impedirles avanzar.

Catón pensó rápido. Podrían enfrentarse a ellos. Eran suficientes, y también llevaban dagas bajo las togas, pero la cuestión era que la lucha los retrasaría y el tiempo, también para él, empezaba a ser una cuestión vital aquella mañana.

—Esperad —dijo Catón—. Iremos por otra ruta.

Y eso hicieron. Dieron media vuelta y se dirigieron hacia las bocacalles a la derecha para alcanzar el foro rodeando a aquellos hombres que les bloqueaban el camino, pero en cuanto enfilaron aquella nueva ruta apareció otro grupo de hombres armados y, al frente de ellos, Clodio.

Nada más ver quién los lideraba, Catón comprendió que habían sido enviados por César. En ese momento echó de menos a Cicerón, pero aquella mañana había delegado en él para frenar la estrategia de César. Si Cicerón hubiera estado allí le habría consultado, pero todo dependía de él.

—¿Qué hacemos? —preguntó Bíbulo, que, aun siendo el cónsul de aquel año junto con César, miraba a Catón como líder en todo lo que debía hacerse aquel día.

Bíbulo era lento a la hora de pensar y estaba confundido por el bloqueo de las calles. Era algo que no había imaginado. Sólo ahora comenzaba a darse cuenta de que igual que Catón tenía plena determinación en que la reforma agraria no se aprobara en ninguna asamblea, ni senatorial ni del pueblo, César, por su parte, tenía la misma determinación en conseguir que sí se hiciera.

Giraron por otra calle.

Aparecieron más hombres de Clodio.

—No podremos pasar sin luchar —apuntó Bíbulo.

Catón asintió. Eso los iba a retrasar, pero era evidente que no había alternativa.

—Sacad las dagas —ordenó—, que vean que vamos armados... y que no nos detendremos ante nada ni nadie.

Clodio llegó desde las otras calles para ponerse al frente del grupo de treinta hombres que impedía el paso a Catón, el segundo cónsul, los demás senadores y los tribunos de la plebe en aquella última calle por la que habían decidido avanzar. Y se presentó con treinta hombres más. Todos esperaban que Clodio les diera la orden de mostrar sus propias armas.

Pero Clodio, para sorpresa de los suyos, habituados a pelear a la más mínima provocación, veían cómo su jefe callaba.

Catón, Bíbulo y el resto se acercaban.

Clodio tragó saliva.

No, no le gustaban las malditas órdenes recibidas directamente de César.

—¡Desenvainad! —ordenó.

Sus hombres sonrieron y los puñales que portaban resplandecieron reflejando en sus filos los rayos de Apolo.

Frente al templo de Cástor y Pólux, foro de Roma

Labieno, inmóvil, casi paralizado, no podía creer lo que César había tramado.

—Va a empezar la votación —le dijo Balbo al oído.

Pero el pensamiento de Labieno estaba lejos de allí, centrado en lo que podía estar pasando en otro lugar de la ciudad, allí donde estuviera Clodio.

César dio la orden de que todos los congregados en el foro se dividieran por tribus para poder dar así inicio a la votación de la reforma agraria.

Calles de Roma junto a la residencia de Catón

Estaban frente a frente.

Todos armados.

Catón empuñaba su daga con resolución. Si había que matar o morir, mataría o moriría; si usaban la violencia contra él, devolvería golpe a cada golpe, sangre a la sangre.

Clodio, al fin, dio la orden definitiva, la que le había exigido César que cumpliera pasara lo que pasara.

—¡Separaos! —aulló con contundencia, inapelable.

Sus hombres se quedaron asombrados. No daban crédito a lo que oían.

—¡Separaos he dicho, por Hércules! —repitió Clodio—. ¡No lo diré de nuevo! ¡Abrid un pasillo y dejad pasar a estos miserables! ¡El que desobedezca se las verá conmigo y con mi daga!

No, a Clodio no le gustaban para nada las órdenes recibidas. Si por él fuera, los habría matado allí mismo. A todos. Más tarde o más temprano iba a terminar todo en una lucha a muerte, calle a calle. Por su experiencia en la lucha mortal, el que golpeaba primero golpeaba dos veces. O tres. Además, Catón era amigo de Cicerón y Cicerón había actuado contra él, ejerciendo la acusación, en el juicio de la Bona Dea. Y Clodio no era de perdonar. En aquel momento tuvo que gastar mucho dinero para comprarse una sentencia que lo exonerara y las intervenciones de Cicerón no ayudaron. Matar a su brazo derecho, a Catón, le habría encantado. Pero las instrucciones de César eran muy precisas y le había pagado muy bien.

Ante las dudas de sus hombres, Clodio dio ejemplo y, cuando Catón llegó a su altura, se hizo a un lado y sus hombres copiaron el gesto.

Todos menos uno.

Se trataba de uno de los más jóvenes.

—Marco… —Clodio lo miraba fijamente, pero el aludido aún mantenía su daga desenfundada y no parecía dispuesto a obedecer.

A Clodio le gustaba aquel joven porque estaba desesperado y, en consecuencia, dispuesto a todo. Y en las misiones que tenían, esa rabia era buena, pero precisamente aquel día, no. Clodio sabía también que el joven tenía motivos para odiar a Catón y a cualquiera que trabajara con Cicerón. Motivos aún más personales que los que él mismo tenía. Cicerón había ordenado ejecutar al padre de Marco, pero las órdenes eran las que eran y, al menos aquel día, debían dejarlos pasar.

—¡Marco! —gritó Clodio, y por fin el joven, a regañadientes, enfundó su daga.

Catón, perplejo, al ver cómo Clodio parecía reprimir a sus hombres, siempre con el puñal esgrimido con mano férrea, mirando a izquierda y derecha, avanzó por aquel pasillo temiendo aún la emboscada y que la lucha comenzara en cualquier momento. En particular, temía a aquel joven a quien Clodio había llamado Marco, pues su mirada era de un odio encendido, ennegrecido por un rencor que el propio Catón no sabía interpretar.

Pero no.

Él y Bíbulo y los otros senadores, y, lo más importante, los tribunos de la plebe que los acompañaban, los que tenían la potestad de vetar la asamblea del foro, pudieron pasar sin ser molestados. Ninguno de los hombres de Clodio hizo ya ademán de atacar, siempre atentos a su líder. Clodio permanecía muy quieto, daga en la mano, pero sin moverse un ápice. Y vigilando de reojo constantemente a aquel Marco que, mirando al suelo, apretando los dientes, a duras penas se contenía.

—No lo entiendo —dijo Bíbulo en cuanto dejaron atrás aquel pasillo de hombres armados—. Si no estaban aquí para atacarnos, ¿para qué han venido?

Catón se estaba haciendo la misma pregunta, y de pronto lo comprendió todo:

—¡Por todos los dioses! ¡Estaban aquí para retrasarnos! —exclamó, y añadió pero ya entre dientes—: Ésa era su misión. No podemos llegar tarde, no podemos llegar tarde. —Y volvió a gritar—: ¡Corred, corred!

Frente al templo de Cástor y Pólux

Catón, Bíbulo y el resto de los senadores *optimates*, junto con los tribunos de la plebe con derecho a vetar aquella asamblea, llegaron al foro. Catón se quedó como petrificado un instante al ver a la plebe distribuirse por tribus. Llegaban tarde…

—Han iniciado la votación —masculló para sí. Sabía lo que eso quería decir, conocía las leyes mejor que nadie.

—Hemos venido a lo que hemos venido, ¿no? —dijo Bíbulo cuando vio a Catón inmóvil.

El aludido asintió, pero seguía sin moverse.

El propio Bíbulo pasó entonces a la acción y, ayudado por los doce *lictores* que lo escoltaban en calidad de cónsul, consiguió pasar por entre la multitud allí congregada y alcanzar el pie de la escalinata del templo. No lo dudó y ascendió por ella hasta situarse junto a César y, desde ese lugar, se dirigió al pueblo:

—¡En calidad de cónsul ordeno detener esta votación! —exclamó.

Pero la plebe seguía distribuyéndose por los *saepta* que César había mandado levantar los días anteriores sin prestar atención a lo que el cónsul recién llegado decía.

—No, tú no puedes detener una reunión de la asamblea del pueblo —le dijo César—. Sólo un tribuno de la plebe puede hacerlo —le precisó.

Bíbulo sabía que su colega de magistratura llevaba razón y se dirigió a sus *lictores*. Su idea era que escoltasen hasta allí a algunos de los tribunos de la plebe que los acompañaban, pero de pronto los hombres de Clodio aparecieron en escena y rodearon a los *lictores* de Bíbulo. Éste miró a César, y César, a su vez, miró a Clodio y cabeceó levemente. Un gesto casi imperceptible, pero suficiente para Clodio: sus hombres, para sorpresa de casi todos, asieron por la espalda a cada uno de los *lictores* mientras otros los despojaban uno a uno de las *fasces*, haces de varas ligadas a un hacha, y, no satisfechos con esto, rompieron delante de todos cada una de las hachas representativas del poder consular.

Bíbulo, encolerizado, se volvió contra César.

—¡No puedes hacer esto! —le espetó con furia.

—Puedo hacer todo lo preciso para asegurar el correcto desarrollo de una asamblea del pueblo convocada según la ley. Sólo un tribuno de la plebe puede vetar una asamblea de este tipo —insistió César. Dicho esto, miró a Clodio una vez más y esté ascendió con sus hombres y, literalmente, se llevó a rastras a Bíbulo escaleras abajo.

Sorprendentemente, el segundo cónsul del año consiguió zafarse de los dos hombres que lo empujaban y volvió a subir las escaleras para vociferar, una vez más, que aquella asamblea quedaba interrumpida.

César iba a callarlo de nuevo, pero en ese momento Labieno se aproximó por su espalda:

—Creo que ya es suficiente, Cayo —le dijo—. Lo has desautorizado y humillado. Sigue adelante con la votación, no hagas nada más contra Bíbulo.

Pero César se giró y le habló con contundencia:

—Te dije que ellos han jugado sucio conmigo, Tito: me forzaron a desestimar la celebración de mi triunfo para poder presentarme a cónsul, votaron para que no pueda disponer de una provincia que me permita ninguna campaña militar de mérito y bloquean la reforma agraria en el Senado sin dejar que ni siquiera llegue a votarse. Bien, pues hoy es mi turno. Te dije que yo también sé jugar sucio. Hoy me toca a mí y no pienso detenerme ahora. —Sin permitir que su amigo le dijera nada, se volvió hacia Clodio levantando ligeramente la mano izquierda.

Labieno negaba con la cabeza.

—¿Vas a matarme? —preguntó Bíbulo—. Pues, venga, mátame. Aquí tienes mi cuello desnudo. —Se aflojó la toga y la túnica que portaba debajo para ofrecer el cuello como si esperara el hacha del verdugo—. Mátame y que sea mi sangre la que mancille esta votación ilegal.

—¡Cayo, por todos los dioses, detén esta locura! —le rogó Labieno.

—Hoy no me detendrá nadie —repitió César, sin girarse hacia él.

Clodio reapareció con tres hombres que portaban un inmenso cesto.

—¿Ahí piensas meter mi cabeza, miserable? —preguntó Bíbulo, que seguía ofreciendo su cuello para el sacrificio—. ¡Pues, venga, mátame y da inicio a una guerra, que es lo que estabas deseando desde un principio! ¡Eres un nuevo Catilina! ¡Sólo eso: otro Catilina!

—¡Por Júpiter, Cayo! —gritó Labieno—. ¡Defenderse es una cosa, pero esto es… criminal!

Fue la primera vez que Labieno se atrevió a decir en voz alta algo contra su amigo de la infancia.

César engulló el insulto de Labieno y asintió una vez más ante los hombres que portaban aquel inmenso cesto. Delante del pueblo de Roma reunido en el foro, los hombres de Clodio se acercaron con el gigantesco cesto a Bíbulo que, en lo alto de la escalinata del templo de Cástor y Pólux, esperaba su ejecución.

Al fondo del foro

—¿Qué hacemos? —preguntaron varios hombres armados a Catón, que estaba con el grupo de *optimates* que lo habían acompañado hasta allí.

Catón sabía que lo indicado era ordenar a sus guardianes que intervinieran en defensa de Bíbulo, pero por otro lado… si César ejecutaba a Bíbulo, todo un cónsul de Roma, habría senadores, incluso del bando de Craso o de Pompeyo, que no tolerarían semejante crimen y votarían a favor de un *senatus consultum ultimum* contra César y eso sería su sentencia de muerte.

En aquel momento, Bíbulo le pareció prescindible.

—Son demasiados —dijo Catón, en referencia a los hombres que había traído Clodio al foro, para justificar la inacción de sus guardianes.

Bíbulo seguía ofreciendo su cuello.

César, brazos en jarras, estaba observándolo y sabiéndose observado por todos.

Labieno, impotente, miraba al suelo.

Cuando el gran cesto estuvo junto al segundo cónsul, los hombres que lo habían llevado hasta allí no lo depositaron en el suelo para que en él se recogiera la cabeza del cónsul, sino que, al contrario de lo que todos esperaban, esos mismos hombres que portaban el cesto lo alzaron y lo volcaron por encima del cónsul que desafiaba a César y una montaña de pestilente estiércol cayó sobre la cabeza de Bíbulo.

Primero, silencio.

Todos enmudecieron ante el suceso inesperado, pero enseguida el pueblo se echó a reír.

Los que estaban más próximos a Bíbulo, con excepción de César y Labieno, se alejaron unos pasos para evitar la pestilencia del estiércol.

César se volvió hacia su amigo y le sonrió:

—Te dije que hoy iba a apestar.

Labieno suspiraba aliviado.

—Estás loco, Cayo, completamente loco —le dijo.

—Seré un loco —aceptó César—, pero no soy un asesino.

Bíbulo, humillado, con sus *lictores* desarmados, cubierto del más maloliente de los estiércoles imaginable, descendió por las escaleras del templo de Cástor y Pólux jurando vengarse de César y de todos los que se reían ahora de él. Pasó por el pasillo que la muchedumbre, divertida, le abría. Nadie albergaba ninguna intención violenta contra un cónsul desarmado, desarbolado y humillado a tal extremo que su figura ya no representaba poder alguno, sino que parecía más bien uno de esos personajes ridículos de las obras cómicas de Plauto que tanto les hacían reír en el teatro.

Pero entonces llegó Catón.

Y de las carcajadas ante la humillante retirada de Bíbulo se pasó al silencio más absoluto.

A Catón le había costado abrirse paso por entre la muchedumbre, pero al fin lo había logrado, por pura determinación, y allí estaba: subiendo por la escalinata del templo. Él sí se había asegurado de que lo acompañaran dos tribunos de la plebe. Su improvisado plan inicial de dejar que César matara a Bíbulo para poder proponer en el Senado un decreto mortal contra él se había esfumado. César había sido más astuto de lo que imaginaba. Pero quedaba el plan inicial ideado por Cicerón y por él mismo:

—Vengo a vetar esta votación de la asamblea —dijo, con tono sereno, ante un César que lo miraba impasible.

—Ciertamente, los tribunos de la plebe tienen la potestad de vetar una reunión de esta asamblea —admitió César—, pero sólo pueden hacerlo antes de que los procesos para la votación se inicien y, como puedes comprobar, Catón, el pueblo ya se ha dividido en el foro por tribus, que es la primera parte del proceso de votación. Por lo tanto, el derecho de veto ya no puede ejercerse. Llegáis tarde. Y tú lo sabes bien.

Y Catón lo sabía.

—He llegado tarde porque hay quien me ha impedido llegar a la hora, porque hay quien ha bloqueado mi camino hacia el foro —replicó mirando fijamente al cónsul.

—Yo tengo bloqueada esta votación en el Senado de Roma por ti y no voy a ti a quejarme —le respondió César, desafiante.

—Estoy en mi derecho de ejercer el uso de la palabra en el Senado tanto tiempo como estime necesario.

—Cierto, y yo estoy en mi derecho de llevar la votación de la reforma agraria ante el pueblo y ordenar que se vote.

—Se me ha impedido llegar a tiempo para vetar esta votación —insistió Catón levantando la voz.

El pueblo asistía atento a la discusión. Querían saber si la votación a favor de una reforma agraria iba a celebrarse por fin o a bloquearse una vez más, como sucedía desde hacía setenta y cuatro años.

—Ser puntual en una votación es responsabilidad de cada uno. Si has llegado tarde, eso es asunto tuyo, Catón —replicó César—. Hoy habrás aprendido que a una reunión importante se va con tiempo de sobra, para evitar que un imprevisto te haga llegar cuando ya tu presencia en dicha reunión nada importa. —Y se giró hacia el pueblo de Roma—: ¡Se continúa con la votación!

—¡Noooo! —aulló Catón, y se dirigió a la plebe amenazando con llevar a juicio a todos los que votaran, a todos los que siguieran allí reunidos.

Los intimidó con mil proclamas y arremetió contra la ley de reforma agraria con todos los argumentos que había sostenido ya en el Senado, y con otros nuevos que tenía preparados para futuras reuniones de los *patres conscripti* que pensaba bloquear durante los próximos meses hasta que concluyera el consulado de César.

Pero el pueblo de Roma desoyó las proclamas y las amenazas de Catón.

Ningún tribuno de la plebe había vetado la votación y todos sabían que era porque la votación se había iniciado. Entendían lo suficiente para saber que las amenazas de Catón eran sólo eso: amenazas vacías, los gritos de la desesperación ante la derrota.

Catón habló y habló durante gran parte de la votación, hasta que, exhausto, pues allí nadie le llevaba agua con la que refrescarse la garganta, agotado y derrotado, comprendiendo que nada de lo que dijera iba a alterar aquel proceso inexorable, calló, descendió lentamente la escalinata del templo y, entre las miradas serias de la plebe, pero sin que nadie lo tocara, se alejó del foro a sabiendas de que aquel día César le había infligido la derrota más dolorosa de su vida política.

La reforma agraria se aprobó por aplastante mayoría.

César proclamó el resultado de la votación desde lo alto de la escalinata del templo de Cástor y Pólux.

Roma estaba cambiando.

LXXXVIII

Una cláusula adicional

Calles de Roma
Una semana después, *hora decima*

Cicerón podía ver su sombra alargada moverse por delante de él, proyectada por el sol que ya languidecía en el horizonte.

Al día siguiente había una nueva reunión del Senado convocada por César. No se trataba de votar o no una ley agraria que ya había sido aprobada en la asamblea del pueblo, refrendada por los *comitia tributa* de Roma. Se trataba ahora de hacer cumplir una cláusula adicional que César había añadido a la reforma agraria aprovechando que la ley no fue revisada ni por Catón ni por Bíbulo ni por ningún otro senador, puesto que todos se habían concentrado sólo en bloquearla, no en releer todo el proyecto.

Y la cláusula adicional era problemática.

Cicerón llegó a la *domus* de Catón. Sus escoltas golpearon la puerta y quedaron a la espera de que les respondieran desde el interior. Mientras tanto, él miraba al suelo, pensativo. César iba a por todas en su consulado y el intento de bloqueo de Catón no había sido suficiente. Tenían que pensar bien cómo frenar a un cónsul que se sentía con fuerza para cambiarlo todo, que tenía los votos de Craso y de Pompeyo con él y que, además, tenía la inteligencia y la audacia para acometer reformas de enorme calado.

La puerta se abrió y Cicerón cruzó el umbral.

—Esperadme aquí —ordenó a sus escoltas.

Catón lo recibió en el vestíbulo.

—Un poco tarde para una visita de cortesía —dijo el extribuno a modo de recibimiento.

Estaba resentido con Cicerón por no haber estado en el foro el día que los *comitia tributa* aprobaron la reforma agraria.

—No, ciertamente, pero no se trata de una visita de cortesía —respondió Cicerón haciendo caso omiso al aire de incomodidad y reproche que desprendía el tono de su interlocutor. Para Cicerón había cuestiones más importantes de las que ocuparse que el malhumor de un colega del Senado.

Ambos pasaron al *tablinum* de la residencia.

—Te escucho —dijo Catón.

—Hay una cláusula adicional en la ley agraria que ha aprobado César —anunció Cicerón, directo al asunto.

—¿Una cláusula adicional?... ¿Qué cláusula?

—La misma que Saturnino dispuso al final de su ley agraria —continuó Cicerón.

César se había atrevido a copiar una cláusula del proyecto de reforma agraria del tribuno Saturnino, que terminó lapidado en el Senado por los propios senadores, dirigidos entre otros por Dolabela y Rabirio. Una cláusula que ya causó gran polémica en el pasado. Catón se jactaba de conocer todas las leyes, reformas y contrarreformas del último siglo por lo menos. A ver si era cierto.

El extribuno se sentó lentamente en un *solium* y lo mismo hizo Cicerón.

—¿Quieres decir que ha añadido una cláusula por la cual obliga a que todos y cada uno de los senadores de Roma juren cumplir y aceptar lo establecido en la nueva ley agraria?

Cicerón levantó las cejas. Pues era cierto: Catón conocía las leyes, reformas y contrarreformas de los últimos decenios.

—Exactamente, y yo estoy aquí para asegurarme de que tú no hagas como hizo Metelo Numídico en su momento, que prefirió exiliarse a Rodas antes que jurar la aceptación de la reforma de Saturnino.

—¿Por qué piensas que podría optar por el exilio? —se extrañó Catón.

—Porque odias esa ley con todas tus fuerzas, y lo entiendo, yo también. Y eres muy capaz de exiliarte antes que jurar algo en lo que no crees. Eres muy capaz de poner tu dignidad por delante de todo, incluso de los intereses del Estado —se explicó con rapidez, con un torrente de palabras que traía ya bien preparado.

—No entiendo cómo mi exilio podría ir contra los intereses del Estado.

Cicerón se inclinó hacia delante y apoyó las manos en la mesa que había entre ambos.

—Porque César va a seguir con su política de nueva legislación y no tengo bastantes votos para bloquear sus iniciativas en el Senado mientras cuente con el apoyo de Craso y Pompeyo; porque Bíbulo es poco menos que un imbécil que se deja cubrir de mierda ante el pueblo y porque tú eres ahora más necesario que nunca aquí, en Roma, en el Senado. Te necesito a mi lado para hacer todo lo que pueda hacerse contra César. Antes o después tendremos alguna oportunidad para revertir todo lo que está poniendo en marcha César y en ese momento, ese día, esa hora, ese instante, te quiero a mi lado, no en una isla griega a miles de millas de distancia. Que te exilies me parece inasumible ahora. Roma te necesita más que nunca, Marco. Así que haz el favor, por Júpiter Óptimo Máximo, de tragarte tu orgullo por una vez, como haré yo, y jura la aceptación de esa maldita ley.

Catón rechinaba los dientes. Los labios le temblaban. Negaba con la cabeza.

—¡No seas estúpido, Marco! —insistió Cicerón—. ¿Cuándo te darás cuenta de que no vivimos en la república ideal de Platón, sino en la república fundada por Rómulo, que empezó con un hermano matando a otro?

Catón tragó saliva y rabia.

—Juraré, maldita sea, juraré esa ley pero… —Miró fijamente a los ojos a su interlocutor—. Júrame tú que un día, cuando sea, no me importa si es ahora o de aquí a unos años, júrame que un día acabaremos con Julio César.

Cicerón estaba dispuesto a decir lo que fuera para conseguir que Catón siguiera en Roma, a su lado, contra César:

—Te lo juro.

Se sorprendió de que, curiosamente, no le costara realizar semejante juramento.

Hubo un largo silencio.

—¿Y qué podemos hacer? —preguntó Catón al fin—. César tiene la mayoría en el Senado, no podemos pedir un *senatus consultum ultimum* contra él, y no siempre tiene que solicitar la opinión de los exmagistrados para presentar leyes, lo que le evita mi bloqueo con mi turno de palabra. Podrá aprobar prácticamente lo que quiera.

—Esperaremos —respondió Cicerón.

—¿Esperaremos a qué? —insistió Catón, exasperado por la aparente paciencia infinita de su colega en el Senado.

—César, como dices, aprobará muchas leyes que beneficien a Craso y a Pompeyo, pero llegará un momento en el que sea él quien les pida una cosa: revertir la asignación de provincias. César quiere legiones, quiere Iliria y lanzarse hacia el Danubio. He ido averiguando sobre sus planes. Tengo espías en todas partes.

—Craso y Pompeyo le darán lo que quiera.

—Craso, sí —aceptó Cicerón—. Pero Pompeyo, no. No sin condiciones. La triple alianza terminará tensionándose. Un año son muchos días. Y cuando el triunvirato vacile, ése será nuestro momento. Pompeyo no quiere a César con legiones armadas y una provincia como Iliria donde hay tres unidades militares completas. Pompeyo está usando a César, pero en el fondo le teme tanto o más que nosotros. Nunca le dará esas legiones, o le pondrá condiciones inasumibles para dárselas. Le pedirá algo… inaceptable, imposible para César.

—¿El qué? —preguntó Catón.

Cicerón respondió con aire pensativo:

—No lo sé, aunque por cómo se comporta Pompeyo, diría que tiene algo pensado. No sé qué será, pero estoy seguro de que, el día que lo esgrima, no será agradable estar en la piel de Julio César. Pompeyo es el Carnicero, ¿recuerdas? Tiene ese instinto del depredador mortal: sabe siempre dónde morder.

LXXXIX

La petición de Pompeyo

Roma
Principios del verano del 59 a. C.

Catón juró la cláusula adicional de la reforma agraria.

Le costó, pero juró.

Y lo mismo hicieron Cicerón y el resto de los senadores *optimates*, y éste sólo fue el primero de una larga serie de terribles tragos que tuvieron que engullir todos ellos.

César, tal y como era previsible, apoyado por la mayoría senatorial tras unir a los *patres conscripti* afines a su causa junto con los de Craso y los de Pompeyo, hizo aprobar varias leyes más que beneficiaban a sus colegas del triunvirato. Después de la reforma agraria, vino la aprobación de la revisión de los contratos de los *publicani* de Craso, de modo que éstos pudieran redimensionar sus previsiones de recaudación de impuestos y así volver a operar con beneficios y no con pérdidas por sus errores de cálculo. A esto siguieron diferentes leyes que iban en la línea de desarrollar el programa personal de César, de marcado carácter social, con una redistribución de riqueza y tierras; en particular, una segunda reforma agraria donde se incluyó, esta vez sí, el *ager Campanus*: a estas fértiles tierras del centro de Italia, César envió como colonos a veinte mil ciudadanos que fueran pobres, estuvieran casados y tuvieran tres o más hijos. Y, finalmente, hizo aprobar toda la reorganización de los reinos de Asia tal cual los había dejado Pompeyo tras sus campañas en aquellos territorios de Oriente. Se trataba de que el Senado romano ratificara todos los acuerdos que Pompeyo había alcanzado con los monarcas de aquella parte del mundo.

Craso y sus *publicani* estaban satisfechos.

Pompeyo también.

César pensó que era el momento de pedir para sí mismo. La segunda reforma agraria había sido para los más humildes de la ciudad. Él, sin embargo, tras seis meses de consulado, no había robado nada, no había sustraído nada de las arcas públicas para su beneficio personal y las deudas que tenía contraídas seguían siendo inmensas. Necesitaba la reasignación de las provincias consulares que Cicerón había aprobado en diciembre. Necesitaba disponer de legiones y una provincia como Iliria o la Galia Cisalpina desde la que poder lanzarse hacia el norte del Danubio en una campaña militar, quizá arriesgada, pero que pudiera reportarle la suficiente riqueza como para, al tiempo que engrandecía Roma, saldar todas sus cuentas con Craso y el resto de sus acreedores. Craso, que se beneficiaba directamente de su política, podía ser paciente, pero los demás no eran tan comprensivos y llevaban meses reclamando cobrar.

Convocó a Pompeyo a una reunión en su residencia de la *domus publica*. En principio, tenía que ser un encuentro… amistoso.

Calles de Roma

Pompeyo avanzaba muy concentrado, mirando las losas del empedrado de la Vía Sacra, con Afranio a un lado y Geminio al otro.

—Va a pedir la reasignación de provincias —comentó este último.

—Sin duda, por eso me ha convocado a su casa —aceptó Pompeyo con serenidad.

—¿Y vamos a darle provincias nuevas fuera de Italia? —indagó Afranio.

—Quiere Iliria —dijo Geminio—. O la Galia Cisalpina.

Tampoco era un gran secreto: César no había ocultado demasiado su intención de realizar una campaña más allá del Danubio, y o bien se hacía desde esas provincias o bien se hacía desde Macedonia. Pero había más legiones en Iliria y la Galia Cisalpina.

—Eso sería lo mismo que darle tres legiones enteras, además de que pidió poder reclutar más, como ya hizo en Hispania —apuntó entonces Afranio, sin ocultar su temor a que César pudiera disponer de una fuerza militar de esa potencia y con capacidad de aumentarla.

—Le daremos lo que pida —volvió a aceptar Pompeyo—. Ha cumplido con su parte y, reconozcámoslo, no lo ha tenido fácil: se presentó a cónsul teniendo que renunciar a un triunfo que tenía merecido, ganó las elecciones, aprobó la reforma agraria con tierras para mis veteranos pese al bloqueo de Catón y ha hecho que el Senado ratifique mis pactos con los reyes de Asia. Es justo darle lo que nos pida.

Estaban a punto de llegar a la residencia del *pontifex maximus*, la casa de César.

—¿Y no tienes miedo a dárselo? —preguntó Geminio.

—Te dije que había una forma de atar a César, de controlarlo, incluso a un César armado —respondió Pompeyo, pero, una vez más, ni precisó cómo hacerlo ni desveló su reunión con Pompeya.

Y es que acababan de llegar a la puerta de la *domus publica* y ésta se abrió: los esperaban.

Residencia de César, foro de Roma

Allí estaban Labieno y Balbo; Aurelia, pendiente de todo; Calpurnia, la joven nueva esposa de César; el propio César; Julia, su hermosa hija, a apenas unas semanas de desposarse con Quinto Servilio Cepión, y éste, sentado a su lado.

César recibió a Pompeyo y a sus acompañantes con cordialidad y la cena transcurrió dentro del mismo ambiente de aparente amistad entre ambos hombres: el cónsul de Roma de aquel año y el todopoderoso Pompeyo el Magno, vencedor frente a Sertorio, Mitrídates y los piratas y conquistador de numerosos reinos de Oriente.

Todo iba bien. Magníficamente.

Hasta que llegó el momento que todos sabían que tenía que llegar y César reclamó la reasignación de las provincias consulares para no tener que ocuparse de perseguir bandidos por los caminos y los bosques de Italia como Cicerón hizo aprobar en el Senado para él y para Bíbulo.

Pompeyo recibió la petición de César con el mismo sosiego que había mostrado ante Afranio y Geminio cuando éstos le expusieron sus temores a facilitar legiones al sobrino de Cayo Mario:

—Haré algo mejor que eso —le dijo a César, y anunció cuál sería su forma de pagarle por sus servicios—: Has conseguido tierras para mis veteranos, con una reforma agraria que ninguno de mis hombres había podido aprobar antes, y has hecho ratificar mis pactos con Tigranes, Hircano y otros reyes de Oriente. Te mereces algo más que Iliria. Voy a hacer que uno de mis hombres, el tribuno Publio Vatinio, apruebe una ley por la cual se te otorgue el mando de las legiones de Iliria y la Galia Cisalpina durante un periodo de cinco años. Se trataría de una ley como la *lex Gabinia,* que me dio mando militar marítimo y terrestre para acabar con los piratas, o como la *lex Manilia,* que me dio el mando del ejército de Oriente para acabar con la resistencia de Mitrídates del Ponto. Ésta será mi forma de devolverte todo cuanto has hecho en mi beneficio y el de mis veteranos, Cayo. —Era la primera vez que Pompeyo se permitía la informalidad de dirigirse a César por su *praenomen*—. La unión de nuestros votos, los de Craso, los tuyos y los míos, hará que el Senado confirme este mandato.

César se quedó en silencio, sin dar crédito a lo que oía: era demasiado perfecto y… demasiado fácil.

Balbo y Labieno se miraban entre sí, perplejos.

—Podemos denominar esta ley como la *lex Vatinia de imperio Caesaris* —añadió Pompeyo—. Y podemos incluir en ella la opción de que seas tú y nadie más, sin interferencias del Senado, quien designe a sus propios *legati* y altos oficiales. —Aquí dedicó una mirada a los aún muy asombrados Labieno y Balbo.

Afranio y Geminio compartían la perplejidad del resto: su líder le estaba dando a César todo cuanto éste podía desear, incluso más de lo que hubiera podido imaginar al proponer que el mandato sobre las legiones de aquellas provincias fuera no ya por un año, sino por cinco, un periodo de tiempo más que suficiente para cualquier campaña que César pudiera tener en mente. No entendían nada.

—Sólo pongo una condición —apostilló Pompeyo y guardó silencio, mirando el fondo de su copa de vino. Como distraído, como sumido en sus pensamientos.

Aurelia contuvo la respiración: intuyó la catástrofe. Y, sobre todo, temía la reacción de su hijo. La madre de César sabía que Pompeyo nunca daba nada por nada. Y si daba mucho, pedía mucho. Y si lo daba todo, que era exactamente lo que estaba haciendo, entonces sólo podía esperarse que lo pidiera también… todo. No era sólo eso, Aurelia percibía la mano siniestra de alguien más en todo aquello: la mano de una mujer. Por primera vez en mucho tiempo, se dio cuenta de que había cometido un error de cálculo…

—¿Más condiciones? —César también intuía problemas, aunque aún no los sabía dimensionar con precisión—. Reforma agraria y ratificación de tus pactos con los reyes de Oriente. Ésas y no otras eran las condiciones y las he cumplido.

—Ésas eran mis condiciones para ser cónsul de Roma y que pudieras legislar en favor de los humildes de la ciudad que, no entiendo bien por qué pero me da igual, parecen siempre preocuparte tanto —replicó Pompeyo con evidente desdén hacia la política social de su interlocutor—. Pero permitir que tengas el mando de tres legiones armadas completas supone un cambio cualitativo muy importante con respecto a ti y tus ambiciones. No eres un Catilina o un Sila. Pero podrías llegar a serlo. Por ello es preciso, digamos, sujetarte. No pretendo recortar tus legítimas ambiciones militares y económicas, pero sí evitar que te revuelvas contra mí. Si quieres legiones bajo tu mando y por varios años, hay una condición más. Una condición, digamos, más… personal.

Aurelia lo vio claro: en algún momento, Pompeyo había hablado con Pompeya, con una Pompeya despechada, rabiosa y vengativa. A él solo no se le habría ocurrido aquello. Cerró los ojos. Su hijo nunca aceptaría aquella condición.

—¿Más personal? —repetía César aún sin entender—. Me he casado con Calpurnia, según me pediste, la hija de uno de tus hombres de confianza. ¿Qué puede haber más personal que esto? No sé qué más me puedes… —Calló al ver hacia dónde miraba Pompeyo.

El conquistador de Asia tenía los ojos clavados en la hermosa Julia. Pero, por si aún quedaba alguna duda, certificó con palabras lo que su mirada proclamaba ya a los cuatro vientos:

—Si quieres esas legiones, tendrás que darme en matrimonio a tu hija —anunció Pompeyo, y no lo dijo como una cláusula negociable. Lo pronunció con el tono inapelable e incontestable de lo que es definitivo.

Era eso o nada.

El silencio se hizo más espeso de lo que nunca hubiera sentido antes la familia Julia en ninguna de sus anteriores cenas.

César miraba a Pompeyo: aquél era el Carnicero, uno de los líderes militares más violentos que jamás había generado Roma. Era un hombre traidor, que había sobornado a oficiales de Sertorio para que lo asesinaran cuando le resultó imposible derrotarlo en el campo de batalla. Fue durante años el líder sanguinario y el brazo ejecutor de los *optimates*, hasta que se revolvió contra ellos para centrarse en defender sólo sus propios intereses. Era el ejecutor de reyes, era quien se había divorciado por orden de Sila y casado, una y otra vez, sólo por intereses personales. Era, por eso y por mucho más, el último hombre a quien César entregaría su ser más querido en la faz de la tierra. Julia era sagrada. Julia era su vínculo con su amada y perdida Cornelia. Julia no podía, nunca, de ningún modo, terminar en manos de Pompeyo.

—Mi hija está prometida con Quinto Servilio Cepión, por cierto, aquí presente —dijo al fin César, buscando una forma diplomática de sortear aquella petición de Pompeyo.

—Lo sé —comento éste—, y he pensado en ello. —Mientras seguía hablando, miró al propio Quinto Servilio—. Por eso sugiero que, en justa compensación y para que la familia Servilia y el propio Quinto no se sientan desairados con nosotros, si llegamos a un acuerdo, él podría desposar a mi hija Pompeya en lugar de a la tuya. Creo que es un arreglo que la familia de Quinto Servilio podrá aceptar sin sentirse herida ni humillada ni perjudicada en sus intereses. De este modo, tu hija quedaría libre de compromiso y podría desposarse... conmigo.

César tragaba saliva. El arreglo que proponía Pompeyo sería, sin lugar a dudas, más que asumible para la familia de Quinto Servilio. La cuestión de entregar a Julia a Pompeyo volvía a estar sobre la mesa de negociación, como si el compromiso de ella con Quinto Servilio ya no existiera. El silencio del propio Quinto hacía ver que él no quería inmiscuirse en aquel debate del que, concluyera como concluyera, saldría beneficiado, ya fuera casándose con la hija de uno u otro triunviro. Y, por otro lado, meterse en una negociación tan dura como aquélla, entre César y Pompeyo, no era algo que nadie en su sano juicio osara hacer.

Quinto, pues, callaba. Y quien calla otorga.

—No te daré a mi hija —dijo César.

No lo dijo en voz muy alta, pero el odio concentrado en aquellas seis palabras equivalía a la fuerza de varias legiones armadas. No le gustaba que lo arrinconaran, que lo acorralaran y, menos aún, usando a su hija.

Pompeyo lo detectó. El odio. La rabia de su oponente ante su impotencia. Y, por encima de cualquier otro sentimiento, la desesperación más absoluta.

Comprendió que la información que le había dado Pompeya merecía cada uno de los cofres de oro y plata que le envió a su casa. Ver a César buscando contraargumentos para evitar entregarle a su hija le confirmaba aquellas palabras que Pompeya le había dicho y que permanecían en su memoria: «La joven Julia lo es todo para César. Si tienes a Julia, tendrás a su padre de rodillas, siempre. No, no me interrumpas. No lo entiendes. Escúchame bien: Julia es su bien vital más preciado, sangre de su sangre, lo mejor que tiene, lo único con lo que jamás negociaría. Si consigues que te la entregue, César nunca se atreverá a enfrentarse contigo. Lo tendrás neutralizado *in aeternum*».

—Si no me entregas a tu hija, César —Pompeyo ya no se dirigía a él como Cayo—, no tendrás esas provincias ni esas legiones.

Aurelia negaba con la cabeza, siempre sin decir nada. También ella había detectado su desesperación. Su hijo estaba reaccionando como había temido que reaccionara. Pero por muy madre de cónsul que fuera, no debía intervenir en aquel debate y se mordió la lengua. Su hijo estaba solo, y no solo ante Pompeyo, sino ante el afilado odio de la venganza de Pompeya. Esa daga astifina estaba atravesando el corazón de César, con lenta saña, generando niveles de dolor desconocidos para su hijo.

César miraba al suelo, como si buscara entre las teselas del mosaico una salida a aquella encerrona.

—Puedo revertir todas las leyes que he aprobado —anunció levantando la mirada, con cara desafiante y hasta de cierto triunfo: estaba seguro de haber dado con algo con lo que hacer que Pompeyo se retractara de su petición—. Cicerón y Catón estarán más que encantados de votar para derogar la reforma agraria que da tierras a tus veteranos. Puedo hacer que revisen tus pactos con los reyes de Oriente, puedo destrozar tus intereses económicos aquí en Roma y en aquella región del mundo de mil formas diferentes. Así que me darás esas provincias y esas legiones sin más condiciones. Puedo ser un gran aliado, pero también el peor de los enemigos: no me subestimes.

—Precisamente porque no te subestimo, porque te prefiero como aliado que como enemigo, quiero que me des a tu hija en matrimonio. Sé que eso hará que honres siempre nuestra alianza. Pero vamos a tus palabras de ahora, a tus… amenazas.

»Si intentas revertir esas leyes, les diré a Cicerón y a Catón por qué lo haces y me premiarán por no facilitarte acceso a legiones armadas manteniendo esas leyes que ya están aprobadas. Te tienen más miedo que a mil reformas agrarias. Y sabes que es así. Yo ya tengo lo que deseaba y no puedes revertirlo. Hablas de recurrir a Cicerón. Pero, por Júpiter, ¿con quién crees que pactó que te asignaran atrapar bandidos por los caminos y los bosques de Italia en vez de que te asignaran Iliria o la Galia Cisalpina? ¿Por qué crees que mis senadores no estaban presentes para votar en contra de esa asignación? ¿Pero tú con quién crees que estás jugando, muchacho? He hablado con Cicerón, y también con cualquier cadáver político o social que hayas dejado en tu camino.

Fue ahí donde César lo vio.

Se quedó mudo.

Era Pompeya.

Su última estocada.

«Te devolveré el golpe», le había dicho.

—Yo no te subestimo, pero parece que tú sí me subestimas a mí —sentenció Pompeyo—. A mí y a otros. U otras. —Sonrió. Se daba cuenta de que César ya sabía de dónde le había venido a él aquella idea del matrimonio con Julia.

César, ojos muy abiertos, estaba digiriendo la información recibida. De algún modo, no le sorprendía, pues lo descrito encajaba con la traicionera forma de actuar de Pompeyo, y, a la vez, veía confirmado que el Carnicero había estado jugando todos aquellos meses a dos bandas, o a tres, o a las que fueran, pactando con él la reforma agraria por un lado, pero al tiempo, por otro, acordando con Cicerón que él no tuviera nunca acceso a Iliria o a la Galia Cisalpina ni a ninguna otra provincia relevante. Todo aquello, desvelado de golpe, lo había dejado sin palabras. Ya se lo había advertido Craso hacía muchos años, cuando ingresó en el Senado: la política era infinitamente peor que la guerra. En un campo de batalla, al menos tienes claro dónde está el enemigo.

Ante el silencio de César, Pompeyo volvió a hablar:

—Te lo ofreceré una vez más. La última. Por todos los dioses, hazte un favor y acepta mi condición. Si no, tanto esfuerzo como llevas invertido será para nada y, por cierto, quizá antes de reiterar tu negativa a mi propuesta de matrimonio hay algo que deberías recordar y tener muy presente: sin esas legiones y esas provincias, no podrás pagar tus deudas. Te verás abocado o al exilio o a dar un golpe de Estado como Catilina. No sé cuál de las dos opciones puede hacer más feliz a Cicerón. O a mí.

Silencio.

Pompeyo emitió su conclusión:

—Yo soy hombre conciliador pese a todo, mucho más que Cicerón y, desde luego, que ese loco de Catón: has cumplido bien con mis exigencias anteriores y siento que mereces esas legiones, pero no me fío de Julio César. Dame a tu hija. Sólo así confiaré.

César se inclinó hacia delante en el *triclinium* mientras respondía:

—¿Y traicionarías a Cicerón dándome esas legiones?

—Actuar siempre en función de los intereses propios —replicó Pompeyo con contundencia— no es traición. Es inteligencia.

César aún buscó una última salida.

—¿Y si me caso yo con tu hija? —preguntó, propuso, casi lo imploró.

Calpurnia se quedó estupefacta, pero, con buen criterio, igual que hacía Aurelia o la propia Julia, que era el centro de toda aquella discusión, permaneció en completo silencio.

—Puedo divorciarme mañana mismo y desposarme con tu hija —insistió César.

—No —desestimó Pompeyo, categórico—. No se trata de unir nuestras familias. Se trata de que mientras tú estés armado con legiones, yo tenga en Roma a tu hija.

—Tú no buscas una nueva esposa —le espetó César, y se puso en pie y volcó la mesa que tenía delante de él—. ¡Buscas una rehén!

Pompeyo ni se inmutó.

—Llámalo como quieras, pero es o tu hija o nada —insistió una vez más, y se levantó, pero él lo hizo despacio, con cuidado de no tocar mesa alguna ni golpear copas ni platos.

En un arrebato de pura ira, César avanzó hacia Pompeyo tropezando con las demás mesas, volcándolas todas, de modo que los platos de *terra sigillata* volaban por los aires y se hacían añicos al caer y chocar contra el mosaico, y las bandejas de plata y bronce estallaban en un terrible estruendo metálico al impactar contra el suelo.

—¡Nunca te daré a mi hija, miserable! —gritaba César acercándose, paso a paso, a Pompeyo—. ¡Mi hija no está en venta!

Se detuvo justo frente a su enemigo. El concepto de triunvirato se había desvanecido en su cabeza.

Pompeyo, impasible, sereno, sin miedo a que su anfitrión pudiera golpearlo, le rebatió con pasmosa seguridad:

—En Roma todo está en venta: es o tu hija o nada.

Se dio media vuelta y, seguido de cerca por Afranio y Geminio, salió del atrio, salió del vestíbulo, cruzó el umbral de unas puertas que los esclavos abrieron casi por pura intuición y se sumergió en las calles de Roma.

En el atrio de la *domus publica*, César permanecía mirando al suelo, desolado, rodeado de fragmentos de cerámica rota, copas volcadas, vino vertido a sus pies. Arrastrando los pies por encima de toda aquella ruina, impotente, los puños apretados, miró a su madre:

—Julia no, madre, Julia no… —dijo—. No podemos darle a Julia a nuestro mayor enemigo.

Ni Labieno ni Balbo se atrevían a decir nada.

Fue Aurelia quien se levantó, se acercó a su hijo y tuvo los arrestos para decirle la verdad de la vida:

—Roma, hijo mío, lo exige todo. Roma, hijo mío, es así.

—Pues maldita Roma una y mil veces, madre —le replicó su hijo y añadió—: Maldita sea por siempre Roma. Nunca, jamás. Nunca entregaré a Julia a Pompeyo. Antes la muerte o el exilio o la infamia, pero nunca le entregaré a Julia. Nunca.

Liber quartus

PACTO DE SANGRE

XC

Las palabras de Julia

Domus publica, residencia de la familia Julia
59 a. C.

Tras la partida de Pompeyo y sus hombres y las lamentaciones de César, se hizo el silencio en el atrio de familia Julia.

Labieno y Balbo se miraron y se entendieron.

Fue el primero el que habló:

—Nosotros nos retiramos —dijo—. Ha sido un día muy… intenso y querrás… querréis descansar todos. Mañana nos podemos ver en el foro y lo hablamos con calma. Habrá otras soluciones que no pasen por aceptar las exigencias de Pompeyo. Mañana, más tranquilos, podremos pensar en ello.

Balbo se levantó e hizo como que compartía por completo las palabras de Labieno, pero él no era tan optimista: Pompeyo quería exactamente lo que había pedido, y sin la garantía y la seguridad que le ofrecía un matrimonio con la joven Julia, bloquearía el acceso de César a las provincias que éste anhelaba. Como había explicado, con su doble juego con Cicerón tenía el suficiente peso en el Senado para que ese bloqueo fuera permanente. Pero Balbo, al ver el rostro desencajado y furioso de su anfitrión, optó por callar y salir de allí sin añadir nada. Desde su punto de vista, Labieno tenía razón al menos en una cosa: no era el momento de razonar con César. Nadie podría convencerlo en aquel instante para que cambiase de opinión.

—Yo también me retiro —dijo Quinto Servilio, para que la familia Julia debatiera en la intimidad lo que fuera que tuviesen que hablar entre ellos.

En el atrio, entre las mesas volcadas, las bandejas repartidas por el suelo y el vino vertido, quedaron César, su hija Julia, su madre Aurelia y la joven Calpurnia.

Aurelia, reclinada en su *triclinium*, cavilaba. Pompeyo había reclamado a su hijo aquello que César nunca le entregaría: su ser más querido, las entrañas de sus entrañas, la sangre de su sangre. Ella ya le acababa de decir que Roma era así, pero, francamente, no sabía bien cómo persuadirle de que aceptara. Era improbable que Pompeyo se atreviera a hacerle daño a Julia si se casaba con ella —de hecho, Julia se convertiría en la garantía de que César jamás iba a revolverse contra él—, pero podía comprender que a su hijo se le antojara un esfuerzo inhumano, un sacrificio inasumible para él entregar a su pequeña a su gran enemigo político. Julia era tan parecida a Cornelia que imaginarla en manos de Pompeyo era un sufrimiento demasiado grande. Y Aurelia no encontraba palabras para razonar con su hijo. Por primera vez en su vida, se sentía superada por los acontecimientos.

Por su parte, Calpurnia, a sus apenas dieciocho años y asustada aún por la propuesta de César de divorciarse de ella para casarse con la hija de Pompeyo, callaba a la espera de que aquella crisis se resolviera sin que su situación se viese afectada. Pese a la locura de esos tiempos, César se había mostrado cálido y respetuoso con ella hasta aquel día, y la madre y la hija de su esposo siempre habían sido cordiales. Ella se sentía bien allí. Al no saber qué decir, optó por la prudente opción del silencio.

De pronto, ocurrió algo que nadie esperaba.

Julia habló.

Alto y claro.

Había permanecido en silencio durante toda la conversación entre su padre y Pompeyo por respeto a su padre, porque no era ella quien debía decidir sobre su futuro, sino el *pater familias*. Pero una vez a solas, habló muy claro. Tenía veintidós años. Era mujer. Era joven. En el mundo romano, su opinión no valía nada. Sin embargo, la historia no contaba con un factor: para Julio César, la opinión de su hija sí importaba.

Y el parecer de Julia resultó… inesperado.

—Yo sí quiero desposarme con Pompeyo, padre.

César, de pie en medio del patio, la miró con la boca abierta.

Aurelia, con la mirada fija en las formas caprichosas que el vino derramado creaba sobre el mosaico del suelo, se mantuvo en silencio. No era el momento de interrumpir nada.

—Soy yo quien decide con quién te casas o no y cuándo —le replicó César con contundencia. De las múltiples reacciones que había imaginado por parte de su hija, ésa era la más insospechada—. Y desde luego no pienso entregarte a mi mayor enemigo, a ese hombre despreciable y miserable que es Pompeyo. Una cosa es que hable con él y que pacte con él acuerdos en el Senado, incluso que lo haya apoyado en su campaña contra los piratas o contra Mitrídates o en varias leyes, porque siempre he obtenido compensaciones políticas a cambio, pero si hay algo que jamás haré es entregarte a él, por mucho que pueda ofrecerme o por mucho que pueda amenazarme. Tú nunca te desposarás con Pompeyo. Por encima de mi cadáver. —La miró a los ojos—. Ya sé que en Roma todo se compra y se vende, pero mi hija no será moneda de cambio. Da igual lo que me ofrezcan por ti.

Aurelia levantó las cejas y suspiró: ahí estaba el final de la carrera política de su hijo y el inicio de un más que probable segundo exilio, pues, como Pompeyo había recordado, las deudas estaban ahí, sin satisfacer. Y sin las provincias del norte, sin esas legiones, sin una campaña militar, nunca podría hacerles frente.

En ese instante, Julia dijo algo aún más inesperado:

—¿Y si fuera tu hijo y no tu hija?

César arrugó la frente.

—Por Hércules, no estoy para acertijos. Si fueras mi hijo, no podrías casarte con Pompeyo. No entiendo qué quieres decir.

—Quiero decir, padre, que si fuera tu hijo sería otra tu postura. Yo te diré qué harías.

—¡Toda esta conversación es absurda! —César elevó la voz, irritado—. Necesito pensar, no hablar de estupideces.

Pero aquí, por segunda vez desde la partida de Pompeyo, intervino Aurelia:

—Deja que hable —apuntó.

Había aprendido a valorar la inteligencia de su nieta desde aquel día que la niña se mostró muy diestra a la hora de entender los mensajes cifrados de su padre desde aquella isla de Oriente en la que lo retenían los piratas. Estaba convencida de que Julia no sólo entendía los códigos secretos de César, sino que entendía, mejor aún que ella misma, la forma de pensar de su padre. Padre e hija tenía una conexión especial. Por eso Aurelia insistió:

—Deja que hable.

César suspiró y extendió el brazo derecho con la mano abierta y girada hacia arriba dándole la palabra a su hija, aunque a él le parecía una completa pérdida de tiempo. Se acomodó en su *triclinium*. Suspiró una segunda vez.

—Si yo fuera tu hijo, padre —empezó Julia—, no me dejarías aquí en Roma cuando marcharas con tus legiones. Cuando te asignasen al fin Iliria o la Galia Cisalpina y tuvieras el *imperium* militar que el Senado te niega una y otra vez y tanto anhelas desde hace años, me llevarías contigo. De hecho, desde niño me habrías llevado al Campo de Marte para adiestrarme militarmente, y no me habrías dicho que tuviera cuidado de no lesionarme ni hacerme daño. Sí, padre, cuando tuvieras legiones me llevarías contigo, y si hubiera una guerra, me llevarías a ella, y en la batalla no me esconderías en retaguardia por miedo a que me pasara algo, sino que me llevarías contigo hasta la primera línea. Me enseñarías a ser prudente en la lucha, pero no a ser un cobarde. Me adiestrarías para luchar cuerpo a cuerpo contra el enemigo si fuese necesario. No me encomendarías misiones suicidas, pero tampoco me tratarías de modo diferente al resto de tus oficiales y serías exigente conmigo en el combate como sé que lo has sido cuando luchabas contra los lusitanos en Hispania, consiguiendo una victoria merecedora de un triunfo que sólo te robaron con argucias legales. Si fuera tu hijo, padre, no me evitarías el riesgo de la muerte, sino que me enseñarías a luchar contra mi miedo y a dominarlo y ser inteligente en la guerra para no cometer locuras, pero siendo siempre audaz y valiente. Así te comportarías si yo fuera tu hijo, padre.

César asintió.

—De acuerdo —aceptó—, pero ¿qué tiene esto que ver con lo que ha pedido Pompeyo? ¿Qué tiene esto que ver con el matrimonio forzado que él ha exigido? No eres mi hijo, sino mi hija. Sólo dices cosas sin sentido. De hecho, por Júpiter, me sorprende tu actitud. Siempre te he tenido por discreta e inteligente...

Aquí se levantó Julia y, por primera y única vez en su vida, interrumpió a su padre y lanzó una larga diatriba que César escuchó estupefacto:

—Soy tu hija, lo sé, ¿crees acaso que no lo sé y que no lo he lamentado todos estos años? Ser tu hija y no tu hijo. ¿Crees acaso que no he notado una y mil veces tu decepción, la de todos, los comentarios en voz baja en las reuniones, aquí en este mismo atrio? Y no hablo sólo de las insidiosas directas de Pompeya, sino de conversaciones de tus invitados, de otros familiares, de tus amigos: «Qué lástima que sea una hija y no un hijo, con la falta que tiene César del apoyo de un joven heredero a su lado». «Sí, es bonita y fiel a su padre, leal a su causa, pero es sólo una mujer». ¿Crees acaso que no he llegado a odiar ser quien soy, ser lo que soy, porque no puedo ser el apoyo que necesitas para enfrentarte a tantos enemigos como tiene la causa popular, que es la nuestra, tuya y también mía, en Roma?

»Pero resulta que como soy una hija y no un hijo, me mantienes alejada de todo peligro, protegida. Tengo más de veinte años, la mayoría de las romanas se casan mucho antes. Has retrasado comprometerme con alguien hasta más allá de lo razonable según nuestras costumbres. Y sé que todo esto lo has hecho por amor a mí. Y te lo agradezco, padre, te lo agradezco infinitamente. —Inspiró aire y continuó, recapitulando, yendo ya a la clave de lo que quería decir—: Padre, mi matrimonio con Pompeyo puede darte todo lo que necesitas ahora. Todo.

César se levantó también, de nuevo, aún más irritado que cuando tenía frente a sí a Pompeyo. Que su propia hija se le enfrentara lo descomponía.

—¡No quiero a alguien todopoderoso para ti! ¡No importa lo que Pompeyo pueda ofrecerme! —De pronto bajó el tono de voz, casi como si implorase que su hija le entendiera—: Quiero a alguien que te quiera, Julia, y que te trate bien y con quien estés segura, por Hércules. Quinto Servilio quizá no esté enamorado de ti, pero me consta que es un buen hombre y que te tratará bien.

Habían hablado a gritos, enfrentados cara a cara en el centro del atrio, pero el tono suave y tierno de las últimas palabras de César hizo que Julia, en su respuesta, hablara con lágrimas en los ojos:

—¿Y crees acaso, padre, que Pompeyo se atrevería a hacerme daño, a mí, a tu hija? ¿Crees acaso que hay alguien en Roma que no sepa a estas alturas que soy lo que más quieres en este mundo? ¿Crees que hay alguien en Roma que no sepa ya que si alguien me toca un solo pelo contra mi voluntad es hombre muerto? ¿Por qué crees que Pompeyo reclama el matrimonio conmigo? Ya sé que no me quiere, que sólo se quiere a sí mismo. Sólo se ha casado por interés, con Antistia, con Emilia y con Mucia Terma. La primera para salvarse de un juicio, y las otras dos por orden de Sila. Pompeyo únicamente quiere casarse conmigo porque te teme y sabe que necesita, como tú muy bien has dicho, un rehén para controlarte. Y a un rehén ni se le mata ni se le maltrata, porque entonces perdería el control sobre ti. Por eso quiere casarse conmigo, porque sabe que si tienes legiones bajo tu mando, la única forma de que no te revuelvas contra él es que yo sea su esposa y que le dé hijos. Pompeyo necesita un pacto de sangre. Y tú también, padre. Y yo soy ese pacto de sangre.

Calló.

César estaba a un pie de distancia de su hija, con la respiración agitada. Intentó serenarla. Se giró y se sentó en su *triclinium*, sin reclinarse.

—Durante años he odiado ser tu hija y no tu hijo, padre —insistió la joven—, pero hoy, por fin, ser tu hija es más importante que ser tu hijo, porque ningún hijo podría conseguirte lo que yo puedo obtener para ti: el apoyo total y completo de Pompeyo en el Senado y tu camino abierto hacia el *imperium* militar, hacia el mando directo sobre varias legiones por un periodo de cinco años. Ningún hijo podría darte tanto. —Se agachó, se puso de rodillas ante su padre y le cogió las manos mientras seguía hablando con lágrimas en los ojos—: Hoy lloro porque soy feliz, porque por fin le veo sentido a ser tu hija y no tu hijo, porque puedo darte todo aquello que necesitas para tu causa, para la causa popular, para los derechos del pueblo, para todo en lo que has creído siempre y que pasa por que puedas realizar una gran campaña, saldar todas las deudas y, siendo tan poderoso como Pompeyo o Craso, cambiar todas las leyes que haya que cambiar para favorecer al pueblo de Roma.

»Es necesario que tengas no sólo poder político, padre, sino también independencia económica y poder militar, que es lo único que respeta el Senado. Y yo, hoy, puedo ofrecértelo. Soy la llave que te abre todas las puertas.

Miró al suelo y tragó saliva, aún sin soltar las manos de su padre, de rodillas ante él, y continuó hablando con toda la convicción y con todo el cariño que pudo:

—Ésta es mi guerra, padre. Si fuera un hijo, no me casarías con Quinto Servilio, que sería lo mismo que dejarme en retaguardia, sino que me llevarías a luchar contigo en primera línea, como has hecho siempre y como siempre harás. Combatiendo con inteligencia y con astucia, pero sin cobardía. Padre, no me alejes de la lucha que sí puedo luchar: este matrimonio con Pompeyo es mi guerra, es mi batalla. No me retengas en retaguardia, no dejes que me avergüence más por no poder ayudarte. Utilízame para este combate contra los *optimates* que es el combate de todos nosotros. Tú te casaste con madre por la causa popular. ¿No he de hacer yo lo mismo que vosotros?

—Pero Pompeyo... —César empezaba a notar los ojos llorosos—. Pompeyo es cruel con todos y un salvaje y un egoísta. No es lo mismo. No puedo permitir...

—Sí, puedes y debes, padre, y lo sabes —se opuso ella con energía, agarrada a sus manos. Insistió en su argumento—: Sinceramente, ¿crees que Pompeyo se atrevería a hacerme el más mínimo daño sabiendo que se expondría a tu venganza?

César cerró los ojos y negó con la cabeza:

—No lo sé... No lo sé... Está loco. Por algo lo llaman «el Carnicero».

Ella se levantó despacio y le dio un beso a su padre en la mejilla, muy dulcemente, con ternura infinita.

—Eres mi padre. A ti te corresponde esta decisión como *pater familias*, y a tu autoridad me someto. Pero antes de que decidas nada, quería que supieras cómo me siento. Y ahora... ¿me das tu permiso para retirarme?

César abrió los ojos.

—Adelante, hija —respondió.

—Gracias, padre. —Julia se giró un instante hacia Aurelia—: Sólo tú puedes convencerlo, abuela.

Aurelia no era mujer de lágrima fácil, pero la miró orgullosa, con los ojos encendidos por la admiración.

—Descansa, pequeña —le dijo.

Julia se retiró, caminando despacio sobre el mosaico manchado de vino.

Calpurnia se levantó asimismo, muy lentamente:

—Yo también me retiro, si a mi esposo le parece bien… —dijo en voz baja, casi en un susurro.

César asintió, de pronto consciente de que habría herido los sentimientos de su joven esposa al proponer divorciarse de ella ese mismo día en un intento desesperado por evitar el matrimonio entre Pompeyo y Julia, pero no dijo nada. No tenía fuerzas ni para disculparse.

Madre e hijo se quedaron a solas en el atrio.

—Tu hija tiene razón en todo —dijo Aurelia—. No añadiré nada a sus palabras, porque Julia ha hablado como el mejor orador en el mejor debate del Senado. Sólo voy a respaldar lo que ella te reclama. Julia ya no es una niña, sino toda una mujer; una mujer muy valiente. Acepta ese maldito pacto de sangre, hijo. Hazlo también por ella: no le arrebates su derecho a combatir por la causa de todos, no le arrebates su derecho a luchar sus batallas y a hacerlo con la cabeza alta. Ni tu maestro, Apolonio de Rodas, lo habría hecho mejor. Su alegato es inapelable: si fuera tu hijo, no la mantendrías en retaguardia y, como ha dicho ella, ésta es su guerra. No le quites a la niña el derecho que tiene de combatir por la causa de todos. Además, en esto tu hija tiene también razón: Pompeyo no se atreverá nunca a hacerle ni un rasguño. Y, en el improbable caso de que eso ocurriera, ella, que es muy inteligente, encontraría la forma de hacerte llegar un mensaje y tú descargarías tanta ira sobre Pompeyo que de él no quedaría en la historia ni las cenizas. Sé de lo que eres capaz, hijo, como sé que, sin embargo, para liberar toda tu fuerza, has de aceptar este maldito pacto de sangre, como lo ha llamado la niña… No —se corrigió—: como lo ha llamado… Julia, que no es una niña ya, sino toda una mujer. Una mujer muy valiente.

Aurelia se levantó y llegó junto a su hijo.

—Y, por favor —añadió—, no derrames más vino sobre ese mosaico. Costó mucho dinero y me gustaría mantenerlo limpio.

XCI

El enemigo interno

Domus publica, **residencia de la familia Julia**
Esa misma noche

César entró en el dormitorio.

Calpurnia ya estaba echada en la cama, pero al verlo llegar se incorporó en señal de respeto.

—Pensaba que vendrías más tarde —se excusó ella—. Si no, te habría esperado.

—Está bien —respondió César mientras intentaba quitarse la fíbula que sostenía su toga. Lo normal habría sido que llamara al *atriense* para que lo ayudase, pero no tenía ganas de hablar con nadie.

Calpurnia se levantó y se acercó a su esposo para asistirlo. Con destreza liberó la fíbula y, con pericia y mano diestra, empezó a recoger y plegar la larga túnica conforme su marido se la quitaba. Mientras la joven dejaba la toga en una esquina de la habitación y él se ponía la túnica de noche, César pensó que era buen momento para una disculpa:

—Siento lo que he dicho antes —comenzó a media voz.

Ella se volvió hacia él, confusa.

—Me refiero a eso de divorciarme de ti para casarme con la hija de Pompeyo —precisó—. Estaba desesperado, buscaba una salida para no desposar a mi hija con ese... miserable. No hay nada en tu comportamiento que merezca esa reacción por mi parte. Lo siento. —Suspiró.

—Lo entiendo —respondió Calpurnia.

Él la miró. Se había casado con ella forzado por el propio Pompeyo, pero su joven esposa, al contrario que la nieta de Sila, se desenvolvía con sencillez, con humildad, y saltaba a la vista que hacía cuanto podía por agradarle a él y al resto de la familia. Hasta Julia estaba encantada con ella.

—No te he dedicado mucho tiempo desde que nos casamos —inició él, dubitativo, mientras se sentaba en la cama y la llamaba con un gesto a su lado.

—Mi esposo es procónsul de Roma. Tiene muchos asuntos que atender.

César asintió. En aquel instante, en medio de aquella crisis, preferiría poder departir con Servilia. Echaba de menos su agudeza y su madurez, pero la joven Calpurnia no tenía la culpa de tener sólo dieciocho años y nada de experiencia sobre la política de Roma. La muchacha mostraba una paciencia infinita con él. Calpurnia era tranquila, puro sosiego. Podría ser la solución a algo que le preocupaba desde que había prometido en matrimonio a Julia con Quinto Servilio Cepión. Ahora ese acuerdo parecía anulado, pero al margen de quién acabara siendo el marido de Julia, eso no cambiaba lo que llevaba ya meses inquietándole.

Se sinceró con Calpurnia:

—Verás, quiero pedirte algo… —empezó.

Ella lo miró muy atentamente.

—Mi hija va a casarse, eso es un hecho, no sé si con Quinto Servilio, como tenía pensado, o con ese miserable de Pompeyo. Esto es algo que aún he de decidir. Pero esto implica que se irá de la *domus publica*, como ya lo hicieron mis dos hermanas, ¿me comprendes?

Calpurnia asintió un par de veces.

—Eso quiere decir que si tú me acompañaras al norte, a la campaña militar que estoy a punto de iniciar, mi madre se quedaría sola, y no quiero que se quede aquí sin nadie. —César negó con la cabeza y calló unos segundos antes de seguir hablando—: Es una mujer fuerte, capaz de cargarlo todo sobre sus hombros, pero la conozco bien y sé que cada día que pasa está algo más débil. Se hace mayor. Su cabeza, sus ideas, siguen siendo certeras, aunque a veces me duelan, pero su cuerpo no es el de hace unos años. Su fortaleza no es la misma. Lo veo en cómo se levanta y cómo se sienta, cada vez más despacio. Y en otros pequeños detalles percibo cómo todo le requiere más esfuerzo, aunque ella trate de ocultarlo y no diga nada al respecto. Mi madre no admitiría una debilidad ni bajo tortura. —Se sonrió un instante, pero continuó con seriedad—: Están los esclavos, por supuesto, pero me iría al norte más tranquilo si alguien como tú se quedara con ella y… la cuidara. ¿Harías eso por mí?

—Por supuesto —respondió Calpurnia—. Lo que mi esposo desee. Aunque…

César arqueó una ceja, no había esperado que ella fuera a replicarle.

—… aunque no sé quién cuidará a quién. —La joven esbozó una tímida sonrisa.

—Bueno… —empezó César, cuando de repente se sintió algo mareado y percibió un malestar extraño en el estómago. Era una sensación que jamás había sentido antes… Se obligó a seguir hablando—: A mi madre, desde luego, le diré que te cuide ella a ti. —Y también sonrió—. Eso le parecerá lo normal.

Calpurnia se sintió bien con aquella complicidad con su esposo. En ella el rencor no tenía cabida, ya estaba olvidada esa sugerencia del divorcio, igual que prefería ignorar los rumores que hablaban de las relaciones que César quizá mantuviera con otras mujeres. Ella estaba decidida a valorarlo en función de cómo él la tratara, que era lo único que podía darle datos tangibles y claros…

De pronto vio que César se llevaba la mano al estómago.

—¿Está bien mi marido? —preguntó Calpurnia.

—No lo sé —respondió él, la mano por debajo de la túnica—. Quizá algo me ha sentado mal, o todos estos nervios, la discusión con Pompeyo, las palabras de mi hija, que mi madre la apoye, ver abocada a Julia a una boda que no puedo concebir…

César se levantó, masajeándose el estómago con la mano, tratando de calmar el dolor con un cambio de postura, pero alzarse sólo agravó sus sensaciones: los mareos retornaron con más intensidad y todo se volvió gris a su alrededor, como si una densa niebla lo engullera.

Él ya no era consciente, pero se estaba derrumbando. Sólo la rápida reacción de Calpurnia, que corrió a su lado al verlo desvanecerse, evitó que cayera a plomo al suelo y se lastimara gravemente. Aun así, era demasiado corpulento como para que ella pudiera sostenerlo en pie. No obstante, con esfuerzo, Calpurnia pudo transformar la caída de su esposo en un lento derrumbe, y poco a poco, arropado por su abrazo, César quedó tumbado en el suelo. Iba a salir a pedir ayuda cuando comenzaron las convulsiones: los brazos de César empezaron a moverse como a espasmos, y enseguida también las piernas.

La joven entró en pánico.

—¡Ayuda! —gritó Calpurnia al tiempo que intentaba sujetar los fornidos brazos de su esposo, pero sus esfuerzos eran inútiles. Era demasiado fuerte para ella—. ¡Ayudaaa! —insistió la muchacha.

Aurelia fue la primera en aparecer y, tras ella, Julia acompañada por Habra, su doncella.

—Vosotras cogedlo por los brazos —ordenó Aurelia a Calpurnia y a Julia, antes de mirar a Habra—. Nosotras, por las piernas. Así, hasta que terminen las convulsiones.

Aurelia había visto a hombres en circunstancias similares: gladiadores heridos en combate en la arena, legionarios veteranos que se desplomaban en medio del foro sin motivo aparente... Los episodios podían ser breves o alargarse.

Pero la fortaleza de César las superaba.

—Se va a hacer daño —dijo Julia, pues César golpeaba con brazos y piernas en el suelo, incapaces las cuatro mujeres de contenerlo.

Aurelia se dirigió a Habra:

—Ve a por el *atriense* y que venga con tres esclavos fuertes... ¡Rápido, por Hércules!

La esclava obedeció a la carrera.

Las convulsiones continuaban, también los golpes de César, pero lo peor estaba por venir: la cabeza empezaba a convulsionar también.

—¡Una almohada! —gritó Aurelia mirando a Calpurnia.

La joven soltó el brazo que sostenía, fue rauda a por un almohadón del lecho y, comprendiendo bien lo que su suegra pretendía, dispuso la almohada por debajo del cuello de César, de modo que amortiguara los cabezazos contra el suelo.

Llegaron los esclavos.

—¡Sujetadlo! —les ordenó—. ¡Y tú, Julia, intenta que no mueva la cabeza!

Los esclavos se abalanzaron sobre su amo e imitaron todos al *atriense*, que puso su torso sobre una pierna y, así, situándose cada uno sobre una extremidad, pudieron evitar por fin los espasmos.

Julia, por su parte, mantenía al cabeza de su padre pegada a la almohada, poniendo sus pequeñas manos sobre la frente.

Aurelia y Calpurnia, ya en pie, asistían pálidas a la escena.

Apenas fueron unos instantes más, pero se les hicieron horas.

—Parece que ya no se mueve —dijo Julia.

—Eso parece —confirmó su abuela—. Soltadlo —dijo a los esclavos.

Éstos se levantaron liberando las piernas y brazos de su amo, que quedó en el suelo, aún sin sentido pero ya inmóvil.

—Ponedlo en la cama y llamad al médico —ordenó Aurelia.

Lo hicieron.

Acto seguido, el *atriense* dio instrucciones a los otros tres esclavos para que se quedaran junto a la puerta de la habitación, en el pasillo; respetando la privacidad de los amos, pero prestos a asistirlos si de nuevo era necesario, y él salió en busca del médico griego que habitualmente atendía a la familia Julia.

—¿Qué ha pasado? —preguntó Aurelia en la intimidad del dormitorio, sus ojos clavados en la joven Calpurnia.

—Estábamos hablando… tranquilamente —explicó, entre aturdida y nerviosa. Temía que se la culpase de lo ocurrido.

Aurelia se dio cuenta.

—Sólo dime qué ha pasado. —Se sentó a su lado, junto a César, en el borde del lecho, y le tomó la mano—. Únicamente quiero saber cómo ha sido, para contárselo al médico cuando llegue. Esto no es culpa tuya.

Calpurnia, más tranquila, entró en detalles:

—Estábamos hablando… se disculpó. No tenía por qué, pero lo hizo, por lo que había dicho de divorciarse de mí. Y se mostró, de nuevo, muy preocupado por la petición de matrimonio de Pompeyo con relación a Julia. Empezó a… —Meditó un instante, quería ser precisa—. Empezó a dolerle el estómago, se levantó de la cama, se mareó y se derrumbó. Yo lo cogí para que no se desplomara. Las convulsiones comenzaron y pedí ayuda.

Aurelia asintió.

—Nada de esto es culpa tuya, pequeña —insistió la madre de César mientras repasaba sus palabras—. Es esa maldita petición de Pompeyo que mi hijo no puede digerir de ningún modo.

Se hizo el silencio.

Esperaban al médico.

César seguía sin sentido, pero respiraba. Podían ver su pecho ascendiendo y descendiendo rítmicamente y eso las tranquilizaba un poco.

—Quizá no debería desposarme con Pompeyo, abuela —dijo Julia—. No si eso va a causarle una enfermedad mortal a mi padre. Yo sólo quería ayudar...

—Lo que tiene tu padre nos lo dirá el médico. Fidias es competente en su disciplina —respondió Aurelia con contundencia—. Tú te casarás con Pompeyo, y tu padre tendrá que aprender a sobrellevarlo y, además, irá al norte, a realizar la campaña militar que lleva diseñando desde hace años.

—¿Y las convulsiones? —insistió Julia.

—Esperemos al médico —insistió sin dejar margen a más debate.

Fidias llegó, examinó a César y confirmó que el episodio había terminado.

—Si no ha tenido más convulsiones en todo este tiempo, no es probable que vuelva a tener ya más esta noche. Pero sugiero que se le vigile hasta el amanecer.

Aurelia miró a Calpurnia.

La joven cabeceó afirmativamente.

—¿Esto puede repetirse? —preguntó entonces Aurelia. Tenía claro que una enfermedad no iba a dejar de manifestarse sólo porque ella lo dijera.

—Veamos: malestar de estómago, mareos, pérdida de conocimiento y convulsiones. Ésos son los síntomas que me habéis referido. Todo apunta a que el procónsul padece el *morbus divinus.** Hipócrates le quita el carácter divino y prefiere llamarla *morbus maior*, y nos habla de él en su tratado *De morbo sacro*, pero lamentablemente, *domina*, pocos datos da sobre tratamientos eficaces.

»Con esta enfermedad todo es difícil de predecir. Lo único que sé con seguridad es que quien la padece ha de mantenerse apartado, en la

---

* Nombre en latín para el «padecimiento sagrado», más conocido como «la enfermedad sagrada», término con el que se referían los griegos y los romanos a la epilepsia.

medida de lo posible, de situaciones tensas. La calma es lo único que puede favorecer que no se repitan estos episodios. Una vida tranquila sería lo mejor para él, aunque pedir esto a un procónsul de Roma es prácticamente un sinsentido. En todo caso, el senador tendrá que saber que en los momentos de mayor tensión le pueden sobrevenir las convulsiones y, no sé cómo, pero tendrá que esforzarse por mantener el sosiego en mitad de las circunstancias más adversas. Mucho me temo, *domina*, que a partir de ahora el mayor enemigo del procónsul de Roma viaja con él. En su interior. Y es un enemigo feroz.

Aurelia iba grabándose en la memoria todo lo que el médico le decía para referírselo a César con detalle cuando se recuperara.

—Lo que no entiendo —contrapuso Aurelia— es cómo esto no le ha pasado antes. Mi hijo ya ha estado en situaciones de enorme tensión.

—En su mente estaban la batalla de Mitilene, el secuestro por los piratas, la guerra contra Espartaco, el juicio a Dolabela, las durísimas sesiones en el Senado... No tenía sentido.

—Sin duda, sin duda —aceptó el médico—, pero esta enfermedad es peculiar, y aunque con frecuencia se detecta desde temprana edad, con convulsiones desde la infancia, hay ocasiones en que se desarrolla más tarde. Éste parece ser el caso del procónsul. Y también es posible...

—También es posible ¿qué? —inquirió Aurelia ante el silencio abrupto de Fidias.

—También es posible, *domina*, que quizá lo que haya ocurrido hoy en esta casa, que desconozco y no es asunto que me concierna, sea lo más duro, difícil y tenso por lo que haya pasado el cónsul en su vida.

La anciana miró a Julia y ésta asintió. Las dos tenían claro que el médico no erraba en aquel punto. Aun así, las enfurecía que aquel hombre que parecía tener explicación para todo no tuviese remedio para nada. Aurelia pagó al médico con generosidad, pese a que habría querido más de él, y lo dejó marchar.

Era ya pasada la *secunda vigilia*.

Calpurnia se quedó junto a su esposo, con la orden por parte de Aurelia de volver a reclamar ayuda si se repetían las convulsiones.

***Domus publica*, residencia de la familia Julia**
Al día siguiente

Aun así, la noche transcurrió tranquila.

Al amanecer, César acudió al foro y atendió diversos asuntos con normalidad. La toga, dispuesta con la supervisión de su madre, cubría algunos moratones sobre los que nadie en la familia quería tener que dar explicaciones.

Aurelia aprovechó la ausencia de su hijo para resolver lo que ella consideraba un cabo suelto en todo aquel incómodo episodio y convocó a su presencia al *atriense*, a los tres esclavos que lo asistieron en la noche y a Habra, la doncella de Julia.

Tenía a los cinco en pie, en medio del atrio, y se dirigió a ellos reclinada en un *triclinium*, con gran serenidad pero con ese tinte de advertencia de quien no está dispuesto a deslealtad alguna.

—No quiero que habléis con nadie de lo que ayer pasó aquí —les ordenó—. ¿Están claras mis instrucciones sobre esto?

Todos asintieron a una, pero Aurelia no parecía satisfecha.

—Ni mi nieta ni mi nuera van a contar lo que pasó anoche a nadie, ni el médico Fidias, de quien me consta su discreción, de modo que si alguien se entera en Roma de lo que aquí tuvo lugar sabré que ha sido por uno de vosotros y, si eso ocurre, ordenaré que os azoten a los cinco por igual hasta la muerte. No pienso perder el tiempo en averiguar quién habrá sido el traidor. ¿Ha quedado esto ya bien claro para siempre?

Los cinco esclavos tragaron saliva y volvieron a asentir, esta vez con los ojos abiertos como platos y el sudor asomando a sus manos y a sus frentes. Todos conocían a la *domina* Aurelia y sabían que era tan justa, cordial y generosa en su trato diario con ellos, como firme e inflexible ante las deslealtades. Sabían que sería capaz de hacer exactamente lo que había anunciado si alguien en Roma se enteraba de que el amo César se había desmayado la noche anterior y padecido misteriosas convulsiones.

—Retiraos y volved a vuestras tareas —ordenó Aurelia con un largo suspiro.

Tenía muy claro que si lo ocurrido llegaba a oídos de Cicerón o de Pompeyo, cada uno a su manera encontraría la forma de utilizar en su favor aquella debilidad de César. Su hijo ya tenía bastantes enemigos en aquella imprevisible Roma y ahora habría de luchar también con un enemigo interno, un enemigo que estaba dentro de él mismo; mientras estuviera en su mano, Aurelia al menos trataría de evitar a toda costa que aquello se convirtiese en un arma en manos de sus enemigos políticos.

XCII

La migración

Los Alpes, región habitada por las tribus helvecias
Marzo del 58 a. C.

Las casas ardían desde antes del alba.

Todo el valle era pasto de las llamas.

Y, sin embargo, nadie los había atacado.

Divicón, el líder de los helvecios, contemplaba aquel infierno de fuego muy serio, pero con una expresión tan grave como decidida. Habían sido tres años de conflictos internos entre Orgétorix, Cástico, Dúmnorix y él mismo. Unos, a favor de ponerse en movimiento y salir de aquella región en donde se pudrían de frío y hambre desde hacía décadas. Otros, a favor de permanecer allí y contemporizar con los germanos del norte, las otras tribus galas del oeste y los romanos del sur. Pero al final, a base de violencia y asesinatos, él, Divicón, se había hecho con el control completo de la tribu, como ya lo tuvo en el pasado.

Divicón miraba hacia las llamas. Más de trescientas mil personas estaban bajo su gobierno. Decenas de miles, guerreros dispuestos a todo por conseguir una tierra mejor. Y a la mayoría de aquellos hombres no les importaba si para mejorar ellos tenían que entrar en guerra con otros galos, con los germanos o incluso con los romanos. A nada ni a nadie temían. Eran un pueblo guerrero, eran muchos y no había poder en toda la Galia capaz de frenarlos. Sólo necesitaban un guía y ese guía era él.

En el pasado había bastado con defender el territorio, como lo hizo frente al avance de aquel legendario gladiador, Espartaco, y su ejército de esclavos, pero ahora se trataba de que las tierras que tenían no eran suficientes para alimentar a una gigantesca tribu que no había dejado de crecer en todos aquellos años. Ahora, había que moverse.

Divicón se sabía del ala más dura. Él representaba a los que no estaban dispuestos a retroceder ante ningún obstáculo que les saliese al paso y, mucho menos, ante ninguna tribu enemiga o ningún ejército extranjero. Pero aún había quien dudaba. Por eso ordenó quemar todos los poblados de aquel valle y de los valles colindantes donde vivía el resto de su tribu. Así no habría lugar seguro donde retornar, una chimenea a la que regresar para calentarse, unas pequeñas huertas que continuar cultivando para subsistir a duras penas. Ahora no tenían nada. Sólo podían avanzar hacia el oeste y hacia el sur y hacerse con todo lo que encontraran en su camino: nuevas tierras más fértiles, valles con pasto abundante para el ganado, un mejor clima, esclavos, otras casas, nuevos poblados, otro mundo.

Domus publica, residencia de la familia Julia, Roma
Marzo del 58 a. C.

César repasaba las cuentas familiares en el *tablinum* de la *domus publica*: las deudas eran aún mayores de lo que tenía calculado… También cotejaba mapas y, sobre todo, leía cartas e informes sobre las regiones fronterizas de Roma. Había un informe que le preocupaba en particular. Y una última votación del Senado que lo tenía confundido.

Estaba serio mientras revisaba todos aquellos documentos y meditaba sobre sus proyectos militares.

Los acontecimientos se habían precipitado: tras reposar unos días, se recuperó de las convulsiones y el médico se había mostrado convencido de que, si se mantenía en calma, aquel episodio podría no repetirse. Aunque no fue nada concluyente. Al respecto de aquella enfermedad, cualquier cosa era posible.

César descansó y decidió tomárselo todo con más sosiego. Los últimos meses de enfrentamiento constante con el Senado habían sido durísimos. Sacar adelante la reforma agraria había supuesto un esfuerzo titánico, y la petición final de Pompeyo de casarse con Julia había sido la gota que rebosó el vaso de su resistencia.

Pero ya estaba todo asumido.

Las palabras de Julia y las reflexiones de su madre le llevaron a aceptar el matrimonio entre su hija y Pompeyo como un mal menor. A fin de cuentas, como Julia había dicho, él la trataría bien aunque sólo fuera por egoísmo. Pompeyo era mil cosas terribles, pero no un estúpido y, como él mismo había confesado, se regía siempre por aquello que favorccicra sus intereses: cuidar a Julia iba en la línea de preservar su riqueza, su seguridad y su poder.

Así, Julia se desposó con Pompeyo y él se comportó con su joven nueva esposa como era de esperar: con cierta afectividad y con respeto.

Esto contribuyó a darle a César la paz de ánimo que precisaba, no sólo para que los ataques no volvieran, sino para centrarse en sus proyectos de futuro.

Por su parte, además de portarse con corrección con Julia, Pompeyo cumplió su palabra en lo referente a los asuntos políticos y militares y, tras la boda, apoyó en el Senado la *lex Vatinia* que daba a César el mando de las legiones de Iliria y la Galia Cisalpina durante, al menos, cinco años. La propuesta se aprobó por mayoría al unirse los votos de la facción senatorial de Pompeyo y la de Craso, junto con la propia de César. Cicerón y Catón, impotentes, no pudieron evitar de ningún modo que César se hiciera con un ejército. Un contingente de tropas aún mayor de lo esperado, pues Metelo Céler, nombrado gobernador de la Galia Transalpina, había enfermado y fallecido en pocos días y, para sorpresa de César y con el fin de evitar un vacío de poder en una zona fronteriza, el Senado le había dado asimismo el mando de la legión de aquella provincia en una votación que se le antojaba… extraña. Y sobre la que aún meditaba.

César estaba muy concentrado en el *tablinum*.

La situación política también estaba controlada: los cónsules del nuevo año eran su suegro Calpurnio Pisón y Gabinio, que legisló en favor de Pompeyo para que éste acabara con los piratas. Y tenían a Clodio como tribuno de la plebe, olvidado ya el escándalo de la Bona Dea, que finalmente sólo se había cobrado como víctima la reputación de Pompeya.

Nada ni nadie se interponía ya entre César y sus grandes proyectos.

Su madre entró en el despacho.

Lo vio revisando las cuentas de la familia y observó que también había varios mapas sobre la mesa, casi todos de la región del Danubio, con un nombre, Dacia, rodeado con un círculo.

—Ahora tienes lo que siempre has buscado —dijo ella.

Él se echó hacia atrás en su *solium*, levantó las cejas y la miró.

—¿Qué tengo, madre? —preguntó, aún con aire distraído, sumido en sus pensamientos y cálculos.

—*Imperium*.

César asintió.

—Pero sin dinero —añadió.

—Una campaña exitosa te dará eso en forma de esclavos y botín de guerra —argumentó ella—. Pero sólo pongo palabras a tus propios pensamientos. Eres gobernador de la Galia Cisalpina e Iliria, y el Senado te ha concedido el control de la Galia Transalpina.

César la miraba ya más atento. Todo eso era cierto.

—Tienes ahora cuatro legiones de veteranos en el combate a tu cargo —continuó Aurelia—. Con bastantes hombres en esas tropas que además te conocen, que combatieron contigo en Lusitania cuando fuiste propretor en Hispania.

Aquello también era verdad. Muchos soldados de las legiones del norte procedían de las tropas de la campaña lusitana. Su madre, como siempre, estaba muy bien informada.

—No veo, pues, por qué esa faz tan seria, hijo mío: has marcado ya en los mapas tu objetivo. La Dacia parece un buen plan —insistió ella en tono animoso—. Es una región rica en minería y recursos de todo tipo. Por eso, de tus cuatro legiones, has situado tres en Aquileya, más próximas al Danubio, y sólo has dejado una en la Galia. Todo está trazado en tu mente. ¿Cuál es entonces el problema? El dinero nunca te ha preocupado tanto. Y ahora que estás con opciones a resarcir tus deudas con una gran campaña, menos sentido le veo a que ése sea el motivo real de tus dudas. Porque veo que dudas, hijo mío. Puedo leerlo en tu mirada.

A César le gustaba departir con su madre sobre política, guerra o cualquier asunto militar o de gobierno, porque ella nunca se andaba con rodeos, porque le entendía perfectamente y porque era muy inteligente en sus consejos. Y porque casi le leía el pensamiento.

Tomó entre las manos el brazalete de oro puro en forma de serpiente que le había mostrado a Labieno hacía ya seis años, cuando empezaba a planear todo esto que ahora veía tan cerca. Había sido un camino muy largo. Habló mientras jugaba con él entre los dedos.

—Como siempre, madre, has atinado en todo lo que dices. La Dacia es mi objetivo, la solución a todos nuestros problemas financieros y el medio de hacerme, por fin, lo bastante fuerte como para forzar al Senado a emprender un auténtico programa de reformas popular que ayude al pueblo de Roma frente a los privilegios de los senadores más corruptos y poderosos. Pero… ha surgido un problema.

—¿Te refieres a las convulsiones?

En efecto, su madre no se andaba con rodeos.

—No pensaba en ello ahora, madre, aunque sin duda es algo que tengo presente y contra lo que tendré luchar en adelante. Pero no es eso lo que me hace dudar. Es… otro problema. Para ser más precisos, según los informes que acabo de recibir esta mañana, me han surgido más de trescientos mil problemas.

—¿Trescientos mil? —repitió ella, intrigada y confusa.

—Los helvecios han abandonado los Alpes y avanzan hacia el corazón de la Galia. Están atacando ya a tribus aliadas de Roma —anunció César—. Los informes hablan de unos trescientos mil helvecios. Además, creo que… —Se detuvo, pensativo.

—Además… ¿qué? —preguntó su madre, sentándose también ella. Comenzaba a entender la magnitud de la crisis a la que se enfrentaba su hijo.

—Además, el Senado ha decidido muy rápidamente que la Galia Transalpina quede bajo mi mando tras la muerte de Metelo Céler, y aunque eso me proporcione una legión más, tras el movimiento de los helvecios, también me convierte en el militar romano más próximo a ese conflicto. Cada vez estoy más convencido de que Pompeyo quiere alejarme de mi proyecto de invadir la Dacia y hacerme con el control de esas minas de oro para Roma. Creo que quiere forzarme a un combate con el que no contaba. Por eso digo que tengo trescientos mil problemas. Y me están esperando en el laberinto de la Galia.

XCIII

Una migración diferente

**Puerto de Ostia, a veinte millas de Roma
58 a. C.**

La niña, como le gustaba hacer desde que navegaba por el Nilo, miraba con sus ojos grandes y negros justo por encima de la barandilla de la cubierta del barco griego que los había llevado desde Alejandría hasta Atenas, y después desde Atenas hasta las costas de Italia.

Había crecido. Ahora podía apoyar las manos y los brazos con comodidad sobre la madera de la barandilla mientras pensaba.

Iban escoltados por varias trirremes militares romanas. Una pequeña flota para disuadir de acercarse a ellos a los pocos piratas que aún quedaran en acción tras las victorias de Pompeyo. Eran gente importante. Con dinero. Tanto como para comprar senadores romanos desde la distancia, desde Oriente, desde Egipto.

Cleopatra lo observaba todo con inmensa atención. El puerto de Ostia, la base marítima de la ciudad de Roma, bullía de actividad y allí, para su sorpresa, vio tantos barcos como en su ciudad natal de Alejandría. Llevaban más de un año de viaje y había visto los puertos de Rodas o El Pireo de la legendaria Atenas, pero ni aquella isla oriental, pese a su historia, ni El Pireo, pese a los siglos de actividad pasada, la impresionaron. Ostia sí. Porque era un hervidero de pujanza. Y ella era intuitiva. Rodas y Atenas decrecían, languidecían, como si vivieran del recuerdo. Roma no. Roma, le resultaba evidente, sólo estaba creciendo.

Aristarco, el viejo bibliotecario, ya le había explicado cómo Roma dominaba todo el Mesogeios Thalassa* occidental y cómo influía, cada vez más, en toda su parte oriental. Desde la misma Atenas hasta las remotas tierras de lo que los romanos llamaban Hispania, las costas de la antigua Cartago o centenares de ciudades de todo el mundo conocido rendían pleitesía a quienes enviaban sus barcos desde aquel puerto. Aunque ella había aprendido más durante aquel periplo. Su padre, el faraón, le presentó a su nuevo tutor justo antes de abandonar Alejandría.

—Sabes que hemos de abandonar Egipto, mi pequeña princesa, ¿verdad? —le había dicho.

Cleopatra era una niña, pero había visto los disturbios en las calles de Alejandría y las discusiones de su padre con los sacerdotes.

—Sí, lo sé, padre —respondió ella.

—Aristarco es muy anciano y su sitio es la biblioteca —continuó el faraón—. Filóstrato —le señaló a un hombre maduro que estaba en un extremo de la gran sala de audiencias del palacio real de Egipto— será tu nuevo tutor. Es un sabio, no sé si tanto como Aristarco, pero él nos acompañará y te seguirá educando. ¿De acuerdo?

A Cleopatra le sorprendía que su padre le preguntara su parecer. Él era el faraón, un dios en la tierra de los hombres, pero siempre la trataba con una deferencia que no había visto que empleara con nadie más.

Y partieron de Egipto.

Filóstrato fue quien le enseñó que los romanos, más que marinos como los fenicios o los griegos, eran seres terrestres. Eran sus legiones, que avanzaban por calzadas de piedra y grava que se extendían por todos sus dominios, las que imponían el orden militar, el control absoluto sobre sus súbditos. Y eso la hacía meditar: si el puerto de Ostia la impresionaba por su bullicio y su actividad comercial y, sin embargo, el mar no era su fuerte, aunque habían acabado con los piratas, ¿cómo de fuertes serían sus legiones armadas?

Filóstrato aún compartió con ella un conocimiento más sorprendente, y a sus ojos inexplicable: los romanos no tenían rey, ni nada parecido a un faraón. Se regían por una extraña combinación de cónclaves que denominaban Senado y asambleas del pueblo. Aquello era lo que la tenía más perpleja de todo.

* «Mar entre tierras», el mar Mediterráneo, según la cultura griega.

—Estamos llegando —le dijo Filóstrato, que acababa de subir a cubierta y se situó a su lado.

La compañía de su tutor en aquel viaje fue una bendición para ella. Aristarco, tal y como habían hablado, se quedó en Alejandría; y su padre siempre estaba ausente o negociando apoyos para retornar a Egipto. En realidad, él era su única familia. Ojalá su madre no hubiese muerto hacía ya tanto tiempo.

Su madre.

¿Quién fue realmente su madre?

Siempre ese silencio sobre el asunto. Ni Aristarco, ni Filóstrato, ni mucho menos su padre le desvelaron nuca nada al respecto. Cleopatra creía recordarla. Hablándole en egipcio,* no en griego, y eso siempre la había confundido. Las mujeres de la realeza tolemaica hablaban griego. Sólo las esclavas hablaban egipcio. ¿Era ella hija de una esclava, de una concubina de su padre? La idea la atormentaba, pero se había hecho fuerte. Por eso se esmeraba tanto en todo: en el estudio, en la monta de caballos, en la lectura… para regocijo de Filóstrato y agrado de su padre, pero ante la indiferencia, cuando no el desprecio, de los sacerdotes, que siempre favorecían —en todo, actos públicos y privados, audiencias y ritos religiosos— a su hermana mayor, Berenice, a la que sí consideraban legítima. Luego estaban sus dos hermanos pequeños, Tolomeos también de nombre según la costumbre en la dinastía, que eran aceptados como legítimos por la clase sacerdotal, pero apenas tenían tres y un año respectivamente. Ella, Cleopatra, era para todos los sacerdotes y muchos consejeros reales el cabo suelto, un desliz, un capricho de su padre.

Sí, cada vez estaba todo más y más claro en su cabeza.

Su padre. Un ser enigmático para ella. Pese a que la llevara siempre con él, las conversaciones entre ambos eran breves y la información que él le proporcionaba, muy limitada. Se avergonzaba de decisiones que había tomado y de acciones que había ejecutado, eso a ella le resultaba evidente. ¿Era un buen o un mal gobernante? La clave de toda la crisis en la que actualmente se encontraban envueltos estaba relacionada, precisamente, con Roma: ésta crecía y crecía sin control. Roma se había hecho con el dominio del mar y de gran parte del Orien-

* Seguramente en una versión del demótico más tardío.

te, y su padre, que consideraba que era imposible derrotar a Roma por las armas, había permitido que los romanos se anexionaran Chipre.

Su padre llegó a un pacto con el Senado romano en el que evitaba la guerra a cambio de la cesión de la isla. Fuera esto inteligente o no, tanto el pueblo como los sacerdotes egipcios lo consideraron una muestra de debilidad ante Roma. Tolomeo XII perdió el control del país y, a partir de ahí, tuvieron que exiliarse vagando por todo el Mesogeios Thalassa hasta recalar en Roma, su destino aquel día, donde Filóstrato le había explicado que su padre tenía grandes amigos, poderosos romanos, que podían ayudarlo a restituirlo en el trono en el que ahora se sentaba su hermana mayor Berenice, entronizada por los sacerdotes como Berenice IV, que se había dejado manipular por el consejero Potino y la curia religiosa de Alejandría y se había negado a negociar con su padre, decidida a quedarse con todo el poder para ella.

Cleopatra tenía once años, entraba en la adolescencia, esa edad en la que uno empieza a hacerse cada vez más preguntas. Y ella se hacía muchas. Teniendo en cuenta la familia en la que había nacido —donde la lucha por el poder era a muerte y no distinguía a hermanos o a padres o a hijas—, y sabiendo que las conjuras y los asesinatos estaban a la orden del día, ella no era que hiciera muchas preguntas, sino que, para los sacerdotes de Egipto, hacía demasiadas.

Pero Cleopatra se había grabado a fuego en la memoria algo que su maestro le decía siempre: «Uno es esclavo de sus palabras y dueño de sus silencios». Y había aprendido a callar.

Por el momento.

Se sabía aún muy pequeña. Muy insignificante.

Pero ella no se consideraba ni pequeña ni insignificante.

Era hija de un faraón y, quisieran o no los sacerdotes de Egipto —esos mismos sacerdotes que ella había visto mentir al pueblo en el templo de Horus y Sobek, en Nubt—, era princesa de Egipto y sólo por eso tenía tanto derecho al trono como su hermana mayor. O más aún. A fin de cuentas, era hija del faraón y de una mujer egipcia. Ella era el Nilo.

Pero por ahora, mientras la nave egipcia de Tolomeo XII embocaba el puerto de Ostia, cerca ya de Roma, Cleopatra se limitaba a mirar con sus ojos grandes y negros por encima de la barandilla del barco. Sólo que su barco ya no navegaba únicamente por el Nilo. Había un destello, un fulgor especial en su mirada… Estaba aprendiendo que el mundo era más grande. Aunque era un mundo que quería dominar a Egipto, subyugarlo… ¿Y si fuera Egipto quien decidiera, quien gobernara el mundo?

Parpadeó.

¿Sin legiones?

Su padre intentaba salvar a Egipto de Roma con dinero.

Potino y los sacerdotes que manipulaban a su hermana Berenice creían que podían resistir por la fuerza.

¿No había más medios para controlar a Roma?

El barco atracaba.

Las maromas se ataban a los muelles. Estaban a punto de desembarcar.

XCIV

Decisiones, encuentros y adioses

Domus publica, residencia de la familia Julia, Roma
58 a. C.

—Son los helvecios los que lideran la migración, madre —continuaba explicándose César—, pero se les han unido otras tribus: los ráuracos, los tulingos, los latóbrigos, los boyos y los tigurinos. Es un enorme movimiento de guerreros con sus familias enteras. No van a hacer una incursión, saquear y retirarse. Van a establecerse en otro territorio que, sin duda, será más al oeste o al sur, ocupado por tribus aliadas a Roma, o incluso quizá quieran apropiarse de asentamientos o colonias romanas en la Galia Transalpina o en las proximidades de Tolosa o Massalia.* Es como si se repitiera la invasión de los cimbrios, teutones y ambrones que tuvo que repeler mi tío Mario. El dinero, las minas de oro cuya conquista me daría un enorme prestigio ante todos, pueblo y Senado, están en la Dacia. Los dacios son un pueblo organizado y con un ejército preparado, pero, por eso mismo, más propicios al combate ordenado, mientras que las tribus galas son incontables e imprevisibles en sus movimientos y sus estrategias. Recuerdo bien todas las enseñanzas de mi tutor sobre ellos... ¿recuerdas a Gnipho?

—Gnipho...

Aurelia echó la cabeza hacia atrás y cerró los ojos mientras evocaba

* Actuales Toulouse y Marsella.

al galo, docto en latín y griego, que empleó como *paedagogus* de César cuando éste era sólo un niño. Y rememoró las veces en las que había encontrado al viejo tutor hablando a César de mil historias de la Galia que ella siempre creyó del todo inútiles y que la llevó a recriminárselo en varias ocasiones. «Estás aquí para instruir a César en los autores griegos y latinos, no para entretenerlo con las aventuras de tribus galas que no le conciernen».

Aurelia abrió los ojos: ahora, de pronto, aquellos relatos de Marco Antonio Gnipho no parecían tan irrelevantes.

—¿Qué hago, madre?

La pregunta de César hizo que Aurelia retornara al presente y lo escuchara, de nuevo, con atención.

—El dinero, como te decía, está en la Dacia, en una campaña difícil pero posible con las legiones que tengo en Aquileya y quizá alguna más que pueda reclamar o reclutar para esta empresa. Pero el peligro, como en tantas otras ocasiones para Roma, viene de la Galia.

Ella suspiró, antes de rodear muy despacio la mesa donde los mapas del Danubio y de la Galia seguían desplegados.

—Te has pasado estos últimos diez años intentando conseguir *imperium*, mando militar efectivo y legiones —empezó a decirle—. En el consulado lo tuviste, pero no encontraste ocasión de ejercer ese poder y por eso negociaste con Pompeyo y Craso que te designaran gobernador de la Galia Cisalpina e Iliria y obtener ese mandato militar de varios años. Y esto costó… lo que costó —apuntó Aurelia en referencia a la boda de Julia con Pompeyo, pero sin querer mencionar un hecho que todavía era, y lo sería siempre, doloroso para su hijo—. Tenías un objetivo bien planificado, esas minas de oro, por el cual el Senado podría permitirte entrar en combate, pero, como bien has explicado, los movimientos de los galos sólo presagian que su migración acabará yendo hacia el sur o al oeste, afectando a tribus aliadas que a su vez tendrán que replegarse y, por fin, todos esos desplazamientos afectarán a las provincias de Roma. Y existe la nada desdeñable posibilidad de que, crecidos por sus éxitos, los helvecios, unidos a otros pueblos que mencionas, ataquen Roma como lo pretendieron los cimbrios y los teutones a quienes sólo pudo detener el genio de tu tío Mario.

»En la memoria de los senadores está el temor a un ataque del norte. Si te llevas las legiones de la Galia Transalpina y Cisalpina para una empresa de desenlace incierto en la Dacia, dejando sin vigilancia las fronteras del norte, el Senado te masacrará en sus debates, en particular Catón y Cicerón, y Pompeyo, ante tu inacción en la Galia, pese a estar casado con tu hija, se pondrá de perfil y no te defenderá. Si los helvecios u otra tribu gala atacan territorios romanos, éste será tu primer y último *imperium* y no te harás fuerte como siempre has deseado para cambiar las cosas que hay que cambiar. Has conseguido la reforma agraria, pero hay mucho más que transformar en la República y sólo podrás hacerlo desde una posición de fuerza. Los senadores no temen a un débil.

Aurelia calló un instante.

Los dos contemplaban los mapas desplegados sobre la mesa del *tablinum*.

—Sólo tienes una opción, hijo mío. Y lo sabes. Únicamente buscas oírlo de alguien más que no sean tus propios pensamientos.

César asintió y pronunció la conclusión inevitable a aquel parlamento:

—La Galia.

—La Galia —certificó su madre.

Domus **de Pompeyo, Roma**
En ese mismo momento

Geminio acababa de compartir con Pompeyo todo lo que sabía de los movimientos de los helvecios.

—Eso supone problemas graves para César —dijo Afranio, que también estaba presente, y a punto estuvieron los tres hombres de echarse a reír, pero la joven y esbelta figura de Julia apareció en el atrio.

—¿Se quedarán tus invitados a cenar, esposo mío? —indagó ella con un tono suave.

Pompeyo la miró: Julia era una joven bella y siempre atenta a sus necesidades. Como esposa no tenía la menor queja de ella. Cuando la veía, llegaba a pensar incluso que su pacto con el ambicioso César podía funcionar de verdad.

—Sí. Afranio y Geminio nos acompañarán en la cena —respondió.

—De acuerdo. —Sonrió a los invitados, pero tuvo una sensación extraña, como si le ocultaran un secreto, y volvió a preguntar a su marido—: ¿Ocurre algo?

Pompeyo apretó los labios. No tenía sentido ocultar a su esposa lo que ella, más pronto que tarde, averiguaría por sus propios medios ya fuera hablando con su abuela o con su propio padre que, con seguridad, querría verla antes de marcharse hacia el norte.

—Unas tribus galas, los helvecios y otros pueblos aliados suyos, están moviéndose hacia el oeste. Se trata de gente hostil que amenaza a territorios amigos de Roma.

Julia asintió despacio.

—¿Mi padre tendrá que enfrentárseles?

—Muy posiblemente —confirmó Pompeyo—. Son tribus que sólo saben respetar la fuerza de las armas.

Julia, inmóvil en la entrada del atrio, miraba al suelo. Pero al instante levantó el rostro y volvió a preguntar, con cierto temor a la respuesta.

—Mi padre... ¿correrá peligro?

Pompeyo se debatía entre su deseo de que así fuera y la ternura que la hija de su enemigo despertaba en su corazón. Porque era consciente de que algo empezaba a sentir por la joven. Buscó una respuesta que se compadeciera con todos sus sentimientos, por contradictorios que fueran.

—Tu padre es un hombre muy inteligente. Sabrá resolver la situación.

Julia asintió.

—Voy a disponer todo lo necesario para la cena. —De nuevo sonrió levemente a los tres hombres, dio media vuelta y se marchó rumbo a las cocinas de la residencia.

Ni Pompeyo ni Afranio ni Geminio rieron ya. Se limitaron a permitir que los esclavos rellenaran sus copas y brindaron en un prudente silencio.

—Ah, lo olvidaba —dijo de repente Geminio—. Tolomeo XII ha desembarcado en Ostia y querrá entrevistarse contigo.

Pompeyo miraba el fondo de su copa y respondió mientras pensaba en mil asuntos al mismo tiempo:

—Organízalo.

Una villa junto al Tíber
Al día siguiente

Servilia, aún desnuda sobre el lecho, acariciaba el cuerpo sudoroso de César. Ambos se habían entregado con pasión a los placeres de la carne.

—Regresa pronto a Roma —le dijo ella—. Los buenos amantes no abundan.

—Eso es todo lo que te interesa de mí —replicó él con sorna.

Ella se tumbó boca arriba.

—No. Mi hijo necesita un buen protector en Roma. Eso también me interesa de ti. Ya sabes que Silano no se preocupa por él. Mi segundo esposo no lo siente hijo suyo y lo trata con distancia.

César se tumbó de lado, junto a ella.

La miraba.

—¿Sólo te acuestas conmigo en busca de un futuro próspero para tu hijo Bruto?

—No. —Ella se tumbó también de lado y le habló mirándolo a los ojos—. Pero soy sincera: me gustas en el lecho y me gustas porque puedes ayudar a mi hijo. Ya miento bastante a mi esposo. Contigo me lo puedo permitir.

—Si Calpurnia no me diera ningún hijo, quizá considere la posibilidad de adoptar a Bruto, pero lo lógico es que espere a ver si ella se queda embarazada.

—Es lo lógico —aceptó Servilia—. Es joven. Es lo más probable. Y siempre has deseado un hijo. —Se hizo el silencio—. Aunque puede decirse que Julia ha hecho por ti más de lo que habría podido hacer ningún hijo —añadió.

Él suspiró y se tumbó boca arriba.

Ella sabía que había tocado un punto demasiado sensible para su amante y decidió cambiar de tema y retornar al asunto de Bruto.

—Lo único, con relación a mi hijo —continuó—, es que él no ve con buenos ojos tu pacto con Pompeyo. Ya sabes que Pompeyo asesinó a su padre, a mi primer marido.

—Lo sé —respondió César, mirando al techo de la habitación—. Tú, sin embargo, pareces haber aceptado este pacto mío con Pompeyo mejor que tu hijo.

—Yo, Cayo, tengo edad y perspectiva. Odio a Pompeyo, como tú, pero sé entender que, en ocasiones, en esta disparatada Roma, hay que pactar con quien menos desearíamos. Bruto es joven y para él todo sigue siendo blanco o negro, conmigo o contra mí. Bruto es muy… —buscaba una palabra precisa para expresar lo que pensaba— dogmático. Pone los principios por encima de todo. A veces… —Calló.

—¿A veces? —inquirió César.

—A veces me da miedo lo que pueda hacer por atenerse a sus principios republicanos. Comparte tu visión de que hay que reformar la República, lo sabes. Hubo un momento en que temí que se alineara con Catilina.

—Todo eso ya pasó.

—Pasó, pero sus principios siguen ahí. Está tan en contra de que alguien destaque por encima de los demás, siempre hablando del peligro de una posible vuelta a la monarquía…

—Olvidémonos ahora de todo eso —la interrumpió César, volviéndose hacia ella.

La besó mientras llevaba la mano al sexo desnudo de Servilia.

—¿Otra vez? —replicó ella, sorprendida y excitada a partes iguales por su pasión—. Eres tan fogoso. ¿Lo ves? No hay amantes así en Roma. Vuelve pronto de la Galia.

Foro de Roma
Una comitiva real

—Ahora pasamos por el foro —dijo Filóstrato mirando a la litera de cortinas cerradas en la que iba su joven pupila—. Aquí está el centro del poder de Roma. Ahí está el edificio del Senado, donde se reúnen los poderosos. Y en ese otro lado está la basílica Sempronia: uno de los lugares donde los romanos imparten justicia.

Filóstrato había viajado a Roma en varias ocasiones como embajador del faraón en sus negociaciones con Pompeyo y otros senadores y, en consecuencia, conocía bastante bien la ciudad.

En el interior de la litera, la pequeña Cleopatra miraba a un lado y a otro según le indicaba su tutor. Las cortinas eran como velos que la ocultaban de las miradas de quienes estaban fuera, pero lo bastante ligeros para poder ver desde dentro los lugares por donde pasaban, si bien de un modo algo difuminado. A la muchacha le sorprendió la poca envergadura del edificio del Senado. Había esperado más del lugar más poderoso en mil millas a la redonda. Descorrió un poco las cortinas para verlo bien sin el filtro de las telas, pero incluso así el edificio de la Curia siguió decepcionándola. De hecho, toda Roma la estaba decepcionando.

—Allí arriba está el templo de Júpiter —continuó Filóstrato señalando ahora hacia lo alto de la colina Capitolina.

Aquello impresionó algo más a la muchacha, pero de inmediato le trajo a la memoria la acrópolis de Atenas, y la fastuosidad de aquel recuerdo, incluso si Atenas había sufrido incendios y estaba en clara decadencia, empequeñeció por completo el Templo romano dedicado a Júpiter. Lo mismo que el recuerdo de la gran biblioteca de Alejandría, el grandioso palacio real de Egipto o los templos sagrados que se erigían imponentes junto al Nilo. Por no hablar de las pirámides eternas. En comparación con todo eso, Roma parecía... insignificante.

—Y desde ese punto arrojan a sus condenados a muerte —seguía su tutor—. Es lo que denominan la «roca Tarpeya». Ahora no recuerdo por qué tiene ese nombre... —Se quedó pensativo.

Cleopatra retiró la mano hacia el interior de la litera y dejó que las cortinas volvieran a ocultarla. Quizá los romanos gastaban su dinero más en ejércitos, en legiones, que en grandes edificios. Quizá por eso conquistaban el mundo. De hecho, su padre necesitaba ahora de esos ejércitos para recuperar el poder. Y, sin embargo, ella añoraba la belleza y el orden cuadriculado de las calles de su Alejandría natal. Aquella Roma de diseño caótico no tendría nunca atractivo alguno para ella.

Calles de Roma

César intentaba llegar a su casa, en el centro del foro, pero como había ido a ver a Servilia lo hacía por calles estrechas para evitar ser reconocido. Seguía haciendo el amor con Servilia pese a haberse casado con Calpurnia, pero procuraba ser discreto. Por sí mismo y también por su esposa. No tenía claro hasta qué punto Calpurnia era consciente de que él seguía manteniendo relación con su antigua amante. El escándalo de la carta de Servilia, leída en público en el Senado, fue anterior a su tercer matrimonio. Desposar a Calpurnia le había proporcionado un primer acuerdo con Pompeyo y la buena imagen que él deseaba para las elecciones consulares, y aunque sólo fuera por eso, aunque no estuviera enamorado de ella, no quería humillarla. Pero además, la joven había sido un apoyo clave en su… crisis nerviosa. César rehuía pensar en lo que le había ocurrido aquella noche tras la petición de Pompeyo de casarse con su hija como una enfermedad claramente definida, aunque tenía presentes las advertencias del médico.

Calpurnia también se había ofrecido a atender a su madre durante su ausencia. Y, quién sabe, algún día podría darle ese hijo que tanto deseaba, como había comentado con Servilia. Eran demasiadas bondades para corresponder a Calpurnia con un desprecio público que añadir al adulterio.

Decidió detenerse en casa de Craso, quien, por cierto, había solicitado entrevistarse con él. Allí había citado a su escolta oficial, *lictores* incluidos, de modo que pareciese a los ojos de todos que había ido a entrevistarse con él antes de partir al norte.

El veterano senador, y su acreedor más importante, lo recibió con amabilidad, pero con un tinte de cierta desilusión.

—Ahora que por fin ibas a emprender una gran campaña militar en busca de oro en la Dacia y así devolverme todo lo que me debes, los galos revuelven el mundo —le dijo—. No veo momento de recuperar mi mayor inversión económica.

—Tu mayor inversión ha hecho que recuperes tanto como lo que me diste cambiando la ley de recaudación de impuestos que gestionan tus *publicani* —le respondió César con seguridad—. Pero aun así, más allá de esa ley, encontraré el modo de devolverte todo lo que te debo.

Craso le puso la mano en el hombro mientras lo invitaba a entrar en el atrio de su residencia.

—Lo que dices es cierto —aceptó el veterano senador—. Ese cambio de ley supuso mucho dinero para mis negocios. Y sé que me pagarás todo, en algún momento, pero esperaba verte antes de que partieras al norte porque quería pedirte un favor.

Aquel anuncio sorprendió a César; acostumbrado como estaba a vivir esa misma escena con las tornas cambiadas, aquello le parecía el mundo al revés, como si estuvieran en las Saturnalia.

—Estando tan en deuda contigo como estoy, difícil negarte favor alguno —apuntó César.

—El dinero se puede pedir y prestar, pero se trata de algo más personal, donde no basta pedir —se explicó Craso.

César se puso tenso. Venía relajado tras yacer con Servilia, pero la mención de una petición de tipo personal por parte de Craso lo retrotrajo a un momento que habría preferido olvidar y se puso en guardia.

—La última vez que alguien me pidió algo personal fue Pompeyo —dijo César.

Craso mantenía su mano en el hombro del procónsul. Un procónsul creado, en gran medida, gracias a él.

—Tranquilo —le respondió, y le dio un suave apretón en el hombro—. Se trata de mi hijo. Y no hay matrimonios de por medio. No, no se trata de eso.

—¿Entonces? —presionó César, aún desconfiado. Aquel pacto a tres bandas, con Pompeyo y Craso, le había llevado al consulado y al proconsulado y a tener un ejército, aunque se preguntaba cuánto más tenía que pagar por todo aquello.

—Mi hijo tiene veinticuatro años, Cayo, pero aún no ha entrado en combate —continuó Craso—. Era un niño cuando luchamos contra Espartaco. Quiero que se forje militarmente, pero con alguien capaz.

Estaban solos en el centro del atrio.

—¿Quieres que me lleve a tu hijo en mi ejército? —preguntó César.

—Sí. Y quiero que lo pruebes en combate. Con prudencia, pero sin dejarlo en retaguardia. Es valiente. No te fallará.

César asintió.

—De acuerdo. Labieno y Balbo vienen conmigo. Labieno será mi segundo en el mando y Balbo mi *praefectus fabrum*, pero tu hijo podría hacerse cargo de la caballería.

Craso se quedó mirando a César. La caballería solía emplearse en acciones secundarias: patrullas de reconocimiento, ataques de hostigamiento y, en caso de victoria, para perseguir al enemigo. Era un puesto de responsabilidad, pero no particularmente arriesgado en una campaña.

—Eso estaría muy bien —aceptó Craso.

Los dos senadores se estrecharon la mano.

—Esto merece vino —propuso el anfitrión.

El joven Publio Craso llegó mientras los dos senadores sellaban su pacto con un brindis.

—Tu padre quiere que vengas conmigo al norte —le anunció César—, y yo he aceptado.

—Gracias, *clarissime vir* —respondió el joven Craso.

—Agradécemelo a nuestra vuelta —le replicó César—. Las celebraciones se disfrutan más en los regresos.

Publio Craso dudó, pero finalmente se atrevió a preguntarle al procónsul:

—¿Por qué se disfruta más una celebración al regreso que a la ida?

César le respondió con vehemencia:

—Porque si celebras a tu regreso, es que has vuelto vivo.

Foro de Roma
Comitiva del procónsul de la Galia Cisalpina e Iliria

César salió de casa de Craso y se encaminó directo al foro. Pese a evitar las calles más importantes, en un punto de la ruta de regreso a la *domus publica* tenía que cruzar la Vía Sacra, y justo ahí, de pronto, los hombres de su guardia personal se detuvieron.

—Hay un cortejo, procónsul —dijo uno de los *lictores*.

—Creo que es el faraón de Egipto, señor —dijo otro de los escoltas armados—. Decían que llegaba hoy a la ciudad.

César se asomó por la esquina de la calle y vio el imponente cortejo. Por el número de hombres, animales y literas no podía ser sino un cortejo oriental. Tanta ostentación no era bien vista en Roma excepto en el caso de un triunfo militar. Sí, sin duda se trataba de Tolomeo XII, que vendría de entrevistarse con Pompeyo y negociar más apoyos para recuperar el control que había perdido en Egipto.

El faraón le había enviado dinero para su candidatura consular el año anterior, como había enviado dinero a tantos otros senadores de Roma en años previos, en una maniobra por reunir más apoyos en Roma en torno a su persona ante las crecientes amenazas de que algún consejero, asistido por los poderosos sacerdotes de Egipto, lo depusiera del trono en favor de algún hijo o hija niño que fuera fácil de manipular por el clero, como en efecto había terminado ocurriendo. La anexión de Chipre por parte de Roma había sido el detonante de su caída. Claramente, los sacerdotes habrían manipulado a un pueblo egipcio que no sabía ver que el faraón, al ceder la isla a Roma, estaba comprando la libertad de Egipto, al menos por un tiempo. Después de la exhibición de las legiones de Pompeyo en Oriente, resultaba obvio que Egipto no era rival militar para Roma. En aquella parte del mundo, sólo el duro Imperio parto podía enfrentarse a ella. Egipto se movía en un equilibrio muy complejo y el poder de los sacerdotes había empujado a Tolomeo XII al abismo. Todo esto terminaría implicando cada vez más a Roma. ¿Cómo? No lo veía claro.

César pensó que quizá debería entrevistarse también él con aquel rey oriental, agradecerle su apoyo económico, pese a que fuera interesado —¿cuál no lo era?— y departir con él sobre Oriente. Pero en aquel momento Egipto le parecía demasiado lejano, remoto, casi irreal. La Galia era lo urgente, lo único tangible en su presente.

—¿Reclamamos el paso libre? —preguntó otro de los *lictores*.

César lo pensó. Un procónsul o un cónsul tenía siempre preferencia de paso. La única excepción era cruzarse con una vestal o con alguien de su mismo rango proconsular o consular, y aquél no era el caso. Pero, por otro lado, ¿qué necesidad había de importunar a los integrantes de aquel fascinante cortejo?

—No tenemos prisa —respondió César, y tanto él como los *lictores* y el resto de su escolta se quedaron embelesados admirando el lujo de la comitiva real.

Sin duda, el faraón debía de viajar en la litera de mayor tamaño y la más fastuosamente decorada, pero a César le llamó la atención una pequeña, con cortinas de vistosos colores, junto a la que cabalgaba un anciano. Sabía que los sacerdotes habían entronizado a una hija del faraón, pero… ¿acaso el monarca egipcio tenía más hijos? ¿Alguna otra hija que viajara con él?

Foro de Roma
Comitiva del faraón Tolomeo XII

Cleopatra seguía mirando a su alrededor. Por inercia. Definitivamente, nada de aquella ciudad la cautivaba. Había asistido a la entrevista de su padre con uno de los más poderosos senadores de Roma, un tal Pompeyo, y no le había gustado nada aquel hombre. Ni sus palabras ni su mirada parecían sinceras. Y el griego que empleaba era tan tosco... Sólo le había interesado la joven esposa del senador que, pese a su silencio, sabía comportarse ante ellos con más distinción que su marido. ¿De dónde vendría aquella joven esposa? Se lo estaba preguntando cuando se percató de que alguien la observaba. Pero no de cualquier forma, como los miraban todos desde que llegaron al puerto de Ostia, primero, y luego a la ciudad de Roma. No, ahora era observada de un modo intenso, inquisitivo.

Se acercó a las cortinas y escudriñó el exterior sin separarlas, y allí, entre los curiosos que se arremolinaban alrededor del cortejo de su padre, en una de las bocacalles, pudo ver a un nutrido grupo de hombres con túnicas similares y, en medio de ellos, a un romano maduro, con su característica toga *praetexta*, que miraba muy serio en su dirección. Instintivamente, movida por la curiosidad, fue a descorrer la cortina para verlo mejor, cuando Filóstrato se dirigió a ella.

—Estamos llegando al río y allí está la residencia que el senador Pompeyo nos ofrece para nuestra estancia. —Al hablar, interpuso su figura y la de su caballo entre la litera y el hombre misterioso.

Ella asintió a su tutor, pero para cuando éste se retiró, separándose un poco de la litera, ya había sobrepasado la bocacalle desde donde la había estado observando aquel hombre.

La joven Cleopatra tuvo una sensación extraña, pero pronto se olvidó del suceso y sus pensamientos retornaron a lo poco que le había agradado aquel senador romano con el que se había entrevistado su padre.

Domus publica, residencia de la familia Julia
Al atardecer

Nada más llegar a su casa, César se encerró en su *tablinum* durante horas para organizar los preparativos de su marcha al norte. Dictó una nota para Labieno, otra para Balbo y una más, finalmente, para Publio Craso, convocándolos en unos días para marchar todos juntos hacia el norte al encuentro de las legiones de Iliria.

También dirigió mensajes a otros hombres de Roma con los que quería contar. Pensó en llevarse a Bruto, pero, como Servilia había dicho, éste aún no había asumido el pacto con Pompeyo, de modo que César decidió reclamarlo quizá más adelante, si el asunto de la Galia se alargaba.

—¿Cenaremos pronto? —preguntó Calpurnia desde el umbral del *tablinum*—. Si te parece bien. Como estás madrugando estos días…

—Sí, está muy bien así —respondió él.

La observó: era hermosa, pero por encima de todo transmitía sosiego, una calma que pocas personas proyectaban y que tanto bien le estaba haciendo. Sólo que era tan joven que los asuntos de política la sobrepasaban, al contrario que a Servilia, que parecía saber del gobierno de Roma tanto o más que él…

Calpurnia asintió, e iba a darse la vuelta cuando él habló de nuevo:

—Gracias.

—Gracias… ¿por qué?

—Por ser mi esposa. —Y a punto estuvo de añadir: «No soy un marido fácil», pero no lo hizo. Estaba empezando a ver que con Calpurnia todo quedaba muchas veces implícito, envuelto en aquel sereno sosiego que la definía.

Ella miró al suelo. No esperaba aquel halago. Ese arranque de sensibilidad por parte de su marido sólo podía deberse a que él consideraba el asunto de la Galia como algo realmente peligroso.

—¿Tan grave es lo que está pasando en el norte como para que te muestres tan sensible a mis sentimientos?

César miró al *atriense*, a quien le había estado dictando los mensajes, y éste se levantó para irse dejando los papiros en la mesa.

—No —le corrigió su amo—. Llévatelos ya y envía estas notas.

El esclavo asintió y recogió todos los mensajes con rapidez y salió del *tablinum*.

Durante todo ese tiempo, Calpurnia permaneció en la puerta. Esperando.

—Es grave, sí —le confirmó César en cuanto estuvieron a solas, y le hizo un gesto para que se acercara—. He pedido a Labieno y a Balbo que me acompañen.

Le parecía correcto informar a su esposa legítima de sus decisiones. Ella, con su paciencia y su calma, de una manera que a él le parecía insólita siendo él tan pasional, se estaba ganando su confianza poco a poco.

—Esos hombres te aprecian —asintió ella—. Mientras estén a tu lado, estoy convencida de que todo te irá bien.

César la miró con curiosidad, el ceño un poco fruncido.

—Labieno siempre estará a mi lado y Balbo... creo que también.

Calpurnia iba a decir algo, pero en ese instante vio una sombra larga proyectada en el suelo y se giró para descubrir la figura de su suegra recortada en el umbral de la puerta. Se guardó su opinión sobre Labieno y Balbo y se limitó a dirigirse a su esposo con relación al asunto de la cena. Acto seguido se giró y salió de la habitación inclinando la cabeza un instante ante Aurelia.

La joven pensó que la anciana entraría de inmediato en el *tablinum*, pero Aurelia la siguió unos pasos por el pasillo y la interpeló, con voz suave pero de modo directo:

—¿Todo bien, pequeña? —preguntó la madre de César.

Aurelia estaba segura de haber detectado algo sombrío en el gesto de su nuera. Había hecho averiguaciones sorprendentes sobre Calpurnia durante las últimas semanas y cada vez que se cruzaba con ella la observaba con más atención.

—Sí, todo bien. Quiere cenar temprano. Voy a dar instrucciones a los esclavos.

—Añade un *triclinium* más, para otra persona.

—¿Quién? —inquirió Calpurnia.

Aurelia se lo dijo.

—Y... una cosa más —añadió—: Me gustaría hablar contigo, cuando termine la cena. En mi habitación, ¿de acuerdo?

Calpurnia se asustó.

—¿He hecho algo mal? —preguntó con temor. Había estado muy atenta a no desagradar a nadie de la familia.

—No, no has hecho nada mal, sólo quiero hablar contigo. Eso es todo.

Calpurnia reemprendió la marcha hacia las cocinas.

Aurelia la vio alejarse y ella, por su parte, entró en el *tablinum*.

—Quería despedirme de ti —dijo al entrar—. Aunque nos veamos durante la cena o mañana al amanecer, no estaremos solos.

—Claro, madre. —César se levantó para abrazarla.

Fue un gesto breve, pero correspondido con intensidad por parte de su madre. Le sorprendió, pues no era muy dada a esas muestras de afecto, ni siquiera en privado. No con él, al menos desde que dejó de ser niño.

Fue un abrazo peculiar, e iba a decir algo sobre el asunto, pero su madre habló primero:

—Te llevas a Labieno y a Balbo contigo, ¿verdad?

—Sí —confirmó él—. Y al joven Craso, por petición de su padre.

—Labieno te acompañará por amistad, Balbo... por interés. Un interés legítimo en querer aprovechar una oportunidad de promoción. Y se ha mostrado útil y leal. Y el joven Craso hará lo que le ordene su padre. Como debe ser.

Hubo un silencio.

Era como si quisieran decirse muchas cosas pero no encontraran la forma de hacerlo. El vínculo entre ellos era tan estrecho, tan especial...

—Ha venido alguien más a verte —dijo al fin su madre.

—Ah, ¿sí? ¿Quién?

Pero antes de que Aurelia pudiera responder, una voz desde el umbral del *tablinum* adelantó la respuesta.

—Yo, padre.

—¡Julia! —exclamó César, que corrió a abrazar a su hija.

—Os dejo —dijo Aurelia—. Nos vemos ahora en la cena.

—¿Está bien? —preguntó Julia al ver cómo su abuela se retiraba cabizbaja.

—Está... extraña —respondió César—. Me ha dado un abrazo muy sentido, no parece ella.

—A todos nos afecta tu partida, padre.

César se sentó e invitó a que su hija lo imitara en el otro *solium* que había en la habitación.

—Ya te has enterado —apuntó él.

—Mi esposo me ha comentado lo de los movimientos de los galos. Parece algo serio y tú tienes las provincias fronterizas a tu cargo.

—Sí, así es. —César volvió la mirada hacia los mapas desplegados en la mesa—. ¿Y qué piensa tu esposo sobre todo esto?

De veras le interesaba la opinión de Pompeyo como el gran militar que era, pero no pensaba rebajarse a preguntarle nada directamente.

—Sólo me ha dicho que eres inteligente y que sabrás resolver la situación.

Él asintió: Pompeyo sabía cómo decir mucho y nada a la vez. Plegó los mapas, casi de golpe, y se volvió de nuevo hacia Julia y le tomó las manos.

—En cualquier caso, tu visita es un regalo inesperado por parte de los dioses. Hacía semanas que no nos veíamos.

—Tienes muchas obligaciones, padre.

César sonrió. Nunca salía un reproche de boca de Julia. Ella era su ojo derecho, parte de su ser. Le recordaba tanto a Cornelia... Entregarla a Pompeyo fue lo más duro que había hecho en su vida, pero la veía razonablemente feliz en aquel matrimonio en torno al cual se sostenía en aquel instante el equilibrio de poder en Roma. Aun así, por enésima vez le preguntó lo que le preguntaba siempre que se veían desde que se casó con Pompeyo:

—¿Te trata bien?

No hacía falta especificar a quién se refería.

—Me trata bien, padre. Muy bien. Sé que tenéis vuestras diferencias, pero yo no puedo presentar queja ninguna.

César asintió varias veces, sosteniendo las manos de su hija entre las suyas, mirándola directamente a los ojos.

—Bien, eso está bien. Sabes, Julia, que en cualquier momento puedes escribirme o enviarme un mensajero. Cualquier cosa que te perturbe en tu matrimonio, a la más mínima falta de respeto por su parte...

Ella apretó las manos de su padre.

—Lo sé, lo sé. Pero no has de preocuparte por mí. La verdad, sinceramente, creo que me quiere. Más allá de los pactos y la política, quiero decir.

César suspiró.

—¿Cómo no quererte, si eres la más hermosa de todas las matronas romanas? Eres la viva encarnación de tu madre. Estaría tan orgullosa de ti... —La emoción lo hizo callar.

—Y de ti —le sonrió Julia—, cónsul de Roma, ahora procónsul. *Imperium* sobre cuatro legiones nada más y nada menos.

—Y tu padre. Para ti soy sólo tu padre.

—Y mi padre.

Se hizo un breve silencio.

—Deberíamos ir a cenar —dijo al fin César, sin soltar sus manos.

—Sí, pero antes… prométeme una cosa.

—Claro, pequeña, lo que desees. Ya sabes que esto ha funcionado siempre así: tú pides y yo te doy.

Sonrieron.

—Prométeme, padre, que regresarás de la Galia. Te lo ruego. Prométemelo, por todos los dioses de Roma.

Él la miró aún con más intensidad.

—Te lo prometo por todos los dioses de Roma, hija: regresaré de la Galia.

—¿Por Venus? —insistió ella, convocando a la diosa de quien pensaban que descendía, a través de Eneas y el hijo de éste, la familia Julia.

—Por Venus —ratificó él.

Ahora suspiró ella. Parecía aliviada, y su padre también al ver que su promesa surtía el efecto tranquilizador que su hija necesitaba.

Se levantaron y salieron.

El *tablinum* de la familia Julia se quedó desierto, con los mapas de la Galia doblados. Al descorrer las cortinas de la entrada para salir, un golpe de aire hizo que los mapas se abrieran mostrándose, de nuevo, desplegados sobre la mesa. Como un desafío, ¿o como una advertencia?

Allí, en aquella habitación, quedaba la promesa de regresar de César.

Un descuido, un no pensar bien en todo o un retorcido capricho de los dioses hizo que el padre no reclamara una promesa equivalente a su hija: que ella prometiera, por todos los dioses de Roma, estar allí, en esa ciudad, en este mundo, cuando él regresara de la Galia. Con frecuencia recordamos cuándo vimos a alguien importante en nuestras vidas por primera vez. Sin embargo, nunca sabemos cuándo estamos viendo a alguien clave en nuestra vida por última vez. De algo tan esencial como eso nunca hay aviso.

Atrio de la domus publica

La cena transcurrió con tranquilidad y hasta con felicidad, pese a la pena que los embargaba a todos. Acudieron también las hermanas de César, de modo que éste se vio rodeado por todas las mujeres de su familia: madre, hija, esposa y hermanas. Julia concitó la atención de todos al describir la visita del faraón Tolomeo XII a la residencia de Pompeyo.

—Hubo alguien del cortejo real del monarca de Egipto que no dejaba de mirarme —proclamó.

—Mi hija haciendo conquistas en Oriente —apuntó César con una carcajada. En el fondo, le gustaba pensar que Pompeyo podría haberse sentido celoso.

—No, padre —rio Julia—. No me miraba un hombre, sino una mujer. Bueno, una niña: la hija del faraón.

—Una de las hijas —precisó Aurelia, antes de recordar a todos que otra de las hijas del faraón, Berenice IV, era la que los sacerdotes de Egipto habían entronizado en el lugar de su padre.

César ya no se sorprendía de que su madre supiera más que él sobre los herederos de un monarca extranjero. O sea que, en efecto, el faraón tenía al menos una segunda hija además de Berenice.

—Se llama Cleopatra —añadió Julia—. Parece que es su favorita y la lleva con él a todas partes… —Miró entonces a su propio padre—: Me recordó un poco la relación que tú y yo tenemos. —César sonrió y Julia continuó hablando—: Y me recordó también a mí de pequeña, mirándolo todo, atenta a cada gesto, a cada palabra que se decía. Me pareció alguien a quien me gustaría conocer. Y eso que sólo es una niña.

De ahí se pasó a rememorar anécdotas sobre Julia de pequeña, cuando espiaba a sus padres mientras hablaban en el atrio o en su habitación, del mismo modo que a César había espiado a sus propios padres junto con Cornelia, la madre de Julia.

—Así nos enteramos de que nos casaban —apostilló César.

Rieron.

A Calpurnia le gustaba formar parte de aquel cónclave. Sólo la cita a la que Aurelia la había convocado después de la cena la mantenía en tensión y no le permitía disfrutar de aquel ambiente familiar y relajado.

La cena terminó. Y primero Julia y después las hermanas de César abandonaron la casa, no sin muchos abrazos y exigencias por parte de ellas de que él se cuidara y retornase del norte sano y salvo.

—He de seguir revisando algunas cuestiones —dijo César, y se encaminó una vez más al *tablinum*.

Eso era exactamente lo que había imaginado Aurelia. Le dio un beso de buenas noches y después, despacio, se dirigió a su habitación.

—Buenas noches —dijo Calpurnia a César.

A ella le habría gustado ir al dormitorio del matrimonio, pero no podía dejar de atender un requerimiento de su suegra y la siguió a unos pasos de distancia.

Dormitorio de Aurelia

—Siéntate —le dijo Aurelia nada más verla llegar, y le señaló un asiento que estaba frente al suyo, junto a la gran lámpara de aceite que iluminaba la estancia.

Calpurnia obedeció.

—No temas —empezó la mujer para tranquilizarla, pues podía percibir el miedo en el rostro de la joven—. Aquí todos estamos encantados contigo, desde mi hijo hasta yo misma, pasando por mi nieta y por todos.

—Eso me tranquiliza, *domina* —replicó Calpurnia.

—Llámame Aurelia. Eres la esposa de mi hijo, no una sirvienta o una esclava.

—De acuerdo… Aurelia —respondió ahora Calpurnia, aunque le costaba un poco dirigirse a su suegra directamente por su nombre.

—Verás… —continuó la madre de César—. Me estuve informando sobre ti, hablando con tus familiares, cuando organizaba vuestra boda y, aunque no era algo que mencionaran abiertamente, todos coinciden en que eres como Casandra.

Calpurnia dio un respingo, y enseguida repasó en su mente la historia de aquella muchacha del pasado: el dios Apolo deseaba yacer con Casandra, hija de los reyes de Troya, y ella aceptó a cambio del don de ver el futuro. Sin embargo, una vez conseguido lo que deseaba, Casandra se echó atrás y rompió su palabra. Conservó su don, pero Apolo, al verse traicionado, la maldijo de modo que nunca nadie creyera sus profecías.

Como Calpurnia se mantenía en silencio, Aurelia consideró oportuno aclarar a qué se refería:

—Dicen que puedes ver el futuro.

—Sí, sé quién es Casandra —admitió la joven—. Y es cierto… que, en ocasiones, percibo el futuro. Pero son sólo intuiciones y, como Casandra, nada puedo hacer por cambiar lo que veo. —Se corrigió de inmediato—: Lo que intuyo.

—Intuiciones que siempre se han cumplido —añadió Aurelia—, como cuando predijiste la muerte de tu tío, el hermano de tu padre, o la larga enfermedad que padece tu madre y que la mantiene postrada en el lecho desde hace semanas. Lo que lamentamos todos profundamente.

Silencio.

—Quizá tu madre se recupere —dijo Aurelia en tono esperanzador.

—No, mi madre no se recuperará —respondió Calpurnia, con pena y con una sensación de enorme clarividencia que dejó atónita a su suegra. Y ella no era persona que se sorprendiera con facilidad.

—Sabes que puedes ir a verla cuando quieras.

—Gracias. De hecho, ya que César se marcha mañana, había pensado pasar un par de días con ella. Quiero estar a su lado cuando...

—Por supuesto —la interrumpió Aurelia.

La llama de la lámpara de aceite ardía despacio.

Estaban entre sombras.

—¿Eso es todo, Aurelia?

—No —respondió la madre de César con rapidez y le cogió ambas manos entre las suyas—. Quiero saber qué ves con relación a mi hijo y su campaña en el norte.

Calpurnia miraba a su suegra, aunque no hizo ademán de retirar sus manos de entre las de ella.

—No he percibido nada extraño estos días... —comentó.

Pero Aurelia no era mujer de vivir entre imprecisiones y apretó las manos de su nuera con fuerza.

—Dime, pequeña, y dime la verdad: ¿veré regresar a mi hijo victorioso de la Galia?

Calpurnia no sabía bien qué hacer.

—No funciona exactamente así... —empezó—. A veces siento o percibo lo que va a pasar, despierta o en sueños, pero no es algo que pueda hacer a voluntad...

—Concéntrate, entonces —insistió Aurelia—. Normalmente, he tenido claro por dónde iba el rumbo de la vida de mi hijo, pero por alguna razón que se me escapa ahora lo veo todo confuso. Necesito tu clarividencia.

La madre de César no creía en supercherías, adivinos y otras vulgaridades en las que muchos creían, pero sí respetaba los augurios, la religión, a los dioses, y creía que había quien, sin desearlo, sin pretenderlo, estaba tocado por la mano divina y podía percibir el futuro tan bien o incluso mejor que un augur. No era habitual, pero sabía que personas así existían. Todo lo que había oído sobre la joven Calpurnia por parte de diferentes miembros de su familia apuntaba en esa dirección, y quería saber. Porque si algo terrible estuviera a punto de sobrevenirle a su hijo, aunque la joven, como Casandra, no pudiera hacer nada por evitarlo, sin embargo, quizá ella sí podría.

—¿Veré regresar a mi hijo victorioso de la Galia? —repitió.

Y Calpurnia comprendió que no podría dejar sin respuesta aquella pregunta.

La joven cerró los ojos.

Y al cerrarlos, para su sorpresa, lo vio con claridad, allí, entre las sombras de la habitación, con las manos de su suegra asiéndola con fuerza... Pero lo que vio era tan duro. Tan cruel...

Abrió los ojos.

—Sí, verás a tu hijo regresar victorioso de la Galia —mintió.

Aurelia fijó los ojos en los de ella un largo rato, hasta que Calpurnia bajó la mirada. ¿Sabía su suegra de algún modo que le había mentido?

—¿Puedo retirarme? —preguntó—. César terminará de revisar sus asuntos y me gustaría que me encontrara en nuestro dormitorio.

—Sí, claro. Ve.

La muchacha se levantó.

—Sólo una cosa más... —dijo Aurelia, y la joven se detuvo y se volvió a mirarla antes de salir de la habitación—. Dime, pequeña... ¿alguna vez te has equivocado en lo que has visto?

Calpurnia respondió esta vez con rapidez y de forma tajante:

—No. Nunca.

La madre de César asintió varias veces. Estaba segura de que Calpurnia había respondido la verdad con relación a esta segunda pregunta, pero de lo que no estaba tan convencida es de que antes hubiese dicho también la verdad.

Residencia de Pompeyo
Al día siguiente

César se había despedido la noche previa de Craso, de su madre, su hija, sus hermanas, también de varios amigos, y esa mañana, antes de su partida, consideró importante realizar una última visita.

Sin ser invitado.

Sin previo aviso.

—Tu hija no está —le dijo un confundido Pompeyo al verle ante su puerta.

—Lo sé. Anoche me dijo durante la cena en mi casa que hoy iría a comprar con los esclavos al foro Boario. Parece que la visita del séquito del faraón Tolomeo XII te ha dejado sin carne en la despensa.

—Así es —admitió el otro, pensativo—. Pero ¿entonces…? Si sabes que tu hija no está… —Dejó en al aire la pregunta.

—He venido a hablar contigo —aclaró César.

Pompeyo enarcó las cejas.

César miró a su alrededor, varios esclavos limpiaban el atrio.

—A solas —precisó.

—Estamos solos. —Para Pompeyo, como para la mayoría de los romanos, los esclavos no contaban.

—Mejor sin esclavos cerca —insistió el recién llegado.

Su anfitrión hizo una señal al *atriense* y éste, rápidamente, se dirigió al resto para que se marcharan.

—¿Y bien? —continuó indagando Pompeyo una vez que se quedaron a solas—. ¿A qué debo este inesperado… honor?

César respondió al sarcasmo con una sonrisa igual de cínica. El de ambos hombres era un pacto por intereses políticos, pero seguían desconfiando intensamente el uno del otro. Se acercó hasta quedar a un paso de distancia de su interlocutor.

Pompeyo no retrocedió un ápice. No le tenía miedo. Le tenía respeto como contrincante político o, si no estuviera casado con su hija, como oponente militar, pero no miedo.

—Sólo he venido a decirte una cosa.

—Te escucho —replicó Pompeyo.

César se acercó todavía más mientras hablaba. Su voz era un susurro:

—Sólo he venido a decirte que, como le pase algo a mi hija, como le ocurra algo a Julia, lo que sea, y me da igual si es o no por causa tuya; como Julia tropiece y se haga daño, como a mi hija le sobrevenga una enfermedad, como le acontezca cualquier desgracia, quiero que sepas que no habrá lugar en el mundo donde puedas esconderte. Te buscaré por todos los confines de la tierra; atravesaré ríos y montañas, mares y fronteras, hasta dar contigo. Y te mataré.

César calló y se separó lentamente.

Se dio la vuelta y se encaminó hacia la puerta.

No esperaba respuesta a sus palabras, ni la deseaba. Lo que dijera Pompeyo sobre el asunto le daba igual. Él sólo había ido allí para decirle lo que acababa de decir.

En otro momento, en otra circunstancia, en un ambiente de sosiego, Pompeyo habría estado dispuesto a confesarle a César que Julia le gustaba de veras y que pensaba cuidarla, no ya porque fuera hija de su enemigo, sino por cómo era ella. Pero ante aquella amenaza proferida de modo tan directo, sin paliativos ni preaviso, optó por un prudente silencio.

César no miró hacia atrás. Llegó a la puerta de la residencia, aguardó un instante a que Pompeyo hiciese un gesto a los esclavos para que le abrieran, y salió de allí tan pronto como le dejaron el camino libre las pesadas hojas de madera.

XCV

El avance de los helvecios

Lacus Lemannus, junto a la ciudad de Geneva*
En la frontera entre Helvecia y la Galia
58 a. C.

El avance de los helvecios y sus aliados a través de los Alpes fue mucho más lento y costoso de lo que Divicón hubiera podido imaginar: a la nieve aún abundante pese a la llegada de la primavera, se añadieron conflictos y enfrentamientos con algunas pequeñas tribus que, si bien no pudieron impedir el paso de la gigantesca migración, sí ralentizaron su marcha. Además, no se trataba sólo de un ejército de aguerridos soldados de combate, sino que los migrantes llevaban consigo a sus familias: mujeres, niños y ancianos, y una inmensa cantidad de bagajes en centenares de carros que resultaba complejo mover por algunos caminos tortuosos, con frecuencia estrechos y casi siempre con grandes irregularidades en el terreno. De este modo, lo que Divicón había esperado que fuera cuestión de días o semanas se convirtió en un lento avance que se alargó casi dos meses.

Este retraso dio tiempo al gobernador de las provincias romanas limítrofes para desplazarse hasta su objetivo: el río Ródano en su conexión con el Lacus Lemannus, en las proximidades de la ciudad alóbroge fortificada de Geneva.

* Lago Lemán, ciudad de Ginebra, en la actual Suiza.

—Un tipo oscuro —le dijeron sus oficiales y espías a Divicón cuando se refirieron a César. Y añadieron más comentarios en la misma línea negativa—: Tiene cuarenta y dos años y no ha conseguido ninguna victoria de renombre.

—No es nadie. Un mediocre. Dicen que obtuvo alguna victoria en el sur, contra los íberos o los lusitanos, no sabemos exactamente, pero no celebró un triunfo de esos que hacen en Roma cuando alguien logra una victoria de renombre.

Los espías transmitían datos incompletos. A veces la información parcial podía inducir a error. A errores graves de apreciación. Los motivos por los que César no había celebrado un triunfo les eran del todo desconocidos, y la posibilidad de que un romano hubiera podido declinar semejante honor por cuestiones políticas, algo inimaginable.

Divicón escuchó a sus consejeros y aquellos comentarios le reafirmaron en su empeño. A él no le importaba ni la fortaleza de Geneva ni el lago próximo ni el río. A él lo único que le interesaba era un puente que, levantado junto a la fortaleza alóbroge, permitía cruzar el Ródano y adentrarse en los territorios de las otras tribus galas establecerse en un lugar más cálido y fértil, alejados del rigor extremo del clima de las montañas.

Si Roma hubiera enviado al famoso Pompeyo o incluso a algún otro viejo *legatus* con un historial militar brillante, se habría replanteado continuar con su plan, pero ante un personaje desconocido y sin nombre, Divicón tuvo claro que iba a seguir con su objetivo de hacerse con aquel puente, cruzar el río y escapar, por fin, de los Alpes. Deberían haberlo hecho hacía tiempo, y las divisiones internas lo impidieron. Pero ahora que él había recuperado el control completo de la tribu, no habría más retrasos.

Fortaleza de Geneva

César apenas descansó unas horas en Geneva. De inmediato salió y, junto con Labieno, Balbo y Publio Craso, se dirigió al lugar donde estaba el puente sobre el Ródano. No era una estructura notable, pero sí lo bastante sólida como para permitir el paso de miles de personas, carros y bagajes, desde la ribera oriental, de donde venían los helvecios, hasta la occidental, donde se encontraban él, sus oficiales, su única legión en la Galia Transalpina y los alóbroges.

Evaluaba la situación en silencio mirando hacia el norte y al sur del puente.

Era un día claro.

—Allí —indicó el joven Craso.

César, Balbo y Labieno miraron hacia donde éste señalaba, al otro lado del río, aún a millas de distancia.

—Son las primeras patrullas de los helvecios —comentó Labieno—. Una avanzadilla de lo que se nos viene encima.

—Pues ya son muchos —apostilló Balbo.

—Y sólo es el principio —certificó César antes de echar a andar por la larga estructura de madera que cruzaba el río.

Labieno, Balbo y el joven Craso lo siguieron de cerca. César lo examinaba a conciencia: se arrodilló en el suelo del puente, palpó las traviesas de madera, se levantó y fue a ambos lados de la estructura para asomarse por las barandillas. La corriente fluía con fuerza por debajo. Era una obra burda, sin ningún embellecimiento, pero tremendamente eficaz, práctica: sin duda alguna, permitiría que los helvecios cruzaran el río e invadieran el territorio de los alóbroges.

César dio media vuelta y abandonó el puente seguido por Labieno, Balbo, Craso, otros oficiales y algunos líderes de los alóbroges de Geneva que se habían acercado.

Se detuvo y se volvió hacia ellos, pero miró a Labieno:

—Destruid el puente —ordenó—. Incendiadlo.

La decisión sorprendió a todos; aquello entorpecería el paso de los helvecios, pero no lo impedía del todo, pues podían intentar cruzar el río con barcazas, y, por otro lado, dejaba a los legionarios romanos sin una herramienta que les permitiera pasar al sector oriental en caso de querer atacar allí al enemigo.

—¿No ves otra opción? —preguntó Labieno, ejerciendo de portavoz de todas las dudas que los demás oficiales y los líderes alóbroges tenían pero que no se atrevían a plantear al procónsul de Roma—. Es una decisión sin marcha atrás. Seguramente necesaria, pero… —En vez de terminar la frase, hizo un gesto con la cabeza hacia los alóbroges presentes: era su puente.

César comprendió que su amigo no cuestionaba aquella decisión, sino que lo invitaba a explicarla al resto de los presentes, y supo que no era mala idea. Sin la posibilidad de esgrimir un impresionante currículum militar a su espalda, justificar bien sus decisiones ante sus oficiales y, en este caso, también ante los líderes de las tribus aliadas de Roma era una buena política. Era cierto que algunos tribunos, veteranos de la campaña de Lusitania, confiaban en él como líder, pero los alóbroges no lo conocían de nada.

—Según nuestras propias patrullas, los helvecios son más de trescientos mil —empezó a explicar César al tiempo que pedía con un gesto un poco de agua a un esclavo—. Sin duda, muchos son mujeres y niños, pero es posible que nos enfrentamos a una fuerza militar de unos cien mil guerreros bien armados, mientras que nosotros, en este lado del río, sólo disponemos de una legión, la que teníamos en el sur de la Galia Transalpina. Con las tropas auxiliares y los guerreros alóbroges de la fortaleza de Geneva, aquí representados por sus líderes, podemos reunir a unos quince mil hombres armados. ¿Alguien, sinceramente, cree que tenemos alguna posibilidad en un combate abierto, cuerpo a cuerpo, si por ejemplo lleváramos todas nuestras fuerzas al otro lado del río?

Bebió mientras aguardaba una respuesta.

Como cabía esperar, nadie dijo nada. Era un enfrentamiento de casi siete contra uno. Expuesto con esa crudeza, desaparecían hasta las ansias de heroísmo.

—Pero quince mil hombres no son pocos si los empleamos con inteligencia —continuó César mientras devolvía el cuenco al esclavo—. Si destruimos el puente, el río se transforma en una barrera natural difícil de superar: un gran foso de agua que nos ofrecen los dioses y que ponen a nuestro servicio. Pero destruir el puente no basta: hay que levantar empalizadas a lo largo de toda nuestra ribera, hacia el norte y hacia el sur, varias decenas de millas en ambos sentidos. Es mucho trabajo, pero es necesario. También quiero zanjas y trampas en nuestra ribera, justo entre el agua y las empalizadas que levantemos. Con el río, las zanjas y las empalizadas, quince mil hombres pueden impedir el paso exitoso del río a un enemigo muy superior en número, como es el caso. Puede que, aun así, los helvecios intenten cruzar el río con barcazas que, por otro lado, van a tener que construir, lo que nos da tiempo a nosotros para preparar nuestras defensas, nuestras empalizadas y zanjas. Si conseguimos rechazar sus intentos de cruzar el río, sólo les dejaremos dos opciones.

—¿Qué opciones? —preguntó uno de líderes de los alóbroges de Geneva.

—O bien se dan por vencidos y regresan hacia sus viejos territorios, algo que dudo porque, según nos han dicho nuestros informadores, su jefe les hizo quemar sus casas para que nadie se plantease el regreso como una opción posible; o, por el contrario, buscan otro lugar por donde entrar en la Galia.

—Si buscan otro punto de entrada, habremos destruido este puente en balde —objetó otro de los líderes de los alóbroges—. ¿No sería mejor luchar e intentar acabar con la amenaza de los helvecios aquí? Podemos reclamar más guerreros a otras tribus galas que también se sienten amenazadas.

César negó con la cabeza.

—El combate no es opción en los próximos días. La ayuda de la que hablas tardaría semanas en reunirse y no disponemos de ese tiempo. Y yo no puedo cruzar el río y enfrentarme con los helvecios fuera de mis provincias sin una orden del Senado de Roma. Tengo *imperium* en mis provincias y para defender sus fronteras. Tenía permiso para cruzar el Danubio y castigar a los dacios por sus incursiones en territorio romano, pero no lo tengo para cruzar todos los ríos y atacar a todos los pueblos. Roma no funciona así. Puedo ayudaros a repeler este intento de los helvecios a cruzar el río Ródano aquí y ahora, pero si queréis que luche activamente contra ellos, aquí o en otro lugar, si queréis que traiga más legiones y que los persiga de forma activa, tenéis que solicitar formalmente mi ayuda para ese fin. Tenéis que reclamar al Senado de Roma mi intervención y yo, os lo aseguro, detendré a los helvecios, pero antes necesito esa petición formal de vuestra parte. Tengo demasiados enemigos en Roma como para dar un paso en falso que ponga en peligro mi *imperium* sobre las legiones a mi mando.

Los intersticios de la legalidad romana con relación al mando de tropas resultaban algo chocantes para los alóbroges, pero la explicación era clara y, en el fondo, sabían que el resto de lo que decía el líder romano era cierto, y que reunir más fuerzas de otras tribus requería un tiempo del que no disponían.

Los alóbroges acabaron cediendo.

Se amontonó leña seca en diferentes puntos del puente y se prendieron decenas de antorchas.

Mientras César veía cómo los propios alóbroges lo disponían todo para la destrucción del puente, dio instrucciones a Labieno, Balbo y Craso:

—Que los legionarios empiecen la construcción de las zanjas y la empalizada a lo largo del río esta misma tarde. Y que trabajen noche y día hasta que esté lista: haced turnos, que no se deje de trabajar ni un minuto. Quiero trampas y empalizadas veinte millas hacia el norte y hacia el sur.

Era una tarea brutal, pero tenía sentido. En lo que había durado aquella conversación, los helvecios habían acumulado ya varios centenares de hombres en el horizonte oriental. Y, como había dicho Labieno, era sólo un pequeño anuncio de lo que se les venía encima.

—Creía que no querías implicarte tanto en esta guerra.

El procónsul dejó de mirar hacia el río.

—Y no quiero, Tito, pero si el Senado me fuerza a defender a los alóbroges, necesito que me den plena libertad de acción —se explicó—. Si no, será como combatir con un brazo atado a la espalda. Pompeyo me dio legiones a regañadientes, me aleja de mi propósito y nos conduce a la guarida del lobo. Sea, Tito, entraremos en esa cueva oscura, pero quiero libres los dos brazos, poder cruzar ríos si hace falta y atacar cuando y donde yo crea que debemos hacerlo. Y que esto sea legal a ojos del Senado. Los alóbroges han de pedirles formalmente mi intervención. Así Pompeyo no podrá negarse y resolveremos esto rápido para retomar nuestro objetivo inicial.

—¿La Dacia? —preguntó Labieno en busca de confirmación.

—La Dacia —ratificó César.

**Ribera oriental del Ródano
Campamento general de los helvecios
Esa misma tarde**

Habían levantado un campamento avanzado a la espera de que fuera llegando el grueso de los migrantes hasta el valle para, desde allí, cruzar el río por el puente y entrar en la anhelada Galia.

—Hay un problema —dijo Nameyo entrando en la tienda de su líder.

—¿Un problema? ¿Qué problema? —preguntó Divicón. Nameyo era uno de sus mejores líderes y su gesto le preocupó.

Pero el guerrero no respondió con claridad.

—Es mejor salir y verlo por uno mismo.

Divicón era perro viejo y no le gustaban aquellos acertijos, pero no quería discutir con él en un momento tan delicado de la migración como era el paso de un gran río. Así que salieron todos de la tienda.

Al fondo del valle, la superficie del Ródano ardía en llamas de un extremo al otro: los romanos habían incendiado el puente.

—¿Cómo se llamaba ese procónsul? —preguntó Divicón.

—Julio César.

—Y decíais que era un mediocre, ¿verdad? —añadió dirigiéndose a Nameyo y Veruclecio, otro de sus hombres de confianza—. ¿Ese incendio os parece obra de un mediocre?

Ambos callaron. Ese incendio era una acción propia de alguien osado, capaz de tomar decisiones muy radicales. Algo propio de un audaz, o quizá de un loco, pero nunca de un mediocre.

—Quiero saber más de ese hombre —continuó Divicón—, y ese hombre ha de saber quién dirige a los helvecios hoy. Iréis a negociar con él un paso tranquilo al otro lado del río, en barcazas que empezaremos a construir hoy mismo, y le diréis que esto puede ser una migración pacífica si nos trata como amigos, o una guerra brutal si nos trata como enemigos. Decidle que yo soy Divicón, el que ya derrotó a los romanos años atrás. Que estoy viejo pero vivo y con todo el ingenio de una larga experiencia. Decidle todo eso y traedme su respuesta.

Nameyo y Veruclecio se miraron entre sí.

No les hacía ninguna gracia entrevistarse con el enemigo romano, pero Divicón no era hombre a quien le gustara repetir órdenes.

Ribera occidental, en las proximidades de Geneva
Al anochecer

Los centinelas romanos vieron un bote iluminado con varias antorchas cruzando el río. Prepararon sus *pila*, pero el centurión al mando de la vigilancia en esa zona próxima al puente incendiado tuvo el buen criterio de no dar la orden de arrojar las jabalinas. Un bote aislado no era un ataque, era un intento de negociación, y un centurión que ya conoce el sabor de la guerra y el combate cuerpo a cuerpo sabe que no hay que desdeñar una oportunidad de evitar la lucha.

Los enviados helvecios desembarcaron y se los condujo, custodiados pero sin ser molestados, hasta el *praetorium* del procónsul. Allí los recibió César, acompañado por Labieno, Balbo y el joven Craso.

Nameyo y Veruclecio se presentaron, expusieron la petición de su líder y explicaron también quién era su jefe: recordaron a César y el resto de sus oficiales cómo Divicón, en el pasado, aprovechó las invasiones de cimbrios y teutones para asolar territorios galos y de la provincia narbonense y derrotar incluso al cónsul Lucio Casio Longino. Por descontado, agitar el fantasma de las invasiones de cimbrios y teutones impactó a los oficiales romanos. Los emisarios de Divicón leyeron en sus rostros la incomodidad de aquellos tiempos pasados en su memoria.

César ladeó la cabeza, se llevó la mano a la barbilla, se levantó y se dirigió al fin a los embajadores:

—Precisamente por eso, por lo que pasó en tiempos de aquellas invasiones, Roma no puede permitir que ninguna tribu del norte avance hacia el sur, ya sea a importunar a tribus aliadas de Roma o, quién sabe, a Roma misma. Por eso mi respuesta a vuestro líder es que nunca le permitiré entrar en territorio de los alóbroges, mucho menos en las provincias romanas, y que, de hecho, a ojos de Roma, lo único que puede hacer es regresar a sus territorios en el centro de Helvecia.

Nameyo y Veruclecio lo miraban desafiantes.

—Podéis decirle también a Divicón que quien le prohíbe avanzar hacia el oeste o hacia el sur es Julio César, sobrino del siete veces cónsul Cayo Mario.

Los embajadores parpadearon. De igual modo que el nombre de Divicón había traído malos recuerdos a los romanos, el nombre de Mario hizo que Nameyo y Veruclecio arrugaran la frente y, sin darse cuenta, retrocedieran un pequeño paso.

—Esta negociación ha terminado —sentenció César.

Ribera oriental, campamento general de los helvecios
Una hora más tarde

Divicón escuchó atentamente todo cuanto Nameyo y Veruclecio habían hablado con César. En particular, digirió la información sobre que el procónsul fuera sobrino de Cayo Mario.

—Bueno… —dijo—, veremos si ha heredado su espíritu o sólo su sangre.

Ribera occidental, en las proximidades de Geneva
Días más tarde

Los legionarios vieron las barcazas atestadas de guerreros helvecios armados, decenas de ellas, acercarse a la orilla.

De forma disciplinada, los soldados romanos aguardaron la orden de sus centuriones. Tenían preparados sus *pila*.

César lo observaba todo caminando entre los legionarios.

Las barcazas enemigas seguían aproximándose a la orilla.

Era cuestión de unos instantes que empezaran a desembarcar.

—¡Ahora, por Júpiter! —ordenó.

Y su mandato fue repetido por tribunos, centuriones y todos los oficiales que estaban en aquel punto de la ribera.

Una lluvia de hierro cayó sobre los helvecios que comenzaron a desembarcar. Decenas de ellos, casi un centenar, cayeron muertos o heridos. Otros, salvados por sus escudos, se vieron obligados no obstante a desprenderse de sus armas defensivas, porque los *pila* quedaban clavados en los escudos y hacían imposible manipularlos. De ese modo, sin protección alguna, los que no habían caído bajo las jabalinas se lanzaron hacia las posiciones romanas.

—¡Ahora! —volvió a ordenar César.

Esta vez fueron los arqueros los que arrojaron sus flechas sobre un enemigo sin apenas defensas, y las bajas entre los helvecios se contaron de nuevo por decenas. Pero, aun así, los supervivientes siguieron su avance hacia la empalizada tras la cual se encontraban los romanos.

Esta vez, César permaneció mudo, en lo alto de una torre, mirando atento.

—¡Aggh! —gritaban muchos helvecios al caer en las zanjas repletas de estacas que, camufladas por plantas y rastrojos, quedaban ocultas a la vista y se clavaban en sus cuerpos.

Apenas restaba algún guerrero helvecio fuera de las trampas empuñando una espada en medio de los aullidos de dolor de sus compañeros.

—Una salida —dijo César, ya sin siquiera gritarlo.

Varias centurias emergieron por las puertas que los romanos habían dispuesto en diferentes puntos de la empalizada, rodearon a los pocos guerreros helvecios aún en pie y, de forma sistemática, remataron con lanzas o flechas a los que estaban atrapados en las zanjas.

Ribera oriental, campamento general de los helvecios

Divicón observaba el nuevo desastre. Era el último de una serie de intentos por parte de sus hombres de conseguir romper las defensas romanas con desembarcos de nutridos grupos de guerreros. Hombres valientes que lo intentaban, pero que, desembarco tras desembarco, terminaban muertos en la orilla controlada por los romanos. La falta de un puente, las empalizadas, las trampas y las zanjas, y las bien calculadas lluvias de jabalinas y flechas resultaban una combinación letal manejada con gran pericia por aquel, desconocido para él, Julio César.

—Sí, se ve que ha heredado el espíritu de su tío —admitió el veterano líder de los helvecios.

—Quizá si enviáramos no sólo grupos de guerreros, sino un gran asalto con miles de nuestros hombres, podríamos quebrar sus defensas y conseguir derrotarlos —propuso Nameyo.

—Quizá —aceptó Divicón—, pero ¿a qué precio? ¿Cuántos hombres es razonable perder por cruzar un maldito río? Han caído algunos centenares de buenos guerreros. No estoy dispuesto a perder a miles, ni aunque eso me asegurara vadear el río. No. Tendremos que buscar una alternativa. —Suspiró, pues había evitado decir lo que iba a decir durante todos aquellos días de infructuosos asaltos a las defensas romanas de la ribera occidental—. Tendremos que negociar con los sécuanos.

—Pero eso supone dar un rodeo inmenso —objetó Veruclecio—. Además, nada nos garantiza que nos vayan a dejar pasar.

—Sí, es un largo rodeo, pero lo prefiero a estrellarme contra ese maldito muro de defensas que ha levantado el procónsul romano en este punto del río. Y los sécuanos nos dejarán pasar si les damos ganado, del que disponemos en abundancia, y si les prometemos dirigirnos de inmediato hacia el sur, hacia el territorio de los alóbroges, que es nuestro objetivo. Saben que ése y no otro es nuestro destino deseado, lo saben todos. Enviad embajadores hoy mismo.

Y con esa última instrucción, Divicón dio por zanjado el debate. Estaba cansado, irritado y furioso.

—Daremos un largo rodeo —masculló entre dientes mientras se alejaba del punto de observación del río—, pero, por Taranis y Belenus, nos volveremos a encontrar, Julio César. Y sin un río de por medio, tendrás que luchar por fin. Veremos entonces quién puede más.

Territorio de los alóbroges, Geneva
Campamento general romano

—Se alejan —dijo Labieno.

Desde lo alto de la torre de vigilancia podían ver las inmensas columnas de hombres, mujeres y niños helvecios poniéndose en marcha hacia el norte.

—Han optado por negociar con los sécuanos —adivinó César.

—¿Les dejarán cruzar su territorio? —preguntó Balbo.

—¿Tú qué harías si te lo solicitaran? —respondió con otra pregunta.

Balbo meditó en silencio.

—No sé —dijo al fin—. Por un lado, dejar que más de trescientos mil helvecios entren en tu territorio es muy peligroso. Por otro, enfrentarse a ellos supondría una guerra brutal que podría acabar con los propios sécuanos.

—Sí, los sécuanos tendrán que tomar una difícil decisión —confirmó César—. Por eso seguramente las negociaciones llevarán tiempo, un tiempo que nosotros necesitamos como el aire. —Le puso la mano en el hombro a Labieno sin dejar de mirar hacia los helvecios en movimiento—. Te voy a dejar aquí al mando. Yo partiré hacia el sur. He de traer las tres legiones de veteranos que tenemos en Aquileya y he enviado cartas a los *legati* Sabino y Aurunculeyo Cota para que recluten dos legiones más. Si los sécuanos deciden enfrentarse a los helvecios, esa guerra resolverá nuestros problemas, pero si, como temo, se hacen a un lado y los dejan pasar, necesitaremos cuantas más tropas mejor. Tú vigila los movimientos de Divicón. Síguelo, pero a distancia, y no entres en combate directo, ¿me entiendes? Con una legión no tienes ninguna oportunidad. Sólo tenlo localizado e infórmame de sus desplazamientos.

Labieno aceptó sin cuestionar ni la orden ni los razonamientos de César.

—Yo regresaré con las tres legiones de veteranos y dos nuevas lo antes posible. Y sólo una cosa más…

—Te escucho.

—Si los helvecios cruzan el territorio de los sécuanos, cuando los alóbroges los vean acercarse a sus tierras y acudan a ti para pedirte ayuda, no entres en batalla. Exígeles que envíen una petición formal de ayuda al Senado. Para cuando eso pase, si pasa, yo debería estar ya de regreso con mis tropas.

Labieno asintió, pero planteó una pregunta adicional:

—¿Vas a reunir un ejército de seis legiones?

Balbo y el joven Craso también miraban a César con los ojos muy abiertos.

—Y esperemos que sean suficientes —asintió el procónsul—. ¿O queréis que Divicón haga con nosotros lo que hizo con las legiones que destrozó en Agen hace cincuenta años?

Ya no hubo más preguntas.

XCVI

Pero ¿quién manda en Roma?

**Afueras de Roma, villa de recreo de Pompeyo próxima
a los montes Albanos
58 a. C.**

Cleopatra podía ver las tierras de cultivo de vid y de olivos que rodeaban la gran villa que Pompeyo, el anfitrión de su padre, les había cedido para alojarse durante el tiempo que durara su estancia en Italia. Esto es, mientras se resolvía la reclamación de su padre de ser reinstaurado en el trono de Egipto con la ayuda militar de Roma, a cambio de cuantiosas cesiones económicas y quizá territoriales, más allá de Chipre. Ella sólo tenía once años, pero era princesa en una dinastía secular de reyes faraones y sabía que el poder y el dinero iban de la mano. Sin embargo, había detalles de la relación entre Roma y Egipto que no terminaba de entender.

—¿Quién manda en Roma? —preguntó de pronto a su viejo tutor.

Filóstrato dejó de leer el papiro en el que su pupila había redactado, en perfecto griego, un texto sobre geografía de Egipto como parte de una tarea que él le había asignado, y la miró.

—Ésa es una pregunta de difícil respuesta, princesa.

—No debería serlo —replicó ella—. En Egipto ahora manda Berenice, mi hermana mayor. Mi padre quiere recuperar el control, pero la que ahora gobierna el reino del Nilo es ella. ¿Quién gobierna Roma?

—No todo es blanco o negro —contraargumentó Filóstrato—. Egipto es un reino y en un reino manda el rey o, en este caso, la reina. Aunque Egipto nunca ha sido de reinas. Eso no ayudará a tu hermana. En general, no es habitual que haya reinos gobernados por mujeres.

—¿Por qué?

—Porque lo habitual en el mundo, en especial en el mundo de origen griego (y recuerda que la dinastía tolemaica desciende de uno de los generales de Alejandro Magno, como bien sabes desde pequeña), es que los hombres se ocupen de los asuntos públicos y las mujeres permanezcan en el ámbito privado, en el hogar.

—Pero tú me has contado que Aspasia aconsejaba a Pericles.

—Una excepción.

Cleopatra calló unos instantes.

Se preguntaba si ella sería también una excepción, aunque, hasta que no vio que su hermana se hacía con el poder, nunca había pensado que una mujer pudiera gobernar Egipto en aquellos tiempos.

—En todo caso, más allá de reyes o reinas, Egipto es una monarquía, y en un reino gobierna el rey —repitió Filóstrato—, esto es, en apariencia.

—¿En apariencia? —Cleopatra parpadeó confundida.

—En Egipto, aunque supuestamente el rey faraón es todopoderoso, los sacerdotes tienen su cuota de poder e influencia y en ellos se apoyó tu hermana para desalojar a tu padre del trono. Luego están los consejeros reales, como Potino, el ejército... y Roma, que también influye notablemente en el gobierno de Egipto. Por eso no es sencillo determinar quién manda en verdad en un sitio. No es fácil hacerlo en Egipto, no ahora, al menos, y tampoco en un lugar tan diferente a Egipto como la República romana.

Cleopatra asintió despacio. Empezaba a ver los matices.

—De acuerdo, entonces en Roma quizá no mande sólo una persona. ¿Quiénes influyen en ese poder? ¿Sus sacerdotes o esos a los que llaman senadores, con sus togas blancas con ribetes púrpuras?

—Bien, todos mandan algo. De forma notable, los senadores son los más influyentes en Roma y se reúnen en el edificio que vimos en el centro de la ciudad. También hay otras asambleas del pueblo, donde la plebe elige a tribunos que los representan frente al Senado. El Senado, por su parte, elige de entre todos los senadores a dos cónsules cada año, que gobiernan el Estado romano de forma supuestamente colegiada y coordinada. La idea de la República romana es crear una división de poderes que evite el poder absoluto de una sola persona. Empezaron siendo un reino, pero lo autoritario e injusto del gobierno de algunos reyes del pasado hizo que los romanos odiaran esa forma de gobierno y se dotaran de esta compleja red de representantes y magistrados. Pero el poder, alteza, siempre tiene tendencia a concentrarse en pocas manos, por eso a la pregunta de quién manda en Roma te debería decir que hoy día son tres hombres: Pompeyo, con quien negocia tu padre; Craso, muy poderoso y rico...

—... y que quería anexionarse Egipto —interrumpió Cleopatra, que recordaba aquel nombre de hacía unos años, cuando los romanos amenazaron con hacerse con el control entero de Egipto y oía a su padre blasfemar contra todo y contra todos por el palacio de Alejandría.

El tutor asintió. En uno de sus viajes a Roma se planteó en el Senado la posibilidad de que ésta se anexionara ya no sólo Chipre, sino todo Egipto. Como recordaba su pupila, Craso había estado a favor de la anexión completa, pero el faraón sobornó a Pompeyo y detuvo aquel proceso.

—Sí, ese mismo Craso —confirmó Filóstrato—. Por eso tu padre ha favorecido desde entonces su relación con Pompeyo, que era enemigo acérrimo de Craso.

—Sí, pero has dicho que en Roma mandan ahora tres hombres. Pompeyo, Craso... ¿y quién es el tercero?

—Cayo Julio César.

Era la primera vez que ella oía aquel nombre.

—Pompeyo y Craso están en Roma, según me has explicado. ¿Y ese... César?

—Por lo que he podido escuchar a unos y otros desde que llegamos a la ciudad, Julio César se encuentra lejos, en el norte. Parece que algunas tribus galas amenazan las provincias romanas de esa región y el Senado lo ha enviado a resolver el asunto.

—¿Y esos tres son los hombres más poderosos de Roma?

—Ahora mismo sí. Y tienen un acuerdo entre ellos. Aunque Pompeyo y Craso se odian y César desconfía también de Pompeyo, han alcanzado un entendimiento. César, por ejemplo, ha casado a su hija con Pompeyo y se ha llevado al hijo de Craso a la Galia. O eso he podido averiguar.

Cleopatra valoró aquellas últimas palabras. Entonces, la esposa de Pompeyo, que tanto le llamó la atención en aquella cena, era la hija de aquel tercer hombre.

—Parece inteligente ese César —dijo.

—No sé mucho de él. En Roma hay dos facciones en el Senado: los *optimates*, más tradicionales y conservadores, y los populares que defienden un mayor reparto de la riqueza y derechos para el pueblo de Roma. Desde su juventud, César ha sido más próximo a los populares y eso lo mantuvo alejado del poder mucho tiempo. Ahora parece haber cambiado, al menos en parte: ha abandonado algunas de esas pretensiones, no todas, pues ha sacado adelante una reforma agraria de reparto de tierras para los más pobres de la ciudad. Pero pactando con Pompeyo y Craso ha conseguido lo que los romanos llaman *imperium*: mando militar sobre varias legiones.

—¿Para luchar contra los galos?

—No tengo claro que ésa fuera su idea original —apuntó Filóstrato, que siempre tendía a relativizarlo todo y a dejar otras posibilidades abiertas—, pero en estos momentos se ve envuelto en ese conflicto.

—Al final, sólo quedará uno de los tres —dijo Cleopatra.

—¿Por qué piensa eso la princesa de Egipto?

—Tú lo has dicho antes: porque el poder tiende a concentrarse. En mi familia pasará igual: o gobernará mi hermana o mi padre. Al final, sólo quedará uno. En Roma, pese a sus senadores y sus tribunos y sus asambleas y sus cónsules… yo creo que también quedará uno.

—Es curioso —comentó Filóstrato.

—¿Qué es curioso?

—El padre de la princesa de Egipto, el faraón, piensa lo mismo.

—¿Y quién cree mi padre que quedará de entre esos tres hombres: Pompeyo, Craso o César?

—El faraón está convencido de que Pompeyo será quien quede al mando de Roma. Y, por extensión, de la mayor parte del mundo conocido.

—Y tú, Filóstrato, ¿quién crees que quedará? —preguntó después de meditarlo bien. Tenía a su tutor por alguien particularmente lúcido.

—Al final, suele quedar el más despiadado —respondió él.

—¿Y ése quién es?

—Por lo que yo he oído, el más cruel de los tres, el que tiene menos escrúpulos, el que nunca perdona a sus enemigos, es Pompeyo. Tu padre, a mi parecer, ha elegido bien.

XCVII

Casus belli

**Vesontio,* centro de la Galia, 120 millas al norte de Geneva
Frontera entre los helvecios y los sécuanos
58 a. C.**

César retornó del sur con cinco legiones: tres de veteranos y otras dos nuevas.

—¿Cuál es la situación? —preguntó nada más llegar y sin saludo alguno.

Tampoco lo esperaba ni lo necesitaba Labieno. Su amistad estaba por encima de formalismos y convenciones. Y las urgencias del momento no admitían protocolos innecesarios. Balbo y el joven Craso se incorporaron en silencio a la reunión.

—Los helvecios marcharon hacia el norte, como pensaste que harían. Yo los he seguido en paralelo, trasladando la legión y las tropas auxiliares desde Geneva hasta aquí. —Labieno iba señalando el recorrido en un mapa hasta detener el dedo encima de Vesontio, la capital de los sécuanos—. No he querido ir más al norte. No hay fortalezas en las que protegerse en el caso de que Divicón se revolviera contra mí. Le ha llevado semanas conseguir el permiso de los sécuanos, pero al parecer han cedido a sus peticiones y Divicón y sus trescientos mil hombres, mujeres y niños van ya en dirección a este punto, al río

---

* Besanzón, Francia.

Arar,* el afluente más importante del Ródano. Una vez lleguen a él, cruzarlo les llevará un tiempo: es un río caudaloso. De momento, sólo lo han cruzado algunas tropas ligeras, patrullas de guerreros enviados por Divicón para asegurarse de que el camino está libre para el grueso de su migración. Pero estos guerreros ya han atacado posiciones de los eduos y, lo más importante, tanto éstos como los alóbroges, que se saben los siguientes en ser atacados si los helvecios siguen su avance virando hacia el sur, han solicitado ayuda formal a Roma. Me han presentado una carta y han enviado otra, como les pediste, al Senado. Ésa es la situación.

—Bien —asintió César mientras digería toda la información y miraba el mapa de la región—. Tenemos a Divicón llegando al río Arar, que es lo único que lo detiene por ahora, y tenemos la petición formal de ayuda de los eduos y los alóbroges.

Calló unos instantes.

Alrededor de César y sus hombres de confianza, el resto de los tribunos, los nuevos *legati* de las legiones que había traído César desde Aquileya, Sabino y Cota, y algunos centuriones de primer nivel se arracimaban para escuchar.

—Perseguiremos a Divicón —anunció su líder—. Con todo lo que tenemos.

—¿Con las seis legiones? —preguntó el joven Craso.

—Con las seis —confirmó César—. Estamos muy al interior de la Galia. Los eduos y los alóbroges son tribus aliadas, pero los sécuanos han adoptado una neutralidad imprevisible y hay otras muchas tribus de lealtad cuestionable. No es éste un lugar donde dividir las tropas. Al menos, no ahora. Avanzaremos con las seis legiones. Hemos de alcanzar a Divicón aquí, antes de que cruce el Arar con el grueso de sus tropas y toda su gente. Detenerlo más allá de este punto será cada vez más difícil. Pero sólo lo perseguiremos. Esperaremos la carta del Senado con el permiso para atacar. No haré nada sin ella.

—¿Y el Senado dará su permiso? —preguntó Labieno—. Catón, Cicerón y otros harán todo lo posible por negarte esa posibilidad. Puede que incluso reclamen las legiones de regreso al sur.

—El permiso para atacar es clave si queremos mantenernos bajo las

* Actualmente río Saone.

leyes de Roma —dijo César, y anunció—: Pompeyo nos lo conseguirá. De algo ha de servir el matrimonio de mi hija Julia.

Senado de Roma
58 a. C.

Pompeyo se levantó y se dirigió al centro de la sala del Senado. Los *optimates*, aquellos que en el pasado lo apoyaron, con frecuencia a regañadientes, preocupados por el poder que estaba adquiriendo, lo miraban con el recelo de costumbre. Los populares, los pocos que quedaban en el Senado, lo observaban con cautela. En aquellos tiempos las fidelidades eran cambiantes, y las traiciones, frecuentes. Nadie se fiaba de nadie. Craso miraba al suelo, pero escuchaba, Pompeyo sabía que escuchaba. Su hijo se hallaba con César en el norte. Craso estaba muy atento a todo lo que allí se dijera.

—Habéis oído, *patres conscripti*, a Cicerón y a Catón argumentar contra la intervención de nuestras legiones para detener a los helvecios —comenzó Pompeyo refiriéndose a los alegatos de los dos oradores anteriores—. Ambos han exhibido, con la buena retórica que los caracteriza, las razones por las cuales Roma no debe intervenir, al menos aún, en la migración de los helvecios.

Cicerón lo miraba fijamente: sabía que tras el halago vendría la crítica furibunda. Pompeyo no era buen orador, pero había mejorado en los últimos meses. La seguridad del poder da fuerza a uno incluso en aquello en lo que flojea.

—Apuntan razones de peso —continuó Pompeyo, siempre desde el centro de la sala—: las cuatro legiones veteranas de la Galia Transalpina, la Galia Cisalpina e Iliria están ahora muy al interior de territorios hostiles a Roma o, cuando menos, de dudosa lealtad. César ha reclutado dos legiones nuevas, pero no las ha dejado en retaguardia, en Aquileya, donde podrían proteger nuestra frontera, sino que se las ha llevado también con él. Nada ha hecho César ilegal y de nada ilegal le han acusado ni Cicerón ni Catón, pues César tiene *imperium* sobre las legiones de esas provincias galas e ilírica, y además el derecho a llevar tropas nuevas si lo considera preciso. Hasta Cicerón y Catón han admitido que una nueva remesa de legiones reclutadas es una idea prudente. Pero ni uno ni otro creen que sea momento de atacar a los helvecios, pese a que tenemos aquí —y señaló una mesa que estaba en el centro de la sala, junto a él— una carta que acaba de leer el presidente del Senado donde eduos y alóbroges, tribus aliadas de Roma, nos piden, no ya que defendamos sus fronteras, sino que ataquemos a los helvecios y los forcemos a regresar a sus tierras en los Alpes. ¿Es esto lo que hace Roma? ¿Desoír las peticiones de ayuda de ciudades o pueblos aliados? ¿Es así como Roma quiere hacerse valer en el mundo? ¿Es así como nuestros amigos confiarán en nosotros y como nuestros enemigos nos temerán? ¿Acaso no hemos aprendido nada del pasado?

»Cuando Aníbal llevaba semanas asediando Saguntum, la ciudad, amiga de Roma, pidió ayuda, y Roma desoyó una tras otra las embajadas y solicitudes de apoyo de la ciudad hispana hasta que ésta cayó en manos del líder cartaginés. ¿Y qué fue eso además de una traición a nuestros amigos? El preludio de un ataque del propio Aníbal a Italia y a la mismísima Roma. A los enemigos hay que detenerlos lo antes posible, antes de que crezcan y, sobre todo, antes de que se acerquen a Roma. Y a los aliados hay que asistirlos o al final nadie confiará en nosotros y, peor aún, ningún enemigo tendrá miedo de atacar a nuestros aliados porque sabrán que Roma, simplemente, se reúne en su Senado y habla y habla y habla sin hacer nada efectivo.

»Los helvecios vienen del norte, son salvajes como lo fueron otros que nos atacaron desde el norte no hace tanto tiempo. ¿Acaso habéis olvidado las invasiones de los cimbrios y los teutones? ¿Acaso habéis olvidado cómo nos llevaron al límite? Al menos, el Senado de aquella época se ponía nervioso porque Cayo Mario tardaba en atacar a cimbrios, teutones y ambrones. Yo, sin duda alguna, lo habría hecho antes, no habría esperado tanto.

»Pero, volviendo a estos tiempos, cuando tenemos a su sobrino dispuesto a la lucha, preparado para el combate, próximo a los invasores helvecios, porque eso es lo que tenemos, una invasión y no una migración, el Senado romano de hoy debate sobre si es conveniente atacar al enemigo o no. ¿Es ése el mensaje que queremos mandar a los que nos acechan? Más de una vez se pactó con Mitrídates del Ponto y de nada sirvió. ¿Cuándo se acabó con el problema de Mitrídates? Cuando tras tres guerras, lo perseguí sin descanso hasta llevarlo al suicidio. ¿Cuándo se terminó el problema de la rebelión de Sertorio?

Cuando conseguí que lo mataran y luego exterminé al resto de sus leales. ¿Cuándo se acabó la rebelión de los esclavos?

Pompeyo aquí miró a Craso y Craso lo miró a él. El primero se había apropiado de las victorias sobre Mitrídates y sobre Sertorio eludiendo mencionar a Lúculo y a Metelo, respectivamente, que tanto contribuyeron a terminar con aquellas guerras. En el caso de los esclavos, y en aras de no levantar suspicacias, Pompeyo replanteó la pregunta y la respuesta, siempre con los ojos fijos en Craso:

—¿Y cuándo terminamos con la rebelión de los esclavos liderada por Espartaco? —repitió—. Cuando crucificamos a miles de ellos a lo largo de la Vía Apia. Reyes, rebeldes o esclavos, cualquiera que sea el enemigo de Roma, sólo entiende una razón: la fuerza militar desplegada ante ellos con toda nuestra furia. Por eso propongo no tener tres guerras contra los helvecios, ni permitir que en una de esas futuras guerras éstos lleguen hasta Italia o hasta las puertas de Roma como hicieron en el pasado otros a los que permitimos crecer en fuerza. Por eso propongo tener una única y brutal guerra con los helvecios ahora, en el norte. Pido que el Senado vote a favor de aceptar como *casus belli*, como motivo justificado para entrar en esta guerra, la solicitud de ayuda de eduos y alóbroges y que César pueda usar sus seis legiones, según juzgue oportuno, para masacrar al enemigo. Defendiéndose. O atacando.

Pompeyo calló.

Craso se levantó en su asiento.

—Apoyo la propuesta. Es un *casus belli.*

Entre otras muchas cosas, quería una buena oportunidad para que su joven hijo, oficial de caballería con César, pudiera lucirse en combate.

Cicerón y Catón vieron cómo la votación se decantaba con claridad a favor de permitir al procónsul de las Galias atacar a los helvecios.

—El *triunviratum* sigue muy sólido —dijo Catón—. Esa triple alianza de Pompeyo, Craso y César es más fuerte que nunca.

—Ya se debilitará —replicó Cicerón—. Son tres para una sola Roma. Esperaremos. Y cuando esa triple alianza empiece a quebrarse, será nuestra oportunidad para restituir el poder real al Senado. Será entonces cuando dejaremos de ser marionetas de los egos de esos tres aspirantes a rey.

Calles de Roma
Esa misma mañana

—¿Y es buena idea apoyar tanto a César? —preguntó Geminio cuando volvían de regreso a la *domus* de Pompeyo.

Afranio, que los acompañaba y que había asistido a la votación en el Senado, también dudaba:

—Sí, darle tanta cobertura a César para que se mueva con libertad no parece lo mejor.

Pompeyo sonrió mientras respondía con serenidad y una pizca de ironía:

—Sólo lo hemos ayudado a meterse más y más en el pozo sin fondo de la Galia. Y, a fin de cuentas, debo apoyar a mi suegro, ¿verdad?

Geminio y Afranio asintieron.

El pozo sin fondo de la Galia… Decenas y decenas de tribus guerreras, a cuál más peligrosa. Quizá Pompeyo tuviera razón.

XCVIII

La batalla del río Arar

La Galia,* río Arar
58 a. C.

Ejército helvecio

Los helvecios avanzaron por el territorio de los sécuanos sin oposición alguna y sin dificultades hasta que en su camino se interpuso el cauce del río Arar. Divicón estaba decidido a seguir avanzando con rapidez para llegar pronto a los territorios de los eduos y los alóbroges, donde poder saquear y abastecerse de víveres y ganado para compensar lo que había entregado a los sécuanos a cambio de evitar el enfrentamiento con ellos. Además, los territorios más fértiles estaban más al sur y al oeste, y ése era su objetivo final. Por eso, en cuanto llegaron al río, ordenó la construcción de barcazas como había hecho en Geneva cuando intentaron cruzar el Ródano. Allí fracasaron por la oposición de los romanos, con sus empalizadas, zanjas y lluvias de hierro en la orilla occidental, pero en este caso nadie los molestaría y eso facilitaría enormemente la compleja tarea.

Divicón se sentía seguro.

Todo iba según sus planes.

---

* Véase el mapa «La guerra de las Galias» de la página 874.

Las legiones de César iban en persecución de los helvecios. Los de Divicón les llevaban ventaja de varios días porque la carta con el permiso del Senado para atacarlos había tardado en llegar.

Pero llegó.

Tan pronto como lo hizo, César puso en marcha una rauda persecución del ejército enemigo, pero, incluso a marchas forzadas, era difícil darles alcance en poco tiempo. Ir con mujeres, niños y ancianos y acarrear los bagajes ralentizaba a los helvecios, pero no lo suficiente como para darles caza antes de que llegaran al río Arar y empezaran a cruzarlo.

—Han construido ya muchas barcazas, procónsul, y están trasladando guerreros y pertrechos de un lado al otro —informó uno de los jinetes romanos de las patrullas que César había enviado por delante.

—Para cuando lleguemos, habrán cruzado todos. O casi todos. —Labieno dio voz a la frustración de los allí presentes—. Si el Senado hubiera enviado esa carta unos días antes… ¿Qué ocurre? —Se detuvo sorprendido al ver que César se había quedado mirándolo fijamente sin decir nada.

—«O casi todos» —repitió César como si aquello fuera clave—. Has dicho «o casi todos».

—Sí —confirmó Labieno, sin entender por qué aquello había llamado tanto la atención de su amigo.

—¿No lo ves? —insistió el procónsul—. ¿No lo veis? —Miró también a Balbo y al joven Craso.

Los tres negaron con la cabeza.

César se dirigió al jinete recién llegado del río Arar:

—¿Cuántas barcazas han construido? —preguntó.

—No sabría decir, procónsul, no pensé en contarlas —añadió en tono de disculpa, algo nervioso por no haberse fijado en ese preciso detalle.

—¿Veinte, treinta? —inquirió César—. No me mientas. Si no lo sabes, di que no lo sabes, pero no digas un número por decir.

El jinete asintió, bajó la mirada y pensó. Alzó de nuevo la cara.

—Unas veinte, sí. A treinta no llegan seguro. Y van de un lado a otro. Es lo que recuerdo, procónsul.

—Bien, bien, por Júpiter, dad comida y algo de vino a este hombre

—añadió al tiempo que cogía del brazo a Labieno y lo apartaba del resto de los oficiales. Hizo un gesto a Balbo y Publio Craso para que los siguieran—. La clave es que con ese número de barcazas van a tardar en cruzar. Si nos adelantamos con parte del ejército, digamos, con tres legiones, sin bagaje, sólo con armamento de batalla, podríamos llegar allí cuando hayan cruzado *casi todos*. Debemos sorprenderlos en medio del proceso de atravesar el río. Los que hayan cruzado no disponen de suficientes barcazas para regresar a nuestra orilla todos a la vez y apoyar a los suyos. Con tres legiones podríamos rodear y destrozar a la parte del ejército helvecio que aún no haya cruzado. ¿Lo veis? El ejército de Divicón sigue superándonos en número, pero si podemos destruir una parte, la que sea, en el río Arar, habremos mermado sus fuerzas para cuando llegue la hora de la gran batalla. Este avance sobre el río Arar será la clave de toda esta campaña: nos da la oportunidad de igualar las fuerzas para una futura batalla, que será la decisiva.

César hablaba con los ojos encendidos.

A Labieno, Balbo y Publio Craso les pareció muy lógica toda aquella estrategia. Aquel fulgor en la mirada de César era el mismo que Labieno vio en Mitilene cuando, veinte años atrás, dio la orden de lanzarse no contra los guerreros de Anaxágoras, sino contra las puertas de la ciudad de la isla de Lesbos.

—¿Tres legiones? —preguntó Labieno.

—Sí —confirmó César—. Tres de veteranos. No vamos a luchar contra todo el ejército de Divicón, y el resto estará al otro lado del río, de modo que no podrán atacar a las tropas que permanezcan en retaguardia. Aun así, no quiero dejar las dos legiones inexpertas sin el apoyo de una de veteranos, por si los sécuanos o cualquier otra tribu decide romper su neutralidad y atacarnos.

—Tres, bien. Sí. —Labieno asentía, aún digiriendo todo el plan de César mientras miraba hacia Balbo y el joven Craso, que también cabeceaban afirmativamente.

Río Arar, ejército helvecio

Todo marchaba bien.

Divicón ya se encontraba en el margen occidental del río con tres cuartas partes de su ejército y las familias de los guerreros y tres cuartas partes de los bagajes también. Faltaban por cruzar los tigurinos, una de sus tribus aliadas, pero la noche había paralizado el transporte de personas, animales y víveres. Los romanos habían iniciado la persecución a sus tropas con demasiado retraso. Estaba convencido de que aún estaban a varios días. Podían permitirse descansar unas horas y continuar con el traslado al alba. Sin luz, la navegación era peligrosa, muy difícil. Tendría que gastar todas las antorchas de las que disponían y no lo veía necesario.

Divicón se acostó aquella noche tranquilo.

Y durmió bien.

Hasta que llegó el alba.

Legiones romanas de vanguardia

Con la luz del amanecer, César pudo ver bien lo que anhelaba. Había tenido a tres legiones andando toda la noche, sin antorchas, sólo bajo la luz de una luna que, en ocasiones, se ocultaba tras las nubes. Pero pese a las penalidades —la vegetación, las irregularidades del terreno y la falta de luz que todo lo dificultaba—, el avance nocturno a marchas forzadas surtió el efecto deseado: llegaron al río Arar al alba y descubrieron el campamento de los tigurinos sin apenas vigilancia, con hogueras aún humeantes de la noche recién pasada.

Labieno pensó que César se lo pensaría un poco, pero no.

—La *celeritas* es esencial —dijo el procónsul por toda explicación.

Pronto todos en aquellas legiones y en Roma hablarían de la *celeritas caesaris*: su empeño en coger al enemigo por sorpresa con movimientos rápidos e inesperados.*

—Ataque generalizado de las tres legiones: la VIII, bajo el mando de Sabino, por el flanco derecho del campamento enemigo; la IX, dirigida por ti, Tito, por el frente; y la X, bajo el mando de Cota, por el izquierdo. Tendrán el río a su espalda, y hacia allí hemos de empujarlos. Yo iré por el centro, con Labieno.

—¿Y la caballería? —preguntó éste.

—Todas las *turmae* patrullarán la ribera del río al sur y al norte del

---

* Estrategia precursora de la guerra relámpago utilizada en conflictos bélicos del siglo XX.

campamento enemigo cuando lo hayamos rodeado para evitar que Divicón envíe barcazas con refuerzos desde la otra orilla al ver nuestro ataque a su retaguardia. Craso —miró al hijo del senador Marco Licinio Craso— irá al mando de estas unidades de caballería. —Se dirigió de nuevo a todos en conjunto: Labieno, Balbo y al resto de los oficiales—: Que ataquen las dos primeras líneas de cohortes, por turnos, de forma regular. La tercera línea de las tres legiones la preservaremos por si envían barcazas desde el otro lado, para detenerlos junto con la caballería de Craso. ¡Vamos allá, por Júpiter! ¡No quiero perder ni un instante!

Ribera occidental del río Arar, campamento general de los helvecios

Divicón abrió los ojos entre los gritos de sus oficiales y la sacudida que, al fin, se decidió a darle Nameyo:

—¡Nos atacan, los romanos nos atacan! —exclamaba mientras despertaba a su líder.

Divicón se puso en pie y empezó a vestirse con la ayuda de algunos esclavos que, veloces, iban trayéndole ropa, coraza y armas.

—¿Los romanos han cruzado el río? —preguntó el líder de los helvecios, incapaz de dar crédito a semejante idea.

Nameyo comprendió que no se había explicado bien.

—No, siguen en la otra ribera, pero están atacando a los tigurinos que aún no habían pasado a este lado del Arar.

Divicón asintió. Eso tenía más sentido. Aunque… ¿tan rápido se había movido el romano con todo su ejército?

—Parece que el procónsul se ha adelantado con parte de sus legiones para llegar antes y sorprender a los nuestros —añadió Nameyo, como leyéndole el pensamiento—. Los tigurinos iban rezagados y aún no habían cruzado.

Divicón salió de la tienda, seguido de cerca por Nameyo y otros líderes tribales, hasta llegar a un puesto de observación en una colina donde Veruclecio estudiaba lo que ocurría al otro lado del río. Hizo un rápido resumen de la situación:

—Tres legiones. Han rodeado a los tigurinos. Una legión por cada flanco, otra por el frente. Sólo tienen el río a su espalda, pero si intentan iniciar el embarque de tropas y bagajes, no pueden defenderse del ataque. Y hay patrullas de jinetes romanos a lo largo de toda la ribera, hacia el norte y hacia el sur. Esperan nuestra reacción… mientras masacran a nuestros hermanos.

Divicón miraba el campo de batalla en que se había convertido el campamento de los tigurinos al otro lado del Arar, pero no decía nada.

—Deberíamos mandar barcazas con refuerzos —sugirió Nameyo—. Si hiciéramos dos desembarcos de tropas, uno al norte y otro al sur, podríamos sorprender a las legiones romanas de cada flanco por la retaguardia.

A Veruclecio y el resto de los oficiales les parecía buena idea. Cualquier cosa antes que permitir que los romanos aniquilaran a una tribu hermana.

—¿Para qué crees que el procónsul romano ha dispuesto esas patrullas de jinetes a lo largo de la ribera oriental? —preguntó Divicón.

Nadie respondió. Nada había que decir que no fuera evidente, pero aun así el líder de los helvecios insistió, pues parecía que sus oficiales no eran capaces de ver el conjunto de lo que pasaba, sino sólo la batalla campal en curso.

—¿Y para que creéis que ha dejado el procónsul a un tercio de sus tropas en reserva, a distancia de la lucha? —volvió a preguntar Divicón, a sabiendas de que obtendría el silencio como respuesta—. El romano sabe bien lo que se hace: los jinetes le avisarían de cualquier desembarco y allí donde fuéramos con barcazas, llevaría a parte de sus tropas de reserva o a todas, según hiciéramos uno o más desembarcos. Desde la costa nos recibirían con una lluvia de hierro, de esas malditas jabalinas suyas que se clavan en los escudos inutilizándolos, y flechas, centenares de ellas. Los guerreros que llegaran a la orilla se encontrarían con un nutrido grupo de legionarios dispuestos a combatir a muerte. Apenas conseguiríamos nada y, mientras tanto, aquello que querríamos evitar, la masacre de los tigurinos, continuaría de igual modo, sólo que a sus muertos tendríamos que sumar la mayor parte de los guerreros que enviáramos a asistirlos. No, esta partida… está perdida.

Lo dijo sin posibilidad a réplica.

En el fondo, pensándolo fríamente, más allá de la rabia y la impotencia, Nameyo, Veruclecio y el resto de los jefes de las tribus aliadas de los helvecios allí reunidos sabían que tenía razón. El procónsul los había sorprendido. Todos habían visto ya en Geneva que intentar desembarcos contra tropas romanas apostadas en la ribera de un río era una batalla muy dura.

Pero de pronto, en medio de aquel silencio que parecía definitivo, Divicón volvió a hablar:

—Ese romano es un cazador y caza bien, pero, por Taranis y Belenus, juro sorprender a ese miserable con lo único a lo que un cazador no sabe enfrentarse.

Se podían escuchar los gritos de los tigurinos cayendo por centenares entre los *pila*, las flechas y los gladios romanos. El fragor de la batalla era tan intenso que cruzaba las frías aguas del Arar y trepaba por la ladera de la colina donde estaban reunidos los líderes de los helvecios.

—¿Qué es eso a lo que no sabe enfrentarse un cazador? —inquirió Nameyo.

Todos querían oír la respuesta.

—Un cazador nunca espera ser él la presa. A partir de hoy jugaremos al engaño: correremos como liebres asustadas y dejaremos que nos persiga, y cuando menos lo espere, nos revolveremos en bloque, transformados en una manada de lobos salvajes decididos a vengar la muerte de nuestros hermanos.

XCIX

El puente

Junto al río Arar
Al día siguiente

Campamento general romano

Nameyo y Veruclecio estaban, de nuevo, frente a César.

Habían ido directos al asunto que los había llevado por segunda vez como enviados de Divicón ante la presencia del procónsul. La propuesta era clara: tanto romanos como helvecios habían perdido a muchos hombres en los enfrentamientos en Geneva y en el río Arar; había habido más bajas entre los helvecios, pero su líder estaba dispuesto a olvidar eso si los romanos aceptaban como un hecho irremediable que ellos se establecieran en las tierras más prósperas y fértiles de los alóbroges y los eduos, algo que harían, ya a partir de ese momento, de forma pacífica, sin entrar en conflictos con estas tribus. Paz a cambio de aceptar la migración irreversible de los helvecios.

—Paz y no guerra —repitió César, sentado en su *sella curulis* de campaña, rodeado por Labieno, Balbo, Publio Craso, Sabino y Aurunculeyo Cota, entre otros—. Eso es lo que vuestro líder me propone. —Dejó unos instantes para marcar un silencio dramático—. Mi respuesta es no. La guerra la inició Divicón al salir de Helvecia, al dejar las montañas, al adentrarse en un territorio que no le pertenece, al agredir a tribus aliadas de Roma. ¿Que se establecerá sin conflicto? ¿Cómo va a ser eso posible? Todos sabemos que unos y otros, alóbroges y eduos por un lado, y los recién llegados helvecios, inevitablemente lucharán por las mejores tierras, por los mejores pastos, por los mejores lugares para levantar ciudades o fortalezas. La guerra la llevan los helvecios consigo en su avance. Negociar de verdad sería haber pedido tierras a las otras tribus aliadas de Roma antes de dejar las montañas, alcanzar un acuerdo con alóbroges, eduos y otros, y con Roma, y sólo entonces dejar los Alpes. Pero no: habéis decidido hacerlo todo sin pedir permiso. La guerra es la consecuencia. Y sin permiso seguís, e inexorablemente, la guerra os perseguirá.

Nameyo y Veruclecio salieron del *praetorium* enemigo con los rostros serios, pero no parecían tan preocupados por la negativa recibida como encolerizados ante el mar de cadáveres de tigurinos por el que habían tenido que pasar para llegar a entrevistarse con aquel maldito procónsul.

César salió también de la tienda acompañado por Labieno y el resto. Desde la entrada al *praetorium* podía verse primero el sangriento campo de batalla del día anterior, luego el río, y al otro lado el campamento de los helvecios.

—Están poniéndose en ruta hacia el oeste y hacia el sur a toda prisa —dijo César—. Toda esta negociación es sólo una farsa para ganar tiempo.

—¿Ejecutamos a los embajadores que ha enviado Divicón? —preguntó Sabino, siempre temperamental. Un centenar de hombres de su legión habían caído ya en combate.

César negó con la cabeza.

—No. A los emisarios hay que respetarlos siempre. Hoy no estoy por alcanzar acuerdos con quien actúa antes de negociar, pero no quiero que se corra la voz de que César no respeta a enviados, mensajeros o embajadores. Roma no funciona así. En otros momentos negociar nos puede ser útil y, en todo caso, quien viene a hablar ha de poder venir en paz e irse en paz. Otra cosa es cuando los encontremos de nuevo en el campo de batalla.

Todos podían ver a Nameyo y Veruclecio embarcando ya en un bote para cruzar el río y comunicar la respuesta de Roma a su jefe.

—Balbo —dijo el procónsul, los ojos fijos en el río, reclamando a su *praefectus fabrum*, el encargado de la logística y el abastecimiento de las tropas.

—Sí, *clarissime vir* —respondió Balbo.

—Necesitamos un puente sobre el Arar. Y rápido —ordenó César, y ante las caras de sorpresa de todos, añadió—: Los helvecios están empezando a incendiar las barcazas que construyeron para cruzar. —Señaló hacia el río, hacia un punto más al norte donde, en efecto, las llamas lamían ya la madera de varios grandes botes—. Y aunque las dejaran y pudiéramos hacernos con ellas, no podemos cruzar el Arar de la misma forma que hicieron ellos.

Todos se miraron entre sí, pero nadie se atrevía a preguntar. La enorme victoria conseguida sobre los tigurinos había engrandecido la imagen que tenían de César. Hasta ese momento lo obedecían por las razones de jerarquía de mando habituales y por lo que algunos veteranos contaban de su habilidad en la campaña de Lusitania, pero desde la destreza que había mostrado en la defensa de Geneva y, ahora, con la aplastante victoria sobre los tigurinos, el procónsul comenzaba a recordarles de algún modo al legendario Mario. Y preguntar a quien comienza a parecerse a una leyenda impone demasiado respeto. Aunque nadie entendía lo del puente.

—¿Por qué no podemos cruzar con barcazas como han hecho los helvecios? —inquirió Labieno, a quien la eterna amistad con César le brindaba un trato con él diferente a los otros *legati*.

César, mirando siempre hacia el río, respondió a su amigo con sosiego, sin señal de menosprecio o molestia, simplemente explicando, precisando:

—Si cruzamos con barcazas, la operación es arriesgada porque, en algún momento, tendremos al otro lado a un cuarto de nuestras tropas y ellos, que parecen decididos a alejarse, pueden revolverse contra nosotros y devolvernos el golpe sin que podamos asistir a los nuestros. Construir un puente puede ser más lento y trabajoso, pero con un puente cruzaremos el Arar lo bastante rápido como para pasar a todas las legiones antes de que Divicón tenga tiempo de atacarnos. Para cuando lo hiciera, ya estaríamos con las seis legiones al otro lado.

Todos asintieron en silencio.

—Por eso hemos de construir un puente: para que Divicón no haga con nosotros lo que nosotros hemos hecho con ellos —sentenció César—. Estoy cansado. Me retiró un par de horas. Balbo, infórmame cuando me despierte.

Él regresó al interior de la tienda y los demás se dispersaron, cada uno al encuentro de su legión.

Balbo se quedó a solas con Labieno. El segundo en el mando de César seguía mirando hacia el río.

—¿Qué hago? —preguntó el hispano.

—Un puente —respondió Labieno—. Ya lo has oído.

—Pero, aunque no sea un río muy ancho, la corriente es muy fuerte y lo más probable es que las traviesas que tendrían que sostener la estructura del puente se tuerzan durante la construcción. Es una tarea imposible.

Labieno asintió y levantó las cejas antes de poner una mano en el hombro de su desesperado interlocutor. Le habló intentando insuflarle esperanza:

—Balbo, si conseguiste que César y Pompeyo llegaran a un acuerdo en Roma, yo creo que podrás levantar un puente sobre el río Arar. Habla con tus ingenieros.

Balbo negó con la cabeza en señal de derrota.

Labieno también se marchó.

El *praefectus fabrum* inició su camino hacia el río:

—¡Cuando tiene un puente pide que lo incendiemos y cuando no hay puente, que lo construyamos! ¡Maldita sea, maldita sea!

Vanguardia de los helvecios

Llevaban medio día de marcha cuando el líder de los helvecios dio el alto y las inmensas columnas de guerreros, mujeres y niños, todos, frenaron su avance.

Divicón desmontó de su caballo y alzó los brazos reclamando la presencia de sus hombres de confianza. Al poco, Nameyo, Veruclecio y otros estaban a su alrededor.

—El resto que siga hacia el oeste, pero que todos los guerreros inicien el regreso. Vamos a cazar a ese maldito cuando tenga a una parte de sus legionarios a este lado del río. Vamos a devolverle el golpe. Vamos a masacrarlos.

Sus hombres lo miraron admirados por la estratagema y encendidos por el ansia de venganza.

Balbo podía ver, una y otra vez, cómo sus ingenieros clavaban inmensas traviesas en el río a modo de gigantescas estacas, que debían actuar de pilares y sostén de la estructura superior, pero la fuerza del agua era tal que, como él había imaginado, los largos pilares de madera terminaban torciéndose y hacían imposible levantar una estructura sólida sobre ellos. Llevaban un par de horas así y todo indicaba que no había solución.

Desviar el curso del río era una tarea que requeriría tantos meses que no era una opción viable. No había forma humana de levantar un puente en poco tiempo en aquel punto del Arar. Sabía que César no querría buscar otro emplazamiento más al sur o más al norte más adecuado porque eso los alejaría de la persecución de los helvecios. Balbo se sabía ante una situación irresoluble.

—*Praefectus* —dijo en voz baja uno de los ingenieros más jóvenes, de apenas veinte años.

—¿Qué? —preguntó Balbo con los brazos en jarras, dándole la espalda. Estaba observando cómo otro gran tronco, clavado en el fondo del río, cedía ante el empuje del agua y se inclinaba.

—Esos troncos de madera que han de hacer de pilares del puente… —comenzó el joven ingeniero—. Hay que clavarlos inclinados, no rectos.

Ante semejante estupidez, Balbo se dio la vuelta y se encaró con aquel impertinente:

—O sea, empezamos ya a construirlo todo mal desde el principio, ¿no?

El ingeniero bajó la mirada.

—Mira, no ordeno que te den mil latigazos porque tengo otras urgencias en este momento —le espetó Balbo, airado.

Todos los que habían oído la conversación esperaban que el joven ingeniero se retirara avergonzado, pero en lugar de eso habló de nuevo:

—Un tronco que ha de actuar como pilote, como sostén de la estructura de un puente, resiste mejor la presión de una fuerza horizontal si lo ponemos inclinado a la misma, *praefectus*. Luchamos contra la fuerza de la corriente del río que embiste en horizontal los pilotes. Si los inclinamos, resistirán mejor la corriente. Los pilotes de la izquierda del puente han de estar inclinados contra la corriente. Los pilotes de la derecha, al contrario, inclinados a favor de la corriente. Una vez clavados un pilote en un sentido y otro en el sentido opuesto, se han de unir rápidamente con un travesaño superior para dar estabilidad a la estructura. Y así todo el puente. Puede hacerse, *praefectus*. Pero los pilotes han de estar inclinados.

Balbo lo miraba en silencio.

Los demás ingenieros callaban.

En el río, otro de los pilotes clavados en vertical volvía a ceder a la fuerza del agua.

—¿Y bien? —preguntó el hispano al resto de los ingenieros.

—Puede… tener sentido, *praefectus* —concedió uno de los ingenieros veteranos—. No lo he visto hacer nunca, pero, desde un punto de vista teórico, lo que dice tiene sentido.

—Las legiones de Roma no pueden cruzar sobre teorías —replicó Balbo a medio camino entre el enfado y la esperanza—. Probad con pilotes inclinados, maldita sea.

Las operaciones se reanudaron siguiendo la idea propuesta por aquel joven ingeniero que, al lado del *praefectus*, iba marcando el ángulo de inclinación que consideraba necesario para clavar cada pilote.

Para sorpresa de todos, los primeros travesaños clavados de este modo en el lecho del río mantuvieron su posición lo suficiente para unirlos con otra viga por la parte superior. Y así, siguieron clavando más pilotes inclinados y uniéndolos por encima con vigas.

—¿Cómo te llamas, muchacho? —preguntó Balbo.

—Marco Vitruvio, *praefectus* —respondió el joven ingeniero.

—Bien, Vitruvio. Si esto funciona, te quiero siempre a mi lado, ¿has entendido?

—Sí, *praefectus*.

El joven ingeniero prefirió no preguntar qué pasaría si su idea no funcionaba.

Vanguardia del ejército de los helvecios

—¿Un puente? —preguntó Divicón a los jinetes que había enviado de avanzadilla para observar cómo los romanos iban cruzando el río.

Tenía calculado llegar de regreso al Arar con sus guerreros para cuando el procónsul apenas hubiera cruzado una o, como mucho, dos de sus seis legiones. Eso le daría la oportunidad que buscaba de devolverle al romano el golpe que éste le había asestado cuando atacó a la tribu de los tigurinos. Pero lo del puente lo dejó mudo.

—En todo caso, eso no cambia las cosas —comentó Nameyo, que no entendía por qué Divicón había ordenado detener el avance de los guerreros de retorno al Arar.

Veruclecio y el resto de los jefes de las tribus aliadas a los helvecios, más prudentes, callaban.

—Eso lo cambia todo —dijo Divicón—. El romano no pasará sus tropas hasta tener el puente completo y, entonces, lo hará todo en una maniobra rápida.

—Podemos llegar junto al río e impedir que terminen el puente —apuntó Veruclecio.

—Podríamos hacer eso —aceptó Divicón—, pero ¿qué ganaríamos con ello? Podemos impedir que cruce el río en ese punto eternamente, obligarlo a desplazarse hacia el norte o hacia el sur, pero eso nos distrae de nuestro objetivo principal, que es hacernos con las tierras de los alóbroges y los eduos. Y necesitamos más víveres y ganado que sólo conseguiremos llegando a aquel territorio. Permanecer allí, junto al Arar, sería otra forma de detenernos, sin ni siquiera luchar. No, el romano es inteligente y ha intuido que querría devolverle el golpe. Lo del puente evita nuestro contraataque. Esto supone un contratiempo, lo admito. Regresamos, seguiremos hacia el oeste. Pero esto no termina aquí: volveremos a correr como liebres. El cazador cruzará el río. Al final, tendremos nuestra oportunidad de revolvernos contra él. Hay algo en lo que ese procónsul, tan listo, no ha pensado. Para cuando lo descubra, ya será tarde… para él y para su ejército. Lo ocurrido en el Arar se lo devolveremos con creces. Y será definitivo. Cuando menos lo espere…

Ribera oriental del río Arar
Ejército romano

César supervisaba el paso de sus tropas por el puente recién construido.

Balbo estaba a su lado, aún nervioso. Temía que en cualquier momento toda la estructura, levantada sobre aquellos pilotes inclinados, se viniera abajo… Pero no. Eso no ocurrió.

—Tienes buenos ingenieros, Lucio —comentó César—. Y rápidos —añadió, pues el puente se había construido en apenas unos días.

No era muy ancho, pero sí lo suficiente para hacer que el cruce de las legiones de una orilla a otra fuera mucho más rápido que hacerlo con barcazas.

Balbo iba a comentarle la eficaz intervención del joven Vitruvio, pero César se adelantó, ensimismado, meditabundo. El hispano sabía que el procónsul tenía mil cosas en la cabeza. No era momento de importunarlo con nada que no fuera urgente.

César, en efecto, tenía otros asuntos que lo acuciaban: decidió que las *turmae* de caballería fueran las primeras unidades en cruzar el puente para que, acto seguido, se adentraran hacia el oeste y se aseguraran de que el ejército de los helvecios no estaba escondido en las proximidades para devolverles el golpe asestado contra los tigurinos.

—No hay ni rastro de los helvecios en decenas de millas, procónsul —informaban los jinetes a César en cuanto regresaban de sus misiones de reconocimiento.

Eso era, al tiempo, una buena y una mala noticia: buena porque permitía realizar la operación de cruzar el río Arar con tranquilidad y seguridad; mala porque Divicón estaba poniendo demasiada tierra de por medio.

César meditó bien qué hacer en cuanto tuviera las seis legiones en el lado occidental.

—*Magnis itineribus!** —proclamó cuando Labieno se le acercó en busca de instrucciones.

Su segundo en el mando no necesitó más explicaciones. Asintió y se reunió con los *legati*.

—Retomamos la persecución de los helvecios a marchas forzadas, con las pausas mínimas necesarias para la recuperación de las tropas, pero a la máxima velocidad posible. Divicón nos ha cogido mucha delantera y hemos de recortar distancia día a día. Eso es lo que el procónsul ordena.

Era duro, aunque implicaba una campaña militar corta para inten-

* «A marchas forzadas».

tar resolver aquel maldito asunto antes de la llegada del frío del invierno. No parecía mal plan.

Ejército de los helvecios

Era complicado transportar con mucha rapidez a toda la gente y los pertrechos a su cargo. Divicón sabía que acompañado por mujeres, niños y ancianos, la marcha del ejército se ralentizaba y que era sólo cuestión de tiempo que aquel maldito procónsul les diera alcance. Pero, por otro lado, eso era justo lo que deseaba. Había tomado algunas decisiones que sus hombres no entendían bien y que los retrasaban aún más, pero nadie se atrevía a discutirlo: sea como fuere, pese al desastre de los tigurinos y los largos rodeos que habían tenido que dar, su líder los había sacado de las montañas y ahora se paseaban libres por las fértiles tierras de los eduos y los alóbroges.

Una de aquellas decisiones aparentemente incomprensibles de Divicón era su orden de ir haciéndose con todo el grano que fueran encontrando a su paso, aunque cargarlo implicara llenar más los carros de transporte que ya estaban, de por sí, atestados de cereal. Otra orden: que el grano que no pudieran cargar lo quemaran. Tanto una cosa como la otra requería tiempo.

Divicón ordenó también hacerse con todo el ganado posible de todas las granjas de las tribus amigas de Roma y, del mismo modo que con el grano, ordenó sacrificar y quemar los animales que no pudieran llevarse. De esta forma compensaban el ganado que habían tenido que entregar a los sécuanos en sus negociaciones para que les permitieran cruzar su territorio. Aunque el objetivo principal de todas estas acciones, que sus hombres no terminaban de entender, era que a su paso los helvecios sólo dejaban un terreno baldío y sin recursos. Sin grano ni carne en centenares de millas a la redonda.

Ejército romano

A nadie le resultaba fácil ir con malas noticias al procónsul. Por eso, cuando todo empezó a torcerse, los *legati* miraban a Labieno en silencio, con gestos de preocupación y ceños fruncidos.

—Tenemos un problema —le dijo al fin una tarde Labieno a César en el *praetorium*. Llevaban quince días de marchas forzadas y tenían al ejército de Divicón a su alcance, pero habían surgido dificultades inesperadas.

—Lo sé —le respondió César, para su sorpresa—. ¿Crees que no he visto los campos incendiados y las granjas destruidas a medida que perseguíamos a los helvecios? Vas a decirme que vamos mal de suministros.

—Eso es. No tenemos provisiones suficientes para alimentar a las legiones más allá de unos días y lo que ha estado haciendo ese maldito Divicón nos ha dejado sin posibilidad de reaprovisionarnos. Casi nadie quiere proporcionarnos víveres en toda la región. No podemos luchar sin víveres.

—No, no podemos —aceptó César y se sentó, más bien se derrumbó, en su *sella curulis*.

Labieno, en pie frente a su amigo, dejó que un largo silencio relajara algo la tensión del momento. Hablar de malas noticias nunca era agradable.

—He estado enviando mensajeros a diferentes poblaciones, no creas que no me he ocupado del asunto —añadió César.

—¿Tenemos alguna ciudad amiga en la región? —inquirió su segundo al mando.

—Bibracte —apuntó César.

Había un mapa desplegado sobre la mesa. Labieno se aproximó, se inclinó y buscó aquella localidad.

—Está cerca, a menos de un día —se explicó César, siempre sentado, mirando al suelo—. Es una fortaleza de los alóbroges, pero precisamente por estar bien defendida no la han arrasado los helvecios. Tienen provisiones, aunque no podemos introducir seis legiones en sus muros.

—Pero podemos acampar cerca y reaprovisionarnos. —Labieno ya había ubicado la ciudad fortificada en el mapa—. Balbo será feliz cuando se lo contemos. Estaba muy preocupado, como todos… Pero esto es una buena noticia y, sin embargo, no pareces contento.

—No es el sitio que yo habría elegido para combatir.

—¿Combatir? —Labieno no entendía bien aquella conclusión a la que había llegado su amigo.

César se explicó:

—Nosotros le tendimos una trampa a Divicón en el río Arar, pero él nos la ha tendido ahora: en cuanto giremos hacia Bibracte, sabrá que nuestra reserva de provisiones está al límite y se revolverá contra nosotros.

—¿Tan rápido? —Labieno no compartía esa idea—. Divicón lleva dos semanas rehuyéndonos.

—No —le corrigió César—: Divicón lleva dos semanas debilitando nuestras líneas de aprovisionamiento, alejándonos de toda ayuda posible, haciendo que lo sigamos hasta el corazón de la Galia donde nadie nos va a ayudar, más allá de darnos algunos suministros y víveres. Nadie va a luchar a nuestro lado enfrentándose a los helvecios. Y ellos siguen superándonos en número. Las nuevas legiones no están preparadas para la lucha. Realmente, sólo tenemos cuatro legiones de combate. Y ellos son más de setenta mil guerreros.

—Entonces… ¿por qué los hemos perseguido?

—Esperaba tener otra oportunidad de atacar su retaguardia y volver a asestarle otro golpe más que debilitara su ejército, esperaba contar con recursos y provisiones abundantes, pero Divicón nos ha negado una cosa y la otra. Ni siquiera malgastó guerreros para asistir a los tigurinos cuando los atacamos en el Arar. Administra sus fuerzas muy bien. Y controla sus impulsos. Es un enemigo formidable.

Hubo otro silencio y Labieno aprovechó para servir dos copas de vino sin pedir permiso y, dejando a un lado la jerarquía militar, tenderle una a su amigo.

—¿Y qué vamos a hacer? —preguntó. El sobrino de Mario siempre tenía algún plan.

Pero en esta ocasión César tomó la copa, se la llevó a los labios y echó un largo trago antes de murmurar:

—No lo sé.

C

La traición de Habra

Roma, 58 a. C.

Habra, la doncella de Julia, salió temprano de la residencia con el pretexto de ir a comprar en las *tabernae* del foro diferentes ungüentos y perfumes para su ama, algo que a nadie le resultó extraño.

La esclava fue, en efecto, al foro y adquirió varios frascos con esencias, pero de regreso se desvió y se detuvo frente a otra gran residencia del centro de la ciudad que nada tenía que ver con la de sus amos. Todos conocían aquella casa en Roma, de modo que no le resultó difícil encontrarla haciendo simplemente un par de preguntas a otros esclavos por el camino.

Rodeó aquella mansión hasta llegar a la puerta trasera y golpeó un par de veces con los nudillos.

Domus de Cicerón

Cicerón departía con Catón durante un desayuno que se había transformado en costumbre entre ellos: así, desde el principio del día, planificaban lo que se fuera a debatir en el Senado o a tratar próximamente en alguna de las asambleas de la plebe. Desde que César pactó con Pompeyo y Craso, casi siempre perdían las votaciones, pero no todas y no siempre. Y, en cualquier caso, ambos estaban persuadidos de que era importante no mostrar decaimiento frente a sus enemigos políticos. En esto, Cicerón admiraba la capacidad de resistencia de Catón.

—Soy once años más joven que tú —argumentó Catón con una sonrisa para justificar su energía ante su mentor político.

—Lo sé, pero creo que hay algo más —respondió Cicerón—. Tu tenacidad es una cuestión de carácter, de…

—Hay alguien que desea ver al amo —anunció el *atriense*, interrumpiendo la conversación.

—¿Alguien? ¿Quién? —preguntó Cicerón, molesto tanto por la interrupción como por la ambigüedad de aquel anuncio.

El esclavo se acercó unos pasos. Sudaba. Se sabía incomodando a su amo.

—Es… es una… esclava, mi amo. —Y al ver la cara de perplejidad de su dueño y un atisbo de rabia, continuó con rapidez—: Nunca me habría atrevido a importunar a mi amo con semejante asunto si no fuera porque esta esclava ha insistido una y otra vez en que posee información de vital importancia con relación a uno de los grandes enemigos políticos del amo. —Nada más terminar, de modo preventivo, se arrodilló con la mirada en el suelo, a la espera de recibir órdenes o un castigo.

—¿Ha dicho esa esclava sobre quién cree tener información? —inquirió Cicerón, indeciso aún sobre la forma de actuar.

—Sobre Julio César, mi amo —respondió el esclavo, siempre cabizbajo—. Se ha identificado como la doncella personal de Julia, esposa de Pompeyo. No sé si miente o dice la verdad, pero he pensado que era mejor no despacharla sin consultar al amo antes.

Cicerón miró a Catón.

—Por escucharla no perdemos nada —dijo este último.

Cicerón asintió y se dirigió al esclavo que seguía arrodillado ante él:
—Tráela.

Los dos hombres, pensativos, aguardaron a la mujer mientras comían algo más de queso y frutos secos que tenían dispuestos ante ellos. Al poco, Habra ocupaba la posición del *atriense*, justo frente a Cicerón. Ella no estaba de rodillas sino en pie, aunque se podía intuir también cierto temor en su rostro.

—¿Dices que tienes información importante para mí sobre César? —preguntó Cicerón sin saludo alguno. Era una esclava.

Habra podía ver la comida y la bebida en las mesas del atrio y sabía perfectamente que había interrumpido el desayuno de dos senadores de Roma, así que fue directa al grano y en cuatro frases sencillas explicó todo lo relacionado con la noche en que César sufrió convulsiones.

—¿Me estás diciendo que el procónsul padece el *morbus divinus*? —preguntó Cicerón, entre admirado y sorprendido.

—Ese nombre usó el médico griego, sí, *clarissime vir*.

Cicerón miró a Catón: éste tenía la boca abierta y guardaba silencio.

Se volvió de nuevo hacia la esclava:

—¿Y por qué me cuentas esto? ¿Qué esperas conseguir?

—Quiero la libertad, *clarissime vir* —respondió Habra.

—Si lo que dices es cierto, y te garantizo que indagaré para confirmarlo o averiguar si has mentido, entonces ofreceré dinero a tu amo Pompeyo y te compraré; una vez seas de mi propiedad, te daré lo que pides. Pero antes he de averiguar si hay verdad en tus palabras.

No era éste exactamente el desenlace que Habra había esperado.

—Pero, *clarissime vir*… La madre de César, Aurelia, juró dar muerte a quien desvelara esto. Si el senador empieza a hacer preguntas, la *domina* sabrá…

—Te entiendo. Seré discreto —la interrumpió Cicerón—. No soy de pagar mal cuando alguien me aporta una información relevante y ésta puede serlo. Si he de comprarte, buscaré una excusa creíble ante Pompeyo. Y las indagaciones que haga serán de modo que la madre de César no sospeche. Ahora retírate y regresa a casa de tus amos, antes de que alguno de ellos se extrañe de que no estés ya de regreso.

Habra dudaba, pero el senador no dejaba ya ningún margen a continuar la charla. El senador había hecho una señal a su *atriense* y éste ya estaba a su lado para indicarle el camino de salida. Se lo había jugado todo y había arriesgado todo. Ahora quedaba en manos de los dioses.

En la entrada al atrio, otro esclavo tomó del brazo a Habra y fue éste quien la condujo hacia la puerta trasera de la residencia. El *atriense* aprovechó entonces para regresar al patio y retirar los platos ya vacíos de comida.

—Has hecho bien —le dijo Cicerón.

El esclavo suspiró aliviado y se marchó sin decir nada.

—¿Crees a esa esclava? —preguntó Catón.

—¿Y por qué razón iba a mentirnos? —apuntó su anfitrión con un rostro cada vez más feliz—. No, la muchacha quiere la libertad, algo comprensible, y se ha visto con una información que podía dársela. Probablemente no supo de la importancia de esa información hasta que la madre de César la amenazó a ella y al resto de los esclavos con matarlos si desvelaban algo. Aurelia, intentando proteger a su hijo, ha impulsado sin querer esta traición. Es curiosa la vida…

—No veo a qué viene tanta felicidad. ¿Qué ganamos con saber que César ha convulsionado una vez en la privacidad de su *domus* tras la petición de Pompeyo de casarse con su hija?

—Ganamos todo —le respondió Cicerón, categórico—. Como enfermedad, el *morbus divinus* tiende a repetirse en sus episodios de convulsiones. O eso recuerdo haber leído en algún momento… He de pensar quién escribió al respecto —añadió con aire distraído, antes de volver a focalizar su atención en el asunto—: Si César realmente lo padece, y aunque haya aparecido ya en una edad madura, es sólo cuestión de tiempo que un ataque similar se repita. Yo no sé mucho de medicina, amigo mío, pero sí sé que las convulsiones de este tipo se presentan en momentos de gran tensión para quien las sufre.

—César ya ha estado sometido a gran tensión en el Senado… por mí, sin ir más lejos —manifestó Catón.

—Cierto, y no te lo tomes a mal, amigo mío, pero es evidente que para César la petición de Pompeyo supuso mayor tensión que todas tus argucias en el Senado. Y eso que el día que te arrestó porque no dejabas de hablar en tu turno de palabra para evitar la votación de la reforma agraria, ciertamente lo pusiste muy nervioso. Pero no lo suficiente. Ha sido Pompeyo, al pedirle a Julia en matrimonio, quien ha desatado la enfermedad. Y ahora, aunque no lo tengamos en el Senado, César está envuelto en una peligrosa campaña militar. Y en la guerra siempre hay situaciones de gran nerviosismo: una emboscada, una batalla que se tuerce, falta de provisiones para el ejército…

Pero Catón seguía sin verlo del mismo modo, sin considerar aquella información tan reveladora de una auténtica debilidad de su gran enemigo político:

—César estuvo rodeado de enemigos en Mitilene, según sabemos, y ya ha estado al mando de tropas en su campaña contra los lusitanos en Hispania.

—En Mitilene era joven —desestimó Cicerón—, y, discúlpame, pero Lusitania no es la Galia: una extensísima región atestada de decenas de tribus galas, todas belicosas, muchas hostiles a Roma, de alianzas endebles y traiciones frecuentes. —Se rio un instante antes de continuar—: Tú y yo hemos pasado años tratando de evitar que César tuviera acceso a legiones armadas que le permitieran iniciar una gran campaña militar; tú y yo intentamos que durante su consulado se viera forzado a cazar bandidos por Italia, cuando lo que deberíamos haber favorecido desde un principio es que se fuera hacia el norte, con las legiones que quisiera, para entrar en combate a la espera de que una batalla se tuerza un poco, o mucho, de modo que las convulsiones reaparezcan, César colapse y los bárbaros acaben con nuestro problema.

Catón fruncía el ceño. Quizá, después de todo, su mentor político tuviera razón:

—Pero entonces, si César colapsa en medio de una batalla —tanteó—, los bárbaros, en este caso los galos, no sólo acabarán con él, sino con las legiones que estén bajo su mando.

—Siempre hay daños colaterales —sentenció Cicerón con cierto desdén por la vida de miles de legionarios. Miró al *atriense* y reclamó vino antes de preguntar a Catón—: ¿Dónde dicen los mensajeros llegados del norte que está ahora César?

—Los últimos informes decían que se había refugiado en la capital de los eduos para aprovisionarse —respondió Catón—: Bibracte.

El *atriense* trajo vino. Y lo sirvió.

Cicerón levantó su copa.

—¡Por Bibracte, amigo mío! ¡Quizá, el final de todos nuestros problemas con César!

CI

Bienvenidos al infierno

Oppidum* de Bibracte**
58 a. C.

Los mensajeros de la caballería romana llegaron hasta César y Labieno cuando estaban en el interior de la fortaleza de los eduos, tras los muros de Bibracte, negociando el aprovisionamiento de las legiones.

—Los jinetes de los eduos huyeron en cuanto se inició el combate cuerpo a cuerpo contra los jinetes de los helvecios —informó uno de los decuriones de las *turmae* romanas. Estaban en una sala amplia, sin la presencia de celtas, de modo que el jinete romano se explicaba con toda la crudeza de la realidad, sin poner paños calientes al desastre—: Los eduos no son de fiar, al menos en combate, procónsul. Nos dejaron solos, y eso que los helvecios eran menos.

César asintió. Estaba aprendiendo que las alianzas en la Galia oscilaban con rapidez de un bando a otro bando beligerante en función de cómo soplaba el viento de la fortuna. Tras la batalla junto al río Arar, los eduos y otras tribus parecían grandes aliados de Roma, pero tras ver cómo las legiones no conseguían detener a los helvecios en su avance, mientras éstos incendiaban campos y granjas, y percatarse del problema de suministros que tenían, los mismos celtas que parecían haber sido fieles amigos rehuían ahora la lucha contra Divicón.

---

* Fortaleza en zona elevada.
** Véanse los mapas «Batalla de Bibracte» de las páginas 875, 876 y 877.

—Y eso no es todo —añadió el decurión.

—Te escucho —dijo César, pues veía que el oficial de caballería dudaba.

—Ha habido algunas deserciones. Algunos eduos se han pasado al bando de los helvecios. Sólo unos pocos, pero algunos.

César y Labieno se miraron. Balbo suspiró. Publio Craso negaba con la cabeza. Era una muestra más de lo endeble de la alianza con aquella tribu celta. Habían conseguido que los líderes de Bibracte se comprometieran a aprovisionar las legiones, pero no a luchar a su lado. En las presentes circunstancias, César dio por bueno el pacto.

—Lucharemos sin ellos. Mejor saberlo ya, a que nos abandonen en medio de la batalla —sentenció.

Campamento general de los helvecios frente a Bibracte

Tal y como César había intuido, en cuanto percibió los problemas de aprovisionamiento de sus perseguidores, Divicón dejó de correr y pasó de presa a cazador. Dio media vuelta con todos sus guerreros y dispuso sus tropas junto a la fortaleza de Bibracte, repeliendo incluso un ataque de la caballería de los eduos que, por su parte, como en escaramuzas anteriores, no pusieron mucho empeño en detenerlos.

Divicón sabía que los eduos jugaban a dos bandas: iban a proporcionar suministros a los romanos, pero luchar con fiereza contra Divicón no entraba en sus planes. Con el apoyo de suministros a César, no perdían la esperanza de que los romanos expulsaran a los invasores. Pero también, al no luchar codo con codo con las legiones, mantenían una posibilidad de negociación con los helvecios. En cualquier caso, todo lo que sonara a división entre sus enemigos le encantaba a Divicón.

—Allí —comentó Veruclecio.

Nameyo y él estaban junto al líder de los helvecios, valorando la situación, ya en las proximidades de la fortaleza de Bibracte.

Divicón miró hacia donde señalaba su oficial y divisó la colina en la que los romanos se habían establecido con sus seis legiones. Más atrás se veía un campamento con empalizada en donde tendrían, seguramente, las provisiones que les habían dado los eduos y los bagajes de transporte. Y, más allá, el *oppidum* de Bibracte.

—Han puesto cuatro legiones por delante y dos de reserva, en lo alto de la colina —apuntó Nameyo.

—Y la caballería de los eduos está en la llanura —añadió Veruclecio—. No me extrañaría que la volviera a lanzar contra nosotros.

—Los eduos no cuentan —sentenció Divicón—. A la primera embestida de nuestros guerreros, se borrarán del campo de batalla. Son las legiones las que han de ocuparnos. Esa colina les da una cierta ventaja, pero… no hay ni bosques densos ni barrancos en sus flancos. Podríamos rodearlos. Atacarlos desde, al menos, dos frentes a la vez. Los romanos nunca combaten en dos frentes al mismo tiempo. Se retirarán y en el repliegue podemos masacrarlos con nuestros jinetes. El romano no ha elegido bien dónde luchar. La falta de provisiones, como esperaba, lo ha obligado a improvisar. No tenía muchas opciones y, aunque ha elegido lo mejor que podía, situándose en lo alto de la ladera de la colina, es nuestro.

Colina de las legiones

César impartía órdenes.

En las últimas horas, desde que salió de Bibracte, todo se había acelerado: los helvecios, tras derrotar a la caballería de los eduos, ya estaban allí, junto a su capital.

César no lo dudó y dispuso las legiones en formación de combate: VII, VIII, IX y X, las compuestas por veteranos de guerra, por delante en tres líneas de combate. Las inexpertas —la XI y la XII—, en lo alto de la colina, de reserva, en retaguardia. No confiaba en ellas para la batalla campal inicial. Quizá más adelante, en otras fases de la lucha o si la campaña en la Galia se alargaba, pudieran ser útiles, pero, por el momento, en verdad sólo podía contar con sus cuatro legiones de veteranos. Unos habían combatido con él en Lusitania, otros en diferentes campañas del Danubio o de Oriente.

A los jinetes de los eduos los había mandado a la llanura, por delante, con la misión de acosar y entretener a los helvecios mientras él organizaba la disposición de sus tropas. No pensaba en ellos para mucho más.

—Yo asumiré el mando de la VII, Labieno el de la VIII, tú, Sabino, el de la IX y Cota mandará la X —se explicaba César—. Craso irá por delante con nuestras *turmae*, junto con los eduos, pero se replegará si éstos, como preveo, se retiran ante el avance de los helvecios. Las otras dos legiones no actuarán, de momento. ¿Alguna pregunta?

No hubo ninguna.

El ambiente era tenso. Todos detectaban la preocupación en el ánimo del procónsul y sentían que, al contrario que junto al río Arar, las cosas no estaban nada claras. La victoria parecía incierta. Peor: improbable. Tenían ante ellos al grueso de los helvecios, armados hasta los dientes y con ansias de vengar la muerte de sus aliados caídos. Pero las circunstancias no daban margen más que a huir o luchar. La huida terminaría en masacre para las legiones. El combate… no se sabía. Hasta ese instante, César se había mostrado digno sobrino del legendario Cayo Mario. Era cuestión de comprobar si realmente el espíritu del siete veces cónsul habitaba en él… o no.

Campamento general de los helvecios

Divicón había hecho lo mismo que César: dar instrucciones a sus oficiales y al resto de los líderes tribales, pero con la idea de organizar una trampa mortal contra los romanos:

—Veruclecio, toma a los boyos y a los tulingos y aléjate del grueso de nuestras tropas: quiero que rodees estas colinas y ataques a los romanos por su flanco derecho —explicó el líder de los helvecios—. A partir de tu ataque, todo será fácil para nosotros. El procónsul ordenará un repliegue general y realmente no tiene adónde ir. Los eduos no le darán refugio en su fortaleza. Será el principio de su fin. No, no ha elegido buen sitio para combatir ese petulante romano.

—¡Han lanzado a los eduos contra nosotros! —los interrumpió uno de los guerreros que hacía de centinela controlando los movimientos del enemigo.

—Y nosotros nos lanzaremos contra ellos —espetó Divicón con decisión, antes de mirar a Veruclecio—. Tú haz lo que te he dicho. De la llanura y el combate central no te preocupes. Tú rodea al enemigo y atácalo por ese flanco.

Veruclecio asintió y partió veloz a asumir el mando de las tribus de los boyos y los tulingos. Se sentía orgulloso de tener una misión tan importante.

—Nameyo —añadió Divicón—, tú me acompañarás. Según se desarrolle todo, querré tu opinión.

Llanura junto a Bibracte

César observaba la llanura desde lo alto de la ladera.

Miró a lo alto: el cielo plomizo, cubierto de nubes, ocultaba los rayos de Apolo, pero no esperaba lluvia. Ya había visto aquel horizonte encapotado durante días sin que cayese una gota de agua. No, no habría tormenta capaz de refrenar el ímpetu de los helvecios. Divicón había elegido un día perfecto para la guerra.

Volvió de nuevo la mirada hacia la llanura.

Los jinetes de los eduos arremetieron contra los guerreros helvecios, pero éstos los repelieron con sus lanzas, hachas y espadas. Hirieron también a algunos caballos y, por el motivo que fuera, la energía de los eduos se desvaneció con premura; al poco emprendían un repliegue general hacia Bibracte.

Craso se vio solo con las pocas unidades de caballería romanas y se sintió una presa demasiado fácil ante los millares de helvecios que se abalanzaban sobre sus jinetes. Cumplió con las órdenes de César sin más dilación.

—¡Retirada, por Júpiter! —ordenó a pleno pulmón—. ¡Hacia el campamento!

Los jinetes romanos lo siguieron sin dudarlo un minuto: el avance descomunal de los helvecios no podía ser ni detenido ni ralentizado por unos pocos centenares de jinetes. Sólo las legiones podían enfrentarse a algo así.

Vanguardia helvecia

Pero Divicón contuvo el avance desordenado de sus tropas. Situado en vanguardia, con la asistencia de Nameyo, fue organizando una poderosa falange que, ahora sí, de forma disciplinada, volvería a avanzar contra las legiones enemigas al pie de la ladera que controlaban los romanos.

Retaguardia romana, en lo alto de la colina

César vio la retirada de los jinetes eduos hacia Bibracte y no le sorprendió.

Estaban solos.

Inhaló el aire fresco de la montaña, cerró los ojos y volvió a abrirlos.

Era un pulso que librarían las legiones contra los helvecios, sin ayuda real de nadie más. Los alóbroges, los sécuanos o los eduos, ninguna de esas tribus quería compartir tierras con los peligrosos helvecios, pero su grado de implicación en la defensa efectiva de su territorio era limitado: aportaban trigo unos, otros se limitaban a hacerse a un lado o, los últimos, mandaban algunas tropas que, no obstante, cuando las cosas se ponían mal, se borraban de la lucha.

Sí, estaban solos… y fue justo en ese instante, quizá al darse cuenta de que los eduos los abandonaban, pese a tenerlo previsto, cuando sintió una primera convulsión. Fue en el brazo izquierdo. Una sacudida seca, brusca. Pudo controlarla. Empezó a sentir aquel malestar en el estómago y el mismo mareo que sintió el día que Pompeyo le pidió a Julia en matrimonio.

Tenía que serenarse.

Si no, quizá acabara derrumbándose como aquel día, y no podía permitírselo. Todos estaban atentos a sus órdenes. Debía mantener la calma como le dijo el médico en Roma…

Descendió por la colina para ponerse al mando de la legión VII.

Sentía sobre él las miradas de todos sus hombres.

—¡Preparad *pila*! —aulló el procónsul de Roma.

Nadie había notado nada raro en él.

Eso era esencial.

Vanguardia del ejército helvecio

La densa falange de guerreros helvecios empezaba a ascender por la colina donde los romanos los esperaban. Divicón y Nameyo dirigían el avance de las tropas. Sabían que en cualquier momento comenzaría la lluvia de hierro romano.

—¡Preparad los escudos! —ordenó Divicón.

La falange avanzaba.

Belenus, el dios del sol, también libraba una batalla sobre la llanura para abrir una brecha entre las nubes.

Era el momento de arrasar a aquel maldito romano que se había interpuesto, una y otra vez, en su camino.

Vanguardia romana

Los legionarios de la VII esperaban la orden de César para arrojar las jabalinas mortales sobre el enemigo. Y Sabino, Cota y Labieno estaban atentos a lo que hiciera la VII para imitarla en todos sus movimientos.

El procónsul de Roma veía el ascenso de los enemigos por la ladera de la colina. Tenía que esperar a que estuvieran lo bastante cerca para que no se desperdiciara ni uno solo de los *pila* que los legionarios blandían ya en alto. Era una suerte que los helvecios, más centrados en un avance rápido que en importunar la lluvia de jabalinas, no hicieran uso de los arqueros de los que disponían. Eso facilitaría la puntería de los legionarios.

Estaban muy cerca, a apenas cien pasos.

Mantener la calma.

No había sentido ningún espasmo nuevo.

Había legionarios capaces de lanzar las jabalinas a cincuenta pasos, pero lo habitual era que no superaran los veinticinco. Y lo esencial era aprovechar los *pila*. De hecho, César pretendía que no se perdiera ninguno. Cuanto más cerca estuviera el enemigo, más *pila* se clavarían en los helvecios o en sus escudos inutilizándolos.

Los guerreros de Divicón estaban a setenta y cinco pasos y acercándose.

Sesenta pasos.

Cincuenta.

Los legionarios esperaban la orden.

Serenidad.

César inspiraba y espiraba rítmicamente para mantener la calma y el control sobre su cuerpo.

Tampoco se podía apurar demasiado o los legionarios no tendrían tiempo para desenvainar los gladios y ponerse en posición de ataque protegiéndose bien con los escudos.

Cuarenta pasos.

César levantó su espada.

Legati, tribunos y centuriones… todos estaban atentos.

Se había situado entre la primera y la segunda línea de cohortes, en un pequeño altozano desde el que resultaba visible para todos.

Treinta pasos.

Veinte.

—¡Ahora, por Júpiter, ahora! —aulló Julio César.

Vanguardia helvecia

—¡Protegeos con los escudos, escudos arriba, por Belenus! —gritaba Divicón intentando minimizar el efecto mortal de aquella lluvia de *pila* sobre sus hombres.

Pero las jabalinas, lanzadas a tan corta distancia, causaron estragos entre las filas de los helvecios. Más de lo que su líder había previsto. El maldito romano había sabido esperar, de modo que las lanzas cayeran todas sobre sus hombres, sin desperdiciar ni una. Aun así, Divicón no se arredraba: ahora era cuestión de seguir hacia delante, rápido, con todos los supervivientes de primera línea, para reducir el tiempo del que disponían los romanos para desenvainar sus espadas y protegerse bien con sus escudos.

—¡Adelante! ¡Adelante! —los animaba, su propia espada en alto.

Vanguardia romana

—¡Desenvainad gladios! —ordenó César—. ¡Escudos preparados! ¡Gladios entre los escudos!

Los guerreros enemigos se acercaban.

Habían caído muchos, pero otros muchos seguían avanzando, armados con hachas y espadas. Bastantes caminaban sin escudo, inutilizado por algún *pilum* romano.

César asentía para sí. Sin escudos, los helvecios eran más vulnerables.

El choque de la falange enemiga y la primera línea de las legiones era inminente…

—¡Pinchad, pinchad, pinchad! —vociferó en medio del fragor del combate.

La sangre salpicaba los *umbones* de los escudos romanos, los cascos y los rostros de los legionarios. Los gritos de unos y otros, pues los helvecios daban hachazos y estocadas por todas partes, impregnaron de dolor la ladera de la colina.

El fragor de la batalla rodeó a César y los gritos y la guerra le hicieron olvidar los espasmos que había sentido al principio. Estaba concentrado en la batalla. Sólo eso existía en ese instante.

Vanguardia helvecia

—¡No retrocedáis! —gritaba Divicón—. ¡Mantened la línea, maldita sea, mantened la línea!

Sin embargo, la falange helvecia, con numerosas bajas por la lluvia de *pila*, se enfrentaba debilitada contra aquel muro de legionarios que, protegidos tras sus escudos, arremetían sin tregua con sus gladios en punta clavándose en brazos, piernas, tórax o cabezas.

Divicón miró hacia su izquierda. ¿Dónde estaba Veruclecio? Necesitaba que apareciera por el flanco derecho de los romanos. Y lo necesitaba pronto.

La falange empezaba a retroceder, el empuje romano era incontenible. No era ésa la batalla que Divicón había diseñado.

Más allá de las colinas

Los boyos y los tulingos iban casi a la carrera.

—¡Corred, malditos, corred! —les espetaba Veruclecio haciendo aspavientos con su espada apuntando al cielo—. ¡Por Belenus, corred, corred!

Había dado un rodeo quizá demasiado grande. Quería aumentar el efecto sorpresa de su ataque alejándose del campo de visión de los romanos, para que cuando aparecieran, éstos se sumieran en el pánico. Sabía que eso incrementaría la efectividad de su ataque, pero quizá… ¿se había alejado en exceso? Sus hombres no paraban de correr, pero entre los árboles crecía un denso mar de helechos que ralentizaba su avance.

—¡Corred, corred, corred!

Vanguardia helvecia, al pie de la colina romana

Divicón miraba hacia su izquierda, pero no veía más que romanos y romanos en perfecta formación cargando contra su debilitada falange.

—¿Dónde está ese imbécil? —masculló entre dientes.

Nameyo lo escuchó.

—¿Envío jinetes para reclamar a Veruclecio que ataque ya? —preguntó.

Divicón negó con la cabeza:

—Es tarde para reclamar nada. Ocupémonos de replegarnos de forma ordenada, hacia esa colina. La posición de altura nos permitirá resistir mejor el embate de las legiones hasta que ese necio tenga a bien aparecer de una maldita vez.

Vanguardia romana

César vio el repliegue del enemigo. Aquello eran buenas noticias. Todo marchaba bien. Los veteranos de las legiones VII, VIII, IX y X estaban respondiendo con valentía y eficacia. Merecían el premio del descanso y de poder refrescarse y beber agua.

—¡Que entre la segunda línea de cohortes en acción! —gritó—. ¡Relevo!

Y todos los oficiales repitieron la orden.

—¡Relevo, relevo, relevo…!

Las cohortes de primera línea se retiraban por los pasillos que abrían las cohortes de segunda línea, de modo que éstas quedaban como nueva primera línea romana con hombres frescos, prestos a entrar en combate con todas sus fuerzas intactas. César quería contrarrestar con su energía extra el hecho de que ahora tenían que perseguir a la falange enemiga cuesta arriba en la ladera hacia la que Divicón los había replegado. Era una maniobra defensiva inteligente la del líder de los helvecios, pero César estaba muy persuadido de que la victoria estaba cerca. Con la furia de la segunda línea de cohortes y, finalmente, con la tercera, quebraría la falange y empezaría la huida de los enemigos, y ahí se iniciara su aniquilación. Entonces sería el turno de Publio Craso con su caballería…

César estaba exultante.

Pero, de pronto, como si tuviera un sexto sentido, sin que nadie se lo advirtiera, se giró hacia la derecha.

Los vio.

Y tragó saliva.

Centenares no, miles de galos atacaban por el flanco derecho. Venían desde la espesura de un bosque cercano. No parecían helvecios. Por las descripciones de su tutor galo Gnipho y por todo el tiempo que llevaba persiguiéndolos, César identificó que se trataba de los boyos y los tulingos, tribus aliadas de los helvecios y que los acompañaban en toda aquella migración.

Se pasó la palma de la mano por el rostro, como si intentara confirmar que sus ojos no le engañaban, pero no: lo que veía era tal cual. Divicón había preparado un ataque por dos frentes al mismo tiempo.

Dos frentes.

A la vez.

Sintió de nuevo la agonía en el estómago.

Y miedo… y aquel mareo… y parecía que el brazo izquierdo iba a agitarse… pero, una vez más, se controló y consiguió serenarse.

Fue entonces cuando oyó un grito a su lado, sin previo aviso:

—¡Hay que retirarse, procónsul! —vociferó el joven Publio Licinio Craso—. ¡Por todos los dioses, el enemigo va a rodearnos!

César escuchaba al hijo de Craso gritándole exactamente lo que él mismo ya sabía que debía hacerse y, sin embargo, se resistía a dar la orden de retirada. Había dos batallas: la que todos veían y la que él sentía en su interior. Las convulsiones se acercaban, podía percibirlo y sabía que sólo manteniendo la calma más absoluta, tal y como le habían dicho los médicos, podría dominar su cuerpo.

La batalla de fuera, la que todos veían, había empezado bien, con las dos primeras líneas de veteranos empujando a los helvecios y sus aliados hacia su campamento, pero, de pronto, un contingente con guerreros de otras tribus, de boyos y tulingos, procedentes de la retaguardia enemiga, había rodeado todo el frente de combate y había desbordado a las legiones por el flanco derecho por donde se lanzaban contra ellos para embolsarlos, tal y como decía el joven Craso.

César vio a Tito Labieno, su segundo en el mando, ascendiendo por la colina en busca de instrucciones. Esto es, para confirmar de qué forma replegarse y alejarse de un campo de combate que se había transformado en una ratonera.

Publio Licinio Craso se hizo a un lado de inmediato al advertir que se aproximaba Labieno. El joven Craso tenía la esperanza de que el veterano *legatus*, que era además el mejor amigo del procónsul, lo hiciera entrar en razón.

Sin duda, para Tito Labieno la opción más lógica era también un repliegue ordenado, pero llevaba ya demasiados años con César y había compartido muchos momentos críticos, muchas situaciones imposibles con él como para dar por sentado lo que su amigo pudiera estar pergeñando. César mandaba, y Labieno no consideraba otra opción que la de estar con él, siempre, hasta el final. Sólo que, en aquella ocasión, si no se replegaban, el final parecía inminente.

—Esos malditos nos están desbordando —comentó Labieno—. Hay que retirarse. No podemos combatir en dos frentes a la vez.

César sentía que había conseguido serenarse pese a aquella situación límite, estaba evitando que su cuerpo convulsionara. Miraba alternativamente hacia delante, hacia el corazón de la batalla, y hacia el flanco derecho. Se pasaba la mano por el mentón y seguía sin decir nada. Tenía seis legiones. Las cuatro de veteranos —VII, VIII, IX y X— eran las que habían contenido el avance de los helvecios en el centro de la llanura, y tenía otras dos más, recién reclutadas, la XI y la XII, sin experiencia alguna en combate, en reserva. Una posibilidad sería recurrir a estas tropas para intentar detener el ataque de los boyos y los tulingos que se abalanzaban contra ellos por el flanco derecho. Pero César no confiaba en esas tropas. Aún no. No contra unos galos feroces a los que llevaba días persiguiendo, acosándolos sin descanso, y que ahora se habían revuelto contra él con furia desbocada y, al hallar un punto débil en su estrategia, veían la victoria en su mano. Contra unos celtas tan motivados y expertos en la guerra, dos legiones recién reclutadas serían como ovejas ante una manada de lobos. No, de momento, XI y XII sólo servían para simular más fuerza de la que realmente tenía o para custodiar bagajes y proteger a los aguadores, pero no para la batalla campal. Quizá más adelante, pero… ¿habría un «más adelante» si no se retiraban ahora?

Labieno intuyó lo que rumiaba y respaldó sus pensamientos:

—No, yo no creo que las legiones de reserva nos valgan para frenar a los boyos y los tulingos. —Aquí calló y no se aventuró a repetir la propuesta de retirada que ya había hecho el joven Craso y que él mismo había sugerido.

—La tercera línea de veteranos aún no ha entrado en combate —rompió César su largo silencio.

Labieno y Craso se miraron: las legiones combatían en tres líneas; la tercera la formaban los hombres más experimentados y, normalmente, se reservaban para el final. Las dos primeras líneas habían trabado lucha directa con los helvecios en el frontal de la batalla. La tercera no había luchado por ahora, cierto.

—No, aún no han entrado en combate —confirmó Labieno, sin entender qué podía estar pensando su amigo.

—¿Y si, en lugar de retirarnos, mantenemos la primera y la segunda línea de las legiones de veteranos en lucha con los helvecios, para contenerlos, y hacemos que la tercera línea maniobre para cubrir el flanco derecho y enfrentarse ellos a los boyos y los tulingos? —preguntó César.

Al joven Craso aquello le pareció una locura.

Labieno comprendió que César buscaba su opinión, su valoración a aquella posibilidad:

—Eso nos obligaría a luchar en dos frentes sin triple línea de combate —analizó la propuesta con detenimiento—. Dos líneas contra los helvecios y sólo una contra los boyos y los tulingos... sin posibilidad de establecer turnos en el combate.

—Pero es una línea de veteranos —apostilló César mientras dejaba la punta de la lengua visible junto a su labio superior—. Lucharon conmigo en Hispania contra los lusitanos y los llevé a la victoria. Tienen fe en mí —añadió, aludiendo a la campaña que, sobre todo los legionarios de la X, habían compartido en el pasado reciente con César.

Labieno hizo amago de responder, una vez, dos... pero parpadeaba y callaba.

—Las legiones nunca han combatido en dos frentes a un tiempo —dijo al fin, cejas levantadas, boca entreabierta, espada en mano, gotas de sangre enemiga deslizándose por el filo plateado del metal—. Quiero decir: ningún ejército romano ha combatido nunca en dos frentes a un tiempo. Ni siquiera tú lo hiciste en Lusitania. Ante una situación como ésta, el cónsul o el procónsul al mando siempre ordenó el repliegue. —Se pasó la mano por la frente mientras miraba el campo de batalla—. Tu tío Cayo Mario nunca lo hizo. En Aquae Sextiae, cuando luchó contra los teutones y los ambrones, se preocupó mucho de presentar un único frente… —Inspiró aire, miró a su alrededor, volvió a hablar—: Las legiones romanas nunca han combatido en dos frentes de batalla a un tiempo —repitió a modo de conclusión.

—Que algo no se haya hecho nunca no quiere decir que no pueda hacerse —replicó César.

Publio Licinio Craso fue a hablar, pero Labieno levantó la mano izquierda y el joven oficial se contuvo.

César aprovechó para explicarse con vehemencia, con pasión:

—Los helvecios, los boyos, los tulingos y todos sus aliados combaten ahora enardecidos, con nuevo vigor, porque al habernos desbordado por el flanco derecho piensan que vamos a hacer lo que las legiones romanas han hecho siempre en esta situación: retirarse. Pero si les demostramos que *no* vamos a retirarnos, veremos cuánto mantienen ese ánimo renovado en la lucha. Si resistimos, combatiendo en dos frentes a la vez, sus energías flaquearán y… venceremos.

Labieno envainó su espada y se llevó la mano a la nuca. El joven Craso negaba con la cabeza mientras miraba al suelo.

—¿Estás conmigo, Tito? —preguntó César a su segundo en el mando, a su mejor amigo.

Labieno lo miró fijamente a los ojos.

—Estás loco —le dijo.

César sonrió: su amigo no decía que no; se quejaba, pero no decía que no.

—¿Que estoy loco…? —le respondió—. Eso ya lo sabías desde hace tiempo.

Labieno bajó los brazos.

—Si la tercera línea de veteranos no resiste, los galos nos masacrarán —objetó.

—Yo creo que resistirán —proclamó César con fe ciega en sus legionarios, y miró hacia el campo de batalla mientras repetía—: Resistirán… Sobre todo, si los comandas tú, Tito. Llévate contigo a todos los de la X. Son los mejores.

Labieno se quedó inmóvil con la mirada fija en César. Éste se volvió hacia él y retomó la palabra:

—¿Resistirás en el flanco derecho con la tercera línea de veteranos, Tito?

Labieno inspiró hondo, miró al suelo, dejó escapar un largo suspiro y respondió categórico:

—Si ésas son tus órdenes... resistiré.

—Aunque crees que estoy en un error.

—Aunque crea que lo sensato es retirarnos, obedeceré tus órdenes y resistiré en el flanco derecho —se reafirmó Labieno—. Pero si nos matan, te esperaré en el Hades para sacudirte bien fuerte.

—¡Si os matan, pronto te seguiré yo hasta el inframundo y allí continuaremos esta conversación! —proclamó César con una sonora carcajada en la que liberaba nervios, al tiempo que transmitía una inusitada fuerza.

Pero... ¿era la fuerza de la inteligencia o de la locura?

—Mientras tú detienes a los tulingos y los boyos —retornó César a las instrucciones de combate—, yo contendré a los helvecios en el centro de la batalla con las primeras dos líneas de veteranos. Tú no vas a vacilar en la lucha y yo tampoco. Es un buen plan. ¿Qué puede fallar?

Labieno asintió y, seguido de cerca por el joven Craso, sin decir ya nada más, partió para dar las instrucciones al resto de los *legati* y a las decenas de tribunos militares que esperaban órdenes sobre cómo organizar lo que ellos creían que iba a ser una veloz retirada.

—Es una locura —dijo Craso en voz baja a Labieno.

—Es una locura —aceptó él—, pero son las órdenes del procónsul de Roma.

—Vamos todos hacia el infierno.

—En eso tienes razón —admitió Labieno, siempre a buen paso y sin detenerse—: Hacia allí vamos, hacia el infierno, o como dijo César un día, hace años, en Éfeso: «Todos caminamos hacia la muerte». —Se echó a reír y, aun en medio de aquella intensa carcajada, Craso acertó a entender que el segundo en el mando del ejército proconsular romano desplazado al corazón de la Galia iba a dar cumplimiento a aquellas palabras—: ¡Todos caminamos hacia la muerte!

Alejado de ellos, rodeado de tribunos, César se afanaba en dar órdenes para seguir conteniendo a los helvecios, al grueso de las tropas enemigas, con sólo dos líneas de veteranos. «¿Qué puede fallar?», le había dicho a Labieno. Fue en ese instante cuando volvió a sentir que las convulsiones regresaban. Con más fuerza, brutales, descarnadas, incontrolables…

Retaguardia de los helvecios

Divicón y Nameyo vieron por fin la irrupción de los boyos y los tulingos en el campo de batalla por el flanco derecho del enemigo.

—Ahora sí. Ahora los tenemos —dijo el líder de los helvecios con una amplia sonrisa dibujada en el rostro.

—Los aniquilaremos —confirmó Nameyo.

—¡Al ataque, por Belenus! —gritó Divicón pasando por entre sus miles de guerreros, camino de la vanguardia.

Pensaba dirigir aquella contraofensiva personalmente. La victoria se disfruta más desde cerca, desde donde te salpica la sangre del enemigo rodeado, atrapado, engañado.

Vanguardia del frente de las legiones, primera línea

César volvió a cerrar los ojos e inspiró hondo el aire del bosque cercano. Intentó, por un instante, olvidar dónde estaba, como si los galos no existieran, como si estuviera de regreso en Roma, en la paz de su *tablinum*, allí donde la Galia era sólo un mapa…

Las convulsiones parecían alejarse.

Tragó saliva y abrió una vez más los ojos.

Pudo controlar los espasmos. Al menos, en principio.

Según avanzara el combate, ya se vería si era un control completo o sólo temporal. Pero fue como si la urgencia de la guerra lo absorbiera en cuerpo y espíritu. Hasta el malestar de estómago y el mareo desaparecieron…

—¡En posición! —aulló César—. ¡Escudos preparados! ¡Gladios desenvainados! ¡Que nadie dé un paso atrás! ¡Nos turnaremos la primera y la segunda fila de cohortes! ¡No hay más reserva! ¡La tercera línea nos protegerá del ataque por el flanco derecho! ¡Nosotros, aquí y ahora, resistiremos su contraataque frontal, por Júpiter!

—Ya están aquí —le dijo un tribuno.

Los helvecios cargaban en bloque, con fe ciega en desarbolar la formación de unas legiones que se veían atacadas por dos frentes a la vez y que se obstinaban en no replegarse.

—¡Ni un paso atrás! —repitió César, y todos lo vieron desenvainar su propia espada y acudir a la primera línea de combate, como años atrás hizo su tío Mario en la legendaria batalla de Aquae Sextiae.

Aquel gesto enardeció los ánimos de los legionarios.

Todos se pusieron muy firmes, escudos en alto, los gladios asomando por entre las armas defensivas. El suelo temblaba por el avance del enemigo.

Flanco derecho del ejército romano

Craso y Labieno estaban ya en el flanco derecho, al frente de las tropas de la tercera línea de las legiones VII, VIII, IX y X. Los legionarios de la tercera línea eran los más experimentados en combate, los más duros, pero hasta esos soldados se cansan y necesitan relevos. Y ahora no tenían a nadie por detrás de ellos que les ofreciera confianza.

—¿Qué les decimos para que combatan sin relevo real alguno? —preguntó el joven Craso, que no veía modo de persuadir a aquellos legionarios para que entraran en la lucha cuerpo a cuerpo con seguridad, con decisión y con fe en la victoria.

Labieno no decía nada. Se limitaba a mirar hacia el enemigo y hacia las cohortes de veteranos. Los boyos y los tulingos se acercaban. El tiempo del repliegue había pasado y, excluida esa opción, no había margen para improvisar ya nada que no fuera enfrentarse a ellos. Lo único que se podía hacer era luchar como si no hubiera un mañana. Combatir hasta la última gota de sudor y de sangre. Resistir o morir. César se había obcecado en aquella estrategia suicida, los llevaba a todos al límite. ¿Estaba loco o era un genio?

Labieno se situó por delante de las tropas, seguido de cerca por el joven Craso, y empezó a arengarles a todos a voz en grito:

—¡Muy bien, legionarios de la tercera línea, legionarios veteranos, los mejores de entre los mejores, eso se supone que sois! ¡Tenemos un ataque por este flanco de unos cuantos miles de galos! ¡La primera y la segunda línea de cohortes van a mantener al grueso de las tropas enemigas a raya en el frente central de la batalla! ¡A vosotros os corresponde, por orden del procónsul de Roma, repeler el ataque por este flanco!

¡No disponemos de relevo! ¡Dicen que sois muy buenos en combate! ¡El procónsul os ha alimentado y os ha mimado en cada batalla, y os ha premiado con vino y con botín de guerra como si fuerais héroes en Lusitania, pero yo no he visto nada en vosotros tan digno de premios y encomio! ¡Para mí sois los niños mimados del procónsul! ¿He dicho que no hay relevo en este flanco? ¡Pues he dicho mal, porque tengo a los jóvenes de la XI y la XII deseosos de entrar en combate y masacrar a tantos galos como se les pongan por delante! ¡Están hartos de los mimos del procónsul a las cohortes de veteranos! ¿Realmente sois tan buenos? ¡Porque yo estoy por llamar a los legionarios de la XI y la XII y que sean ellos quienes luchen en lugar de vosotros, niños mimados del procónsul! ¡Decidme, por Júpiter y todos los dioses, decidme, por Marte! ¿Sois tan inmensamente buenos? ¿Lo sois?

Y de pronto, uno de los centuriones, un veterano *primus pilus*, alzó la voz.

—¡Lo somos!

Por detrás, los boyos y los tulingos se acercaban.

—Están a quinientos pasos —apuntó Craso en voz baja.

—¡Lo somos, lo somos, lo somos! —gritaron centenares, miles de veteranos.

—¿Lo sois? —insistió aún Labieno haciéndose el incrédulo, y se volvió hacia el enemigo al tiempo que desenvainaba la espada y enardecía aún más los ánimos de lucha de los veteranos—. ¡Pues, por Hércules, demostradlo! ¡Demostradlo! ¡Avanzad hasta mí! ¡Escudos en posición! ¡Gladios en mano!

Las cohortes avanzaron hasta el lugar donde estaban Labieno y Craso.

Los boyos y los tulingos llegaban casi a la carrera.

—¡Se acercan a toda velocidad! —exclamó Craso.

Labieno se ajustó el casco, cogió fuerte su escudo y se puso en formación de combate entre los legionarios veteranos de primera línea. Craso lo imitó.

—¡Bienvenido al infierno, muchacho! —le dijo Labieno.

Vanguardia del ejército helvecio, centro de la llanura

Los romanos resistían, pero estaban haciendo un relevo, el único que podían hacer porque la tercera fila la habían tenido que trasladar a su flanco derecho para defenderse de las tropas de Veruclecio.

Divicón se sentía seguro.

Caían muchos de sus hombres, pero también había numerosas bajas entre los romanos.

Al hacer el enemigo la maniobra de relevo, sus guerreros helvecios ganaron terreno. Los romanos resistían, pero perdían fuelle.

Era cuestión de insistir e insistir hasta que los boyos y los tulingos destrozaran la línea derecha del flanco romano y atacaran por la espalda. Entonces empezaría la auténtica masacre.

Vanguardia romana en el centro de la llanura

César veía cómo la segunda fila reemplazaba a la primera línea de cohortes. Habían perdido un centenar de pasos en aquella maniobra, aunque en general mantenían la posición. Pero no había más relevos.

Miró hacia lo alto de la colina. No debía recurrir a los legionarios de la XI y la XII. Quizá los necesitara Labieno. Y, en cualquier caso, esos soldados aún demasiado inexpertos no resistirían ni un minuto ante el empuje brutal de aquellos galos.

Todo dependía de que Labieno defendiera el flanco derecho. Si resistía, eso desanimaría a los helvecios y podría recuperar la iniciativa en el combate, pero si Labieno cedía, aunque fuera sólo una brecha…

—¡Pinchad, pinchad, pinchad! —aulló César en medio de los gritos de los enemigos y de sus propios oficiales—. ¡Pinchad, por todos los dioses, pinchad!

Flanco derecho del ejército romano

Pese a la aparente furia, ni los boyos ni los tulingos consiguieron doblegar la resistencia de la línea de las cohortes veteranas comandadas por Labieno.

De pronto, el segundo en el mando del ejército romano advirtió algo:

—Están cansados —dijo.

Craso, que seguía a su lado, no parecía entender.

Labieno se volvió hacia él y le miró a los ojos mientras se explicaba:

—Los boyos y los tulingos están agotados. Han dado un rodeo enorme para sorprendernos por este flanco y han llegado casi a la carrera, y sus líderes los han hecho entrar en combate de inmediato. Sin descansar... ¿lo entiendes?

Craso empezaba a asentir, pero para Labieno aquella reacción del joven oficial era demasiado lenta y se puso a gritar para que lo oyeran todos los tribunos y los centuriones en aquella larga e interminable fila:

—¡Están agotados, por Júpiter! ¡El enemigo está sin fuerzas! ¡Que los legionarios avancen, que empujen con los *umbones* de sus escudos! ¡Adelanteeee! ¡No se trata de defender! ¡Hay que atacar! ¡Atacar!

Los oficiales fueron repitiendo las órdenes a voz en grito al mismo tiempo que ellos mismos las digerían, pero pronto todos, desde Craso hasta el último centurión de la última centuria de la cohorte más alejada de aquella línea de combate, comprendieron el alcance de aquella idea: ellos, los veteranos de la tercera línea de las legiones más experimentadas, no habían entrado en combate ni se habían movido de su lugar hasta el inicio de aquel choque en el flanco derecho, mientras que los enemigos, aunque llegaban sin combatir, lo hacían tras una carrera en la que a buen seguro no habían tenido descansos para así sorprenderlos.

Y habían conseguido su objetivo, pero estaban debilitados por el esfuerzo.

El empuje de los legionarios veteranos fue tan enérgico como bien dirigido y calculado por los centuriones, que no dejaban de mirarse unos a otros para que ninguna centuria se adelantase en exceso a las otras. Para sorpresa de todos, los galos cedían terreno con facilidad.

Labieno volvía a hablar. Craso no tenía claro si se dirigía a él o si simplemente pensaba en voz alta:

—Divicón esperaba que, al aparecer un segundo frente, nos retiráramos sin plantearnos otra opción y, luego, perseguirnos y machacarnos en nuestra huida del campo de batalla. No imaginó que César se plantearía mantener las posiciones de las legiones en los dos frentes al mismo tiempo. No pensó que los boyos y los tulingos llegarían agotados tras la larga carrera para rodearnos y sorprendernos, ni que tuvieran que combatir realmente contra un enemigo que se les plantase cara.

César… —aquí Labieno sí se volvió hacia Craso—, después de todo, no está loco. Es… es un genio militar… o tiene mucha suerte. —Y se echó a reír, por lo que acababa de decir y para relajar los nervios acumulados por la batalla.

Vanguardia del ejército helvecio

Las cosas no marchaban mucho mejor para los galos en el centro de la llanura.

Divicón podía ver cómo los ánimos de sus hombres, crecidos ante la llegada sorpresa de los boyos y los tulingos, ya no eran los mismos. Igual que la maniobra de sus compañeros celtas los había enardecido, descubrir que ni aquéllos ni ellos mismos conseguían realmente desbaratar las densas líneas de las legiones romanas empezó a hacer mella en sus fuerzas. El desánimo total se apoderaba de ellos.

—¡Mantened las posiciones, por Belenus, mantened las posiciones! —repetía una y otra vez, pero todo parecía inútil.

—¡Hay que replegarse y rehacernos! —sugirió Nameyo—. ¡En los carros, con las mujeres y los niños!

—¡No! —objetó Divicón—. ¡Hay que mantener la lucha alejada de ellos! ¡Si hay que retirarse, ha de ser hacia la colina donde estuvimos antes!

Pero Nameyo, saltándose toda jerarquía, negaba con la cabeza. Él prefería estar donde estaban todas las provisiones y los carros por si, al final, todo aquello terminaba en una larga huida en cuanto cayera el sol.

—¡A los carros! ¡Los que quieran vivir, conmigo a los carros! —ordenó Nameyo para desesperación de su jefe.

—¡A la colina, seguidme a la colina, en alto lucharemos mejor! —ordenó entonces Divicón, con la esperanza de imponer su criterio sobre el de Nameyo y, en efecto, así fue con una parte sustancial de los guerreros, pero muchos otros, quizá los más atemorizados por la encarnizada resistencia romana y la inutilidad de todos sus ataques contra las legiones, siguieron a Nameyo.

El ejército helvecio se partió en dos.

César miraba a su alrededor mientras reevaluaba la situación: parte del ejército helvecio estaba reagrupándose en la colina donde se hallaban al inicio del combate; otra gran parte de las tropas enemigas se habían refugiado donde tenían los carros y, en el flanco derecho, como esperaba, los veteranos de la tercera línea de las cohortes más experimentadas, comandados por Labieno, habían repelido el ataque de los boyos y los tulingos. Craso se acercaba desde allí.

—Labieno quiere saber si persigue a los galos que huyen en nuestro flanco —preguntó el joven oficial.

César arrugó la frente.

—No —respondió taxativo tras pensarlo bien—. Que repliegue las cohortes justo por detrás de la primera y la segunda fila de las legiones VII, VIII, IX y X. Vamos a reagrupar las cuatro legiones de veteranos y que descansen. Que la legión XI hostigue a los galos que se han concentrado en su colina y que la XII arroje *pila* y flechas contra los que están refugiados tras sus carros.

Craso y los *legati* Sabino y Cota, que se habían acercado también para recibir instrucciones junto con otros tribunos, asintieron. A todos les pareció bien emplear a los inexpertos legionarios de la XI y la XII en tareas de hostigamiento para perturbar el descanso del enemigo, sin entrar en un combate cuerpo a cuerpo donde su fiabilidad era dudosa aún. Y, entretanto, los veteranos descansarían y se irían recuperando para el ataque final.

César pidió agua y varios *calones* corrieron a retaguardia a por ella.

El joven Craso aprovechó un momento en el que se quedó a solas con el procónsul para hacer un comentario:

—Tito Labieno ha estado realmente bien en el flanco derecho, *clarissime vir*.

—Siempre lo está —respondió César, que no había dudado un momento de que Labieno mantendría aquel flanco a salvo pasara lo que pasara; al fin, la curiosidad le pudo y añadió una pregunta—: ¿Qué les dijo a los veteranos para que lucharan sin relevos?

—Les dijo que se creían los mejores de todos, pero que si era así, que lo demostraran, y que si tenían miedo, podía llamar a los de las legiones XI y XII para hacer su trabajo. Más o menos, eso les dijo.

—Les atacó el orgullo, ja, ja, ja. —César descargó mucha tensión con aquella carcajada.

—¿Puedo preguntar algo, procónsul?

César asintió.

—Labieno… tiene una cicatriz profunda en un gemelo… Él no cuenta nunca nada sobre esa herida. ¿Cómo se la hizo? ¿El procónsul lo sabe?

Craso se refería a la herida de flecha que casi le cuesta la vida a su amigo en la batalla de la isla de Lesbos.

César sonrió y dio una respuesta nada precisa:

—Digamos que estar a mis órdenes comporta riesgos.

Craso aceptó la respuesta con un leve cabeceo.

Uno de los *calones* llegó con el agua que el procónsul de Roma había reclamado y le ofreció un cuenco lleno. Mientras César bebía, siguió dando instrucciones a los tribunos de las legiones XI y XII y al propio Craso:

—Que los helvecios no tengan momento alguno de descanso; ni los que se han refugiado con Divicón, ni los que están atrincherados entre sus carros. Sólo nuestros veteranos van a disfrutar de una hora de sosiego, comida y agua. El enemigo no. Y en cuanto a los tulingos y los boyos que se han replegado hacia el bosque… —miró a Craso—, perseguidlos con la caballería, pero sólo unas millas. No quiero que te alejes y que puedan revolverse y emboscarte. Se trata de acosarlos para que huyan y se distancien de las colinas donde están refugiados los helvecios.

Craso aceptó la orden llevándose el puño al pecho.

Al poco, los legionarios de las nuevas levas se ocupaban de hostigar al enemigo, mientras que Craso reorganizaba las unidades de caballería romana y las dirigía hacia el bosque.

Labieno llegó desde el flanco derecho.

—¿Cuándo piensas lanzar el ataque final? —preguntó nada más llegar y, viendo que César tenía un cuenco con agua en las manos, preguntó—: ¿Puedo?

César se lo entregó y Labieno apuró el agua que quedaba en el recipiente para luego dárselo al esclavo que, perplejo, acababa de ver cómo el procónsul compartía su cuenco con aquel alto oficial romano. Al *calon* y a algunos oficiales que estaban cerca y que presenciaron el gesto les quedó muy claro en qué elevada estima tenía César a su segundo en el mando.

—Los veteranos han combatido mucho y bien —respondió César—. ¿Cuánto tiempo les darías tú de descanso?

Labieno inclinó la cabeza hacia un lado, se aclaró la garganta y, por fin, indicó:

—Una hora puede ser suficiente para que se recuperen. Así tendrán tiempo de intentar asaltar la colina y el campamento de carros antes de la caída del sol.

A César le pareció bien.

—Voy a comunicárselo a los tribunos para que se reparta queso y *bucellati* ya entre los veteranos durante este rato... y agua —dijo Labieno y se iba a dar la vuelta cuando César lo retuvo.

—Has estado bien... en el flanco derecho.

Labieno volvió a girarse para mirar a su amigo.

—Y tú también... frente a Divicón y los suyos.

No se dijeron más.

Labieno se marchó hacia donde estaban las cohortes de veteranos.

César fijó la mirada en la colina donde el líder de los galos intentaba reorganizar sus tropas, esto es, a los que lo habían seguido a él.

Bosques alrededor de Bibracte

Todo había salido mal.

Veruclecio corría ahora de retirada junto con centenares de tulingos y de boyos que, como él, intentaban escapar de la persecución de la caballería romana. Los helechos, una vez más, los importunaban en su avance. Sólo que ahora no corrían para atacar, sino para salvar la vida.

—¡Aggh!

Veruclecio oía los gritos de los guerreros que caían ensartados por lanzas enemigas. Los estaban cazando como jabalíes.

Colina de las fuerzas de Divicón

—¡Quiero una línea de combate! —ordenaba el líder de los helvecios.

La situación se había convertido en un desastre, pero aún eran muchos y, si conseguía imponer el orden en las filas de sus guerreros, podía aún revertirse. Cierto era que la indisciplina de Nameyo, dividiendo las tropas en dos mitades al retirarse hacia los carros, no ayudaba. Pero ahora se trataba de resistir hasta que cayera la noche. Ya habría tiempo para premiar lealtades y castigar rebeldías.

Su plan era replegarse entre las sombras nocturnas, reagrupar a todas sus fuerzas —las de Nameyo, los tulingos y los boyos que dirigía Veruclecio y los guerreros que estaban con él— y plantear un nuevo ataque contra los romanos. Si los eduos veían que ellos continuaban en combate, seguirían sin colaborar del todo con los romanos y, de ese modo, la victoria era aún posible.

—¡Todos armados y en pie! —aullaba al frente de una gran falange de guerreros galos.

Colina de los carros de los helvecios

Nameyo intentaba reorganizar a aquellos que se habían refugiado con él entre los carros, pero la presencia de las mujeres, los niños y los ancianos dificultaba la defensa.

—Que se alejen —dijo al fin.

Todos lo miraron incrédulos. No podían mandarlos a vagar solos por el bosque cuando la caballería romana estaba cazando a los tulingos. Pero Nameyo impuso su criterio y mujeres y niños empezaron a desalojar el campamento.

—Es temporal —se defendía ante la mirada acusadora de algunos líderes tribales.

En cualquier caso, no hubo tiempo para demasiada discusión.

—¡Los romanos, los romanos! —aullaron desde los puestos de guardia del campamento.

Praetorium de campaña de César
Junto al oppidum de Bibracte

—Ya ha pasado una hora —dijo César a sus oficiales—. La IX y la X vendrán conmigo contra los guerreros que ha acumulado Divicón en aquella colina —señaló hacia el punto donde se había refugiado el líder de los helvecios—, y la VII y la VIII atacarán contigo —puso la mano

— 821 —

en el hombro a Labieno— a los que están refugiados entre los carros del enemigo.

—Hay una columna de mujeres y niños que se aleja de allí, procónsul —apuntó un tribuno.

César miro hacia el campamento enemigo.

—Dejadlos marchar —ordenó—. Centraos todos en el ataque a los guerreros de Divicón y a los que se queden atrincherados en su campamento. Ése es nuestro objetivo. Y los tulingos y los boyos que persigue hace una hora ya Craso.

—Si incendiamos los carros, todo será mucho más fácil —sugirió Labieno.

En los carros de los enemigos había mucho grano y pertrechos militares. Era una decisión delicada.

—Que ardan —aceptó César—. Tras una victoria total, el resto de las tribus galas competirán por abastecernos. Y lo esencial ahora es derrotar militarmente a los helvecios de una vez por todas.

Colina de las fuerzas de Divicón

El líder de los helvecios podía ver cómo los legionarios más jóvenes se retiraban y dejaban de arrojarles *pila* y flechas, para ser reemplazados por los legionarios veteranos de dos de las legiones experimentadas del enemigo.

Ahora iba a recomenzar la batalla.

—¡Mantened la posición, por Belenus! —reiteró.

Si las filas de guerreros luchaban con coraje, era posible resistir.

Miró a lo alto.

Era difícil calcular la posición del sol bajo aquel cielo plomizo, cubierto de nubes, pero no podía faltar tanto para que Belenus dejara paso a la noche.

Y entonces ocurrió lo peor que podía pasar: en cuanto las legiones de veteranos empezaron a ascender en perfecta formación contra ellos, varias decenas de guerreros abandonaron las armas y echaron a correr.

—¡Volved aquí, malditos! ¡Regresad, cobardes! —les gritó Divicón, pero nada podía hacer para retener a los que huían. Los romanos ya estaban allí.

A apenas doscientos pasos de distancia.

Se acordó entonces de las palabras de aquel líder de los esclavos, la advertencia que años atrás le hizo Espartaco cuando él se negó a colaborar con el exgladiador para enfrentarse a los romanos de forma conjunta: «Roma es ahora, en efecto, *mi* problema, pero Roma no para de expandirse. ¿Cuánto tiempo crees que te queda antes de que algún ejército consular romano decida adentrarse en los Alpes y la Galia y hacerse con vuestros territorios?».

Ahora ya era tarde para unir fuerzas con aquel líder de los esclavos que debía de estar muerto en alguna esquina del mundo. ¿O consiguió la libertad? A Divicón también le llegó la información de que los romanos nunca encontraron su cadáver...

Daba igual, todo aquello era sólo remover los fantasmas del pasado.

La primera lluvia de *pila* cayó sobre sus hombres. Murieron decenas. Otros caían heridos. Algunos más se alejaban huyendo. Otros se quedaban a luchar.

Divicón había conseguido muchas victorias en el pasado, pero podía reconocer la derrota cuando la tenía delante. Las deserciones en medio de una batalla son el heraldo del fracaso.

Sin embargo, él no estaba dispuesto a ser apresado por los romanos y, mucho menos, a que lo exhibieran en uno de sus triunfos por las calles de Roma cubierto de cadenas y de vergüenza. Reunió las pocas fuerzas de las que disponía en su cuerpo y, acompañado por los guerreros que aún lo seguían, se lanzó en una carrera mortal contra las legiones de César.

—¡Aaaahhh!

Su escudo detuvo un *pilum*. Se desprendió del arma defensiva y siguió a la carrera hasta que su cuerpo chocó contra los escudos de la primera fila de legionarios. Divicón no era ya un hombre fuerte.

Cayó de espaldas.

Su fuerza estaba en su espíritu y en su mente, pero no en sus piernas y sus brazos. La potencia física se la daban sus guerreros, pero éstos retrocedían y retrocedían.

La apisonadora de las legiones romanas le pasó literalmente por encima.

Varios romanos le pincharon el cuerpo con los gladios al pasar a su lado: se aseguraban de no dejar combatientes vivos o con posibilidades de luchar a sus espaldas.

Divicón quedó herido de muerte, pisoteado por decenas de legionarios, desangrándose por varias heridas, los ojos abiertos, la mirada perdida en las nubes de aquel cielo plúmbeo que, poco a poco, se iba oscureciendo.

—Llega la noche... —dijo entre dientes—. Llega la noche... eso nos salvará...

Pero el sol aún estaba en lo alto. Por encima de las nubes, iluminando la tarde de derrota total de los helvecios.

Sólo oscurecía en la mirada perdida de Divicón.

Praetorium *de campaña de César*

El procónsul de Roma pudo ver cómo las legiones IX y X hacían huir a los enemigos en un flanco, mientras que en el otro extremo del valle, Labieno, con las legiones VII y VIII, tras incendiar decenas de carros, masacraba a los guerreros de los helvecios que intentaban huir del fuego.

Al fondo, allí donde empezaban los árboles, vio cómo el joven Craso regresaba con la caballería rodeando a centenares de tulingos y boyos desarmados que se le habían rendido en los bosques que rodeaban Bibracte.

Era una victoria total.

Había derrotado a los helvecios, a los boyos y los tulingos y, por encima de todo, había controlado las convulsiones.

Suspiró profundamente.

Se pasó la mano izquierda por el rostro.

Tenía la garganta seca.

—¡Agua! —dijo.

Epilogus

Entre Roma y la Galia
58 a. C.

—No es una victoria total —continuó Pompeyo tras beber de su copa de vino recién rellenada.

Afranio y Geminio escuchaban atentos. Su anfitrión y su líder estaba valorando las noticias llegadas desde el norte.

—Ha derrotado a los helvecios y a muchos de sus aliados —aceptó Pompeyo, y al ver que su esposa aún no se les había unido para cenar, decidió hablar con total claridad—, pero la Galia es un inmenso conglomerado de tribus bárbaras, la mayoría hostiles a Roma, donde las traiciones están a la orden del día; un lugar en el que hasta los aliados pueden tornarse enemigos de la noche a la mañana. Es un territorio enorme, inabarcable, complejo y oscuro, repleto de ríos difíciles de vadear, bosques perfectos para las emboscadas, y donde la guerra y no la paz gobierna el destino de sus habitantes. César sólo ha conseguido una victoria, pero la Galia sigue ahí con todos sus conflictos internos latentes, a punto de explotar. La Galia engullirá a César.

Julia caminaba por los pasillos de la residencia de su esposo en dirección al atrio. Había ido a las cocinas para asegurarse de que todo lo relacionado con agasajar a los invitados de su marido estuviera en marcha. Podía oír las voces de Pompeyo y sus invitados hablando, pero aún no distinguía bien las palabras.

Labieno entró en el *praetorium* de campaña e informó a César sobre la muerte de Nameyo y la captura de Veruclecio.

—Tenemos la situación controlada —dijo—. Podríamos dirigirnos ahora al sur y retomar tu proyecto de la Dacia.

—No, no podemos —le dijo César, y le entregó una nota que acababa de recibir de manos de un emisario de los eduos.

—¿Por qué crees que la Galia engullirá a César? —preguntó Afranio.

Pompeyo no respondió de inmediato. Le gustaba disfrutar de esos momentos en los que se sentía en posesión de la verdad.

Julia pensó que era mejor no entrar en el atrio en medio de una conversación, para no interrumpir a los invitados de su marido, y se detuvo en el pasillo, en un punto en el que no sólo oía sus voces, sino también lo que decían.

—¿Por qué creo que la Galia engullirá a César? —repitió Pompeyo de modo retórico—. Porque sólo ha terminado una guerra, la de los helvecios, pero pronto empezará otra. Tengo información de que el rey germano Ariovisto avanza desde el Rin con un poderoso ejército. Ha decidido aprovechar las disputas entre arvernos y eduos y otras tribus galas, así como el desorden creado por la guerra contra los helvecios, para hacerse con el control de todo el norte de la región. Y quiere más. Me consta que los eduos volverán a pedir ayuda a Roma. Y nosotros, en el Senado, votaremos a favor de que César vuelva a intervenir con sus legiones. —Sonrió.

Labieno leyó la nota que le entregaba César.

—Pero que los eduos, que no nos han ayudado apenas contra los helvecios, pidan nuestras tropas para frenar a ese rey germano... ¿cómo se llama? —preguntó Labieno volviendo a mirar el mensaje que los celtas habían hecho llegar a César.

—Se llama Ariovisto, rey de los suevos y gobernante de otras tribus germanas —precisó César—. No, no podemos irnos, Tito. Porque Ariovisto avanza con un ejército hacia el sur desde el Rin.

—No es asunto nuestro —insistió Labieno.

—El Senado hará que sea asunto nuestro —dijo entonces César.

Mientras paseaba por el patio central de su *domus* en el centro de Roma, Craso meditaba en silencio. César parecía ir camino de la gloria, esa misma gloria que el destino le había hurtado a él, Marco Licinio Craso, en el pasado, cuando Pompeyo le arrebató el mérito de derrotar al gigantesco ejército de esclavos liderados por Espartaco. Pompeyo, siempre Pompeyo. Y ahora el propio César, a quien él mismo había encumbrado, conseguía las hazañas militares que tanto admiraban en Roma. Pero Craso tenía sus propios planes, sus propios sueños: César obtenía grandes victorias en la Galia, y Pompeyo había conquistado gran parte de Oriente, pero había un reino, un imperio, con el que Pompeyo había evitado entrar en combate en todo momento. Había un reino contra el que el petulante de Pompeyo nunca se había atrevido, contra el que, de hecho, nadie en Roma se atrevía…

—La Dacia era mi sueño, Tito —admitió César.

—¿*Era*? —preguntó Labieno—. ¿Cómo que «era»? ¡Por todos los dioses! ¿Por qué «era»?

—Bueno, es, sigue siéndolo, pero sólo es un sueño, y detener a Ariovisto es nuestra obligación. —Al ver que Labieno mantenía el ceño fruncido, se explicó con más detalle—: Si no le plantamos cara a ese rey germano aquí y ahora, se convertirá en un nuevo Teutobod, quien, ante la inacción de nuestras legiones en el pasado, se lanzó rumbo a la mismísima Italia. Sólo el genio de mi tío Mario pudo detenerlo *in extremis*. La cuestión, Tito, es que, por encima de mis intereses económicos personales, es nuestro deber defender Roma, y el asunto va de si queremos luchar contra Ariovisto aquí, en el corazón de la Galia, o si terminaremos luchando contra él en la frontera de Italia o en las puertas de Roma como pasó con Aníbal. E Italia ya ha sufrido la guerra civil contra nuestros aliados no hace tanto, después la guerra entre mi tío Mario y Sila y, finalmente, la rebelión de Espartaco que asoló todos los campos. Aún nos estamos recuperando de todo esto, como para permitir otra guerra en nuestro territorio más próximo a Roma. La Dacia es mi sueño, sí, pero Ariovisto es mi obligación y las obligaciones van por delante de los sueños.

Cicerón entró en el *tablinum* de su residencia. A él también le habían llegado las noticias de la victoria de César en el norte. Pero en el mundo había otras cuestiones a tener en cuenta, más allá de las guerras. Y no estaba pensando ahora en leyes, ahora buscaba otra cosa: un libro, un volumen en concreto. Estaba convencido de que tenía una copia en varios rollos de papiro en su despacho, pero hacía tiempo que no leía nada de medicina... ¿Dónde podía haberlo dejado?

—César ofrecerá una negociación a Ariovisto, como hizo antes con los helvecios —anunció Pompeyo—, pero Ariovisto reaccionará como Divicón: de forma violenta, aunque con una importante diferencia.
—¿Qué diferencia? —preguntó Geminio.

Julia pegó la espalda a la pared del pasillo mientras seguía escuchando.

—La diferencia es que Ariovisto es más fuerte que Divicón. Ariovisto lidera un ejército que ha derrotado a los eduos y a otras tribus galas en los últimos años. Es un ejército de veteranos de guerra, no un grupo más o menos numeroso de migrantes armados. Ariovisto no negociará. La Galia es un inmenso laberinto de conflictos y guerras del que César jamás saldrá vivo.

Craso lo tenía claro: Pompeyo siempre había evitado enfrentarse con Partia, y Partia era la nueva Persia, el imperio que sustituía a aquel contra el que Alejandro Magno se enfrentó y al que derrotó engrandeciendo el poder helénico hasta los confines conocidos, hasta la mismísima India, y cambiando el mundo para siempre. Pompeyo había intentado emular a Alejandro, buscando llegar hasta el río Indo por el Cáucaso, pero no pudo atravesar las montañas. Pompeyo lo había intentado todo para ser él el nuevo Alejandro, todo menos enfrentarse a Partia.

Cleopatra caminaba por la ribera del río escoltada por varios soldados de la guardia personal de su padre, el faraón Tolomeo XII. Observaba las caudalosas y rugientes aguas del Tíber y las comparaba con las del sagrado Nilo. El Nilo era un río inmensamente más ancho, más largo y majestuoso, pero lento. El Tíber, por el contrario, era más estrecho, más corto y turbulento, pero con una fuerza que parecía capaz de arrastrarlo todo.

Cicerón seguía buscando aquel libro... Él tenía su propio sueño, que vivía como una obligación: tenía que derrotar el poder del triunvirato y restituir el control del Estado al conjunto del Senado. Esto era, en realidad, restituir el poder a esa parte del Senado, los *optimates*, que veían las leyes, los derechos y la organización del Estado con sus mismos ojos: con unos pocos teniéndolo casi todo y muchos apenas teniendo nada. Ése y no otro había sido el orden del mundo durante siglos, y ése y no otro debía seguir siendo. Pero... ¿dónde había puesto aquellos rollos de papiro?

Craso desplegó varios mapas en su casa: si conseguía derrotar a los partos, la antigua Persia, entonces él sería un nuevo Alejandro Magno; él, de forma incuestionable, sería el más grande de Roma. Tenía todo el dinero que pudiera desear, pero anhelaba la gloria.

—Sea —aceptó al fin Labieno ante César—. Ese maldito rey germano que avanza hacia el sur es nuestra obligación. Entonces... ¿no nos vamos aún de la Galia? ¿Es eso lo que me quieres decir?

—De acuerdo —admitió Afranio mirando fijamente a Pompeyo—: la Galia es un laberinto de guerras interminables. ¿Pero no encontrará César salida a ese laberinto?

—Sólo hay una salida —respondió Pompeyo con la seguridad de quien ha meditado sobre aquel tema mucho tiempo.

Julia respiraba con el corazón acelerado. Estaba digiriendo lo que oía. Había llegado a creer que Pompeyo se estaba encariñando de ella. Pensaba que, de alguna manera, ese afecto que despertaba en él haría posible la convivencia pacífica entre su padre y su esposo... Pero empezaba a ver que no.

Mientras veía las aguas del Tíber arremeter contra los muelles y los muros de contención del puerto fluvial de Roma, Cleopatra pensaba en su propio sueño: regresar a Egipto. De una forma u otra, estaba segura de ello, su padre encontraría el modo de retornar a Alejandría.

—La única salida del laberinto de la Galia —explicó Pompeyo— sería que César se enfrentara, uno tras otro, a una retahíla infinita de enemigos, ya sean suevos, germanos de mil tribus diferentes, o galos arvernos, nervios, eburones, menapios y muchos más, y que derrotara todos —y lo repitió—, a todos. Nadie puede derrotar a tantos.

Se echó a reír, y Afranio y Gemino rieron con su mentor y brindaron con vino por la Galia infinita.

Julia, ojos muy abiertos, la espalda apoyada en la pared del pasillo, comprendió que estaba casada con un traidor a su padre. Él nunca confió en aquel hombre, pero ella había tenido esperanzas de influir en Pompeyo, de dirigir sus odios en otra dirección, de influir para reconciliarlos a ambos, pero ahora veía que todo eso era imposible. Es imposible cambiar a quien claramente sólo deseaba la muerte de su padre.

César inspiró aire profundamente y no respondió a Labieno.

«¿No nos vamos aún de la Galia?».

Aquella pregunta en el aire.

En lugar de responder, salió del *praetorium* de campaña y, una vez fuera, desde la colina en la que se encontraban, observado por sus oficiales, seguido de cerca por el propio Labieno, se quedó mirando hacia el norte.

—¡Aquí esta! —exclamo Cicerón—. *De morbo sacro*, de Hipócrates. —Y siguió hablando en voz alta para sí mismo—: Veamos qué tiene el viejo médico griego que contarnos sobre las convulsiones que padece César.

Quería releer todo lo que se sabía sobre aquella enfermedad.

Cicerón había hablado con Pompeyo y aquél le había compartido su idea de que la Galia acabaría con César, pero a él siempre le gustaba tener un plan alternativo. Por si acaso.

Cleopatra se preguntaba, de regreso a la residencia de la familia real de Egipto en Roma, si sería posible retornar a Alejandría y combinar allí la majestuosidad del Nilo con la fortaleza indómita del Tíber. Quizá eso era lo que tendría que hacerse... pero ella era sólo una niña. Caminaba en silencio, melancólica; los sacerdotes que odiaban al faraón no se lo pondrían fácil. Pero su padre nunca se rendiría.

Y ella... tampoco.

Julia estaba furiosa. Se estaban riendo de su padre. No de él directamente, pero sí de la posibilidad de que muriera en combate, lejos, en el norte, entre mil tribus galas, como un perro abandonado rodeado de lobos.

De pronto, Julia recordó una a una las palabras que ella misma le había dicho a su padre: «No me alejes de la lucha que sí puedo luchar: este matrimonio con Pompeyo es mi guerra, es mi batalla. No me retengas en retaguardia, no dejes que me avergüence más por no poder ayudarte. Utilízame para este combate».

Eso había dicho ella.

Palabra por palabra.

Y la guerra para la que se había postulado acababa de estallar.

Se recompuso.

Separó la espalda de la pared del pasillo y echó a andar hacia el atrio.

Y Julia entró en el patio de la residencia de su esposo con la más resplandeciente de las sonrisas, saludando afablemente a unos y a otros, como si no hubiera escuchado nada. Como si no supiera nada. Pero lo sabía todo.

—Definitivamente, Cayo, no regresamos a Iliria, ¿verdad? —preguntó Labieno una vez más.

César habló por fin y le respondió, siempre sin dejar de mirar hacia el norte:

—No. Aún no.

Labieno asintió levemente mientras su amigo se volvía hacia él.

—Pero no puedo hacer esto solo —añadió César—. ¿Me seguirás?

Labieno inspiró una enorme bocanada de aire y lo dejó salir despacio antes de responder:

—Hasta el fin del mundo.

César se giró de nuevo para encarar el norte profundo de la Galia oscura.

—Entonces… lo conseguiremos.

El último rayo de sol se desvaneció sobre la tierra gala. La noche lo cubrió todo con su manto negro. César y Labieno, juntos, como dos estatuas, miraban hacia el norte de aquel territorio ingobernable, inabarcable, inconquistable.

Río Rin, 58 a. C.

Ariovisto, el rey de los germanos, desmontó del caballo para supervisar el cruce de sus tropas por el gran río.

Había derrotado a varias tribus galas y dominaba un vasto territorio tanto al norte como, tras sus victorias sobre los eduos y los sécuanos, también al sur del Rin. Había llevado una política no sólo de conquista, sino de asentamientos, y disponía ya de más de ciento veinte mil colonos germanos al sur del Rin. Pero la llegada de un procónsul romano parecía poner en peligro sus planes de colonización y expansión.

Ariovisto no era hombre de esperar: reunió sus tropas de élite, todos ellos suevos y, además, para garantizarse un avance demoledor, convocó a los temibles harudes de la remota Jutlandia: guerreros corpulentos de enorme estatura dispuestos a todo.

—¿Dónde está el romano? —preguntó a sus oficiales.

—Bibracte —le respondieron.

Ariovisto tampoco era hombre de malgastar palabras.

Se limitó a montar en su caballo y hacer que el animal iniciara la marcha hacia el sur.

Tras él, quince mil suevos y veinticuatro mil harudes marchaban marcialmente en una inmensa columna de guerreros armados que serpenteaba por la tierra gala, preparados todos ellos para arrollar a cualquiera que osara interponerse en su camino.

No, no se trataba de otra migración, sino de una apisonadora militar.

APÉNDICES

I

Nota histórica

No leer antes de terminar la novela. Esta nota histórica desvela parte de la trama.

Maldita Roma describe el ascenso político de César: desde su exilio tras los juicios contra Dolabela e Híbrida, hasta conseguir ser procónsul con mando sobre varias legiones en las provincias del norte del Estado romano.

Como en ocasiones anteriores, al final de una novela histórica de este tipo me gusta explicar lo que he podido añadir a la trama y que no está en el relato histórico conocido, pero también creo interesante confirmar a los lectores que muchos de los pasajes que puedan parecer más novelescos y, en consecuencia, fruto de la imaginación del escritor, son sin embargo sucesos recogidos, al menos, en las fuentes clásicas que nos refieren la vida de César.

La ficción en *Maldita Roma* la podemos encontrar a la hora de recrear las conversaciones entre los personajes, pues, por supuesto, no tenemos grabaciones sobre los diálogos entre unos y otros, y es aquí donde el autor ha de usar su ingenio para unir un hecho histórico con otro hecho histórico mediante conversaciones que sean lógicas en cada circunstancia. No obstante, acontecimientos más sorpresivos, como que César fuera capturado por los piratas cilicios, que éstos pusieran precio a su cabeza, que César elevara el coste del mismo y que encontrara la forma de pagar el rescate para recuperar su libertad, así como su contraataque contra sus captores, son todos sucesos que se nos narran en diferentes fuentes clásicas.

Otra circunstancia que no suele ser muy conocida, pero que es totalmente real, es la coincidencia en el tiempo de Julio César y Espartaco. Hasta en la famosa película de Kubrick sobre el conocido gladiador, con Kirk Douglas como protagonista, el personaje de César aparece, encarnado por el actor John Gavin, sólo marginalmente en alguna escena. Sin embargo, los investigadores modernos coinciden en señalar que hay muchas más probabilidades de que un joven César interviniera activamente en la campaña contra un Espartaco que llevó a Roma a la extenuación, forzando al Estado romano a recurrir a todos sus hombres capaces para derrotarlo, fueran de la ideología que fueran, estuvieran exiliados o proscritos. La opción de que César participara en la campaña contra Espartaco bajo el mando de Craso es la presuposición más generalmente admitida hoy día y así la he recreado.

Por otro lado, en la película asistimos a un final de Espartaco que no se compadece con lo que todas las fuentes clásicas nos relatan, y hay alguna, tal y como se especifica en la novela, que asegura que nunca se encontró el cadáver de Espartaco, pese al empeño de Craso. Esto deja abierta la posibilidad de que el gladiador más conocido de todos los tiempos pudiera escapar, finalmente, del yugo romano.

La guerra contra Sertorio, narrada en las dos primeras partes de la novela, también fue coetánea a César y me parecía importante que el lector viera cómo el pulso entre los populares liderados por Mario y los *optimates* encabezados por Sila tuvo su continuación militar con los populares dirigidos ahora por Sertorio, segundo de Mario, y un Pompeyo que en aquel entonces se alzaba como el brazo armado más poderoso de los *optimates*, aunque, como se ve en el relato, acabará teniendo sus propias ideas y su propia facción dentro del Senado.

Otro suceso que no se suele tener presente es la significativa diferencia de edad entre Cleopatra y César, además del hecho de que ella estuvo en Roma, acompañando a su padre, el faraón, en su exilio cuando éste fue derrocado por el clero egipcio y su hija Berenice. Por eso he querido narrar el nacimiento de Cleopatra con detalle, de modo que el lector sitúe bien dónde estaba César en ese instante y cómo la vida de ambos personajes iba cruzándose aunque no se tenga constancia de que se vieran personalmente o hablaran hasta... Ya llegaremos a ese momento, no quiero anticipar nada. Digamos que sabremos más de Cleopatra a medida que veamos cómo se desarrolla la vida de César.

Centrándonos en el subtítulo de la novela, describir el ascenso político de César ha supuesto una de las cuestiones más complejas de *Maldita Roma*. Quería encontrar un equilibrio entre la multitud de cuestiones políticas que acontecieron en Roma en esos diez años, desde el ingreso de César en el Senado hasta que consigue el consulado, y, a la vez, no perder el foco su persona. Resultaba esencial explicar que alguien como nuestro protagonista no nace senador, sino que para ingresar en el Senado tenía que ganar unas complicadas elecciones. También he querido reflejar, de forma detallada, pero del modo más comprensible posible, el complejo entramado de elecciones, cargos políticos y facciones que luchaban por el poder en aquella turbulenta Roma de mediados del siglo I a. C.

La sucesión de cargos que ocupa César en la novela —desde *quaestor*, pasando por *curator* de la Vía Apia, edil, juez, *pontifex maximus*, pretor, propretor, hasta llegar a ser cónsul y procónsul— es fiel a las fechas y las magistraturas que ejerció en cada momento. Aquí, una vez más, los episodios que puedan parecer más sorprendentes vienen referidos en las fuentes clásicas. Por ejemplo, el estiércol vertido sobre Bíbulo, Catón hablando sin parar para evitar la votación de la reforma agraria, que se forzara a César a elegir entre celebrar un triunfo o presentarse a cónsul, o que Cicerón hiciera que el Senado asignara Italia como provincia a César son, entre otros muchos, acontecimientos que están directamente descritos en los textos clásicos.

Estamos acostumbrados a que la vida política actual sea a menudo azarosa e intensa, sujeta a constantes tensiones, pactos, lealtades y deslealtades. Bien, pues en la Roma del siglo I a. C. esto ocurría de igual forma o incluso con mayor intensidad. Con una diferencia notable: los políticos hablaban mucho mejor que ahora. De hecho, si bien he comentado que en gran medida los diálogos han de ser obra del autor, con relación a los discursos políticos la situación es diferente: algunos de ellos nos han llegado por escrito. Aunque conviene aclarar que de dos formas distintas: o bien escritos por el propio personaje histórico que lo pronunció, como es el caso de las *Catilinarias* de Cicerón; o referidos sólo de forma indirecta, como ocurre en ocasiones con César: esto es, no tenemos el discurso completo de nuestro protagonista en el caso, por ejemplo, de su defensa de la reforma agraria o de su propuesta de prisión permanente en lugar de la pena de muerte contra los conjurados de Catilina. En estos dos casos, lo que nos ha llegado es una descripción parcial del discurso, con algunas secciones del mismo, y luego una enumeración de muchos de los argumentos que empleó César en cada una de estas situaciones. En esas circunstancias, es el autor de la novela el que reconstruye el discurso completo. Pero cuando nos ha llegado algún texto tan potente como la famosa *Catilinaria* de Cicerón del 8 de noviembre del 63 a. C., me he visto incapaz de tocarle ni una sola coma al gran orador y he reproducido el arranque de ese discurso tal cual lo dejó Cicerón por escrito. En toda esta sección, cualquier paralelismo que pueda establecer el lector entre los conflictos y debates del Senado romano del siglo I a. C. y las tensiones o discusiones políticas entre senadores o diputados de nuestro tiempo queda sujeto a la libre interpretación.

Finalmente, llegamos al pacto de sangre: una vez más, es plenamente histórico que Pompeyo exigió desposarse con la hija de César, con la clara intención de tener así al protagonista de nuestra saga incapacitado para enfrentarse con él política o militarmente. Cómo se desarrolló este matrimonio es algo que contaremos en la tercera novela de la serie.

La campaña de César contra los helvecios está narrada según nos la describe el propio César, pero he intentado explicar que las motivaciones de los helvecios no eran ni caprichosas ni belicosas *per se*, sino sujetas a una necesidad de mejorar sus condiciones de vida. También he intentado que se viera que Divicón, el líder de esta tribu gala, era un contrincante de inteligencia y nada fácil de derrotar, algo que el propio César admite en sus escritos. Para la recreación de los enfrentamientos entre las legiones de César y los helvecios realicé también un viaje a los emplazamientos que se describen en la novela.

A modo de curiosidad, para quien tenga interés en saber más o ver más, en Bibracte existe un museo dedicado a la cultura celta y a la campaña de César contra los helvecios. Se trata de un gran edificio de dos plantas levantado a los pies de la montaña donde los eduos habían construido su capital. Se puede visitar tanto este museo como luego ascender hasta lo alto de la montaña, donde está el yacimiento arqueológico con los restos de aquella fortaleza y otros vestigios de su periodo romanizado. Allí, entre esas colinas y bosques, tuvo lugar la gran batalla de Bibracte. Para quien quiera ir, indicarle que se encuentra aproximadamente a dos horas en coche de Lyon, hacia el norte, y que el museo y el yacimiento se cierran, debido a las bajas temperaturas y el mal tiempo, durante los meses de invierno.

¿Padeció César epilepsia? Ésta es una cuestión en debate aún hoy día. Durante largo tiempo se ha admitido que éste era sin duda el padecimiento de César, pero hay quienes consideran que lo que pudo sufrir a lo largo de su trayectoria privada y pública fue una serie de ictus o infartos cerebrales de diferente gravedad. Aun así, la teoría de la epilepsia sigue siendo la más comúnmente admitida y es la que planteo en *Maldita Roma*, pues, una vez pasados los ataques, César no presentaba disfunciones o limitaciones físicas o psíquicas más propias de un ictus. Con todo, el debate está ahí.

César derrotó a los helvecios de forma contundente, pero entonces el rey germano Ariovisto cruzó el Rin, tal y como se describe al final de esta novela, con casi cuarenta mil guerreros, veteranos de varias guerras contra tribus celtas, además de disponer de unos ciento veinte mil colonos, también germanos, ya asentados al sur del Rin. Y Ariovisto no tenía intención alguna de negociar nada con nadie. Mucho menos con un procónsul romano.

Los problemas para César en la Galia no habían hecho más que empezar. Pero ésa, ciertamente, es otra historia.

Otra novela.

II

Glosario de términos latinos

adulescentulus carnifex: *Adulescentulus* era un término aplicable en Roma desde los doce hasta los veinticinco años de edad aproximadamente.

Alóbroges: Pueblo galo de cultura celta que habitaba el valle del Ródano y que poseía grandes extensiones de tierra dedicadas al cultivo del cereal. Eran buenos guerreros, pero no pudieron evitar el paso por su territorio de Aníbal cuando éste se lanzó sobre Roma. Posteriormente, tras diversos enfrentamientos con Roma, quedó bajo su área de influencia, siendo clave su negativa a apoyar a Catilina en su golpe de Estado. Finalmente, fue una de las tribus aliadas de César durante su conquista de la Galia.

andabatae: Condenados a quienes se obligaba a luchar a muerte en la arena de un anfiteatro vestidos como gladiadores, pero con cascos sin visión, de modo que combatían contra su oponente a ciegas, lo que parecía divertir al público asistente.

atriense: El esclavo de mayor rango y confianza en una *domus* romana. Actuaba como capataz supervisando las actividades del resto de los esclavos y gozaba de gran autonomía en su trabajo.

auctoritas: Autoridad moral o legitimación socialmente aceptada de un ciudadano romano en un contexto determinado. Los magistrados, cónsules, pretores, censores, etc., tenían una elevada autoridad moral o prestigio social, de modo que su opinión en cualquier asunto era muy considerada por todos. El cargo de *pontifex maximus*, en tanto que sumo pontífice de la religión romana, también estaba investido de una gran *auctoritas* ante el conjunto de la sociedad de Roma.

basílica Sempronia: Una de las cuatro basílicas de la época republicana de Roma, construida en el 169 a. C. por Tiberio Sempronio Graco, casado con Cornelia, la hija de Escipión el Africano, padre de los dos Graco que fueron tribunos de la plebe por la facción popular. Las basílicas en Roma se empleaban como tribunales. No eran edificios religiosos. Serían, siglos después, los cristianos, al reunirse en las basílicas, quienes les darían un sentido eclesiástico. La basílica Sempronia parece haberse levantado en el centro del foro en terrenos ocupados pretéritamente por el propio Escipión el Africano y que Tiberio Sempronio Graco o bien heredó al casarse con Cornelia, hija del Africano, o bien adquirió en una compra. En el año 54 a. C., Julio César levantará su propia basílica Julia sobre las ruinas de una basílica Sempronia, que al parecer fue destruida en un incendio ese mismo año o pocos antes.

Belenus: Dios del sol en la mitología celta y particularmente popular entre los galos. Era frecuente su asociación con los caballos.

Boyos: Tribu celta que habitó en diferentes regiones de Europa central, desde el Danubio hasta la Galia. En la época de César se unieron a los helvecios y, tras su derrota, su apoyo a César fue oscilando según el desarrollo de los acontecimientos en el largo conflicto de la guerra de las Galias.

buccinator: Trompetero de las legiones.

calon: Esclavo de un legionario. Normalmente no intervenían en las acciones de guerra.

carissima: Persona muy querida por todo el entorno familiar y de amistades.

Caronte: Dios de los infiernos que transportaba las almas de los recién fallecidos navegando por el río Aqueronte. Cobraba en monedas por ese último trayecto, de ahí la costumbre romana de poner una moneda en la boca de los muertos.

Cástor: Junto con su hermano Pólux, uno de los Dioscuros griegos asimilados por la religión romana. Su templo, el de los Cástores, o de Cástor y Pólux, servía de archivo a la orden de los *equites* o caballeros romanos. El nombre de ambos dioses se empleaba con frecuencia a modo de interjección en la época.

cathedra: Silla sin reposabrazos con respaldo ligeramente curvo. Al principio sólo la usaban las mujeres, por considerarla demasiado lujosa, pero pronto su uso se extendió también a los hombres. Más adelante la usaron los jueces para impartir justicia o los profesores de retórica clásica. De ahí la expresión «hablar *ex cathedra*».

cena libera: Cena que se ofrecía a los gladiadores la noche anterior al combate. Solía ser una comida más copiosa y variada que la dieta que recibían a diario.

clarissime vir: Fórmula de respeto con la que alguien se dirigía a un senador de Roma.

cognomen: Tercer elemento de un nombre romano que indicaba la familia específica a la que una persona pertenecía. Se considera que con frecuencia los *cognomen* deben su origen a alguna característica o anécdota de algún familiar destacado.

collocatio: Colocación o disposición del cuerpo del difunto para su incineración en un funeral romano.

comissatio: Larga sobremesa que solía tener lugar tras un gran banquete romano. Podía durar toda la noche.

comitia centuriata: Los comicios centuriados eran una de las asambleas del pueblo de Roma donde los ciudadanos, a la hora de votar, se agrupaban por centurias. Su función más destacada era la elección de las principales magistraturas del gobierno de Roma, como los cónsules, los pretores y los censores.

comitia tributa: Los comicios tributos, tribunados o tribales, según la traducción que se use, constituían otra de las asambleas del pueblo. En ésta los ciudadanos de Roma se agrupaban por tribus y elegían a los cuestores y a los ediles de Roma. Durante largo tiempo esta asamblea elegía también al *pontifex maximus*, el cargo religioso más importante de la religión romana. Sila, durante su gobierno, en su línea de reducir el poder de las asambleas del pueblo traspasó la elección de este relevante cargo religioso al Senado. Durante la época de César, y a petición de Labieno, los comicios tribales recuperaron la capacidad de designar al *pontifex maximus*.

Comitium: Tulio Hostilio cerró un amplio espacio al norte del foro donde poder reunir al pueblo. Al norte de dicho espacio se edificó la Curia Hostilia, donde debería reunirse el Senado. En general, en el *Comitium* se congregaban los senadores antes de cada sesión.

corona cívica: Una de las mayores condecoraciones militares que un legionario u oficial romano podía recibir. Se otorgaba en reconocimiento de una acción heroica en combate a quien hubiera salvado, al menos, la vida de otro legionario u oficial.

cubiculum, cubicula: Singular y plural de las habitaciones o dormitorios que en una casa romana se distribuían, normalmente, alrededor del atrio central.

curator: Persona responsable de una institución o de una actividad relevante en la sociedad romana. En el contexto de *Maldita Roma*, el término se emplea con relación a la persona responsable del buen estado de la Vía Apia, una de las principales calzadas de acceso a la ciudad de Roma.

Curia: Apócope de Curia Hostilia.

Curia Hostilia: Es el palacio del Senado, construido en el *Comitium* por orden de Tulio Hostilio, de donde deriva su nombre. En el año 52 a. C. fue destruida por un incendio y reemplazada por una edificación mayor. Aunque el Senado podía reunirse en otros lugares, este edificio era su punto habitual para celebrar sus sesiones. Tras su incendio se edificó la Curia Julia, en honor a César, que perduró todo el imperio hasta que un nuevo incendio la arrasó durante el reinado de Carino. Diocleciano la reconstruyó y engrandeció.

cursus honorum: Nombre que recibía la carrera política en Roma. Un ciudadano podía ir ascendiendo en su posición política a diferentes cargos de género político y militar, desde una edilidad en la ciudad de Roma, hasta los cargos de *quaestor*, pretor, censor, procónsul, cónsul o, en momentos excepcionales, dictador. Estos cargos eran electos, aunque el grado de transparencia de las elecciones fue evolucionando dependiendo de las turbulencias sociales a las que se vio sometida la República romana.

de facto: Expresión latina que equivale a «de hecho».

decimatio: Terrible castigo por el cual se ejecutaba a uno de cada diez legionarios de una legión o de una unidad militar romana que se hubiera mostrado cobarde en el campo de batalla. Por su extrema dureza y crueldad, la *decimatio* apenas se utilizó en la historia de Roma, aunque se recurrió a ella en momentos de graves crisis como la generada por Espartaco, tal y como se ilustra en *Maldita Roma*.

devotio: Sacrificio supremo en el que un general, un oficial o un soldado entrega su propia vida en el campo de batalla para salvar el honor del ejército.

diadocos: Generales de Alejandro Magno que, a la muerte del gran líder macedonio, se repartieron todos los territorios conquistados por éste. Protagonizaron varias guerras intestinas en sus ansias por hacerse con el máximo poder posible.

Discedite, quirites!: «¡Voten, ciudadanos!». Frase que solía emplear el magistrado que presidía las elecciones en el Campo de Marte ante las treinta y cinco tribus con derecho a voto de la ciudad de Roma y alrededores.

domus: Típica vivienda romana de la clase más acomodada, normalmente compuesta de un vestíbulo de entrada a un gran atrio en cuyo centro se encontraba el *impluvium*. Alrededor del atrio se distribuían las estancias principales y al fondo se encontraba el *tablinum*. En el atrio había un pequeño altar para ofrecer sacrificios a los dioses *lares* y *penates*, que velaban por el hogar. Las casas más ostentosas añadían un segundo atrio posterior, generalmente porticado y ajardinado, el peristilo.

dulcissima: Persona muy agradable, de muy buen trato y que, en consecuencia, se hacer querer por todo el mundo de su entorno.

Eduos: Pueblo galo de cultura celta que habitaba el valle del río Saona. Entraron en conflicto con los helvecios al invadir éstos su territorio y solicitaron ayuda a Roma ya que tenían un pacto de amistad. El Estado romano envió a Julio César para proteger los intereses de los eduos y éstos, durante gran parte de la guerra de las Galias, fueron aliados leales a César. Su capital, Bibracte, fue testigo de una gran batalla y es muy posible que fuera el lugar donde César empezara a escribir o dictar su célebre comentario sobre la guerra de las Galias.

fasces: Un haz o manojo de varas atadas de las que pende un hacha que portaban los *lictores* o guardias que acompañaban a diversos magistrados romanos, como los cónsules o los pretores, entre otros. Este haz de varas con el hacha podía ser utilizado para decapitar a criminales, de modo que era símbolo de poder sobre la vida y la muerte, algo que tenían los magistrados de Roma y, hasta cierto punto, las vestales, que también eran escoltadas por *lictores* que portaban *fasces*. Excepcionalmente, algunos sacerdotes, en particular el *flamen*

Dialis, podían ser acompañados por un *lictor* portador de *fasces*. Este símbolo se transformó en una insignia adoptada por Mussolini en el siglo XX como representativo del poder del régimen en Italia y de ahí deriva la palabra «fascismo».

fauete linguis: Expresión latina que significa «contened vuestras lenguas». La usaban los *praecones* o funcionarios judiciales para reclamar silencio durante las intervenciones de los abogados. También en el momento clave de un sacrificio, justo antes de matar al animal seleccionado; el silencio era preciso para evitar que la bestia se pusiera nerviosa.

februa: Pequeñas tiras de cuero que los *luperci* utilizaban para tocar con ellas a las jóvenes romanas en la creencia de que dicho rito propiciaba la fertilidad.

flamen Dialis: El sacerdote de Júpiter, uno de los más importantes. A César se le nombró *flamen Dialis* cuando los populares controlaban Roma, y Sila lo destituyó de dicho cargo. Al parecer, este sacerdocio quedó vacante durante años, debido a las duras restricciones que implicaba en la vida privada para la persona que ostentara este *flaminado*.

Foro Boario: El mercado del ganado, situado junto al Tíber, al final del *Clivus Victoriae*.

gens: El *nomen* de la familia o tribu de un clan romano.

gladio: Espada de doble filo de origen ibérico que las legiones romanas adoptaron en el periodo de la segunda guerra púnica.

Hades: El reino de los muertos.

Helvecios: Pueblo galo de cultura celta que habitó entre el Rin, el río Jura y los Alpes, y que al iniciar una gran migración hacia tierras del oeste propició la intervención de Roma, de manos de Julio César, ya que otras tribus galas se sintieron agredidas y solicitaron ayuda al Estado romano.

Hércules: Es el equivalente al Heracles griego, hijo ilegítimo de Zeus, concebido en su relación, bajo engaños, con la reina Alcmena. Por asimilación, Hércules era el hijo de Júpiter y Alcmena. Su nombre se usaba como una interjección.

Horus: En la mitología egipcia era hijo del dios Osiris y de la diosa Isis y se le considera la deidad de la guerra, el cielo, la caza y la realeza. Se le suele representar con cabeza de halcón.

imperium: En sus orígenes era la plasmación de la proyección del poder divino de Júpiter en aquellos que, investidos como cónsules, de hecho ejercían el poder político y militar de la República durante su mandato. El *imperium* conllevaba el mando de un ejército consular compuesto de dos legiones completas junto con sus tropas auxiliares.

impluvium: Pequeña piscina o estanque que, en el centro del atrio, recogía el agua de la lluvia, que después podía ser utilizada con fines domésticos.

in aeternum: Para toda la eternidad, que perdurará siempre.

in extremis: Expresión latina que significa «en el último momento». En algunos contextos puede equivaler a *in articulo mortis*.

insulae: Edificios de apartamentos. En tiempo imperial alcanzaron los seis o siete pisos de altura. Su edificación, con frecuencia sin control alguno, daba lugar a construcciones de poca calidad que podían o bien derrumbarse o incendiarse con facilidad, con los consiguientes grandes desastres urbanos.

ipso facto: Expresión latina que significa «en el mismo momento», «inmediatamente».

Isis: En la mitología egipcia es la diosa, esposa de Osiris, madre de Horus, a la que terminó adorándose por todo el Mediterráneo y el mundo grecorromano. Los egipcios la consideraban una gran benefactora. Supuestamente, recuperó los pedazos del cuerpo desmembrado de Osiris, su esposo, asesinado por el terrible Seth, y consiguió resucitarlo. Se la consideraba asimismo madre del faraón de Egipto.

iuga de tierra: Veinte yugadas de tierra son unas cinco hectáreas, pues una yugada equivalía en Roma, aproximadamente, a un cuarto de hectárea, aunque diferentes autores clásicos pueden variar en el valor de la medida. Un legionario podía recibir dos yugadas de tierra al retirarse del ejército.

Júpiter Óptimo Máximo: El dios supremo, asimilado al dios griego Zeus. Su *flamen*, el *Dialis*, era el sacerdote más importante del colegio. En su origen Júpiter era latino antes que romano, pero, tras su incorporación a Roma, protegía la ciudad y garantizaba el *imperium*, por ello el triunfo era siempre en su honor.

lanista: Suele decirse del preparador de los gladiadores, pero no refiriéndose directamente a su entrenador o adiestrador, sino, más bien, al propietario de una escuela de lucha que comercia con los gladiadores entrenados en sus instalaciones. Léntulo Batiato ha pasado a la historia como el *lanista* más conocido de todos ya que de su colegio de gladiadores en Capua escapó el famoso Espartaco, que lideró una rebelión de esclavos que llevó a Roma a tener que reunir todos sus ejércitos para poder frenarlo.

legati: Legados, representantes o embajadores, con diferentes niveles de autoridad a lo largo de la dilatada historia de Roma. En el ámbito militar, un *legatus* estaba al mando de una legión y él, a su vez, dependía de un cónsul o procónsul durante la época republicana. En época imperial, los *legati* militares dependían directamente del emperador.

lictor: Legionario que servía en el ejército consular romano prestando el servicio especial de escolta del jefe supremo de la legión: el cónsul. Un cónsul tenía derecho a estar escoltado por doce *lictores*, y un dictador, por veinticuatro. También podían llevar *lictores* otros magistrados dependiendo de su rango e importancia, como era el caso del *flamen Dialis*, cuya presencia siempre iba precedida de un *lictor*.

ludi megalenses: Juegos gladiatorios o de otras actividades que se celebraban durante siete días de abril todos los años en el marco de las celebraciones en honor a la diosa Cibeles.

ludi romani: Probablemente, los juegos de mayor importancia que se celebraban en Roma a lo largo del año. Tenían lugar durante quince días de septiembre y en ellos se incluían desde actuaciones de todo tipo, hasta múltiples actividades atléticas o luchas de gladiadores.

Lupercalia: Festividades con el doble objetivo de proteger el territorio y promover la fecundidad. Los *luperci* recorrían las calles con sus *februa* para «azotar» con ellas a las jóvenes romanas en la creencia de que con ese rito se favorecería la fertilidad.

lupercos: Personas pertenecientes a una cofradía religiosa encargada de una serie de rituales encaminados a promover la fertilidad en la antigua Roma.

magnis itineribus: Marchas forzadas, esto es, cuando las legiones eran obligadas a avanzar lo más rápido posible, por ejemplo, si debían interceptar a enemigos con la mayor premura.

manes: Dioses familiares, normalmente asociados a espíritus de antepasados de la familia que se suponía que actuaban como protectores del hogar en el que eran adorados.

Marte: Dios de la guerra y los sembrados. A él se consagraban las legiones en marzo, cuando se preparaban para una nueva campaña. Normalmente se le sacrificaba un carnero.

medicus: Médico, figura profesional que se hace común en Roma a partir del siglo III a. C. Algunos romanos como Catón el Viejo veían con recelo una profesión de origen griego que se incorporaba a una Roma que se quería sin influencias extranjeras. Para él, el *pater familias* era quien debía velar por la salud de quienes estaban a su cargo. Pero, primero médicos de origen griego y luego otros formados en la misma Roma, terminaron siendo las figuras de referencia en todo lo relacionado con la salud. Las legiones romanas incorporaron médicos a sus tropas para el *valetudinarium* u hospital militar de campaña.

milla: Los romanos medían las distancias en millas. Una milla romana equivalía a mil pasos y cada paso a 1,4 o 1,5 metros aproximadamente, de modo que una milla equivalía a entre 1.400 y 1.500 metros actuales, aunque hay controversia sobre el valor exacto de estas unidades de medida romanas.

muralla serviana: Fortificación amurallada levantada por los romanos en los inicios de la República para protegerse de los ataques de las ciudades latinas con las que competía por conseguir la hegemonía en el Lacio. Estas murallas protegieron durante siglos la ciudad hasta que, decenas de generaciones después, en el Imperio, se levantó la gran muralla aureliana. Un resto de la muralla serviana es aún visible junto a la estación de ferrocarril Termini en Roma.

neniae: Canciones tristes compuestas e interpretadas en un funeral romano.

nomen: También conocido como *nomen gentile* o *nomen gentilicium*, indica la *gens* o tribu a la que una persona estaba adscrita. El protagonista de esta novela pertenecía a la tribu Julia, de ahí que su *nomen* sea Julio.

oppidum: Ciudad o fortaleza, generalmente referido en el contexto de *Maldita Roma* a una fortificación o población celta ubicada en un emplazamiento elevado, como era el caso de Bibracte, la capital de los eduos.

optimas, optimates: Singular y plural; literalmente quiere decir «los mejores de los mejores», pero esto era sólo una forma petulante de autodenominarse la facción más conservadora del Senado romano. Conservadores en el sentido de preservar los privilegios de la clase senatorial con relación al pueblo y el resto de las clases sociales de Roma y también con relación a los *socii*, o pueblos aliados, y a los provinciales. Durante los últimos tiempos de la República romana, los *optimates* protagonizaron un enfrentamiento mortal contra el bando opositor, los populares, más proclives a ampliar derechos de otras clases sociales diferentes a los patricios senatoriales. Como refleja la novela, este enfrentamiento culminaba en violencia, e incluso en guerra civil en más de una ocasión.

optio, optiones: Singular y plural del suboficial que estaba justo por debajo del centurión en la jerarquía del ejército romano. Tenía el nivel de *duplicatus*, es decir, que cobraba doble salario y estaba exento de realizar algunas tareas particularmente penosas en el campamento.

Osiris: En la mitología egipcia es el dios de la resurrección y la regeneración del Nilo. Asesinado por el malvado Seth, sería devuelto a la vida por su esposa, la diosa Isis.

pater familias: El cabeza de familia tanto en las celebraciones religiosas como a todos los efectos jurídicos.

patres conscripti: Los padres de la patria; forma habitual de referirse a los senadores. Este término deriva del antiguo *patres et conscripti*. Los *patres* eran, originariamente, de las familias patricias, y los *conscripti*, elegidos entre otras clases romanas como los plebeyos o la clase ecuestre.

pia: Persona piadosa, atenta al cumplimiento de todas las obligaciones con los dioses romanos.

pilum, pila: Singular y plural del arma propia de los *hastati* y los *principes*. Se componía de una larga asta de madera de hasta metro y medio que culminaba en un hierro de similar longitud. En tiempos del historiador Polibio y, probablemente, en la época de esta novela, el hierro estaba incrustado en la madera hasta la mitad de su longitud mediante fuertes remaches. Más adelante, evolucionaría para terminar sustituyendo uno de los remaches por una clavija que se partía cuando el arma se clavaba en el escudo enemigo, dejando que el mango de madera quedara colgando del hierro ensartado en el escudo y trabando al enemigo, el cual, con frecuencia, se veía obligado a desprenderse de su arma defensiva. En la época de César, el mismo efecto se conseguía de forma distinta mediante una punta de hierro que resultaba imposible de extraer del escudo. El peso del *pilum* oscilaba entre 0,7 y 1,2 kilos y los legionarios podían lanzarlos a una media de 25 metros de distancia, aunque los más expertos llegaban hasta los 40 metros. En su caída, podía atravesar hasta tres centímetros de madera o, incluso, una placa de metal.

pollinctores: Profesionales encargados de preparar el cuerpo de un fallecido para su funeral; muchas familias preparaban ellas mismas los cadáveres de sus parientes por falta de dinero para pagar a estos profesionales. Excepcionalmente, una familia de más recursos decidiría prescindir de los *pollinctores* porque se consideraba que preparar el cuerpo de un pariente era una muestra especial de afecto hacia el difunto.

Pólux: Junto con su hermano Cástor, uno de los Dioscuros griegos asimilados por la religión romana. Su templo, el de los Cástores, o de Cástor y Pólux, servía de archivo a la orden de los *equites* o caballeros romanos. El nombre de ambos dioses se usaba con frecuencia a modo de interjección en la época de la novela.

pomerium: Literalmente significa «pasado el muro» o «más allá del muro». En la Roma clásica hacía referencia al corazón sagrado de la ciudad, donde, entre otras cosas, estaba prohibido portar armas, costumbre que en no pocas ocasiones fue incumplida durante los tumultos de la Roma republicana e imperial. El *pomerium* lo estableció el rey Servio Tulio y permanecería inalterable hasta que Sila lo amplió en su dictadura. Parece ser que una línea de mojones que recorría el interior de la ciudad marcaba el límite de este corazón sagrado.

pompa funebris: Procesión fúnebre que simbolizaba el tránsito de la vida entre los seres humanos a la existencia en el Hades.

populares: La facción senatorial y de otros representantes o magistrados, como los tribunos de la plebe, que defendía una redistribución de derechos de modo que el pueblo de Roma, y también en parte sus aliados fuera de Roma, tuvieran acceso a beneficios como una redistribución de las tierras, controladas por la oligarquía senatorial de los *optimates*, una extensión del derecho de voto o incluso de ciudadanía romana y otros beneficios. Se pueden rastrear los orígenes de las reclamaciones populares hasta finales de la segunda guerra púnica con las peticiones de los Graco, nietos de Escipión el Africano y tribunos de la plebe. Diferentes tribunos de la plebe y otros líderes continuaron con estas reclamaciones hasta que Cayo Mario, tío de Julio César, y luego Cinna, se erigieron en líderes supremos de esta facción política.

Porta Collina: Una de las antiguas puertas de Roma en la muralla serviana, donde aconteció una cruenta batalla entre las tropas de Sila y los samnitas, que se encontraban en rebelión contra Roma.

praecones: Funcionarios que asistían a magistrados o jueces en diferentes procesos, desde la convocatoria de elecciones y los escrutinios hasta el desarrollo de un juicio.

praeficae: Plañideras, mujeres contratadas normalmente para lamentarse y llorar durante el funeral. Iban vestidas de luto (no sabemos si de negro o de blanco, hay debate sobre el color del luto en la antigua Roma), pero seguramente irían, además, con el pelo suelto y rociado de ceniza. También elevaban oraciones a los dioses en favor y en recuerdo de la persona difunta.

praenomen: Nombre particular de una persona, que luego se completaba con su *nomen* o denominación de su tribu y su *cognomen* o nombre de su familia. A la vista de la gran variedad de nombres de los que hoy día disponemos, es sorprendente la escasa variedad que el sistema romano proporcionaba: sólo había un pequeño grupo de *praenomen* entre los que elegir. A la escasez, hay que sumar que cada *gens* o tribu solía recurrir a pequeños grupos de nombres. Así pues, era muy frecuente que miembros de una misma familia compartieran el mismo *praenomen*, *nomen* y *cognomen*, generando así, en ocasiones, confusiones a historiadores o lectores de obras como esta novela. He intentado mitigar este problema incluyendo un árbol genealógico de la familia de Julio César y haciendo referencia a sus protagonistas como César padre o César hijo cuando lo he considerado oportuno en aras de la claridad. Los *praenomina* más habituales en la familia Julia eran Julio, Sexto o Lucio.

praetorium: Tienda del general en jefe de un ejército romano. Se levantaba en el centro del campamento, entre el *quaestorium* y el foro.

primus pilus: El primer centurión de una legión, generalmente un veterano que gozaba de gran confianza entre los tribunos y el cónsul o procónsul al mando de las legiones.

proquaestor: Como el *quaestor*, estaba encargado de los suministros, provisiones y logística de un ejército, pero durante un periodo variable en función de lo que hubiera dictaminado el Senado.

publicani: Los publicanos eran las personas que dentro del Estado romano estaban encargadas de la recaudación de impuestos tanto en Roma como en las provincias. En el contexto y la época de *Maldita Roma*, la mayor parte de los *publicani* estaban bajo el control de Craso y a él recurrían con frecuencia para la gestión de sus contratos con el Estado. A cambio, Craso conseguía un porcentaje de los impuestos recaudados por los *publicani*, acrecentando así su inmensa fortuna.

quaestio de sicariis: Tribunal permanente dedicado a juzgar a asesinos. Catón promovió, en época de César, un tribunal de este tipo con la finalidad expresa de juzgar a todos aquellos que hubieran asesinado a ciudadanos romanos durante la represión de la época de Sila tras la primera guerra civil, sin que dichas muertes estuvieran justificadas por la defensa del Estado. César, a requerimiento del propio Catón, terminó siendo uno de los jueces de dicho tribunal, tal y como se cuenta en *Maldita Roma*.

quaestor: En las legiones de la época republicana era el encargado de velar por los suministros y provisiones de las tropas, por el control de los gastos y de otras diversas tareas administrativas.

Salvios: Pueblo galo, particularmente belicoso y hostil a los romanos, de la región de Massalia.

sella: El más sencillo de los asientos romanos. Equivale a un simple taburete.

sella curulis: Como la *sella*, carece de respaldo, pero es un asiento de gran lujo, con patas cruzadas y curvas de marfil que se podían plegar para facilitar el transporte, pues se trataba del asiento que acompañaba al cónsul en sus desplazamientos civiles o militares.

senatus consultum ultimum: Edicto aprobado por el Senado mediante el cual se daba poder a uno de los cónsules, o a ambos, para que llevaran a término una acción concreta, como, por ejemplo, arrestar y, si era preciso, ejecutar a alguien a quien el Senado considerase enemigo del Estado.

shemshemet: Cannabis, marihuana.

Sobek: En la mitología egipcia se trata de un dios que se asocia con las sagradas aguas del Nilo y se le representa con cabeza de cocodrilo. Tiene un aspecto maléfico en algunas versiones de la religión egipcia al considerarse que el malvado dios Seth, que asesinara a Osiris, se ocultó en un cocodrilo. Sobek termina siendo considerado por el pueblo como un dios temible y más favorable a los ricos y los sacerdotes que al campesinado humilde, que veía en Horus, Isis u Osiris dioses más favorables.

socii: Socios o aliados de Roma, pueblos, itálicos en un principio, que habían establecido pactos de colaboración con Roma. Con el transcurso del tiempo, en Roma se tomaban decisiones sobre asignaciones de tierras a colonos y otros asuntos que afectaban a estos pueblos aliados pero a quienes no se les consultaba. Los *socii* terminarían por exigir la ciudadanía romana para tener voz y voto en todas las cuestiones que les afectaban encontrando el rechazo total de los *optimates* e, incluso, de gran parte del pueblo romano. Algunos senadores populares y otros líderes de esa facción favorecían atender, al menos en parte, las demandas de los *socii*. El conflicto llegó a su punto culminante con la guerra social iniciada por uno de estos pueblos aliados, los marsos. De ahí que, para los romanos de la época de César, ésta fuera la «guerra contra los marsos». El calificativo de «guerra social» es de épocas posteriores.

solium: Asiento de madera con respaldo recto, sobrio y austero.

Subura: Barrio de la antigua Roma donde se hacinaban las clases más populares de la ciudad en un entramado de calles muy diferente al de los barrios más nobles. Curiosamente, la familia Julia vivía en este barrio, algo, no obstante, que la conectaba y la acercaba a la plebe, en consonancia con su tendencia política popular. En la actualidad se corresponde con el barrio Monti de Roma, donde aún podemos encontrar una *piazza de la Subura*.

tablinum: Habitación que da al atrio, situada en el lado opuesto a la entrada principal de la *domus*. Esta estancia estaba destinada al *pater familias*, y hacía las veces de despacho particular del dueño de la casa.

Taranis: Dios del trueno en la mitología celta, especialmente popular entre los galos. Se le representaba con rayos o con una rueda que simboliza la rueda cósmica.

terra sigillata: Cerámica de gran calidad en la que se servía sólo a los mejores invitados. Normalmente estaba decorada.

testudo: Típica formación de las legiones romanas donde cada unidad militar forma con los escudos en alto, por delante, detrás y a los costados, de modo que todos los legionarios quedan a cubierto de posibles armas arrojadizas durante su avance en un combate.

toga praetexta: Toga propia de los senadores y magistrados de Roma, de lana blanca con bordes de color púrpura.

triclinium, triclinia: Singular y plural de los divanes sobre los que los romanos se recostaban para comer, especialmente durante la cena. Lo frecuente es que hubiera tres, pero podían añadirse más de ser necesario ante la presencia de invitados.

triplex acies: Formación habitual de combate de las legiones romanas en donde se disponían las cohortes en tres líneas de lucha, de modo que se pudieran ir turnando en primera línea y así evitar el agotamiento de las tropas durante una batalla.

trirreme: Barco de uso militar del tipo galera. Su nombre romano *triremis* hace referencia a las tres hileras de remos que, a cada lado del buque, impulsaban la nave. Este tipo de navío se usaba desde el siglo VII a. C. en la guerra naval del mundo antiguo. Hay quien considera que las inventaron los egipcios, aunque los historiadores ven en las trieras corintias su antecesor más probable. De forma específica, Tucídides atribuye su invención a Aminocles. Los ejércitos de la antigüedad se dotaron de estos navíos como base de sus flotas, aunque les añadieron barcos de mayor tamaño sumando más hileras de remos, apareciendo así las cuatrirremes, de cuatro hileras, o las quinquerremes, de cinco. Se llegaron a construir naves de seis hileras de remos o de diez, como las que actuaron de buques insignia en la batalla naval de Accio entre Octavio y Marco Antonio. Calígeno nos describe un auténtico monstruo marino de cuarenta hileras construido bajo el reinado de Ptolomeo IV Filopátor (221-203 a. C.), aunque, caso de ser cierta la existencia de semejante buque, éste sería más un juguete real que un navío práctico para desenvolverse en una batalla naval. Tanto «quinquerreme» como «trirreme» se pueden encontrar en la literatura sobre historia clásica en masculino o femenino, si bien la Real Academia recomienda el masculino.

triunfo: Desfile de gran boato y parafernalia que un general victorioso realizaba por las calles de Roma. Para ser merecedor de tal honor, la victoria por la que se solicita este premio ha de haberse conseguido durante el mandato como cónsul o procónsul de un ejército consular o proconsular.

Tulingos: Tribu celta, muy probablemente dependiente de los helvecios, que acompañó a estos últimos en su invasión de la Galia en el 58 a. C. y que, en consecuencia, se enfrentó a César en la batalla de Bibracte.

Tullianum: Prisión subterránea de la antigua Roma excavada en el foro, próxima al edificio del Senado. Era particularmente oscura y tenebrosa y las condiciones de los prisioneros allí encarcelados era horrible.

túnica íntima: Una túnica o camisa ligera que las romanas llevaban por debajo de la *stola*.

turma, turmae: Singular y plural del término que describe un pequeño destacamento de caballería compuesto por tres decurias de diez jinetes cada una.

ubi tu Gaius, ego Gaia: Expresión empleada durante la celebración de una boda romana. Significa «donde tú Gayo, yo Gaya», locución originada a partir de los nombres prototípicos romanos de Gaius y Gaia, que se adoptaban como representativos de cualquier persona.

umbones: Grandes broches metálicos normalmente situados en el centro de los escudos de los soldados romanos y que los legionarios usaban para arremeter contra las tropas enemigas.

Venus: Diosa romana del amor, la fertilidad y la belleza. Hasta cierto punto se identifica con la diosa Afrodita en la mitología griega. La familia de Julio César se decía descendiente de esta diosa.

vestal: Sacerdotisa perteneciente al colegio de las vestales dedicadas al culto de la diosa Vesta. En un principio sólo había cuatro, aunque posteriormente se amplió el número de vestales a seis y, finalmente, a siete. Se las escogía cuando tenían seis y diez años de familias cuyos padres estuvieran vivos. El periodo de sacerdocio era de treinta años. Al finalizar, las vestales eran libres para contraer matrimonio si así lo deseaban. Sin embargo, durante su sacerdocio debían permanecer castas y velar por el fuego sagrado de la ciudad. Si faltaban a sus votos, eran condenadas sin remisión a ser enterradas vivas. Si, por el contrario, mantenían sus votos, gozaban de gran prestigio social hasta el punto de que podían salvar a cualquier persona que, una vez condenada, fuera llevada para su ejecución. Vivían en una gran mansión próxima al templo de Vesta. También estaban encargadas de elaborar la *mola salsa*, ungüento sagrado utilizado en muchos sacrificios.

vexillationes: Unidades militares que, de forma temporal, se reclutaban o se trasladaban de un lugar a otro como refuerzos para una acción o una campaña en concreto.

Vía Apia: Calzada romana que parte desde la puerta Capena de Roma hacia el sur de Italia.

Vía Hercúlea: Nombre con el que se conoció durante la República romana a la larga calzada que transitaba por toda la costa mediterránea de Hispania y que, tras las reparaciones y mejoras hechas en la misma durante el periodo del emperador Augusto, pasó a denominarse Vía Augusta.

Vía Sacra: Una de las avenidas más importantes de la antigua Roma. Va de este a oeste desde la colina Capitolina hasta el actual Coliseo. Al tener esta orientación y cruzar todo el foro es muy posible que se correspondiera con el antiguo decúmano, una de las dos calles, junto con el cardo, que suponían el origen de cualquier ciudad romana. La Vía Sacra era por donde desfilaba el cónsul victorioso tras una campaña militar durante la celebración de un triunfo.

vigilia: Los romanos dividían la noche en cuatro partes o cuatro horas: prima, secunda, tertia y quarta.

III

Árbol genealógico de la familia de Julio César y cargos políticos de la antigua Roma

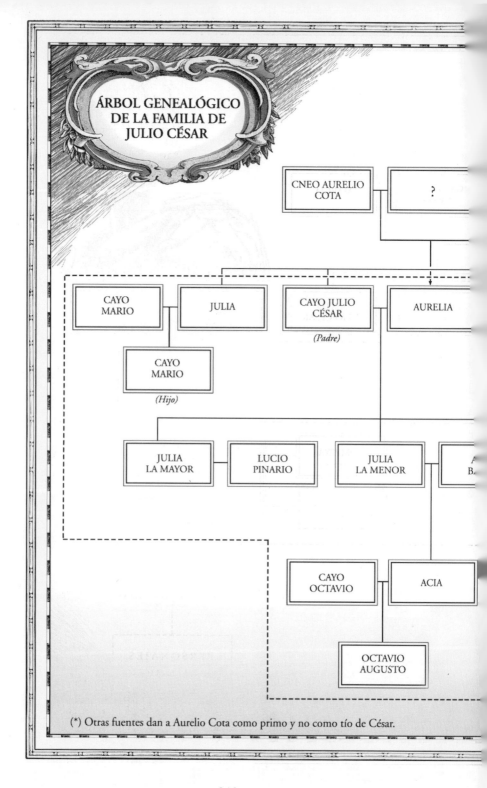

ÁRBOL GENEALÓGICO DE LA FAMILIA DE JULIO CÉSAR

CNEO AURELIO COTA — ?

CAYO MARIO — JULIA   CAYO JULIO CÉSAR *(Padre)* — AURELIA

CAYO MARIO *(Hijo)*

JULIA LA MAYOR — LUCIO PINARIO   JULIA LA MENOR — A... B...

CAYO OCTAVIO — ACIA

OCTAVIO AUGUSTO

(*) Otras fuentes dan a Aurelio Cota como primo y no como tío de César.

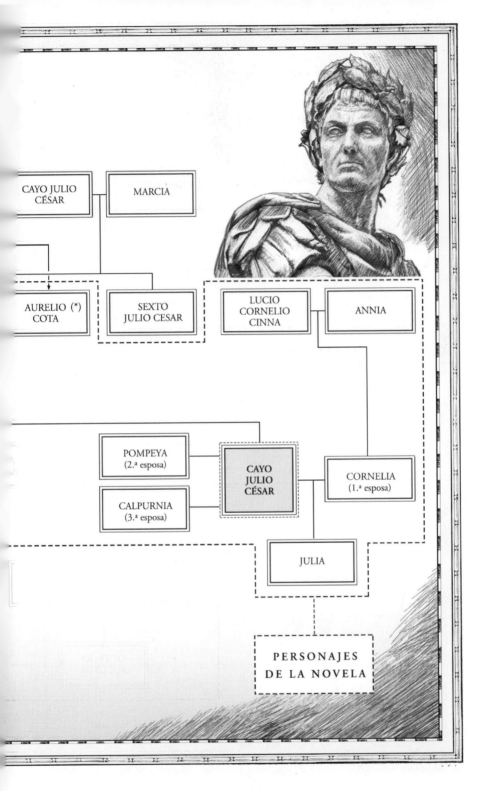

CAYO JULIO CÉSAR

MARCIA

AURELIO (*) COTA

SEXTO JULIO CESAR

LUCIO CORNELIO CINNA

ANNIA

POMPEYA
(2.ª esposa)

CAYO JULIO CÉSAR

CORNELIA
(1.ª esposa)

CALPURNIA
(3.ª esposa)

JULIA

PERSONAJES
DE LA NOVELA

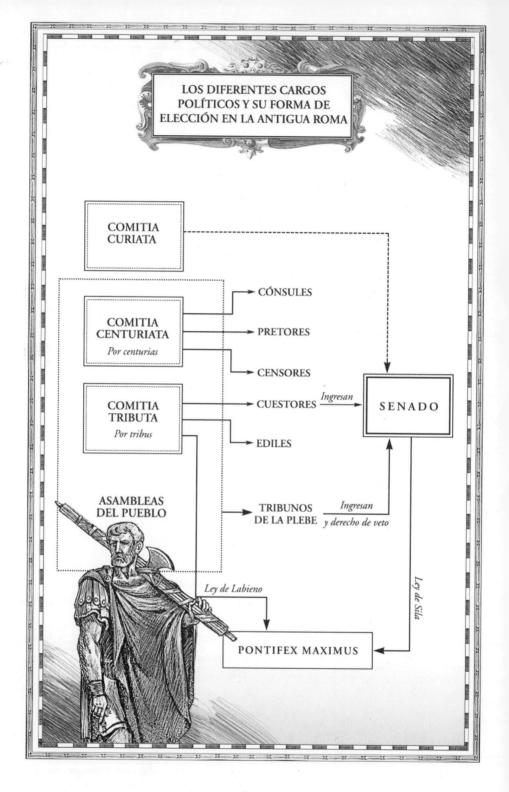

LOS DIFERENTES CARGOS
POLÍTICOS Y SU FORMA DE
ELECCIÓN EN LA ANTIGUA ROMA

COMITIA
CURIATA

COMITIA
CENTURIATA
Por centurias

COMITIA
TRIBUTA
Por tribus

ASAMBLEAS
DEL PUEBLO

CÓNSULES

PRETORES

CENSORES

CUESTORES — *Ingresan*

EDILES

TRIBUNOS
DE LA PLEBE — *Ingresan
y derecho de veto*

SENADO

Ley de Labieno

Ley de Sila

PONTIFEX MAXIMUS

IV

Mapas históricos

REGIONES DE
LA ITALIA ROMANA
PRINCIPIOS DEL
SIGLO I a. C.

GALLIA
TRANSALPINA

VENETIA

LIGURIA

GALLIA
CISALPINA

UMBRIA

ETRURIA

PICENUM

Mare Superum

CORSICA

SABINI,
AEQUI,
ET MARSI

SAMNIUM

LATIUM

CAMPANIA

APULIA

Mare Tyrrhenum

LUCANIA

SARDINIA

BRUTTIUM

Mare
Ionium

MARE INTERNUM

SICILIA

0   300 km

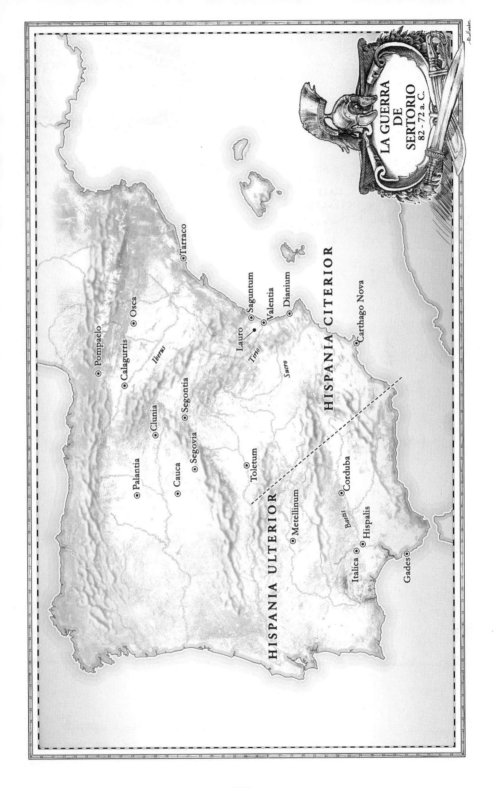

LA GUERRA
DE
SERTORIO
82 - 72 a. C.

Tarraco

Pompaelo

Osca

Calagurris

Iberus

Saguntum
Valentia
Dianium

Lauro
Turia

Sucro

HISPANIA CITERIOR

Carthago Nova

Segontia

Clunia

Segovia

Toletum

Palantia

Cauca

HISPANIA ULTERIOR

Metellinum

Corduba

Baetis

Hispalis

Italica

Gades

LA REBELIÓN
DE ESPARTACO
73 - 71 a. C.

GERMANIA

GALLIA TRANSALPINA

VENETIA

LIGURIA

Po

ILLYRIA

Pisae

Arnus

Metaurus

ETRURIA

Tiberis

Mare Superum

Veius

ROMA

PICENUM

CORSICA

Ostia

LATIUM

SAMNIUM

Capua

Neapolis

CAMPANIA

Tarentum

Pella

SARDINIA

LUCANIA

MACEDONIA

Mare Tyrrhenum

EPIRUS

BRUTTIUM

GRAECIA

SICILIA

Messana

Mare Ionium

Athenae

Carthago

ACHAIA

Syracusae

Sparta

MARE   INTERNUM

0   500 km

BATALLA DEL
RÍO SILARO
71 a. C.

EJÉRCITO DE
POMPEYO

Mar Tirreno

Crotona ⊙

Batalla del
⊗ río Silaro

EJÉRCITO
DE ESPARTACO

Mar Jónico

Legiones
de Craso
en movimiento

Mesina ⊙

⊙ Regio

Fortificaciones
romanas
✗

S I C I L I A

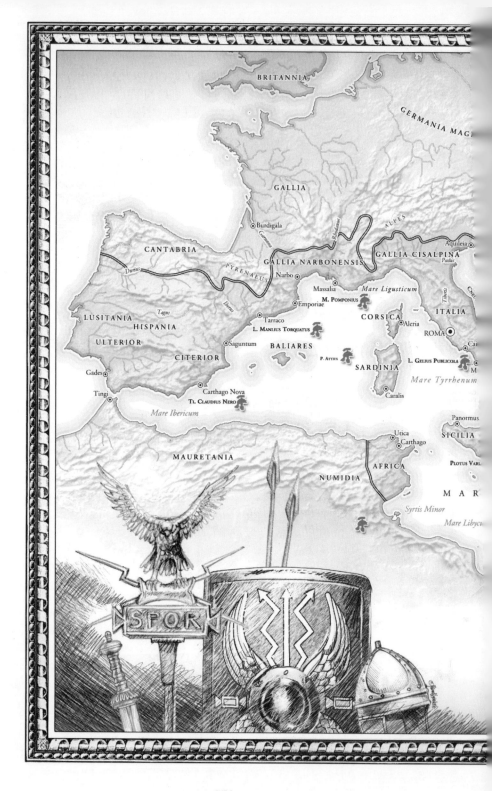

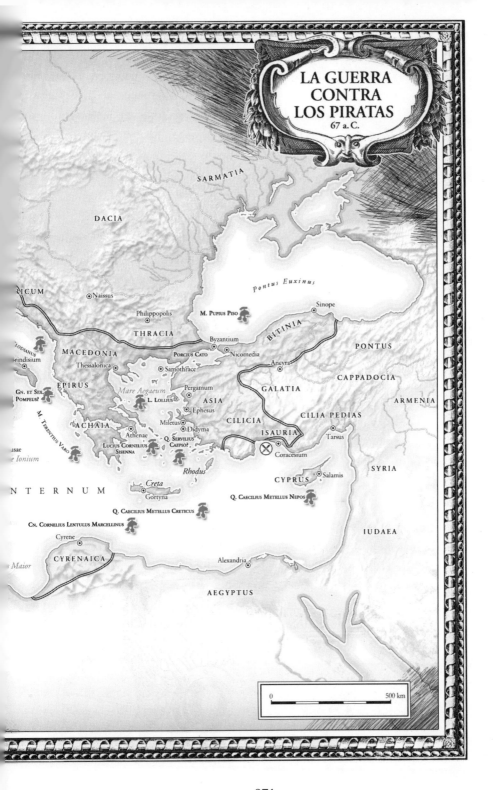

LA GUERRA
CONTRA
LOS PIRATAS
67 a.C.

SARMATIA

DACIA

ICUM

Naissus

Pontus Euxinus

Philippopolis

M. PUPIUS PISO

Sinope

THRACIA

Byzantium

BITINIA

PONTUS

CLODIANUS
rindisium

MACEDONIA

Nicomedia

Ancyra

CAPPADOCIA

GN. ET SEX.
POMPEUS?

Thessalonica

Samothrace

PORCIUS CATO

GALATIA

ARMENIA

EPIRUS

Mare Aegaeum

Pergamum

L. LOLLIUS

ASIA

CILICIA

CILIA PEDIAS

M. TERENTIUS VARO

ACHAIA

Ephesus

ISAURIA

Tarsus

Miletus

Didyma

Q. SERVILIUS
CAEPIO?

Athenae

LUCIUS CORNELIUS
SISENNA

Coracesium

usae
e Ionium

Rhodus

CYPRUS

Salamis

SYRIA

NTERNUM

Creta

Gortyna

Q. CAECILIUS METELLUS NEPOS

Q. CAECILIUS METELLUS CRETICUS

IUDAEA

CN. CORNELIUS LENTULUS MARCELLINUS

Maior

Cyrene

CYRENAICA

Alexandria

AEGYPTUS

0   500 km

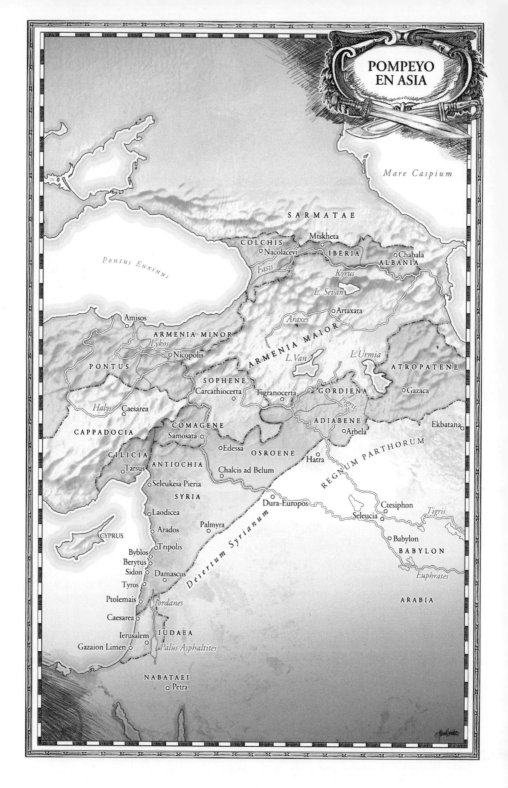

POMPEYO
EN ASIA

Mare Caspium

SARMATAE

Pontus Euxinus

COLCHIS
Nacolacevi ○ ○ Mtskheta
IBERIA ○ Chabala
Fasis ALBANIA
Kyrus
L. Sevan
Amisos ○ *Araxes* Artaxata ○
ARMENIA MINOR
Lykos
Nicopolis ○ ARMENIA MAIOR
L. Van L. Urmia ATROPATENE
PONTUS SOPHENE ○ Gazaca
Carcathiocerta ○ Tigranocerta ○ GORDIENA
Halys ○ Caesarea *Tigris*
CAPPADOCIA COMAGENE ADIABENE Ekbatana ○
Samosata ○ ○ Arbela
CILICIA ○ Edessa OSROENE REGNUM PARTHORUM
Tarsus ○ ANTIOCHIA Hatra ○
Seleukeia Pieria ○ Chalcis ad Belum
SYRIA Dura-Europos ○ *Tigris*
Laodicea ○ Seleucia ○ Ctesiphon ○
CYPRUS ○ Arados Palmyra ○ ○ Babylon
Byblos ○ Tripolis BABYLON
Berytus ○ *Desertum Syrianum* *Euphrates*
Sidon ○ ○ Damascus
Tyros ○ ARABIA
Ptolemais ○ *Iordanes*
Caesarea ○
Ierusalem ○ IUDAEA
Gazaion Limen ○ *Palus Asphaltites*

NABATAEI
○ Petra

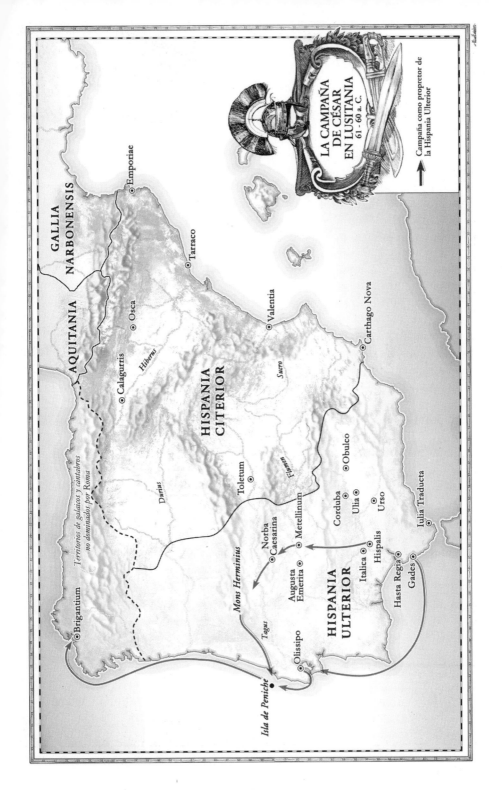

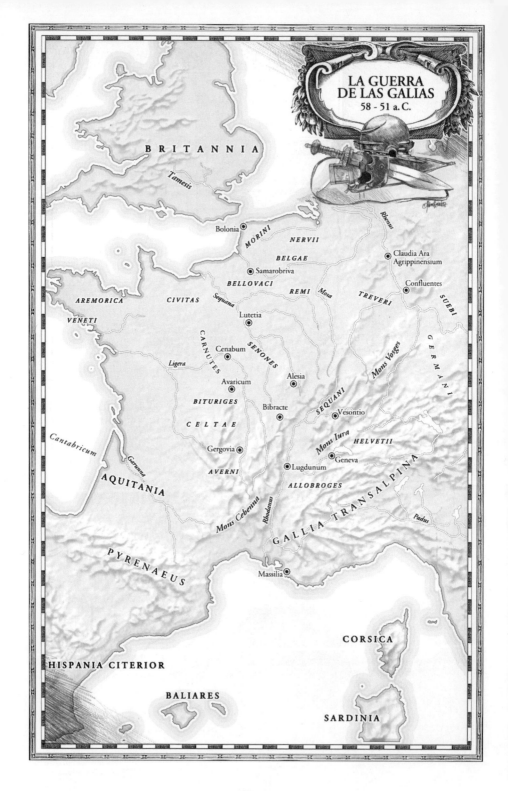

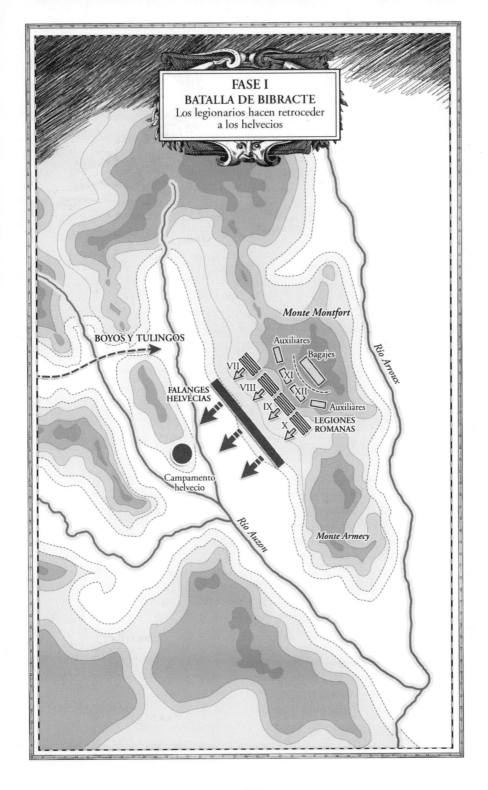

FASE I
BATALLA DE BIBRACTE
Los legionarios hacen retroceder
a los helvecios

Monte Montfort

BOYOS Y TULINGOS

Auxiliares

Bagajes

VII

XI

FALANGES
HELVÉCIAS

VIII

XII

IX

Auxiliares

X

LEGIONES
ROMANAS

Campamento
helvecio

Río Arroux

Río Auzon

Monte Armecy

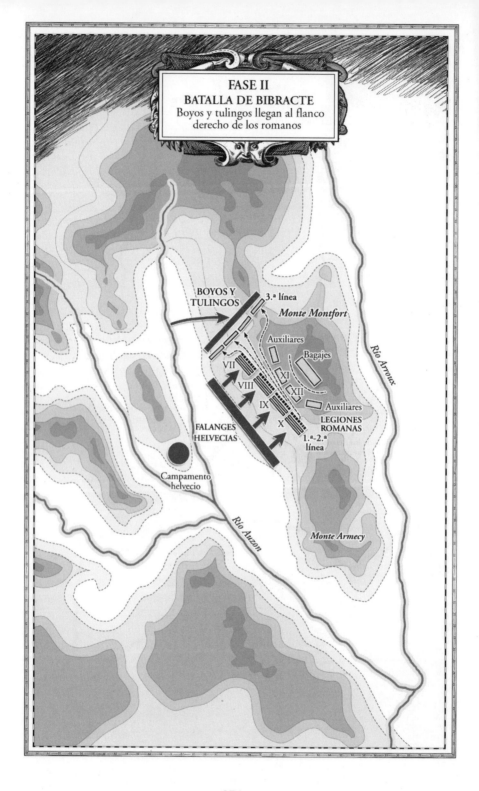

FASE II
BATALLA DE BIBRACTE
Boyos y tulingos llegan al flanco
derecho de los romanos

BOYOS Y
TULINGOS

3.ª línea

Monte Montfort

Auxiliares

Bagajes

VII

XI

VIII

XII

IX

Auxiliares

X

LEGIONES
ROMANAS

FALANGES
HELVECIAS

1.ª-2.ª
línea

Río Arroux

Campamento
helvecio

Río Auzon

Monte Armecy

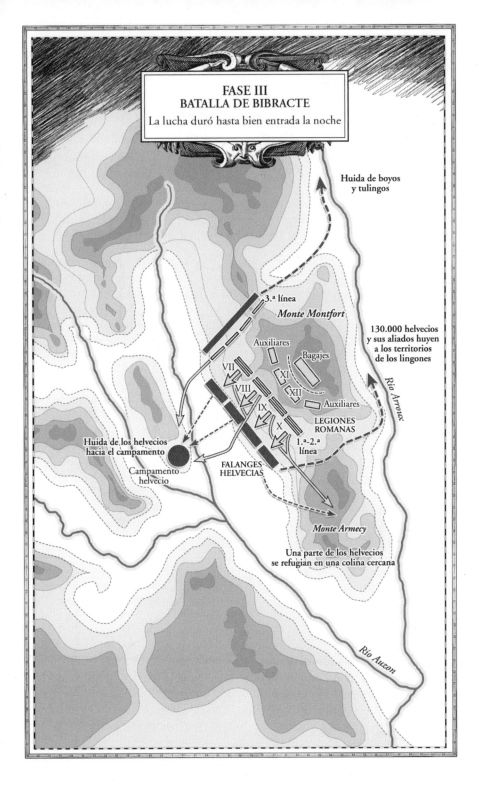

**FASE III
BATALLA DE BIBRACTE**
La lucha duró hasta bien entrada la noche

Huida de boyos
y tulingos

3.ª línea
Monte Montfort

130.000 helvecios
y sus aliados huyen
a los territorios
de los lingones

Auxiliares

Bagajes

VII

XI

VIII

XII

IX

Auxiliares

X

LEGIONES
ROMANAS

1.ª-2.ª
línea

Huida de los helvecios
hacia el campamento

Río Arroux

Campamento
helvecio

FALANGES
HELVECIAS

Monte Armecy

Una parte de los helvecios
se refugian en una colina cercana

Río Auzon

V

Bibliografía

ADKINS, L. y ADKINS, R., *El Imperio romano: historia, cultura y arte*, Madrid, Edimat, 2005.

ALFARO, C., *El tejido en época romana*, Madrid, Arco Libros, 1997.

ÁLVAREZ, P., *Somos romanos: descubre el romano que hay en ti*, Madrid, EDAF, 2019.

—, *Crónica rosa, rosae: escándalos en la Roma clásica*, Barcelona, Larousse, 2023.

ÁLVAREZ MARTÍNEZ, J. M., et al., *Guía del Museo Nacional de Arte Romano*, Madrid, Ministerio de Cultura, 2008.

ANDREWS, E., «Julius Caesar Suffered from Strokes, Not Epilepsy, New Study Says», 2018, <https://www.history.com/news/julius-caesar-suffered-from-strokes-not-epilepsy-new-study-says>.

ANGELA, A., *Un día en la antigua Roma. Vida cotidiana, secretos y curiosidades*, Madrid, La Esfera de los Libros, 2009.

—, *The Reach of Rome: A Journey Through the Lands of the Ancient Empire Following a Coin*, Nueva York, Rizzoli ex libris, 2013.

ANGLIM, S.; JESTICE, P. G.; RICE, R. S.; RUSCH, S. M. y SERRATI, J., *Técnicas bélicas del mundo antiguo (3000 a.C.-500 d.C.). Equipamiento, técnicas y tácticas de combate*, Madrid, LIBSA, 2007.

APIANO, *Historia de Roma I*, Madrid, Gredos, 1980.

ASIMOV, I., *El Cercano Oriente*, Madrid, Alianza Editorial, 2011.

BARREIRO RUBÍN, V., *La guerra en el mundo antiguo*, Madrid, Almena, 2004.

BEARD, M., *Women and Power: A Manifesto*, Londres, London Review of Books, 2017.

—, *SPQR: una historia de la antigua Roma*, Barcelona, Crítica, 2016.

BIESTY, S., *Roma vista por dentro*, Barcelona, RBA, 2005.

BOARDMAN, J.; GRIFFIN, J. y MURRIA, O., *The Oxford History of The Roman World*, Oxford, Oxford University Press, 2001.

BRAVO, G., *Historia de la Roma antigua*, Madrid, Alianza Editorial, 2001.

BUSSAGLI, M., *Rome: Art and Architecture*, China, Ullmann Publishing, 2007.

CABRERO, J. y CORDENTE, F., *Roma, el imperio que generó por igual genios y locos*, Madrid, Edimat, 2008.

CANFORA, L., *Julio César. Un dictador democrático*, Barcelona, Ariel, 2007.

CANTORA, P. A., *Shakespeare's Rome*, Chicago, University of Chicago Press, 2017.

CARRERAS MONFORT, C., «Aprovisionamiento del soldado romano en campaña: la figura del *praefectus vehiculorum*», en *Habis*, n.º 35, 2004.

CASSON, L., *Las bibliotecas del mundo antiguo*, Barcelona, Edicions Bellaterra, 2001.

CASTELLÓ, G., *Archienemigos de Roma*, Madrid, Book Sapiens, 2015.

CASTILLO, E., «Ostia, el principal puerto de Roma», en *Historia-National Geographic*, n.º 107, 2012.

CHIC GARCÍA, G., *El comercio y el Mediterráneo en la Antigüedad*, Madrid, Akal, 2009.

CHRYSTAL, P., *Women in Ancient Rome*, The Hill Stroud, Amberley, 2014.

CICERÓN, M. T., *Discursos I. Verrinas, Discurso contra Q. Cecilio, primera sesión, segunda sesión* (discursos I y II), Madrid, Biblioteca Básica Gredos, 2000.

—, *Discursos II. Verrinas. Segunda sesión* (discursos III y IV), Madrid, Biblioteca Básica Gredos, 2000.

CILLIERS, L. y RETIEF, F. P., *Poison, Poisoning and the Drug Trade in Ancient Rome*, <http://akroterion.journals.ac.za/pub/article/view/166>.

CLARKE, J. R., *Sexo en Roma. 100 a. C. - 250 d. C.*, Barcelona, Océano, 2003.

CODOÑER, C. (ed.), *Historia de la literatura latina*, Madrid, Cátedra, 1997.

—y FERNÁNDEZ CORTE, C., *Roma y su imperio*, Madrid, Anaya, 2004.

COMOTTI, G., *La música en la cultura griega y romana*, Madrid, Ediciones Turner, 1986.

CONNOLLY, P., *Tiberius Claudius Maximus: The Cavalry Man*, Oxford, Oxford University Press, 1988.

—, *Tiberius Claudius Maximus: The Legionary*, Oxford, Oxford University Press, 1988.

—, *Ancient Rome*, Oxford, Oxford University Press, 2001.

CRAWFORD, M., *The Roman Republic*, Cambridge, Massachusetts, Harvard University Press, 1993.

CRUSE, A., *Roman Medicine*, Stroud, The History Press, 2006.

DANDO-COLLINS, S., *Legiones de Roma: La historia definitiva de todas las legiones imperiales romanas*, Madrid, La Esfera de los Libros, 2012.

DE DAMASCO, N., *Vida de Augusto*, Madrid, Signifer Libros, 2006.

DUPUY, R. E. y DUPUY, T. N., *The Harper Encyclopedia of Military History from 3500 B. C. to the Present*, Nueva York, Harper Collins Publishing, 1933.

ELIADE, M. y COULIANO, I. P., *Diccionario de las religiones*, Barcelona, Paidós, 2007.

ENGEN, D. T., «The Economy of Ancient Greece», EH.Net Encyclopedia, 2004, <https://eh.net/encyclopedia/the-economy-of-ancient-greece/>.

ENRIQUE, C. y SEGARRA, M., *La civilización romana. Cuadernos de Estudio, 10. Serie Historia Universal*, Madrid, Editorial Cincel y Editorial Kapelusz, 1979.

ESCARPA, A., *Historia de la ciencia y de la técnica: tecnología romana*, Madrid, Akal, 2000.

ESPINÓS, J.; MASIÀ, P.; SÁNCHEZ, D. y VILAR, M., *Así vivían los romanos*, Madrid, Anaya, 2003.

ESPLUGA, X. y MIRÓ I VINAIXA, M., *Vida religiosa en la antigua Roma*, Barcelona, Editorial UOC, 2003.

FERNÁNDEZ ALGABA, M., *Vivir en Emérita Augusta*, Madrid, La Esfera de los Libros, 2009.

FERNÁNDEZ VEGA, P. A., *La casa romana*, Madrid, Akal, 2003.

FOX, R. L., *El mundo clásico: La epopeya de Grecia y Roma*, Barcelona, Crítica, 2007.

FREISENBRUCH, A., *The First Ladies of Rome: The Women Behind the Caesars*, Londres, Vintage Books, 2011.

GARCÍA CAMPA, F., *Cayo Mario, el tercer fundador de Roma*, Granada, HRM Ediciones, 2017.

GARCÍA GUAL, C., *Historia, novela y tragedia*, Madrid, Alianza Editorial, 2006.

GARCÍA SÁNCHEZ, J., *Viajes por el antiguo imperio romano*, Madrid, Nowtilus, 2016.

GARDNER, J. F., *El pasado legendario. Mitos romanos*, Madrid, Akal, 2000.

GARGANTILLA, P., *Breve historia de la medicina: Del chamán a la gripe A*, Madrid, Nowtilus, 2011.

GARLAN, Y., *La guerra en la antigüedad*, Madrid, Aldebarán, 2003.

GASSET, C. (dir.), *El arte de comer en Roma: alimentos de hombres, manjares de dioses*, Mérida, Fundación de Estudios Romanos, 2004.

GIAVOTTO, C. (coord.), *Roma*, Barcelona, Electa Mondadori, 2006.

GOLDSWORTHY, A., *Grandes generales del ejército romano*, Barcelona, Ariel, 2003.

—, *César, la biografía definitiva*. Madrid, La Esfera de los Libros, 2007.

GOLVIN, J. C., *Ciudades del mundo antiguo*, Madrid, Desperta Ferro Ediciones, 2017.

GÓMEZ, F.-J. (coord.); RODRÍGUEZ, J.; AMELA, L.; DE LA TORRE, I. y CAMPOMANES, E., *Historia militar de la Antigua Roma. Campañas militares y batallas críticas de la república y el Imperio romano*, Madrid, Nowtilus, 2023.

GÓMEZ PANTOJA, J., *Historia Antigua (Grecia y Roma)*, Barcelona, Ariel, 2003.

GONZÁLEZ SERRANO, P., *Roma, la ciudad del Tíber*, Madrid, Ediciones Evohé, 2015.

GONZÁLEZ TASCÓN, I. (dir.), *Artifex: ingeniería romana en España*, Madrid, Ministerio de Cultura, 2002.

GOODMAN, M., *The Roman World: 44 B. C. - A. D. 180*, Bristol, Routledge, 2009.

GRANT, M., *Atlas Akal de Historia Clásica del 1700 a. C. al 565 d. C.*, Madrid, Akal, 2009.

—, *Cleopatra*, Londres, Phoenix Press, 2003.

GRIMAL, P., *La vida en la Roma antigua*, Barcelona, Paidós, 1993.

—, *La civilización romana. Vida, costumbres, leyes, artes*, Barcelona, Paidós, 1999.

GUILLÉN, J., *Urbs Roma. Vida y costumbres de los romanos. I. La vida privada*, Salamanca, Ediciones Sígueme, 1994.

—, *Urbs Roma. Vida y costumbres de los romanos. II. La vida pública*, Salamanca, Ediciones Sígueme, 1994.

—, *Urbs Roma. Vida y costumbres de los romanos. III. Religión y ejército*, Salamanca, Ediciones Sígueme, 1994.

HACQUARD, G., *Guía de la Roma antigua*, Madrid, Centro de Lingüística Aplicada ATENEA, 2003.

HAMEY, L. A. y HAMEY, J. A., *Los ingenieros romanos*, Madrid, Akal, 2002.

HEMELRIJK, E. A., *Matrona Docta: Educated Women in the Roman Elite from Cornelia to Julia Domna*, Londres, Routledge, 1999.

HERRERO LLORENTE, V. J., *Diccionario de expresiones y frases latinas*, Madrid, Gredos, 1992.

HOLLAND, T., *Rubicon: The Triumph and Tragedy of The Roman Republic*, Londres, Abacus, 2003.

HUBBARD, B., *Venenos: la historia de las pociones, polvos y asesinos que los utilizaron*, Madrid, Librero, 2020.

HUGHES, J. R., «Dictator Perpetuus: Julius Caesar –did he have seizures? If so, what was the etiology?», 2004, <https://pubmed.ncbi.nlm.nih.gov/15380131/John>.

JAMES, S., *Roma Antigua*, Madrid, Pearson Alhambra, 2004.

JOHNSTON, H. W., *The Private Life of the Romans*, <http://www.forumromanum.org/life/johnston.html>.

JONES, P., *Veni, vidi, vici: hechos, personajes y curiosidades de la Antigua Roma*, Barcelona, Crítica, 2013.

KNAPP, R. C., *Invisible Romans: Prostitutes, Outlaws, Slaves, Gladiators: Ordinary Men and Women... the Romans that History Forgot*, Londres, Profile Books, 2011.

Künzl, E., *Ancient Rome*, Berlín, Tessloff Publishing, 1998.

Lacey, M. y Davidson, S., *Gladiators*, Londres, Usborne, 2006.

Laes, C., *Children in the Roman Empire: Outsiders within*, Cambridge, Cambridge University Press, 2011.

Lago, J. I., *Las campañas de Julio César: el triunfo de las Águilas*, Madrid, Almena Ediciones, 2014.

Le Bohec, Y., *El ejército romano*, Barcelona, Ariel, 2004.

Lewis, J. E. (ed.), *The Mammoth Book of Eyewitness. Ancient Rome: The History of the Rise and Fall of the Roman Empire in the words of Those Who Were There*, Nueva York, Carroll and Graf, 2006.

Livio, T., *Historia de Roma desde su fundación*, Madrid, Gredos, 1993.

Macaulay, D., *City: A Story of Roman Planning and Construction*, Boston, Houghton Mifflin Company, 1974.

Macdonald, F., *100 Things You Should Know about Ancient Rome*, Thaxted, Miles Kelly Publishing, 2004.

Maier, J., *The Eternal City: A History of Rome in Maps*, Chicago, The University of Chicago Press, 2020.

Malissard, A., *Los romanos y el agua: La cultura del agua en la Roma antigua*, Barcelona, Herder, 2001.

—, *Historia del mundo antiguo n.º 55. Roma: artesanado y comercio durante el Alto Imperio*, Madrid, Akal, 1990.

—, *Historia Universal. Edad Antigua, Roma*, Barcelona, Vicens Vives, 2004.

Manix, D. P., *Breve historia de los gladiadores*, Madrid, Nowtilus, 2004.

Marco Simón, F.; Pina Polo, F. y Remesal Rodríguez, J. (eds.), *Viajeros, peregrinos y aventureros en el mundo antiguo*, Barcelona, Publicacions i Edicions de la Universitat de Barcelona, 2010.

Marqués, N. F., *Un año en la antigua Roma*, Barcelona, Espasa, 2018.

Martín, R. F., *Los doce césares: Del mito a la realidad*, Madrid, Aldebarán, 1998.

Mattesini, S., *Gladiators*, Nuoro, Italia, Archeos, 2009.

Matyszak, P., *Los enemigos de Roma*, Madrid, OBERON Grupo Anaya, 2005.

—, *Legionario: El manual del legionario romano (no oficial)*, Madrid, Akal, 2010.

—, *La antigua Roma por cinco denarios al día*, Madrid, Akal, 2012.

—, *24 hours in Acient Rome: A Day in the Life of the People Who Lived There*, Londres, Michael O'Mara Books Limited, 2017.

McKeown, J. C., *Gabinete de curiosidades romanas*, Barcelona, Crítica, 2011.

Melani, Ch.; Fontanella, F. y Cecconi, G. A., *Atlas ilustrado de la Antigua Roma: De los orígenes a la caída del Imperio*, Madrid, Susaeta, 2005.

Mena Segarra, C. E., *La civilización romana*, Madrid, Cincel Kapelusz, 1982.

Montanelli, I., *Historia de Roma*, Barcelona, Debolsillo, 2002.

Navarro, F. (ed.), *Historia Universal. Atlas Histórico*, Madrid, Salvat-El País, 2005.

Neira, L. (ed.), *Representaciones de mujeres en los mosaicos romanos y su impacto en el imaginario de estereotipos femeninos*, Madrid, Creaciones Vincent Gabrielle, 2011.

Nieto, J., *Historia de Roma: Día a día en la Roma antigua*, Madrid, Libsa, 2006.

Nizharadze, K., «Methods and Tools of Information Dissemination on a Daily Basis in the Ancient World - From Agora to Acta Diurna», Georgian National University SEU, 2021, <https://vss.openjournals.ge/index.php/vss/article/view/3641>.

Nogales Basarrate, T., *Espectáculos en Augusta Emérita*, Badajoz, Ministerio de Educación, Cultura y Deporte, Museo Romano de Mérida, 2000.

Nossov, K., *Gladiadores: El espectáculo más sanguinario de Roma*, Madrid, Libsa, 2011.

Novillo López, M. A., *Breve historia de Julio César*, Madrid, Nowtilus, 2011.

—, *Breve historia de Cleopatra*, Madrid, Nowtilus, 2013.

Oltean, R., *Tracios, getas y dacios*, Desperta Ferro Ediciones, 2021.

Payne, R., *Ancient Rome*, Nueva York, Horizon, 2005.

Pérez Mínguez, R., *Los trabajos y los días de un ciudadano romano*, Valencia, Diputación Provincial, 2008.

Pisa Sánchez, J., *Breve historia de Hispania*, Madrid, Nowtilus, 2009.

Plutarco, L. M., *Vidas paralelas: Sertorio, Eumenes, Foción, Catón el Menor*, Buenos Aires, Espasa, Colección Austral, 1950.

—, *Vidas paralelas: Alejandro-César*, Madrid, Gredos, 2021.

POLIBIO, *The Rise of the Roman Empire*, Londres, Penguin, 1979.

POMEROY, S., *Diosas, rameras, esposas y esclavas: Mujeres en la antigüedad clásica*, Madrid, Akal, 1999.

POSTEGUILLO, SANTIAGO, *La traición de Roma*, Barcelona, Ediciones B, 2009.

—, *Los asesinos del emperador*, Barcelona, Editorial Planeta, 2011.

POTTER, D., *Emperors of Rome: The Story of Imperial Rome from Julius Caesar to the Last Emperor*, Londres, Quercus, 2011.

QUESADA SANZ, F., *Armas de Grecia y Roma*, Madrid, La Esfera de los Libros, 2008.

RAMOS, J., *Eso no estaba en mi libro de historia de Roma*, Córdoba, Almuzara, 2017.

RIBAS, J. M. y SERRANO-VICENTE, M., *El derecho en Roma* (2.ª ed., corregida y aumentada), Granada, Comares historia, 2012.

ROLLER, D. W., *Cleopatra: biografía de una reina*, Madrid, Desperta Ferro Ediciones, 2023.

ROSTOVTZEFF, M., *Historia social y económica del mundo helenístico*, vol. I, Madrid, Espasa Calpe, 1967.

—, *Historia social y económica del mundo helenístico*, vol. II, Madrid, Espasa Calpe, 1967.

SAMPSON, G. C., *Rome's Great Eastern War: Lucullus, Pompey and the Conquest of the East, 74-62 B. C.*, Barnsley, Pen and Sword Books, 2021.

SANTOS YANGUAS, N., *Textos para la historia antigua de Roma*, Madrid, Cátedra, 1980.

SCARRE, C., *The Penguin Historical Atlas of Ancient Rome*, Londres, Penguin, 1995.

SEGURA MURGUÍA, S., *El teatro en Grecia y Roma*, Bilbao, Zidor Consulting, 2001.

SMITH, W., *A Dictionary of Greek and Roman Antiquities*, Londres, John Murray, 1875.

SOUTHERN, P., *Cleopatra*, Stroud (Gloucestershire), Tempus Publishing Ltd., 2007.

STERBENC ERKER, D., «Gender and Roman funeral ritual», en Hope, V. y Huskinson, J. (eds.), *Memory and Mourning in Ancient Rome*, Oxbow, 2011, <https://www.academia.edu/3516239/2011_Gen

der_and_Roman_funeral_ritual_in_V_Hope_J_Huskinson_Hrsg_
Memory_and_Mourning_in_Ancient_Rome_Oxbow_40_60>.

Suetonio, *La vida de los doce Césares*, Madrid, Austral, 2007.

Syme, R., *La revolución romana*, Barcelona, Crítica, 2017.

Téllez Alarcia, D. y Pablos Pérez, R., «El *Espartaco* de Kubrick:
realidad y ficción», *Iberia*, 3, pp. 87-302, 2000, <file:///C:/Users/
Santiago%20Posteguillo/Downloads/Dialnet-ElEspartacoDeKu
brick-201010.p>.

Toner, J., *Sesenta millones de romanos*, Barcelona, Crítica, 2012.

Trow, M. J., *Cleopatra: Last Pharaoh of Egypt*, Londres, Robinson,
2013.

Valentí Fiol, E., *Sintaxis latina*, Barcelona, Bosch, 1984.

Veyne, P., *Sexo y poder en Roma*, Barcelona, Paidós Orígenes, 2010.

VV. AA., «Cleopatra: la verdadera historia de la última reina de Egipto», *Historia National Geographic*, RBA, 2020.

VV. AA., *Historia Augusta*, Madrid, Akal, 1989.

VV. AA., *Historia año por año: La guía visual definitiva de los hechos
históricos que han conformado el mundo*, Madrid, Akal, 2012.

VV. AA., «Historia de la prostitución», Correas, S. (dir.), *Memoria. La
Historia de cerca*, IX, 2006.

VV. AA., *Historia de los grandes imperios: El desarrollo de las civiliza-
ciones de la antigüedad*, Madrid, Libsa, 2012.

VV.AA., *La legión Romana* (I), Madrid, Desperta Ferro Ediciones,
2013.

Watts, E. J., *República mortal*, Barcelona, Galaxia Gutenberg, 2019.

Wilkes, J., *El ejército romano*, Madrid, Akal, 2000.

Wisdom, S. y McBride, A., *Los gladiadores*, Madrid, RBA/Osprey
Publishing, 2009.

Agradecimientos

La escritura de *Maldita Roma* ha sido posible gracias a la colaboración y el apoyo de muchas personas.

Gracias al catedrático de derecho romano Alejandro Valiño de la Universidad de Valencia por sus consejos y su paciencia con mis preguntas con referencia a la política romana. Gracias al profesor de griego Rubén Montañés de la Universidad Jaume I de Castellón con relación a algunas citas de la novela.

Muchas gracias a Carmen Romero, mi editora, y a Maya Granero por su exhaustividad en las correcciones del texto. Gracias a Irene Pérez por su apoyo constante en todo el proceso de promoción de la novela y, por extensión, a todo el equipo editorial, de diseño gráfico, de comunicación y gracias al departamento comercial de Ediciones B.

Gracias a Nuria Cabutí, Juan Díaz y Lucía Luengo de Penguin Random House por creer en el proyecto de una saga de novelas sobre Julio César y, con su apoyo directo, hacer que el sueño se vaya transformando, poco a poco, en realidad.

Gracias a todo el equipo de la Agencia Literaria Carmen Balcells por su constante asesoramiento y consejo en mi carrera profesional como escritor y, dentro de la agencia, un agradecimiento muy particular para Jorge Manzanilla, por leer un primer borrador de esta novela, y para Ramón Conesa, a quien me atrevería a calificar de mi compañero de viaje en el mundo editorial desde hace ya catorce años.

Y gracias muy intensas y especiales a la profesora de latín, griego y cultura clásica Ana Martínez Gea por sus consejos relacionados con la mitología y la religión de Grecia y Roma y con relación a diferentes citas de la novela y, muy en particular, por renovar en mí, a través de su deslumbrante mirada, la pasión por el mundo clásico.

Gracias a mi hermano Javier, por seguir leyendo borrador tras borrador de mis historias de Roma con sobresaliente paciencia, y a mi madre, que me contagió el placer de la lectura. A ella va dedicada esta novela. Descansa en paz por siempre. Y por siempre en mi memoria.

Y, finalmente, *Kop Kung Krap* a mi hija Elsa (ella me entiende), por quererme pese a ser un padre que eternamente está escribiendo.

Índice

Liber primus
UN MAR SIN LEY

LIBER SECUNDUS
LA REBELIÓN DE ESPARTACO

LIBER QUARTUS
PACTO DE SANGRE

APÉNDICES